Die Kammerzofe

Karla
Weigand

Die Kammerzofe

Roman

Weltbild

Besuchen Sie uns im Internet:
www.weltbild.de

Genehmigte Lizenzausgabe für Verlagsgruppe Weltbild GmbH,
Steinerne Furt, 86167 Augsburg

Umschlaggestaltung: Studio Höpfner-Thoma, München
Umschlagmotive: The Bridgeman Art Library, London;
Getty Images, München
Gesamtherstellung: CPI Moravia Books s.r.o.,
Brnenská 1024, CZ-69123 Pohorelice
Printed in Czech Republic

ISBN 978-3-8289-8809-5

2010 2009 2008 2007
Die letzte Jahreszahl gibt die aktuelle Lizenzausgabe an.

Gewidmet

meinem Mann Jörg,
ohne dessen Ermunterung und tätige Hilfe bei der Recherche
dieses Buch nie geschrieben worden wäre.
Danke für deine Geduld.

PROLOG

»FRAUEN STECKEN HINTER allen Intrigen, und man sollte sie fern der Politik zu Hause einschließen. Man sollte ihnen verbieten, in der Öffentlichkeit zu erscheinen, außer in einem schwarzen Kleid und verschleiert.«

Es war nicht etwa mein Ehemann, der diese Worte ausgesprochen hat – ich habe keinen, was ich keineswegs bedauere –, sondern unser aller Kaiser, Seine Majestät Napoleon der Erste. Seit dem 2. Dezember 1804, einem Sonntag, haben wir Franzosen, obgleich leidenschaftliche Republikaner, einen in der Kathedrale Notre Dame in Paris vom Papst gesalbten Herrscher. Wie ich den Gazetten entnommen habe, wollte unser Volk ebendies; für den Vorschlag, den Kaisertitel Napoleon Bonapartes erblich zu machen, stimmten dreieinhalb Millionen Franzosen, dagegen nur dreitausend. Das Königtum ist zerstört; den gesalbten König, bei dessen Inthronisation ich als junges Mädchen noch zugegen war, hat man auf die Guillotine geschickt. Kurz darauf folgte Königin Marie Antoinette ihrem Gemahl Ludwig XVI. aufs Schafott.

Bei Napoleons Krönung war ich nicht dabei. Ich wünsche ihm und uns Franzosen alles Gute – hat der neue Kaiser doch geschworen, »für das Wohl und das Glück und zum Ruhme des Volkes von Frankreich zu herrschen«.

Die Floskel »Wohl und Glück« gebrauchten alle französischen Herrscher; Napoleon hat sie um den »Ruhm« erweitert.

Nach langen Jahren des Schreckens, des Terrors, des Blutvergießens, der Angst und der Ungewissheit habe ich meinen persönlichen Frieden gefunden. Ich bin Gesellschaftsdame, Zofe und zugleich Freundin einer liebenswürdigen, jungen Dame, welche mir seit ihrer frühesten Kindheit vertraut ist; beide haben wir schlimme Zeiten überlebt. Seit dem Februar des Jahres 1807 erfreuen wir uns einer neuen Heimat in der Residenz Hildburghausen im südlichen Thüringen. Seit der Französischen Revolution sind adlige Emigranten aus Frankreich an deutschen Fürstenhöfen keine Seltenheit mehr. Herzog Friedrich und seine Gemahlin Charlotte haben meine Herrin und mich unter ihren Schutz genommen und über die Identität der Heimatlosen wird kein Wort verloren – wir führen ein Leben in Anonymität:

Fahren wir aus, so trägt Madame einen schwarzen Schleier vor ihrem Gesicht. Unser Kaiser wäre entzückt. Sie hat ihr früheres Leben hinter sich gelassen und will nicht erkannt werden und ich unterstütze sie dabei. Gebe Gott, dass es mir gelingt.

Meiner Herrin zuliebe habe ich meine Erlebnisse sowie die Ereignisse der letzten vier Jahrzehnte aufgeschrieben, wobei mir mein Tagebuch sehr zustatten kam. Sie selbst war ein Teil dieser Zeit, ist aber bestrebt, sich ein Bild vom Ganzen zu machen und ich will versuchen, ihr dabei behilflich zu sein, so gut ich es vermag.

KAPITEL 1

Vor ihrer Heirat mit dem Comte Édouard du Plessis, einem dreiundfünfzigjährigen Edelmann aus der Champagne, war die einundzwanzig Jahre alte Francine eine kleine Baronesse aus leidlich wohlhabendem, niederem Bauernadel. Sie wusste, wie es in einem Kuhstall roch, hatte Melken gelernt, die Hühner gefüttert und als Kind die zahlreichen Ziegen ihres Vaters gehütet. Im zeitigen Frühjahr half sie den Mutterschafen beim Lammen.

Doch diese Fertigkeiten waren ihr später keinesfalls hilfreich. Denn die Gräfin du Plessis war auserwählt worden, eine der Hofdamen der Dauphine Marie Antoinette zu werden.

Nachdem ihr Ehemann, Graf Édouard, seine Zustimmung gegeben hatte, war Madame Francine im Sommer 1775 in die gräfliche Reisekutsche gestiegen und hatte sich, begleitet von ihrer Zofe und beschützt von zehn Reitknechten, in das größte Abenteuer ihres Lebens gestürzt.

Eigentlich hatte Babette, meine Mutter, diese Zofe sein sollen, aber vor einem halben Jahr war ihr Gatte Jacques Bertot, mein Vater, von einem wütenden Stier auf der Weide so schwer verletzt worden, dass er kurz darauf verstarb.

Sein Bruder, Émile Bertot, zweiunddreißig Jahre alt, der gelegentlich jähzornige, aber ansonsten gutmütige Dorfschmied, hatte daraufhin seine Werkstatt auf unseren kleinen Hof verlegt.

Es gehörte schließlich ein Mann auf den Hof und Babette würde ihn nach Ablauf des Trauerjahres wohl heiraten, damit die Sache ihre Ordnung hatte. Mich ließ sie gern nach Versailles ziehen, weil ihr nicht entgangen war, mit welchen Blicken Émile seine Nichte zu verfolgen begann.

Und bei Blicken war es nicht geblieben. »Lass deine dreckigen Pfoten von der Kleinen, Émile, sonst stech' ich dich ab«, sagte sie seelenruhig zu ihrem Schwager und piekste ihn mit der Spitze eines langen Brotmessers kräftig unterhalb des linken Schulterblattes.

Émile holte daraufhin seine Pranken unter meinem Rock hervor, drehte sich wütend um, und – als er die Frau seines verstorbenen Bruders mit dem riesigen Messer sah, gab er mit ärgerlichem Schnauben und einem schiefen Grinsen klein bei. In ihren blauen Augen hatte er wohl die tödliche Entschlossenheit gesehen, die es ihm geraten erscheinen ließ, sich nicht mit ihr anzulegen.

»He, he, Babette, was soll das? Der Kleinen ist nichts passiert, Ehrenwort«, brachte er schnaufend hervor. Als meine Mutter ihn nur eiskalt anblickte, fügte er lahm hinzu: »Wollte mich nur mal vergewissern, ob sie noch Jungfrau ist.«

»Ah ja? Und dazu musst du deinen steifen Schwanz aus der Hose holen?«, fragte Babette trocken und das Messer senkte sich bedrohlich auf Leistenhöhe Émiles, der daraufhin sein bestes Stück rasch packte und versuchte, es in seinem Hosenlatz zu verstauen. Er hatte sichtlich Mühe mit dem sperrigen Ding. Babette griff mit der linken Hand danach, drückte es derb und meinte:

»Wenn dir danach ist, Émile, warum versuchst du es dann nicht mit einer richtigen Frau?«

Mein Onkel stotterte dümmlich: »Aha. Hm, ja. Wie hast du das gemeint, Babette?«

Maman wandte sich zu mir um – ich hatte inzwischen meinen Rock wieder geordnet – und sagte freundlich: »Du kannst jetzt gehen, ma Petite.« Eine Woche darauf eröffnete mir meine Mutter, dass ich nun an ihrer Stelle Zofe bei der Comtesse du Plessis am Hof von Versailles werden sollte.

Eine gewaltige Ehre für Julienne Bertot, das einfache Bauernmädchen. Mit dreizehn Jahren lag das Leben noch vor mir und für ein kleines Mädchen vom Lande schien sich das Paradies aufzutun: Ein behütetes Dasein in einem Palast, mit dem König und dem Dauphin und der Dauphine und vielen Prinzen und Prinzessinnen. Ich schwebte im siebten Himmel.

Es machte mir nichts aus, die zweite Wahl zu sein. Meine Mutter hatte Madame du Plessis klar gemacht, dass sie ihre Tochter nicht allein mit Émile auf dem Hof zurücklassen könne. »Ich habe ihn heute erwischt, wie er seine Hände in ihren Honigtopf stecken wollte«, sagte sie unverblümt zur Gräfin.

»Ich verspreche dir, Babette, dass ich auf deine Kleine am Versailler Hof aufpassen werde wie auf meinen Augapfel. Leicht wird es nicht werden, denn sie ist jetzt schon recht hübsch. Ich werde mein Möglichstes tun, rechtzeitig einen guten Mann für sie zu finden.«

Der Gräfin selbst war der Abschied von ihrem Mann Édouard du Plessis nicht allzu schwer gefallen. Er würde sie besuchen können und dabei in seinem Stadtpalais in Paris Quartier nehmen.

Der Graf war erheblich älter als seine Gattin und von seinen ehelichen Rechten hatte er nur in den ersten Monaten nach der Hochzeit Gebrauch gemacht. Als der Wunsch König Ludwigs XV. nach einer Hofdame für Marie Antoinette bekannt wurde, ließ er sie bereitwillig ziehen. Die Pflichten der Hausherrin im Schloss würde seine jüngst verwitwete Tochter aus erster Ehe übernehmen. So erlitt seine Behaglichkeit keine Beeinträchtigung.

Babette schnürte mein Bündel – allzu viel war es nicht, was ich mitzunehmen hatte – und versprach mir, mich auf meinem Fußmarsch von Plancy nach Arcis-sur-Aube, wo die gräfliche Kutsche auf mich wartete, zu begleiten. Das waren knapp zwei Stunden Gehzeit und wir hatten Gelegenheit, Abschied zu nehmen. Wir versprachen, einander Briefe zu schreiben, um die Verbindung nicht abreißen zu lassen.

Mamans Orthografie war grauenhaft; aber mir zuliebe würde sie die Mühe gerne auf sich nehmen. Meine Mutter hatte nie richtigen Unterricht erhalten, sondern das Alphabet bei ihren Brüdern aufgeschnappt, während ich mich auf dem Schloss über zwei Jahre mit den jüngeren Kindern unseres Herrn in der Kunst des Buchstabierens hatte üben dürfen.

Von Émile hatte ich mich ganz kurz verabschiedet: »Adieu, mon Oncle, bleibt gesund und behandelt mir meine Maman gut.«

Worauf er erwiderte: »Adieu, Nichte, mach uns keine Schande.«

Aus seinem Munde kam mir das etwas kurios vor, aber er hatte wohl den Vorfall in der Schmiede längst vergessen.

In unserem Dorf ließ ich einen zehnjährigen Verehrer zurück, der für sein Alter sehr groß und kräftig war. Sein Vater arbeitete als Anwalt beim Feudalgericht in Arcis-sur-Aube. Aber so oft es ging, besuchte der kleine Jacques-Georges seinen Großpapa, Père Danton, der einfacher Bauer in Plancy war und um mehrere Ecken mit uns verwandt.

Maman und ich vergossen reichlich Tränen beim endgültigen Abschied. Die Gräfin begrüßte mich herzlich als ihre neue Zofe, deren Aufgabe es wäre, ihre Herrin zu frisieren – ich hatte diese Kunst fleißig geübt –, ihr Geschichten vorzulesen, ihren Pudel auszuführen, Klatsch zu erzählen, sie zu schnüren und ihr behilflich zu sein, die richtige Garderobe auszuwählen und das Riechfläschchen bereitzuhalten – eng geschnürte, junge Damen wurden häufig bewusstlos.

Madame du Plessis war gutmütig und überschwänglich. Sie umarmte Babette und versprach nochmals, ein Auge auf mich zu haben. Danach zog sie mich spontan an ihr Herz und flüsterte mir zu: »Hab keine Angst, ma Petite. Wir werden eine herrliche Zeit haben in Versailles.«

»Versailles« war das große Zauberwort. Es ließ meine Tränen versiegen und auch meine Maman trocknete die feuchten Spuren auf ihren Wangen und setzte ein tapferes Lächeln auf.

KAPITEL 2

Der gräfliche Hausverwalter hatte das Verstauen der letzten Kleiderkisten und Proviantsäcke in der Kutsche überwacht, nun überreichte er seiner jungen Herrin mit einer tiefen Verbeugung ihren kleinen, schwarzen Pudel Coco. Nachdem ein Lakai den Tritt des Kutschenschlags heruntergeklappt hatte, half ihr Abbé Florant, der weißhaarige Schlossgeistliche, beim Einsteigen in die Karosse, nicht ohne ihr vorher das Kreuzzeichen auf die makellose Stirn zu setzen.

Der Hausherr, der Comte, hatte sich bereits nach dem gemeinsamen Frühstück von seiner Gattin verabschiedet.

»Ich wünsche Ihnen viel Glück, Madame. Genießen Sie das

Ihnen vom König verliehene Privileg; aber vergessen Sie uns Zurückgebliebene nicht ganz, ma Chérie.«

Der Kutscher Florimond saß bereits abfahrbereit auf dem Bock. Er war wie die zehn schwer bewaffneten Reitknechte in die du Plessis'schen Farben gelb und violett gekleidet. Die martialisch anmutende Eskorte war leider notwendig. Die Straßen waren durchaus nicht sicher im Königreich; allerlei Gesindel lauerte den Reisenden auf. Die Bewaffneten würden erst zum Schloss zurückkehren, wenn sie die Gräfin heil und sicher im Schloss von Versailles untergebracht wussten. Ab diesem Zeitpunkt stand sie unter dem Schutz Seiner Majestät des Königs von Frankreich.

Auf ein Zeichen des Abbé Florant hüpfte ich in die Kutsche, der Lakai klappte den Tritt hoch und der Abbé schloss endgültig die Tür des Gefährts. Die Reiter, deren Rösser schon ungeduldig stampften, nahmen neben der Karosse Aufstellung. Der Kutscher Florimond hob die Peitsche und ließ sie leicht auf den Rücken des Zugpferdes des Sechsergespannes niederklatschen; die Gäule legten sich ins Geschirr und los ging's.

Das Gefährt verließ rumpelnd den Schlosshof mit seinem unebenen Pflaster, aber draußen vor den Mauern war es auch nicht viel besser. Die Wege waren miserabel. Löcher und tiefe Rinnen erschwerten das Vorwärtskommen. Die Insassen wurden gnadenlos durchgerüttelt – ich spürte nach kürzester Zeit jeden Knochen im Leib. Madame du Plessis erging es ebenso.

Sie wäre die Strecke viel lieber geritten, aber das wäre unschicklich gewesen. Eine Dame hatte standesgemäß bei Hofe zu erscheinen.

Das Pech wollte es, dass sich ein Kutschenpferd bei einem Tritt in ein tiefes Loch ein Bein brach und von einem der Knechte erschossen werden musste. Madame du Plessis und ich hielten uns die Ohren zu, um das verängstigte Wiehern des Tieres nicht hören zu müssen. »In Troyes wird sich Florimond um ein neues Tier kümmern. Ärgerlich ist nur, dass wir so kurz nach unserem Aufbruch eine Nacht hier verbringen müssen«, meinte die Gräfin.

Diese Nachricht hörte ich gar nicht so ungern. Ich war es nachgerade leid, ständig wie ein Sack Kastanien hin und her geworfen zu werden. Außerdem war ich noch nie in Troyes gewesen.

»Oh, Madame, ich bin ja schon so gespannt«, jubelte ich und machte große Augen, als ich zum ersten Male durch eines der sechs Stadttore in die Hauptstadt der Champagne fuhr.

Auch hier waren die meisten Häuser aus Holz gebaut. Steine als Baumaterial waren teuer. Vom Regen waren die Gebäude verwittert, vom Holzrauch geschwärzt, manche vom Alter schief und schäbig, aber sie waren viel höher als die Häuser in Arcis-sur-Aube oder gar unsere Bauernkaten in Plancy. Ich verrenkte mir schier den Hals, um möglichst viel vom Kutschenfenster aus erspähen zu können.

»Madame, Madame. Seht doch, die breiten Straßen. Auf der wir jetzt gerade fahren, die ist sogar richtig gepflastert. Oh, wie herrlich, Madame.«

Die Comtesse schmunzelte über meine Begeisterungsfähigkeit. »Mein Gott, Madame, habt Ihr jemals so viele Menschen gesehen?«, erkundigte ich mich. »Sie gehen einfach aneinander vorbei, ohne sich zu unterhalten.«

Madame du Plessis amüsierte sich: »Das wäre bei dreißigtausend Einwohnern auch etwas schwierig.«

»Dreißigtausend Einwohner?«, hauchte ich ehrfürchtig.

»Früher waren es sogar noch mehr, aber Krieg, Hunger und große Steuerlasten haben viele Bürger nach Amerika auswandern lassen.«

Die Gräfin schien durchaus gesonnen, mich zu unterweisen. Ihr Vater hatte dafür gesorgt, dass sie selbst ebenso wie ihre Brüder eine vernünftige Ausbildung erhielt:

»Zuerst wurde ich zusammen mit meinen Brüdern bei Abbé Bertrand, später bis zu meiner Heirat in einem von Nonnen geleiteten Mädchenpensionat unterrichtet.«

Da konnte ich freilich nicht mithalten. Aber immerhin konnte ich lesen und schreiben.

Ich hing förmlich aus dem Kutschenfenster: Bunte Frauentrachten waren zu bestaunen – ganz anders als die heimischen aus Plancy –, prächtige Gewänder der Ratsherren, seidene Soutanen und Kutten in braun oder grau, in schwarz oder weiß. Eben überholte uns eine prunkvolle Karosse mit einem fantasievollen Wappen an der Seite. In den schwarzen Seidenkissen ruhte die Gestalt eines alten, dicken Kirchenfürsten im roten Ornat.

»Seh' sich einer die vielen Uniformen an«, staunte ich, »dass es so viele Soldaten in einer Stadt geben kann.«

Eben rumpelte unsere Kutsche über eine Brücke. Ich beugte mich nach rechts aus dem Fenster. Hier lag das geistliche Viertel mit seinen Kirchen und Klöstern sowie der gotischen Kathedrale, welche sich – so kam es mir jedenfalls vor – bis zu den Wolken hinauf erstreckte.

Auf der linken Seite befand sich das Stadtviertel der Bürger. »Troyes bezieht seinen Wohlstand aus dem Handel mit edlen Tuchen und fein gewebten Stoffen. Der jetzige Adel der Stadt hat seine Vorfahren nicht unter den Kreuzrittern, sondern sie stammen von zu Wohlstand gelangten Kaufleuten ab, die sich ihre Titel mit Geld erkauft haben.«

KAPITEL 3

DREI WOCHEN SOLLTE die mühselige Reise dauern. Der Sommer im Jahr 1770 war heiß, aber gelegentlich gingen starke Gewitter nieder und die Straßen waren voller Schlamm. Florimond hatte es wahrlich nicht leicht. Wie gerne hätte er seine schöne, junge Herrin schneidig gen Versailles kutschiert – aber leider kam er nur im Schneckentempo vorwärts. Trotz aller Vorsicht war ein Wagenrad gebrochen, aber man hielt Ersatz bereit. Zwei Tage darauf hatte man eine gebrochene Hinterachse zu beklagen. Das bedeutete einen erneuten Aufenthalt in einem verdreckten Nest.

Die Dorfbewohner hatten eine verschlagene Art: Ins Gesicht taten sie der Gräfin schön, aber hinter ihrem Rücken machten sie höhnische Mienen und schnitten hämische Fratzen. Ich hatte dies genau beobachtet. Dies und ein starker Gewitterregen, der alles hinter grauen Vorhängen verschwinden ließ, machte mich beinahe trübsinnig. Der kleine, verwöhnte Pudel Coco hasste die Nässe auch und bellte unentwegt. Ich nahm mir vor, den kleinen Kläffer so bald wie möglich zu »erziehen«, denn ich war das ewige Gebell nicht gewohnt: Die Köter auf dem Lande waren schweigsam. Nach zwei langen Tagen Aufenthalt zogen wir weiter.

»Viel länger hätte ich es in diesem schrecklichen Gasthof nicht mehr ausgehalten. Und die Neugier dieser Menschen. Ein Wunder, dass sie nicht unser gesamtes Gepäck durchsucht haben«, sagte meine Herrin.

»Da bin ich mir nicht sicher, Madame. Einmal habe ich den Sohn der Wirtsleute dabei ertappt, wie er sich an unseren Koffern zu schaffen machen wollte. Er hatte aber rasch eine Ausrede parat und wollte mir sogar unter den Rock fassen«, empörte ich mich über den im Gesicht mit eitrigen Pickeln übersäten Wirtssohn.

»Hoffentlich hast du ihm kräftig auf die Finger geklopft, Julienne«, sagte die Gräfin, worauf ich mit einem schelmischen Lachen erwiderte: »Pah, eine Maulschelle habe ich ihm verpasst, Madame, dass ihm Hören und Sehen verging.«

»So ist's recht, ma Chère«, Madame Francine tätschelte mir die runde Wange, »lass dir von den Männern nichts gefallen, achte auf deine Würde und erhalte dir deine Jungfräulichkeit so lange es möglich ist. Das ist wichtig, wenn du heiraten und eine gute Partie machen möchtest, aber von Hause aus nicht vermögend bist. Bei einer reichen Braut sieht der Bräutigam eher darüber hinweg, wenn sie nicht mehr rein in die Ehe geht.«

»Ja, so was hat mir meine Maman auch schon gesagt, Madame«, gab ich unbefangen zur Antwort, »ein Sack voll Louisdor stopft das Loch wieder zu. Ein wahres Wunder, wenn man es recht bedenkt«, grinste ich. Die Gräfin konnte sich das Lachen nicht verbeißen und ich kicherte verschämt.

Madame du Plessis mochte ich sehr gut leiden, wagte aber dennoch nicht, ihr die Szene zu schildern, welche ich vor ein paar Stunden im Stall beobachtet hatte. Wie hätte ich den Vorfall auch elegant umschreiben sollen: Das Gestöhne und Gekeuche des Älteren war nicht zu überhören gewesen, während der picklige Junge, über eine Haferkiste gebeugt, sich still verhielt. Dass er seinen mageren Bubenhintern dem kräftig zustoßenden Pferdeknecht hinhielt, schien mit einer Erpressung zu tun zu haben, denn als der Mann »fertig« war, seinen Schwengel zurückzog und in der Hose verstaute, grunzte er: »Jetzt noch dreimal, dann sind wir beide quitt und ich sag' deinem Vater nix.«

Unsere Ankunft in Versailles vollzog sich in der Nacht während ich schlief, und Madame Francine ließ mich gewähren. Auf der Reise hatte ich nicht allzu viel Schlaf abbekommen; die Quartiere waren meist laut; Stallknechte und Fuhrleute tranken und spielten Karten in den Schankstuben und lärmten bis zum hellen Morgen. Meist gab es in den Frauengemächern nur ein einziges Bett, in welches wir todmüde und durchgerüttelt krochen.

Zwei Nächte hintereinander rissen uns grelle Blitze und gewaltiger Donner aus dem Schlaf, gefolgt vom Prasseln des Regens. Und so konnte es geschehen, dass ich doch tatsächlich unsere Ankunft verpasste.

Man hatte uns schon seit Tagen erwartet und die Räume der Gräfin in einem Seitenflügel im linken Trakt des Palastes waren bereit für ihre neue Bewohnerin. Madame du Plessis durfte sich glücklich schätzen, denn ihre Wohnung im Schloss bestand aus zwei Zimmern und einem weiteren, allerdings recht kleinen Zimmerchen, verbunden durch einen winzigen Korridor. Dieses sollte mein Reich sein. Normalerweise erhielten Hofdamen nur winzige Kammern und keine Appartements mit mehreren Gemächern.

Eine ältere Dienstmagd mit Namen Hélène begrüßte die eben eingetroffene Gräfin du Plessis mit Ehrerbietung und fragte, ob Madame noch etwas zu essen wünsche oder vielleicht einen Schlummertrunk?

Florimond, der Kutscher, hatte mich einfach in meine Kammer getragen. Dort legte er mich auf mein Lager, welches einen gut gefüllten Strohsack und mehrere Kissen und Decken enthielt. Madame Francine deckte mich fürsorglich zu und begab sich dann selbst zur Ruhe.

Mein Zimmer hatte kein Fenster und so konnte ich am folgenden Morgen nicht von den Sonnenstrahlen geweckt werden, aber Madame Francine trat an mein Bett und machte mich munter. Ich rieb mir die Augen und sprang aus dem Bett. Ich konnte es gar nicht glauben, als Madame mich mit einem fröhlichen »Guten Morgen und willkommen im Schloss von Versailles, meine Liebe« begrüßte.

»Du hast die Ankunft komplett verschlafen, mein Kind«, lachte meine Herrin über mein verdutztes Gesicht.

»Verzeiht, Madame«, kam es kleinlaut über meine Lippen, »ich will Euch gleich zur Hand gehen und Euch frisieren.«

»Sieh lieber nach, wo du den Nachttopf ausleeren kannst«, schlug die Gräfin vor.

Da ich in meinen Kleidern geschlafen hatte, musste ich bloß meine langen, blonden Haare unter das kleine, weiße Häubchen stecken und konnte mich schon sehen lassen. Aber es begegnete mir niemand, als ich durch den Korridor flitzte und einen Ausgang aus diesem riesigen Gebäude suchte. Ich wollte den Inhalt des Nachtgeschirrs in eine Jauchegrube oder vielleicht auf einem Dunghaufen in einer Ecke des Hofes loswerden. Auch Madame du Plessis war neugierig auf den Gang getreten, um nach der Dienerin Ausschau zu halten, welche sie in der vergangenen Nacht so freundlich begrüßt hatte.

»Mademoiselle Hélène?«, rief sie in den menschenleeren Korridor, wobei ihr ein merkwürdiger Gestank, der so gar nicht zu einem königlichen Palast zu passen schien, in die Nase drang.

Da kam Hélène schon um die Ecke mit einem breiten Lächeln auf ihrem gutmütigen Gesicht.

»Angenehmen Morgen, Madame.« Sie knickste höflich. »Ich habe mir schon gedacht, dass Ihr frühzeitig aufstehen werdet, Madame la Comtesse; aber glaubt mir, in einigen Tagen werdet

Ihr Euch an den Tagesablauf bei Hofe gewöhnt haben. Unser König und Madame Dubarry lieben es, lange zu schlafen.«

»Ach so?«, meinte Francine du Plessis, »ich dachte immer, Regieren wäre so zeitraubend, dass der König schon im Morgengrauen aufstehen müsste.«

»Ach, das Regieren, Madame«, lachte Demoiselle Hélène, »das macht doch der Herzog von Choiseul-Stainville.«

Die Gräfin blickte sie erstaunt an und wandte sich um. Hélène folgte ihr. »Gestattet Ihr, Madame, dass ich Euer Bett zurechtmache?«

»Ja, Mademoiselle. Aber bitte, beantworten Sie mir eine Frage? Woher um Himmels willen stammt dieser üble Geruch auf dem Korridor? Er erinnert mich stark an eine Latrine.«

Die ältliche Dienerin schien verlegen. »Da habt Ihr nicht so Unrecht, Madame. Viele Diener sind zu faul, die Nachtgeschirre ihrer Herrschaften auf den Hof zu tragen. Sie leeren sie der Einfachheit halber auf den Fluren aus. Die Ecken sind voller Kot. Und weil es nur wenige Senkgruben in Versailles gibt, verrichten viele Menschen ihre Notdurft in den Korridoren.«

»Wie bitte?«, entsetzte sich die Gräfin, »das ist ja unfassbar.«

»Ja, Madame«, erwiderte Hélène gleichmütig. »Man gewöhnt sich aber mit der Zeit an den Gestank. Lästig ist nur, dass man so aufpassen muss, seine Röcke nicht zu beschmutzen.«

»Mon Dieu, wo bin ich denn hier gelandet?«, murmelte meine Herrin angeekelt, »daran werde ich mich wohl nie gewöhnen.«

Versailles starrte vor Schmutz. Den Wänden, den kostbaren Vorhängen, den teuren Gobelins und den edlen Bezugsstoffen der Möbel entströmte ein penetranter Geruch nach Ruß und

Rauch, weil die Kamine wegen schlechter Wartung nicht richtig zogen. Von November bis in den Monat Mai legte sich der Rauch auf die Lungen und machte die Augen tränen.

In ihrem ersten Brief an ihren Gatten schrieb die Gräfin ernüchtert:

»Am schlimmsten aber ist, dass sich Bettler, welche im Palast allgegenwärtig zu sein scheinen, sowie Diener und selbst adlige Herren in allen stillen Winkeln erleichtern. Die Gänge des Schlosses sind voller Urin und Fäkalien. Ihr könnt Euch nicht vorstellen, Monsieur, wie der ganze Bau, sogar die Gärten und der Park einen vor Ekel würgen lassen. Auch die Gemälde und Statuen werden gröblich vernachlässigt, desgleichen die Möbel und Vorhänge, welche verstaubt und schäbig geworden sind.

Die Menschen selbst haben wenig Acht auf die Sauberkeit ihrer Kleidung und die Reinlichkeit ihrer Körper. Um sich nicht in einen Badezuber setzen zu müssen, überschütten sie sich lieber mit Parfüm. Wenn man Versailles von außen sieht, schaut es prächtig und sehr beeindruckend aus, aber der Schmutz im Inneren ist unbeschreiblich.

Als Erstes habe ich in meinem Appartement große Kübel mit duftenden Pflanzen aufstellen lassen. Ich habe gehört, auch die Dauphine Marie Antoinette, der ich noch nicht vorgestellt worden bin, habe solches veranlasst; außerdem verbrennt sie regelmäßig duftende Essenzen, um den Gestank zu vertreiben. Ich werde ihr nacheifern.

Verzeiht mir, mein Gemahl, dass ich mich so bitter beklage, aber ich kann diese Zustände nicht einfach übergehen. Um wenigstens in meiner nächsten Umgebung einigermaßen menschenwürdige Zustände zu schaffen, habe ich Julienne beauftragt, das Stück Korridor zu säubern, welches unmittelbar vor meinem Appartement liegt.

Julienne macht sich übrigens sehr gut. Sie hat einen kleinen Verehrer gefunden, einen Pagen, der ihr mit der Dienerin Hélène geholfen hat, unsere Betten, Kissen und Vorhänge auf den Hof zu tragen und gründlich zu lüften. So können wir jetzt ohne Degoût schlafen und auch der Rauchgestank hat sich aus den Polstern fast ganz verflüchtigt …«

KAPITEL 4

KURZ NACH IHRER Ankunft war die Gräfin du Plessis zu Madame de Tessier gerufen worden, der obersten Anstandsdame, welche auch der Dauphine das Leben schwer machte. Sie musterte meine Herrin abschätzig von oben bis unten.

»Madame, Ihr müsst lernen, zu gehen. In Versailles schweben die Damen, meine Teure.«

Oh, hoppla. Meine Herrin lief rot an.

Und die Tessier machte es ihr vor, indem sie kleine, leichtfüßige Schrittchen machte, wobei ihr stark gebauschter Rock fließend wie eine Wolke über den glatt polierten Marmorboden glitt.

»Euer Tanzmeister, Monsieur Barolo, wird Euch die nötige Unterweisung angedeihen lassen, damit Ihr nicht unangenehm auffallt, Madame. Außerdem wird er Euch in die hohe Kunst der höfischen Tänze einführen. Und von mir werdet Ihr lernen, wann welche Robe zu tragen ist. An manchen Tagen schreibt das Zeremoniell besondere Farben vor, aber dazu schicke ich Euch am besten Mademoiselle Rose Bertin, die bevorzugte Hofschneiderin. Die Bertin genießt das besondere Vertrauen der zukünftigen Königin und Ihr könnt Euch getrost auf sie verlassen.«

Mit spöttisch hochgezogenen Brauen, welche sie zu einem hauchdünnen Strich gezupft trug, musterte sie Francine du Plessis.

»Ich werde Euch beibringen, wie Ihr Eure Handschuhe anmutig aus- und wieder anzieht, wenn Ihr Seiner Majestät vorgestellt werdet. Aber bis dahin ist noch Zeit. Nützt sie gut, Madame, denn das Zeremoniell ist äußerst streng an diesem Hof.«

»Wichtiger wäre es vielleicht, die Diener anzuhalten, Bettler und Gesindel aus dem Schloss zu vertreiben und Schmutz und Ungeziefer energisch zu entfernen, die Abzüge der Kamine zu säubern und endlich etwas gegen die Eckenpisser – auch die adligen – zu unternehmen«, sagte die Gräfin aufsässig.

Doch die Tessier, die eine kalte Ausstrahlung besaß, überhörte die Worte der Gräfin geflissentlich. »Eure Haare, Madame du Plessis. Ich muss schon sagen, die sind unmöglich.«

Madame Francine glaubte, sich verhört zu haben. Aber die Tessier fuhr mit verkniffenem Mund fort:

»So trägt man die Frisur vielleicht auf dem Lande, aber doch nicht in Versailles.« Und sie lachte spöttisch.

Ich, die ich meine Herrin begleitet hatte und devot hinter ihr stand, schnappte unwillkürlich empört nach Luft. Ich wusste, wie stolz die Gräfin auf ihr wunderschönes, langes, weizenblondes Haar war.

»Ich werde Euch den besten Hoffriseur schicken, Monsieur de Bassinier. Er kann Euch beraten, wie Ihr zu einigermaßen anständigen Haaren gelangen könnt. Auch bei der Auswahl der Perücken, welche Ihr bei den Festveranstaltungen brauchen werdet, kann er Euch behilflich sein, Madame.« Am hämischen Gesichtsausdruck der ältlichen Matrone konnte man ablesen, welche Freude es ihr bereitete, andere zu demütigen.

Meine Herrin verbeugte sich graziös, lächelte anmutig und erwiderte mit größter Sanftmut: »Ich danke Euch vielmals, Madame, für Eure segensreichen Belehrungen. Aber eine Liebe ist der anderen wert und ich kann und darf Euch nicht verhehlen, dass Ihr ganz üblen Mundgeruch habt. Ich empfehle Euch dringend, mit Minze zu gurgeln und Eure restlichen Zähne wieder einmal mit viel lauwarmem Wasser und Schlämmkreide zu reinigen. Das wird sicher helfen, Euch den Menschen wieder nähern zu können, ohne diese allzu sehr zu belästigen. Oh, Ihr braucht mir nicht zu danken, Madame de Tessier«, wehrte sie scheinheilig ab, als die Ältere wie eine Furie auf sie losgehen wollte, und unterbrach sie umgehend. »Ihr erlaubt, Madame, dass ich mich entferne und Euch noch einen angenehmen Tag wünsche.« Eine Francine du Plessis durfte man nicht beleidigen. Mit federleichten, schnellen Schrittchen entschwebte sie dem Salon der Zeremonienmeisterin. Ich beeilte mich, meiner Herrin nachzukommen, obwohl ich zu gerne noch geblieben wäre, um das Gezeter der Madame de Tessier zu hören.

Keine Frage, dass die Oberste Anstandsdame nun ihre Todfeindin am Hof war. Aber meine Herrin hatte mir gezeigt, wie wichtig es war, im gegebenen Augenblick die Zähne zu zeigen, sonst verlor man seine Selbstachtung.

Ich griff nach dem meterlangen, dicken Stock, den mir der Page François mitgebracht hatte. Ich hatte ihn vor der Tür des Salons der Madame de Tessier in einer Ecke stehen lassen und war froh, dass ihn in der Zwischenzeit keiner mitgenommen hatte.

»Dieser Knüppel wird dir helfen, wenn du dich gegen Bettler und Gesindel wehren musst«, hatte François gemeint und ich war gerührt gewesen über das fürsorgliche Geschenk des sechzehnjährigen Burschen. »Ich kenne mich hier aus, Julienne, und weiß, wie man sich seiner Haut wehren muss. Und nicht nur gegen Verrückte und Banditen, sondern auch, und das nicht mal allzu selten, gegen edle Herren, welche einem an die Hose wollen.«

Ich war sprachlos. »Auch vornehme Herren erlauben sich solche Übergriffe?«, fragte ich naiv.

»Was glaubst du denn, Kleine«, grinste François, »gerade die Noblen sind die größten Ferkel und viele von ihnen treiben es nicht mit Mädchen, sondern bevorzugen junge Kerle.«

Kurz nach unserer Ankunft am Hof hatten mich sowohl Demoiselle Hélène als auch François und noch viele andere erstaunt angesehen. Manche schienen fast erschrocken. Zuerst war ich verlegen und dachte, es sei meine bäurische Art, welche sie so irritiere. Endlich wagte ich zu fragen: »Bitte, François, warum starren mich alle so an? Sehe ich denn wirklich so unmöglich aus?«

»Du hast eine verblüffende Ähnlichkeit mit Prinzessin Elisabeth, der kleinen Schwester des Dauphin«, klärte der junge Page mich auf. Nun ja, das war ja direkt schmeichelhaft.

»Entzückend, Madame, ganz entzückend.« Monsieur Barolo, italienischer Tanzlehrer am Hofe Ludwigs XV., klatschte begeistert in seine winzigen Patschhändchen. Der kleine Mann hüpfte mit seinen mageren, kurzen, aber dennoch äußerst gelenkigen Beinchen förmlich um seine hübsche Schülerin, die Gräfin du Plessis, herum.

»Und noch einmal den rechten Fuß ganz leicht heben und zur Seite drehen und den linken Arm in die Taille stützen, Madame, während Sie Ihr bezauberndes Köpfchen eine Idee nach rechts wenden.«

Die Gräfin gab sich Mühe und es gelang ihr sogar, ein Lächeln auf ihr ebenmäßiges Gesicht zu zaubern. Ihr strenger

Lehrer war nicht nur zufrieden, nein, er strahlte förmlich vor Zufriedenheit. Nach drei Wochen mühseligen Übens der verschiedensten Tanzschritte, welche leichtfüßig zu erscheinen hatten, war sie nun endlich bereit, sich nach Monsieur Barolos Anweisungen perfekt zu bewegen. Sie hatte doch tatsächlich das Gehen neu erlernen müssen, so wie es Madame de Tessier ihr prophezeit hatte. Besonders das gemessene Schreiten eine Treppe auf- oder abwärts hatte sie schier zur Verzweiflung getrieben. »Meine Füße tun mir weh«, hatte sie sich die ersten Tage bei mir beklagt. »Mein Rücken schmerzt, als wäre er ausgerenkt; meine Arme sind wie Blei vom ewigen Heben, Abspreizen und Aufstützen auf die Hüftpolster und meine Waden fühlen sich an, als wäre ich von Troyes zu Fuß nach Versailles gelaufen. Monsieur Barolo wird mich sicher für einen rechten Bauerntrampel halten.«

Ich kicherte entzückt; ich liebte es, wenn meine Herrin etwas derbere Ausdrücke gebrauchte. Ich fühlte mich dann ein wenig heimischer hier in der kalten Pracht von Versailles – und der Gräfin du Plessis erging es ebenso. Wir litten beide an Heimweh, obwohl wir uns lieber die Zungen hätten herausreißen lassen, als dies zuzugeben.

Doch es gab nicht bloß Gestank und Schmutz in Versailles. Die grandiose Pracht des Bauwerkes, die Raffinesse der Ausstattung, die Großzügigkeit der räumlichen Aufteilung, die architektonischen Feinheiten und seine Exklusivität, was die luxuriöse Einrichtung anbelangte, faszinierten mich jeden Tag aufs Neue. Die funkelnden Gläser, die Lüster an den bemalten Decken und Wänden, das schimmernde Leinen der Tischdecken, die herrlich weichen Daunenbetten, die reichlichen und schmackhaften Mahlzeiten – auch für die Dienstboten –, die duftenden Blumenarrangements in jedem Salon, der Ausblick auf den traumhaft angelegten Park mit seinen exakt gestutzten Büschen und Hecken, die blühenden Rabatten, die sorgfältig geharkten Kieswege und die Statuen, die Brunnenfiguren und Grotten. All dies erschien mir einfach märchenhaft. Wer konnte sich so etwas Wunderbares nur ausdenken?

In all der Pracht bewegten sich edel gekleidete, kunstvoll frisierte, gepuderte und geschminkte Menschen, welche betäubende Parfümwolken um sich verbreiteten und die sich alle auf eine bestimmte Art fortbewegten, die ich noch nirgends gesehen hatte. Es war, als ob sie schwebten. Sogar die Herren. Ihre Sprache war eine andere als mein gewohnter Dialekt. Aber ich lernte rasch, indem ich nachahmte und vor allem scharf beobachtete.

Dieses scharfe Hinschauen brachte es bald mit sich, dass ich auch den dramatischen Verfall und die enorme Verwahrlosung bemerkte. »Faulheit, Verantwortungslosigkeit und grenzenlose Gleichgültigkeit haben es geschafft, aus dem zweifellos einst herrlichen, unter dem Sonnenkönig errichteten Bau ein heruntergekommenes, in weiten Teilen sogar Ekel erregendes Gebäude zu machen«, sprach meine Herrin niedergeschlagen.

Niemals wurde das Schloss gesäubert, mit Ausnahme der Empfangsräume für die ausländischen Staatsgäste, den Bankett- und Ballsälen sowie den königlichen Gemächern. Aber auch hier herrschten zu meinem Entsetzen der Dreck und die Schlamperei vor.

»Warum nimmt denn hier keiner einen Besen in die Hand oder einen Kübel Wasser und einen Scheuerlappen?«, fragte ich Demoiselle Hélène.

»Weil es die hohen Herrschaften nicht stört«, erwiderte sie lapidar. »Auch die Möpse der Dauphine machen ihr Geschäft in alle Ecken, verkratzen alles und die Brocken ihres Futters liegen auf den teuren Orientteppichen herum. Kein Mensch kommt auf die Idee, die Köter zu dressieren.«

Da war ich eine vergleichsweise strenge Erzieherin des kleinen Coco gewesen. Er war nun ein reinliches Hündchen, welchem ich auch das hysterische Kläffen abgewöhnt hatte.

KAPITEL 5

SCHON SEIT DEM sechzehnten Jahrhundert hielt die Feindschaft zwischen den Habsburgern und den Bourbonen an, aber um das Jahr 1750 war sie am Abflauen. England war jetzt der Hauptgegner Frankreichs, man stritt sich um die Kolonien in Übersee. Österreich hingegen hatte vor den kriegslüsternen Preußen mehr Angst als vor den Franzosen. Immerhin hatte König Friedrich II. von Preußen Maria Theresia mit Schlesien bereits die reichste Provinz Habsburgs entrissen.

Als im Frühjahr 1756 England und Preußen zum Erstaunen aller Welt einen Verteidigungspakt schlossen, rückten Frankreich und Habsburg ebenfalls näher zusammen. Zwei erfahrene Diplomaten waren es, welche ein Bündnis ihrer Länder schlossen: Auf Seiten Habsburgs der Graf und spätere Fürst von Kaunitz und der Herzog von Choiseul für die Franzosen. Das Ergebnis ihrer Bemühungen war der Vertrag von Versailles, in dem sich beide Länder im Falle eines Angriffs durch ein Drittland ihres gegenseitigen Beistandes versicherten.

Marie Antoinette, die 1755 geborene Erzherzogin, war die jüngste Tochter der Kaiserin, ein hübsches und liebenswürdiges Geschöpf. Dieses Kind wollte man nun mit dem Thronfolger Frankreichs vermählen.

Der Hof in Wien gehörte zu den größten in Europa. In der Hofburg standen ungefähr zweitausendfünfhundert Menschen in Lohn und Brot. Sie fegten und säuberten die vielen hundert Gemächer des riesigen alten Palastes, waren für die Vorräte verantwortlich, hielten die Räume der Adligen, die am Hof lebten, in Stand. Andere Dienstboten schafften Abfälle weg, drehten die Bratspieße oder sorgten für frische Tisch- und Bettwäsche. Eine Misswirtschaft, wie es sie in Versailles gab, war in Wien undenkbar.

Maria Theresia selbst lebte luxuriös, aber keineswegs verschwenderisch. Sie war ein leuchtendes Beispiel an Sittenstrenge, Verantwortungsgefühl, Mäßigkeit und Frömmigkeit. Bei Ehebruch ihrer Höflinge reagierte sie höchst ungnädig; über die Seitensprünge ihres Gatten, Kaiser Franz, sah sie jedoch großzügig hinweg. Sie liebte ihn abgöttisch und hatte sechzehn Kinder mit ihm.

Die kleine Erzherzogin Marie Antonie hatte man bereits im zarten Alter von zwölf Jahren mit dem Dauphin von Frankreich verlobt; dieser war vierzehn und ein Enkel König Ludwigs XV.

Antoinette, wie das Kind genannt wurde, war die hübscheste Tochter Maria Theresias. Die jüngste Tochter der Kaiserin sollte nun die Königin Frankreichs und Herrin über das legendäre Versailles werden.

Als Antoinette dreizehn Jahre alt war, trafen aus Paris Puppen ein, bekleidet mit den Miniaturausgaben jener Kleidungsstücke, die als en vogue galten. Die Qualität der Garderobe, der Dessous und Accessoires musste allerhöchsten Ansprüchen genügen. Ein französischer Coiffeur traf am Hof ein, welcher für die junge Dame eine neue Frisur kreierte, die besser zu ihrem Gesicht passte.

Auch die Zähne waren nicht makellos. Ein Zahnarzt machte

die weite Reise von Paris nach Wien. Drei Monate lang war er darum bemüht, ihr Gebiss strahlend weiß zu machen.

Gleichzeitig hatte das junge Mädchen zu lernen, wie eine Dame am Versailler Hof sich zu bewegen hatte. Madame de Tessier warf ihre Schatten voraus.

Marie Antoinette, die künftige Königin von Frankreich, war gutwillig und unterwarf sich eifrig allen an sie gestellten Anforderungen. Sie wusste, dass ihre Heirat eine politische Entscheidung gewesen war, mit Liebe hatte sie nicht das Geringste zu tun.

Der um zwei Jahre ältere Ludwig war überhaupt nicht begeistert von seiner Heirat. Er hatte noch kein Interesse an Frauen und schon der Gedanke an Sexualität erschreckte ihn. Er war ein tollpatschiger Fünfzehnjähriger mit schlechten Manieren, der auch in der Öffentlichkeit in der Nase bohrte. Dazu war er groß, übergewichtig und nicht allzu sauber.

In der Tat glich der Jüngling mehr einem tapsigen Brummbären als einem Kavalier bei Hofe. Im Wesen war Ludwig scheu und ängstlich, dies wurde noch verstärkt durch eine starke Kurzsichtigkeit. Nach dem Tode seines Vaters und seines ältesten Bruders war er mit zwölf Jahren unvermutet zum Thronfolger aufgestiegen. Vor Angst hatte der Knabe geweint.

Im April des Jahres 1770 sollte die Heirat des jungen Paares, welches sich noch nie von Angesicht gesehen hatte, stattfinden. Der Kanzler Kaunitz hatte den Grafen Mercy und der Herzog von Choiseul seinen Stellvertreter, Monsieur Durfort, mit der Aufgabe betraut, alle diplomatischen Wege zu ebnen.

Graf Mercy, ein lebenskluger Mann und erfahrener Politiker aus Lothringen, war es, der bemerkte, wie schlecht es um die Bildung der Erzherzogin bestellt war. »Sie ist völlig ungeeignet, ihre Rolle als Frau des Thronfolgers und späteren Königs zu spielen.« Er fand auf Bitten der Kaiserin für Antoinette einen französischen Hauslehrer, Abbé Vermond.

»Damit hatte der Abbé sich eine Sisyphusaufgabe aufgeladen, denn Vorkenntnisse waren bei mir nicht vorhanden«, erzählte später lachend Antoinette meiner Herrin.

Regelmäßig erstattete der Hauslehrer dem Gesandten, Graf Mercy, Bericht über ihre Bildungsfortschritte.

»Vor allem das Schreiben und Lesen bereitet ihr große Mühen«, stellte der Franzose fest. »Auch das Französisch der jungen Dame ist recht mangelhaft.«

KAPITEL 6

Am Hof von Versailles war man neugierig auf die Braut. Die Kaiserin hatte mehrere Porträts ihrer Tochter nach Paris geschickt und auf ihren Wunsch hin sandte man zwei Bilder des Dauphins Ludwig nach Wien. Obwohl außerordentlich geschönt, konnten sie dennoch nicht über die Plumpheit des Jünglings hinwegtäuschen.

Kaiserin Maria Theresia war ziemlich betroffen, denn ihre Tochter wurde jeden Tag attraktiver. Das Kind bekam plötzlich Rundungen. Zudem hatte Antoinette eine reine, helle Haut, rotblond schimmerndes Haar und einen kleinen, roten Mund mit ausgeprägter Unterlippe, dem Familienmerkmal der Habsburger.

Und sie selbst war doch auch mit einem ausgesprochen schönen Mann verheiratet.

Später hat Antoinette meiner Herrin erzählt, dass sie von

ihrer Mutter belehrt worden sei: »Das Äußere eines Mannes ist weniger wichtig als seine Herzensbildung.«

Mitte April 1770 traf der Marquis de Durfort in Wien ein. Er sollte als Stellvertreter Ludwigs XV. die Braut seines Enkels in ihre neue Heimat geleiten. Eine riesige Berline war eigens für die Reise der jungen Frau nach Versailles angefertigt worden.

Nach einem rauschenden Abschiedsfest bestieg die Braut am 21. April 1770 ihre Kutsche. Nur einige wenige vertraute Diener durfte sie mitnehmen und ein paar persönliche Dinge. Ihre Begleitherren waren die Botschafter Frankreichs und Österreichs sowie ein Graf von Hohenstein und ihr Lehrer, Abbé Vermond; als Zofe diente ihr die Gräfin von Sonnenberg.

Gemächlich zog man dahin, bis es unweit der Grenze zu ihrer neuen Heimat Frankreich eine landschaftlich reizvolle, aber wildromantische Ecke des Schwarzwaldes zu durchqueren galt.

Der Reiseweg, eher ein unwegsamer Gebirgspfad, war mit den schweren Kutschen kaum zu bewältigen. Manchmal ließ es sich nicht vermeiden, dass die Fahrgäste den steinigen, teils steil abfallenden, teils mühselig ansteigenden Pfad zu Fuß bewältigen mussten. Entschädigt wurden sie durch die einmalig schöne Landschaft. Da rauschte ein Bach, welcher sich in die wilde Ravenna-Schlucht eingegraben hatte und einen prachtvollen Wasserfall gebildet hatte.

»Seltsame Namen gibt es hier, Graf«, meinte die junge Braut. »Ich habe von einem ›Höllental‹ gehört; das klingt nicht gerade anheimelnd und ›Höllsteig‹ auch nicht.«

»Wir fahren hier auf einer uralten Straße, Madame, die schon die Römer benutzt haben. Sicher hat man die wilde Felsenschlucht schon immer mit dem Totenreich verglichen. Manch kühnem Kletterer ist sie schon zum Todestal geworden.«

Antoinette schauderte trotz des hellen Sonnenscheins. Sie erfreute sich lieber am Anblick der Blumen und eines Schmetterlings.

KAPITEL 7

NACH WOCHEN ERREICHTE man die letzte Station vor der österreichisch-französischen Grenze. Marie Antoinette sah aus wie das blühende Leben und ihre Stimmung war fröhlich. Das Leben in seiner ganzen Fülle lag noch vor ihr.

In der Abtei von Schuttern wurde die Reisegruppe vom Grafen de Noailles erwartet. Er war der Abgesandte Ludwigs XV. und ein übellauniger Wichtigtuer. »Er tut so, als müsste er ein Paket in Empfang nehmen«, sagte Antoinette schmollend zu ihrer Begleitung.

Einen neutralen Übergabeort Marie Antoinettes hatte man bereits gefunden: eine kleine Sandbank im Rhein in der Nähe der Stadt Straßburg. Für die feierliche Zeremonie war sogar eigens ein hölzerner Pavillon errichtet worden.

Hier würde die kleine Erzherzogin ihre österreichische Staatsangehörigkeit aufgeben und die französische ihres Ehemanns Ludwig erhalten. Der Pavillon symbolisierte die Grenze zwischen beiden Ländern: Auf der einen Seite stand die österreichische Begleitung der jungen Braut, auf der anderen der stets mürrische Graf de Noailles, der eine äußerst langweilige Ansprache hielt. So schweifte die Aufmerksamkeit Antoinettes bald ab:

»Ich betrachtete mir die Gobelins, womit man die Holzwände behängt hatte«, erzählte die Dauphine später meiner Herrin. »Die dargestellten Szenen zeigten, wie die wahnsinnig gewordene Medea ihre eigenen Kinder und sich selbst umbringt. Für eine junge, glückliche Braut nicht unbedingt das geeignete Motiv.«

Als der weitschweifige Monsieur de Noailles zum Ende kam, traten die österreichischen Hofdamen zu Marie Antoinette, küssten ihr die Hand und nahmen tränenreich Abschied. Antoinette wurde anschließend dem Grafen und seiner hochmütigen Schwägerin, Madame de Noailles, übergeben.

Die junge Frau ging auf ihre neue Anstandsdame zu und begrüßte sie mit einem Kuss auf die Wange. Die Ältere aber wich unangenehm berührt zurück. Sie stellte Antoinette ihre französischen Hofdamen vor, allesamt ältliche Matronen.

Eine Woche darauf traf die Braut endlich ihren Bräutigam Ludwig. Die Begegnung war am Waldrand von Compiègne vorgesehen. Der Kronprinz fühlte sich sichtlich unwohl. Schon seine Kleidung mit Goldlitzen und Spitzen widerstrebte ihm von Herzen; ein derber Jagdanzug behagte ihm jedenfalls mehr. Und seine Ehefrau interessierte ihn sowieso nicht. Die Gegenwart seines Großvaters machte ihn hochgradig nervös und die hämischen Hofschranzen verwirrten ihn.

Aber das Mädchen, das so anmutig aus der Kutsche stieg, verblüffte ihn doch. Er fasste sie näher ins Auge und sie erschien ihm mit ihren großen, unschuldigen Kinderaugen als sanftes Geschöpf. Antoinette hingegen empfand beim ersten Anblick schon Mitleid mit dem schüchternen, ungelenken Jungen.

Sie vollführte vor dem König einen vollendeten Hofknicks und der alte Lebemann lächelte zufrieden. Er war jetzt neunundfünfzig Jahre alt und sah, ungeachtet seines lasterhaften Lebenswandels, immer noch recht attraktiv aus. Er hatte lebhafte schwarze Augen, eine römische Nase und eine aufrechte, stolze Haltung. Mit Choiseuls Wahl als Frau für seinen Enkel schien er zufrieden zu sein. Der Urenkel des Sonnenkönigs, Ludwig XIV., war seit mehr als einem halben Jahrhundert König, aber die Regierungsgeschäfte hatten ihn stets gelangweilt. Zum Glück konnte er sich auf seinen Minister Choiseul verlassen.

Unser damaliger Herrscher war von mäßiger Intelligenz, unbedeutend und interesselos – außer es handelte sich um die Hirschjagd. Diese Leidenschaft teilte der junge Ludwig mit ihm. Dennoch hielt der König von seinem Enkel, dem jetzigen Dauphin, überhaupt nichts.

Marie Antoinette bestieg mit dem König und ihrem Gemahl die Prunkkarosse, um zum Schloss von Compiègne zu fahren. Dort wartete die übrige Verwandtschaft ihres Mannes. Als ich seinerzeit Demoiselle Hélène dies erzählen hörte, hat mich gewaltiges Mitleid erfasst mit der kleinen Dauphine. Sie war nur wenig älter als ich und ich konnte nachempfinden, wie sie sich gefühlt haben musste.

Beim abendlichen Diner beobachtete man die junge Braut mit Argusaugen. Nur ihr schüchterner Ehemann schaute sie kaum an: War er doch mindestens so verunsichert wie sie. Die Höflinge tuschelten. Sofort hatte man bemerkt, dass die zukünftige Königin über weit weniger »feine« Tischmanieren verfügte, als man sie in Versailles gewohnt war. Noch verkniff man sich jegliche Häme, aber man zog die Augenbrauen hoch.

In zwei Tagen sollte die Hochzeit mit großem Pomp in Schloss Versailles gefeiert werden.

Antoinette erzählte später: »Ich hatte eigentlich erwartet, dass mich eine Musikkapelle am Schlosstor empfangen würde, oder wenigstens eine Ehrenformation der Schweizer Garden. Aber nichts dergleichen. Über fünftausend Gäste waren zur Hochzeit geladen und zusätzlich hatten sich Tausende von Neugierigen Zutritt ins Schloss verschafft. Die Wachen konnten sie nicht abwehren.«

Ich selbst erinnere mich noch gut an das beängstigende Gedrängel. Die Gaffer waren überall, drückten sich gegen Treppengeländer und Balustraden. Natürlich hatten sich auch Diebe eingeschlichen. An diesem Tag lockte reiche Beute.

Um ein Uhr mittags bewegte sich der Hochzeitszug aus den königlichen Gemächern feierlich in Richtung Schlosskapelle. Als Erster schritt der Zeremonienmeister stolz vorneweg, hinter ihm erschien die lächelnde Marie Antoinette mit Ludwig an der Hand. Alle bestaunten das mit Diamanten übersäte Kleid der Braut.

Die Herzogin von Northumberland äußerte sich allerdings wenig liebenswürdig über die kindliche Braut: »Ich bin erstaunt, wie klein das Mädchen ist; sie wirkt wie eine Zwölfjährige. Außerdem passt das Oberteil ihrer Robe nicht.« Mir allerdings erschien die Dauphine tadellos gekleidet.

Der Dauphin trug einen Anzug aus Goldstoff und war behängt mit Schmuck und Orden. Die besagte Herzogin urteilte auch über ihn abfällig: »Der Dauphin wirkt nervös und zittert förmlich vor Angst.«

Auch davon habe ich nichts bemerkt, als die beiden in dem breiten Korridor an mir vorübergingen.

Antoinettes Brautkleid hatte eine lange Schleppe, welche mehrere Pagen trugen. Hinter dem Brautpaar schritt die Gräfin de Noailles als Vormund der jungen Braut und machte ein grimmiges Gesicht. Danach folgten die Prinzen:

Der Herzog von Orléans, der Herzog von Penthièvre, die Prinzen Condé und Conti, die Herzöge von Bourbon und

Chartres sowie der Herzog de la Marche und die zwei jüngeren Brüder des Dauphins, die Grafen de Provence und d'Artois. Dann folgte Seine Majestät der König, welcher an diesem Tage etwas senil wirkte. Seine zehnjährige Enkeltochter, die Prinzessin Elisabeth, führte ihn am Arm. Danach folgten seine drei ledigen Töchter Adelaide, Victoria und Sophie. Die vierte, Madame Louise, würde in ihrem Karmeliterkloster zu Saint Denis für das Glück des jungen Paares beten. Eine Gruppe von prunkvoll gekleideten Hofdamen bildete den Abschluss des Hochzeitszuges, darunter auch meine Herrin, die schöne Gräfin du Plessis.

Im Spalier der Zuschauer hatte ich mich ganz nach vorne gedrängt, um ja alles mitzubekommen. In dem Augenblick, als Ludwig XV. mit seiner Enkelin Elisabeth an mir vorüberging, blieb das Kind abrupt stehen und starrte mich an. Aber da der König seinen Schritt nicht verhielt, musste die Kleine schnell aufschließen, um die Prozession nicht aus dem Rhythmus zu bringen.

Ich war wie vor den Kopf geschlagen, hatte ich die zehn Jahre alte Schwester des Dauphin doch bisher nicht aus der Nähe gesehen: Es war, als blickte ich in mein eigenes Gesicht, wie es vor drei Jahren ausgesehen haben mochte!

Die Prinzessinnen hatten das Zögern ihrer Nichte registriert und Madame Adelaide mit ihren scharfen Augen hatte sofort erkannt, weshalb Madame Elisabeth so überrascht gewesen war. Sie tippte der neben ihr schreitenden Madame Victoria auf den rundlichen Oberarm und flüsterte ihr einige Worte zu, woraufhin auch die zweite Tante des Thronfolgers ihren Blick auf mich richtete. Beide Matronen musterten mich nun neugierig.

Ehe ich in einen tiefen Knicks versinken konnte, war der Hochzeitszug an mir vorübergezogen.

»Die Ähnlichkeit der Enkeltochter Seiner Majestät mit der kleinen Zofe da ist wirklich frappant«, hörte ich einige der Umstehenden tuscheln.

KAPITEL 8

Der Brautzug schritt durch den fünfundsiebzig Meter langen Spiegelsaal mit den riesigen Kronleuchtern, bis alle die Kapelle erreicht hatten. Ludwig und Antoinette würden jetzt vor dem Erzbischof von Paris ihr feierliches Eheversprechen ablegen.

Antoinettes größte Feindin würde die Mätresse des Königs, Madame Dubarry, werden. Eigentlich hieß sie Jeanne-Marie Bécu und war die uneheliche Tochter einer armen Näherin, welche sich nebenbei als Prostituierte ein Zubrot verdiente. Als Geliebte von Jean du Barry hatte sie die Aufmerksamkeit Ludwigs XV. erregt. Sie war sehr hübsch, verfügte über das gewisse Etwas und der König holte sie aus dem Bordell, in welchem sie bisher gelebt hatte, und verheiratete sie mit Monsieur du Barrys Bruder Guillaume, der noch ledig war und einen Grafentitel trug. So konnte die Hure Jeanne bei Hofe als »Gräfin Dubarry« vorgestellt werden. Der König ernannte sie umgehend zu seiner »Maitresse en titre«, seiner offiziellen Geliebten.

Wer ihre Herkunft aus der Gosse kannte, mokierte sich über den unverschämten Blick ihrer Augen, ihre laute Stimme, ihr ordinäres Lachen sowie ihre vulgären Manieren. Aber der alternde König war hingerissen und überschüttete sie mit Diamanten. Er schenkte ihr ein kleines Schloss in Louveciennes und scherte sich nicht um das empörte Getuschel hinter seinem Rücken.

Fraglos beherrschte die Dubarry den König. Auch bei den meisten Schlossbewohnern gelang es ihr, aber nicht bei den Tanten des Dauphins. Sie spielten zwar am Hof nur unbedeutende Rollen, aber sie besaßen genügend Einfluss, um einem das Leben in Versailles zu vergällen.

Mit der Anwesenheit einer jungen, schönen Dauphine änderte sich allerdings einiges. Auch die Zeit arbeitete erbarmungslos gegen Jeanne Dubarry. Ihr Geliebter konnte jederzeit das Zeitliche segnen. Obwohl noch nicht alt, hatten ihn seine Ausschweifungen doch geschwächt – und dann war eine Gräfin Dubarry überflüssig.

»Am klügsten ist es, zur Mätresse Distanz zu wahren, ohne sie offen zu brüskieren, und sich um die Gunst der zukünftigen Königin zu bemühen«, schrieb meine Herrin später an ihren Gemahl, Édouard du Plessis. Was die Höflinge zu allen Zeiten am besten beherrschten, die Intrige, setzte nun mit aller Macht ein.

Der Abgesandte von Maria Theresia, der Graf Mercy, kannte die Verhältnisse am französischen Hof aus eigener Anschauung und schrieb voller Besorgnis an seine Herrscherin: »Versailles ist eine Brutstätte des Verrats, des Hasses und der Rachsucht.« Tatsache war, dass das Staatswesen auf beängstigende Weise verlotterte. Ohne ein Blatt vor den Mund zu nehmen, äußerte Graf Mercy zu einem Freund meiner Herrin: »Der zukünftige Monarch verfügt über noch weniger Herrscherqualitäten als die bisherige gekrönte Marionette auf dem Thron.«

Antoinette war überfordert. Wie sollte sie aus einem ungeschlachten Tölpel einen annehmbaren König zaubern? Die

Dauphine war keine reife, erfahrene Frau, sondern ein Kind von vierzehn Jahren. Außerdem war sie verärgert über die wenig schmeichelhafte Äußerung der Dubarry, welche den Enkel ihres Liebhabers »für einen dicken, schlecht erzogenen Jungen« hielt. Die Dauphine empfand Mitleid mit ihrem watschelnden, blinzelnden Ehemann, der ins Stottern geriet, wenn er sich zu einem Sachverhalt äußern musste.

Nach der Trauung geleitete man die Braut in feierlichem Zuge in ihre neuen Gemächer. Die Suite der Dauphine war geschmackvoll und vor allem äußerst kostbar eingerichtet. Sie umfasste ein großes Schlafzimmer mit angrenzendem Badezimmer, zwei Salons mit herrlichen Gobelins und exquisiten Möbeln, eine mehr als reichhaltige Bibliothek, zwei Vorzimmer sowie einen Andachtsraum.

Dem jungen Mädchen wurden nun in einer langweiligen Zeremonie die Mitglieder ihres Haushaltes vorgestellt. Alle knieten vor ihr nieder und leisteten den Treueid. Die Gräfin du Plessis befand sich nicht unter ihnen, denn sie war dem König noch nicht offiziell vorgestellt worden.

Antoinette bekam einen riesigen Hofstaat: Fast zweihundert Personen beschäftigten sich mit der Zubereitung und dem Servieren ihrer Mahlzeiten und hundert Beamte standen ihr zur Verfügung. Zum Gefolge der Dauphine gehörten ferner vierzehn Zofen, zwei Prediger und fünf Geistliche, sechs Stallmeister, neun Zeremonienmeister, zwei Ärzte und vier Chirurgen, ein Uhrmacher, ein Gobelinhersteller, achtzehn Lakaien, ein Florettmeister und zwei Mauleseltreiber.

Nach dem Treueschwur setzten sich der König, der sich von seiner Verwirrtheit erholt hatte, sein Enkel und dessen frischgebackene Ehefrau an einen üppig gedeckten Tisch in den prunkvollen Gemächern Ludwigs XV. und speisten – wobei ihnen der gesamte Hofstaat zusehen durfte. Hernach spielten die hohen Herrschaften Cavagnole – ein Spiel, das Antoinette zum Glück in Wien so eifrig geübt hatte.

Unter den Zuschauern befand sich auch ein noch recht naives Bauernmädchen namens Julienne Bertot aus Plancy.

Für den Abend hatte man ein bombastisches Hochzeitsbankett im neuen Opernhaus angerichtet. Als die königliche Familie an der herrlich dekorierten Tafel saß und speiste, tobte draußen ein furchtbares Gewitter hernieder. Das bedeutete das Aus für das für den späten Abend vorbereitete Feuerwerk.

Ich verfluchte im Stillen den heftigen Gewitterregen; hatte ich mich doch so auf das Feuerwerk gefreut, weil ich noch nie zuvor eins gesehen hatte.

Doch für mich hielt dieser Tag trotzdem eine Überraschung besonderer Art bereit. Auch am Hochzeitstag des Thronfolgerpaares ging die Unterweisung meiner Herrin weiter. Am frühen Abend erhielt Madame Francine das letzte Mal Unterricht in den reichlich komplizierten Hoftänzen. Ich wartete, bis ich die Gräfin abholen durfte, in einer Nische des Korridors, einem kleinen, finsteren, fensterlosen Raum. Er verfügte über einen Diwan mit zahlreichen Kissen darauf sowie einen kleinen Tisch mit einem Kerzenleuchter und einer Kerze. Ein dicker, grüner Samtvorhang schloss ihn gegen den Flur ab.

Ich hatte es mir während Madames Unterweisungen zur Gewohnheit gemacht, mich mit einem Buch in diese kleine Höhle zurückzuziehen, welches mir meine Herrin zu lesen gegeben hatte.

Madame Francine pflegte mich stets mit Lektüre über Geografie und Geschichte zu versorgen, da sie wünschte, ich möge meinen Horizont ein wenig erweitern. Ich hatte die Kerze eben angezündet und wollte es mir nun auf dem Diwan gemütlich machen, als der grüne Vorhang mit einem Ruck zurückgerissen wurde.

»Holla, schönes Kind. Was machen Sie denn hier?«, fragte eine knarrende Männerstimme. Erschrocken drehte ich mich um und bemerkte einen ziemlich großen, beleibten Herrn, welcher ganz dicht vor mir stand. An seiner mit Stickereien und Spitzen verzierten Kleidung, der Perücke und der Schminke im Gesicht erkannte ich, dass er ein Edelmann war.

»Ich warte auf meine Herrin, die Gräfin du Plessis, Monsieur«, gab ich ruhig zur Antwort, denn ich war mir keiner Schuld bewusst. Daher berührte es mich seltsam, als jener fremde Herr, ein Höfling, wie ich vermutete, mit einem »da soll doch der Teufel dreinschlagen« sich umwandte und den Samtvorhang wieder zuzog.

»Aber Monsieur«, wollte ich beginnen und meine Anwesenheit rechtfertigen, aber dieser Herr, der schier betäubende Parfümwolken um sich verbreitete, glaubte offenbar, sich die günstige Gelegenheit zunutze machen zu dürfen. Er riss mich an sich, presste mich an seinen schwammigen Körper, dass mir schier der Atem verging, küsste mich mit nassen Lippen auf den Mund und griff dreist nach meinem Busen.

Das ging mir denn doch entschieden zu weit. Wütend versuchte ich, mich loszureißen, aber der Herr machte keine Anstalten, mich freizugeben. Im Gegenteil. Mit einer Hand umklammerte er meinen Nacken und mit der anderen war er mir unter den Rock gefahren und versuchte zwischen meine Beine zu fassen. Das wäre ihm auch gelungen – hatte er doch einen seiner feisten Oberschenkel zwischen die meinen gedrängt.

Da galt es eine List anzuwenden, welche mir Madame Francine verraten hatte. Zum Schein ergab ich mich den Zärtlichkeiten des aufdringlichen Verehrers. Und siehe da: Der Herr lockerte seinen brutalen Griff und ich schaffte es, mich mit einem energischen Ruck den zudringlichen Händen zu entziehen. Überdies fuhr ich mit meinen spitzen Fingernägeln über sein aufgeschwemmtes Gesicht und stieß ihm, ehe ich mich aus dem Alkoven davonmachte, zum Abschied mit dem Knie in eine Körpergegend, wo es den Männern bekanntlich recht wehtut. Er schrie auf und krümmte sich keuchend zusammen.

Ehe er Luft holen konnte, hatte ich längst das Weite gesucht. Ganz verstört berichtete ich Madame Francine von diesem Überfall auf meine Tugend. Sie war sehr betroffen, lobte aber meine Geistesgegenwart. »Lass dir nie etwas Derartiges gefallen, ma Chère, sonst bist du für alle Zeiten Freiwild für die Herren.« Am nächsten Tag erfuhren wir von dem schadenfroh grinsenden Pagen François, dass der Herzog de Fageuilles mit deutlichen Kratzspuren im Gesicht, welche sogar eine dicke Puderschicht nicht verbergen konnte, herumlief. Seine Majestät habe sich erkundigt, »welche Wildkatze ihn so zugerichtet« hätte.

Nun stand noch die letzte Zeremonie dieses ereignisreichen Tages aus: die Segnung des Brautbettes durch den Erzbischof von Reims. Die Segensformeln des Geistlichen waren bis auf den Korridor hinaus zu hören, Messdiener schwenkten ihre Weihrauchfässer, dass man befürchten musste, das Brautpaar könnte an den Schwaden ersticken, und der Geistliche sprengte großzügig Weihwasser über das eheliche Lager.

Der König selbst machte den Kammerherrn für seinen Enkel und reichte ihm das aus schwerer Seide mit üppigen Stickereien versehene Nachthemd. Die Herzogin von Chartres durfte der jungen Braut behilflich sein, welche ganz entzückend aussah in ihrem mit Spitzen reich verzierten Seidennachtgewand.

Vor den neugierigen Augen der Höflinge stiegen die beiden

Kinder, sie vierzehn, er noch keine sechzehn, ins gemeinsame, große Ehebett und legten sich artig – beide blutrot vor Verlegenheit – Seite an Seite nieder. Die Hofleute zogen sich nun zurück und ließen das junge Ehepaar allein.

Was auch immer Antoinette erwartet hatte – es traf nicht ein. Ihr Ehemann machte keinerlei Annäherungsversuche, sondern wünschte freundlich »gute Nacht, Madame«, drehte sich um und schlief. An dieser Situation sollte sich auch lange, lange Zeit nichts ändern.

KAPITEL 9

Bar aller Erfahrung in Liebesdingen, wusste die Dauphine doch von ihrer Mutter und einer älteren Schwester, was in der Regel zwischen verheirateten Männern und Frauen vorging. So war die junge Frau irritiert, weil sich überhaupt nichts zwischen ihr und ihrem Gatten abspielte. Andererseits war sie ganz froh, nicht den »Qualen der Liebe« ausgesetzt zu sein. Ihre Schwester Caroline hatte ihr entsetzt von den ersten Nächten ihrer Ehe und deren grauenhaften Torturen berichtet.

Dies alles vertraute sie meiner Herrin später an, als sie längst darüber lachen konnte. Aber noch blühte der Hofklatsch. Die Zofen untersuchten die königlichen Bettlaken jeden Morgen nach den Spuren der verlorenen Jungfräulichkeit der Dauphine. Aber da war nichts zu finden.

Graf Mercy hatte der Kaiserin Maria Theresia versprochen, alle Ereignisse umgehend nach Wien zu melden. Die Kontrollen in Frankreich waren zwar äußerst streng und jede Postsendung wurde von französischen Beamten abgefangen und bei Bedarf gnadenlos zensiert, aber Mercy war es geglückt, junge ungarische und österreichische Kuriere zu verpflichten, die auf Schleichpfaden seine Berichte an Maria Theresia sowie deren Antworten an ihn überbrachten.

Was der Graf seiner Herrscherin berichtete, klang ziemlich Besorgnis erregend: »Der Dauphin hat seit dem ersten Gespräch mit Antoinette nicht das geringste Anzeichen von Zuneigung für die Dauphine gezeigt oder sich bemüht, ihr zu gefallen – weder in der Öffentlichkeit noch privat.«

Auch am Hof von Versailles schrillten die Alarmglocken unüberhörbar. Ludwig XV. und seine Minister waren besorgt über die dynastische Zukunft der Bourbonen. »Kann der Dauphin oder kann er nicht?« Das war die Frage. Überall im Land begann man sich lustig zu machen über den impotenten Thronfolger.

Die Hofärzte allerdings, und diese gelehrten Herren mussten es schließlich wissen, erklärten, der junge Ehemann wäre erst fünfzehn Jahre alt und bräuchte eben noch Zeit, um seine ehelichen Pflichten zu erfüllen.

In Wahrheit litt der Thronfolger an einer Phimose, einer Verengung der Vorhaut. Zog er sie zurück, bereitete ihm diese Manipulation starke Schmerzen, welche wiederum eine Versteifung seines Gliedes unmöglich machten.

Er war also nicht impotent. Aber diese kleine Abweichung von der Norm machte es ihm dennoch unmöglich, seiner Ehefrau beizuwohnen. Bereits eine geringfügige sexuelle Erregung verursachte ihm Unlustgefühle; dies hatte wiederum zur Folge, dass ihn Angst vor den harmlosesten Zärtlichkeiten überfiel. Ludwig begann, seiner hübschen Frau auszuweichen, um nicht

»in Versuchung« zu geraten. Die Ärzte schlugen ihm eine einfache Operation vor, um diese »lästige Laune der Natur« zu beheben. »Sie wird zwar ein klein wenig unangenehm sein, bedeutet aber die sichere Beseitigung des peinlichen Malheurs, mon Prince«, unterwies ihn der oberste Hofarzt.

Aber Ludwig war alles andere als ein Held. Furchtsam schreckte er vor dem minimalen Eingriff zurück. Als Ersatz für eheliche Freuden stopfte er sich mit Leckereien voll und wurde immer unförmiger. Er hielt sich fern von Antoinette und schlief nicht mehr mit ihr in einem Bett. Das ging so weit, dass er, wenn die Etikette beider Anwesenheit erforderte, Antoinette einfach ignorierte.

Sie waren selten allein miteinander. Stets schwirrte ein ganzer Pulk von Höflingen, Beamten und Dienern um sie herum. Allen fiel auf, dass der Dauphin seine Ehefrau nicht beachtete. Die immer noch nicht vollzogene Ehe war das Gesprächsthema Nummer eins am Hof und in ganz Frankreich. Im Ausland gar verfolgte man das Ehedrama mit einem gerüttelt Maß an Häme.

Ein Versagen der Ehemänner in dieser Beziehung war ja wirklich nichts Neues.

In Versailles machte man sich lustig über den plumpen Ludwig und seine hübsche, unbefriedigte Jungfrau. Noch nie hatte man bei ihm eine Neigung zum eigenen Geschlecht bemerkt, also musste die Ursache dieser nicht vollzogenen Ehe bei Antoinette liegen. Wenn man die Dauphine all ihrer prächtigen Roben, ihrer Unterröcke und der seidenen Hemden entledigte, was kam denn da wohl zum Vorschein? Hinter vorgehaltener Hand wurde über Ekelerregendes an ihrem anscheinend so schönen Körper spekuliert, welches dem Ehemann die Lust vergehen ließ.

Nach etwa acht Wochen aber änderte sich das Verhalten des Kronprinzen. Der verwirrte Jüngling hatte allmählich zu seiner gleich bleibend freundlichen Ehefrau Vertrauen gefasst. Er begann wieder, mit ihr zu sprechen und von sich aus ihre Gesellschaft zu suchen. Ludwig watschelte in ihre Gemächer und unterhielt sich lange mit ihr, wobei er alle Zuhörer aus dem Raum schickte.

Er sprach mit seiner Gemahlin über die ehelichen Pflichten und dass er sehr wohl über die sexuelle Komponente der Ehe Bescheid wüsste. »Aber ich habe beschlossen, damit bis zu meinem sechzehnten Geburtstag am 23. August zu warten. Das erscheint mir als das passende Alter für eheliche Intimitäten.«

Antoinette war sehr erfreut darüber und Graf Mercy konnte seiner Kaiserin berichten: »Die Dauphine hat den Dauphin für sich gewonnen. Sie ist so fröhlich und anmutig, dass der zurückhaltende Prinz ihrem Charme erlegen ist.«

Doch am 23. August und damit Geburtstag des jungen Ehemannes blieb die Braut weiter unberührt, da wiederum kein Vollzug der Ehe stattgefunden hatte. Ohne Operation war dieser auch gar nicht möglich. Antoinette versuchte, den Unglücksraben zu trösten, aber dieser verließ fluchtartig das Schloss und ritt beschämt in die nahen Wälder. Man befürchtete, er könnte sich etwas antun.

Erst nach vielen Stunden kehrte er erschöpft in den Palast zurück, verschwand in seinen Gemächern und war in den nächsten Tagen für niemanden zu sprechen. Im Schloss herrschte Aufregung, da der junge Mann auf nichts reagierte – ja, er verweigerte sogar die Nahrungsaufnahme. Erst Antoinette gelang es, ihn aus seinem Schlafzimmer zu locken.

KAPITEL 10

MEINE HERRIN, DIE Gräfin Francine du Plessis, war inzwischen bei Hofe vorgestellt worden. Der König sollte sie offiziell zur Hofdame seiner angeheirateten Enkelin küren.

Zu diesem denkwürdigen Ereignis war ihr trotz seines Alters gut aussehender Ehemann aus Arcis-sur-Aube angereist, um seine schöne, junge Gattin den Hyänen am Versailler Hof zum Fraße vorzuwerfen.

Aber sie schien, ihrer Jugend zum Trotz, gewitzt genug, um sich gegen Intriganten und böswillige Neider durchzusetzen. Zusammen mit vielen anderen Zofen stand ich auf dem Flur vor dem großen Empfangssalon.

Es war kaum zu glauben, dass nur wenige Meter von dieser Pracht entfernt Gestank und Dreck Nase und Auge aufs Gröbste beleidigten.

Zahlreiche Menschen in den exquisitesten Roben drängten sich im Saal, ein jeder überschüttet mit wohlriechenden Essenzen, sodass der schlechte Geruch an diesem Abend keine Chance hatte.

Ich drängte die anderen Diener und Zofen energisch zur Seite, war doch jetzt die Gräfin du Plessis an der Reihe, dem König präsentiert zu werden.

Der Haushofmeister Monsieur de Durant kündigte den Grafen Édouard Philippe du Plessis sowie dessen Gattin Francine mit lauter Stimme an. Stolz führte der Edelmann sie am Arm vor den wohlwollend lächelnden Ludwig XV. Der stellte Marie Antoinette ihre neue Hofdame vor und die Dauphine war ganz offensichtlich von der jungen Frau, die nur sieben Jahre älter war als sie selbst, sehr angetan.

Madame Francine stach äußerst vorteilhaft hervor aus dem

übrigen weiblichen Hofstaat der Dauphine, der hauptsächlich aus sauertöpfischen Matronen bestand; deren schlimmste war ohne Zweifel ihr Vormund, die Gräfin de Noailles, eine kritiksüchtige und ebenso humor- wie herzlose Person.

Und da war die eifersüchtige Mätresse des Königs.

Als man der Dubarry vom guten Aussehen des jungen Mädchens berichtete, ließ sie sich zu bissiger Kritik hinreißen: »Ich kann an roten Haaren, dicken Lippen, dem faden Teint einer Rothaarigen und Augen ohne sichtbare Wimpern nichts Attraktives feststellen. Entstammte sie nicht dem Hause Habsburg, würden solche Eigenschaften nicht bewundert.«

Die Klatschbasen des Hofes trugen dieses vernichtende Urteil Antoinette umgehend zu.

Und sie rächte sich. Sooft der König ein privates Abenddiner im Familienkreis ansetzte, wobei die Dubarry mit am Tisch sitzen sollte, weigerte sich die Dauphine, daran teilzunehmen. Empört schrieb sie an ihre Mutter in Wien: »Madame Dubarry ist das unverschämteste Geschöpf, das man sich vorstellen kann. Sie saß zweimal neben mir, aber ich habe sie glatt übersehen und sie weder eines Wortes noch eines Blickes gewürdigt.«

Zweifellos stand die zukünftige Königin im Rang über der Dubarry und die Mätresse durfte von sich aus nicht das Wort an Antoinette richten. Solange die Dauphine sie nicht einer Anrede für würdig befand, galt sie nicht als anerkannt, und genau das war es, was das junge Mädchen beabsichtigte. Eine Mätresse war für das Bett des Königs da; aber bei Gesellschaften am Hof hatte sie nichts zu suchen. Das lief der religiösen Erziehung Antoinettes zuwider und von den altjüngferlichen Tanten ihres Gemahls wurde sie bestärkt. Die drei ältlichen Prinzessinnen wagten aus Furcht vor dem Zorn ihres königlichen Vaters nicht, gegen seine Geliebte in aller Offenheit vorzugehen. Das junge Mädchen aber getraute sich durchaus, diese »ordinäre Person« zu brüskieren.

Und der König? Seine Majestät war zwar sehr verärgert über das Verhalten Antoinettes, aber zu feige, sie zur Rede zu stellen. Er beschwerte sich vielmehr bei seinem Enkel, bei seinen Ministern sowie beim Gesandten de Mercy. Letzterer hatte eine gute Idee: Er schrieb seiner Monarchin umgehend über das heikle Problem nach Schönbrunn.

Maria Theresia, obwohl sittenstreng, ja prüde, war dennoch eine Frau von Welt, vor allem war ihr der schlechte Ruf des Königs von Frankreich bekannt. Ludwig XV. würde es sich auf Dauer gewiss nicht bieten lassen, dass ein unbedarftes, kleines Mädchen die ihm liebste und wichtigste Dame an seinem Hof zum Gespött machte. Damit würde er letztlich selbst brüskiert.

Die Kaiserin zögerte nicht und schrieb ihrer Tochter einen Brief, in dem sie ihr gut zuredete, den König, ihren »lieben Großvater«, nicht zu kränken und dessen Geliebte mit einem freundlichen Wort zu bedenken.

Aber die Dauphine, aufgehetzt durch die Tanten ihres Mannes, dachte gar nicht daran, Madame Dubarry entgegenzukommen. Madame Francine befürchtete, dass die Dauphine einen großen Fehler machte. Bei einer Abendgesellschaft zeigte Antoinette der ehemaligen Bordellinsassin wiederum die kalte Schulter – zum deutlichen Missvergnügen des Königs.

Der Hof amüsierte sich mittlerweile grandios und man schloss bereits Wetten darüber ab, wann der König die Geduld mit der unbotmäßigen Frau seines Enkels verlöre.

»Es ist klar, dass sich Seine Majestät hinter seine Geliebte stellen wird«, meinte Madame Francine, »aber leider ist die

Dauphine so verbohrt, dass sie gar nicht bemerkt, wie sie sich damit die Sympathien des Königs verscherzt. Sie wird sich nur selbst schaden.«

Graf Mercy berichtete wiederum nach Wien. Das Schreiben der Kaiserin an ihre sture Tochter fiel dieses Mal sehr direkt aus. »Lassen Sie gefälligst ab von Ihrem anmaßenden Urteil über die Lebensführung des Königs, es steht Ihnen keineswegs zu. Weder Ihr Alter noch Ihre bisherige Bedeutung rechtfertigen Ihren Stolz und Ihr Vorurteil über die Gräfin Dubarry. Kränken Sie nicht Ihren Großvater, den König von Frankreich.«

Antoinette war niedergeschmettert über das Schreiben ihrer sonst so frommen Mutter, welche ihr schließlich befahl, sofort und unverzüglich eine Gelegenheit zu suchen, bei der sie laut und vernehmlich vor versammelter Hofgesellschaft das Wort – und zwar ein freundliches – an die Geliebte Ludwigs richten sollte.

Marie Antoinette hatte den Brief ihrer Mutter weinend meiner Herrin gezeigt.

»Ich glaube, ihre trotzige Verweigerung kommt wegen der bissigen Bemerkungen der Dubarry, die man ihr brühwarm hinterbracht hat«, sagte Madame Francine zu mir. »Wären es Komplimente gewesen, hätte sich die Sache längst erledigt.«

Die Dauphine beriet sich auch mit Mesdames Adelaide, Victoria und Sophie. Die Matronen zogen säuerliche Gesichter, wagten aber nichts gegen die Argumente Maria Theresias einzuwenden und so gab die junge Frau endlich nach.

Sie ließ den König wissen, beim nächsten Diner wünsche sie, dass Madame Dubarry sich ihr nähere, damit sie diese begrüßen könne, was ihr bisher leider nicht möglich gewesen sei.

Ein paar Tage darauf schritt Marie-Jeanne Bécu, geadelte Madame Dubarry, prunkvoll gewandet wie eine Königin und geschminkt wie eine Hure aus dem Etablissement der Madame Gourdan, auf die Dauphine zu, versank vor ihr in einem Hofknicks – und hörte zu ihrer Verblüffung die Worte: »Es sind heute wieder eine Menge Leute in Versailles, Madame.« Darauf wandte sich die junge Frau ab und widmete sich anderen Gästen.

»Einen freundlichen Gruß konnte man das gerade nicht nennen; aber immerhin hat die Dauphine das Wort an die Mätresse des Königs gerichtet«, bemerkte Madame du Plessis spätnachts, als ich ihr schönes Haar bürstete, nachdem ich es von der mit Bändern und Perlen geschmückten, weiß gepuderten Perücke befreit hatte.

»Der König schien zufrieden und auch die Dubarry wirkte ganz vergnügt, als sie sich von der Überraschung erholt hatte. Jetzt ist sie endlich anerkannt von der künftigen Königin Frankreichs und sofort scharen sich wieder alle Höflinge um sie, die sie bisher gemieden haben.«

Unser Leben am Hof hatte seine geordneten Bahnen gefunden. Wie Demoiselle Hélène vorausgesagt hatte, hatte sich unser Tagesablauf total verändert. Morgens standen wir erst gegen zehn Uhr auf – ich ein wenig früher –, weil wir meist erst im Morgengrauen zu Bett gingen.

An die dauernden Belästigungen durch Diener und edle Herren hatte ich mich mittlerweile gewöhnt. Ich war flink und stets auf der Hut, wenn ich allein über die düsteren Korridore und Hintertreppen laufen musste – hinter jeder Biegung, in allen Ecken schienen sie zu lauern, jederzeit bereit, mir ins Dekolleté oder unter die Röcke zu grabschen. Ich hasste es, von den unverschämten Kerlen als Freiwild angesehen zu werden. Ich wünschte mir, zuerst umworben zu werden mit Schmeicheleien und kleinen Aufmerksamkeiten. Es musste doch die

Frau entscheiden können, ob sie mit einem Mann intimen Umgang pflegte oder nicht. Die eventuellen Folgen hatte doch sie zu tragen. Da wollte ich schon ein Wörtchen mitreden darüber, wen ich zwischen meine Schenkel ließ.

François gestattete ich ab und zu, mich zu küssen oder meinen Busen zu streicheln. Da vergab ich mir nichts und Küssen musste man üben für später, wenn es einmal »ernst« wurde. Außerdem tat es wohl, wenn sich meine kleinen, rosafarbenen Brustwarzen aufrichteten. Auch bei François richtete sich dann etwas auf und drückte hart und fordernd gegen meinen Unterleib, was ich mit Vergnügen wahrnahm.

Er war schon sechzehn und schlief mit einer vierzigjährigen, verwitweten Gräfin, welche Erste Zofe bei Madame Sophie, der jüngsten Tochter des Königs, war. Er war sehr zufrieden mit dieser Stelle, brauchte er sich doch nicht zu überarbeiten, hatte viel Freizeit, konnte mir helfen oder mich begleiten und mir vom Hofleben erzählen.

Seine Herrin war gleichfalls glücklich, wenn er nachts in ihr Bett kam und sie befriedigte, ehe sie einschlief; womit François sich tagsüber abgab, kümmerte sie nicht besonders.

Madame du Plessis hielt mir hin und wieder einen Vortrag über das »Aufpassen« bei der Liebe, um die lästigen Folgen zu vermeiden. »Vor dem Segen aus der Kirche gehen«, nannte sie es vornehm umschreibend; aber ich konnte sie beruhigen: »Keine Sorge, Madame, ich will noch gar nichts Intimes mit Männern zu tun haben. Wenn mir einer an die Wäsche will, dann weiß ich mich zu wehren.« Da lachte die Gräfin und meinte nur: »Das ist gut, ma Chère, aber es kann schnell gehen, dass du dich ernsthaft verliebst, und dann pflegen wir dummen Weiber oft alles zu vergessen, was wir uns vorher geschworen haben.«

KAPITEL 11

Unser Leben am Hof war im Grunde schrecklich öde und langweilig. Im Mittelpunkt stand das Vergnügen des Königs, seiner Mätresse und seiner übrigen Familie, wozu der Dauphin und seine Frau sowie die Tanten des Thronfolgers gehörten; seine Schwester Elisabeth galt noch als Kind und verbrachte daher die Nächte mit ihrer Gouvernante.

Die Erwachsenen besuchten jeden Abend Theateraufführungen, trafen sich bei Galadiners oder Maskenbällen, sahen sich Ballettvorstellungen an oder pflegten das fade Kartenspielen. Die Anwesenheit des Hofstaates war Pflicht.

Eine Hofdame oder ein Kavalier mussten schon auf dem Totenbett liegen, um als entschuldigt zu gelten. Wer Familiäres zu erledigen hatte, musste sich vom König Urlaub erbitten – ohne Erlaubnis den Hof zu verlassen, hätte die königliche Ungnade nach sich gezogen. Aber das wagte keiner, denn wer nicht am Hof anwesend war, über den wurde gnadenlos hergezogen. Etwa: »Haben Sie schon gehört, Madame Gautier? Mademoiselle du Lanvec soll ihren Verlobten, den Marquis de Roqueville, mit ihrem Kutscher betrogen haben. Der Marquis überraschte die beiden im Pferdestall und soll seinen Nebenbuhler entmannt haben.« Oder Folgendes:

»Stellen Sie sich vor, Monsieur de Lamballe, die alte Gräfin de Monriette, sie ist gewiss schon siebzig, hat sich einen jungen Liebhaber genommen. Ganze siebzehn Jahre soll er alt sein.«

»Ja, Madame de Fourier, das habe ich erzählen hören und der Bengel soll seine Sache angeblich so vorzüglich machen, dass ihn die alte Schachtel sogar heiraten will.«

»Das wird ihr Sohn, der Marquis, mit Sicherheit zu verhindern wissen; er braucht das Jüngelchen nur zum Duell zu fordern.« Der Klatsch über Intimes war das Salz in der faden Suppe des Hoflebens.

Ich begleitete meine Herrin so gegen zwei oder drei Uhr morgens zurück in ihr Appartement, half ihr beim Auskleiden und sie erzählte mir unter vielem Gähnen, wie die letzte Nacht verlaufen war. Ich löste dabei ihre Frisur, versorgte ihre Perücke und bürstete ihr Haar. ›Eine Schande‹, dachte ich jedes Mal, ›so wunderschönes Haar unter einer Perücke zu verstecken.‹

»Ma Chère, wie findest du den Hof und seine Bewohner?«, fragte mich Madame Francine eines Nachts.

»Oh, Madame, ganz wundervoll, ganz wundervoll.« Ich bemühte mich, eine begeisterte Miene aufzusetzen.

»So«, meinte die Gräfin, »ganz wundervoll, sagst du?« Sie musterte mich scharf. »Und jetzt, meine liebe Julienne, lassen wir alle Höflichkeit beiseite und du sagst mir deine ehrliche Meinung.«

»Madame, was soll ich sagen? Wahrscheinlich verstehe ich das alles nicht so recht; aber manchmal kommen mir die Hofleute und ihre Beschäftigungen arg öde vor. Irgendwie komplett überflüssig. Sie stehen in der Hauptsache auf hohen Absätzen herum, zeigen eine fröhliche Miene und bemühen sich um charmantes Geplauder.«

Mutiger geworden fuhr ich fort: »Sie spinnen nur Intrigen, schmieden Komplotte und scheuen auch nicht vor bösartigen Verleumdungen zurück. Sie sind faul, nutzlos und falsch. Dem Dauphin und der Dauphine gegenüber gebärden sie sich voll Ehrerbietung und hinter deren Rücken erzählen sie die gemeinsten Sachen. Am allerschlimmsten finde ich die ›Geistreichen‹, die nur ausgemachte Dreckschleudern sind.«

Eine Weile war es ganz still im Raum.

»Alle Achtung«, sagte meine Herrin auf einmal, »so scharf habe ich noch selten eine Analyse über uns Hofleute gehört – und dies von einem Bauernmädchen von noch nicht einmal vierzehn Jahren.«

Erschrocken fiel ich vor Madame du Plessis auf die Knie und griff nach ihrer Hand. »Madame, Madame. Euch habe ich doch nicht damit gemeint. Ihr tut ja etwas Vernünftiges. Ihr lest der Dauphine Geschichten vor zur Erbauung, ja ganze Bücher, um ihren Horizont zu erweitern. Ihr sprecht mit ihr über ihr Leben und das Leben allgemein. Ihr seid wie eine Lehrerin für die künftige Königin. Ihr geht mit ihr spazieren und Ihr macht sie aufmerksam auf die Schönheiten und Besonderheiten der Natur, Madame.«

Ich steigerte mich förmlich in eine Begeisterung hinein, welche aber durchaus ehrlich gemeint war. So empfand ich tatsächlich. Längst hatte mich die Gräfin hochgezogen und ich stand ihr gegenüber. »Madame, ich merke es doch an mir selbst, wie sehr ich von Euch profitiere. Ihr seid gebildet und klug und ich lerne tagtäglich von Euch, ohne es als unangenehme Schulmeisterei zu empfinden. Und dafür bin ich wirklich dankbar.« Ich knickste vor Madame Francine und fügte treuherzig hinzu: »Ich bin sicher, die Dauphine fühlt ebenso.«

»Ich habe nach deiner ehrlichen Meinung gefragt und habe sie wohl erhalten«, sagte meine Herrin und lächelte freundlich.

»Ich wollte dich dafür keineswegs kritisieren – ich war nur erstaunt, wie ein so junges Menschenkind über eine so treffende Urteilskraft verfügen kann. Ich stimme dir zu: Der Hof wimmelt von überflüssigen Personen, welche sich alle wichtig vorkommen in ihrer Hohlköpfigkeit und dabei Unsummen an Geld verschlingen, denn ihre nutzlosen Pöstchen werden fürstlich honoriert. Dafür nehmen sie gerne eine wahrhaft unwürdige und todlangweilige Existenz in Kauf.«

Die Gräfin war an ein Fenster ihres Salons getreten, zog den Vorhang zurück und blickte hinaus in den Park des Schlosses, wovon sie ein kleines Stück sehen konnte.

»Sie schlafen meist in engen Kämmerchen, schlagen sich die Nächte um die Ohren, um Madame Dubarry dabei zuzusehen, wie sie gewaltige Geldbeträge verspielt oder ihrem alten, verlebten Liebhaber die faltigen Wangen streichelt. Mein Gemahl, Édouard du Plessis, würde in diesem goldenen Käfig zugrunde gehen. Er verzichtet lieber auf alle Ehrungen durch den König und bleibt als sein eigener Herr auf Schloss Plessis und verwaltet seine Güter. »›Lieber ein einfacher Landedelmann als so ein affiger Hofschranze in Spitzen und mit weibischer Schminke auf dem dummen Gesicht‹, sagt mein Gatte«, vertraute mir die Gräfin an.

Wer spät ins Bett kommt, muss bis in den hellen Morgen schlafen. Mich trieb es aber meistens schon um neun Uhr aus den Federn. Meine Herrin bedurfte meiner gewöhnlich erst ab zehn. Mit Waschen, Anziehen, Herrichten und Frühstücken vergingen jeweils zwei Stunden; danach begleitete ich Madame Francine zur Dauphine, welche sich dann gerade zur Messe in der Schlosskapelle begab. Meist wurde sie dabei vom Dauphin begleitet. Wenn nicht, wussten alle, dass er frühmorgens zur Jagd aufgebrochen war.

Das lange Aufbleiben nachts schätzte der junge Ludwig überhaupt nicht. Er zog es vor, frühzeitig ins Bett zu gehen und früh am Morgen aufzustehen. Ich fand das sehr vernünftig von einem zukünftigen König. Wie ich hasste er den ewigen Leerlauf am Hof. Ich fand es sehr ungerecht, dass man in Versailles so eine schlechte Meinung von ihm hatte. Natürlich war er plump, menschenscheu und unbeholfen. Aber wenn sein Großvater nicht immer so spöttisch über ihn hergezogen hätte, würden es auch die Hofschranzen nicht gewagt haben, sich offen über ihn lustig zu machen.

Niemand bedachte, dass der Thronfolger fast noch ein Kind war. Weshalb mokierte sich der Hofstaat, wenn er mit seinen jüngeren Brüdern stritt und sie auch hin und wieder verdrosch, wenn sie ihn zu sehr schikanierten? Die Dauphine, die selbst eine Menge Geschwister hatte, verstand ihn als Einzige und schlichtete meistens die brüderlichen Querelen.

Seine Liebe zur Jagd ließ sein Großvater gerade noch für einen künftigen Monarchen gelten, aber dass sein Enkel das Schlosserhandwerk von Herzen liebte, das begriff er nicht. Sogar eine eigene Werkstatt hatte der Dauphin sich eingerichtet. Das waren Tätigkeiten, die der König als pöbelhafte Handarbeit verachtete – und damit natürlich auch alle anderen am Hof.

»Ich verstehe auch nicht, was so schlimm daran sein soll«, bemerkte Madame Francine zu Madame Campan, einer anderen Hofdame, »damit tut er doch etwas Nützliches, im Gegensatz zu den Herren, welche ihre Zeit vergeuden mit Schminken, Frisieren, übler Nachrede und dem Einfädeln mehr oder weniger unappetitlicher Liebesaffären.«

Ich litt so manches Mal an bitterem Heimweh. Es verging selten ein Tag, an dem ich nicht an unseren Hof dachte, an meine Mutter Babette, an Onkel Émile – beide waren jetzt verheiratet –, an Père Danton und seinen Enkel Georges und an meine Freundinnen. Aber ich zieh mich dann selbst der Undankbarkeit. Ich hatte eine verständnisvolle Herrin, welche mich allerlei Dinge lehrte; ich besaß saubere Wäsche und hübsche Kleider, hatte einen angenehmen Dienst und erhielt schmackhaftes Essen und gelegentlich steckte mir Madame Francine einige Louisdor zu. Mein Kämmerchen war klein, aber warm, und überdies musste ich es mit niemandem teilen. Die Arbeit fiel mir leicht und ich hatte genügend freie Zeit. Ich musste mich nicht rechtfertigen, wo ich gewesen war; aber ich erzählte meiner Herrin freiwillig, wo ich mich gerne herumtrieb.

»Sperre nur immer Augen und Ohren auf, Julienne, ma Chère«, ermunterte mich Madame du Plessis, »man weiß nie, wozu die dabei gewonnenen Erkenntnisse einmal dienlich sein können.«

KAPITEL 12

Die Unkosten in Versailles waren enorm. Eine kleine Kutsche war hinzugekommen, dazu zwei Pferde sowie zwei Maulesel, weil auch die Dauphine häufig auf Mauleseln ausritt. Ein Kutscher und ein Pferdeknecht waren zu unterhalten, ferner der Page François, den Madame Francine nach dem Tod seiner alten Baronin übernommen hatte. Demoiselle Hélène gehörte ebenso zum Personal wie ein kleines Dienstmädchen namens Ginette – und ich.

In Versailles zählten nur Äußerlichkeiten. Die Hüftpolster der Damen wurden immer ausladender – viele Türen im Palast konnten nur noch seitwärts betreten werden – und die prunkvoll aufgetürmten Perücken erreichten eine Höhe von sechzig Zentimetern. In den Kutschen knieten die Damen, wobei ihre aufgebauschten Röcke zu den Fenstern hinaushingen.

Viele Männer schminkten sich wie Frauen. Mit schwarz umrandeten Augen, blutrot bemalten Mündern und rosa Apfelbäckchen in weiß gepuderten Harlekinsgesichtern trippelten sie auf hohen Absätzen und mit eng geschnürter Taille über das Versailler Parkett.

Am Hof herrschten Neid, Rücksichtslosigkeit, Kriecherei, Verleumdung und brutaler Egoismus. Das einzige weibliche Wesen, an welches sich Antoinette wenden konnte, war Madame Francine. Später kamen noch die Prinzessin Lamballe sowie Madame Campan dazu. Von den Herren hatte Antoinette nur den Grafen Mercy zum Freund; er war die Verbindung zu ihrer Mutter.

»Oh, diese boshaften Bestien«, klagte Madame Francine, als wir nach einem Morgenspaziergang wieder in ihrer Suite waren. Sie gab mir einen Zettel. »Wie gemein muss jemand sein, um so etwas zu verbreiten?«

Es war eines der impertinenten Pamphlete über die unfruchtbare Dauphine, welche am Hof die Runde machten.

»Ich habe heute auch so ein Ding gefunden, Madame«, sagte ich. »Es war mit einer Nadel an einem Samtvorhang im Vorzimmer der Dauphine festgesteckt. Ich hab's abgemacht und in den Kamin geworfen.«

An meinem vierzehnten Geburtstag überraschte ich Monsieur Guillaume, Madame Francines Kutscher, beim Liebesspiel mit Demoiselle Hélène. Die ältliche Zofe – meine Herrin hatte sie zu einer solchen befördert – lag rücklings auf einer Chaiselongue in einem Alkoven und der Kutscher Guillaume, mindestens zehn Jahre jünger als sie, lag schnaufend und stöhnend auf ihr. Sie hatte ihre Röcke hochgeschlagen und ihre mageren Schenkel um seinen breiten Rücken geschlungen, sodass er tief in sie eindringen konnte. Er stieß kräftig wie ein Bulle, während Hélène verzückt die Augen verdrehte und ihren Galan anfeuerte: »Oh ja, gut, gut. Weiter so, mon Chéri, oh ja.« Das schon ältere Liegemöbel ächzte und bebte. Plötzlich bewegte sich Guillaume wie rasend, stieß einen Schrei aus und sank schließlich auf die laut aufstöhnende Demoiselle Hélène nieder. Ich machte mich unbemerkt davon – es gehörte sich nicht, den Leuten beim Lieben zuzusehen, obwohl man in Versailles an allen Ecken auf kopulierende Paare stieß. Aber interessant war es.

»Julienne, ma Chère«, sagte meine Herrin zu mir, »du musst heute Nachmittag um fünf Uhr zu Madame Adelaide in ihren Salon kommen. Die Prinzessin möchte dich sprechen.«

»Was hat das zu bedeuten?«, fragte ich alarmiert, »die Tochter des Königs will mich kleine Zofe sehen?«

»Hab' keine Angst, ma Petite«, beruhigte mich Madame Francine, »ich denke, die Prinzessin möchte dich genauer in Augenschein nehmen, weil du ihr durch deine Ähnlichkeit mit ihrer Nichte, Madame Elisabeth, aufgefallen bist.«

Eigentlich fühlte ich mich ja geschmeichelt über diese Ähnlichkeit – ich dummes Ding. Hätte ich damals gewusst, was daraus erwachsen sollte, ich wäre sogar nackt aus dem Palast geflohen, heim zu meiner Maman.

Im Salon saß die Prinzessin mit ihren beiden Schwestern an einem großen, runden Tisch. Jede war mit einer Handarbeit beschäftigt. Ich trat ein und knickste ehrfürchtig vor den königlichen Damen.

»Komm her, Kleine«, rief Madame Adelaide barsch, »und lasse dich anschauen.« Verlegen trat ich auf den Tisch zu.

»Erstaunlich, wirklich ganz erstaunlich«, murmelte Madame Victoria und die Prinzessin Sophie stand sogar auf, wobei sie ihre Stickerei achtlos auf den Boden fallen ließ. Sie trat auf mich zu und beäugte mich mit zusammengekniffenen Augen.

»Dreh dich langsam um, mein Kind«, verlangte sie.

Alle drei Damen schüttelten den Kopf und Madame Adelaide flüsterte: »Man möchte es nicht für möglich halten.« Dann musste ich im Raum auf- und abgehen, mich mehrmals drehen und schließlich fragte mich Madame Victoria: »Woher kommst du, Kleine, und wie heißt du?«

Nachdem sie sich noch nach meinem genauen Geburtsdatum erkundigt hatte, entließ mich Madame Adelaide huldvoll: »Du darfst für heute gehen. Wir werden dich aber bald wieder rufen lassen.«

»Ich werde meinem Gemahl schreiben«, versprach Madame Francine, »und ihm von dem eigenartigen Interesse an deiner Person berichten.«

Aufgeregtes Getuschel, mokantes Lächeln, Kichern hinter vorgehaltener Hand. Der künftige König war vergangene Nacht unangemeldet in Antoinettes Boudoir erschienen. Der junge Mann wollte gleich zur Sache kommen, ohne jegliches zärtliche Vorspiel.

Marie Antoinette lag bereits im Bett. Ihr Mann hatte sich mit Wein reichlich Mut angetrunken. Herrisch scheuchte er zwei Zofen aus dem Gemach. Die Frauen machten sich schleunigst davon. Geschwind schlossen sie die Tür und – blieben dicht davor stehen, um ihre Ohren ans Holz zu drücken und abwechselnd durch das Schlüsselloch zu spähen.

Anfangs hatte es den Anschein einer Vergewaltigung, aber nach einem ersten Moment maßloser Verblüffung ließ die Dauphine ihren Mann gewähren. Das Nachthemd der jungen Frau ging in Fetzen bei der wilden Attacke ihres Gemahls –

aber das war es dann auch schon. Die Zofen vernahmen zwar Seufzen und Stöhnen sowie heftiges Knarren der Bettstatt, aber der unerfahrene Ehemann blieb so erfolglos wie bisher. Nachdem die Dauphine etliche Schmerzenslaute von sich gegeben hatte, ließ der verhinderte Liebhaber von ihr ab und schlug verzweifelt seine Hände vors Gesicht. Das junge Mädchen sprang auf und schrie hysterisch:

»Ich halte das nicht mehr aus. Ich habe Kreuzschmerzen und Bauchkrämpfe. Lassen Sie mich endlich zufrieden.«

Schluchzend warf die Dauphine sich wieder aufs Bett. Der unglückliche Versager war unterdessen vom Lager seiner Frau aufgestanden und zum Waschtisch hinübergegangen, wo er sein zwar immer noch erigiertes, gleichwohl zum Verkehr nicht geeignetes bestes Stück mit kaltem Wasser benetzte, um es abschwellen zu lassen. Das blamable Ereignis hatte ihn nüchtern werden lassen.

Der Dauphin kehrte zum Bett seiner Frau zurück. Er setzte sich auf die Kante und berührte Antoinettes Schulter. Sie zuckte zurück und gab leise Abwehrlaute von sich.

»Keine Angst, Madame, ich tue Ihnen nichts«, konnte die Zofe Ludwig deutlich sagen hören. »Auch mir bereitet es zu viele Schmerzen.«

»Dann lassen wir es doch, ich bitte Sie herzlich, Monsieur«, meinte die Dauphine, rückte im Bett zur Seite und machte dem enttäuschten Jüngling Platz. Der legte sich neben sie und schlief wie immer binnen weniger Minuten ein.

KAPITEL 13

Grosse Aufregung am Hof. Alle Empfänge und Festlichkeiten wurden abgesagt: Der König war schwer erkrankt. Die Leibärzte machten betretene Mienen und Madame Dubarry bedachte sie mit Flüchen, welche die noch niemals gehört hatten.

Hier aber war alle ärztliche Kunst vergebens. Die Lebensuhr Ludwig XV. war mit vierundsechzig Jahren abgelaufen. Offiziell sprach man von den Pocken. Die Ärzte hatten aus Angst vor Ansteckung dem Thronfolger und seiner Frau strikt untersagt, den im Sterben Liegenden aufzusuchen.

Aber die meisten wussten es besser: Es handelte sich um das Endstadium der Syphilis. Der Herrscher verfaulte bei lebendigem Leibe. Der Gestank war kaum auszuhalten. Wer konnte, floh aus dem Krankenzimmer. Nur die Dubarry verharrte treu an seinem Lager und hoffte auf seine Genesung.

Doch dann warf der König sie noch zu seinen Lebzeiten aus Versailles hinaus. Sein Beichtvater verweigerte ihm nämlich die Absolution, solange sich die Mätresse bei ihm aufhielte. Und der König hatte doch so schreckliche Angst vor der Hölle! Seine Töchter übernahmen nun die Krankenpflege ihres Vaters.

»Pah, vor den Pocken brauchen wir keine Angst zu haben«, meinte Madame Adelaide süffisant und Madame Victoria soll hämisch hinzugefügt haben: »Woran unser Vater zugrunde geht, wird gewiss nicht durch die Pflege am Krankenbett übertragen.« Woraufhin ihre Schwester, Madame Sophie, schamrot im Gesicht, ausgerufen hatte: »Schweigen Sie, Mesdames, schweigen Sie auf der Stelle.«

Alle warteten auf den Tod des Königs. »Er war ein lasterhafter Verschwender. Diese Meinung vertritt mein Gemahl«, sagte Madame du Plessis.

Am Hof würde den Dahingeschiedenen nur seine Mätresse betrauern. Er hatte sie aus der Gosse geholt und ihr so das Schicksal der meisten Dirnen erspart, alt, krank und verarmt zu Grunde zu gehen. Seine Töchter hatten keinen Grund, über seinen Tod zu weinen, hatte er sie doch stets mit ätzendem Spott und Verachtung behandelt, ebenso wie seinen Enkel Ludwig.

Der oberste Kammerdiener des Königs hatte nach altem Brauch eine brennende Kerze ins Fenster von Ludwigs Schlafzimmer gestellt. Wurde die Kerze gelöscht, war dies das Zeichen, dass Ludwig XV. seinen letzten Atemzug getan hatte. Endlich erlosch die Flamme im Fenster und die Türe des königlichen Gemachs öffnete sich. Sein Haushofmeister rief den wartenden Hofleuten, darunter auch Madame Francine, zu: »Le Roi est mort, vive le Roi.«

Geschwind eilten die Höflinge zu den Räumen des Dauphins. Jene, die bis vor kurzem noch über den tölpelhaften jungen Mann gelacht hatten, beeilten sich am meisten.

Auch für Marie Antoinette änderte sich das Leben. Sie würde nun bald Königin sein. Mit großer Genugtuung schickte sie die unfreundliche Madame de Noailles auf deren Güter zurück. Auch für Madame de Tessier war die Zeit am Hof zu Ende.

Die Krönung des Dauphins zum König stand bevor. Da Missernten eine Hungersnot verursacht hatten, war es in Paris und anderswo zu Volksaufständen gekommen und Ludwig hatte sich einen neuen Finanzminister, Monsieur Turgot, zugelegt. Dessen Motto lautete: eisernes Sparen.

So hatte er beispielsweise Paris als Krönungsort vorgeschlagen. Aber Ludwig wollte Reims, die uralte Krönungsstätte französischer Könige, und diese Unvernunft kostete insgesamt eine Million Livres. Das gab viel böses Blut.

Kurz nach der Beisetzung Ludwigs XV. empfing Antoinette die Höflinge, die ihr nun als neuer Königin huldigten. Die jungen Hofdamen begrüßte sie sehr herzlich, aber die älteren erschraken, als eine angebliche Äußerung der achtzehn Jahre alten Königin bekannt wurde:

»Ich verstehe nicht, wie jemand, der über dreißig ist, es noch wagen kann, sich am Hof blicken zu lassen.« Meine Herrin jedoch versicherte, sie habe die Königin niemals dergleichen äußern gehört.

KAPITEL 14

Die letzte Krönung in Reims hatte vor etwa einem halben Jahrhundert stattgefunden und die ehrwürdige Kathedrale musste dringend renoviert werden. Die Instandsetzungsarbeiten verschlangen eine Menge Geld. Und genau vor diesen Kosten hatte Monsieur Turgot gewarnt; in der Hauptstadt hätte man alles viel preiswerter haben können. Trotzdem freute sich das Volk auf das Spektakel.

Aber als die prachtvollen Karossen mit den Adligen, der hohen Geistlichkeit, den höchsten Beamten und dem königlichen Gefolge zur Kathedrale fuhren, sah ich Arbeiter auf der Straße auf den Knien liegen und um Brot betteln. Ein beschämender Anblick, der einen zu Tränen rühren konnte. Gottlob kam es zu keinem Aufstand. Diese Armen schienen wie betäubt zu sein von dem Pomp, welcher sich vor ihren Augen entfaltete.

Hier in Reims war es auch, wo ich Georges Danton aus Plancy wieder sah; er war inzwischen sechzehn und zu Fuß hierher gewandert, um die Krönung des neuen Königs mitzuerleben, und auch er wurde vom Jubel der Massen mitgerissen. Leider konnten wir uns nur ganz kurz unterhalten, da meine Herrin meiner Dienste bedurfte.

»Mon Dieu, was bist du groß geworden«, konnte ich nur ganz erstaunt hervorbringen. Mein entfernter Verwandter war zu einem Riesen mit hässlichem, vernarbtem Gesicht herangewachsen, aber er trug ein zauberhaftes Lächeln auf den Lippen. »Stell dir vor, meine Eltern möchten, dass ich Geistlicher werde. Lieber ersäufe ich mich in der Aube. Ich will die Rechte studieren.« Wie ich ihn kannte, würde er seinen Kopf durchsetzen.

Die Krönungsfeierlichkeiten in der zum Bersten überfüllten Kathedrale waren sehr beeindruckend. Es wimmelte nur so vor Umhängen aus golddurchwirktem Samt und mit Hermelin verbrämten Herzogsmänteln. Zwei Bischöfe gaben dem neuen König das Geleit, welcher in seinem weiten, violetten Samtmantel und dem Hermelinumhang großartig aussah. Auf dem Mantel prangte die Bourbonenlilie, das Symbol seines Herrschergeschlechtes.

Die Hitze in der Kirche war schier unerträglich. Diese Unmenge an Menschen und ihre Ausdünstungen sowie tausende von brennenden Kerzen machten das Atmen schwer. Kein Wunder, dass etliche eng geschnürte Damen ohnmächtig umfielen.

Ich stellte mich auf die Zehenspitzen und verrenkte mir fast den Hals, um ja nichts von der ehrwürdigen Zeremonie zu versäumen. Der Erzbischof von Reims nahm das silberne Gefäß mit dem heiligen Salböl vom Zeremonienmeister des Hofes entgegen und salbte damit Ludwigs Haupt, Brust, Schultern und Arme. Dafür entblößte man für eine Weile den Oberkörper des jungen Königs.

Alle Anwesenden in der Kathedrale hörten, wie der neue König das Gelöbnis ablegte, Gewalt und Unrecht zu verhindern, die Ketzer auszurotten und das Volk gerecht zu regieren.

Ludwig, der bisher demütig auf einem weinroten Samtkissen gekniet hatte, setzte sich nun auf einen Thronsessel und erhielt das königliche Zepter überreicht, welches aus getriebenem Gold bestand, außerdem die »Hand der Gerechtigkeit«, einen mit Juwelen besetzten Goldstab, welchem am Ende eine goldene Hand aufgesetzt war. Viele der Anwesenden weinten, als der Erzbischof Ludwig XVI. die Krone Kaiser Karls des Großen aufs Haupt setzte. Der Kirchenfürst verneigte sich ehrfurchtsvoll vor dem gesalbten und gekrönten Herrscher und rief dann laut:

»Vivat Rex in aeternam – möge der König ewig leben.«

Alle wiederholten den Ausruf begeistert. Wie auf ein geheimes Kommando öffneten sich die mächtigen Portale der Kathedrale und die Menschen, die draußen viele Stunden geduldig in der Sonnenhitze ausgeharrt hatten, drängten nun in das Innere der Kirche und schrien: »Vive le Roi – lang lebe der König.«

Nun ließ man aus Drahtkäfigen eine Schar Vögel frei. Diese flogen hoch unter das spitzbogige Dach und flatterten dort verwirrt umher.

»Diese Vögel sollen die Freiheit Frankreichs versinnbildlichen«, rief mir Madame Francine zu. Sie musste ihre Stimme erheben, um sich verständlich machen zu können. Ich sah, dass die Gräfin sehr bleich war. Sofort ergriff ich ihren Arm und gab François sowie Demoiselle Hélène ein Zeichen, für einen Durchgang durch die dicht gedrängte Menschenschar zu sorgen. Ich musste Madame Francine ins Freie bringen, ehe sie in Ohnmacht fiel.

Auch Antoinette bedachte das Volk mit Jubel: Es fand sichtlich Gefallen an seiner schönen Königin.

Beide jüngeren Brüder des Königs waren verheiratet und ihre Frauen hatten schon Kinder zur Welt gebracht. »Die Frage der Thronfolge ist ungeklärt, wenn Antoinette nicht endlich einem Sohn das Leben schenkt. Aber wie um Himmels willen soll das gelingen?«, fragte mich Madame Francine. »Einer einzigen Jungfrau ist das bis jetzt geglückt; aber das ist lange her und auch nur unter Mitwirkung des Heiligen Geistes.«

Man redete am Hof ganz offen über die Impotenz des Königs.

Da alle zum Schloss Zutritt hatten, geschah es, dass die junge Königin auf dem Weg in ihre Gemächer auf eine Gruppe Pariser Fischweiber stieß. Dieser ordinäre Weiberhaufen verfolgte sie durch die langen Korridore und die Frauen riefen ihr allerlei obszönes Zeug hinterher. Die beiden Zofen und der Wachsoldat, die Antoinette begleiteten, waren nicht im Stande, die Fischweiber abzudrängen.

Madame Francine und ich kamen eben von einem Besuch bei Madame Sophie zurück und wurden Zeuginnen des Vorfalls. Die junge Königin war zutiefst schockiert und eilte in ihr Boudoir, wo sie sich in Tränen aufgelöst in die Arme der Gräfin stürzte.

»Jede Hündin wird läufig, sucht sich einen Schwanz und wirft ihre Welpen«, hatten die grässlichen Furien geschrien, »wann wirst du endlich den Bauch voll haben?«

Die Königin war zweiundzwanzig Jahre alt und nach sieben

Jahren Ehe immer noch Jungfrau. Sie suchte sich andere Ablenkungen. Sie liebte Diamanten – also quollen ihre Schatullen förmlich über. Und sie liebte extravagante Kleidung. Diese fertigte Mademoiselle Bertin an, die berühmteste Pariser Modekünstlerin.

Nichts war der Königin zu ausgefallen. Ihr Leibfriseur entwarf für sie fantastische, groteske Gebilde. Je nach dem Motto des Festes waren entweder ein Segelschiff in den aufgebauschten Haarturm integriert, ein Korb mit Blumen und Obst oder ein Käfig mit einem echten Vögelchen; in der Farbe immer zur Robe passend.

Minister Turgot mahnte ernsthaft, die Kosten der Hofhaltung zu senken. Auch der König benutzte häufig die Vokabel »Sparsamkeit«, aber Antoinette war nicht bereit, sich irgendetwas zu versagen, und Ludwig war zu schwach, um ihren Hang zur Verschwendung zu unterbinden.

»Ausgerechnet im Verbieten soll er sich als starker Mann erweisen, obwohl er das im Ehebett nicht schafft?«, fragte ich trocken unseren Kutscher Guillaume, mit dem ich seit einiger Zeit sexuellen Umgang pflegte.

Die Liaison mit Demoiselle Hélène hatte er beendet. Er hielt sich sauber und achtete darauf, mir kein Kind zu machen. Uns verband zwar keine große Liebe, aber ehrliche Zuneigung und jugendliche Leidenschaft. So hatte ich es nicht nötig, auf die listigen Versprechen der feinen Herren hereinzufallen, welche eine Frau in dienender Stellung als Freiwild betrachteten. Auch François hielt ich mir als gelegentlichen, angenehmen Beischläfer. »Diese Laffen mit den gepuderten Perücken sollen ja nicht denken, sie hätten ein gottgegebenes Anrecht auf uns Weiber aus dem Volk«, predigte ich beinahe jeden Tag der kleinen Ginette.

Ich war selbstbewusst geworden in den bisherigen sieben

Jahren bei Hofe. Meine angeborene Neugierde hatte nicht nachgelassen – im Gegenteil. Wo ich etwas Wissenswertes aufschnappen konnte, saugte ich es auf. Ich hatte die Worte meiner Herrin nicht vergessen.

Ich las auch gerne, egal was. Sogar an Bücher über Geschichte und Politik wagte ich mich heran. Wenn ich etwas nicht verstand, fragte ich einfach. Und ich habe nie erlebt, dass man mir die Antwort verweigert hätte.

Seit ich vor sieben Jahren in Versailles ein neues Leben begonnen hatte, führte ich ein Tagebuch. Dieses hilft mir jetzt, wenn mich mein Gedächtnis im Stich lässt.

KAPITEL 15

MADAME DU PLESSIS hatte Nachricht von ihrem Gemahl Graf Édouard erhalten.

»Mein Gatte hält es für möglich, dass es purer Zufall ist, dass du der königlichen Prinzessin so ähnlich siehst; er meint, es wäre besser, man würde keinerlei Aufhebens davon machen.«

Sie sprach dabei betont beiläufig – etwas, was mich immer ein wenig stutzig machte.

Es vergingen etwa drei Monate und Madame Adelaides Ankündigung wurde wahr: Ich wurde in die Gemächer der Tanten Ludwigs gebeten – nicht mehr beordert wie beim ersten Mal. Dieses Mal begleitete mich Madame du Plessis, war aber bestrebt, meine erneute Begutachtung zu bagatellisieren. »Die edlen Damen langweilen sich und suchen Zerstreuung«, mutmaßte sie.

»Mir ist gar nicht wohl, Madame, wenn mich so viele Augen inspizieren.« Und kläglich fügte ich hinzu: »Ich fürchte dann immer, ich könnte schmutzige Fingernägel haben.« Das löste ein wenig die Spannung, weil wir beide lachen mussten.

Aber das Lachen verging mir, als ich im Salon der ältesten Prinzessin den königlichen Leibarzt Monsieur Docteur Trudeau sah. Er saß am runden Tisch, einen königlichen Sekretär neben sich, welcher zahlreiche Papiere vor sich liegen hatte sowie leeres Schreibpapier, Tinte und Federn.

Die Tanten hockten aufgereiht wie Hühner auf der Stange auf einem Sofa, diesmal ohne Handarbeit. Sie beäugten mich scharf, aber nicht unfreundlich. Der Medikus winkte mich näher heran, als ich meinen Hofknicks vor den Damen absolviert hatte.

»Keine Angst, Mademoiselle, wir wollen Ihnen nur ein paar Fragen stellen.« Der Sekretär las Angaben zu meiner Person vor aus seinen Unterlagen und der Doktor fragte jeweils: »Entspricht dies der Wahrheit, Mademoiselle?«, und ich antwortete artig: »Ja, Monsieur le Docteur, das ist richtig.«

Es waren die Daten meines Geburtstages sowie die Lebensdaten meiner Eltern, einschließlich ihres Hochzeitstages; sie wollten meinen Geburtsort wissen und ob ich das älteste Kind in der Geschwisterreihe gewesen wäre. Dann wollte der Arzt, nachdem er mich erst gründlich von Kopf bis Fuß gemustert hatte, wissen, wie viele Kinder meine Mutter Babette geboren hatte, wie viele davon noch lebten sowie deren genaues Alter. »Ist Ihre Mutter jemals für längere Zeit fort gewesen von zu Hause?«, fragte mich Monsieur Trudeau unvermittelt und ich war so perplex, dass ich zu stottern begann. »Iiich wweiß nnicht, Monsieur, iich gglaube nicht«, brachte ich leise und mit Mühe hervor.

»Denken Sie nur in Ruhe darüber nach, mein Kind«, ließ

sich da die freundliche Stimme von Madame Sophie vernehmen. »Vielleicht waren Sie noch gar nicht auf der Welt, als Ihre Maman möglicherweise auswärts gearbeitet hat.«

»Mademoiselle Julienne«, fiel Madame Victoria ein, »haben Sie eventuell darüber etwas zu Hause oder im Dorf gehört?« Alle Anwesenden ließen ihre Blicke gespannt auf mir ruhen. Ich biss mir nervös auf die Lippen.

»Kann sein, dass meine Maman einmal für kurze Zeit in Paris war, aber ich weiß es nicht mit Sicherheit. Mir kommt es so vor, als hätte ich ein paar alte Frauen darüber sprechen gehört. Aber Maman war damals noch nicht verheiratet – wenn es denn stimmt, dass sie weg war. Über die Zeit vor ihrer Ehe spricht meine Mutter nämlich nicht.«

Meine Zuhörer sahen sich bedeutungsvoll an, nickten mit den Köpfen und der Arzt begann, mit einem Maßband und einem verschiebbaren, kleinen Metallgerät mit aufgedruckter Skala meinen Kopf zu vermessen. Zuerst den Schädelumfang, dann dessen Länge sowie den Abstand zwischen meinen Augen und den zwischen Nase und Oberlippe, ehe er den Zwischenraum von Unterlippe und Kinn vermaß. Meinen Ohren widmete er besondere Aufmerksamkeit, gleich wie der Form, der Stellung und Farbe meiner Augen, dem Verlauf der Brauen und dem Umfang und der Länge meines Halses. Die Zahlen, welche er auf diese Weise ermittelte, diktierte er dem Schreiber, der sie fein säuberlich auf ein frisches Blatt Papier malte. Ehe der Leibarzt des Königs sich meinen Körpermaßen widmete, wobei er besonderen Wert auf die exakte Messung von Schulterbreite sowie Arm- und Beinlänge legte (wozu ich hinter einem Paravent meine Röcke heben musste), guckte er mir noch in den Mund, besah sich genauestens meine Zähne, den Gaumen, Ober- und Unterkiefer und die Zunge. Und ich hörte, wie Docteur Trudeau »genau das gleiche Gebiss« murmelte.

»Für eine so junge Dame haben Sie eine bemerkenswert tiefe und warme Stimme«, meinte er anschließend und ich konnte sehen, wie die drei Schwestern auf ihrem Sofa sich wiederum bedeutungsvoll anblickten. »Wie unsere Schwester Louise«, murmelte Madame Sophie.

»Wir haben es beinahe geschafft«, sagte der Medikus und wandte sich Madame Francine zu. Schweigend hatte sie die Zeit in einem Fauteuil verbracht und das Geschehen im Raum aufmerksam verfolgt. »Nur die Hände und Füße Ihrer Zofe muss ich noch sehen«, raunte der Arzt Madame du Plessis zu.

»Vielleicht kann ich das Verfahren abkürzen, Monsieur le Docteur«, hörte ich meine Herrin sagen und zu meinem großen Erstaunen begann sie, dem Arzt in einer mir unbekannten Sprache Erklärungen abzugeben. Es musste sich um mich und meine Familie handeln: Die Namen waren das Einzige, was ich verstehen konnte. Der Doktor schien mehrmals nachzufragen. Das entnahm ich dem Tonfall, denn auch er bediente sich nun nicht mehr des Französischen; es hörte sich an, wie wenn der Priester während der Messe am Altar spricht. Allmählich wurde es mir unheimlich. Auf einmal waren alle im Salon noch freundlicher zu mir als vorhin; die Spannung war vorüber. Madame Adelaide erhob sich sogar und tätschelte meine Wange: »Sie müssen keine Angst haben, meine Liebe.«

Als wir uns verabschiedet hatten und bereits unter der Türe des Salons der Prinzessin standen, kam der Arzt mir nach und fragte mich nach dem Geburtsnamen meiner Mutter.

»Der lautete ebenfalls ›Bertot‹; Babette und ihr verstorbener Mann Jacques Bertot waren Verwandte dritten Grades von Vaters Seite«, erklärte Madame du Plessis, ehe ich den Mund aufmachen konnte. Ich war doch sehr erstaunt, wie viel meine Herrin über meine Herkunft wusste.

»In welcher Sprache habt Ihr mit dem Arzt gesprochen,

Madame?« Meine Frage klang leicht gekränkt, es ging doch schließlich um mich.

»Lateinisch«, antwortete sie kurz angebunden, »mit Ärzten, Priestern und allen gelehrten Herren pflege ich stets auf Latein zu sprechen.«

KAPITEL 16

Die Königin wollte ein eigenes Dorf besitzen. Außerhalb von Versailles sollte es entstehen, im Park von »Petit Trianon«, einem Schlösschen, das ihr der König geschenkt hatte. Hier wurde eine geradezu rührende Schäferidylle geschaffen, welche mit der tatsächlichen, elenden Situation der Bauern allerdings nicht das Geringste zu tun hatte.

»Provokation« schrien die einen und »Verhöhnung der Landbevölkerung« die anderen. Es gab mit Stroh gedeckte Bauernhäuschen neben einem künstlich angelegten Bach mit Enten und Gänsen. Hühner und ein bunter Hahn scharrten auf den sorgfältig geharkten Kieswegen und pickten ihre Körner aus goldgeränderten Porzellanschüsseln.

Lämmchen mit goldenen Glöckchen um den Hals tollten auf der Weide und sogar eine sauber geputzte Kuh stolzierte, einen Blumenkranz um die Hörner gewunden, auf schwarz lackierten Hufen umher.

Jede tierische Hinterlassenschaft wurde umgehend entfernt. Im Dorf der Königin herrschte Sauberkeit – im Gegensatz zum Schloss von Versailles.

Antoinette verkleidete sich jedes Mal, wenn sie »ihr« Dorf

aufsuchte: Sie trug ein duftiges Kleidchen aus hellblauer Seide ohne Hüftpolster, eine weiße Spitzenschürze und eine Haube aus weißer Gaze mit dekorativen Flügeln, die ihr ausgezeichnet stand. Sie hüpfte im Kreise ihrer ebenfalls in »ländlichem Stile« gekleideten Hofdamen wie ein übermütiges Kind mit den Lämmern auf der Wiese herum.

Marie Antoinette war glücklich: Endlich hatte sie eine Beschäftigung gefunden, die ihr Freude machte. Häufig floh sie förmlich vom Hof, der ihr mit seinen bösartigen Gerüchten das Leben ungeheuer schwer machte.

Eines davon besagte, die junge Königin habe sich einen Liebhaber genommen. Keinem erschien dies unwahrscheinlich. Wie sollte es eine junge, gesunde Frau ohne körperliche Liebe aushalten? Welcher der Herren der »Glückliche« war, darüber war man sich allerdings uneins. Da war der jüngere Bruder des Königs, Graf d'Artois. Er hielt sich lieber in der Nähe seiner schönen Schwägerin auf als in der seiner unattraktiven Frau, deren ungewaschener Hals bereits ihren Schwiegervater Ludwig XV. gestört hatte.

Die Unterstellungen erreichten auch Wien, wo sie der sittenstrengen Kaiserin schlaflose Nächte bereiteten. Sollte Antoinette wirklich so unklug sein und jetzt, da ihre Stellung am Hof ihrer Kinderlosigkeit wegen sehr unsicher war, ein ehebrecherisches Verhältnis unterhalten – quasi vor den Augen der Öffentlichkeit? Andere infame Gerüchte sagten Antoinette hingegen gleichgeschlechtliche Neigungen nach.

Maria Theresia entschloss sich, ihren ältesten Sohn und Mitregenten Joseph nach Frankreich zu schicken. Der junge Mann galt als Pragmatiker; er sollte seiner unbedachten Schwester ins Gewissen reden und seinen Schwager von der Notwendigkeit der Operation überzeugen.

Kaiser Joseph hasste jedes Protokoll und reiste daher inkognito als »Graf Falkenstein«.

Madame Francine saß an ihrem Schreibtisch und verfasste einen Brief an ihren Gatten. Heute hatte sie genügend Zeit, denn die Hofdamen waren beurlaubt. »Die beiden Geschwister haben sich unendlich viel zu erzählen«, lachte sie. »Endlich hat die Königin jemanden, dem sie ihr Herz ausschütten kann.«

»Ich habe es wirklich genossen, mich mit meinem Bruder austauschen zu können; er ist so verständnisvoll«, schwärmte Antoinette anderntags.

Seine scharfe Kritik an ihrem Lebensstil nahm sie ihm nicht übel; sie kannte seine Einstellung zu diesen Dingen. Joseph war überdies ein strikter Anhänger der »Aufklärung« und verhehlte dies auch nicht:

»Von den unverdienten Privilegien der Adeligen halte ich gar nichts. Und für sinnlose Verschwendung habe ich nur Verachtung übrig. Solches verbietet mir mein soziales Gewissen.« Keinen nahm es wunder, dass dieser »aufgeklärte« Monarch angeekelt war von Versailles. Mit seinem Schwager Ludwig führte er ein sehr ernstes Gespräch. Joseph selbst hatte, den Vorhaltungen seiner frommen Mutter zum Trotz, immer ein reges Liebesleben gepflegt. Jetzt als Witwer unterhielt er mehrere Verhältnisse gleichzeitig.

Über das neueste Spottliedchen in Versailles: »Jedermann flüstert, kann der König oder kann er nicht? Seht nur der Königin verzweifeltes Gesicht«, konnte Joseph nicht lachen – es war schlicht eine Tragödie.

Ein beliebtes Gesprächsthema am Hof waren Geschichten über impotente Ehemänner, deren Frauen die so genannte

»Eheprobe« verlangten. Darunter war der Beischlaf in Anwesenheit von Zeugen zu verstehen; meistens waren dies Anwälte, Ärzte und eine Hebamme. Versagte der Mann, hatte die Frau das Recht, die Ehe auflösen zu lassen und ihre Mitgift zurückzufordern. Genüsslich schlachtete man die pikanten Details aus.

Kaiser Joseph nahm Ludwig dessen königliches Ehrenwort ab, sich endlich dem leichten Eingriff zu unterziehen. Für seine Schwester fand er deutliche Worte. »Locken Sie Ihren Gatten nachmittags in Ihr Bett, Madame. Da ist ein Mann leistungsfähiger als spätabends, wenn er erschöpft ist von der Jagd oder müde von einem üppigen Nachtmahl.« Er vertrat die Meinung, dass sie nicht nur einen Thronfolger gebären müsste, sondern wegen der hohen Kindersterblichkeit nach Möglichkeit mehrere Kinder, am besten Söhne. »Wissen Sie, Madame«, fragte er seine Schwester, »was mit unfruchtbaren Königinnen seit jeher geschieht? Sie werden nach einiger Zeit in ein Kloster abgeschoben. Wollen Sie das?«

Die affig aufgeputzten Höflinge betrachteten den Mann aus Wien mit scheelen Blicken – wussten sie doch genau, was er von ihnen hielt. Sie mokierten sich auch über seine einfache Kleidung.

»Das Einzige, was ihm den Beifall des Hofes einbringt, ist sein Interesse für hübsche Schauspielerinnen«, wusste Madame Campan. »Nacht für Nacht erforscht Kaiser Joseph das Pariser Nachtleben.«

Alle Höflinge verlachten insgeheim sein schlechtes Französisch, seine Vorliebe für einfache, deftige Speisen und dass er statt im Palast lieber in einem billigen Pariser Hotel übernachtete, nahm man ihm sehr übel – was ihn aber nicht im Mindesten kümmerte.

Was den Hofschranzen aber ganz sauer aufstieß, war seine »unziemliche« Neugierde gegenüber den finanziellen Angelegenheiten des Hofes. Untersuchte er doch tatsächlich die Ausgaben, machte sich Notizen über die Buchführung und wagte es anschließend, Kritik an der Ausgabenpolitik zu äußern.

KAPITEL 17

Ich hatte mich im Laufe der Jahre ganz an das Leben bei Hofe gewöhnt und dachte jetzt nur noch selten an Plancy und die harte Arbeit auf dem Bauernhof. Was wäre geworden, wäre ich daheim geblieben? Sicher hätte ich längst einen Mann gehabt und einen Stall voll Kinder. Und wüsste vor schwerer Arbeit weder aus noch ein.

Mein Leben als gräfliche Zofe war leicht und angenehm; meine Herrin behandelte mich gut. Ich hatte nicht nur hübsche Kleider, ich durfte baden, sooft ich wollte, und hatte stets genug zu essen. Und ich genoss eine ungeheure Freiheit.

Aber ich gab mich nicht dem Müßiggang hin wie die meisten der dienstbaren Geister am Versailler Hof. Nein, ich nutzte die Zeit, um Neues zu erkunden, Interessantes zu erleben und meine nähere und weitere Umgebung zu erforschen.

Seit neuestem beschäftigte mich die Kräuterheilkunde und die Gräfin fand das Gebiet der Botanik und Medizin ebenfalls sehr nützlich. Wir verstanden uns jetzt beinahe wie Gleichgestellte und unterhielten uns nicht nur über den neuesten Hofklatsch – zugegeben ein Thema, welches das Überleben am Hof sicherte –, sondern auch über die Verhältnisse im Land, den Zustand der Finanzen, die Situation der Monarchie, die Privilegien des Adels und der hohen Geistlichkeit.

Nach dem Tode des alten Königs war ich in die Gemächer des Grafen d'Artois und seiner Gemahlin gebeten worden. Meine Begutachter waren diesmal neben Docteur Trudeau, dem Leibarzt Ludwigs XV., zwei weitere Gelehrte der Medizin sowie drei Magister der Jurisprudenz.

Madame Francine begleitete mich auch dieses Mal, aber die drei Tanten des Königs fehlten.

Die Herren stellten mir die gleichen Fragen, welche ich dem Arzt Trudeau schon beantwortet hatte, und ich wunderte mich darüber. Einer der Herren Advokaten fragte mich in süffisantem Ton, welche Gedanken ich mir selbst darüber machte – falls ich überhaupt je darüber nachdächte?

Diese Unterstellung ärgerte mich. Nachdem ich tief Luft geholt hatte, antwortete ich ruhig: »Dass ich drei Monate zu früh auf die Welt gekommen bin, ein halbes Jahr nach der Heirat meiner Eltern, ist mir schon bekannt. Aber Sie müssen wissen, Messieurs, bei uns auf dem Land ist das normal. Kein Bauer nimmt »die Katze im Sack«; jeder muss wissen, ob seine Braut empfangen kann, denn Nachkommenschaft ist auch bei uns wichtig, nicht nur beim Adel.«

Meine Zuhörerschaft schien sich über meine freimütigen Äußerungen sowie deren sprachliche Korrektheit etwas zu wundern, aber Madame du Plessis nickte mir aufmunternd zu.

»Nur zu, ma Chère, sagen Sie nur, was Sie denken«, forderte sie mich auf. Vor Fremden siezte sie mich stets. Sie wandte sich an die Herren:

»Demoiselle Julienne Bertot ist intelligent und scharfsinnig und logische Zusammenhänge vermag sie rasch zu erkennen. Sie ist vielseitig interessiert und verfügt über Humor und Selbstironie.«

Worauf der Arzt sehr leise, zu einem seiner Kollegen gewandt, aber für mein ausgezeichnetes Gehör deutlich vernehmbar: »Das spräche allerdings dagegen«, murmelte.

Scharf musterte mich der jüngere Bruder des Königs. »Das hat man von unserer Tante Louise auch immer behauptet.«

»Fahren Sie fort, Mademoiselle Bertot«, forderte mich Monsieur Trudeau auf, »was wissen Sie noch über Ihre Geburt, oder was vermuten Sie über Ihre Abstammung?«

»Ich habe in meinem Gedächtnis gekramt, was ich jemals über meine Maman habe erzählen hören. Und es scheint so gewesen zu sein, dass sie ein gutes halbes Jahr vor ihrer Heirat mit Jacques Bertot, ihrem Vetter dritten Grades, von zu Hause fort war und erst zurückkam zur Hochzeit, als sie schon drei Monate schwanger war. So kann also Jacques, ihr damaliger Ehemann, nicht mein Vater sein. Er ist sicher niemals weiter als bis nach Arcis-sur-Aube gekommen. Wer war dann mein Erzeuger? Im Dorf habe ich darüber nie etwas gehört und meine Mutter Babette hat mir bis heute nichts von ihrem früheren Leben erzählt. Offensichtlich will sie nicht daran erinnert werden und so werde ich sie auch nicht danach fragen.«

Ich musste Atem schöpfen und mich beruhigen, denn während ich dies laut aussprach, kam mir ein aberwitziger Gedanke.

»Ja, Mademoiselle?«, fragte einer der Herren Juristen, welcher mir wohl ansah, dass ich noch nicht am Ende war. Ich nahm meinen gesamten Mut zusammen und platzte förmlich heraus:

»Wenn ich meine frappierende Ähnlichkeit mit Madame Elisabeth in Betracht ziehe, die sich verstärkt hat, je älter die

Prinzessin wurde, sodass man uns für Zwillingsschwestern halten könnte, dann fällt mir nur eines ein:

Vor zwanzig Jahren muss meine Mutter Babette von einem Herrn aus der Königsfamilie geschwängert worden sein. Es kommen wohl nur zwei Herren infrage: Seine Majestät, Ludwig XV., unser verstorbener Herrscher, oder dessen Sohn, der ebenfalls inzwischen verschiedene Dauphin, der Vater unseres jetzigen Königs. Darf ich offen sprechen?«

Die Frage war rein rhetorisch, denn ohne auf eine Antwort zu warten, fuhr ich fort: »Auf Grund seines Lebenswandels ist es eigentlich nur einer, welcher mein Erzeuger sein kann.«

»So ist es in der Tat«, pflichtete mir Doktor Trudeau rasch bei, »leider ist der König tot. Seine Majestät hatte alle seine Nachkommen legitimiert. Einen Fall wie den Ihren, Mademoiselle, hatten wir noch nie. Normalerweise haben sich die Mütter beeilt, ihre Kinder vom König anerkennen zu lassen.«

»Ich denke, Maman wollte die Sünde vergessen; ich sollte als Tochter von Jacques Bertot aufwachsen und ihr Mann war einverstanden. Und ich denke, ich sollte diesen Wunsch respektieren.« Ich war jetzt sehr erregt.

»Langsam, langsam, Mademoiselle Bertot«, rief einer der Juristen, »das müssen Sie wohl bedenken. Eine königliche Abstammung wirft man nicht achtlos beiseite. Sie haben gewisse Ansprüche geltend zu machen. Seine Majestät Ludwig XV. hat alle Sprösslinge, welche aus seinen verschiedenen Liaisons entstanden sind, anerkannt und für deren gutes Auskommen auf Lebenszeit Sorge getragen. Legen Sie darauf wirklich keinen Wert? Dann bitte ich Sie allerdings, dieses Dokument hier zu unterzeichnen, in welchem Sie für jetzt und in Zukunft auf alle Ansprüche für sich und Ihre eventuellen Nachkommen verzichten.«

Der Rechtsgelehrte hielt mir ein Blatt Papier vor die Nase;

ich griff automatisch danach und sah mich nach Feder und Tinte um.

»Halt, halt!«, rief Madame du Plessis und hob abwehrend die Hand, »meine Zofe wird jetzt gar nichts unterschreiben; man wird ihr die Zeit gewähren, sich Rat einzuholen.«

Da mischte sich ein anderer der Rechtsgelehrten ein: »Mesdames, ich bitte Sie«, wandte er sich sowohl an meine Herrin wie an mich, »ich muss Sie dringend ersuchen, strengste Diskretion walten zu lassen; je weniger Personen davon wissen, desto besser.«

»Besser für wen, Monsieur?«, fragte Madame Francine scharf.

Der dritte Jurist fügte jetzt hinzu: »Gemach, gemach. Noch ist über die Abstammung der Demoiselle Julienne Bertot nicht definitiv entschieden. Es sind noch etliche Punkte zu klären und ich muss sagen, bis jetzt steht die Vaterschaft Seiner verstorbenen Majestät noch keineswegs fest.« Aber an den Gesichtern der anderen Herren sah ich, dass dem nicht so war.

In jener Nacht fand ich keinen Schlaf. Ich war zu aufgewühlt. Auch in den folgenden Nächten wälzte ich die Möglichkeiten hin und her. War ich wirklich eine Tochter Ludwigs XV.? War ich eine Schwester der Damen Adelaide, Victoria und Sophie? War ich eine Tante des jetzigen Monarchen, seiner beiden Brüder und seiner Schwester Elisabeth?

Was stand mir zu? Mir, dem kleinen, unbedeutenden Bauernmädchen, welches barfüßig über die Felder gelaufen war, das die Gänse gehütet und die Hühner gefüttert hatte, das den Mist und die Erdklümpchen noch zwischen den nackten Zehen zu spüren glaubte? Und das am Ufer der Aube gesessen und auf den kleinen Georges Danton Acht gegeben hatte.

KAPITEL 18

Ein Diener des Grafen Mercy hatte ein Gespräch von Kaiser Joseph mit dem österreichischen Botschafter belauscht und anschließend weiter verbreitet.

»Die Königin vergeudet ihr Leben aus Langeweile mit Nichtigkeiten. Sie umgibt sich mit üblen Personen, von denen es hier an diesem Hof nur so wimmelt. So hat sie sich ihren guten Ruf verdorben, obwohl sie eine sehr tugendhafte Frau ist.«

Der ältliche Graf pflichtete seinem Kaiser bei:

»Majestät haben Recht, aber wie soll sich das ändern, solange die Königin von Menschen umringt ist, die sie dazu ermuntern, an fragwürdigen Vergnügungen festzuhalten?«

»Ludwig führt ein sehr eintöniges Leben«, kritisierte der Kaiser ungeniert weiter, »und außerdem besitzt er nicht den geringsten Überblick. Er kann zwar jederzeit seine Minister entlassen und neue einsetzen, aber wie man wirklich regieren muss, wird ihm immer ein Rätsel bleiben. Und von Finanzgeschäften versteht er leider gar nichts.«

Dass die Ausgaben für den königlichen Haushalt ein Sechstel des gesamten Staatshaushaltes verschlangen, hatte dem Kaiser einen Schock versetzt.

Nach seinen Untersuchungen, die gewaltigen Staub aufgewirbelt hatten, hegte er größtes Misstrauen gegen den obersten Kontrolleur der Finanzen, den Schweizer Bankier Necker.

Den Parisern war der Bruder ihrer Königin sehr sympathisch, da er während seines Aufenthaltes in Frankreich viel umherreiste und sich die interessantesten Sachen genau betrachtete. Er unternahm Reisen in die Provinzen und studierte die Landwirtschaft, unsere Viehzucht und das dörfliche Leben.

Die oberflächlichen Höflinge in Versailles hingegen waren erleichtert, als er endlich, endlich abreiste.

Meine Periode hatte bereits zweimal ausgesetzt, obwohl ich immer vorsichtig gewesen war und meine Liebhaber Rücksicht nahmen. Daheim in Plancy hätte ich mir zu helfen gewusst – jedes Mädchen erhielt, sobald es mannbar wurde, von der Mutter, der Tante oder einer älteren Schwester den guten Rat, bei »Problemen mit der stockenden Menses«, Grandmère Héloise aufzusuchen, eine kluge Kräuterfrau.

Die nahm kein Blatt vor den Mund. »Aus der ausgeleiertsten Hure mache ich mit meinem zusammenziehenden Kräuterabsud wieder eine enge Jungfrau«, lachte sie, »und aus dem lendenlahmsten Tattergreis den feurigsten Reiter.«

Es war kein Geheimnis, dass auch Männer zu ihren Kunden gehörten. Jede ungewollt Kinderlose fand den Weg zu ihr und nicht selten musste sie gar nicht zu ihren Kräutern greifen, es genügten Hinweise auf den richtigen Zeitpunkt und die optimale Stellung beim ehelichen Verkehr, um eine Empfängnis herbeizuführen.

Meine Maman hatte ebenfalls ihre Zuflucht zu Héloise genommen, als sie in ihrer zweiten Ehe nicht schwanger wurde. Und Grandmère wusste Abhilfe. Babette hatte ihrem zweiten Gatten bereits drei Jungen geboren, kurz hintereinander, und jetzt, mit Mitte dreißig, war sie wieder guter Hoffnung. Aber wie sollte ich in Versailles Hilfe finden?

Demoiselle Hélène empfahl mir eine ältere Hebamme in der Nähe der Kathedrale von Notre Dame in Paris, in einem schmalen Gässchen in einem unscheinbaren Haus im dritten Stock. »Die Domherren sorgen fleißig für Kundschaft«, hatte Hélène gegrinst.

Unten in dem bezeichneten Haus war ein Laden für feine

Lederwaren, darüber wohnte eine Korsettmacherin, welche Zimmer für Handschuhmacherinnen vermietete, die ihren mageren Verdienst dadurch aufbesserten, dass sie rund um die Kathedrale auf männliche Kundschaft lauerten. Freundlich gaben mir die jungen Dinger Auskunft über die Hebamme – hatten sie doch alle schon des Öfteren die Dienste von Mère Ernestine in Anspruch genommen.

»In ihren Preisen ist sie sehr moderat«, vertraute mir eine kleine, dralle Person an. »Mir hat sie schon dreimal geholfen; es tat zwar weh, aber ich hab es immer überlebt, obwohl es das letzte Mal beinahe schief gegangen wäre.«

Das klang nicht sehr verheißungsvoll. Aber tapfer erklomm ich das enge Stiegenhaus zur Wohnung von Madame Ernestine. Auf mein Klopfen rührte sich erst einmal gar nichts. Es war kurz vor Mittag und laut Auskunft der Mädchen war die Hebamme daheim.

»Mère Ernestine schläft gern lange«, rief mir eine Stimme aus dem zweiten Stock zu, »klopf ruhig fester an die Tür.« Endlich ging die Tür auf und eine dicke, schlampige Person von etwa sechzig stand mit säuerlichem Gesichtsausdruck vor mir.

»Na, na, wo brennt's denn, schönes Kind?«, fragte sie mit einer rauen Stimme. Der Geruch, der aus ihrer Behausung strömte, war mehr als unangenehm. Er verstärkte sich noch, als sie die Türe weiter aufriss, nachdem sie mein Kleid gesehen hatte. Am liebsten wäre ich wieder umgekehrt, als sie mir ihre klauenartigen Hände entgegenstreckte und ich ihre schmutzigen Fingernägel sah.

»Herein, liebes Kind. Mère Ernestine tut niemandem weh.« Da hatte ich allerdings anderes gehört. Ich war angewidert von ihren fettigen, grauen Haaren, die sie in einem wirren Dutt auf dem Kopf zusammengesteckt hatte wie ein schlampiges

Krähennest, angeekelt von ihrer Schnapsfahne am hellen Vormittag, der schmuddeligen Schürze und vor allem abgestoßen von dem Gestank nach Blut, Urin, Bier und angebranntem Essen, der aus dem Inneren ihrer Wohnhöhle drang.

Aber meine Neugierde überwog. Wir passierten einen Verschlag, der ihr vermutlich als Küche diente, nach dem widerwärtigen Kohldunst zu schließen, der in den schmalen, dunklen Flur quoll.

Mère Ernestine komplimentierte mich in eine kleine Kammer mit einer geradezu abenteuerlich dreckigen Liege. Auf dem schmutzig grauen Laken waren noch frische Blutflecke zu sehen; auch der Boden war seit langem ungeputzt. Möglicherweise lag es an meinem Zustand, aber ich fand es einfach zum Speien.

Auf einem Tisch lagen achtlos zusammengefaltete Handtücher von mehr als zweifelhafter Sauberkeit neben einer Schüssel mit einem langen Sprung und einem breiten Schmutzrand.

»Wie nehmen Sie denn die Aborte vor, Madame?«, fragte ich die alte Vettel direkt. Sie schluckte nervös, dann ließ sie ein widerliches Grinsen sehen:

»Du bist aber sehr direkt, Kleine. Wer sagt dir denn, dass ich so etwas mache? Ich bin eine ehrbare Hebamme und helfe Kindern auf die Welt.«

»Natürlich, Madame. Davon spreche ich ja. Sie sollen auch dem meinen auf die Welt helfen, nur ein wenig früher, als es von der Natur im Allgemeinen vorgesehen ist. Und ich frage Sie daher, wie Sie vorzugehen gedenken.«

Mère Ernestine schien ein wenig überrascht von meinem barschen Ton. Sie trat zum Tisch, zog eine Lade auf und mit großartiger Geste zeigte sie auf deren Inhalt, eine Anzahl von Nadeln, kleinen Stäben und Haken, Pinzetten und Zangen. Manche waren verbogen und an den meisten klebten noch

Reste von Blut. »Hier, Mademoiselle, sehen Sie mein reiches Instrumentarium. Darunter findet sich für jede das Richtige.« Als ich dann noch die braunroten Flecken auf der Wand gewahrte, kämpfte ich mit starkem Brechreiz. Ich würgte und hätte mich um ein Haar übergeben.

»Na, junge Frau, an Ihrem Zustand besteht ja wohl kein Zweifel«, lachte sie rau und ich brachte gerade noch ein »danke, Madame, vielen Dank« heraus, ehe ich mich umwandte, um den Ort des Grauens zu verlassen. Lieber würde ich das ungewollte Kind zur Welt bringen, als mich den Händen dieser Frau anzuvertrauen.

»He, was ist denn los?«, kreischte mir die Engelmacherin hinterher. »Ich muss es mir einfach noch einmal überlegen, Madame.« Mittlerweile war ich bereits im Treppenhaus.

»So, so, aber überleg's dir nicht zu lange, Kleine, sonst ist es womöglich zu spät«, kicherte Mère Ernestine. Ich machte, dass ich davonkam.

Ich beschloss, meine Herrin ins Vertrauen zu ziehen. Ich konnte mir nicht vorstellen, dass Damen zu so einer schmutzigen Hexe gingen.

»Weshalb bist du nicht sofort zu mir gekommen, ma Chère?«, fragte die Gräfin vorwurfsvoll. Sie ging zu ihrem Schreibtisch und reichte mir anschließend eine schriftliche Empfehlung für eine »weise« Frau.

»Sie weiß mehr als jeder Arzt.« Und Madame du Plessis erklärte mir den Weg zu Madame Honorine, welche in der Nähe der Kirche von Sainte Geneviève, der Stadtheiligen von Paris, ein ansehnliches Bürgerhaus besaß.

Auf mein Klopfen öffnete eine adrette Dienstmagd. Sie nahm mein Empfehlungsschreiben entgegen und bat mich, auf Madame zu warten, während sie ihr den Brief übergab.

Kurz darauf empfing mich eine mütterliche ältere Dame. Sie erkundigte sich zuerst nach dem Befinden meiner Herrin. Danach wollte sie wissen, wann ich zuletzt meine unreinen Tage gehabt hatte und wann genau »es« passiert sein könnte. Hernach besah sie sich meine Brüste und untersuchte meinen Unterleib auf einer blitzblanken Liege in einem anständig möblierten Raum mit reinlichem Fußboden und weiß getünchten Wänden.

Es nahm mich vollends für sie ein, dass sie sich, ehe sie sich an mir zu schaffen machte, längere Zeit ihre Hände, die ohnehin sauber waren, in einer Schüssel mit Lauge reinigte und danach mit einem weißen, frisch gewaschenen Handtuch abtrocknete.

»Sauberkeit ist sehr wichtig«, sagte sie, »sonst drohen Wundfieber und Blutvergiftung und das wollen wir doch vermeiden.«

Sie schob mir behutsam einen Finger in die Scheide und betastete meine Gebärmutter. »Leider halten sich an das Gebot der Reinlichkeit nicht einmal die Herren Doctores. Sie lachen darüber, als wäre es eine Schande, sich die Hände zu säubern. Ich glaube, dass sie damit vielen Frauen den Tod im Kindbett bringen.«

Mit Schaudern dachte ich an Mère Ernestine.

Als Nächstes erklärte sie mir ihre Vorgehensweise. Dazu holte sie aus einer Lade ein etwa fingerlanges Säckchen aus hauchdünnem Seidenstoff.

»Dieses Säckchen fülle ich mit einer Kräuterpaste und führe es tief ein. Die Füllung variiert je nach der Dauer der Schwangerschaft. Ist die Empfängnis erst vor ganz kurzer Zeit erfolgt, genügt in der Regel eine Mischung aus Raute, Haselwurz, Wasserdost und Gnadenkraut und etwas weißem Diptam. Liegt der Beginn der Schwangerschaft schon länger zurück, bereite ich eine Mixtur aus zerriebenen Blättern des Sadebaums mit einer Spur von Mutterkorn, einer Kleinigkeit Natternwurz und einer geringen Dosis von Schlangenkraut mit Honig.«

Madame Honorine deckte mich mit einem weißen Laken zu und bot mir ein Glas Limonade an, ehe sie daranging, mein Säckchen vorzubereiten. »Häufig kommen die Frauen erst zu mir, nachdem sie selbst oder eine unfähige Person mit einem spitzen Gegenstand herumgepfuscht haben – das Schlimmste, was man machen kann, weil es zu inneren Verletzungen führt. In diesem Falle kommen in das Säckchen noch Kamille und Ringelblume zur rascheren Heilung der Wunden. Außerdem füge ich der Mischung immer noch ein wenig Belladonna gegen die Schmerzen beim Abgang bei. Die Wehen, welche die Frucht austreiben, sind nämlich fast so schmerzhaft wie jene bei einer normalen Geburt.«

»Wie lange wird die gesamte Behandlung andauern?«, fragte ich.

»Nach der Einführung des Säckchens müssen Sie hier etliche Stunden auf dieser Liege ausruhen. Sie können in dieser Zeit einen Roman lesen, Mademoiselle. Ich habe einige zu diesem Zwecke hier – heitere Lektüre, welche die düsteren Gedanken verscheucht. Nach drei, vier Stunden kommen die ersten Wehen; zuerst unregelmäßig, dann in gleichen und immer kürzer werdenden Abständen, schließlich erfolgen die Presswehen und dann ist es bald überstanden. Sie erhalten von mir anschließend ein Schlafmittel, übernachten bei mir in einem richtigen Bett und morgen beginnt für Sie ein anderes Leben.«

Genau so war es. Nach dem Abgang der Nachgeburt säuberte sie mich sorgfältig, gab mir Verhaltensmaßregeln »hygienischer Art« und nach einem Glas Rotwein zur Stärkung fuhr ich in einer Mietkutsche zurück zu Madame du Plessis.

Mir ging es prächtig. Das Ganze war so reibungslos vonstatten gegangen, dass ich das liebenswürdige Angebot von Madame Honorine, in ihrem Hause zu nächtigen, nicht in Anspruch zu nehmen brauchte.

»Wie fühlen Sie sich, mein armes Kind?«, wollte Madame du Plessis besorgt wissen, »Sie sehen etwas blass aus.«

»Mir geht es sehr gut, Madame, ich bin nur etwas müde. Und es würde mir noch viel besser gehen, wenn Madame mich duzten – so wie früher.«

An diesem Abend, als ich in meinem Bett lag, betete ich nach langer Zeit wieder einmal. Es war ein Dankgebet; Madame Honorine war ein Geschenk Gottes für alle Frauen in Not.

KAPITEL 19

Die Idee der »Aufklärung« trug Früchte. Sogar die Unterschicht reagierte inzwischen empfindlich, wenn Adel und Klerus so taten, als wären sie niedrige Lebewesen, knapp über den Haustieren rangierend. Die hohen Herrschaften übersahen im Allgemeinen ihre Dienstboten, in deren Gegenwart sie sich keinerlei Zwang antaten. Sie entblößten sich vor ihnen, furzten, verrichteten ihre Notdurft, ja sie kopulierten sogar.

Widerstand gegen diese verächtliche Behandlung regte sich nur zaghaft. Aber die Wut der Bevölkerung über die Unfähigkeit der Regierung, die Finanzen Frankreichs in den Griff zu bekommen, stieg ständig an.

Am Hof hingegen ignorierte man die Stimmung im Volke weitgehend. Viel wichtiger war doch, sich mit den neuesten Modetrends zu beschäftigen.

Der König widmete sich wieder seiner geliebten Jagd und dem Schlosserhandwerk – zum Regieren hatte er keine Lust – und die Königin war erneut in ihre albernen Vergnügungen verstrickt, umgeben von Schmeichlern und Parasiten.

Antoinette machte sich über den letzten Brief aus Wien lustig: »Mesdames, die Kaiserin hat mir mitgeteilt, dass sie von meinem Verstand nicht viel hält; mein Kopf sei mit zu vielem unnützem Ballast beschwert.« Die Hofdamen protestierten scheinheilig.

Etwas Positives hatte der Besuch Kaiser Josephs doch bewirkt:

Ludwig ermannte sich endlich und ließ den längst überfälligen Eingriff vornehmen. Die Pamphlete über die Unmenge der Liebhaber seiner Gemahlin, welche am Hof kursierten, waren nicht mehr zu übersehen gewesen.

Als Favorit galt immer noch ihr Schwager Graf Karl von Artois, ein wahrer Schürzenjäger, der sich gern aufspielte. Dann war da noch Graf Valentin Esterházy, ein ungarischer Offizier aus wohlhabender Familie, welche mit großem Stolz behauptete, den Hunnenkönig Attila zum Ahnherrn zu haben.

Die Königin war gegenüber schönen Männern nicht unempfänglich – zumal der eigene eher zur gegenteiligen Sorte zählte. Sie bezahlte Esterházys immense Spielschulden und half dem Charmeur, sich ein Regiment zu kaufen.

Als Nächster wurde der Herzog de Lauzun als Liebhaber der Königin gehandelt. Er war ein verschlagener Fuchs und recht überheblich, ausgestattet mit einem schier unerschöpflichen Vorrat an pikanten Histörchen. Er umwarb die Königin ganz ungeniert, aber Antoinette lehnte seine Avancen offen ab.

»Monsieur, Sie sind unverschämt, frech und anmaßend«,

hörten ihre Damen, wie sie ihn abkanzelte, aber beim nächsten Mal konnte sie doch seinem Charme nicht widerstehen und lachte über seine schlüpfrigen Anekdoten. Er verstand es, eine Gesellschaft einen ganzen Abend lang mit spannenden Erzählungen zu unterhalten. Das Leben am Hof war doch sonst so unsagbar öde.

Der Schweizer Baron Victor Besenval war, obwohl er bereits dreiundfünfzig Jahre zählte, ein sehr attraktiver Mann. Er war Oberstleutnant der Schweizer Garden, scharwenzelte um die Königin herum und machte ihr gewagte Komplimente. Madame du Plessis war allerdings felsenfest davon überzeugt, dass Antoinette den schönen Schweizer ebenfalls abwies.

Ein weiterer Verehrer war der ein wenig eingebildete Graf von Adhémar. Er spielte zwar mit der Königin Harfe – aber zu intimeren Spielen kam es nicht.

Und da war noch der Fürst von Ligne. Der war ein amüsanter und weltgewandter Österreicher um die vierzig. Die Königin fand ihn sehr sympathisch, da er sie an ihre glückliche Kindheit erinnerte.

»Der Fürst ist ein sehr angenehmer Bewunderer, weil er nie versucht, Marie Antoinette zu verführen«, sagte Madame de Campan zu meiner Herrin. Und die Erste Kammerfrau der Königin musste es wissen. »Im Gegenteil, er preist immer ihre Tugend.«

Bei Hofe lauerte man auf einen Skandal. Einmal musste die unbefriedigte Frau doch vom Pfade der Tugend abweichen. Aber Antoinette tat nichts dergleichen – was die Ehrabschneider nicht daran hinderte, ihr dennoch Ehebruch zu unterstellen.

Alle waren sich einig, dass es der Graf d'Artois sein musste. War er doch der jüngste aller Verehrer und der einzig gut aussehende Enkel des verstorbenen Königs.

»Alle Damen am Versailler Hof bekommen feuchte Schenkel in seiner Gegenwart«, behauptete Demoiselle Hélène frech.

Der junge Mann hatte mehrere Mätressen; außerdem besuchte er die teuersten Kurtisanen. Als sei es damit nicht genug, verführte er alle Hofdamen. Auch Madame Francine genoss zeitweilig das Privileg, dass er ihr den Hof machte, als seine Frau schwanger war. Aber sie erhörte ihn nicht. Gelegentlich gab sich »Monsieur«, wie sein offizieller Titel lautete, exzessiven Sauforgien sowie seiner hemmungslosen Spielsucht hin.

Wohlwollende Personen am Hof glaubten zwar nicht an die angebliche »Orgie« vom Jahr 1774 in Marly, doch dieses Märchen eignete sich ausgezeichnet für üble Nachrede.

Die Königin wollte an einem schönen, warmen Sommerabend mit ihren Hofdamen die Nacht über wach bleiben, um den Sonnenaufgang auf dem Hügel von Marly zu erleben, der als besonderes Naturschauspiel gerühmt wurde. Der Herzog de Lauzun hatte ihr davon vorgeschwärmt, wie wunderbar es wäre, wenn der purpurrote Sonnenball über der Anhöhe zum Himmel emporstiege. Mit einigen wenigen Damen, darunter Madame Francine sowie dem Herzog von Lauzun und noch ein paar männlichen Begleitern, erlebte sie diesen denkwürdigen Sonnenaufgang. Was dort jedoch wirklich vorfiel, darüber schwiegen alle Beteiligten beharrlich, was die Gerüchteküche nur noch mehr anheizte.

KAPITEL 20

Wild hingegen waren die Maskenfeste, welche die Königin so sehr liebte und die stets unter einem bestimmten Motto standen.

Ich erinnere mich an eines, welches »Alle Tiere des Waldes« hieß und von den Damen und Herren auf der bloßen Haut ein eng anliegendes Samtgewand verlangte; die Köpfe der Teilnehmer waren dabei unter Tiermasken verborgen.

Die Herren wählten meist Hirsch- oder Keilerköpfe, während die Damen sich für Reh- oder Hasenkostüme entschieden. Auch muntere Füchslein waren dabei und manch vorgeblich scheue Hindin. Das Raffinierte war der hautenge Schnitt der Kostüme vom Hals bis zu den Füßen und der offene Schritt, um »die natürlichen Körperfunktionen nicht zu beeinträchtigen«. Niemand wusste, wer sich unter den Kostümierungen verbarg, und der Tausch der Partner konnte ungeniert vonstatten gehen.

Im Park von Schloss Petit Trianon ging es recht lebhaft zu; hinter jedem Strauch waren bald eindeutiges Stöhnen und Seufzen zu vernehmen. Die männlichen »Tiere des Waldes« trugen ganz selbstverständlich ihre erigierten Ruten zur Schau und die weiblichen trafen ungeniert ihre Wahl. Ungeachtet der Gesetze der Natur begattete so der Keiler das Reh, besprang der Hirsch die Füchsin und der Hengst oder Bär beglückte die Häsin.

Um nicht versehentlich selbst Ziel männlicher Attacken zu werden, hatte die Königin ihren Kopfschmuck, der eine weiße Hirschkuh darstellte, abgenommen. Als ihr das lose Treiben zu bunt wurde, absentierte sich Antoinette kurz nach Beginn des Festes von dem sündigen Geschehen und suchte entsetzt ihre Gemächer auf.

Der König hatte von vorneherein auf eine Teilnahme verzichtet. Für Festivitäten dieser Art hatte der Monarch nichts übrig: Ihm war es bereits unangenehm, wenn er Staatsgäste begrüßen musste.

Ich erinnere mich, dass ich damals dachte: »Das wird Madame Honorine eine Menge Geld einbringen, wenn sie die Folgen dieses Maskenfestes wieder beseitigen muss. Hoffentlich hat sie genug Vorrat an ihren speziellen Kräutersäckchen.«

Bei einem anderen Maskenball waren die männlichen Teilnehmer als Schmetterlinge, Libellen und Käfer mit hautengen, bunten Trikots und zarten Flügeln aus feinster über federleichte Drahtgestelle gespannter Gaze verkleidet. »Alles, was auf der Wiese lebt«, lautete das Motto und da hierbei die Gesichter nicht verhüllt, sondern nur fantasievoll bemalt waren, ging es dezenter zu. Die Damen waren als Blumen kostümiert und trugen weite Röcke, deren geteilte Stoffbahnen wie Blütenblätter gestaltet waren, dazu fantastische Blütengestecke als Kopfputz. Jede Blume suchte sich im Laufe des Abends einen oder mehrere Falter oder Käfer; ob und wann sie sich »bestäuben« ließ, war ihrer Laune überlassen. Jedenfalls verlief dieses Fest nicht so hemmungslos orgiastisch wie »Die Tiere des Waldes«.

Zu Anfang des Jahres 1775 entdeckte die Königin ihr Faible für Pfauen- und Straußenfedern und brachte exotischen Kopfputz aus gigantischen Federbüschen in Mode. »Warum soll der Königin von Frankreich nicht erlaubt sein, was für jeden Häuptling der Wilden« – sie meinte die Indianer Nordamerikas – »eine Selbstverständlichkeit ist?«

Es war wie mit ihrer Gier nach Diamanten. Innerhalb weniger Monate gab sie eine Million Livres aus.

Natürlich bedurfte es passender Anlässe, um diese Prunkstücke zu präsentieren. Die Wintersaison 1774 auf 1775 sah die prächtigsten Hofbälle, die Frankreich je erlebt hatte. Nie hätte ich gedacht, dass so etwas möglich wäre.

Heute denke ich, hätte die Königin mehr Vergnügen im Bett erlebt, wäre manches fragwürdige Amüsement unterblieben.

Ludwigs Finanzminister, Monsieur Turgot, war ein nüchterner Edelmann, der selbst sehr sparsam lebte. Die Königin brachte ihn schier zum Verzweifeln.

Viele Franzosen, vor allem Geschäftsleute und Handwerker, waren verbittert über die »teure Nutzlosigkeit der Monarchie und ihrer Günstlinge«. Wie schrieb ein Pamphletist jener Zeit?

»Versailles stellt nichts weiter dar als eine überteuerte Frivolität, wo sich verhätschelte Taugenichtse auf Kosten fleißiger Handeltreibender und Arbeiter bereichern.« Auf einer Wandzeitung am Palais Royal habe ich damals gelesen:

»Versailles bildet lediglich die Spitze eines Eisberges, der um des Wohllebens einiger Nutzloser willen die Mehrheit ausbeutet.« Ich fühle heute noch den kalten Schauder, der mir seinerzeit über den Rücken lief.

Monsieur Turgot, keineswegs der radikalste Vertreter dieses Standpunktes, aber einer der ehrlichsten, drückte es so aus: »Traditionen, die zu barbarischen Jahrhunderten gehören, sollten abgeschafft werden.«

Ludwig XVI. konnte den lästigen Mahner nicht besonders gut leiden. Aber er brauchte diesen klugen Kopf, so wie sein Großvater Monsieur de Choiseul gebraucht hatte. Turgot machte sich nun an die undankbare Aufgabe, die Ausgaben des Hofes zu beschneiden, den mittelalterlichen Zunftzwang zu beseitigen und die Gewerbefreiheit zu fördern. Außerdem schaffte er das veraltete Corvée ab, das Recht der Edelleute auf unentgeltliche Arbeitsleistungen der Bauern auf den Domänen. Er verbot die Wegezölle innerhalb des Landes, die den Transport von Getreide und anderen Gütern durch Frankreich behinderten und vor allem verteuerten.

»Zum ersten Mal verfügen die Franzosen über einen freien Getreidemarkt«, jubelten die Gazetten.

Die Ernte von 1774 war äußerst dürftig ausgefallen. Turgot war sicher, dass der freie Getreidetransport und die dadurch sinkenden Brotpreise eine drohende Hungersnot abwenden würden. Aber genau das Gegenteil trat ein.

Gewissenlose Spekulanten hatten das Getreide aufgekauft. Sie trieben nun die Preise für Brot so stark nach oben, dass die Ärmeren sich dieses Volksnahrungsmittel nicht mehr kaufen konnten.

Für diese Misere suchte man einen Sündenbock und fand ihn auch: Finanzminister Turgot. Auf ihn konnte man den gesamten Zorn des hungernden Volkes abladen. Auch für die ausgedienten Zollbeamten war sein Name ein rotes Tuch. Er hatte sie schließlich ihrer Arbeit und ihres Gehaltes beraubt.

Die Höflinge hassten ihn, weil er ihre Ausgaben beschnitt; aber auch die übrigen Adligen und die Mitglieder der mittelalterlichen Zünfte. Der Getreidemangel führte zu Unruhen im Lande, es wurde geraubt und geplündert.

Zu Anfang Mai 1775 eskalierte der Aufruhr in Paris. Die Unruhen griffen sogar auf Versailles über.

Vor dem Schloss hatte sich eine wütende Volksmenge zusammengerottet und schrie: »Wir haben kein Brot. Wir sind gekommen, um uns hier Brot zu holen.« Die Oberschicht erlebte einen ersten kleinen Vorgeschmack dessen, wozu ein unterdrücktes und vom Hunger bedrohtes Volk fähig ist.

In der Hauptstadt ließ Monsieur Turgot das Militär gegen

die Aufständischen anrücken, da die Polizei hilflos war. Der König redete zwar von Zurückhaltung, aber der Minister vermutete, dass es sich bei diesen Ausschreitungen nicht um ein spontanes Aufbegehren hungernder Massen handelte, sondern um ein abgekartetes politisches Komplott.

Die Soldaten schossen in die Menge; sogar Kanonen ließ Turgot auffahren und die Rädelsführer wurden an den nächsten Laternen aufgehängt. Sehr rasch legte sich der Aufruhr.

Marie Antoinette war entsetzt; trotz giftiger Pamphlete glaubte sie sich und ihren Gemahl vom Volk verehrt und geliebt. Auch die obszönen Karikaturen, die Verbreitung fanden, änderten ihre Meinung nicht.

Die Menschen liebten zwar den König – mehr oder weniger –, aber sie verabscheuten die überkommene Monarchie.

KAPITEL 21

»Die Gemahlin des Grafen d'Artois hat einen Sohn zur Welt gebracht«, berichtete Madame Campan ganz aufgeregt meiner Herrin, mit welcher sie sich ein wenig angefreundet hatte. »Sie wissen, was das bedeutet?«

»Ja, Madame«, erwiderte Madame Francine, »der Neffe des Königs ist wohl unser neuer Dauphin. Noch besteht aber Hoffnung. Ich habe gehört, der König habe seine Gemahlin endlich glücklich gemacht.«

»Davon würde ich wissen. Aber gebe Gott, dass es in Bälde passiert«, rief die Campan. »Ich liebe die Königin sehr, aber seit geraumer Zeit sind ihre Launenhaftigkeit und ihr Jähzorn nicht mehr zum Aushalten. Das bekam sogar Seine Majestät, der König, schon zu spüren.«

Meine Herrin konnte dies nur bestätigen. »Letzte Woche war ich Zeugin, wie Marie Antoinette ihren Gatten angeschrien hat. Der König war darüber so schockiert, dass er in Tränen ausgebrochen ist.«

Auch Könige sind nur Menschen, dachte ich. Irgendwie war es tröstlich, dass sie sich ebenso stritten wie das einfache Volk.

Im Jahre 1777, sieben Jahre nach der Heirat, war die Königin auf einmal wie verwandelt. Die Gerüchte über ihre vollzogene Ehe schienen wahr zu sein.

»Jetzt bin ich endlich die Königin von Frankreich«, sagte sie eines Morgens etwas verschämt, aber dennoch glücklich, zu Madame Campan. Nun hofften sie und ihr Mann auf eine baldige Schwangerschaft.

Graf Mercy berichtete von dem Ereignis im königlichen Ehebett sofort nach Wien. Maria Theresia atmete auf und erteilte ihrer Tochter umgehend gute Ratschläge über Empfängnis, Schwangerschaft und Geburt.

Im März 1778 blieb Antoinettes Periode aus. Sofort suchte man nach dem besten Geburtshelfer in ganz Frankreich und glaubte ihn im Bruder des Abbé Vermond gefunden zu haben.

Auch sonst hatte sich einiges verändert. Minister Turgot, der unangenehme Mahner, war entlassen worden. Nun hatte der König mit den Ministern Maurepas und Vergennes seine Schwierigkeiten. Da mischte sich die Königin ein.

Monsieur Maurepas war ein Duckmäuser, der vor Marie Antoinette kuschte, aber hinter ihrem Rücken intrigierte.

Die Feinde Antoinettes hatten begonnen, sie »l'Autrichienne« – die Österreicherin – zu nennen, eine besondere Perfidie: Das Wort »Chienne« bedeutet nämlich Hündin. Die

Königin war äußerst betroffen von dem offensichtlichen Hass. Sie litt auch unter ihrer Schwangerschaft.

Madame Francine gestand sie: »Ich werde mein Leben vollständig ändern. Ich war oberflächlich und vergnügungssüchtig. Zur Entschuldigung kann ich vielleicht vorbringen, dass ich doch sonst nichts besaß, was mir wirklich Freude bereitet hätte. Aber wenn ich einmal Mutter bin, will ich mich nur um mein Kind und dessen Erziehung kümmern.«

Als Nächstes wollte sie sich nach dem Rat ihres Bruders Joseph von ihren zahlreichen charakterlosen Freunden trennen.

Liebevoll umsorgte Ludwig seine Frau, ermahnte sie jeden Tag, sich zu schonen. »Seine Majestät ist rührend zur Königin«, sagte die Prinzessin de Lamballe, die beste Freundin Antoinettes, »aber er kann nicht verhindern, dass seine Gemahlin die Pamphlete zu Gesicht bekommt, die Karikaturen und die boshaften Gedichte.«

In den Kathedralen des Landes aber stimmte man Dankeslieder an für die lang ersehnte Empfängnis und überall in den Kirchen beteten die Gläubigen für eine Geburt frei von Komplikationen und vor allem für ein gesundes Kind.

Bei mir daheim war schon wieder Nachwuchs angekommen. Zwei prächtige Mädchen, die Babette mit siebenunddreißig Jahren zur Welt gebracht hatte. Mein Onkel Émile hatte jetzt fünf Sprösslinge.

Maman schrieb mir: »Wenn es nach Émile geht, sind die beiden Kleinen noch lange nicht die letzten Kinder, die wir kriegen werden. Er kann es kaum erwarten, dass mein Kindbett vorbei ist und er wieder bei mir schlafen darf.«

»Er muss die bébés ja nicht bekommen, dein Onkel Émile«, bemerkte Madame Francine trocken.

Am 18. Dezember 1778 setzten bei der Königin in aller

Frühe die Wehen ein. Eine Geburt war damals am Hof noch eine höchst barbarische, weil öffentliche Angelegenheit. Das Lager der Gebärenden war nur notdürftig durch einen Paravent abgeschirmt und der Raum, in welchem das »freudige Ereignis« vonstatten ging, war voll gepfercht mit Menschen. Alles, was im Lande Rang und Namen besaß, durfte an der königlichen Geburt teilnehmen und so bezeugen, dass bei einer Totgeburt keine Kindesunterschiebung stattfand oder ein Mädchen gegen einen Knaben getauscht wurde.

Auch Madame du Plessis war berufen worden, der königlichen Entbindung beizuwohnen. »Ich bin selbst noch niemals Mutter geworden und habe noch keine Geburt miterlebt, außer bei Stuten und Kühen«, meinte sie verlegen, »hoffentlich falle ich nicht in Ohnmacht.«

Mich nahm sie als ihre »Riechfläschchenbewahrerin« mit und der Gebrauch dieses nützlichen Utensils erwies sich als äußerst wichtig. Durch die große Anzahl der Anwesenden war die Luft zum Schneiden dick, der Geruch durch den Verlauf der Geburt elend schlecht und man konnte kaum noch atmen, denn nach altem Brauch blieben die Fenster geschlossen.

»Was für ein mittelalterlicher Blödsinn«, mokierte sich Madame Francine, indem sie sich das Fläschchen mit der belebenden Essenz von mir unter die Nase halten ließ. »Wer hier drinnen nicht erstickt, hat Glück.«

Die Königin musste sich bei ihrer ersten Niederkunft arg quälen; umso größer war ihre Enttäuschung, als das Kind »nur« ein Töchterchen war, welches den Thron laut geltendem Recht nicht besteigen durfte. Durch die Anstrengung der Presswehen sowie die schlechte Luft im Geburtszimmer verlor Antoinette das Bewusstsein und die Hofärzte waren außer Stande, sie wieder zur Besinnung zu bringen.

Als die Entbindung beendet war, rief man den König herbei. Er kam als Einziger auf die Idee, endlich für frische Luft zu sorgen. Mit seinen Bärenkräften riss er den geschlossenen Fensterladen auf und nach zwanzig Stunden drang erstmals wieder eine frische Brise in den mit Ausdünstungen aller Art geschwängerten Raum, der überdies durch ein Kaminfeuer völlig überheizt war.

»Majestät, dafür sollte man Sie küssen«, rief Madame du Plessis. »Sehen Sie, Sire, die Königin schlägt die Augen auf.« Die Ärzte, die schon zum Protest wegen des Königs Eingreifen angesetzt hatten, hielten betreten den Mund.

Ludwig war keineswegs enttäuscht über die Geburt eines Mädchens.

»Aber Madame, ich finde es wunderbar, eine so schöne Tochter zu besitzen. Dann wird eben unser nächstes Kind ein Sohn.« Antoinette war sichtlich erleichtert.

Als ich diese Äußerung Ludwigs Demoiselle Hélène erzählte, sagte sie gutmütig lachend: »Ja, sicher. Jetzt wo er endlich weiß, wie es geht.«

Die Kleine sollte Marie Thérèse Charlotte getauft werden und den Titel »Madame Royale« erhalten. Die ersten beiden Namen hatte man aus Respekt vor der Großmutter in Wien gewählt.

Da das kleine Mädchen eine Gouvernante brauchte, sobald es den Diensten einer Kinderschwester entwachsen war, wählte Antoinette ihre Gesellschaftsdame Francine du Plessis dafür aus.

»Ihnen vertraue ich meine Kleine an«, sagte die Königin. »Ich werde mich täglich nach ihren Fortschritten erkundigen.«

Am Hof gab es zahlreiche Feiern und bereits nach einer Woche hatte sich die junge Königin von den Strapazen ihres Kindbetts erholt. »Mein Gemahl und ich sind ja noch jung und wir können noch viele Nachkommen zeugen«, machte sich Antoinette die Ansicht Ludwigs zu Eigen.

Sechs Wochen nach der Geburt hielten der König und seine Gemahlin ihren feierlichen Einzug in der Hauptstadt, um die traditionellen Glückwünsche der Pariser entgegenzunehmen.

Der Empfang war recht unterkühlt. Der Form wurde zwar Genüge getan, soweit es den Bürgermeister von Paris, den Erzbischof und die übrigen Würdenträger betraf.

Aber wo waren die jubelnden Volksmassen, die ansonsten bei derlei freudigen Anlässen die Straßen säumten? Nur sehr spärlich fanden sich einige Jubler ein.

»Offenbar haben die Leute die Hungersnot noch nicht vergessen, Madame«, vermutete ich und meine Herrin mochte mir nicht widersprechen.

KAPITEL 22

DAS JAHR 1780 hatte uns einen heißen Sommer beschert; erst gegen Ende September wurde es angenehmer. Die Adeligen verließen ihre Landsitze und bezogen wieder ihre Paläste in Paris. Alle bereiteten sich auf die kommende Herbst- und Wintersaison vor. Besonders die wichtigen Fragen der Mode und ihrer Accessoires bereiteten manch einem schlaflose Nächte. Es würde auch in diesem Jahr traumhafte Bälle, fantastische Theateraufführungen, interessante Dichterlesungen und exquisite Musikabende geben.

Ein Musikus aus dem österreichischen Salzburg war in Paris eingetroffen und hatte im Palais der Familie Polignac ein viel bewundertes Klavierkonzert gegeben. Der Künstler, ein noch junger Mann, hieß Monsieur Wolfgang Amadé Mozart und war bereits als Kind mit Vater und Schwester in Frankreich auf Konzertreise gewesen, wie meine Herrin von ihrem Gatten wusste.

Damals galt der Knabe in ganz Europa als Wunderkind. Heute, als galanter Mann, verstand er es, die Herzen seiner Zuhörer, vornehmlich der weiblichen, zu verzaubern. Monsieur Mozart verfügte über Witz und Charme, enorme Musikalität, war recht gebildet, liebte schlüpfrige Geschichtchen und soll in Paris zahlreiche Eroberungen gemacht haben.

»Was soll's«, sagte Madame Polignac zu Madame Campan und meiner Herrin auf einem Spaziergang über Antoinettes Bauerndorf in Petit Trianon, »Monsieur Amadé ist jung und potent, warum soll er sich keine Liaisons d'amour leisten? Verheiratet ist er doch nicht?«

»Vermutlich würde ihn auch der Ehestand nicht daran hindern«, meinte Madame du Plessis und die drei Damen lachten, hatte ihnen doch erst heute Morgen der Marquis de Toqueville erzählt, jener Monsieur Mozart hätte ihn nach dem musikalischen Abend »ganz vertraulich« nach der Adresse eines »Etablissements« mit gewissen Damen gefragt.

»Es darf ruhig etwas mehr kosten, ich hab es nämlich dringend nötig«, soll der Maestro in schöner Offenheit erklärt haben. »Den ganzen langen Abend vor so bezaubernden Damen mit ihren verlockenden Augen und den tiefen Dekolletés spielen, wobei mir ihre Brüstchen beinahe in den Schoß kullern: Das macht meinen Schwanz rebellisch. Da brauch ich anschließend ein wenig Liebe.« Kein Zweifel, der Musiker aus Österreich war kein Kind von Traurigkeit.

Monsieur de Toqueville konnte noch mehr beisteuern: »Sooft sich der Maestro während des Konzertes erhob, um sich zu verbeugen, konnte man deutlich sehen, wie es um ihn stand. Ich denke, jede der anwesenden Damen wird es als ihr allein zugedachte Huldigung aufgefasst haben. Der Herr erhielt nämlich außergewöhnlich viel Applaus und musste sich deshalb sehr oft verneigen«, lächelte der Marquis.

»Darf man fragen, Marquis, welchen Tempel der Lüste Sie unserem Musikus empfohlen haben?«, erkundigte sich der gleichfalls zuhörende Monsieur de Blanchette und alle spitzten die Ohren.

»Nun«, gab der Marquis zur Antwort, »das war nicht allzu schwer. In der Rue Saint Denis und den kleinen, verschwiegenen Seitengässchen liegt das alte Hurenviertel von Paris. Alle Pariser Freudenmädchen sind hier zu Hause. In einer Seitenstraße, der Rue Saint Sauveur, befindet sich das Nobelbordell der uralten Madame Gourdan, immer noch eine der besten Adressen der Hauptstadt.«

»Hört, hört«, erwiderte meine Herrin und schlug ihm spielerisch ihren geschlossenen Fächer auf den Oberarm; der Marquis aber hob beschwichtigend beide Hände zum Himmel: »Gott sei mein Zeuge, ich weiß darüber nur vom Hörensagen.«

»Bitte, Marquis, erzählen Sie weiter«, drängte Monsieur de Blanchette und die Umstehenden lachten.

»Nun denn«, sagte der Marquis, »wie wir alle erlebt haben, ist es durchaus möglich, als Insassin dieses Etablissements große Karriere zu machen. Sie erinnern sich sicher noch alle an Demoiselle Marie-Jeanne Bécu.« Der Edelmann blickte fragend in die Runde, aber er erntete bis auf eine Ausnahme – ein Monsieur de Chaumont hatte zu grinsen begonnen – nur ratlose Blicke und verständnisloses Zucken der Achseln.

»Machen Sie es doch nicht so spannend«, bat Madame

Francine und der Marquis warf wie nebenbei hin: »Sie alle werden besagte Dame unter dem Namen ›Gräfin Dubarry‹ gekannt haben.«

Das löste Riesengelächter aus; Madame du Plessis verschluckte sich beinahe und Monsieur de Toqueville meinte trocken: »Im Übrigen ist, wie man hört, auch der Herr Marquis de Sade dort ein häufiger und gern gesehener Gast.«

»Falls mein Verwandter nicht gerade mal wieder im Gefängnis sitzt«, äußerte lächelnd meine Herrin.

Die Kaiserin in Wien hatte die Geburt ihrer Enkeltochter Marie Thérèse noch erlebt, aber am 9. November 1780 starb sie.

Die Königin war tieftraurig über den Tod der Mutter. So lästig ihr deren ständige Ermahnungen oft gewesen waren, zeigten sie doch, dass sie sich um ihre Tochter im fernen Paris sorgte. Die Briefe der Mutter waren gleichsam ein Stück Heimat gewesen.

Die kleine Marie Thérèse Charlotte wuchs zu einem schwierigen Kind heran – meine Herrin konnte ein Lied davon singen; das kleine Persönchen war recht selbstbewusst und eigensinnig. Mir erschien die Kleine nicht so bemerkenswert. Bei uns daheim waren immer viele Kinder gewesen von Verwandten, Freunden und Nachbarn, und das Naturell von Madame Royale war keineswegs auffällig; es gab tausende solcher Kinder.

Zu Anfang des Jahres 1781 erfuhren wir am Hof von einer erneuten Schwangerschaft der Königin. Diesmal ging es ihr viel besser, sie hatte allerdings oft Heißhunger auf seltene Speisen.

Am 22. Oktober 1781 gebar die Königin den so sehnlich erwarteten Dauphin. Die Geburt verlief problemlos. Die Hofärzte und Doktor Vermond, der Geburtshelfer, hatten dazugelernt. Sie erlaubten nur zwölf Personen die Anwesenheit im Gemach der Gebärenden.

Ludwig XVI. vergoss Freudentränen. Er hatte die Thronfolge der Bourbonen in direkter Linie gesichert. Der Ausweg, dass einer seiner Neffen der nächste Herrscher sein würde, war nun nicht mehr notwendig. Und den Herzog von Orléans musste man ebenfalls nicht bemühen. Dessen Ehrgeiz erlitt damit einen empfindlichen Dämpfer.

Er hatte sich in der Tat schon als den nächsten König gesehen.

Mittlerweile ging es in Versailles wie in einem Taubenschlag zu. Tag für Tag trafen Abordnungen aus Paris und Delegationen aus den Provinzen im Palast ein.

Kaum hatte der Knabe das Alter von drei Monaten erreicht, fuhr seine Familie nach Paris, um die offiziellen Feierlichkeiten zu absolvieren. Es war auffallend, dass dieses Mal die allgemeine Stimmung im Volk deutlich besser war als bei der Geburt von Marie Thérèse vor drei Jahren. Zu Tausenden säumten die Menschen die Straßen und jubelten den Insassen der königlichen Karosse zu. Das Volk winkte fröhlich und schrie immer wieder »Vive le Roi!« »Vive la Reine!« »Vive le Dauphin!«

»Verstehe einer das Volk«, meinte Madame du Plessis verwundert, »man könnte beinahe glauben, es hätte niemals Unruhen in Paris gegeben.«

Meine Herrin hielt als Oberste Gouvernante die kleine Madame Royale auf dem Schoß. Wir saßen in der zweiten Kutsche, zusammen mit Madame Elisabeth, der Schwester des Königs, nebst einigen Hofdamen. Jeder am Hof hatte sich im Laufe der Jahre an meine ständige Anwesenheit bei Madame Francine gewöhnt; ich war gleichsam der Schatten meiner Herrin. Die Gräfin behauptete, ständig meiner Dienste zu bedürfen; inzwischen fiel ich gar nicht mehr auf – außer durch meine Ähnlichkeit mit Madame Elisabeth.

»Es ist unglaublich, wie launenhaft der Pöbel ist«, sagte auch Madame Polignac, »man könnte Angst bekommen vor seiner Unberechenbarkeit.«

»Wenn man ihn ordentlich füttert, wird er wohl Ruhe geben«, flüsterte ich daraufhin Madame Francine ins Ohr.

KAPITEL 23

KURZ VOR DER Geburt des Dauphins war mir eine Ehre besonderer Art widerfahren: Ich erhielt überraschend eine Einladung in das Karmeliterkloster von Saint Denis bei Paris.

Madame Francine du Plessis sollte mich begleiten bei meinem Besuch der Äbtissin jenes Nonnenklosters, das nur adelige Demoisellen aufnahm. Sogar eine Kutsche mit dem königlichen Emblem, den Bourbonenlilien, hatte man uns zur Verfügung gestellt.

»Was hat das wohl zu bedeuten?«, fragte ich meine Herrin nervös.

»Die königliche Familie scheint sich über dich Gedanken zu machen, ma Chère. Die Äbtissin, die Ehrwürdige Mutter Theresia vom heiligen Augustin, ist eine Tochter Ludwigs XV. Man sagt, sie wäre vom sündigen Leben ihres Vaters und den Lastern der Höflinge so abgestoßen gewesen, dass sie es vorzog, den Schleier zu nehmen.«

Ich war ungeheuer aufgeregt; am liebsten wäre ich aus der Kutsche gesprungen und davongelaufen.

Am Portal des Klosters empfing uns eine junge, freundliche Nonne und führte meine Herrin und mich in einen mit Holz getäfelten Raum mit bequemen Sesseln und einem großen Tisch aus Nussbaum und bat uns, einen Augenblick hier zu verweilen. Die schweren, grünen Samtvorhänge waren vor vom Fußboden bis zur Decke reichenden Fenstern gegen das grelle Licht der herbstlichen Sonne zugezogen und im Zimmer herrschte angenehmes, grünliches Dämmerlicht.

So muss es am Grunde der Aube sein, ging es mir unwillkürlich durch den Kopf. Dies und die absolute Stille bewirkten, dass sich meine Nerven allmählich beruhigten.

Nach kurzer Zeit erschien die junge Nonne wieder, bat aber nur meine Herrin, sie zu begleiten. Mich ersuchte sie sehr höflich, mich noch eine kleine Weile zu gedulden.

Noch nie zuvor war meine Geduld auf eine so harte Probe gestellt worden. Aber es währte in der Tat nicht lange und diesmal war es eine ältere Klosterfrau, welche mich zur Mutter Äbtissin begleitete.

Ich folgte meiner Führerin durch breite Korridore, deren hohe, spitzbogige Fensteröffnungen auf einen stillen, begrünten Klosterinnenhof mit einem aus Stein gehauenen Brunnen hinausgingen.

Durch eine breite mit Schnitzereien verzierte Tür aus dunklem Holz betrat ich das Gemach der Ehrwürdigen Mutter. Diese saß auf einem Stuhl mit hoher Lehne ohne Armstützen, während Madame Francine in einem weich gepolsterten Besuchersessel Platz genommen hatte. Ich versank umgehend in einem tiefen Hofknicks vor der königlichen Dame.

Diese erhob sich rasch, kam auf mich zu, zog mich an sich, umarmte und küsste mich auf beide Wangen.

»Willkommen, Schwester«, begrüßte mich die Nonne mit

einer angenehm weichen, dunklen Stimme, ganz ähnlich der meinen. Ich war fassungslos.

»Endlich ist es uns vergönnt, einander kennen zu lernen, meine Liebe. Unsere Schwestern Adelaide, Victoria und Sophie kennen Sie ja bereits. Bitte setzen Sie sich, Julienne. Ich denke mir, Sie werden zahlreiche Fragen haben und ich verspreche Ihnen, sie alle, soweit ich es vermag, wahrheitsgemäß zu beantworten.« Und Mère Thérèse nötigte mich in einen Sessel.

Auf einem kleinen Tischchen mit kunstvollen Einlegearbeiten aus Silber und Elfenbein standen eine Karaffe mit Wein und ein Krug mit Wasser sowie sechs Gläser. Zwei davon waren mit Wein gefüllt, aber ich bat nur um ein Glas Wasser.

Ich blickte der Äbtissin ins Gesicht und die Familienähnlichkeit war unübersehbar. Nur waren ihre Gesichtszüge insgesamt feiner und durchgeistigter; es fehlten vor allem der hämische Zug Madame Adelaides und die verbitterte Miene von Madame Victoria, vom leicht törichten Ausdruck Madame Sophies ganz zu schweigen. Ihre Gestalt war hoch gewachsen und schlank, beinahe asketisch, und soweit ich es in der kurzen Zeit beobachten konnte, hielt Prinzessin Louise de Bourbon, wie sie im weltlichen Leben geheißen hatte, ihren Kopf sehr aufrecht. Alle Bewegungen der Vierundvierzigjährigen erschienen mir flink, ohne nervös zu wirken.

Auf jeden Fall fehlte ihr das penetrant Altjüngferliche Adelaides sowie die Arroganz, über die auch Victoria verfügte; von der ignoranten Frömmelei der jüngeren Sophie gar nicht zu sprechen. Mère Thérèse wirkte klug und aufrichtig. Ihre großen, blauen Augen blickten mich Vertrauen erweckend an.

Ich fasste mir ein Herz und fragte: »Ehrwürdige Mutter, Sie scheinen keinerlei Zweifel über meine Abstammung zu hegen?«

»Nein, in der Tat, ich bin vollkommen sicher, dass Sie meine Halbschwester sind«, entgegnete sie seelenruhig.

»Ich bin ebenfalls geneigt, das zu glauben«, sagte ich, »aber ich weiß nicht, wie es geschehen sein könnte. Seine Majestät, Ludwig XV., war, soweit ich weiß, nie in unserer Gegend. Und meine Mutter war nie in Versailles. Wie also hätte der König sie sehen und sich in sie verlieben können? Und weshalb hat sie es immer geheim gehalten? Auch meine Großeltern habe ich nie dergleichen erwähnen gehört. Ein ›Kind der Liebe‹ vom König zu bekommen ist doch keine Schande. Und die Sünde wird gewiss aufgewogen durch die große Ehre.«

Madame Francine holte bei meinen überschwänglichen Worten tief Luft, aber Mère Thérèse nippte ruhig an ihrem Weinglas und antwortete mir dann:

»In der Regel ist es wohl so, ma chère Julienne. Alle Herrscher zeugten Bastarde, anerkannten sie als ihre Kinder und sorgten für sie und deren Mütter. Manche von ihnen gelangten sogar zu hohen Ehren. Ich empfehle Ihnen einmal die Lektüre über Don Juan d'Austria, falls es Ihre Zeit erlaubt – aber dies nur als Anmerkung.

Dass Sie niemals als außereheliches Kind des Königs anerkannt wurden, lag an Ihrer Frau Mutter, der ich meinen Respekt nicht versagen kann. Sie bekam zwar ihr Kind, wollte aber an nichts mehr erinnert werden, was mit dessen Zeugung zu tun hatte.«

»Aber weshalb nur?«, rief ich verwundert aus.

»Es fällt mir nicht leicht, darüber zu sprechen. Aber ich will Ihnen die Wahrheit nicht vorenthalten, Mademoiselle«, gab mir die Äbtissin zur Antwort. »Sie, liebes Kind, entstammen nicht etwa einer romantischen Liebesbeziehung zwischen einem jungen Mädchen und dem König von Frankreich, sondern sind das Produkt eines mehr oder weniger erzwungenen Beischlafs, welchen mein lasterhafter Vater mit ungezählten, blutjungen Dingern, beinahe noch Kindern, auszuüben pflegte.«

Die Nonne war blass geworden und mir war ganz merkwürdig zumute, irgendwie so, als ginge das Gesagte mich gar nichts an. Ich musste einen Schluck Wasser trinken, um meine trockene Kehle zu befeuchten. Mühsam brachte ich heraus: »Aber Madame, wie sollte es denn dazu gekommen sein?«

»Die damalige Mätresse des Königs, Madame de Pompadour, war schwer lungenkrank und befürchtete, an Attraktivität einzubüßen. Ludwig XV. stand kurz davor, sich von ihr zu trennen, weil sie abmagerte, ständig fieberte, rote Flecken im Gesicht hatte und häufig an sehr störenden Hustenanfällen litt.

Sie bemühte sich, ihr Leiden zu verharmlosen, und tanzte weiterhin ganze Nächte hindurch und versah ihren Dienst im Bett ihres königlichen Liebhabers, aber es war nicht mehr zu übersehen: Der König hatte sie satt. Die Mätresse aber wollte auf keinen Fall ihren Einfluss auf ihn verlieren. Und so verfiel sie auf einen ganz abscheulichen Gedanken.«

Die Äbtissin griff nach ihrem Glas und nach einem winzigen Schluck fuhr sie fort:

»Madame de Pompadour richtete den so genannten ›Hirschpark‹ für den König ein. Dieser hatte allerdings nichts mit dem edlen Waidwerk zu tun – nein, es handelte sich dabei um die Jagd auf junge, unschuldige Mädchen. Als ›Jäger‹ dienten der Pompadour ergebene Kerle, welche über Land zogen und in Städten und Dörfern nach hübschen, kleinen Jüngferchen Ausschau hielten. Üblicherweise boten sie den Eltern Geld für die vorgeblichen ›Dienstmägde‹ edler Herren. Der Name des Königs fiel niemals, denn das hätte nur die Geldgier mancher Väter angestachelt und dem Ruf Ludwigs XV. noch mehr geschadet.

Weigerten sich die Eltern, ihre Töchter zu verkaufen, gab es für den widerspenstigen Vater Prügel, für die protestierende Mutter Ohrfeigen und eine verwüstete Stube. Und die Kleine nahmen sie trotzdem mit – ohne etwas zu bezahlen.

Die rohen Burschen zerrten die weinenden Mädchen mit Gewalt aus den Häusern. Es soll vorgekommen sein, dass uneinsichtige Väter und ältere Brüder zu Tode kamen, um an die hübschen, kleinen Dinger heranzukommen. Die meisten waren erst zwischen elf und vierzehn Jahre alt. Am besten war es, wenn sie noch keine Monatsblutung hatten; so war eine Empfängnis ausgeschlossen und sie entsprachen am meisten der Vorliebe des Königs.

Die Mädchen wurden dann in den ›Hirschpark‹ bei Paris verschleppt. Das war ein großer Park mit Rehen und Hirschen, umgeben von einer hohen Mauer. Darin befanden sich kleine Häuser und das Hauptgebäude, in welchem Madame de Pompadour die Kinder in der ›Liebeskunst‹ unterwies.

Sie dressierte die Mädchen regelrecht auf Unzucht, brachte ihnen auch Körperpflege und raffinierte Liebestechniken sowie das Parfümieren und Schminken bei; Letzteres durfte nicht zu stark geschehen, sie sollten ja unschuldig wirken. Vor allem wurden ihre Körper komplett enthaart. ›Auf einen kindlichen Venushügel passt kein weiblicher Haarbusch‹, pflegte der König zu sagen.

Auch den kleinen Nymphen gegenüber erwähnte Madame de Pompadour niemals, dass es sich bei ihrem Liebhaber um den König höchstpersönlich handelte.

Durch erotische Bilder und schlüpfrige Geschichten weckte sie die Geilheit der unschuldigen Mädchen und machte sie durch kleine Geschenke sowie gutes Essen und den Genuss von Wein gefügig.

Wenn das nicht half und die kindlichen Geschöpfe weiter

weinten und nach ihrer Mutter jammerten, arbeitete sie mit Drohungen, und falls auch das nichts änderte, wurde ihnen der Widerstand mit der Peitsche ausgetrieben.

Bei jenen, für die Geld gezahlt worden war – häufig waren es die geldgierigen Väter, die ihre jungen Töchter veräußerten –, tat sich die Mätresse am leichtesten. Die Mädchen fürchteten die verlangte Rückzahlung des Betrages und hatten Angst vor dem väterlichen Zorn. Außerdem fühlten sie sich verraten. Hatte es dagegen Widerstand in der Familie gegeben, waren die Kleinen eher renitent, verlangten ihre Freilassung und drohten, daheim alles ihrem Pfarrer zu erzählen. Manche der Mädchen begingen sogar Selbstmord, vor allem, wenn sie schwanger geworden waren.«

Vom bloßen Zuhören war mir regelrecht übel geworden. Ich erinnerte mich noch gut an den verstorbenen Monarchen. War dieser abartige Kinderschänder mein leiblicher Vater? Es schien so zu sein. Mère Thérèse fragte mich und meine Herrin, ob wir eine Kleinigkeit zu speisen wünschten.

Aber uns beiden war der Appetit vergangen. »So lassen Sie mich fortfahren, Mesdames«, sagte die Äbtissin und nach einem Nippen am Wasserglas ging der schreckliche Bericht weiter.

»Die Begegnung mit dem König fand nach erfolgreicher ›Schulung‹ in einem der zahlreichen Pavillons statt. Der Herrscher behandelte die jungen Mädchen stets freundlich; er wurde nie grob und wendete niemals rohe Gewalt an; er erwartete nur vollkommene Unterwerfung seiner Gespielinnen – und dafür sorgte Madame de Pompadour, deren Einfluss auf den König durch diesen perversen Schachzug bis zu ihrem Tod bestehen blieb. Sie versorgte ihn mit jungem Fleisch, war immer auf Nachschub bedacht, sobald die Mädchen ein Kind erwarteten oder der Monarch Anzeichen des Überdrusses zu erkennen gab. In der Regel war dies rasch der Fall und zeigte sich darin, dass Ludwig die Mädchen anderen edlen Herren als ›Spielzeug‹ zur Verfügung stellte. Der Nachschub bereitete dank der ›Jäger‹ Madame de Pompadours kein Problem. Überdies war der König sicher, dass ihm von den jungfräulichen Geliebten keine Geschlechtskrankheiten drohten. Dass er sie häufig mit der Lustseuche infizierte, die er sich als junger Mann zugezogen und niemals richtig auskuriert hatte, stand auf einem anderen Blatt.

Seine Majestät wusste sehr wohl, welches Unrecht er auf sich lud. Und weil er die Strafen für seine Sünden möglichst gering halten wollte, zwang er die Mädchen, splitternackt vor dem Bett zu knien und gemeinsam mit ihm das Nachtgebet zu sprechen, ehe er sich seinen Gelüsten hingab.

Übrigens hat jede seiner Gespielinnen, allen Vorschriften zur Geheimhaltung zum Trotz, von irgendeinem Dienstboten erfahren, wer ihr Beischläfer in Wirklichkeit war.«

Lange Zeit herrschte tiefes Schweigen im Besuchersalon der Äbtissin. Ich fühlte eine seltsame Leere im Kopf, aber ich konnte Babette verstehen. Gerade vierzehn Jahre war sie alt gewesen. Welche Qual hatte sie empfunden, das Bett mit dem alternden Lüstling zu teilen? Hatte ihr die Mätresse gedroht? War sie geschlagen worden?

»An meine Großeltern kann ich mich kaum noch erinnern; sie starben beide, als ich noch sehr jung war«, unterbrach ich die Stille, »aber ich weiß noch, dass meine Großmutter immer sehr zornig auf meinen Großvater gewesen ist.«

»›Nimm du das Drecksgeld‹, soll Grandmère damals geschrien, einen Beutel Louisdors dem Alten vor die Füße geworfen und nie mehr ein Wort mit ihm gesprochen haben. Auch nicht, als die Tochter zurückkam und ihren Cousin, Jacques Bertot, heiratete. Als kleinem Kind hat man mir stets weisgemacht, Grandmère sei etwas wirr im Kopf. Jetzt ergibt alles einen Sinn.«

»Ich habe Ihnen einen Vorschlag zu machen, ma chère Julienne.«

Mère Thérèse wandte sich an mich. »Besprechen Sie sich mit der Gräfin du Plessis, ehe Sie eine endgültige Entscheidung treffen. Ich würde Ihnen raten, ins Kloster einzutreten, falls Sie es mit Ihrer religiösen Einstellung vereinbaren können.« Da verschlug es mir endgültig die Sprache.

»Ich sehe, ich verwirre Sie, aber hier könnte ich Sie beschützen; die Mauern sind dick und hoch und sehr verschwiegen. Sie ändern Ihren Namen und sind für die Welt da draußen gestorben. Sie sind nicht verheiratet und haben, soweit ich weiß, keine Kinder – also stünde nichts Ihrem Eintritt ins Kloster entgegen.«

Ich war überwältigt. Es war zu viel, was da auf mich einstürmte.

»Ich kann mir nicht vorstellen, Ehrwürdige Mutter, weshalb ich des besonderen Schutzes bedürftig sein sollte. Eigentlich möchte ich so weiterleben wie bisher, bei Madame du Plessis als Zofe und mit meiner bäuerlichen Abstammung von Babette und Jacques Bertot, so wie es im Kirchenbuch von Plancy vermerkt ist. Ich will einfach das schlichte Mädchen vom Lande bleiben, das ich immer war.«

»Ich glaube, dass Sie es damit sehr schwer haben werden«, erwiderte die Äbtissin eindringlich. »Man muss kein Prophet sein, um schlimme Zeiten für Frankreich und die Monarchie vorherzusagen. Der jetzige König, mein Neffe, ist schwach und seine verwöhnte Frau besitzt zu wenig Intelligenz.

Ich glaube« – und dabei erhob die Nonne zum ersten Mal

während unseres Gespräches ihre Stimme – »dass ein gewaltiger Sturm das Königshaus der Bourbonen hinwegfegen wird. Es werden noch Jahre vergehen, aber der Untergang unseres Hauses ist unaufhaltsam. Auch Sie gehören dazu, mein Kind. Und so sind auch Sie in Gefahr, im Strudel unterzugehen. Deshalb biete ich Ihnen hier Asyl, Schwester, denn ich denke nicht, dass man letztlich wagen wird, ein Kloster zu entweihen – aber auch dies ist keineswegs sicher.«

KAPITEL 24

EIN DENKWÜRDIGER TAG. Aber ich war entschlossen, bei meiner Haltung zu bleiben. Sollte mich wieder jemand auf die Ähnlichkeit mit meiner Nichte, Madame Elisabeth, hinweisen, würde ich mich dumm stellen.

Ich war überzeugt, sollte es Gerede geben, würde das wieder verebben und die Höflinge fänden neuen Stoff für Klatsch und Tratsch. Mit der Zeit würde man mich schlicht vergessen und mir nicht mehr Beachtung schenken als einem vertrauten Möbelstück, das immer am selben Platz gestanden hat.

Dazu kam, dass ich auf keinen Fall Babettes Willen entgegen handeln wollte. Sie durfte nicht mehr an den Hirschpark erinnert werden. Sie sollte ihr Leben, so wie sie es sich wünschte, mit Émile und ihren Kindern verbringen. Und ich wollte keine Braut Christi werden, auch nicht mit den Sonderrechten einer Königstochter und als Schützling einer Äbtissin.

»Eine Frage beschäftigt mich noch, Madame«, wandte ich mich, als wir wieder im Schloss waren, an meine Herrin, »wieso hat meine Mutter zugelassen, dass ich an den Hof jenes Mannes gehe, den sie so verachtet hat?«

»Ludwig XV. war schon alt und seiner damaligen Mätresse Madame Dubarry vollkommen hörig; die Funktion des Hirschparks hatte sich mit dem Tod der Pompadour in Luft aufgelöst. In Versailles bestand keine Gefährdung Ihrer Tugend durch den König – die war zu Hause durch Ihren Onkel Émile gegeben, wie Sie sich vielleicht noch entsinnen. Außerdem«, fügte Madame Francine lächelnd hinzu, »hatte ich Ihrer Maman doch versprochen, auf Sie aufzupassen.«

In den Jahren 1777 bis 1781 war der Genfer Bankier Jacques Necker der Finanzminister Frankreichs. Er verstand es, sich beim Volk beliebt zu machen; auch beim Adel, indem er es tunlichst vermied, ihm gehörig auf die Zehen zu treten, wie es eigentlich notwendig gewesen wäre.

»Auch er wird die Finanzmisere nicht in den Griff bekommen«, war die Meinung vieler. Aber Monsieur Necker war ein Meister darin, seine Inkompetenz zu kaschieren, indem er die Zahlen einfach schönte. So gelang es ihm, sich jahrelang die Bewunderung des Volkes zu erhalten, bis ihn schließlich ein Minister, Monsieur Maurepas, zum Rücktritt zwang. Diese Entlassung musste der König bestätigen und Ludwig konnte sich lange Zeit nicht dazu entschließen, da er wusste, wie unpopulär das sein würde.

Nur wenige hatten bemerkt, dass der Schweizer die steigenden Defizite raffiniert verschleiert hatte. Der Königin dagegen hatte man den Spottnamen »Madame Defizit« gegeben. Erst nach langem Zögern unterzeichnete Ludwig die Entlassung.

Im Mai nächsten Jahres hatten wir Staatsbesuch aus Russland: Der Sohn und Thronfolger der Zarin Katharina erschien mit seiner Gemahlin. Der Großfürst besaß das breitflächige Gesicht eines Tataren, aber die Manieren und den schlagfertigen Esprit eines Parisers. Niemand hätte gedacht, dass er später dem Wahnsinn verfallen würde.

Seine Frau war eine große, gewichtige deutsche Prinzessin, die sehr gebildet war. Die beiden blieben einen ganzen Monat.

»Zuerst war die Königin ängstlich bei der Ankündigung so hohen Besuchs, aber dann beschloss sie, den Zarewitsch und seine Frau in den exklusiven Kreis ihrer persönlichen Freunde einzuladen«, erzählte meine Herrin, während ich ihr Gesicht mit Rosenwasser wusch. »Die deutsche Großfürstin bewahrt stets ihre formelle Höflichkeit, aber der Zarensohn fällt gelegentlich aus der Rolle, wenn er zu viel Alkohol genossen hat. Einmal vertraute er der Königin weinend an, welche Tyrannin seine Mutter Katharina, die man die Große nennt, in Wahrheit sei und wie sie es geradezu genießt, ihren Sohn zu demütigen.«

Immer wieder hatte Marie Antoinette zu hören bekommen: »Madame, Sie müssen unbedingt Monsieur Beaumarchais' *Figaro* hören.« Das machte sie neugierig. Madame de Lamballe machte sich erbötig, den Dichter in ihr Haus in Paris zu bitten. Der Erzbischof von Toulouse, ein sehr guter Freund des Genannten, hatte dringend dazu geraten: »Sein Stück wurde von der königlichen Zensur verboten; es ist vielleicht umstürzlerisch, aber unwahrscheinlich witzig.«

Der Zarewitsch und seine Frau waren sehr neugierig auf den »Figaro« und Herr de Beaumarchais wurde eingeladen.

Begeistert nahm man den ätzenden Spott dieses Dramas

auf. In die Verkleidung der Satire hatte Monsieur Beaumarchais alles gehüllt, was Frankreich lähmte, und alle Profiteure dieses korrupten Systems überschlugen sich vor Begeisterung. Endlich war da einer, der es wagte, ihnen den Spiegel vorzuhalten. Zum Abschluss des exquisiten Besuches aus Russland gab es ein nächtliches Fest im Park von Petit Trianon. Sogar Ludwig XVI. blieb bis zuletzt, da er sich selten so gut amüsierte.

Da erblickte Marie Antoinette ein Paar roter Strümpfe. Die Waden ihres Trägers waren stämmig und obwohl der Mann in einen langen, dunklen Mantel gehüllt war, sah sie unter dem breitkrempigen Hut eindeutig das breite Gesicht des Kardinals de Rohan, des Großalmoseniers von Frankreich.

Darüber ärgerte sich Antoinette maßlos. In ihrem Schlafgemach sagte sie heftig zum König: »Sire, ich bin empört. Wie kann es dieser Mensch wagen, ohne Einladung bei einer privaten Veranstaltung aufzutauchen?«

Madame Campan hörte den König nur lachen. Die Abneigung seiner Frau gegen den hohen Kirchenfürsten teilte er nicht.

Im Palais de Rohan wurde der Besuch einer alten Bekannten, der Gräfin de la Motte-Valois, gemeldet. Vor Jahren hatte der Kardinal eine Liaison mit der jungen Frau gehabt und nun behauptete sie, eine gute Freundin der Königin zu sein und deren volles Vertrauen zu genießen. Das gedachte sich der Kirchenmann zunutze zu machen. Dass er damit der Auslöser des größten Skandals am französischen Hof wurde – als Mitschuldiger und Opfer gleichermaßen –, das konnte er nicht ahnen.

Der Sommer war vorübergegangen und im Herbst 1782 erschütterte ein Skandal das Land mit weitreichenden Folgen:

Der Prinz von Guémené, der Gemahl der Erzieherin des Dauphins, sah sich gezwungen, seinen Bankrott zu erklären. Über dreitausend Gläubiger hatten das Nachsehen; auch meine Herrin gehörte zu den Geprellten. Sie hatte ihm, wie viele andere auch, immer wieder gerne aus »momentaner Verlegenheit« geholfen. Ein Monsieur de Guémené war doch in jedem Falle kreditwürdig. Kein Sou seines enormen Vermögens war mehr übrig.

Es gehörte geradezu zum guten Ton, Schulden zu haben. Nur arme Leute hatten keinen Kredit. Viele Gläubiger hatten nun Angst und forderten prompt die Rückzahlung ihrer Außenstände. So wurden zahlreiche als begütert geltende Leute finanziell ruiniert.

Die Königin übertrug nun auch die Erziehung ihres kleinen Sohnes der Gräfin du Plessis, welche nun beide Königskinder unter ihrer Obhut hatte, zusammen mit drei anderen Gouvernanten und zahlreichen Dienerinnen.

Ich hatte mich unsterblich in einen gut aussehenden Wachsoldaten der Schweizer Garden verliebt. Er hieß Julien Lagrange, was für zahlreiche Späße sorgte; klang doch »Julien und Julienne« arg nach Opera buffa. Er war groß und dunkelhaarig und besaß einen hübschen Schnauzbart.

Der kitzelte herrlich beim Küssen und ich war verrückt nach ihm. Das widerfuhr mir mit beinahe sechsundzwanzig Jahren das erste Mal. Hatte ich bisher mit einem guten Dutzend Männern intime Bekanntschaft geschlossen, war ich doch diesmal mitten ins Herz getroffen.

Wenn ich ihn nur von weitem sah, wurde ich abwechselnd rot und blass, mein Puls raste und mein Herz begann zu stolpern; ich vergaß beinahe zu atmen und verspürte nur den Drang, von morgens bis abends zu singen.

Ich wurde richtig eitel, begann mich zu schminken und benützte Schönheitspflästerchen. Er war vier Jahre jünger als ich und hatte nur Augen für mich und das wollte etwas heißen an einem Hof voller schöner Frauen.

Gute zehn Jahre sollte unsere Liebe halten. Bis zuletzt hatten wir Sehnsucht nach dem anderen und unbändige Lust aufeinander.

KAPITEL 25

Zehnter November 1782: Ein rabenschwarzer Tag für meine Herrin. Ihr Gemahl Édouard Nicolas François Comte du Plessis, war bei einem Jagdunfall ums Leben gekommen. Eine verirrte Kugel hatte ihn durch den Rücken ins Herz getroffen. Madame Francine betrauerte ihn aufrichtig.

Der Graf war stets ein gütiger Herr gewesen, aber er hatte Privilegien besessen, welche viele im Volk nicht mehr klaglos hinzunehmen bereit waren.

Père Danton und andere hatten Zeit ihres Lebens gemurrt über die Frondienste, welche unentgeltlich zu leisten waren, und gegen den Zehnten, der nach jeder Ernte zu entrichten war. Der Graf musste bei Käufen und Verkäufen sein Einverständnis geben, bei Abwanderung in die Stadt oder bei Heiraten: Was sich manche der Grundherren ungestraft herausnahmen, spottete in der Tat jeder Beschreibung.

Von einem Chevalier de Beaumarchais erzählte man sich beispielsweise eine entsetzliche Geschichte. Der Chevalier, unverheiratet und immer lüstern nach Frauen, sah in seinem

Schloss eine hübsche, junge Magd. Sie gehörte nicht zu seinem Personal, sondern erledigte nur einen Botengang für eine andere Herrschaft aus dem Nachbarort. Monsieur de Beaumarchais packte das junge Ding und wollte es umgehend auf dem Flur nehmen. Das Mädchen wehrte sich verzweifelt gegen ihren Angreifer. Auf ihre Schreie kam ihr allerdings niemand zu Hilfe – jeder hatte Angst vor dem rabiaten Ritter.

Da die Magd kräftig war, artete das Ganze in eine Rauferei aus; wobei sie ihrer Kleider verlustig ging, wohingegen der Chevalier etliche schmerzhafte Püffe, schallende Ohrfeigen und gut gezielte Tritte einzustecken hatte. Das Mädchen entwischte ihm und nun begann eine wilde Jagd. Brüllend rannte der Schlossherr seiner Beute hinterher, die zum Schluss keinen anderen Ausweg mehr sah, als sich aus einem Fenster in den gepflasterten Hof zu stürzen.

Monsieur de Beaumarchais lief hinab, um zu prüfen, ob die Widerspenstige noch lebte. Die hatte sich allerdings bei ihrem Sturz das Genick gebrochen. In gleichsam obszöner Verrenkung mit gespreizten Beinen lag die nackte Tote da und vor den entsetzten Augen seiner Dienerschaft verging er sich an der Leiche der jungen Frau.

Geschlechtsverkehr mit Toten galt in Frankreich immer als todeswürdiges Verbrechen, aber der Chevalier entging der Enthauptung, handelte es sich doch nur um eine kleine Dienstmagd. Der Richter verurteilte ihn dazu, ihrem Herrn eine gewisse Summe als Entschädigung für die verlorene Arbeitskraft zu bezahlen. Das Gericht war der Meinung, am tödlichen Ausgang wäre nicht der Chevalier schuld, sondern das Mädchen selbst. Wer hatte es geheißen, aus dem Fenster im zweiten Stock zu springen? Und wie konnte eine Dienstmagd derart die Contenance verlieren und einem Edelmann solche Blessuren zufügen?

Die Königin war nun siebenundzwanzig Jahre alt und befand sich unbestreitbar auf dem Höhepunkt ihrer Schönheit. Ihr königlicher Ehemann hingegen benahm sich häufig wie ein grüner Junge und nicht wie ein erwachsener Mann. Oft war die Königin wütend über ihren kindischen Gemahl. Aber dennoch war sie ihm sehr nahe, möglicherweise wie einem jüngeren Bruder.

Die Bewunderung anderer Herren genoss sie sehr. Da gab es einen, welcher mehr und mehr in die Rolle eines Favoriten schlüpfte.

Es war dies ein junger, hoch gewachsener und sehr gut aussehender Schwede. Mit diesem Mann hatte sie jahrelang eine Liebesbeziehung, ohne dass Ludwig XVI. Zeichen der Eifersucht zeigte. Im Gegenteil, der König behandelte den Grafen aus dem hohen Norden als Freund.

Nur eine Hand voll Vertraute der Königin wussten, wie es um die Beziehung des Schweden mit Antoinette tatsächlich stand. Da der Monarch Monsieur Axel von Fersen – so der Name des adeligen Herrn – so ganz selbstverständlich in seine Familie aufnahm, wagte niemand am Hof, sich gegen den Günstling der Königin unfreundlich zu benehmen. Von Fersen war ein gebildeter und kluger Kopf, der pragmatisch dachte. Er und Antoinette waren stets um Diskretion bemüht. Der König konnte immer vorgeben, nichts von einer intimen Beziehung seiner Gattin mit dem Schweden zu wissen.

Es war für beide die ganz große Liebe – Herr von Fersen heiratete jedenfalls nie. Schon im Jahre 1778 hatte er ganz offen am Hof von Versailles erklärt: »Madame Marie Antoinette ist die liebenswürdigste und zugleich schönste Dame, die ich kenne.« Im Jahre 1780 war er Adjutant von General Rochambeau in Amerika. Dieser Herr war Führer des Expeditionskorps der französischen Armee zur Unterstützung der Kolonisten in Nordamerika. Da von Fersen sehr gut Englisch sprach, wurde er ausgewählt, um an der Seite George Washingtons mit den Engländern zu verhandeln.

Nach drei Jahren, im Juli 1783, kehrte Monsieur Fersen aus Amerika nach Versailles zurück, gereifter und männlicher. Ludwig überschüttete ihn mit Ehrungen und übergab dem Favoriten seiner Frau das Kommando über das Königlich-Schwedische Regiment in der französischen Armee.

Marie Thérèse war sechs Jahre alt und der Dauphin drei, als die Königin ihr drittes Kind, wieder einen Sohn, zur Welt brachte. Der Kleine wurde Ludwig Karl getauft und erhielt den Titel eines Herzogs der Normandie. Es war ein Prachtjunge, der da in der königlichen Wiege krähte.

Anlässlich der Geburt des Prinzen wurden die üblichen Feiern abgehalten – aber hinter vorgehaltener Hand konnte man das bösartige Getuschel vernehmen: »Wer ist wohl sein wirklicher Vater?« Madame du Plessis entdeckte als Quelle der unverschämten Gerüchte das Umfeld der königlichen Tanten. Die sauertöpfischen Prinzessinnen hatten ihren Einfluss bei Hofe längst verloren und sich beleidigt in einem Schmollwinkel verkrochen. Sechs Wochen nach ihrer Niederkunft kam die Königin wieder in die Hauptstadt und erlebte einen äußerst kühlen Empfang. Die Menschen verachteten das »österreichische Luder« in der vergoldeten Karosse.

Der Preis für Brot schoss wieder in die Höhe, die Finanzkrise blieb ein Dauerthema und die Nahrungsmittel waren knapp. Und wer war für das ganze Debakel verantwortlich? »Madame Defizit«.

Monsieur Calonne, der neue Minister der Finanzen, konnte kaum die Zinsen für die extrem hohen Kredite aufbringen.

Aber Millionen wurden für den persönlichen Haushalt der Königin und ihrer Günstlinge ausgegeben. Vom guten Vorsatz der Königin, sparsamer zu wirtschaften und sich von ihren anspruchsvollen Freunden zu trennen, war nicht viel übrig geblieben.

Am schlimmsten gebärdete sich die Prinzessin Polignac nebst ihrem Clan, welcher es geschickt verstand, sich Geld, Einfluss und Macht zu verschaffen.

Im Volk wurden wahre Horrorgeschichten über die maßlose Gier der Königin nach Diamanten verbreitet. Man spekulierte über die immensen Ausgaben für ihre zahlreichen Liebhaber. In Wahrheit besaß sie nur einen und der war äußerst bescheiden.

Nach seiner Rückkehr aus Amerika durfte er in den Gemächern der Königin Wohnung nehmen – mit der Billigung Ludwigs für seinen »brüderlichen Freund«. Und damit der Graf nicht frieren musste und an seine schwedische Heimat erinnert wurde, erhielt er einen schwedischen Ofen als Geschenk von Antoinette.

Kurz nach der Geburt des zweiten Sohnes hatte der König das Schloss Saint-Cloud erworben. Es gehörte seinem Vetter, dem Herzog von Orléans. Um die Kaufsumme aufbringen zu können, hatte der König bourbonische Domänen verkaufen müssen.

Aber das erfuhr niemand und so hegten die Bürger den Verdacht, dass man zu den bisherigen Staatsschulden wieder Unsummen hinzugefügt hatte.

Im Pariser »Parlément« erlaubten sich Antoinettes Gegner, zu behaupten, es sei »unmoralisch und politisch nicht vertretbar«, einer Ausländerin einen königlichen Palast zu übereignen. Ein glatter Unsinn; hatte sie doch als junge Braut auf ihre österreichische Staatsangehörigkeit verzichten müssen, um die französische anzunehmen.

Auch meine Herrin war ins Kreuzfeuer der Kritiker geraten. Ihr älterer Bruder war Erster Stallmeister der Königin geworden, ein Posten, welcher ihn zu einem wohlhabenden Mann machte.

Madame Francine selbst war als Erzieherin der beiden älteren, königlichen Kinder in ein großes, luxuriöses Appartement im Palast umgezogen. Für kurze Zeit tauchten auch Pamphlete gegen sie auf. Die meisten fing ich ab und warf sie ins Kaminfeuer.

Meine großzügig bemessene Freizeit verbrachte ich mit Streifzügen durch die Gegend und suchte nach Heilkräutern, die ich von daheim kannte oder die ich neu kennen gelernt hatte.

Bei Magenbeschwerden, Durchfall, Kopfweh, Schlafstörungen oder Regelschmerzen mussten Madame du Plessis und die Mitglieder ihres Haushalts nicht den Apotheker oder Arzt bemühen. Und wo weißer Diptam und der Sadebaum zu finden waren, war mir mittlerweile wohlbekannt und ich lieferte diese Drogen bei »weisen« Frauen ab.

Erstaunlicherweise wuchs Letzterer auch in jedem Gärtlein eines Nonnenklosters, gehegt und gepflegt von den frommen Frauen; selbstverständlich war er »ganz von selbst« dort aufgekeimt. »Man kann das schon verstehen«, sagte ich lachend zu Madame Francine, »die Zellen der Klosterfrauen sind wahrhaftig klein und neben dem Betschemel ist in der Tat kein Platz für eine Wiege.«

KAPITEL 26

Eine faszinierende Persönlichkeit war neuerdings in Adelskreisen aufgetaucht: ein mittelgroßer, ein wenig zur Fülle neigender Herr, welcher gut aussah und sich Graf Cagliostro nannte. Er behauptete, aus Italien zu stammen und ein großer Magier zu sein. Er habe schon zu Cäsars Lebzeiten gewirkt, sei später ein Bekannter des Pontius Pilatus gewesen und mit Herodes dem Großen hätte ihn sogar Freundschaft verbunden.

Er wusste geschickt Anekdoten in seine Unterhaltung einzuflechten, sodass jeder annehmen musste, der Graf habe diese Persönlichkeiten gerade mal eben zum Diner getroffen.

»Ich bin Herr über Raum und Zeit«, pflegte Cagliostro zu behaupten, »ferner besitze ich die Gabe, in die Zukunft zu blicken.« Wen wunderte es, dass der Herr sich vor Einladungen von Aristokraten und reichen Bürgern gar nicht mehr retten konnte.

In der Regel prophezeite er nur Gutes, da die Leute nun einmal so geartet sind, dass sie für schlechte Aussichten nichts übrig haben. So aber wurde er mit Geschenken und Bargeld regelrecht überhäuft.

Cagliostro pflegte seine Wahrsagekünste mit allerhand Brimborium zu garnieren. Zu wahrer Höchstform lief er allerdings auf, wenn er »Geister beschwor«.

Der Mann aus Palermo behauptete ferner, das Elixier des ewigen Lebens in Besitz zu haben, und versprach den Reichen, sie noch reicher zu machen, indem er ihre Schmuckstücke vermehrte.

Ein schlichtes Kind vom Lande wie ich konnte darüber bloß den Kopf schütteln, aber mit diesem Betrugsmanöver brachte er die Damen und vermögenden Bürgersfrauen dazu, ihm ihren wertvollen Schmuck anzuvertrauen. Auch naive Gemüter wie der Kardinal de Rohan fielen auf den Schwindel herein.

Im Anschluss an das Fest der Königin, welches unter dem Motto »Tiere des Waldes« gestanden hatte, sollte Cagliostro eine Kostprobe seines Könnens zum Besten geben. Er würde den Geist Ludwigs XIV. heraufbeschwören.

Es war kurz vor Mitternacht – die Damen und Herren des Hofes waren noch kostümiert –, da erschien der Scharlatan, angetan mit dunkelblauer Robe, bestickt mit geheimnisvollen Zeichen. Er bestieg eine mit dunkelblauem Stoff ausgeschlagene Bühne, welche an allen vier Ecken durch große Kerzen, wie man sie sonst üblicherweise nur in der Kathedrale von Notre Dame zu sehen bekam, beleuchtet war.

Zwei seiner Adlati hatte ich beobachtet, wie sie hinter einer Art Paravent ein Gestell aus Holz, ähnlich einem Galgen, aufgebaut und daran eine runde Scheibe aus Metall aufgehängt hatten. Die Scheibe maß etwa einen Meter im Durchmesser und war glänzend poliert. Einer der beiden Helfer war ein merkwürdiger Bursche mit gelbbrauner Haut und langem, pechschwarzem Zopf, welcher ihm weit über den Rücken hing. Aber am seltsamsten waren seine Augen. Sie glichen schmalen Schlitzen und wenn er lächelte, was er meistens tat, kniff er sie so fest zusammen, dass sie beinahe vollständig in seinem breitflächigen Gesicht verschwanden.

Ich wandte mich an den Mann mit der höflichen Frage, was denn dies für ein Ding wäre, welches sie da befestigt hätten. Aber er zuckte nur die Achseln und grinste mich mit seinen schwarzen Zahnstummeln an, wobei sich seine außergewöhnlichen Augen wieder in einem Gewirr von Falten verbargen.

»Er versteht Sie nicht, Mademoiselle«, sagte der zweite Bursche, »er ist Chinese. Graf Cagliostro hat ihn aus China mitgebracht, ebenso wie den Gong, welchen Sie hier sehen.

Er ist aus Bronze und wenn wir mit diesen Schlägeln aus Leder hier den Gong berühren, erzeugt er einen weithin hallenden, tiefen Ton. Sie werden ihn gleich zu hören bekommen. Man benutzt solche Gongs am Kaiserhof in China und in den Klöstern, um die Mönche zum Gebet zu rufen«, erklärte mir der freundliche Diener des Magiers.

»Ah«, meinte ich, »das ist vergleichbar mit unseren Kirchenglocken. Die werden auch aus Bronze gegossen und Töne entlockt ihnen ein Klöppel, welcher im Inneren gegen den Mantel der Glocke schlägt.«

»Jetzt müssen wir uns still verhalten, der Meister wird in Kürze beginnen«, sagte der Mann.

Amüsiert blickte Cagliostro hinunter auf die Bankreihen, welche dicht besetzt waren mit Hirschen, Rehen, Hasen, Füchsen, Ebern und Hindinnen. Alle saßen gespannt, noch erhitzt von dem lockeren Treiben zuvor. »Ihre Kostümierung, Mesdames et Messieurs, ist fantastisch«, begann der Graf salbungsvoll, »Sie fühlen sich dem Tier in Ihrem Inneren verwandt durch die Verkleidung. Sie sind der Natur näher durch die Maske des Animalischen.« Auf ein Zeichen Cagliostros ertönte ein lauter Gongschlag.

Von der Hofgesellschaft waren noch anwesend der Herzog von Orléans, die Brüder des Königs mit ihren Ehefrauen, der Herzog de Lauzun, Madame du Plessis, die Prinzen Conti sowie noch etwa dreißig weitere Gäste. Alle fuhren bei dem ungewohnten und lang anhaltenden Ton zusammen.

Der Scharlatan auf der Bühne lächelte ein wenig verächtlich: »Den Kopfputz können Sie ruhig abnehmen«, meinte er herablassend und gehorsam lösten die Damen und Herren ihre Masken und saßen nun mit auf dem Rücken baumelnden Tierhäuptern im Fackelschein. Auf einem Dreifuß lag ein Eisenrost, auf dem der Zauberer ein Pulver entzündete, welches in einer hohen, giftig grünen Stichflamme aufloderte.

Und wieder war der Gong zu hören. Alle Anwesenden stierten gebannt auf dieses teuflisch sprühende Miniaturfeuerwerk.

Der Graf d'Artois war der Erste, der sich mit weit aufgerissenen Augen nach vorne beugte und irgendwelche sinnlosen Wörter vor sich hin murmelte.

Auch die anderen rutschten auf ihrer Polsterbank an den vorderen Rand; und mit ruckenden Köpfen starrten sie mit offenen Mündern auf dieses kleine bengalische Feuer. In kurzen Abständen schlugen die Helfer des Grafen nun auf das chinesische Instrument.

Auch der Herzog de Lauzun begann Unverständliches zu brabbeln. Nach und nach wurden alle Anwesenden erfasst von der Massenhypnose und wackelten mit den Köpfen, wobei die im Nacken baumelnden Tierköpfe im Takt mithüpften. Sie knurrten, brummten, quiekten, grunzten und röhrten oder stießen Wörter aus, die keinen Sinn ergaben.

Aus sicherer Entfernung, hinter einer alten Eiche, beobachtete ich den grotesken Spuk, bereit, sofort einzugreifen, sollte meine Herrin der Hilfe bedürfen.

Sie saß wie ihre Nachbarin, Madame de Provence, mit vorgebeugtem Oberkörper, auf- und abnickendem Kopf und aufgerissenen Augen, den Mund geöffnet wie zu einem Schrei, als sähe sie ein Gespenst.

Ich beobachtete, wie der Cousin des Königs versuchte, sich zu erheben. Erst nach einiger Anstrengung gelang es ihm, ein paar taumelnde Schritte zum Park zu unternehmen. Ich hörte, wie der Herzog rief: »Hören Sie auf mit dem Teufelsspuk, Graf. Ich will nicht mehr mitmachen.« Er fuchtelte mit den Händen in der Luft herum, um dann einfach auf den Boden zu fallen und wie leblos liegen zu bleiben.

Der Gong schien lauter und schneller zu dröhnen. Auch der Herzog de Lauzun machte jetzt Anstalten, sich aus dem Kreis der Hypnotisierten zu entfernen; er erhob sich, schwankte, murmelte vor sich hin und sackte wieder auf seinen Sitz zurück.

Die Diener schlugen unermüdlich auf die metallisch glänzende Scheibe. Hoch aufgerichtet stand der Magier auf dem Podium, starrte auf die makabre Versammlung und lächelte verächtlich – war er doch sicher, von niemandem beobachtet zu werden.

Der Herzog de Lauzun, der inzwischen auf den Beinen stand, wandte sich an Cagliostro: »Sie haben aus uns willenlose Marionetten gemacht.«

Er deutete auf die auf den Bänken Kauernden. ›Marionetten waren sie schon vorher‹, ging es mir durch den Kopf. Da hörte ich den Magier schallend lachen.

»Ich bin auch stolz auf meine Kunst. Ich wette, jeder von denen« und er wies mit einem gewissen Abscheu auf die groteske Menagerie, »hat wirklich den Geist seines Sonnenkönigs gesehen. Ich gönne es ihnen, dass sie den großen Ludwig noch einmal erblicken durften. Haben sie an ihrem jetzigen doch wenig Anlass zur Freude.«

Ich sah, wie der Herzog sich umwandte und weiter in den Park hineinlief. Die Schläge des Gongs waren verhallt. Der Zauberer verschwand in der Finsternis.

Ich lief zu Madame Francine, packte sie fest am Arm – beinahe musste ich sie tragen – und schaffte sie mühsam in ihre Gemächer.

Niemals sprach jemand der Beteiligten über die Ereignisse jener Nacht. Es schien, als hätten sie niemals stattgefunden.

Ansonsten kam es zu etlichen Schwangerschaften bei den Hofdamen – aber dafür war nicht Graf Cagliostro aus Palermo verantwortlich.

KAPITEL 27

Den ganzen Sommer des Jahres 1783 über hatten die Brüder Jacques und Joseph Montgolfier die Pariser mit ihren merkwürdigen Machenschaften erstaunt. Beide waren sehr angesehene Bürger, gebildete und geschickte Erfinder, aber es gab auch nicht wenige, die sie für Fantasten hielten.

»Aber was sie sich jetzt ausgedacht haben, schlägt dem Fass den Boden aus«, verkündete Monsieur Cléry, der Leibdiener Seiner Majestät des Königs, »wollen die beiden Verrückten doch tatsächlich einen mit Gas gefüllten Ballon in die Luft steigen lassen.«

»Na und?«, fragte Demoiselle Boucher, eine Kammerfrau Antoinettes, »das funktioniert doch schon lange.«

»Ja, gewiss«, versetzte Monsieur Cléry, »aber das Neue ist, dass die Brüder an dem Ballon einen Korb mit Passagieren befestigen wollen. Diese können dann mittels Steuerung in eine vorgegebene Richtung fliegen. Hat der Ballon sein Ziel erreicht, können die Insassen des Weidenkorbes ihn zur Erde gleiten lassen und an einem vorausbestimmten Ort aussteigen.«

»Ha, ha, so ein Unfug«, bemerkte ein älterer Lakai hochnäsig, »schon Leonardo da Vinci hat versucht, eine Flugmaschine zu konstruieren und ist letztlich gescheitert; der Mensch ist nun mal kein Vogel. Er wird es nie schaffen, sich wie unsere gefiederten Freunde in die Luft zu schwingen.«

Demoiselle Boucher pflichtete ihm bei. »Hätte Gott gewollt, dass die Menschen fliegen, hätte er ihnen Flügel gegeben. Was denken Sie, Mademoiselle Bertot?«, fragte sie mich, aber ich konnte mich dazu nicht äußern; von einem Monsieur da Vinci hatte ich noch nie gehört. Also sagte ich diplomatisch:

»Wenn es gefährlich ist, wird Seine Majestät nie Seine Erlaubnis dazu erteilen.«

Die beiden Brüder suchten mehrmals den König auf und erklärten ihm ihre Konstruktion bis ins kleinste Detail. Als die Herren Montgolfier ihm schließlich zwei wackere Piloten vorstellten, die den Ballon nebst Korb steuern sollten, erteilte er endlich, wenn auch zögerlich, seinen Segen.

Der Jungfernflug der »Montgolfière« sollte am 21. Oktober 1783 in Anwesenheit der königlichen Familie vor dem Schloss La Muette im Westen von Paris stattfinden.

»Messieurs«, sagte Ludwig, »ich gestatte Ihnen, einen Hahn, eine Ente und einen Schafbock in den Korb zu setzen.«

Die Butte-aux-Cailles war das vorgesehene Ziel der Luftreise. Diese Anhöhe war etwa acht Kilometer vom Schloss La Muette entfernt und zu damaliger Zeit noch gänzlich unbewohnt.

»Welche Flughöhe möchten Sie erreichen, meine Herren?«, fragte der Monarch die Piloten und diese erwiderten: »Neuntausendfünfhundert Meter, Sire.«

»Wir wünschen Ihnen gutes Gelingen bei Ihrer mutigen Pioniertat, Messieurs.«

Der König war sehr beeindruckt.

Endlich kam der mit großer Spannung erwartete Tag. Die Königin, der König, sein Bruder d'Artois, seine Schwester Elisabeth sowie seine Tanten Adelaide und Victoria – Prinzessin Sophie war leidend – standen, umgeben vom Hofstaat und einer Menge von Dienerschaft, erwartungsvoll auf der Schlossterrasse.

»Ich wette, das merkwürdige Ungetüm geht nicht mal in die Luft; keine fünfzig Meter wird es schaffen, geschweige denn neuneinhalb Kilometer. Dafür ist der Korb samt Inhalt viel zu schwer«, meinte der d'Artois, der jüngste Bruder des Königs. »Ich glaube auch, dass der Ballon dreimal so groß sein müsste, um das zu schaffen«, sagte wichtigtuerisch der Herzog de Lauzun. »Und was geschieht, wenn der Ballon platzt?« Diese ängstlich vorgebrachte Frage kam von Antoinette.

»Dann, Madame, sollten Sie so schnell wie möglich in Deckung gehen«, erwiderte der König. Alle Umstehenden mussten darüber schrecklich lachen.

Ich war mir sicher, dass nicht nur die Königin ängstlich war – viele andere teilten ihr ungutes Gefühl. Madame du Plessis wollte mit Madame Campan eine Wette eingehen über das Gelingen des Unternehmens, aber Antoinette untersagte dies als Frivolität.

Das Gas strömte in den Ballon und seine Haut füllte sich prall; das tierische Trio war »an Bord«, die Herren Piloten standen auf ihrem Posten und nach dem »Leinen los« ging es in Richtung Himmel.

Immer höher stieg der bunte Ball mit seinem Passagierkorb. Längst hörte man kein Schnattern der Ente und kein Blöken des Schafbockes mehr – der Hahn war von Anfang an stumm geblieben – und die Zuschauer standen mit verrenkten Hälsen auf der Schlossterrasse. Sie bogen ihre Nacken immer weiter nach rückwärts, bis sie beinahe auf den Rücken kippten, um das fliegende Objekt mit den Augen verfolgen zu können.

»Der Steigflug ist beendet«, verkündete der König, »die Piloten schlagen jetzt die Richtung nach der Butte-aux-Cailles ein.«

Nun musste »nur« noch die Landung klappen. Skeptische Stimmen wurden laut, die kein gutes Ende dieses waghalsigen Unternehmens prophezeiten.

Man wartete nun auf den reitenden Boten. Als dieser nach etwa vierzig Minuten nach schnellem Ritt, schwer atmend, aber mit strahlenden Augen dem König Meldung machte, klatschten alle, die auf der Terrasse standen, frenetisch Beifall. Es gab auf einmal niemanden, der vorher auch nur den Hauch eines Zweifels am Gelingen dieses Experimentes verspürt hätte.

KAPITEL 28

Der Winter zog sich lange in die Frühjahrsmonate hinein und brachte Eis und Frost. Monsieur de Calonne – ein neuer Finanzminister – wusste gegen die Finanzmisere nur ein einziges Allheilmittel: Anleihen aufnehmen und große Ausgaben machen. Monsieur Calonne war ein Freund der Familie Polignac. Aus diesem Grunde stimmte die Königin für seine Kandidatur als Finanzminister.

Als sie dann allerdings näher mit ihm bekannt wurde, stellte sie eine heftige Abneigung gegen ihn fest, die zudem eine gegenseitige war. Er schätzte ihre Intelligenz als niedrig ein und konnte es nicht leiden, wenn sie sich in die Staatsgeschäfte einmischte.

Endlich war der schlimme Winter vorbei und es war Sommer geworden. Nun stand Versailles hoher Besuch ins Haus: Der König von Schweden. Anfang Juni erschien König Gustav am Hof. Sogleich fasste der schwedische Monarch eine große Zuneigung zu Antoinette.

»Er macht ihr regelrecht den Hof«, bemerkte Madame Campan kopfschüttelnd, »er überschüttet sie mit Geschenken und Komplimenten.« Ludwig beging einen argen Fauxpas, indem er gekleidet wie ein Bauer zum Empfang für den Monarchen aus Schweden erschien und ihn wenig liebenswürdig behandelte. Die Königin bemühte sich, Gustav III. die unfreundliche Aufnahme vergessen zu machen, indem sie ihm einen extra festlichen Empfang bereitete.

Das Ministerium für Finanzwesen war das wichtigste und besaß Vorrang vor allen anderen Ressorts: vor dem Kriegs-, Innen-, ja sogar vor dem Außenministerium. Trotz dieses Übergewichtes war Monsieur Calonne nicht korrupt.

Er setzte seine Vorhaben nicht mit Bestechung durch, sondern mit Mut und Verstand. Er fand erschwerte Bedingungen vor, da er die amerikanische Kriegsschuld übernehmen musste.

Für die Armen von Paris hingegen trieb er erkleckliche Gelder auf und gab seine Einwilligung zu Festen für das Volk, wo es reichlich zu essen und zu trinken gab. Jeder konnte umsonst Musik hören, tanzen und den Vorführungen von Gauklern beiwohnen.

Madame Francine war mit Antoinette beim König und hörte ihn den Minister Calonne fragen: »Wie können Sie dies bei unserer angespannten Finanzlage verantworten, Monsieur?« Calonne gab trocken zur Antwort: »Panem et circenses, Sire. Brot und Spiele. Das hält den Pöbel bei Laune. Ich halte das für notwendige Spesen.«

Die Forderung nach einer Aufführung des »Figaro« wurde immer lauter. Alle Gesprächsthemen befassten sich neuerdings mit dem Stück von Beaumarchais. Im Juni sollte auf Betreiben der Königin das Skandalwerk aufgeführt werden. Jeder wusste, dass es sich dabei um einen Angriff auf sein eigenes nutzloses, aber äußerst kostspieliges Leben handelte und trotzdem waren alle hingerissen und traten für eine Inszenierung auf der Bühne ein. Madame du Plessis hatte mir Beaumarchais' Werk zum Lesen gegeben. Ich amüsierte mich köstlich darüber.

»Es will mir scheinen, als würde sich ein Künstler selber freiwillig mit faulen Eiern beschmeißen«, war meine, allerdings unmaßgebliche Meinung.

Die Höflinge und ihre Damen hatten die Eintrittskarten in der Hand, die Kutschen stauten sich vor dem Eingang des Theaters der »Comédie Française« und der Saal war beinahe brechend voll.

Da erschien ein Bote des Königs, welcher dem Intendanten ein offizielles Schreiben überbrachte. Es enthielt den Befehl Seiner Majestät, den »Figaro« sofort aus dem Programm zu streichen.

Man war anfangs geneigt, die Order Ludwigs XVI. als Scherz aufzufassen, passend zum Thema. Als man jedoch merkte, dass man tatsächlich um sein Vergnügen betrogen werden würde, sank die Stimmung deutlich.

Das Thema war mitnichten vom Tisch. Monsieur de Vandreuil studierte das Bühnenstück »für den Grafen d'Artois und die Damen« ein; er ließ sogar eine Privatbühne errichten.

Dem König war durch Antoinette eine »einmalige« Erlaubnis abgeschmeichelt worden, »Figaros Hochzeit« in einer geheimen Aufführung vor einem handverlesenen Publikum von etwa zweihundert ausgewählten Personen zu spielen. Es war ein Bombenerfolg.

Schließlich gab Ludwig resigniert um des lieben Friedens willen nach. Das Verbot wurde aufgehoben, allerdings nicht ohne etliche Streichungen, welche der König ausdrücklich verlangt hatte. Bereits Stunden vorher versammelten sich Scharen von Zuschauern vor dem Eingang zur Comédie Française und zwar Menschen aller sozialen Gruppierungen. Meine Herrin, die das Stück zum zweiten Mal sehen wollte und mich diesmal mitgenommen hatte, winkte dem Volk unten im Parkett leutselig zu, was ihr freundliche Zurufe einbrachte. Die meisten Adligen aber ignorierten die Menge hochmütig.

Ich sah Monsieur de Provence mit seinem Anhang in seiner Loge sitzen; das Parlament, die Minister, selbst hohe Geistliche waren unter den Zuschauern vertreten. In einer Zeit, die geradezu nach grundlegenden Reformen schrie, wirkten die Witze von Monsieur Beaumarchais wie ewige Wahrheiten.

Alles, aber auch wirklich alles, was den Leuten Ärger verursachte, kam im »Figaro« zur Sprache. Jeder sah in Beaumarchais' Stück den allgemeinen Widerstand gegen eine Regierung, die kläglich versagte.

Der Esprit der Dialoge verursachte Jubel und befreites Gelächter über die Lächerlichkeit unserer Gesellschaftsordnung. Monsieur Voltaire, der »Aufklärer«, hatte in der Tat gute Vorarbeit geleistet. Der herrschenden Schicht war nicht bewusst, sich durch ihren Beifall das eigene Grab zu schaufeln.

»Kardinal de Richelieu haben wir es zu verdanken, dass das Theater aus seiner früheren Schmuddelecke herausgefunden hat. Galt der Besuch einer Aufführung doch damals noch als Sünde. Anständige Frauen ließen sich dort nicht blicken; galten Schauspieler doch als Ganoven und Schauspielerinnen als Huren«, wusste meine Herrin.

»Nur Mädchen aus dem Volk mit lockeren Moralauffassungen oder Prostituierte kamen als Besucherinnen dorthin, um sich einen spendablen Kavalier zu angeln. Schade, dass so ein empfindlicher Mangel an guten Stücken herrscht, man kann doch nicht ewig Molière und Corneille auf die Bühne bringen. Das Publikum sehnt sich nach Neuem.«

Aber zum Glück war Monsieur Beaumarchais erschienen.

KAPITEL 29

ANFANG AUGUST DES Jahres 1785 war die Königin im Schloss-Theater beschäftigt mit Monsieur Beaumarchais' Komödie »Der Barbier von Sevilla«.

Auch Madame du Plessis war aufgeregt. »Der Schwager der Königin, d'Artois, soll den Barbier spielen; Monsieur Vaudreuil, der Geliebte von Madame Polignac, stellt den Grafen dar und Antoinette hat für sich die Rolle der Rosina ausgewählt. Ich soll auch noch eine kleine Rolle erhalten.«

Von morgens bis abends war die Königin in ihrem kleinen Rokokotheater und quälte alle mit der Frage: »Bin ich denn auch jung und hübsch genug, um diese Rosina glaubhaft spielen zu können?«

»Wer, wenn nicht Eure Majestät, sollte dieses liebliche Geschöpf sonst darstellen? Die Rolle der schönen Rosina ist Madame doch sozusagen auf den, mit Verlaub zu sagen, göttlichen Leib geschrieben«, überbot sich an Schmeicheleien der Herzog de Lauzun und die Königin schlug ihm spielerisch, aber doch geschmeichelt, ihren zusammengeklappten Fächer auf den linken Oberarm.

»Seht Euch vor, Monsieur«, drohte sie ihm, lächelte aber. Dann wandte sie sich um und richtete eine Frage an ihre Hofdamen: »Wo bleibt denn um Himmels willen Madame Campan? Ich will mit ihr noch einmal die Rolle proben.«

Ihre Stimme klang gereizt und ihre Miene war verärgert. Endlich erschien die Vermisste.

»Madame, eben war der Hofjuwelier Böhmer bei mir. Er bat mich inständig um die Vermittlung einer Audienz bei Eurer Majestät. Auf meine Frage, weshalb die Eile, antwortete er, dass Ihr, Madame, vor einigen Monaten das Diamanthalsband, welches er Euch schon früher einmal angeboten hat, heimlich habt kaufen lassen. Es wären Ratenzahlungen vereinbart worden, weil die Kaufsumme sehr hoch ist. Nun wäre die erste Rate längst überfällig und er hätte leider noch keinen einzigen Sou gesehen. Er hätte selbst Gläubiger, die ihm und seinem Kompagnon, Monsieur Bassenge, im Nacken säßen. Er bräuchte das Geld sofort.«

Antoinette war wie vor den Kopf geschlagen. Was sollte das wirre Gerede? Diamanthalsband? Ratenzahlung? Heimlicher Kauf? Das Collier kannte sie natürlich. Die beiden Juweliere Böhmer und Bassenge hatten ein paarmal versucht, sie zum Kauf zu drängen. Aber nachdem das Wort »Sparsamkeit« so penetrant benutzt wurde und selbst ihr Gatte neuerdings jede Geldausgabe verteufelte, verfügte sie nicht über die Mittel, um dieses noble Schmuckstück zu erwerben.

Die Königin dachte kurz nach: »Da muss eine Verwechslung vorliegen«, beruhigte sie Madame Campan. Sie ließ dem

Hofjuwelier durch ihren Sekretär eine Vorladung schicken, um den Irrtum aufzuklären.

Monsieur Böhmer erschien zitternd vor Aufregung in Versailles und unter vielen Verbeugungen und mit vor Nervosität vibrierender Stimme, stammelte der Mann Folgendes hervor:

»Die Gräfin de la Motte-Valois aus dem alten, edlen Königsgeschlecht der Valois, eine intime Freundin der Königin, hat bei mir jenes Collier gesehen und gesagt, Eure Majestät beabsichtige, das Kleinod zu erwerben. Aber der Kauf müsse heimlich erfolgen; der König dürfte nichts davon erfahren.

Seine Eminenz, der Kardinal Louis de Rohan, hatte es unternommen, den Schmuck in Empfang zu nehmen, der Königin zu übergeben und für die vereinbarten Ratenzahlungen zu bürgen.

Am ersten August wäre nun die erste Rate fällig geworden. Aber bis jetzt – heute ist bereits der zehnte des Monats – habe ich noch keinen Sou gesehen.«

Der Hofjuwelier fuhr, ein wenig mutiger geworden, fort:

»Ich möchte Majestät untertänigst darum bitten, …«

Aber die Königin, die nun vor Wut förmlich bebte, unterbrach die Tirade des Geschäftsmannes und befahl ihm, sofort eine ganz genaue Darstellung des Vorgefallenen schriftlich niederzulegen.

Als Antoinette dieses Schriftstück in Händen hielt, sprang ihr der Name jenes Mannes ins Auge, den sie von frühester Jugend an verachtete: Kardinal de Rohan.

Ehe er Kardinal von Straßburg wurde, war Monsieur de Rohan Gesandter Frankreichs am Hofe Maria Theresias in Wien. Dort gelang es dem leichtfertigen Lebemann, die tiefgläubige Kaiserin aufs Äußerste zu erzürnen. Sie nahm heftig

Anstoß an einem Diener der Kirche, welcher höchst frivole Feste feierte.

Als man ihr noch von etlichen Mätressen des Kirchenmannes berichtete, hatte er es sich für immer mit Maria Theresia verdorben. Sie schrieb an ihre Tochter nach Paris, Antoinette möge doch ihren Einfluss beim König geltend machen, um dieses »moralisch verworfene Individuum« von ihrem Hof zu entfernen.

So wurde auf Betreiben der Dauphine Louis de Rohan von seinem angenehmen Gesandtenposten abberufen. Die Rohans aber waren ein altes, einflussreiches Aristokratengeschlecht und Ludwig XV. sah keine Veranlassung, sie zu verärgern. So ernannte er de Rohan zum Bischof von Straßburg – eine grandiose Pfründe – und bald darauf noch zum Großalmosenier Seiner Majestät in Versailles, eine bedeutende Stellung auf Lebenszeit.

Der Kardinal war sehr vermögend, gab aber als galanter Liebhaber schöner Damen das Geld mit vollen Händen aus. Und mangels neuer Einnahmequellen war sein Vermögen beträchtlich geschrumpft.

Sein Herzenswunsch seit jeher war es gewesen, Erster Minister von Frankreich zu werden – seine Vorbilder dabei waren die Kardinäle Mazarin und Richelieu –, und ohne die für ihn unerklärliche Aversion der Königin gegen ihn hätte er das auch erreicht.

Antoinette hatte sich die Abneigung ihrer Mutter gegen den Kardinal zu Eigen gemacht und weigerte sich zeitlebens, den Mann auch nur zu empfangen. Sie zweifelte keinen Augenblick daran, dass der Kardinal den Schwindel um das teure Halsband nur inszeniert hatte, um mit ihrem Namen bei den Juwelieren Böhmer und Bassenge kreditwürdig zu erscheinen.

Zu ihren Hofdamen äußerte sie empört: »Dies ist ein Racheakt des Kardinals.« Einzig Madame du Plessis, welche den Kardinal als zwar leichtlebigen, aber liebenswürdigen Herrn kannte, wagte den Einwand, dass möglicherweise Monsieur de Rohan selbst das Opfer eines Betruges geworden sei. Aber die Königin lehnte diesen Gesichtspunkt als völlig abwegig ab.

»Dieser Mann muss für seine Bosheit bestraft werden«, rief sie hysterisch. Und Ludwig, der seine schöne Frau nicht weinen sehen konnte, teilte ihre Empörung. Anstatt in Ruhe nachzudenken und zu versuchen, eine vernünftige Lösung zu finden, ließ der Monarch den hohen Geistlichen auf der Stelle kommen.

Es war Mariae Himmelfahrt und der Namenstag der Königin – und Kardinal Rohan sollte in der Schlosskapelle eine Messe zelebrieren. Der ein wenig beleibte, aber immer noch recht ansehnliche Kirchenfürst wartete in scharlachroter Robe auf das Herrscherpaar, als er völlig überraschend in das Privatgemach des Königs gebeten wurde. Ohne die sonst üblichen Floskeln überfiel ihn Ludwig brüsk:

»Sagen Sie mir, Vetter, was ist mit jenem Diamanthalsband?«

Der überrumpelte Kirchenfürst wurde blass.

»Sire, wie es scheint, bin ich betrogen worden.« Fast tat er dem König Leid. Er befahl ihm:

»Schreiben Sie mir alles genau auf, was Sie zu Ihrer Verteidigung vorzubringen haben.« De Rohan brachte eine knappe Seite zu Papier; normalerweise diktierte er seinem Sekretär.

»Eine Frau mit dem Namen Valois hat mich gebeten, dieses Halsband für die Königin zu kaufen. Jetzt sehe ich aber, dass diese Person mich belogen und betrogen hat.«

So in etwa lautete kurz zusammengefasst seine Erklärung. Mit strenger Miene fragte ihn der König:

»Wo finden wir diese geheimnisvolle Madame Valois?«

»Leider weiß ich das nicht, Sire.«

»Haben Sie das Collier in Ihrem Besitz, Kardinal?«

»Nein, Sire, das hat jene Person bei mir abholen lassen, um es Ihrer Majestät, der Königin, zu übergeben.«

Die Königin fuhr ihn an: »Wie konnten Sie nur glauben, Monseigneur, dass ich, die ich Sie nie auch nur eines Wortes gewürdigt habe, ausgerechnet Sie als Vermittler wählen würde, um hinter dem Rücken meines königlichen Gemahls Geschäfte tätigen zu lassen?«

Louis de Rohan war verzweifelt und bot an, den Schmuck zu bezahlen, auch wenn er selbst nicht über die Riesensumme verfügte.

Der verärgerte König raffte sich auf und entschied: »Ich wünsche, dass Sie sich rechtfertigen, Vetter. Außerdem muss ich Ihr Pariser Stadtpalais genauestens untersuchen lassen. Man soll das königliche Siegel an dessen Türe anbringen und sich Ihrer Person versichern.«

Dies bedeutete die zeitweilige Enteignung des Kardinals sowie dessen Inhaftierung.

Als Rohan dies hörte, bat er den König kniefällig, ihm diese Schande zu ersparen. Aber der im Allgemeinen gutmütige Ludwig wagte angesichts seiner wütenden Frau nicht, Milde zu zeigen.

Louis de Rohan wurde vorläufig in einen Nebenraum gebracht, wo es ihm gelang, einem Diener einen Auftrag an seinen Hausgeistlichen zuzuflüstern. Er solle sämtliche in einer roten Mappe aufbewahrte Unterlagen sofort vernichten.

Wie sich später im Prozess erwies, waren das die von Madame de la Motte-Valois gefälschten »Briefe Marie Antoinettes«.

Der Diener lief schnell in den Schlosshof hinunter, warf

sich auf ein Pferd und preschte wie der Wind zum Stadtpalais des Kardinals, ehe ihm die Polizisten zuvorkamen und das Gebäude versiegelten.

An diesem Tag war die Königin mit ihrem meist zaudernden Ehemann sehr zufrieden und schrieb an Kaiser Joseph:

»So bin ich recht zuversichtlich, dass wir nichts mehr von dieser ekelhaften Affäre hören werden.«

KAPITEL 30

Es fällt mir nicht leicht, die wahre Geschichte, welche sich hinter der »Halsbandaffäre« verbarg, niederzuschreiben. Sie ist so unwahrscheinlich, so verrückt. Hätte ein Dichter sie ersonnen – würde jeder Leser sie als zu fantastisch zurückweisen.

Die Hauptperson des Dramas war eine schillernde Figur, Jeanne, die Tochter eines verarmten Edelmannes aus dem alten Königsgeschlecht der Valois und seiner Ehefrau, einer heruntergekommenen Magd. Als Jeanne sieben Jahre alt war, starb ihr Vater am Alkohol. Der Mutter blieb nicht anderes übrig, als sich der Hurerei hinzugeben und ihr Töchterchen zum Betteln zu schicken. Eine barmherzige Marquise erfuhr von dem Schicksal der Kleinen, ließ das Mädchen gut erziehen und es mit vierzehn Jahren in ein Kloster schicken, da sie hoffte, Jeanne würde den Schleier nehmen.

Aber die hatte anderes im Sinn, als sich hinter den Mauern eines Klosters zu vergraben. Mit zweiundzwanzig floh sie von dort und heiratete einen Gendarmerieoffizier aus niederstem Adel mit Namen Nicolas de La Motte.

»Der junge Mann war von ähnlicher Wesensart wie sie selbst. Beide waren bereit, sich illegaler Mittel zu bedienen, wenn es galt, zu Reichtum und Macht zu kommen«, konnte Madame du Plessis berichten, da sie täglich dem Prozess gegen den Kardinal de Rohan beiwohnte.

Auch die Königin war neugierig und ließ sich von der Gouvernante ihrer Kinder jeden Tag schildern, wie die Sache gegen ihren Erzfeind stand.

Der Kardinal hatte gleich zu Beginn die Dame Jeanne de La Motte-Valois ins Spiel gebracht. Ihre Wohltäterin, die Marquise de Boulainvillier, verzieh ihr die Flucht aus dem Kloster und stellte sie dem Kardinal de Rohan vor. Dieser verliebte sich sofort in die hübsche, junge Frau. Um ihr einen Gefallen zu tun, bezahlte er alle Schulden der jungen Eheleute. Als Gegenleistung hatte Monsieur de La Motte sich in sein Schicksal als gehörnter Ehemann zu fügen. Ab sofort nannte sich das ehemalige Bettelkind »Gräfin de La Motte-Valois«.

Vom Geld des Kardinals mieteten sich Jeanne und Nicolas ein schönes Haus in Paris. Ihre edle Abstammung sprach sich schnell herum. Auf Kredit, den man ihr förmlich aufdrängte, richteten sich die beiden prunkvoll ein. Sie gaben Empfänge, bei denen sich die Tische vor Leckerbissen bogen, und veranstalteten Spielabende, bei denen sie ihre wohlhabenden Gäste ausplünderten.

Das ging eine Weile so, bis einige der Gläubiger anfingen, penetrant zu werden. Die Pleite des Herzogs de Guémené war allen noch in Erinnerung. Da erklärte die »Gräfin«, sie wolle sich nach Versailles begeben und ihren berechtigten Ansprüchen als Angehörige des ehemaligen Herrschergeschlechtes bei Hofe Nachdruck verleihen.

Kurz darauf wurde der Schwindlerin eine Pension von eintausendfünfhundert Livres zugesprochen. Jeanne und Nicolas waren fürs Erste zufrieden.

Ich kann nicht verhehlen, dass de Rohan wie geschaffen war für die Rolle, welche die de La Motte ihm zugedacht hatte:

Naiv wie ein Schaf und gutgläubig wie ein kleines Kind, dazu eitel und auf Macht versessen. Kurzum: der geborene Gimpel. Zu allem Übel war er abergläubisch – aller »Aufklärung« zum Trotz. So war er an den Grafen Cagliostro geraten.

Auch die de la Motte machte die Bekanntschaft des Magiers, welcher der »Gräfin« den Herzenswunsch von Kardinal Rohan verriet, Erster Minister von Frankreich zu werden. Jeanne de la Motte war verwundert.

»Warum hat sich der Kardinal seinen Wunsch noch nicht erfüllt? Wo liegt denn die Schwierigkeit?«

Als die Gräfin erfuhr, dass die Königin de Rohan hasste und seine Bemühungen hintertrieb, wurde sie hellhörig. Hier war doch eine Chance. Raffiniert begann die de la Motte gezielte Äußerungen in ihre Reden einfließen zu lassen, über ihre »gute Freundin«, die Königin. Und sie erfand hübsche, kleine, aber erlogene Geschichtchen.

Auf diese Weise gaukelte sie dem Kardinal vor, sie wäre die beste Verbindungsperson zwischen ihm und der Königin. Louis de Rohan gestand, dass es sein innigster Wunsch wäre, der Königin sein Herz zu Füßen zu legen. Alles würde er dafür tun. Und die ausgekochte Betrügerin versprach ihm, seine Vorzüge vor Antoinette gebührend hervorzuheben.

Jeanne hatte einen sehr ergebenen Geliebten, einen Sekretär, der es verstand, formvollendet zu schreiben. Dem erteilte sie den Auftrag, Briefe zu verfassen, die angeblich aus der Feder der Königin stammten und welche an ihre »liebe Freundin Jeanne Valois« gerichtet waren.

Rohan zweifelte keinen Augenblick daran, dass es sich um

echte Briefe Antoinettes handelte. Und da kam der Betrügerin eine noch tollere Idee: Wie wäre es, wenn sie einen geheimen Briefwechsel zwischen dem tumben Kirchenmann und der ahnungslosen Monarchin in die Wege leitete?

Sie gab dem Kardinal den guten Rat, einen ausführlichen Bericht zu verfassen über alles bisher Gewesene, angefangen bei seiner damaligen Tätigkeit als französischer Gesandter bei Maria Theresia bis zu seinem dreisten Eindringen in ihr privates Fest zu Ehren des russischen Zarewitsch.

Er machte sich die Mühe und übergab Jeanne sein Werk, damit sie es in einem geeigneten Augenblick der Königin aushändigte. Für ihr Antwortschreiben brauchte die de la Motte eine ganze Woche. Sie durfte keinen Fehler begehen. Der Kardinal war entzückt. Die Königin schrieb:

»Ich freue mich sehr, Sie, Herr Kardinal, nicht mehr als Schuldigen ansehen zu müssen. Sie erbitten eine Audienz von mir, welche ich Ihnen aber noch nicht zu gewähren vermag. Aber ich gebe Ihnen mein Wort:

Wenn die Umstände es erlauben, werde ich Sie unverzüglich von meiner lieben Freundin Jeanne Valois in Kenntnis setzen lassen. Ich verlasse mich auf Ihre Verschwiegenheit.«

Nie im Leben würde Antoinette dem Großalmosenier eine Audienz gewähren. Also musste Jeanne eine andere finden, die die Rolle der Königin spielen konnte. Das Rendezvous würde bei Nacht im Freien stattfinden, bei dürftigem Mondenschein; wie sollte der Kardinal den Schwindel bemerken?

Ehemann Nicolas hatte auch schon die passende Doppelgängerin Antoinettes gefunden, eine achtzehnjährige Hutmacherin, welche gelegentlich mit käuflicher Liebe ihren Lohn aufbesserte.

Er mietete der Demoiselle eine kleine Wohnung in Versailles, wo die angebliche Gräfin sie schon erwartete und ihr ein paar Sätze beibrachte, welche die Kleine zu sprechen hatte. Dann zog sie ihr ein weißes Musselinkleid mit Tupfen an. Das gleiche hatte die Königin vor kurzer Zeit anlässlich einer Sitzung für ein Porträt getragen.

Bei Nacht schlichen das »gräfliche« Paar und die Antoinette-Darstellerin über die Terrassen von Schloss Versailles. Mit Bedacht hatte man eine fast mondlose Nacht gewählt. Alle drei stahlen sich mit größter Vorsicht zum so genannten »Venusboskett« hinunter. In dessen Schatten ließen sich höchstens die Umrisse eines Menschen erahnen. Die junge Modistin bekam es plötzlich mit der Angst zu tun. In der einen Hand hielt sie mit Mühe eine rote Rose, in der anderen ein Billett, das sie dem edlen Herrn, der gleich kommen sollte, übergeben musste. Am liebsten wäre das Mädchen fortgelaufen.

Da knirschte der Kies auf dem Gartenweg und die de La Mottes verschwanden. Der Sekretär namens Rétaux hatte nun seinen Auftritt; er mimte einen Diener, welcher Seine Eminenz, Louis de Rohan, zum Treffen mit der Königin geleitete. Dann verschwand auch er diskret.

Der fremde Herr benahm sich so spaßig, dass das Hürchen beinahe kichern musste; gerade noch rechtzeitig fiel der Kleinen ein, dass Königinnen nicht albern zu lachen pflegen. Aber der vornehme Herr verbeugte sich fortwährend vor ihr bis fast zum Boden, stotterte dummes Zeug und küsste den Saum ihres weißen Gewandes. Das unbedarfte Geschöpf ließ vor Aufregung die Rose fallen.

Zudem vergaß sie das Brieflein, das sie hatte übergeben sollen. Mit leiser, beinahe erstickter Stimme flüsterte sie die paar Worte, welche Jeanne ihr lange eingetrichtert hatte:

»Sie dürfen hoffen, Monseigneur, dass alles, was der Vergangenheit angehört, vergessen sein wird.« Der fremde Herr war, als er das hörte, vor Entzücken beinahe närrisch und begann erneut ihre Lachmuskeln zu reizen, indem er sich wieder unablässig vor ihr verbeugte und seinen Dank hervorstammelte.

Erleichtert hörte das Mädchen Schritte auf dem geharkten Kies; jemand näherte sich und flüsterte aufgeregt: »Rasch, rasch, entfernt Euch. Madame Le Brun und die Gräfin d'Artois befinden sich ganz in der Nähe.«

Der erschrockene Kardinal machte sich mit Jeanne de la Motte-Valois davon, während ihr Mann die kleine Modistin nach Hause brachte, die froh war über das Ende der Komödie – wusste sie doch nicht, was sie hätte sagen sollen, hätte die merkwürdige Begegnung länger angedauert. Dieser Bubenstreich war hervorragend gelungen. Ein Zufall spielte Jeanne den stärksten Trumpf zu. Auf einer ihrer Abendgesellschaften hörte sie, wie eine Dame aus »wohlunterrichteten Kreisen« von den geschäftlichen Sorgen der Herren Hofjuweliere Böhmer und Bassenge erzählte.

Sie hatten ein wunderschönes Diamantcollier hergestellt und all ihre Habe in den Ankauf der Steine investiert. Nun fanden sie zu ihrem Entsetzen keinen Käufer für dieses prachtvolle Objekt.

Ganz heiße Ohren hatte Jeanne beim Zuhören bekommen. Dies sollte der Glanzpunkt ihrer Karriere werden und dem Kardinal käme die Schlüsselrolle zu. Dann hätten sie und Nicolas de la Motte-Valois endlich für ihr Leben ausgesorgt.

KAPITEL 31

»MONSEIGNEUR, SIE HABEN die einmalige Gelegenheit, sich die Gunst der Königin zu erwerben.« Gebannt hatte der Kirchenmann der verschlagenen Person gelauscht: »Die Königin möchte einen göttlich schönen Halsschmuck kaufen. Dazu bräuchte sie aber einen Vermittler – das Gerede der Leute, Sie verstehen?« Und sie, Jeanne Valois, habe gedacht, diese delikate Aufgabe könnte nur ein Mann in ganz Frankreich übernehmen, nämlich Louis de Rohan.

Der Kardinal solle diese Aufgabe quasi als Zeichen des neu gewonnenen Vertrauens der Königin betrachten. Die »Gräfin« hatte ihn richtig eingeschätzt. Natürlich würde Monseigneur seiner Herzensdame diesen Dienst erweisen.

Jeanne eröffnete Böhmer, sie hätte einen Käufer für sein sündhaft teures Collier gefunden: den Kardinal de Rohan. Der würde das Geschmeide stellvertretend für die Königin erwerben, die aus nahe liegenden Gründen nicht selbst als Käuferin auftreten wolle.

Die Herren Böhmer und Bassenge atmeten auf. Der drohende Konkurs schien abgewendet. Ihretwegen hätte der Teufel als Interessent auftreten können, Hauptsache er war liquide. Das Collier kostete eine Million sechshunderttausend Livres, zahlbar innerhalb von zwei Jahren in vier Raten, fällig jedes halbe Jahr. Jeanne handelte für den Kardinal sogar Sonderkonditionen aus: Am 1. Februar 1785 sollte der Schmuck in sein Stadtpalais geliefert werden und als besondere Kulanz würde die erste Rate erst zum 1. August desselben Jahres fällig werden. Jeanne legte dem Kardinal diesen Vertrag vor und er unterschrieb. Die Betrügerin eilte davon, um ihn »der Königin zu überbringen«. Umgehend brachte sie dem geistlichen

Herrn das Papier zurück: Bei jeder Vertragsklausel hatte »Ihre Majestät« an den Rand »genehmigt« hingeschrieben und am Ende stand die »eigenhändige« Unterschrift des Sekretärs Rétaux: »Marie Antoinette de France«.

Dieses »de France« hätte den erfahrenen Höfling unbedingt stutzig machen müssen. Antoinette fügte diese zwei Wörter ihrer Unterschrift niemals bei. Aber dem Kirchenfürsten fiel daran nichts auf.

Wie vereinbart übergab Monsieur Böhmer das Halsband im Palais Rohan und der Kardinal brachte es noch am selben Abend seiner ehemaligen Geliebten. Da erschien ein junger Mann, gekleidet in königliche Livree.

»Ich komme im Auftrage Ihrer Majestät, der Königin.« Die Gaunerin überreichte ihm vor den Augen des Kardinals die Schatulle, worauf dieser verschwand.

Der Livrierte war kein anderer als der Sekretär Rétaux.

Kaum hatte sich der Kardinal verabschiedet, kam Rétaux mit der Kassette zurück. Die »Gräfin« entnahm das Halsband und zerlegte es in seine Einzelteile. Nicolas und sie glaubten, die Teile leichter veräußern zu können als das Schmuckstück im Ganzen. Monsieur de la Motte nahm einen Teil der Diamanten und fuhr damit nach London, wo er die Steine in der New Bond Street und am Piccadilly verkaufen wollte.

Der erste August rückte näher und Jeanne musste sich etwas einfallen lassen. Sie machte den Juwelieren weis, der Königin wäre der Preis nun doch zu hoch; ohne eine Reduktion von zweihunderttausend Livres sähe sich Ihre Majestät leider gezwungen, den Schmuck zurückzugeben.

Da die Herren den Kaufpreis von vorneherein überhöht angesetzt hatten, waren sie mit dem Nachlass sofort einverstanden. Ohne die Gräfin einzuschalten schrieb Böhmer an die Königin.

Der geschraubt formulierte Brief, den Antoinette meiner Herrin irritiert vorlas, verwirrte die Königin zu Recht. Was schwafelte Monsieur Böhmer da von Zahlungsbedingungen, von Diamantschmuck und von Preisnachlass?

»Versteh' einer diesen Unfug«, beschwerte sie sich bei Madame du Plessis. »Ich begreife nicht, weshalb man mich mit solchem Unsinn belästigt.« Und ohne genauer darüber nachzudenken, hatte sie Böhmers Brief einfach in den Kamin geworfen.

Als Böhmer nun so außer Fassung vor der Königin auftauchte, brach das Gebäude aus Lüge und Betrug wie ein Kartenhaus zusammen.

Leider bestand die Königin auf einem Prozess, um von jeglichem Verdacht des Betruges reingewaschen zu werden. Wie hätte sie in ihrer unbeschreiblichen Naivität auch ahnen sollen, dass nach der Verhaftung des Kardinals alle glaubten, sie hätte sich auf diese schändliche Art eines lästigen Mitwissers entledigen wollen. Und um seine Frau nicht zu blamieren, spielte der König das hässliche Spiel mit.

Adel und hohe Geistlichkeit fühlten sich gekränkt. Und alles für eine ungeliebte Österreicherin. Der Skandal empörte auch den Papst. Man denke: Ein Kardinal, der Großalmosenier von Frankreich, in der Bastille, dem schlimmsten Gefängnis von Paris, wie ein gemeiner Dieb.

Auch Graf Cagliostro saß mittlerweile im Gefängnis. Damit hatte die Königin auch alle Freimaurer und Logenbrüder gegen sich aufgebracht, war der Magier doch einer von ihnen.

»Die Pamphlete, welche die Königin verunglimpfen, sind so zahlreich, dass man sie kaum alle lesen kann. Antoinette ist darin die heimtückische und verlogene Verschwenderin, die versucht, den Kardinal zu ruinieren, indem sie von ihrer eigenen Schandtat ablenkt«, berichtete mir Madame Francine niedergeschlagen. Ich hatte die anonymen Beleidigungen selbst schon längst gesehen, auch die Karikaturen, die die Königin als über und über mit Schmuck behängtes Monstrum zeigten.

Längst wurde kein Prozess *für* die Königin, sondern ein Verfahren *gegen* sie geführt. Aus dem ganzen Land waren zahlreiche Prozessbeobachter nach Paris gekommen.

Auf Betreiben des Kardinals befand sich auch die »Gräfin« in der Bastille, aber ihrem Mann war die Flucht nach London gelungen. Das war sehr ungünstig, weil damit dummerweise das Hauptbeweisstück fehlte.

Die de la Motte-Valois leugnete jede Schuld; sie ging dabei so raffiniert vor, dass man leise, aber deutlich heraushören konnte: Vielleicht hat doch die Königin den Schmuck.

Jeanne de la Motte bezichtigte nun dreist Cagliostro des Juwelenraubes, bis der Magier diesen Verdacht glaubhaft von sich abwenden konnte.

Man fand auch die übrigen Mittäter dieses Schurkenstreiches, den Sekretär Rétaux sowie die kleine Gelegenheitsprostituierte. Durch deren Aussagen kam allmählich Licht ins Dunkel.

»Merkwürdig, wie ein Name nach außen hin sakrosankt bleibt.« Meine Herrin war verstimmt. »Keiner spricht ihn laut aus. Und dennoch steht er allgegenwärtig im Raum, nämlich der Name der Königin.«

»Geschieht das nicht aus Respekt und zum Vorteil für Ihre Majestät?«, fragte ich naiv.

»Ganz im Gegenteil. Dadurch fällt das Gerücht auf fruchtbaren Boden, welches besagt, es gäbe eine stillschweigende Übereinkunft, die Königin zu ›schonen‹. Man munkelt, der Kardinal, ein Kavalier, wolle die Schuld auf sich nehmen.

Und dann spekuliert man weiter: Ein Kavalier? Von so einem sagt man doch, er verstünde es, zu genießen und darüber zu schweigen. Und schon taucht die Frage auf: Hat auch der Kardinal ›genossen‹?«

Dann wurde bekannt, dass der Kardinal nach seiner Festnahme schnell dafür gesorgt hatte, alle Briefe der »Königin« diskret durch seinen Hauskaplan vernichten zu lassen. Und man begann sich laut zu fragen, ob es tatsächlich Fälschungen gewesen waren.

Am 31. Mai 1786 wurde das Urteil verkündet. Mit sechsundzwanzig gegen zweiundzwanzig Stimmen wurde Louis de Rohan »ohne jeden Tadel« freigesprochen; desgleichen der Magier Cagliostro und die kleine Hutmacherin, die von dem folgenschweren Betrug überhaupt nichts verstanden hatte. Der Sekretär und Liebhaber der »Gräfin« wurde mit Landesverweis bestraft.

Am schlimmsten traf es Jeanne de la Motte-Valois. Ihre königliche Abstammung hatte ihr nichts genützt; die Richter hatten sie als skrupellose Gaunerin erkannt. Sie verurteilten sie zu einer lebenslangen Gefängnisstrafe in der Salpêtrière.

Dieses Gebäude, unter Ludwig XIII. ein Pulvermagazin, diente im Laufe der Jahre mancherlei Zwecken, es war Gefängnis für straffällig gewordene Frauen, alt gewordene Huren und Asyl für Bettlerinnen gewesen, und einige Zeit ein Siechenhaus.

Zusätzlich sollte die »Gräfin« vom Henker mit Rutenhieben, deren Anzahl ich nicht mehr weiß, gezüchtigt werden; dazu wollte man sie mit einem glühenden Eisen auf der rechten Schulter brandmarken.

Als die Menge vor dem Gerichtsgebäude vom Freispruch des Kardinals erfuhr, war sie außer sich vor Begeisterung. Dieses Urteil kam einer moralischen Ohrfeige für die ungeliebte Königin gleich.

»Ohrfeige?«, fragte Madame du Plessis bitter, »das ist mitnichten ein Backenstreich, sondern ein Schlag für die Königin, von dem sie sich kaum wieder erholen wird.«

Es scherte niemanden, dass gerade einmal vier Stimmen mehr zugunsten des Kardinals gezählt worden waren, aber immerhin zweiundzwanzig gegen ihn. Die Richter wurden von der Menge wie Helden gefeiert und tausende eskortierten den Kardinal.

»Weshalb nur feiert das Volk diesen Mann so enthusiastisch? Was hat er denn Großartiges für Frankreich geleistet?«, fragte ich meine Herrin verblüfft, als wir in den Gazetten erfuhren, wie frenetisch man ihm Beifall zollte. Madame Francine schüttelte den Kopf.

»Nichts, ma Chère«, meinte sie resigniert, »aber durch seinen Freispruch ist der Ruf der Königin massiv beschädigt und dafür liebt ihn die breite Masse.«

»Ich bin am Boden zerstört über diese Ungerechtigkeit und Missachtung meiner Person«, beklagte sich die Königin bei Monsieur de Mercy. Dieser schrieb an seinen kaiserlichen Herrn in Wien: »Instinktiv hat die Königin erkannt, dass dieser Freispruch des Kardinals eine nicht wieder gutzumachende Niederlage für sie bedeutet.«

Als Antoinette mit meiner Herrin sprach, weinte sie. »Ich bin zutiefst entehrt worden von diesem Gericht, das angeblich für Gerechtigkeit und Gesetz zuständig ist. Die Richter haben mich durch dieses Urteil gedemütigt.«

Das Tragische war, dass der Kardinal in der Tat ein unschuldiges Bauernopfer der de la Motte gewesen war und zu Recht straflos davonkam.

KAPITEL 32

Auch Graf Cagliostro hatte man freigesprochen. Als man ihn aus der Bastille entließ, trugen ihn seine Anhänger im Triumphzug durch die Straßen und Zehntausende bildeten eine Ehreneskorte.

Die Regierung befürchtete Unruhen und forderte den Magier auf, die Stadt und das Land innerhalb von acht Tagen zu verlassen.

Viel später habe ich erfahren, dass man Cagliostro im Jahre 1789 in Rom verhaftete und ihn für den Rest seines Lebens im Kerker des Kastells San Leo bei Montefeltro in Italien einsperrte.

An einem kühlen Morgen früh um fünf Uhr waren nicht weniger als vierzehn Henkersgehilfen damit beschäftigt, Madame de la Motte-Valois aus ihrer Zelle zur Ausgangstreppe des Justizgebäudes zu schleifen.

Die Gräfin raste. Sie heulte und tobte, lästerte Gott, den König und seine Gemahlin, verfluchte den Kardinal de Rohan, das Parlament und die Richter.

Madame Francines Kutscher, der an diesem Tag zeitig das Stadtpalais der Gräfin in Richtung Versailles verlassen hatte, berichtete uns aufgeregt davon.

Sie trat nach den Männern, ohrfeigte und bespuckte sie

und versuchte, sie zu beißen. Obwohl muskulöse Kerle, wurden sie ihrer kaum Herr, so kräftig war die zierliche Frau auf einmal.

»Als der Henker ihr das Brandmal aufdrücken wollte, wehrte sie sich wie eine Furie. Obwohl vier Burschen sie festhielten, gelang ihr eine unvorhergesehene Bewegung, und zischend landete der glühende Stempel stattdessen auf ihrer linken Brust. Rasend vor Schmerz warf sie sich auf den Henker und schlug ihm ihre Zähne in den Arm. Dann endlich brach sie in einer barmherzigen Ohnmacht zusammen.«

Man karrte die wie tot Daliegende in die Salpêtrière. Hier sollte sie nun im grauen Leinenkittel und schweren Holzpantoffeln bei Wasser und Brot ihr kärgliches Leben fristen. Welch ein tiefer Fall für einen Spross des königlichen Hauses Valois. »Wenngleich nicht ganz unpassend, wenn man ihr Elternhaus in Betracht zieht«, meinte Madame Campan.

Als die Einzelheiten über die Vollstreckung ihres Urteils bekannt wurden, wandte sich die Sympathie der Leute dem »armen Opfer« zu. Sie wurde nur mehr »die Unglückliche« genannt. Der Herzog von Orléans veranstaltete gar eine öffentliche Spendensammlung für die »Bedauernswerte« und der Adel schickte ihr Geschenke ins Zuchthaus.

Kurz darauf war die »Gräfin« auf geheimnisvolle Weise aus dem Gefängnis nach England geflohen. Alle glaubten, die Königin habe ihre Freundin gerettet aus Dankbarkeit, dass diese vor Gericht über Antoinettes Mitschuld an dem Betrug in der »Halsbandaffäre« geschwiegen hätte.«

»Tut mir Leid«, erklärte hochnäsig die Marquise de Rambouillet, »aber wer auch nur einigermaßen bei Verstand ist, kann zu gar keiner anderen Ansicht gelangen.« Das klang vernünftig, wenn man nicht wusste, dass die Marquise eine langjährige Feindin Antoinettes war, die ihr – ganz diskret natürlich – schadete, wo es nur möglich war.

Madame Francine rief laut aus: »Diese intrigante Heuchlerin müsste man vom Hof jagen. Aber sie versteht es, sich stets wieder beim König einzuschmeicheln.«

Kaum weilte die Valois in London, konnte sie die absurdesten Verleumdungen gegen die Gattin des französischen Königs verbreiten. In England herrschte Pressefreiheit und der bösartige Klatsch wurde umgehend nach Frankreich exportiert.

Der Prozess war nur eine Farce gewesen. Natürlich hatte die Königin den sagenhaft teuren Schmuck bestellt und vom Kardinal bekommen. Die wütende »Gräfin« deutete sogar an, Antoinette hätte bereits mit dem Kardinal ein Verhältnis gehabt, als sie noch Erzherzogin und er Gesandter in Wien gewesen war.

»Jeder kann nachlesen, dass die Königin zu der Zeit, als de Rohan Gesandter am Hofe Maria Theresias war, längst als Dauphine in Versailles lebte.« Madame du Plessis widersprach energisch und ein paar Gutwillige stimmten ihr zu.

»Hier ist eine Liste aller Personen, mit welchen die Königin angeblich intimen Umgang gehabt haben soll.« Ich zeigte meiner Herrin eine Zeitung aus England. Es waren immerhin vierunddreißig Namen aufgeführt – von Männern und Frauen.

Ein paar Jahre nach dem unglückseligen Prozess wurde Antoinette in ganz Frankreich und teilweise auch im Ausland als verdorbene Femme fatale angesehen.

Es war das ferne Wetterleuchten vor dem großen Gewittersturm. Der Respekt vor den Aristokraten hatte stark gelitten – durfte doch sogar der Ruf der Königin besudelt werden. Niemand trat für sie ein – nicht einmal mehr der König.

KAPITEL 33

HIE UND DA kam es in den Provinzen vor, dass Güter geplündert und die Feudalherren bedroht wurden von ihren zinspflichtigen Bauern, die einst blind gehorcht hatten, wenn der Herr sich herabließ, das Wort an sie zu richten.

»Na, das passt doch wie der Arsch auf den Nachttopf«, rief Julien Lagrange und schwenkte eine Zeitung. »Der Minister der Finanzen, Monsieur de Calonne, äußert sich über das Defizit unseres Staates. Zum ersten Mal spricht ein Minister Klartext und das, was er zu sagen hat, lässt einen schaudern. Hör zu, Julienne. In den zwölf Regierungsjahren von Ludwig XVI. wurden Schulden von einer Milliarde zweihundertfünfzig Millionen Livres angehäuft.«

Diese Summe war so absurd hoch, dass ich mir unter dieser Zahl überhaupt nichts vorstellen konnte. Und so wie mir erging es den meisten aus dem Volk. Aber alle begriffen, dass die Situation dramatisch war.

Sie selbst schufteten für einen Hungerlohn von ein paar Sous zehn Stunden pro Tag und am Hof gab man so nebenbei eineinhalb Millionen für ein Halsband aus. Das Verhängnis hatte einen Namen: Königin Marie Antoinette. Als sie nach dem Prozess erstmals wieder ihre Theaterloge in Paris betrat, wurde sie mit minutenlangem Zischen und Pfeifen empfangen.

»Die paar jämmerlichen Vive-la-Reine-Rufe konnte man fast nicht hören«, erzählte betroffen Madame du Plessis, welche die Königin ins Theater begleitet hatte.

»Was habe ich diesen Menschen denn um Himmels willen angetan?«, fragte Antoinette verzweifelt ihren Mann und ihre Hofdamen. Ludwig wiegelte ab, wie es seinem trägen Wesen entsprach, und riet, abzuwarten, bis sich alles wieder beruhigt habe.

Wieder einmal machte sich Antoinette daran, ihre kostspielige Lebensführung einzuschränken. Die »Modekönigin« Rose Bertin wurde nun ganz aus den Diensten des Hofes entlassen. Die Königin besaß ja genügend Roben für alle Gelegenheiten.

Nicht allein an der Garderobe, auch am Haushalt sowie dem Reitstall konnte man mehr als eine Million Livres pro Jahr einsparen. Die Glücksspiele, die so viele Adlige in den Ruin getrieben hatten, verschwanden vom Hof und eine Anzahl überflüssiger Posten wurde abgeschafft. Ferner wurde die so oft kritisierte Günstlingswirtschaft im Petit Trianon radikal beendet.

»Die Königin scheint Ernst zu machen mit ihren Maßnahmen«, meinte Madame Francine befriedigt, als ich eines Abends ihre Fingernägel feilte, »sie zieht sich sogar von ihren geliebten Polignacs zurück, der Bande, die seit jeher rücksichtslos nur ihren eigenen finanziellen Vorteil im Auge hatte. Antoinette sucht nun wieder die Nähe ihrer alten Berater, wie die des Grafen Mercy und des Abbé Vermond, ihres ehemaligen Lehrers.«

Aber leider bewirkten alle gut gemeinten Maßnahmen nichts. Der Schuldenberg wuchs weiter. Betreten erkannten der König und seine Minister, dass mit kosmetischen Korrekturen allein nichts mehr zu retten war. Keiner der ständig ausgetauschten Minister schaffte es, den Staatshaushalt auf solide Beine zu stellen.

Ganz allmählich begann man zu begreifen, dass nicht unfähige Staatsdiener die Schuld an der Misere trugen: Das aus dem Mittelalter stammende Feudalsystem taugte nicht mehr für unsere moderne Zeit.

Zum ersten Mal war nicht die Herkunft eines Finanzministers das wichtigste Kriterium für seine Ernennung, sondern seine Popularität. Man kannte so einen Mann in Versailles; man hatte sich bereits von ihm mehrmals beraten lassen, obwohl er bloß ein Bürgerlicher war und noch nicht einmal ein Franzose, sondern ein Kalvinist, ein Ketzer aus der Schweiz.

Aber just dieser Ketzer galt auf einmal als »Wunderwaffe«. Der König genierte sich und drückte sich lange vor der Berufung Monsieur Neckers.

Schließlich ergriff Antoinette die Initiative und, ohne ihren ewig zaudernden Gemahl zu informieren, berief an einem schwülheißen Augusttag 1785 Jacques Necker in ihrem Privatkabinett zum Finanzminister. Als seine Berufung bekannt wurde, jubelten alle. »Vive Necker«, schallte es und auch »Vive le Roi!« Die Herzen der Franzosen waren voller Hoffnung, dieser Mann könnte die verheerende Situation ändern.

»Die Königin trägt schwer an der Verantwortung«, sagte Madame du Plessis und die Marquise de Rambouillet, die falsche Schlange, fügte spöttisch hinzu: »Ja nun. Zum ersten Mal drückt sie wohl die Krone, die sie bis jetzt so leicht wie einen Hut der Demoiselle Bertin getragen hat.«

KAPITEL 34

WANN IMMER ES möglich war, streifte ich durch die Gegend und erkundete die Stadt Paris auf meine eigene Weise.

Ich nahm mir dabei systematisch bestimmte Stadtviertel, »Quartiers«, vor. Hier lebte das Volk; ärmlich und primitiv, aber meist freundlich zu Fremden und fröhlich trotz Elend und Hunger. Wenn das anfängliche Misstrauen erst überwunden war, konnte ich mich fast wie daheim in Plancy fühlen.

Ich kleidete mich wie eine einfache Arbeiterfrau und kramte meinen dörflichen Dialekt aus dem Gedächtnis hervor. So vermutete niemand eine Bedienstete von Versailles in mir.

Ich hatte manchmal das große Bedürfnis, mich mit einfachen Leuten zu unterhalten. So sehr ich den Hof und seine Annehmlichkeiten zu schätzen gelernt hatte, der Umgang mit dem Volk lag mir doch immer noch am Herzen. Und nur so war es möglich, aus erster Hand die Meinung der Menschen zu Regierung, Finanzkrise, Herrscherhaus und Adel insgesamt zu erfahren.

Was ich erfuhr, war beunruhigend. Die Stimmung im Volk war katastrophal. Offen wurden Aristokratie, Klerus und Monarchie beschuldigt, für die Not des kleinen Mannes die Verantwortung zu tragen.

»Das Natterngezücht brauchen wir nicht, das sich auf unsere Kosten die Wänste voll stopft, seine Huren mit Schmuck behängt sowie seine Laster hätschelt. Während unsereins schuftet und rackert und sich dafür nicht mal genug Brot kaufen kann.«

Ich konnte dazu nur beifällig nicken, wenn ich so etwas zu hören bekam; erstens wurde dies von mir erwartet und zweitens – man möge es mir nachsehen – teilte ich diese Ansicht.

Für mich persönlich hatte ich längst die Wahl getroffen: Ich wollte in meinem Stand bleiben – was hätte ich, die unbedeutende Julienne Bertot, in der Schar der Privilegierten zu suchen? Es erschien mir keineswegs mehr erstrebenswert, zur höheren Gesellschaft zu gehören. Und wer konnte wissen, was auf die hohen Herrschaften zukam? Ich war ganz zufrieden mit meiner dienenden Stellung.

Schon oft hatte ich die Kirche von Saint Eustache besucht. Ihre zahlreichen Seitenkapellen waren Stiftungen der Zünfte von Handwerkern und Händlern. Ich spazierte langsam von einer zur anderen und betrachtete sie genau. Ich hatte gehört, auch die Diebe von Paris besäßen seit der Zeit des Mittelalters eine Zunft. Welches Emblem wäre für sie wohl passend? Eine Hand mit besonders langen Fingern?

Rund um die Kirche befand sich der größte Friedhof der Stadt Paris, der Cimetrière des Innocents, der Friedhof der »Unschuldigen Kindlein«. Angeblich sollte der Name an die vielen gleich nach der Geburt getöteten bébés der leichten Mädchen erinnern, die in diesem Quartier ihrer Profession nachgingen. Die der Kirche benachbarte Rue Pierre Lascot war jedenfalls eine Straße der galanten Damen.

Kaiser Napoleon wollte später, nach Auflassung des Friedhofs, einen Louvre des Volkes an seine Stelle setzen. In diesem Viertel herrschte seit jeher das Vergnügen am Laster, wie ich bei meinem Spaziergang an den seltsamen Straßennamen erkennen konnte. Da gab es doch tatsächlich eine Rue-de-la-Grande-Truanderie, eine Straße der großen Gaunerei. Nicht weit davon entfernt findet sich die Rue-de-l'Arbre-Sec, die Straße zum trockenen Baum, eine herrliche Umschreibung für den dort aufgebauten Galgen.

Nahebei stand der Louvre und wiederum unweit davon befand sich das Palais Royal, das Stadtschloss der Herzöge von Orléans, in dessen Anbau die »Comédie Française« untergebracht war.

Besonders schön war es, wenn Julien es einrichten konnte, mit mir Paris unsicher zu machen. Wir streiften durch die Stadt, aßen in einem einfachen Bistro an der Seine oder irgendwo im Quartier Latin und suchten im Anschluss daran eines der zahlreichen Kellerlokale auf. Am meisten genoss ich es, wenn Geschichten von Rabelais vorgelesen oder Stücke von Molière gespielt wurden. Bei Balladen von François Villon pflegten Julien und ich begeistert mitzusingen, denn die meisten kannten wir auswendig.

Antoinette war nun bereits im achten Monat einer weiteren Schwangerschaft. Die seelischen Belastungen setzten ihr zu und ihre sonst so robuste Gesundheit litt beträchtlich. Die Hofärzte machten besorgte Mienen und verordneten der Königin viel Ruhe.

Das Töchterchen Marie Thérèse war jetzt sieben Jahre alt. Sie war ein eigenwilliges, kleines Mädchen, sehr hübsch in ihren seidenen Kleidchen und mit sorgfältig frisierten Locken. Sie hing mit großer Liebe an der Mutter.

Der Dauphin war nun beinahe fünf Jahre alt; er wollte allerdings nicht recht gedeihen. Der Knabe war für sein Alter viel zu klein und sein Rückgrat war verkrümmt, wobei die rechte Schulter erheblich höher stand als die linke. Der Knabe litt häufig an fiebrigen Erkältungskrankheiten, nahm nicht an Gewicht zu und hatte ständig Schmerzen in seinen schwachen Knochen. Man sah den Kleinen nur mit ernstem Gesichtsausdruck.

Das bisher jüngste Kind, der fünfzehn Monate alte Ludwig Karl, Herzog der Normandie, war stämmig und das genaue Gegenteil seines älteren Bruders. Der lebhafte Säugling hatte ein rundes Gesicht mit rosigen Apfelbäckchen und war immer gut gelaunt. Antoinette war vernarrt in den Jungen und nannte ihn ihren »Chou d'amour«, ihren kleinen Liebling.

Am 9. Juli 1786 gebar Marie Antoinette unter ziemlichen Schwierigkeiten eine zweite Tochter, Sophie Béatrice. Das Mädchen war zart und zerbrechlich wie ein Porzellanpüppchen. Die Hebammen hörte ich gar von körperlichen Missbildungen raunen.

Mit sechs Wochen sah die Kleine noch genauso hinfällig aus wie unmittelbar nach der Entbindung – und sie wurde von Tag zu Tag elender. Auch Antoinette war nicht gesund, wie Madame Campan mit Sorge feststellte. Mehrere Wochen lag die Königin mit hohem Fieber im Bett. »Das Ärgste für mich ist, dass ich meine Kinder nicht sehen darf«, jammerte die Königin.

Ludwig und seine Gemahlin hatten jetzt zwei Sorgenkinder.

Ich selbst schwebte immer noch im siebten Himmel mit meinem Liebsten; wann immer es möglich war, fielen wir übereinander her. Weder Julien noch ich hatten bis dahin einen solchen Vulkanausbruch an Leidenschaft erlebt. Liebe war notwendig zur Gesunderhaltung von Leib und Seele, aber dieses Schweben auf rosa Wolken, dieses Gefühl, dass die Erde bebte, wenn wir uns liebten – dafür musste ich erst neunundzwanzig Jahre alt werden.

Weil ich wie ein ganz junges Ding, das zum ersten Mal die Liebe erlebt, mit meinen Gedanken stets bei Julien war, wurde ich ziemlich nachlässig im Dienst und konnte dankbar sein, dass Madame du Plessis so eine verständnisvolle Herrin war.

Ich vergaß die Hälfte meiner Aufgaben und als ich ihr an einem Tag nicht nur ein Galakleid mit einem zu heißen Bügeleisen ruinierte, sondern auch noch eine neue Perücke mit der beinahe glühenden Lockenschere versengte, rechnete ich eigentlich mit meinem Hinauswurf, aber Madame Francine blickte mich nur kopfschüttelnd an und sagte – nichts.

KAPITEL 35

Zu meinen bevorzugten Plätzen in Paris zählten die eleganten Geschäfte auf den Champs-Élysées. In den letzten Jahren hatte das ehemals noble Viertel leider an Reputation eingebüßt.

Die vornehme Avenue Montaigne hatte vom Volk den Beinamen »Witwen-Allee« bekommen; wobei man allerdings Frauen meinte, welche nach zahlungskräftigen Kavalieren Ausschau hielten.

Hin und wieder hatte ich in Paris für Madame du Plessis einen Auftrag zu erledigen. Einer der liebsten war mir der Besuch der Gobelinmanufaktur, welche seit dreihundert Jahren von der flämischen Familie Gobeleen betrieben wurde.

Meine Herrin hatte sich vor einiger Zeit mehrere große Wandteppiche für den Besuchersalon in ihrem Stadtpalais in Paris bestellt. Hin und wieder beauftragte sie mich, in der Manufaktur die Fortschritte zu begutachten, welche die Gobelins mit den Motiven aus der griechischen Mythologie, die sie sich ausgewählt hatte, machten.

An den Werkstätten an der Place d'Italie rauschte ein Bach vorbei, welcher Bièvre hieß und von den Abwässern der Fabrik meistens bunt gefärbtes Wasser führte.

Wenn ich dieses Mal nach Versailles zurückkehrte, konnte ich berichten, dass »Odysseus« dem Gesang der Sirenen tapfer widerstanden hatte und »das Urteil des Paris« beinahe vollendet war.

Für den Nachhauseweg wählte ich den Boulevard Arago, einen schaurigen Schauplatz öffentlicher Hinrichtungen. Vor dem Gefängnisbau der Santé, der in Erinnerung des ehemals dort stehenden Krankenhauses »Gesundheit« verhieß, wo jedoch Häftlinge auf ihren Tod warteten, wurde jeweils zu früher Morgenstunde der Galgen aufgebaut; jetzt am Nachmittag war wieder Ruhe eingekehrt und ich konnte rasch daran vorbeigehen, ohne mich durch Mengen neugieriger Gaffer drängen zu müssen.

Zu jener Zeit fühlte ich mich wie verjüngt und achtete nicht auf körperliche Veränderungen – mit neunundzwanzig hätte ich wahrlich klüger sein müssen – und ehe ich es mich versah, war ich schon etliche Wochen guter Hoffnung.

Ein paar Male hatte ich wohl vergessen, den kleinen, in Zitronensaft getränkten Schwamm mit dem dünnen Seidenfaden zu benutzen, ehe ich mich den Liebeswonnen mit Julien hingab. Nun war meine weise Frau wieder gefragt.

Madame Honorine hatte ich in letzter Zeit häufig einen Besuch abgestattet; nicht als »Kundschaft«, sondern um sie mit getrockneten Heilkräutern zu versorgen. Sie beschäftigte mehrere Frauen, welche für sie Heilpflanzen sammelten.

Sie behandelte die Frauen grundsätzlich mit aus Pflanzen gewonnenen Drogen, deren Dosierung sie sorgsam überwachte. »Es ist ein Verbrechen«, dozierte sie jedes Mal, »mit Nadeln oder Haken blind im Unterleib von Frauen herumzustochern in der Hoffnung, irgendwie das ungewollte Kind zu treffen und dabei zu riskieren, die Gebärmutter zu durchlöchern oder den Darm zu verletzen. Das Geringste, was passieren kann, ist die dauernde Unfruchtbarkeit der Frau; viel häufiger sterben die Ärmsten an Blutvergiftung, einer Entzündung oder dem starken Blutverlust.«

Gegen Letzteren verordnete sie den Frauen Sitzbäder mit Eichenrindenabsud und Frauenmantel und gab ihnen Wattebäuschchen getränkt mit diesem Absud, vermischt mit Salbei und Ringelblume zum Einführen in die Vagina.

Als sie mich genau untersucht hatte, sagte sie: »Diesmal haben Sie zu lange gewartet, meine Liebe. Es ist zu spät für mein übliches Kräutersäckchen.«

Seltsamerweise war ich gar nicht so unglücklich darüber.

Auch Julien war dafür, kein Risiko einzugehen. »Ein Kind ist doch keine Tragödie für uns; ich fände es ganz schön, eins mit dir zu haben.« Ich war seiner Meinung; ein bébé war nun wirklich nicht unbedingt eine Katastrophe.

›Wer weiß, wozu es gut ist, dass ich so lange nichts von meiner Schwangerschaft gemerkt habe‹, dachte ich und weihte meine Herrin ein.

»Wenn Madame Honorine meint, es sei zu spät, etwas zu unternehmen, dann lass es um Himmels willen bleiben. Ich würde dir auch erlauben zu heiraten, wenn du das willst. Obwohl ich sehr traurig wäre, dich nach so langer Zeit zu verlieren, falls dein Mann will, dass du nur noch Hausfrau und Mutter bist.«

Das konnte ich mir nun nicht vorstellen: ich als Hausmütterchen, angewiesen auf die doch eher dürftigen Einkünfte meines Ehemannes. Ich war es gewohnt, für mich selbst zu sorgen.

Madame Francine umarmte mich, so wie meine Maman es getan hätte. »Nein, nein, Madame, auf keinen Fall werde ich Sie verlassen«, wehrte ich vehement ab. »Trotz aller Liebe zu Julien will ich nicht auf meine Unabhängigkeit verzichten. Außerdem macht mir der Dienst bei Ihnen so viel Freude.«

Die Königin hatte sich komplett gewandelt. Vorbei war es mit frivolen Festen, vorbei mit ruinösen Glücksspielen. Sie liebte es jetzt, mit Madame du Plessis Harfe und Cembalo zu spielen sowie mit ihr im Duett zu singen. Beide Damen verfügten über ganz annehmbare Singstimmen, die Königin Sopran und meine Herrin Alt.

Antoinette war noch immer eine schöne Frau, aber die vier Geburten hatten auch bei ihr Spuren hinterlassen. Sie war üppig geworden. Madame Francine oder Madame Campan, die jetzt oft ihre einzigen Gefährtinnen waren, die die Königin um sich duldete, mussten ihre Taille wie immer mit aller Gewalt auf sechsundfünfzig Zentimeter einschnüren, aber Antoinettes Busen hatte den stattlichen Umfang von hundertzwölf Zentimetern. Der ließ sich nun nicht einfach wegmogeln – die rundlichen Hüften waren hingegen unter den weiten Röcken versteckt.

Dreißig Jahre war Antoinette nun alt und das galt damals wie heute als kritisches Alter für Damen. Oft verglich ich meine Herrin mit der Monarchin. Madame Francine war nun sechsunddreißig und ich fand sie jugendlicher aussehend als die Königin. Das lag sicher am Kummer, welchen die Frau unseres Königs im Laufe der Jahre erlitten hatte, und an den Sorgen, welche ihr die beiden kränklichen Kinder bereiteten.

Die Zahl der Höflinge hatte sich nach der »Halsbandaffäre« merklich verringert. Man mied Versailles und seine Bewohner, als hätten sie eine ansteckende Krankheit. Die Ratten begannen, das sinkende Schiff zu verlassen. Die Clique um Kardinal de Rohan war nachtragend. Am traurigsten stimmte die Königin, dass auch Madame de Polignac, bisher eine ihrer intimsten Freundinnen, deren Familie sie bis zur Maßlosigkeit mit Geschenken überhäuft hatte, zunehmend auf Distanz zu ihr ging.

»Gerade von Yolande de Polignac hätte ich diesen Verrat nicht erwartet«, sagte Antoinette bekümmert zu Madame Francine.

Wieder einmal hatte ein verleumderisches Flugblatt den Weg bis in ihr Schlafgemach gefunden. Die unglückliche Königin weinte: »Diese Ungeheuer. Ich wünschte, ich würde morgens nicht mehr aufwachen.«

Oftmals wies sie alle Bediensteten aus dem Raum; nur Madame Francine durfte bleiben; dann warf sie sich meiner Herrin schluchzend in die Arme. Leider hatte sie an ihrem Mann keine Stütze. Unsensibel wie er war, fand er, sie übertreibe mächtig. Wenn es ihm zu viel wurde, wich er aus in seine Wälder, worin er sich tagelang aufhalten konnte.

Wie jeden Herbst zog der Hof um nach Fontainebleau.

Antoinette war dies zuwider, denn das Schloss war unbequem und heruntergekommen – viel schlimmer noch als Versailles; außerdem lag es mitten im Wald von Brière. Aber gerade diese abgeschiedene Lage machte den Palast beim König so beliebt. Hier konnte er nach Herzenslust seiner Lieblingsbeschäftigung nachgehen, der Jagd. Frankreich befand sich inzwischen am Rande des finanziellen Ruins, aber den König scherte das nicht. Weil ihm gerade dieses Schloss so am Herzen lag, gab er teure Renovierungsarbeiten in Auftrag.

Das Schlosserhandwerk hatte dem König der angesehene Meister, Monsieur Gamain, beigebracht. Er arbeitete ständig mit ihm zusammen und der Schlossermeister Gamain war vom Talent des Monarchen höchst angetan.

Mit zweiunddreißig Jahren war der König unansehnlicher denn je. Nur in seinen Privaträumen leistete er sich neuerdings den Luxus, die Augengläser zu tragen, die ihm die Hofetikette bei offiziellen Anlässen verbot.

Immer wieder zog es mich bei meinen Streifzügen durch Paris ins Quartier Latin. Das typische Flair dieses Stadtteils hatte es mir angetan, besonders seine alten Gotteshäuser, welche ich gern aufsuchte. Ich war keineswegs ein frommer Mensch. Aber etwas mussten diese alten Kirchen wohl haben, dass sie mich so faszinierten. Zu meinen bevorzugten zählte Saint Severin, welche lange Zeit die Kirche der Studenten war, die zum Dank für bestandene Prüfungen an den Wänden Votivtafeln anbrachten. Texte und Bilder amüsierten mich stets aufs Neue.

An eines dieser typischen Dokumente jugendlich-naiver Dankbarkeit erinnere ich mich heute noch mit einem Schmunzeln:

Ein Studiosus Medicinae et Theologiae bedankte sich herzlich beim Lieben Gott für die Wohltaten, die ihm eine verständnisvolle Zimmerwirtin während seines Studiums hatte angedeihen lassen. Da waren auf der Bildtafel eine Hose, eine Mütze und ein Paar Stiefel aufgemalt, zum Zeichen, dass ihn die Gute mit Kleidung versorgt hatte, sowie eine Pfanne mit einer gebratenen Gans – Hunger hatte der junge Mann also auch nicht leiden müssen – und ein Bett mit dickem Plumeau, welches wohl zart andeutete, dass auch für seinen nächtlichen Komfort gesorgt war – in jeder Beziehung, wenn ich den weiblichen Kopf mit der Nachthaube, welcher aus den Kissen lugte, richtig deutete.

Ein paar Schritte weiter stand Saint-Julien-le-Pauvre, eine der ältesten und vielleicht auch die kleinste Kirche von Paris. Ihre Treppenstufen waren zu allen Tageszeiten von Bettlern besetzt, sodass man kaum das Portal öffnen konnte. Vor allem in der Zeit meiner Schwangerschaft habe ich diese Kirche häufig mit Julien aufgesucht, dessen Namenspatron sie geweiht war.

Gleich daneben befand sich das »Caveau des Oubliettes«, ein in tiefe Gewölbe hinunterführendes Nachtlokal, welches aus dem Mittelalter stammte. Hier traten Sänger in historischen Kostümen auf und gaben unter Begleitung mit altertümlichen Instrumenten altes Volksliedgut und Balladen zum Besten.

Wenn ich, was selten vorkam, von Madame du Plessis über Nacht Ausgang erhielt, ließ ich mich von Julien gerne ins »Caveau« ausführen.

Ein paar Male begleitete mich Demoiselle Bernadette, eine Zofe mittleren Alters, mit welcher ich mich ein wenig angefreundet hatte. Ihre Herrin war kürzlich an einem tückischen Fieber verstorben. Bernadette besaß zum Glück Verwandte in Paris und hatte bei ihnen gegen einen entsprechenden Obolus Aufnahme gefunden.

Ihre verstorbene Madame hatte sich zu Lebzeiten permanent beklagt über ihr unbequemes Leben als Höfling: das finstere, beengte Quartier, das ständige Haltung-Bewahren über Stunden hinweg bis in den hellen Morgen, das Drängeln, um sich einen Platz in den überfüllten Salons zu sichern, keine Möglichkeit, sich auszuruhen, und die Unmöglichkeit, Ermüdung oder Unpässlichkeit zu offenbaren oder erkennen zu lassen, dass man sich zu Tode langweilte.

»Immer musste meine Herrin lächeln«, vertraute mir Demoiselle Bernadette an, »auch wenn ihre viel zu engen Brokatschühchen auf die Zehen drückten, ihre Kopfhaut unter der aufgetürmten Perücke juckte oder eine Rivalin in der Gunst Marie Antoinettes aufgestiegen war und der Königin einen von ihren nicht stubenreinen Möpsen nachtragen durfte.«

Was für ein Glück hatte doch Madame du Plessis gehabt. Das stundenlange Stehen auf hohen Absätzen ruinierte die Füße aller Höflinge. Nur ganz wenigen war es gestattet, in Gegenwart des Königs und der Königin zu sitzen.

Madame du Plessis war heilfroh gewesen, als ihr dieses Privileg zugestanden worden war.

KAPITEL 36

Während der Hof in Fontainebleau weilte, machte sich Charles-Alexandre de Calonne an die schier unlösbare Aufgabe, den maroden Staatshaushalt zu sanieren. Nachdem die Herren Turgot und Necker bereits gescheitert waren, unternahm Monsieur de Calonne nun den dritten Anlauf zur Rettung der Finanzen – und damit auch der Krone.

»Mittlerweile ist allen, außer vielleicht dem König, klar, dass die miserable Finanzlage mit dem Bestand der Monarchie verknüpft ist«, meinte Julien.

Um die Weihnachtszeit des Jahres 1786 erschien de Calonne bei Ludwig XVI. in seinem Winterquartier und unterbreitete ihm seine Vorschläge. Zähneknirschend war der König mit allem einverstanden. »Es ist mir klar«, meinte er trübsinnig, »dass es schmerzhafter Einschnitte bedarf, weil das Kurieren an den Symptomen uns bis jetzt keiner Lösung näher gebracht hat.« Und zu seinen Herren meinte er: »Ich werde wohl so manche Kröte schlucken müssen.«

Des Herrschers Einverständnis allein genügte aber nicht. Es bedurfte dazu noch der Notabelnversammlung, eines Gremiums von einhundertvierundvierzig Adligen, die man auf Grund ihrer vermuteten Loyalität gegenüber Ludwig ausgewählt hatte. Sie sollten nun Calonnes Reformpläne beraten, abändern, mildern oder verschärfen und schließlich ihr Einverständnis erteilen.

Am 22. Februar 1787 tagte diese Versammlung der Notabeln zum ersten Mal. Aber gleich zu Anfang lief alles schief. Die edlen Herren weigerten sich nämlich rundweg, die Reformen Calonnes zu unterstützen. Ja, sie wollten nicht einmal darüber diskutieren. Nicht eine einzige der angedachten Lösungen kam für die Herren auch nur im Entferntesten in Betracht.

»Es ist nicht zu fassen«, rief der Marquis de Grenoble, als er den Salon Madame Francines aufgeregt betrat, »ich kann mir nur an den Kopf greifen. Anstatt kräftig mit der Faust auf den Tisch zu donnern und die Notabeln zum Teufel zu schicken, lässt der König sich sechs Wochen lang an der Nase herumführen. Und was macht er dann? Er entlässt den Minister Calonne. Ausgerechnet den Mann, der ihm jahrelang treu und gut gedient hat und dessen Reformvorschläge er selbst in Fontainebleau für gut befunden hat.«

Unser Monarch war zwar sehr unglücklich über die Situation, aber es mangelte ihm an Rückgrat. Aus Verlegenheit ernannte er den schon ziemlich alten Erzbischof von Toulouse, Kardinal Loménie de Brienne, zum Minister der Finanzen.

Dieser Kirchenfürst, voll der besten Absichten, glaubte, er könnte sich mit den Notabeln einigen, merkte aber bald, wie trügerisch diese Hoffnung war. Nicht einmal der kleinste Kompromiss gelang ihm. Am 25. Mai 1787 löste Kardinal de Brienne daher den Club der Verweigerer auf.

»Der König ist zutiefst besorgt über das Scheitern aller Reformpläne. Man könnte beinahe glauben, dass er es für den Anfang vom Ende seines Königtums hält.« Der Marquis de Grenoble war sehr betroffen.

Madame du Plessis musste erleben, wie Ludwig XVI. mit Tränen in den Augen in den Gemächern Antoinettes erschien und weinend »Ich bin ein wertloser Bankrotteur« ausrief.

Als die Königin ihn zu trösten versuchte, klagte er: »Ich verzweifle an dem täglich anwachsenden Schuldenberg. Und am meisten erzürnt mich, dass Adel und Klerus auch angesichts der finanziellen Misere Frankreichs nicht bereit sind, Steuern und Zölle zu entrichten. Die Notabeln hielten mit sturem

Egoismus, bar jeder Einsicht am Fortbestand ihrer jahrhundertealten Privilegien fest.«

Graf Axel von Fersen hielt sich zu jenem Zeitpunkt in Versailles auf und war ein genauer Beobachter der Notabelnversammlung gewesen. »Die Herren haben zur Verringerung des Defizits nichts beigetragen«, kritisierte er. Monsieur de Fersen war nun beinahe ein Dauergast in Versailles, obwohl seine Stellung als Verbindungsmann zwischen den Herrschern Frankreichs und Schwedens hin und wieder seine Anwesenheit am Hofe Gustavs III. erforderlich machte.

Momentan befand sich seine Heimat mit Russland in einem Krieg und da hatte er als Oberst eines schwedischen Regimentes neben seinem Aufgabenbereich in Frankreich als Kommandeur der Königlich Schwedischen Armee auch zahlreiche militärische Anforderungen zu erfüllen. Keine Frage, dass es für den jungen Diplomaten sehr angenehm war, in den Gemächern der Königin eine eigene Wohnung zu besitzen.

Selbst wenn der schöne Graf und Antoinette kein Liebespaar gewesen wären, hätte es sich als sinnvoll erwiesen, den Schweden direkt in Versailles einzuquartieren; denn immer, wenn er sich in Frankreich aufhielt, war er fast täglich bei Hofe.

Inzwischen ergaben sich bei seinen Aufenthalten gewisse Rituale. Etwa viermal in der Woche ritt Herr von Fersen in der Nähe von Petit Trianon aus und die Königin traf ihn dort. Und zwar ohne Begleitung. Das war ein gefundenes Fressen für alle Klatschmäuler, aber Antoinette war inzwischen über dummes Geschwätz erhaben.

»Ganz gleich, was ich tue oder unterlasse, die Leute werden sich das Maul zerreißen; deshalb habe ich mir angewöhnt, das zu machen, was mir Spaß macht.« Ich bewunderte ihre Haltung, es gehörte in der Tat viel Mut dazu, sich über Konventionen hinwegzusetzen, die nun einmal verlangten, dass eine Dame sich niemals zweideutigen Situationen aussetzte.

Man kann mit Recht behaupten, die einzige Person am Hof, welche sich nicht im Mindesten für üble Nachrede interessierte, war Ludwig XVI. Für die Unmenge an Flugblättern hatte Seine Majestät nur ein verächtliches Schulterzucken übrig. Bis eines Tages höchst Seltsames geschah.

Es war auf einem Jagdausflug des Königs, als ihm ein Page ein Päckchen überreichte. Ludwig öffnete es und fand einen Packen Briefe. Ganz gegen seine Gewohnheit – normalerweise pflegte er anonyme Briefe zu vernichten, ohne sie gelesen zu haben – setzte er sich auf einen Baumstamm im Gras und fing an zu lesen.

Er schien sehr gefesselt von der Lektüre. Seine Reitknechte hatten sich taktvoll zurückgezogen. Nach einer ganzen Weile wagten sie es, sich wieder zu nähern, und da sahen sie, in welch schlechter Verfassung sich der Monarch befand. An seinen geröteten Augen merkte man, dass er geweint hatte. Außerdem schaffte er es nicht, aus eigener Kraft in den Sattel seines Pferdes zu kommen. Seine besorgten Jagdgenossen ließen ihn daher in einer Kutsche ins Schloss zurückfahren.

Im Nu machte das Gerücht am Hof die Runde, der Brief behaupte, die Königin betröge ihren Gemahl mit Axel von Fersen.

»Nun ja«, meinte meine Herrin, »im Grunde ist das ein alter Hut. Seit Jahren weiß das jeder am Hof – mit Sicherheit auch Ludwig. Rätselhaft ist nur, warum der König jetzt so die Nerven verloren hat.«

In seiner Naivität hatte er wohl geglaubt, niemand wüsste Bescheid. Er suchte seine Frau auf und erzählte ihr von den brisanten Briefen. Dabei bemühte er sich um einen leichten Plauderton, als handelte es sich um eine Lappalie. Um dem Ganzen den Anstrich des Unverfänglichen zu verleihen, unterließ er es, die Damen Campan und du Plessis des Raumes zu verweisen.

»Aber sein Zittern und das Tremolo in seiner Stimme zeugten für seine Seelenqual«, sagte Madame Francine bedrückt. Meine Herrin hatte eben noch mit der Königin über den schlechten Gesundheitszustand der kleinen Prinzessin Sophie gesprochen.

»Ich habe die Königin wirklich bewundert. Obwohl ihr Gesicht alle Farbe bei den Worten ihres Mannes verlor, ließ sie sich nicht das Geringste anmerken. Mit leiser Stimme unterbreitete sie ihrem Gemahl folgenden Vorschlag:

»Sire, wenn diese bösartigen Menschen uns beiden den einzigen wahren Freund, den wir noch haben, nehmen möchten, wäre es vielleicht besser, Graf von Fersen vom Hof zu verbannen, um den Gerüchten ihre Grundlage zu entziehen.«

Das war ein kluger Schachzug. Damit weckte sie Ludwigs Trotz gegen alle Verleumder und seine Loyalität gegenüber einem Freund. Und sie hatte Erfolg. Der König wollte nichts von einer Entfernung des Schweden wissen.

So blieb alles beim Alten. Aber etwas änderte sich doch: Ludwig war vor seinem Hofstaat betont herzlich gegenüber dem Favoriten der Königin.

Eheliche Treue galt nicht viel. In den beliebten komischen Theaterspielen sorgte diese Tugend höchstens für Heiterkeit. Der gehörnte Ehemann war die Regel, und die betrogene Ehefrau machte sich nichts daraus, weil sie selbst fremdging. Wer sich darüber entrüstete, machte sich nur lächerlich.

Bei Hofe war der Ausspruch der Marquise de Lémoines berühmt, welche sich über eine Dame der Königin folgendermaßen ausließ: »Mon Dieu! Ist diese Frau langweilig und geschmacklos! Man stelle sich vor, die liebt ihren eigenen Ehemann!«

KAPITEL 37

Im zeitigen Frühjahr schickte mich meine Herrin in mein Heimatdorf Plancy; ich hatte darum gebeten, in der Obhut meiner Mutter Babette entbinden zu dürfen. Die Damen nahmen in aller Regel keine Rücksicht auf etwaiges Missbefinden ihrer Zofen; bei Madame du Plessis aber war es ganz anders und sie war einverstanden. Ich war zwar nicht mehr ganz jung, aber dennoch verlief meine Schwangerschaft komplikationslos – im Gegenteil, ich fühlte mich besser denn je.

Meine Mutter freute sich über mein Kommen und an einem lauen Märztag wurde ich nach nur sechs Stunden Wehen und ohne Schwierigkeiten von einem gesunden, kräftigen Sohn entbunden. In Erinnerung an den ersten Ehemann Babettes, den ich immer für meinen Vater gehalten hatte, nannte ich den Kleinen »Jacques«.

Zu Hause scharten sich jetzt eine Anzahl Kinder um den Tisch, aber mein Onkel Émile meinte: »Wo viere satt werden, kriegt auch der fünfte noch genug; lass deinen Jungen bei uns.«

Das war eine gute Idee, hatte Babette doch erst vor kurzer Zeit einen Säugling verloren, ein Bübchen, geboren zwölf Monate nach den Zwillingen. Sie wusste nicht, wohin mit ihrer Milch, und sagte zu mir: »Ich würde mich freuen, meinen Enkel bei mir zu haben; und als Amme eigne ich mich bestens«, wobei sie sich lachend mit den Händen über ihre prallen, milchvollen Brüste strich.

Mein Busen war eher spärlich geblieben und es war mehr als fraglich, ob ich mein Kind überhaupt hätte stillen können.

Meine Maman war eine einfache Bauersfrau, aber eine, welche mit beiden Beinen im Leben stand, körperlich und seelisch robust, hart im Erdulden von Schicksalsschlägen und trotz vieler Arbeit meistens guter Laune.

»Sentimentalitäten« konnte Babette dagegen nicht ausstehen. »Wer vor Tagesanbruch aufsteht und bis nach Sonnenuntergang arbeitet, hat keine Zeit für Gefühlsduseleien. Die belasten bloß das Gemüt und trüben den klaren Verstand.«

So war meine Maman.

Die meisten verheirateten Frauen im gebärfähigen Alter befanden sich entweder im oder vor dem Kindbett – oder kurz danach. Alljährliche Schwangerschaft war üblich bei allen, die entweder kirchenhörig waren, das heißt nichts gegen eine Empfängnis unternahmen, oder Hemmungen hatten, sich bei Bedarf »helfen« zu lassen; manche waren auch einfach zu nachlässig und nahmen es, wie es kam; so wie sie auch ein Gewitter oder Schneefall ertrugen. Andere wiederum waren einfach zu beschränkt, um sich über das verträgliche Maß ihrer Kinderzahl den Kopf zu zerbrechen – bei nicht wenigen traf alles miteinander zu.

Großes Glück hatte, wer von fünfen zwei ins Erwachsenenalter brachte. Die Pocken wüteten, aber auch Schwindsucht, Wechselfieber und Blutvergiftung dezimierten den Nachwuchs.

Natürlich betrauerten die Eltern ein totes Kind, aber meist war die Mutter bereits wieder gesegneten Leibes und richtete ihre Gedanken auf das neue Lebewesen.

Der schlechten hygienischen Verhältnisse wegen starben viele Frauen im Wochenbett. So war es keine Seltenheit, wenn ein Mann im Laufe seines Lebens auf drei oder vier Ehefrauen kam.

»Komm zu uns, wenn du willst, und besuch dein bébé«, brummte Èmile, »du bist immer willkommen. Wer weiß, später kommt der kleine Jacques vielleicht nach Versailles und wird Pferdeknecht beim König.«

Neuerdings machte ein vornehmer Herr viel von sich reden: der berühmt berüchtigte Marquis Donatien, Alfonse François de Sade. Mütterlicherseits war er mit meiner Herrin verwandt und diese schätzte ihn als klugen und gebildeten Mann.

Bereits in jungen Jahren führte der Marquis einen höchst liederlichen Lebenswandel, unterschied sich aber dabei nicht von allen anderen Kavalieren des Ancien Régime.

Sein Vater hatte ihn in eine Ehe gezwungen, gegen die er sich mit aller Gewalt gesträubt hatte. Er liebte die jüngere Tochter eines Gerichtspräsidenten, aber dessen ältere Tochter musste zuerst unter die Haube gebracht werden. Und der auserwählte Bräutigam war de Sade.

Dieser Sachverhalt diente ihm später immer als Vorwand für seine zahllosen, perversen Ausschweifungen. Jahre musste er in der Bastille sowie in anderen Zuchthäusern verbringen, die letzten Jahre seines Lebens sollte er gar in einer Irrenanstalt zubringen.

De Sade war ein gut aussehender Mann voll Charme und Esprit, mit Intelligenz und großer Bildung. Auf Frauen übte er eine faszinierende Wirkung aus. Als er durch die Revolutionswirren seiner Schlösser und Güter verlustig gegangen war, verdiente er seinen Lebensunterhalt mit dem Verfassen von Komödien.

Am bekanntesten waren seine beiden Romane »Justine« und »Juliette«; im Ganzen zehn Bände, die ich alle gelesen habe. Er hatte sie im Gefängnis geschrieben und da er keine Möglichkeit hatte, seine Triebe im Kerker auszuleben, dachte er sich die abstrusesten Gräueltaten aus.

Wegen Entführung seiner Schwägerin und Ehebruchs saß er lange in der Bastille. Das war in der Tat unüblich, hatte er doch etwas getan, das bei der vornehmen Gesellschaft fast Normalität war.

Die Lösung war einfach: Er war Revolutionär aus Überzeugung – und sagte dies auch frei heraus. Er hatte nun einmal eine Abneigung gegen Thron und Altar und war ein eingefleischter Republikaner.

Bei der späteren Erstürmung der Bastille war es nur Zufall, dass er sich nicht bei den wenigen »Opfern« der Bastille befand. Man hatte ihn zwei Tage vorher in ein anderes Gefängnis verlegt.

Er war der einzige Aristokrat, den die Radikalen später in ihren eigenen Reihen duldeten.

»Oh, sieh mal, Julienne, ma Chère, was mein Cousin de Sade wieder zu Papier gebracht hat«, rief Madame Francine und schwenkte das Hetzblatt »Ami du Peuple«.

»Franzosen, Landsleute, Mitbürger. Wenn ihr euch weiterhin unter das Joch, die Tyrannei und den Despotismus der Pfaffen beugen wollt, dann seid ihr gar nicht würdig, freie Bürger eines freien und sozialen Staates zu sein, sondern müsst euch eben weiter euer ganzes Leben lang vom Pfaffendespotismus knechten, verdummen und zu Tieren degradieren lassen …«

Da Herr de Sade niemals ein Blatt vor den Mund nahm, verfasste er später ein boshaftes Gedicht auf Josephine Beauharnais und Monsieur Barras. Napoleon Bonaparte erkannte ihn als gefährlichen politischen Gegner. Er ahnte, dass de Sade durch die Verhöhnung Josephines eigentlich das neu errichtete Kaisertum treffen wollte. Napoleon verschaffte dem adligen Querkopf Gelegenheit, darüber nachzudenken, wie gefährlich es war, die Frau des Kaisers bloßzustellen. Das Thema des Gedichts beruhte nämlich auf Wahrheit.

Und Napoleon I. fand eine geniale Lösung. Er ließ den Marquis für verrückt erklären, in Charenton ins Irrenhaus sperren, wo er bis zu seinem Tod blieb, und seine Romane verbieten als angebliches Attentat eines Geisteskranken auf die nationale Sittlichkeit. Dieser Geniestreich war in der Tat einzigartig: De Sade war aus dem Verkehr gezogen; als Irren brauchte man ihn nicht ernst zu nehmen und der Kaiser war einen höchst lästigen Republikaner los.

KAPITEL 38

Anfang Mai des Jahres 1787 kehrte ich an den Hof zurück, überschwänglich begrüßt von Madame Francine, Demoiselle Hélène und den anderen aus der Dienerschaft – und heiß begehrt von Julien, der sich sehr über unseren Sohn freute. Er versprach mir, beim nächsten Besuch in Plancy dabei zu sein und den Zieheltern seines Kindes eine ordentliche Summe an Kostgeld dazulassen.

Die kleine Sophie, die Jüngste des Königspaares, rang mit dem Tode. Am 19. Juni des Jahres erlosch das zarte Flämmchen. Die Königin war tieftraurig und zog sich mit ihrem Gemahl und dessen Schwester nach Schloss Trianon zurück, um zu trauern.

Aber auch die Gesundheit des ältesten Sohnes gab zu größter Sorge Anlass. Der Dauphin kränkelte vor sich hin und seine Rückgratverkrümmung verhinderte, dass der Knabe wie ein normales Kind spielen und herumtoben konnte. Seine spindeldürren Beinchen wurden immer schwächer und meistens saß oder lag er auf einem weichen Diwan, die verbogene und kraftlose Wirbelsäule gestützt von vielen Daunenkissen.

Nach der Geburt meines Sohnes hatte sich mein Appetit auf »Liebe« verstärkt und ohne meinem Liebsten Julien wehtun zu wollen, sah ich mich nach einem zusätzlichen Liebhaber um. Von einem jungen Reitknecht Seiner Majestät erzählte man sich wahre Wunderdinge, was Ausstattung und Ausdauer anbelangte.

Es fiel mir nicht schwer, seine Aufmerksamkeit zu erregen. Die Mutterschaft schien mich attraktiver gemacht zu haben. Der junge Mann, Gaston mit Namen, vollzog die Vereinigung grundsätzlich a tergo, wie er es bei den Pferden und den Jagdhunden des Königs täglich sah.

Das war zwar etwas seltsam, hatte aber zweifellos auch Vorteile. Sein Gesicht war nicht gerade das eines Apolls und wenn man nicht sah, wer einem da gerade die größten Wonnen bereitete, konnte man sich vormachen, es wäre der eigene Mann. Das Gefühl, jenen zu betrügen, verringerte sich so erheblich.

Wir verabredeten uns stets an sehr diskreten Orten; mein liebster Julien sollte auf keinen Fall gekränkt werden – ich wollte mir doch nur ein kleines Vergnügen nebenbei gönnen.

Und es war ein Vergnügen, mon Dieu. Gastons Hosen beulten sich in meiner Gegenwart ständig auf unverschämte Weise aus.

»Jeder kann sehen, woran du gerade denkst«, kicherte ich entzückt, wenn er meine Hand ergriff und auf seinen Hosenlatz legte. Was sich unter dem derben Stoff verbarg, fühlte sich äußerst verheißungsvoll an und ich konnte kaum erwarten, Gastons mächtige, pulsierende Rute in mir zu spüren. Er war in der Tat wie ein Hengst gebaut und wenn er mich umdrehte, gegen eine Kommode oder gegen die Hafersäcke im Stall lehnte, mir die Röcke hob und von hinten mit einem mächtigen Stoß in mich eindrang, blieb mir beinahe die Luft weg.

Gaston war eine Offenbarung. Er schien mich ganz auszufüllen bis oben unter meine Schädeldecke. Und mit jeder Bewegung fachte er das Feuer in meinem Unterleib noch mehr an. Gaston besaß einen Zauberstab, welcher im Stande war, mich in den siebten Himmel zu katapultieren.

Eine schon etwas ältere Dienstmagd meinte: »Wenn man Gaston gehabt hat, fragt man sich, was andere Männer eigentlich in der Hose tragen.«

Nach jedem Rendezvous mit ihm war ich hoch befriedigt und schon wieder begierig auf das nächste Mal, welches in der Regel nicht lange auf sich warten ließ. Jede Frau sollte einmal in ihrem Leben das große Glück haben, einen Gaston als Liebhaber zu erleben.

Die Monarchie befand sich in der Krise und der König war unfähig, gegenzusteuern. Ludwig erschien wie das Kaninchen vor der Schlange: gelähmt vor Furcht, unentschlossen wie eh und je. Neuerdings sah man ihn oft mit Tränen in den Augen. Dann wandte er sich an seine Gemahlin – ausgerechnet – und bat sie um Rat und Hilfe. Auf dem Land sagten wir dazu: »Ein Esel gesellt sich zum anderen Langohr.«

Was jetzt dringend Not tat, waren andere Qualitäten als jene, über welche die Königin verfügte: Führungspersönlichkeit und Durchsetzungskraft auch bei unpopulären Maßnahmen. Neuerdings war wieder eine wahre Sintflut von Pamphleten in Umlauf. Madame Adelaide, eine boshafte alte Jungfer, die sich mittlerweile mit ihrer Schwester Victoria nach Schloss Bellevue zurückgezogen hatte, gönnte sich das besondere Vergnügen, alle Verleumdungen Antoinettes zu sammeln. Sie häufte so viel bösartigen Klatsch wie möglich an, um ihn dann am Hof weiter zu verbreiten. Scheinheilig behauptete sie: »Ich sehe es als meine Christenpflicht an, die Königin über alle Gerüchte zu informieren. Sie hat ein Recht darauf.«

Ludwigs Bruder, der Graf de Provence, hatte gleichfalls seinen Spaß daran. Mit ungeheurem Pomp trat er eine Reise quer durch Frankreich an und ließ sich dabei von den Untertanen seines königlichen Bruders huldigen, als wäre er der gesalbte Monarch.

Voll Unmut warf meine Herrin ein Brokatkissen in die Ecke. »Diese Parasiten halten die frivolen Feste, wobei übrigens der Herr de Provence oft persönlich anwesend war, auch nach Jahren noch der Königin vor, um Antoinette in Verruf zu bringen. Eine feine Verwandtschaft, in der Tat.« Die Königin hatte von ihren ehemals sechshundert Dienern ein Drittel entlassen; ferner hatte man zwei Schlösser verkauft: Schloss La Muette und Schloss Choisy. Längst gab es am Hof keine Bälle und keine Glücksspiele mehr.

Trotzdem musste Graf Mercy seinem Kaiser berichten:

»Die königlichen Majestäten wissen nicht mehr, wovon sie die geringsten Ausgaben bestreiten sollen.«

»Ich wüsste beim besten Willen nicht«, jammerte die Königin, »wo wir noch den Rotstift ansetzen sollten. Soll der König etwa schlichter leben als einer seiner Untertanen?«

KAPITEL 39

ALS ICH DAHEIM in Plancy zur Entbindung war, hatte ich mich natürlich auch nach dem Danton-Sprössling Georges erkundigt.

»Sein Großvater, Père Danton, hat doch tatsächlich noch einmal geheiratet, der alte Narr«, erzählte schmunzelnd mein Stiefvater Émile. »Er ist über achtzig, aber seine Neue ist eine Frau von knapp vierzig. Er sieht fast nichts mehr und mit dem Laufen hapert es auch, aber sonst ist angeblich noch alles in Ordnung mit ihm.«

Und Babette, seit kurzer Zeit durch mich Großmutter, fügte kichernd hinzu: »Père Danton fühlt sich immer noch wie ein junger Bulle – sagt er. Ob seine Frau was davon merkt, weiß ich nicht, aber zuzutrauen ist es dem alten Bock.«

»Und was hört man von Jacques-Georges, seinem Enkel?«, fragte ich neugierig.

»Je nun, den sieht man fast gar nicht mehr; er ist ein viel beschäftigter Mann geworden«, erwiderte Émile. »Sein Großvater hat stolz erzählt, dass er sein Abschlussdiplom ›Licencié en Droit‹ in Paris gekriegt hat. Er hat dann noch ein Studium draufgesetzt, denn bloß Anwaltsgehilfe war ihm zu gering. Er ging noch an die Universität in Reims und ist seitdem ein richtiger Advokat; einer von sechshundert in Paris.«

Aha. Die Sache mit dem Theologiestudium hatte er also abgebogen.

»Eine eigene Kanzlei hat er auch«, mischte sich eine gerade anwesende Nachbarin ein, die gekommen war, um mir zu meinem Sohn zu gratulieren, »in der Rue des Mauvaises Paroles, einer schmalen Gasse in einem alten und finsteren Viertel, rechts von der Seine gelegen. Aber ein Anfänger kann noch keine großen Ansprüche stellen; er muss sich erst hocharbeiten.«

»Seinen ersten Fall hat er schon grandios gelöst«, ergänzte meine Mutter. »Das war der Streitfall eines armen Schäfers gegen den Grundherrn seines Dorfes. Der junge Danton hat dem armen Teufel zum Sieg gegen den Baron verholfen. Aber trotzdem rennen ihm die Klienten nicht gerade die Türe ein. Wie man hört, soll er recht bescheiden leben.«

Ich nahm mir vor, bei einem meiner nächsten Ausflüge nach Paris, den »kleinen Georges« aufzusuchen.

Eine Mitfahrmöglichkeit von Versailles nach der Hauptstadt und zurück fand sich allemal. Ein ununterbrochener Strom von Kutschen, Berlinen, Kaleschen, Diligencen, Karossen und Lastfuhrwerken bewegte sich zwischen beiden Orten hin und her und ich hatte noch immer einen Sitzplatz entweder neben dem Kutscher auf dem Bock, auf der Ladefläche eines Wein- oder Holzfuhrwerkes oder im Inneren einer Kutsche gefunden, wo ich mancher Hofdame die Zeit vertreiben half, indem ich Klatschgeschichten erzählte.

Die meisten kannten mich und wussten, dass ich in Diensten der Gräfin du Plessis stand, der Gouvernante der königlichen Kinder und Vertrauten der Königin. Jeder erwartete, intime Details aus dem Leben Antoinettes von mir zu erfahren, aber ich hütete mich wohl, irgendetwas über die Herrscherfamilie zu verbreiten. Erstens wusste ich nichts Ehrenrühriges über die Königin und sagte das auch laut, obwohl es gewiss nicht das war, was die Leute von mir hören wollten. Und zweitens gehörte ich nicht zu denen, welche die Hand bissen, die sie fütterte.

Indirekt profitierte ich doch von der Großzügigkeit Antoinettes gegenüber meiner Herrin.

Ich unterhielt die Herrschaften lieber mit pikanten Geschichtchen von adligen Damen und Herren. Da hatte ich keinerlei Bedenken und erzählte wild drauflos.

»Lassen Sie hören, meine Liebe, was gibt es Neues?«, fragte mich Madame de Tambour und lehnte sich erwartungsvoll in die Kissen ihrer eleganten Kalesche zurück. Sie fuhr nach Paris zu ihrem Perückenmacher und hatte sich gerne bereit gefunden, mich mitzunehmen. Der Wagen hatte sich kaum in Bewegung gesetzt, da begann ich schon.

»Die Marquise de Voldure hat ein Liebesverhältnis mit ihrem Halbbruder, dem Chevalier de Printemps. Davon wissen wir alle, mit Ausnahme ihres Ehemannes, der ihr zwar alles Mögliche zutraut, aber doch, mon Dieu, keinen Inzest. Auch vor ihren Gästen scheut sich die Dame nicht, mit dem jungen Mann mehr als geschwisterliche Zärtlichkeiten auszutauschen – ich selbst war am letzten Dienstag Zeuge, wie Madame de Voldure im Schutze des langen Tischtuchs ihre Hand in der Beinkleidung ihres Geliebten auf Wanderschaft gehen ließ.

Den anschließenden Abend im Salon verbringt die Marquise üblicherweise auf dem Schoß des Chevaliers sitzend, mit ihm kosend und ›lieber Bruder hier und liebstes Brüderlein da‹ schmachtend. Und ihr Gatte sitzt gutmütig lächelnd dabei.

Neulich nahm sie ihren Liebsten mit auf eine längere Reise. Ein Diener hinterbrachte anschließend seinem Herrn, dass die Frau Marquise in den Gasthöfen unterwegs stets nur ein Zimmer mit einem Bett verlangt habe. Ihr Gatte stellte sie notgedrungen daraufhin zur Rede; er schien nun doch ein wenig irritiert.

Aber Madame de Voldure kennt schließlich ihren Esel von Mann.

›Aber, Monsieur, weshalb tadeln Sie mich? Ich bin eine sparsame Hausfrau und wollte am Pensionspreis und an der Bettwäsche sparen. Sie sollten mich loben, Monsieur, dass ich die Unbequemlichkeit ertragen habe, mit einem so unruhigen Menschen wie meinem Bruder zu schlafen.‹

Und ob Sie es glauben oder nicht«, fügte ich hinzu, »der Marquis de Voldure glaubte der schamlosen Lügnerin. Und nicht nur das, nein. Er preist sie seitdem als Muster an hausfraulicher Tugend.«

Nun, ich wusste aber nicht nur Lustiges zu erzählen.

»Eine Gräfin des Toussaints hatte mit zwanzig Jahren einen um zehn Jahre älteren Mann geheiratet, der sie nicht liebte, sie aber ihrer ansehnlichen Mitgift wegen zur Frau nahm.

Kurz nach der Hochzeit verschwand die junge Frau und ihr Gatte erklärte, seine Gemahlin habe Verwandte in Amerika aufsuchen wollen. Er hätte sie nicht von ihrem Vorhaben abbringen können. Aber ihre vertraute Dienerin und ehemalige Amme, eine vertrauenswürdige Person in mittleren Jahren, sei ihre Begleiterin und würde die junge Gräfin im nächsten Jahr wieder heil zurückbringen. Niemand bezweifelte den Wahrheitsgehalt dieser Aussage.

Nach einem halben Jahr lief der Graf plötzlich mit tiefschwarzer Kleidung umher. Als sich Bekannte nach dem Grund erkundigten, berichtete der Ehemann unter Schluchzen, ein Schiff aus Übersee habe ihm durch einen Passagier die Meldung überbracht, die Verwandtschaft seiner Gattin bedauere unendlich, ihm mitteilen zu müssen, dass beide Damen das Opfer eines Indianermassakers geworden wären.

Der untröstliche Gatte konnte der Anteilnahme aller Freunde und Verwandten sicher sein. Nach Beendigung des Trauerjahres heiratete er eine Frau aus dem Süden, die zwar kein Geld hatte, welcher er aber mit Haut und Haaren verfallen war.

Nach fünf Jahren verstarb sie zu seinem maßlosen Kummer

an den Pocken und der Witwer behalf sich mit Prostituierten; bis ihn auf einem Jagdausflug der Schlag traf.

Da keine leiblichen Erben vorhanden waren, ließen die Behörden das Schloss begutachten, ob es sich vielleicht als Gefängnis oder als Irrenanstalt für geistig gestörte Personen aus Adelskreisen eignen würde. Und dabei machte man eine grausige Entdeckung im obersten Geschoss des Schlossturms. In einer verschlossenen Kammer mit einem winzigen Fensterchen, eher einer Lüftungsklappe, lagen die mumifizierten Körper zweier Frauen auf einem Bett.

Es handelte sich um die erste Gattin des Grafen und ihre Amme. Beide Damen hatten niemals das Schloss verlassen, um nach Amerika zu segeln, wo im Übrigen die junge Frau gar keine Verwandten besaß.

Kratzspuren von Fingernägeln an der Innenseite der dicken Eichenbohlentüre zeugten von dem vergeblichen Versuch der beiden Unglücklichen, aus ihrem Gefängnis zu entfliehen. Die winzige Fensteröffnung oben, fast unter der Balkendecke, hatten sie nicht erreichen können, um sich durch Schreie bemerkbar zu machen. Aber an der Wand hinter dem Bett hatten sie eine Botschaft hinterlassen. Mit Blut aus ihren verletzten Fingerkuppen hatten sie einen Fluch auf die weiß getünchte Mauer geschrieben:

›Toussaints, Mörder! Gott wird dich strafen.‹ Gleich einem Menetekel war der Satz noch nach drei Jahrzehnten nicht verblasst.

Der Turm war sehr hoch und auf dieser Seite des Schlosses ging es steil hinab in den Schlossgraben, sodass ihre Hilferufe ungehört verhallten. Entkräftet legten sich die armen Frauen zusammen auf das Lager. Die Amme hatte die Jüngere schützend in ihre Arme genommen und so waren beide gestorben an Hunger, Durst und Kälte.«

Mittlerweile hatten wir unser Reiseziel erreicht und ich bedankte mich bei Madame de Tambour für die Mitfahrgelegenheit, während sie sich entzückt zeigte über die kurzweilige Fahrt, auf welcher ich sie so trefflich unterhalten hatte.

Wieder einmal hatte ich mir das Quartier Latin vorgenommen. Das »lateinische Viertel« hatte es mir angetan. Eines der berühmtesten Speiselokale von Paris ist der »Tour d'Argent«, ein Restaurant, welches bereits seit dem Ende des 16. Jahrhunderts im Quartier Latin besteht.

Angeblich soll in diesem Silber- oder Geldturm König Heinrich IV., der oft und gerne dort speiste und trank, von florentinischen Kaufleuten im Gebrauch der bis dahin am französischen Hof unbekannten Gabel unterwiesen worden sein. Andere behaupten, seine Schwiegermutter, Katharina von Medici, habe die Gabel bereits nach Paris gebracht; aber die Geschichte über Heinrich ist die schönere und wird deswegen von den Parisern für wahr gehalten.

Die reich gekleideten Herren aus Florenz erkannten den dort inkognito weilenden König nicht und behandelten ihn zwar freundlich, aber doch ein wenig herablassend. Ehe der Wirt den Mund auftun konnte, nahm ihn Heinrich beiseite: »Halte Er ja Sein Maul«, raunte der als geizig bekannte Monarch dem Tour-d'Argent-Besitzer zu, »sonst erwarten die Kerle bloß noch ein königliches Geschenk von mir. So geben sie sich mit meinem Dank zufrieden.« Diese köstliche Mär erzählte der jetzige Wirt jedem neuen Gast.

KAPITEL 40

In Versailles war nach längerer Zeit wieder ein Ball angesagt. Die Hofleute freuten sich darauf, denn heutzutage war das ein schöner Zeitvertreib. Ältere Höflinge erzählten, dass die Bälle zu Anfang unseres Jahrhunderts, in der so genannten »Barockzeit«, keine echten Tanzvergnügen waren. Ein strenger Zeremonienmeister bestimmte damals das Paar, welches tanzen durfte. Diese beiden Erwählten schritten zu getragenen Melodien im feierlichen Rhythmus über das Parkett, während alle anderen gelangweilt zuschauten. Bei den Bällen der Königin durfte sich jedes Paar im Tanze wiegen.

Auch in der Mode hatte sich seitdem einiges verändert. Die schweren, steifen Stoffe der Barockzeit waren passé, das Ganze zeigte sich im so genannten »Rokoko« verspielter und graziöser.

Bereits unter der Marquise de Pompadour präsentierte die Mode das tiefe Dekolleté, um den Hals eine verspielte Krause oder ein Samtband mit Blüte, die Taille war mit vielen Schleifen garniert. Die Ärmel lagen eng an und endeten am Ellbogen in üppigem Spitzengeriesel.

»Frau von Pompadour und unsere Königin Marie Antoinette sind die modisch bedeutendsten Damen unserer Zeit«, war die einhellige Meinung aller Damen, die etwas davon verstanden.

Man schminkte sich mit weißem Reispuder; umso wichtiger war das Rouge als belebender Gegensatz. En vogue waren auch die »Mouches« – schwarze Schönheitspflästerchen, welche man sich dekorativ ins Gesicht klebte. Die Herren schminkten sich ebenso, die meisten jedenfalls.

Die Stofffülle der Röcke wurde durch fünf Eisenreifen gestützt, welche untereinander mit Wachstuch verbunden waren. Später ersetzte man das schwere Eisen durch Rohr- oder Fischbeinreifen. Bei dem ungeheuren Bedarf – mittlerweile waren es schon acht Reifen je Rock – blühte der Walfischfang.

Das Gestell aus Rohr- und Korbgeflecht nannte man »panier«. Das bedeutet »Hühnerkorb« und dieser stützte die gesamte Robe. Vorne blieb sie offen, um die duftigen Rüschen und zarten Spitzen des Unterkleides sehen zu lassen.

Der Schnürleib war ein spezielles Marterinstrument. Viele Damen, die sich abends in Gesellschaft zeigen wollten, fingen bereits am Morgen an, sich schnüren zu lassen, von Viertelstunde zu Viertelstunde ein klein wenig enger.

»Kein Wunder, dass die junge Antoinette sich diesem Diktat anfangs nicht hatte unterwerfen wollen«, erinnerte sich Madame Francine an jene Zeit, als die kleine Dauphine gerade an den Hof gekommen war. »Erst nach energischen Vorhaltungen ihrer Mutter aus Wien war sie bereit gewesen, sich diesem ungesunden Modediktat zu beugen.«

»Eine Dame ohne Korsett ist keine Dame«, hatte die Kaiserin ihre aufmüpfige Tochter zurechtgewiesen. Seltsamerweise fertigte man die Unterwäsche im Allgemeinen aus Samt. Unterhose und Hemd wechselte man nur einmal im Monat; die Leibwäsche war dafür verschwenderisch mit Spitzen besetzt. Badezimmer kannte man in Frankreich noch nicht, eine Tatsache, die englische Aristokraten stets spöttisch betonten. Zum Waschen begnügte man sich mit kleinen Schalen und war lieber großzügig im Gebrauch von Parfüm. Wer eine Badewanne besaß und diese auch benützte, galt als sehr extravagant.

Als ich als junges Ding nach Versailles gekommen war, lernte ich die »grattoirs« kennen und wusste zuerst nicht, was es mit diesen auf sich hatte. Die kunstvollen Haaraufbauten mussten bis zu einem Monat lang halten: Daher bedienten sich die Damen dieser langen Kopfhautschaber, versehen mit zierlichen Händchen aus Elfenbein. Das Kratzen war auch in Gesellschaft erlaubt, da die Kopfhaut schrecklich juckte.

Die Riesenreifröcke waren eigentlich dem Adel und dem Hof vorbehalten. Aber in Paris war man tolerant; wenn es sich ein Kammerkätzchen leisten konnte, durfte es auch im Reifrock zum Einkaufen auf den Markt gehen.

Bei Stoffen verwendete man Seide, Damast und Brokat in zarten Pastelltönen. Die leichten und duftigen, englischen Gewebe Musselin, Batist und Linon wurden modern. Im Jahre 1776 waren erstmals »Couriers des Modes« erschienen.

Diese vermittelten ein genaues Bild der geltenden Mode und nicht nur die Damen, auch die Herren erwarteten diese Modevorschriften. Vor allem die Herren am Hof mussten unbedingt erfahren, dass Streifen bei Jacketts modern waren, die Kniehose, die seidene culotte, hauteng wie ein Handschuh geschnitten sein musste und der letzte Knopf des Jacketts offen zu bleiben hatte. Die Absatzhöhe der Schuhe konnte über Karrieren entscheiden.

KAPITEL 41

Bei einem meiner Streifzüge durch das alte Paris geriet ich in die Gegend der Rue du Temple. Hier waren eine Menge Trödler zu finden, von denen mindestens jeder zweite das Geschäft der Hehlerei betrieb. Diese Profession schien recht einträglich zu sein, ganze Sippen lebten davon.

Die Passage de la Brasserie stieß auf der einen Seite auf die Rue-Saint-Honoré und auf der anderen auf den Cour Saint-Guillaume.

In der Mitte dieses finsteren Gässchens stand ein Haus mit einem Schild über der verwitterten Haustüre:

»Hier möblierte Zimmer und Schlafkabinette zu vermieten.«

Ich betrat das nicht sehr einladend anmutende Haus und befand mich in einem düsteren Hausflur. Rechts führte eine Tür in einen kleinen, gemütlichen Raum, in welchem sich für gewöhnlich der Vermieter und Besitzer aufhalten sollte. So hatte es mir Julien wenigstens beschrieben.

Der Hausherr hieß Monsieur Pierre Hubert Lagrange und war angeblich ein weitschichtiger Onkel meines Geliebten. Ich sollte dem Alten ein Päckchen zu seinem Geburtstag übergeben mit den besten Grüßen von seinem Neffen Julien.

Jeder nannte den Alten »Père Cigogne«. Er handelte mit Alteisen, im Geheimen aber kaufte und verkaufte er Metalle wie Blei, Kupfer, Zinn, Messing, Silber und hin und wieder auch Gegenstände aus Gold.

Père Cigogne tätigte auch mit Gaunern Geschäfte und nahm Waren an, deren Herkunft mehr als zweifelhaft war. Dennoch lernte ich den alten Mann im Laufe der Zeit lieben und schätzen.

Der »Onkel« Juliens war zwischen fünfzig und sechzig, klein und leicht verschrumpelt, hatte aber pfiffige, schwarze Äuglein und ein lebhaftes, verschmitztes Wesen.

Ob Sommer, ob Winter, er trug stolz eine Mütze aus dem Fell eines Waschbären, welche ihm Freunde aus Übersee mitgebracht hatten, dazu einen verschossenen, blauen Überrock.

»Er macht auf arm, in Wahrheit hat das alte Schlitzohr ein Vermögen an Bargeld angehäuft und nennt eine elegante Villa mit Garten auf dem Land sein Eigen«, hatte mir Julien anvertraut, »und Reitpferde hat er auch. Sogar eine Kutsche besitzt der Alte.«

Als ich an seiner Stubentür anklopfte und zum ersten Mal sein Domizil betrat, betrachtete er mich neugierig, aber durchaus wohlwollend und fragte:

»Na, Marienblume, haste Rost oder Bläres?«

Ich schaute etwas verdutzt, da ich kein Wort verstanden hatte. Ich stellte mich vor, überbrachte die Grüße seines Neffen und gab ihm das kleine Paket. Der Alte, der haargenau so aussah, wie mein Liebster ihn beschrieben hatte, bot mir einen Stuhl an – aber diesmal in Französisch.

Als ich ihm verriet, dass er durch mich zum Großonkel eines prächtigen Knaben geworden wäre, war er ehrlichen Herzens erfreut. Ich avancierte umgehend zu seiner »Nichte« und musste unbedingt einen »Zinken Blenkert« mit ihm leeren.

Dies war ein Schoppen Wein und abgesehen von seiner Begrüßungsfrage meine erste Begegnung mit dem Jenischen, einer Gaunersprache ähnlich dem Rotwelschen.

»Ich möchte aber doch wissen, was Sie zu mir gesagt haben, Monsieur, als ich zur Tür hereinkam«, insistierte ich und er übersetzte:

»Ich habe gefragt: Na, Jungfer, hast du Eisen oder Kupfer?«

Diese seltsame Sprache faszinierte mich und ich sollte an diesem Tag noch mehr davon zu hören kriegen. Ein noch jüngerer Herr mit seidenen Kniehosen, den »culottes« der Adligen, einer kleinen Perücke auf dem Kopf und mit Schminke im Gesicht, war bei Père Cigogne aufgetaucht. Es war überraschend, mit welcher Gesellschaftsschicht Juliens Onkel Umgang pflegte.

Der Herr betrachtete mich mit leisem Misstrauen, aber nachdem Monsieur Cigogne ihm versichert hatte, dass von der

Krönerin (Frau) seines Neffen keine Gefahr drohte, begannen die beiden Männer eine lebhafte Unterhaltung.

Ich war entzückt von dem Dialog der beiden, obwohl ich damals so gut wie nichts begriff. Als der Zimmervermieter und Alteisenhändler seinem Gast ebenfalls einen Zinken Blenkert (Schoppen Wein) anbot, meinte der: »Ich würde jetzt lieber ein Gefinkel schwächen (Schnaps trinken) auf unseren Schurimann (Messerstecher), dass er nicht allzu sehr bausert (Angst hat), wenn er in den Korb niest (wenn ihm der Kopf abgeschlagen wird).«

Darauf holte Père Cigogne die Branntweinflasche und ein Glas aus einem Schränkchen. Er reichte dem Herrn das Gefinkel, wobei er tiefsinnig dreinschaute und die durch nichts zu widerlegende Weisheit gelassen aussprach: »Früher oder später holchen wir alle zum Bäcker (gehen wir alle zum Teufel).«

Dies blieb nicht mein letzter Besuch bei dem Alten mit der Waschbärenfellmütze. Später zeigte er mir seine privaten Wohnräume. Da konnten einem die Augen übergehen und es war offensichtlich, dass Père Cigogne noch eine andere Profession betrieb als jene, die er zur Tarnung vorschob.

Die politische Lage wurde nach Auflösung der Versammlung der Notabeln und der Weigerung der Pariser Parléments, Reformen durchzuführen, noch aussichtsloser. Anzeichen der Unzufriedenheit fanden sich in den neu gegründeten politischen Zirkeln, auf den an die Mauern geklebten Flugblättern und bei den Massenveranstaltungen, die man nun in ganz Frankreich abhielt. Eine besondere Rolle fiel dem Cousin Ludwigs, dem Herzog von Orléans, zu, der es immer verstand, sich beim Volk beliebt zu machen.

»Intelligent ist er nicht, aber gerissen und verschlagen. Sein Mäntelchen hängt er immer nach dem Wind, dieser Spross einer Seitenlinie der Bourbonen. Disziplin und Aufrichtigkeit sind fremd für ihn. Er ist ein Mann ohne Geist und Charakter«, beurteilte ihn nicht nur meine Herrin.

In den politischen Wirren der achtziger Jahre versuchte er, nach der Macht zu greifen, und ahnte nicht, dass er nur eine Marionette war, die man eine Weile ihre Rolle spielen ließ.

Der Aufenthalt in Paris wurde immer gefährlicher. Wütende Menschen rotteten sich auf Straßen und Plätzen zusammen. Wehe allen, die ihnen dabei im Wege waren.

»Der allgemeine Verdruss sucht sich ein Ventil«, sagte Père Cigogne. Mittlerweile kam es jeden Tag vor, dass der Pöbel Kutschen anhielt, die Kutscher und Lakaien bedrohte und die aristokratischen Insassen beleidigte.

»Neuerdings sind sogar auf offener Straße Spottlieder über ›Ludwig den Verrückten‹ und ›Madame Defizit‹ zu hören«, berichtete ich Madame Francine. Dass Majestätsbeleidigung die Behörden nicht mehr interessierte, war ein ernstes Anzeichen des Verfalls der Monarchie.

Ende des Jahres 1787 wurde der erst sechzig Jahre alte Leitende Minister, Kardinal Loménie de Brienne, sehr krank. Er hustete Blut und sein Atem ging pfeifend. Auch mit dem König hatte der Kardinal Schwierigkeiten; der Monarch war ein schwankendes Rohr im Wind und geraden Kurs zu steuern war seine Sache nicht. Einerseits zu zaghaft, ließ er sich viel zu viel gefallen, andererseits benahm er sich wie ein Elefant im Porzellanladen.

De Brienne war ein Mann der Aufklärung, ein Anhänger der Philosophen Voltaire und Rousseau. Er erkannte, dass die verkrusteten Strukturen den Erfordernissen der Neuzeit nicht mehr gerecht wurden. Der fortschrittlich gesinnte Kirchenmann besaß großes Geschick in allen Bereichen von Gesetz und Verwaltung. Was ihm aber fehlte, war die Fähigkeit, Aufgaben zu delegieren. Wer alles selber erledigen will, muss letztlich scheitern.

Die Gräfin de Monastir, eine sehr gebildete Dame, drückte es deutlich aus: »Die Skrupellosigkeit, welche zu allen Zeiten große Politiker ausgezeichnet hat, mangelt ihm vollkommen – darin ähnelt er seinem Herrn, dem König.«

Beim Volk sich beliebt zu machen, hatte er ebenfalls nicht geschafft, im Gegenteil: In zahlreichen Pamphleten wurde er lächerlich gemacht. Später hassten ihn die Massen sogar.

Er schien der Einzige zu sein, dem die militärische Ohnmacht Frankreichs Sorge machte. Früher war unser Land einer der mächtigsten Staaten Europas gewesen. Und heute? Ein zahnloser Löwe. Im September 1787 waren die Preußen dreist über die niederländische Grenze marschiert und hatten im Nu die Niederlande besetzt.

»Frankreich ist zu arm, um Soldaten in die Niederlande zu schicken. Wir können den Sold nicht aufbringen«, erklärte der kränkliche Loménie de Brienne dem König, »möge Gott es verhüten, dass wir von einem unserer Feinde direkt angegriffen werden. Ich habe berechtigte Zweifel, dass wir zu einer effektiven Verteidigung überhaupt die Kraft besäßen.«

Außer hilflosem Kopfschütteln fiel Ludwig dazu nichts ein. Er machte sich lieber auf zur Jagd.

Im Jahr davor, also 1786, war Friedrich der Große gestorben und sein Nachfolger auf dem Thron der Preußen, König Friedrich Wilhelm II., schickte nach der erfolgreichen Eroberung der Niederlande den Gesandten Graf von Alversleben nach Versailles.

Was dieser deutsche Edelmann an seinen Monarchen nach Berlin berichtete, verbreitete sich, aller angeblichen Geheimhaltung zum Trotz, mit Windeseile am französischen Hof und außerhalb: »Alles hier ist Zeremonie, förmliche Kleidung, Tünche, Phrasen, nationale Großmannssucht, Flitter und Intrige. Der Inhalt ist immer weniger wichtig als die Form.«

Graf von Alversleben war ein nüchterner Mann, der scharf beobachtete und über die Oberflächlichkeit in Versailles entsetzt war. So konnte man doch kein Land regieren. Da war er vom preußischen Hof anderes gewohnt.

»Frankreich erscheint mir wie ein unerfahrener, junger Mann, den man nicht von seinen Schulden befreien darf, denn je mehr Geld man ihm in die Hand gibt, umso mehr Kredit wird man ihm einräumen, und je mehr er davon Gebrauch macht, desto mehr wird er verschleudern. Für Frankreich ist es genauso unmöglich, Ordnung in seine Angelegenheiten zu bringen, wie Wasser gegen die Strömung fließen kann«, schrieb der Graf nach Hause. »Würden weitere Kredite gewährt, würden Verschwendung, Unordnung, Missbrauch und Dünkel fortbestehen und das Volk würde noch schlimmer zu Boden getreten als bisher.«

In wenigen Wochen hatte Herr von Alversleben erkannt, wie weit die Fäulnis sich in unserem Land verbreitet hatte. Auch von Ludwig XVI. war der Adlige aus Preußen nicht begeistert:

»Seine Majestät lässt leider jeglichen Willen und jede Kraft vermissen, welche nötig wären, um die Missstände am Hof und im Land zu beseitigen und moralische Stärke zu beweisen.«

Der Graf war leider nicht der Einzige, dem das oft peinlich infantile Gehabe des Königs sauer aufstieß.

KAPITEL 42

Graf Honoré de Mirabeau erzählte 1779 auf einem Bankett der Madame de Monnier folgende Begebenheit:

»Vor kurzem traf ich einen Mann, der vor Freude närrisch zu sein schien. Monsieur, rief er, ich habe in dieser Woche ein Amt beim König erworben. Ich bin Hofbeamter der königlichen Tafel. Mein Vetter, ein Offizier, kaufte das Amt des Oberküchenmeisters, mein Neffe das des königlichen Bratenmeisters und man bietet unserer Familie noch eines als königlicher Bratspießdreher an. Aber ich weiß wohl, Monsieur, dass ich das schwierigste Amt auszuüben habe. Beim Großen Essen, der feierlichen Sonntagstafel des Königs, habe ich zu rufen: ›Dem König zu trinken.‹ Aber, wenn man nicht reagiert auf mein Rufen, wenn man dem Herrscher nichts zu trinken bringt, was kann ich dann tun?

Ich habe nicht die Befugnis, ihm zu trinken zu bringen. Der Mundschenk übt diesen ehrenvollen Dienst aus, aber wenn er mir nicht gehorcht, wenn er mich vielleicht gar nicht hört, dann bin ich mein Amt los. Ich wäre ruiniert. Glauben Sie, Monsieur de Mirabeau, dass ich bis zum nächsten Sonntag lernen kann, laut und deutlich auszurufen: ›Dem König zu trinken‹?

Der Mann war in heller Verzweiflung und ich bemühte mich, ihm klar zu machen, dass diese Ämter mehr in der Etikette als in einer inneren Notwendigkeit ihre Begründung haben; dass habgierige Minister sich alle die kleinen Unsinnigkeiten ausgedacht haben, um sich bequeme Einnahmequellen zu sichern. Ich versicherte dem guten Mann, dass er ruhig schlafen könne, weil auch ohne seine Mitwirkung alles erledigt würde, egal wie laut oder leise seine Stimme wäre. Darauf war der Mann hoch beglückt und dankte mir tausendmal.«

»Lächerliche Posten und überflüssige Ämter bei Hofe gibt es zahlreiche«, fügte Madame Sophie de Monnier hinzu, »denken Sie nur an die Tätigkeit der Dame, deren einzige Aufgabe es ist, der Königin beim Kirchgang das Gebetbuch hinterherzutragen, als wäre die Königin zu schwach dazu.«

Auch meine Herrin, Madame Francine, konnte etwas zu dem Unfug beisteuern: »Sie würden es nicht für möglich halten, welche Intrigen um das Amt der »königlichen Taschentuchträgerin« gesponnen wurden. Die Ehre, der Königin auf einem Samtkissen ein in bestimmter Art und Weise gefaltetes Spitzentaschentuch nachzutragen, ließ sich die jetzige Amtsinhaberin eine anständige Summe Geld kosten.« Worauf sich der Graf Mirabeau nicht enthalten konnte, mit lauter Stimme in die Diskussion einzuwerfen:

»Was meine persönlichen Ansichten anbetrifft, sage ich Ihnen allen rundheraus: Krieg den Privilegierten und den Privilegien. Das ist mein Wahlspruch. Die Privilegien sind nur den Königen nützlich, aber sie sind verabscheuungswürdig gegenüber dem Volk. Aber dennoch, allen Mängeln zum Trotz: Gewalttätige Revolutionen würden unser Jahrhundert in barbarische Zeiten zurückschleudern.«

Der Graf war ein beliebter Gastgeber; man traf bei ihm die intelligentesten und am besten gebildeten Damen und Herren; wen er einer Einladung zu sich nach Hause für würdig erachtete, konnte bei ausgesuchten Speisen, hervorragenden Weinen und tiefgründigen Gesprächen, gewürzt mit Scharfsinn und Ironie, einige sehr erbauliche Stunden voller Esprit verleben. Zehn Jahre später, im Jahre 1789 im Mai, soll er Folgendes geäußert haben: »Sie möchten, dass ich eine Vorhersage für die Zukunft gebe? Eine Prognose ist unmöglich. Wenn die Regierung nur ein wenig geschickt wäre, würde der König sich auf die Seite des Volkes schlagen, anstatt dagegen zu wirken. Ihre Unentschlossenheit könnte uns in einen Bürgerkrieg stürzen.«

Dass sich ein Umbruch ankündigte, konnte jeder mit ein wenig Sensibilität bemerken. Auch im eigenen Bekanntenkreis ereigneten sich Dinge, die noch vor einigen Jahren undenkbar gewesen wären. Das unmündige, niedere Volk ließ sich nicht mehr ohne weiteres schlecht behandeln – und erhielt immer häufiger bei Gericht sein Recht.

Der Präsident der Rechnungskammer, Monsieur Tambonneaux, bekam das am eigenen Leibe zu spüren. Eines Abends im Winter bekam er Besuch, der von drei Pagen begleitet wurde, welche Fackeln in den Händen trugen und damit die Vorhalle des Hauses verrußten. Als Monsieur Tambonneaux seinen Gast hinaus begleitete, fielen ihm die geschwärzten Wände ins Auge.

Vor Wut kochend rief er nach seinem Hausverwalter: »La Fontaine, warum haben Sie diese Kerle nicht verprügelt?«

Der Majordomus antwortete: »Monsieur, wo denken Sie hin? Man schlägt die Leute heutzutage nicht mehr. Sie sind fast erfroren in der Kälte hier drinnen. Hätten Sie ihnen erlaubt, ein Reisigbündel im Kamin der Diele anzuzünden, während sie auf ihren Herrn warteten, hätten sie gewiss ihre Fackeln gelöscht und hier wäre kein Schaden entstanden.«

Rot vor Zorn ging der Rechnungskammerpräsident auf seinen Verwalter los. »Was erlauben Sie sich, Unverschämter? Geben Sie mir etwa die Schuld für diese Schweinerei hier? Ich werde Sie auspeitschen.« Und er machte in der Tat Anstalten, gegen La Fontaine gewalttätig zu werden. Aber der Hausverwalter, ein starker und mutiger Mann, packte den Präsidenten an der Kehle und drohte ihm in aller Ruhe: »Monsieur, wenn Sie die Hand gegen mich erheben, erwürge ich Sie. Als ich in Ihre Dienste getreten bin, haben Sie mir zugesagt, mich niemals anzufassen.«

Monsieur Tambonneaux bekam Angst und machte einen Rückzieher. Aber kaum wusste er sich in Sicherheit, schrie er der übrigen Dienerschaft zu:

»Schließt alle Tore und ruft den Polizeiamtmann herbei.« La Fontaine ging auf sein Zimmer und verriegelte seine Tür. Der Amtmann kam und der Hausverwalter erklärte ihm durch die verschlossene Tür hindurch den Sachverhalt.

Wie war der Präsident doch verblüfft, als sich die Staatsmacht auf die Seite seines Angestellten stellte, welcher kurz danach das Haus verließ. Am folgenden Tag schickte La Fontaine seinem ehemaligen Herrn eine Gerichtsvorladung, weil jener ihm den Lohn verweigerte, auf welchen er noch Anspruch hatte. Und Monsieur Tambonneaux wurde zur Zahlung verurteilt.

Ende des Jahres 1788 schrieb die Königin an ihren Bruder, Kaiser Joseph von Österreich: »Bis dato ist es ein sehr ärgerliches Jahr gewesen. Gebe Gott, dass das kommende besser werde.«

Und in der Tat, das Jahr hatte schon miserabel begonnen. Die Delegierten des Pariser Parlements protestierten gegen den, wie sie glaubten, gesetzwidrigen Akt Ludwigs XVI. vom vergangenen November, nämlich die Bestätigung der Edikte ohne ihre Zustimmung vorzunehmen. Ein weiteres Ärgernis bildete das Recht des Monarchen, jeden Bürger Frankreichs ohne Gerichtsverhandlung in Haft nehmen und einsperren zu können. In ihren Augen war das ein Willkürakt – der König sah es anders. Die Parlamentarier behaupteten, nur die Parlamente hätten die Befugnis, Gesetze zu erlassen; auch neue Steuern dürften nicht ohne Einwilligung der Generalstände erhoben werden.

Mon Dieu. Das waren harsche Töne, welche hier auf einmal angeschlagen wurden. Wo war der devote Untertanengeist? Der König war äußerst missvergnügt.

»Ich lasse nicht zu, dass meine souveränen Rechte als Herrscher von irgendwelchen obskuren Volksvertretern beschnitten werden. Ich werde das Pariser Parlement suspendieren und die zwei schlimmsten Aufwiegler in die Bastille sperren. Dann werden wir ja sehen, wer sich in diesem Land durchsetzen kann«, sagte Ludwig und die Königin stimmte ihm von ganzem Herzen zu.

Genau das war es, was sie von ihrem sonst so trägen, entschlusslosen Gemahl erwartete: Durchsetzungsvermögen.

»Was der König seiner Frau angekündigt hat, führt er diesmal auch durch, und ein wahrer Orkan des Protestes wird über ganz Frankreich hinwegfegen«, prophezeite Madame du Plessis. Genau so traf es ein.

Umgehend legten alle zwölf Provinzparlamente ihr Veto ein; in vielen Städten kam es zu Tumulten mit Sachbeschädigungen und in bissigen Pamphleten wurde der König als bösartiger Tyrann dargestellt. In Toulouse, Dijon und Rennes hatten die Rebellen alle städtischen Ämter und Behörden geschlossen. Damit war das kommunale Leben lahm gelegt. In Grenoble sollen die aufgehetzten Bewohner sogar die königlichen Truppen angegriffen haben. Sie verstiegen sich dazu, die Einberufung der Generalstände zu fordern.

Polizei und Soldaten standen hilflos daneben. An Anzahl waren sie den Aufwieglern weit unterlegen und konnten sie nicht auseinander treiben.

»Wann hat man je von solcher Impertinenz gehört?«, fragte Madame Campan die übrigen Hofdamen. Nein, in der Tat, bisher hatte das Volk so etwas noch nie gewagt.

»Das ist die Saat jenes unseligen Voltaires, die nun aufgeht«, verkündete wichtigtuerisch Madame de Tablot, die zwar einen friedlichen Charakter hatte, aber gewiss in ihrem ganzen Leben außer Liebesromanen noch nichts gelesen hatte – von Monsieur Voltaires Büchern ganz zu schweigen. Aber so unbedarft die hübsche Madame de Tablot gewesen sein mag, was Voltaire und sein Gedankengut anbelangte, hatte sie Recht.

Ich finde es angemessen, bis zum Jahre 1778 zurückzugehen und von Monsieur François-Marie Arouet zu berichten, der sich später »Voltaire« nannte.

KAPITEL 43

Der alte Mann mit seinen vierundachtzig Jahren lag auf dem Sterbebett. Als aber das Publikum auf sein Stück »Irène« so enthusiastisch reagierte, beschloss Voltaire, bei der nächsten Aufführung dabei zu sein. »Ich bin zwar sehr krank, aber ich kann ebenso gut im Theater sterben wie im Bett.«

Tausende warteten vor dem Theater auf ihn. Ein Beifallssturm brach los, als Voltaire aus dem Haus des Marquis de Villette, bei welchem er Zuflucht gefunden hatte, auftauchte. Aufrecht hielt er sich und seine großen Augen leuchteten lebhaft unter der altmodischen Allongeperücke.

Der Marquis hatte ihm eine Kutsche zur Verfügung gestellt. Als Erstes fuhr Monsieur Voltaire zur Académie Française, wo man ihn wie einen Gott empfing.

Alle Akademiemitglieder – außer ein paar feindlich gesinnten Bischöfen – standen Spalier, um ihn zu begrüßen. Er wurde feierlich hineingeleitet und zum Vorsitzenden gewählt.

Als er die Akademie verließ, war sein Wagen von Anhängern umlagert. Vom Augenblick seines Eintreffens an wurde er mit Beifall geradezu überschüttet. »Vive Voltaire«, »Honneur au Philosophe« war zu hören. Immer wieder wurde die Aufführung von »Irène« durch Szenenapplaus unterbrochen.

Als der so mit Ehrungen Überhäufte die Stätte seines Triumphes verließ und zu seiner Kutsche schritt, hörte man die Menge »Voltaire, Voltaire« rufen. Vor dem Palais de Villette wandte er sich mit dem berühmten Satz an die Masse: »Nach so viel Ehre bleibt mir nur noch übrig zu sterben.«

Gehört habe ich dies von Madame du Plessis, welche es sich nicht hatte nehmen lassen, den von ihr hoch verehrten Voltaire zu sehen.

Bei Hofe aber schätzte man den Aufklärer überhaupt nicht. Seine Ideen galten als suspekt und jahrelang war der berühmte Philosoph sogar des Landes verwiesen worden. Aber auch Antoinettes Naserümpfen und die abschätzigen Kommentare der zahlreichen Speichellecker am Hof hinderten Madame Francine nicht, dem großen Denker ihre Reverenz zu erweisen.

Über das Sterben von Voltaire sind viele Berichte geschrieben worden; die meisten davon sind verlogen, weil der Versuch dahintersteckte, Voltaire als Gottesleugner hinzustellen. In Wahrheit war sein Spott nur gegen jede Form von Intoleranz, Aberglauben und Bigotterie gerichtet.

Feindlich gesinnte Kirchenkreise hatten beschlossen, ihm ein christliches Begräbnis zu verweigern. »Am liebsten würden sie Voltaires Leiche wie einen krepierten Hund verscharren«, sagte mein Geliebter Julien.

Voltaires Neffe, Abbé Mignot, selbst ein Kirchenmann,

ahnte zum Glück ein derartiges Komplott. Er suchte seinen Kollegen, den Curé von Saint-Sulpice, Monsieur Languet, auf und versuchte, sich mit ihm zu einigen.

Abbé Mignot besaß einen hohen Rang in der kirchlichen Hierarchie, außerdem war er Mitglied des Staatsrates. Aber der Curé war ein schäbiger Kleingeist. Der größte Denker Europas war nun seiner Gnade ausgeliefert.

Der Curé erklärte Voltaires Neffen, dass er seinen Onkel nicht in geweihter Erde bestatten könnte, wegen des »großen Ärgernisses«, das dieser durch seine Veröffentlichungen gegeben hätte.

Der Neffe ließ den Leichnam seines Onkels einbalsamieren und man gestattete ihm, den Toten aus Paris wegzubringen. Dazu brauchte er wiederum die Erlaubnis von Monsieur Languet, da Voltaire in dessen Kirchsprengel gestorben war. Aber diesmal hatte der keine Einwendungen, da er bereits wusste, dass es Ärger geben würde, sobald der Trauerzug auf dem Weg war.

Der Erzbischof von Paris nämlich, welcher geglaubt hatte, man wollte Voltaire in seinem geliebten Ferney begraben lassen, traf heimliche Vorkehrungen, um dies zu verhindern.

Er schrieb drei Briefe an seinen Amtsbruder, den Bischof von Annecy. Darin befahl er jenem, dem Curé von Ferney zu untersagen, den »Atheisten« Voltaire in geweihter Erde zu bestatten oder auch nur ein Totenamt für ihn abzuhalten.

Aber Abbé Mignot hatte schon andere Pläne geschmiedet, wobei er Ferney von vorneherein als letzte Ruhestätte seines Onkels ausschloss.

In einer »Nacht- und Nebelaktion« schaffte der Abbé die einbalsamierte Leiche Voltaires hinaus aus Paris. Der Leichnam sollte in die Abtei von Sellières in der Champagne gebracht werden. Am folgenden Morgen erschienen die Geistlichen der Nachbargemeinden und zelebrierten eine Heilige Messe. Um elf Uhr las der Prior der Abtei vor der endgültigen Grablegung das feierliche Seelenamt.

Als alles vorüber war, erreichte das Kloster eine Botschaft des Bischofs von Troyes. Er drohte mit der Amtsenthebung des Priors, gar mit dessen Verstoßung aus dem Orden. Und sollte die Bestattung etwa schon erfolgt sein, kündigte er die Exhumierung der Leiche an, die man anschließend in ungeweihter Erde verscharren würde. Aber: Wer schneller reagiert und Tatsachen geschaffen hat, behält Recht.

Der Prior blieb in seinem Amt und der Verblichene in seinem Grab.

Systematisch begann man nun, seine Werke, ja sogar seinen Namen aus dem Bewusstsein der Franzosen auszumerzen. Die Zeitungen erhielten die strikte Auflage, ihn überhaupt nicht mehr zu erwähnen.

Madame du Plessis und ihre Freunde waren zutiefst empört über diese unwürdigen Manipulationen. Als die Académie Française sich wegen eines Gedenkgottesdienstes für ihr verstorbenes Mitglied an den Orden der Franziskaner wandte, welcher den normalerweise zelebrierte, holte sie sich eine Abfuhr. Begründet wurde diese mit dem kirchlichen Verbot, eine Kirchenfeier für Voltaire abzuhalten.

Auch im Ausland war man entsetzt über diese Respektlosigkeit. Eine prompte Reaktion kam vom Preußenkönig Friedrich II. Frankreich hatte sich bis auf die Knochen blamiert.

»Wenn es Gott nicht gäbe, müsste man ihn erfinden«, hatte der Philosoph einst formuliert – war das die Gesinnung eines Atheisten?

Ich selbst erinnere mich an einen Ausspruch Voltaires, den

vor langer Zeit Monsieur du Plessis bei einem Abendessen zitierte:

»Ein Philosoph wollte eine neue Religion gründen und fragte Voltaire um Rat, wie dies am klügsten anzustellen wäre; worauf ihm dieser zur Antwort gab: ›Es wäre am besten, wenn Sie sich kreuzigen ließen und nach drei Tagen wieder von den Toten auferstünden.‹« Und der Graf war fortgefahren:

»Im Grunde war Voltaire ein tiefgläubiger Mensch. Er verabscheute nur lächerliche Auswüchse einer primitiven Religiosität.«

Dazu gehörte auch, dass man Schauspielern, gleich Mördern, ein christliches Begräbnis versagte. Im übrigen Europa verachtete man das als typisch französische Mischung aus Heuchelei und Fanatismus.

Sind es doch gerade die hohen Kleriker, welche den Schauspielern – vor allem den hübschen, weiblichen – ihre Verehrung – und nicht nur diese – zu Füßen legen. Voltaires guter Freundin, der Schauspielerin Adrienne Lecouvreur, war es einst widerfahren, wie ein Hund bei Nacht und Nebel in einer Sandgrube an der Seine verscharrt zu werden.

Ludwig XVI. hat den Philosophen stets verabscheut. »Ich empfinde ihn als arrogant, zynisch und respektlos gegen Thron und Altar.« Als man ihm mitteilte, dass Voltaire in Paris gestorben war, bemerkte er ärgerlich:

»Ich kann mich nicht erinnern, jemals die Verbannung dieses Herrn aufgehoben zu haben.«

KAPITEL 44

SEIT EINIGER ZEIT hatte ich das Gefühl, verfolgt zu werden. Weil mich das unsinnig dünkte, verdrängte ich es. Wer sollte hinter einer unbedeutenden Zofe her sein und wozu? Ein schüchterner Verehrer? So etwas gab es nicht in Versailles.

Ich war mir auch keiner Schuld bewusst; weshalb in Gottes Namen sollte mich jemand bedrängen? Aber das Empfinden, dass etwas nicht stimmte, stellte sich zu wiederholten Malen ein.

Seit langem hatte ich davon Abstand genommen, mit einem Stock bewaffnet durch die Korridore zu huschen. Ich war kein unschuldiges Mädchen mehr, das seine Tugend zu verteidigen hatte. Kam mir einer dumm, war ich kräftig und agil genug, den Kerl mit ein paar Griffen aufs Kreuz zu legen: Julien hatte mir einige Tricks beigebracht, auch Kniestöße in gewisse männliche Körperteile.

Aber diese Art von Verfolgung, der ich mich neuerdings ausgesetzt fühlte, war anders – irgendwie bedrohlicher, unheimlicher, weil nicht erklärbar.

Wenn ich durch die finsteren Flure im Dienstbotentrakt von Schloss Versailles unterwegs war, kam es nicht selten vor, dass plötzlich Türen, welche jahrzehntelang offen gestanden hatten, wie von Zauberhand dicht hinter mir mit donnerndem Krachen ins Schloss fielen. Mächtige Gipsbrocken der Stuckverzierung fielen an der Stelle zu Boden, wo ich Sekundenbruchteile vorher noch gestanden hatte. Schwere Draperien lösten sich wie von selbst und ich wurde beinahe unter Stoffmassen begraben und gewichtige Vorhangstangen aus Messing verfehlten knapp meinen Kopf.

Wer als Dienstbote länger in Versailles tätig war, kannte alle Nebengelasse, Geheimgänge und -treppen, welche eine Abkürzung der enorm langen Wege bedeuteten. Wenn alles Zufall war, weshalb traf es immer nur mich, dass Stufen plötzlich nachgaben oder ganz fehlten oder sich ein Geländer als so morsch erwies, dass es bei der leichtesten Berührung nachgab und zerbrach?

Ein solches Holzteil nahm ich eines Tages mit und zeigte es Julien.

»Das sind eindeutig die Spuren einer Säge«, sagte er besorgt und nahm mir das Versprechen ab, in Zukunft einen Pagen auf meine Besorgungsgänge mitzunehmen. »Wenn keiner zur Verfügung stehen sollte, versprich mir, dass du dann einen Wachsoldaten der Schweizer Garden als Begleitung mitnimmst. Von diesen Kerlen gibt's ja hier genug.«

Ich versprach es. Aber wie es eben so geht: Beim nächsten Mal vergaß ich es und lief alleine los, um meine Herrin bei Madame Campan abzuholen. Es war schon reichlich spät, so nahm ich die gewohnte Abkürzung durch die so genannten »Geheimgänge«.

Wie es sich genau abspielte, weiß ich nicht; es ging alles sehr schnell und außerdem erfolgte der heimtückische Angriff von hinten. Unerwartet erhielt ich einen Schlag auf den Hinterkopf, dass mir schwarz vor Augen wurde und ich auf dem Boden zusammenbrach. Vielleicht hätte mich der Kerl totgeschlagen, aber er wurde gestört durch einen Lakaien des Herzogs de Lauzun.

Der junge Mann setzte mich auf und lehnte mich mit dem Rücken gegen die Wand, weil ich sonst umgekippt wäre. Gegen meine Benommenheit rief er mich beim Namen: »Mademoiselle Julienne. Mademoiselle Julienne«, und klopfte mir auf die Wangen. Langsam kam ich wieder zu mir.

Dieser massive Angriff erregte einiges Aufsehen und Julien war beinahe verrückt vor Sorge.

Madame Francine verhörte mich regelrecht, aber zur Person des Täters konnte ich nur sagen, dass ich unmittelbar vor dem Hieb eine unbekannte Männerstimme hatte zischen hören: »Bourbonenhure.«

Der Lakai aber hatte niemanden außer mir auf dem finsteren Gang gesehen.

»Behalte das für dich, ma Chère«, sagte meine Herrin alarmiert, »es ist offensichtlich, dass dir jemand wegen deiner Abstammung ans Leben will. Du wolltest es seinerzeit nicht glauben, aber solche Dinge kann man in Versailles nicht geheim halten. Allzu viele wissen davon.«

»Aber um Himmels willen, Madame«, sagte ich, »der alte König hatte so viele Bastarde und keinen hat man meines Wissens umgebracht. Weshalb sollte ausgerechnet *ich* zur Zielscheibe werden, wo ich doch die Einzige bin, die gar keinen Wert darauf legt, als illegitimer Spross von Ludwig XV. anerkannt zu werden?«

»Aber die Tatsache ist durch deine frappierende Ähnlichkeit mit Madame Elisabeth offenkundig; alle Daten passen und deinen Entschluss könntest du ja rückgängig machen. Außerdem hast du jetzt einen Sohn, der ein Enkel des verstorbenen Herrschers ist – genau wie unser jetziger König und seine Brüder. Mit dem einzigen Unterschied, dass jene im Ehebett gezeugt wurden.

Es geht um die Erbfolge des Hauses Bourbon, ma Chère. Der Dauphin ist ein schwächlicher Krüppel und niemand weiß, wie lange das bedauernswerte Kind noch am Leben sein wird. Von seinem Bruder, dem Herzog der Normandie, wird gemunkelt, er wäre kein Franzose, sondern Halbschwede.

Falls Ludwig XVI. stirbt, steht nach den Grafen de Provence

und d'Artois dein Sohn an dritter Stelle der Thronfolge, denn Töchter zählen nicht. Die anderen männlichen Bastarde Ludwigs XV. sind entweder tot, nach Amerika ausgewandert oder wurden mit Pfründen und üppigen Geldbeträgen abgefunden.«

»So habe ich das noch nie betrachtet, Madame«, murmelte ich verstört.

»Die Äbtissin Mère Thérèse hat dich gewarnt und dir Asyl in ihrem Kloster angeboten.«

»Aber Madame«, wandte ich ein, »ich kann mir nicht vorstellen, dass die Brüder Seiner Majestät mir nach dem Leben trachten.«

»Aber wir alle wissen, wie sehr sich Herzog Philippe von Orléans wünscht, König von Frankreich zu werden. Unter Umständen stünde ihm dann dein Sohn im Wege.«

»Mon Dieu«, entfuhr es mir erschrocken, »mein kleiner Jacques ist in Gefahr.«

»Nicht solange du den Mund hältst. Dann bleibt er der Enkel von Jacques Bertot, dem Bauern aus Plancy in der Champagne. Du bist in Gefahr, weil deine Gegner nicht wissen, ob du für immer deine Herkunft verleugnen wirst. Nur eine tote Julienne würde wirklich schweigen. Man hält uns Frauen für launisch; wer kann sicher sein, dass du nicht deine Meinung änderst und plötzlich einen Thronanwärter präsentierst?«

»Ein Mann aus dem Bauernstand auf dem Thron Frankreichs – wie romantisch«, versuchte ich zu scherzen, aber Madame Francine unterbrach mich: »Wem es gelänge, ihn zu solch höchsten Ehren zu bringen, ein hoher Geistlicher beispielsweise, hätte diesen König in der Hand und könnte nach Gutdünken das Land regieren. Es wäre weiß Gott nicht das erste Mal, dass ein Kardinal Frankreich regiert.«

»Was soll ich tun, Madame? Bitte geben Sie mir einen Rat«, flehte ich meine Herrin an.

»Ich werde dafür sorgen, dass dein kleiner Sohn auf Schloss Plessis gebracht wird. Meine Stieftochter müssen wir dabei gar nicht einweihen – je weniger davon wissen, desto besser. Wir deklarieren ihn als unehelichen Sohn einer Dienstmagd. Bei den vielen Kleinkindern, die sich im Schloss tummeln, wird er gar nicht auffallen.

Schreibe an deine Mutter, dass sie ihren Enkel hergeben muss, sonst haben wir ein zusätzliches Problem. Wir sollten jedes Aufsehen bezüglich des Kindes vermeiden. Ich bin sogar dafür, dass wir einen ›Todesfall‹ inszenieren und zum Schein ein Begräbnis in Plancy stattfinden lassen. Ich werde mit unserem Schlossgeistlichen, Abbé Florant, Kontakt aufnehmen. Er ist schon recht alt, aber noch sehr klar im Kopf.«

Madame Francine ging sinnend in ihrem Boudoir auf und ab.

»Jetzt lass uns überlegen, was wir mit Ihnen machen, ma Chère.« Unvermittelt siezte sie mich wieder.

»Am sichersten wäre, Sie würden Versailles verlassen. Aber wie ich Sie kenne, werden Sie das nicht tun.«

»Nein, Madame, auf keinen Fall. An jedem anderen Ort würde ich vor Langeweile eingehen. Zofe einer anderen Dame will ich nicht werden und zur Bauernmagd eigne ich mich nicht mehr.« Dabei betrachtete ich meine zarten, gepflegten Hände mit den sorgfältig manikürten Nägeln.

»Ich kann Ihnen nur ernsthaft ans Herz legen, vorsichtig zu sein. Wenn Sie jemand auf Ihre Ähnlichkeit mit Madame Elisabeth anspricht, stellen Sie sich dumm und deklarieren es als Zufall. Niemand wird Ihren Kopf vermessen oder Ihren Knochenbau so genau inspizieren, wie es der Leibarzt des Königs tat. Aber der wird schweigen.

Betonen Sie, so oft es möglich ist, Ihre töchterliche Liebe zu Jacques Bertot. Erwähnen Sie, wie schlimm sein früher

Tod für Sie war und wie sehr Sie ihn heute vermissen. Sie können ruhig ein wenig übertreiben. Ich bin fast sicher, diese Botschaft wird dort ankommen, wo wir sie haben wollen.

Bis es allerdings so weit ist, befehle ich Ihnen, Mademoiselle, dass Sie sich stets in männlicher Begleitung bewegen. Sei es hier im Palast oder im Petit Trianon oder in Paris, wenn Sie Ihre Stadtspaziergänge unternehmen. Dort wäre es am leichtesten, Sie für immer verschwinden zu lassen.

Ich verbiete Ihnen diese Ausflüge nicht, weil ich weiß, wie sehr Sie sie lieben, aber bitte: Nur mit einem Mann als Beschützer. Außerdem«, sie entnahm einer Schublade einen Dolch, »führen Sie diesen immer mit sich.«

Die Waffe war lang und scharf geschliffen und steckte in einer braunen Lederscheide, die ich am Gürtel befestigen konnte.

Ich versprach meiner Herrin, mich von Julien im rechten Gebrauch dieser Stoß- und Stichwaffe unterweisen zu lassen.

Als Julien mich so betrachtete, wie ich eifrig übte, den Dolch auch als Wurfwaffe zu benützen – eben schleuderte ich ihn aus fünf Metern Entfernung auf ein Brett, welches mein Liebster an die Wand eines Zimmers genagelt hatte –, nickte er beifällig und meinte:

»Im Ernstfall würde die Klinge jetzt im Leib deines Angreifers stecken. Du bist wirklich gut als Messerwerferin und das Zustechen beherrschst du auch schon.«

»Ich trainiere jeden Tag und würde keinem Banditen raten, sich mit mir anzulegen.«

»Na, na, Kleine«, lachte Julien, »sei nur nicht übermütig. Das Ziehen des Dolches dauert noch zu lange. Bis du den Dolch in der Hand hast, bist du von deinem Gegner überwältigt. Das muss viel schneller gehen, ma Chérie.«

Julien wusste nicht, gegen welch mächtige Feinde ich mich

zu wehren hatte und gegen welche Angreifer ich unseren Sohn schützen musste. Er dachte an einfache Gegner, welche sich ungeniert im Schloss bewegten, so wie die Neugierigen, die Bettler und Gaukler. Es war schon eigenartig, dass sich eine kleine Zofe gegen Schergen des höchsten Adels mit einem Dolch bewaffnen musste, um ihr Leben zu retten.

KAPITEL 45

Kurz vor dem Einbringen der Ernte ging ein entsetzliches Unwetter mit Hagelschauern über dem ganzen Land nieder und vernichtete die halbe Kornernte. Nun stand eine landesweite Hungersnot vor der Tür.

Der König raufte sich die Haare und die Königin trieb die Sorge um, ihr Mann könnte, da er sich anders nicht zu helfen wusste, die Generalstände einberufen. Dies sollte nach ihrer Ansicht – wenn überhaupt – nur in Friedenszeiten erfolgen.

»Was verstehen diese Leute denn schon von schwierigen Entscheidungen?«, fragte sie. »Wozu sie jetzt auf einmal einbeziehen?«

Die Versuche, ihr Budget erneut zu kürzen, machten sie nervös: »Soll ich vielleicht wie irgendeine kleine Landadelige leben? Die Reputation Frankreichs hängt schließlich von meinem Auftreten ab. Was sollen die Gesandten anderer Länder über uns denken? Wie ich weiß, herrscht der größte Prunk an den Höfen von England, Dänemark, Russland und Spanien. Soll Frankreich eine Ausnahme machen und so tun, als wären wir hier das Armenhaus Europas?«, fragte Antoinette erbittert ihre Damen anlässlich eines Spazierganges durch die Gärten von Trianon.

Keine wagte es, zu antworten: »Madame, wir *sind* das Armenhaus Europas.« »Die Freude an meinem Theater will man mir jetzt ebenfalls verleiden. Man tut so, als handele es sich um ungehörigen Aufwand – und das zu einer Zeit, in der beispielsweise in Deutschland und Italien jedes Gräflein eine Privatbühne unterhält«, jammerte die Königin.

Zu den monetären Verlegenheiten gesellten sich private Sorgen. Der Dauphin schwand immer mehr dahin. Von Geburt an hinfällig, lag er jetzt meistens im Bett. Man konnte ihn zu Recht als Krüppel bezeichnen. Das Kind hatte dazu noch Fieber, das ihn schwächte und ihm die letzte Kraft entzog.

»Manchmal erscheint mir die Königin vor Herzeleid beinahe von Sinnen.« Madame Francine sagte dies voll Mitleid. »Versucht sie doch wider alle Vernunft den Zustand ihres Sohnes zu verharmlosen. Es klingt wie das Pfeifen eines verängstigten Kindes im Wald und es kann einem das Herz brechen, wenn man die Königin so reden hört. Das Schlimmste ist, dass die feigen Hofärzte die Mutter in ihrer aberwitzigen Meinung bestärken.« Madame Francine war zu Recht empört.

Jedem am Hof war klar, dass dieses arme Würmchen niemals König von Frankreich sein würde.

Inzwischen war Sommer und wie jedes Jahr verlagerte sich das Leben der Hauptstädter mehr auf die Straße. Nur zu gern verließen die Pariser ihre düsteren Wohnungen und genossen Licht und Sonne.

»Bald wird die unfähige Regierung noch Steuern für frische Luft erheben«, hörte ich in Paris die Leute spotten, »damit Madame Defizit sich ein neues Diamanthalsband kaufen kann.«

An den lauen Abenden füllten sich wie jedes Jahr die Gassen mit Müßiggängern. Heuer allerdings kamen neue hinzu:

Die politisch Interessierten, nach Gleichgesinnten Ausschau haltend, um sich gegenseitig zum Protestieren anzustacheln.

Ich war überrascht, als ich an den Straßenecken ganz offen Redner auf Holzkisten stehen sah – eine aus London importierte Sitte – und aufrührerische Ansprachen halten hörte. Jeder dieser »Prediger« war von einer Schar neugieriger Passanten umgeben, die eifrig Beifall zollte. Meist prangerten sie die Verschwendungssucht des Hofes an, vor allem der Königin, und die sich daraus ergebende, immer unerträglicher werdende Steuerlast des einzelnen Bürgers.

Vor vier Jahren hatte man eine Mauer um Paris gezogen, während im übrigen Europa vielerorts die mittelalterlichen Mauergürtel wenigstens teilweise geschleift wurden. Das Volk hatte das als Einkerkerung verstanden.

»Den Mauerbau haben die königlichen Behörden angeordnet, um den Steuereintreibern das Zöllekassieren an den Stadtgrenzen zu erleichtern«, erklärte mir Julien, »jetzt kann keiner mehr durchschlüpfen.«

Die Steuereinnehmer waren allen ein Dorn im Auge. »Sie pressen uns das Geld ab, um den Staatssäckel zu füllen. Und wofür? Nicht, um die Not der Armen zu lindern, sondern um das Luxusbedürfnis der Königin zu befriedigen«, konnte man in verschiedenen Publikationen lesen.

Ich brachte so eine Zeitung mit nach Versailles und zeigte sie Julien. Er war nicht überrascht, lediglich der gehässige Ton verblüffte ihn.

Und der permanente Druck der Straße zeigte Wirkung:

Am 8. August 1788 ließ Seine Majestät verlauten, er habe beschlossen, die Generalstände am 4. Mai 1789 einzuberufen. Diese Bekanntmachung wollte man dem Volk als »gnädiges Entgegenkommen des Königs« verkaufen. In Wahrheit war Ludwig gar keine andere Wahl geblieben. Die Staatskasse war leer und die Geldgeber, sonst sofort mit Krediten bei der Hand, waren nicht bereit, größere Beträge zur Verfügung zu stellen.

Diese Hiobsbotschaft blieb leider nicht die einzige. Ein paar Tage danach folgte die nächste: Der Fiskus würde seine Schulden in Zukunft nicht mehr in bar begleichen.

Er würde dafür Schuldscheine mit fünfprozentiger Verzinsung ausgeben.

»Schuldverschreibungen aus einem leeren Säckel sind wertlos. Und«, fügte Madame Francine lapidar hinzu, »jetzt ist unser Staat bankrott. Alle werden ihre Schuldverschreibungen noch schnell einlösen und möglichst viel Bargeld zusammenkratzen, ehe unsere marode Wirtschaft endgültig zusammenbricht.«

Die Massen gingen wieder einmal auf die Straße und machten ihrer Wut über die Misswirtschaft Luft.

»Der Ton des Protestes ist schärfer geworden und die Menschen werfen die beinahe wertlosen Schuldscheine in die Seine und verlangen lautstark, der König solle den Kardinal de Brienne wegen Unfähigkeit entlassen«, konnte ich meiner Herrin aus Paris berichten.

Der Minister selbst, geschwächt durch seine Lungentuberkulose, hatte keine Illusionen: »Ich weiß, die Leute geben mir die Schuld und haben mich restlos satt.«

Und wie reagierte der König darauf? Wie üblich versank er in Lethargie und verschlief erst mal einen Tag im Bett. Er sprach mit keinem und am nächsten Morgen machte er sich auf zur Jagd und am übernächsten Tag verkroch er sich in seiner geliebten Schlosserwerkstatt.

»Hier im Wald kann ich alle drückenden Sorgen vergessen, die mir durch die schwere Verantwortung für das Wohlergehen des Staates aufgebürdet werden«, gab Ludwig zu.

»Wie schön für Seine Majestät«, sagte Madame du Plessis zu mir, »aber ich hege starken Zweifel, ob dies dem Gemeinwohl von Nutzen ist und – und im Vertrauen gesagt – vom ›Wohlergehen des Staates‹ zu sprechen, erscheint mir doch als arge Übertreibung, wenn überall das Geld fehlt.«

Die Königin war oft verzweifelt über die Antriebslosigkeit ihres Gemahls. Sie rief jenen Mann zu sich, der ihr schon jahrzehntelang die Treue gehalten hatte: den Grafen de Mercy.

Er war jetzt beinahe sechzig Jahre alt und zwanzig davon hatte er in Frankreich verbracht. Er besaß die Fähigkeit, auch hinter die Fassaden zu spähen. Der Graf und Antoinette kamen überein, Monsieur de Brienne sofort zu entlassen. Einigkeit bestand auch darin, dass es nur einen einzigen Mann gab, welcher »den Karren aus dem Dreck ziehen« konnte.

Und dieser Mann sollte ausgerechnet Jacques Necker sein. Bereits vor sechs Jahren war der Schweizer Bankier aus der französischen Regierung ausgeschieden, aber beim Volk war er nach wie vor ungeheuer beliebt.

»Auch potenzielle Geldgeber werden ihm vertrauen«, meinte der Graf. »Diesen Fachmann müssen wir unbedingt zurückholen.«

Der erfahrene Österreicher irrte sich selten, aber diesmal fiel er einer absoluten Fehleinschätzung zum Opfer.

KAPITEL 46

Die Verhandlungen mit dem Schweizer gestalteten sich zäh. Acht Tage lang ließ er sich bitten: »Ich tue schließlich Frankreich einen Gefallen – und nicht umgekehrt.«

Die Unruhen in Paris weiteten sich auf andere Gemeinden aus. Die aufgeputschte Menge leistete sich allerhand Übergriffe. Sie warf Steine auf die Kutschen der Adligen und auf deren Pferde, was die verschreckten Tiere zum Durchgehen veranlasste und schlimme Unfälle verursachte.

Auch Madame Francines Kutscher Guillaume musste zwei Wochen mit einem Kopfverband herumgehen, weil ihn ein Stein an der Stirn verletzt hatte.

Julien warnte mich: »Steig in keine Kutsche mehr ein, wenn du nach Paris willst. Auf Transportkarren und Bauernwägen ist es vielleicht nicht so komfortabel, aber sicherer.« Das leuchtete mir ein und ich versprach es ihm.

Etwas anderes war es, wenn ich mit Madame Francine in ihr Stadtpalais in der Hauptstadt fuhr. Wegen ihrer wichtigen Funktion bei Hofe hatte ihr Gefährt stets eine Abordnung der Schweizer Garden zum Schutz dabei und so hatten wir keine Attacken des Pöbels zu befürchten.

Für viele Adlige waren jetzt schwere Zeiten angebrochen. Das Volk beleidigte alles, was irgendwie nach Dame aussah. Da empfahl es sich dann, ordinär zu fluchen und mit gemeinen Argotausdrücken um sich zu werfen; dann ließen sie einen in Ruhe, vor allem wenn man das Ganze mit obszönen Gesten begleitete. Dann lachten sie höchstens.

Wurde einer unverschämt, schrie ich dreist: »Hurenbock, verdammter, fick' deine Alte und lass' meinen Arsch in Frieden.« Das half immer.

Später wurden auch die Diener der Wohlhabenden Opfer des Unmuts aufgehetzter Volksmassen.

Monsieur Necker erhielt alle Vollmachten, die er sich ausbedungen hatte und konnte fortan ohne Einspruch eines anderen Regierungsmitglieds regieren.

Es dauerte nicht lange, bis deutlich wurde, dass Jacques Necker gar keinen Versuch machte, das marode Finanzwesen des Landes zu sanieren. Er wusste, dass es noch acht Monate dauerte, bis die Generalstände zusammenkämen, und das »Finanzgenie« aus der Schweiz unternahm in der Zwischenzeit – nichts.

»Ich möchte keine Entscheidung vorwegnehmen«, tönte er in scheinheiliger Bescheidenheit. Was er in Angriff nahm, war die Kreditbeschaffung – gegen horrende Zinsen natürlich –, um die geplünderten Kassen des Fiskus wieder aufzufüllen.

Bei diesem Wechsel auf dem Ministersessel war der Wille der Königin maßgebend gewesen. Aber als Jacques Necker wieder im Amt war, war Antoinette gar nicht mehr glücklich mit ihrer Einmischung in die große Politik. Zweifel quälten sie, ob Graf Mercy diesmal ein so guter Ratgeber gewesen war.

Unmittelbar nach Neckers Amtsantritt als Finanzminister schien es eine kleine Weile, als sollte eine Wendung zum Besseren erfolgen. Die Kurse der Staatsaktien waren gestiegen und das ließ auf eine gewisse Sanierung des Staatshaushaltes hoffen. Wieder gingen die Leute auf die Straße, aber diesmal zum Feiern.

Laut und begeistert ließen sie den König hochleben. »Vive le Roi«, schallte es. Das Volk dankte Ludwig dafür, dass er den Genfer Bankier zurückgeholt hatte.

In den letzten Augusttagen des Jahres 1788 war allerdings nicht allen nach Feiern zumute. Père Cigogne etwa reagierte auf Neckers Wiedereinsetzung nur mit einem Wort: »Merde«. Er erwartete sich von dem »Finanzgenie« bloß – Scheiße.

Meine Herrin beschloss Anfang September, eine damals in Paris sehr berühmte Wahrsagerin aufzusuchen. Fast alle Höflinge pilgerten zu Madame Otéro, um sich von ihr die Zukunft weissagen zu lassen. Angeblich erreichten ihre Voraussagen eine Trefferquote von bisher nie gekannten Ausmaßen.

Madame Otéro, Korsin von Geburt – und damit eine Landsmännin unseres jetzigen Kaisers –, sah für Madame Francine eine Wiederverheiratung voraus.

Für eine junge, hübsche und vermögende Witwe in so bedeutender Position kein allzu großes Risiko für eine Wahrsagerin. Aber die hellsichtige Dame prophezeite ihr auch einen relativ frühen Tod.

»Genießen Sie das Leben, Madame«, riet sie meiner Herrin, »es wird nicht allzu lange für Sie dauern.«

Auf genaueres Befragen wollte sie nur sagen, dass deren Lebensspanne keinesfalls über fünfundvierzig Jahre hinausgehen werde. Ich bewunderte Madame du Plessis für die gelassene Art, mit welcher sie souverän die schlimme Vorhersage aufnahm.

Die Frau mit dem »zweiten Gesicht« benahm sich kein bisschen theatralisch und das machte ihre Prophezeiungen so glaubhaft. Sie sprach leise und in leichtem Plauderton, als sie Madame Francine versicherte, diese würde ohne zu leiden einfach tot umfallen.

»Na«, erwiderte Madame du Plessis spöttisch, »das ist mir ja ein schöner Trost.« Madame Otéro betrachtete sie daraufhin ganz ernst und entgegnete:

»Glauben Sie mir, Madame, bei den schrecklichen Zeiten, welche auf Frankreich und vor allem auf seinen Adel zukommen werden, ist dies eine große Gnade Gottes.«

Als wir die weise Frau verließen, um ins Palais du Plessis zurückzufahren, gerieten wir mitten in einen Tumult. Der Aufruhr war beträchtlich und wir beide zitterten noch einige Zeit danach, als wir schon längst in Sicherheit waren.

Die Lage war brenzlig gewesen und nur dem beherzten Eingreifen eines Kavallerieoffiziers, der seinen Säbel blankzog, hatten wir es zu verdanken, dass nichts Schlimmeres zu beklagen war als ein eingeschlagenes Seitenfenster der Kutsche.

Am Abend gab Madame Francine ein Essen für Freunde und Mister John Villiers, der spätere Earl of Clarendon, erzählte den Übrigen seine Erlebnisse des heutigen Tages:

»Heute Mittag ging ich über die Place Dauphin und sah den Platz voll von gewaltbereiten Menschen. Ich sah wie Mitglieder der königlichen Garde in Kampfhandlungen mit Bürgern verwickelt waren, die deren Schwertstreiche mit Keulen und einem Hagel von Pflastersteinen abwehrten.«

John Villiers und zahlreiche andere ausländische Besucher mussten den Eindruck gewinnen, dass die Pariser keinerlei Respekt mehr vor der Staatsmacht hegten.

»Die Bürger fühlen sich stärker als die Vertreter des Staates, von ihrer Überlegenheit in moralischer Hinsicht ganz zu schweigen. Der einfache Mann auf der Straße ist tatsächlich überzeugt, ein besserer Mensch zu sein als der hochgeborene Aristokrat. Vielleicht steckt etwas Wahres darin«, meinte meine Herrin.

»Die gesamte Streitmacht der Polizei von Paris zählt gerade mal eintausendfünfhundert Mann. Und die sind noch miserabel ausgebildet und ungenügend ausgerüstet. Wie sollen sie sich gegen sechshunderttausend Bewohner der Hauptstadt durchsetzen können?«, fragte mich Julien, dem ich entsetzt von den Vorkommnissen berichtet hatte.

»Recht« und »Ordnung« waren zu lächerlichen Begriffen verkommen. Hass hatte sich in den Herzen der einfachen Leute etabliert, Hass auf die Privilegien des Adels.

»Diese Parasiten führen ein glanzvolles Leben auf Kosten des gemeinen Volkes, welches sie erbarmungslos aussaugen wie die Blutegel«, war auf Druckschriften zu lesen, die sogar im Schloss von Versailles zirkulierten.

Verfasser war wiederum der Arzt und Zeitungsherausgeber Jean-Paul Marat.

KAPITEL 47

»JULIENNE, MA CHÈRE, ich bitte Sie, mich morgen nach Paris zu begleiten. Ich habe einen Termin bei einem Arzt, dem berühmten Monsieur Anton Mesmer; von ihm haben Sie vielleicht schon gehört?«, fragte mich Madame du Plessis.

»Ich mag es nicht, Madame, wenn Sie mich siezen«, sagte ich bockig. Aber meine Herrin erwiderte: »Das gehört sich so, Julienne. Sie sind kein junges Ding mehr und auch keine Stallmagd. Mon Dieu. Wenn es nach Fug und Recht ginge, müsste ich Ihnen Zofendienste leisten, stehen Sie doch eigentlich im Rang weit über mir.

Ich habe nicht vergessen, dass ich die Tochter eines kleinen Landedelmannes aus der Provence bin und die Witwe eines zwar respektablen, aber ziemlich unbedeutenden Grafen aus der Kreide-Champagne. Dass ich in Versailles eine gehobene Stellung einnehme, verdanke ich der Sympathie Antoinettes und nicht meiner hohen Geburt oder meinem besonderen Rang.«

»Ich protestiere auf das Schärfste, Madame«, erwiderte ich, »Ihre Stellung bei Hofe verdanken Sie allein Ihrem Charme, Ihrer Loyalität und Ihrem gesunden Menschenverstand sowie Ihrer Begabung, mit Kindern gut umgehen zu können.«

Von dem Arzt Friedrich Anton Mesmer, einem Deutschen vom Bodensee, hatte ich freilich schon gehört – wie jedermann in Paris. Soweit ich es verstanden hatte, lehrte Monsieur Mesmer auf der Grundlage älterer Theorien, dass jeder beseelte Körper materielle Strahlen aussendet, welche von der diesem Körper innewohnenden Seele gelenkt werden.

Diese Strahlen oder der »Lebensgeist«, wie er schon den Magiern des Altertums bekannt war, konnte in einem Gefäß aufgefangen werden. Von da aus konnte dann diese Kraft so gelenkt werden, dass sie in den Körper des Kranken eindrang und dessen geschwächte Lebensgeister wieder aufleben ließ. Diese Theorie klang mir recht vernünftig.

Menschen mit kräftigem Lebensgeist konnten, nach Mesmers Ansicht, ihre eigene Gesundheit auf andere Personen übertragen, wenn sie es verstanden, die Strahlen zu lenken, welche diese Kraft »beförderten«. Sie konnten zum Beispiel den Kranken die Hand auflegen oder aber mit einem Eisenstab, dem Konduktor, diese Strömung der Lebenskraft dirigieren.

Die Kutsche der Gräfin hielt vor einem ansehnlichen Gebäude in einer vornehmen Wohngegend von Paris. Ein Diener ließ uns in eine elegante Wohnung eintreten, welche zugleich die Behandlungsräume des Arztes enthielt.

In einem Salon hatte Monsieur Mesmer ein Gefäß aufstellen lassen; es hatte die Form einer riesigen runden Dose und war voll mit Flaschen, deren Hälse nach innen ragten, aus denen die Lebenskraft in die Hauptflasche in der Mitte gegossen werden sollte. In den Flaschen befanden sich »magnetisiertes« Wasser, Glaspulver und Eisenfeilspäne.

So erklärte es uns ein Assistent des berühmten deutschen Arztes. Das Gefäß war mit einem Deckel verschlossen, aus welchem eine Anzahl Metallstäbe herausragten. Die Erkrankten mussten diese Stäbe anfassen oder ihre betroffenen Gliedmaßen darauf stützen. Um den merkwürdigen Behälter herum hatte Mesmer bequeme Sitzgelegenheiten gruppiert und während der »Sitzungen« spielte ein kleines Orchester.

»Der Musik wohnt bekanntermaßen große Heilkraft inne«, erklärte uns dazu der junge, liebenswürdige Assistent. »Zudem berücksichtigt der Meister auch den Einfluss der Gestirne«, fuhr er fort. »Anhand Ihrer genauen Daten errechnet Monsieur le Docteur den am besten geeigneten Termin für Ihre Behandlung.«

Madame Francine war nicht etwa krank, sie fühlte sich auch keineswegs geschwächt oder müde, aber ihr war zu Ohren gekommen, dass die Mesmer'schen Behandlungen auch vorbeugenden Wert besaßen.

»Vielleicht gelingt es mir ja, die düstere Prophezeiung Madame Otéros bezüglich meiner knapp bemessenen Lebensspanne in Richtung der Fünfziger auszudehnen«, meinte sie seelenruhig. Und Monsieur Mesmer, ein sympathischer Mann mittleren Alters, unterstützte ihre Hoffnung vehement.

»Vorbeugung ist allemal besser als Heilung, Madame. Wenn es Ihrem Körper gelingt, genügend Lebenskraft aufzunehmen, wird er leichter mit Krankheiten fertig, oder er schafft es, sie gar nicht erst ausbrechen zu lassen.«

Ganz Paris wollte zu Monsieur Mesmer, einem Mann von

erstaunlicher Bescheidenheit. Mesmer war ein Philanthrop: Er hielt für die Bedürftigen besondere Nachmittage frei und verlangte für deren Behandlung keinen Sou.

Seine Erfolge waren phänomenal. Er machte in des Wortes wahrer Bedeutung »die Blinden sehend und die Lahmen gehend«. Auch andere, oftmals uralte Leiden, womit die Betroffenen sich jahrelang gequält hatten, verschwanden durch die Methode des Arztes vom Bodensee.

Kein Wunder also, dass seine Heilerfolge Neid erzeugten und ihn seinen Ärztekollegen suspekt machten. Die abwertenden Berichte der Medizinischen Akademie nahmen zu. Allmählich ließen seine Neider kein gutes Haar mehr an ihm. Es gab Ärzte in Paris, die sich nicht scheuten, ihn des Bündnisses mit dem Satan zu zeihen – und dies im Jahrhundert der Aufklärung.

Monsieur Mesmer war diese Art von Gegnerschaft nicht neu. »Aus genau diesen Gründen habe ich Wien verlassen«, erzählte er meiner Herrin, »und vielleicht bin ich bald gezwungen, auch Paris den Rücken zu kehren.«

»Steter Tropfen höhlt den Stein«, sagte Madame Francine zu mir, »die Zahl von Mesmers Feinden wächst kontinuierlich.«

Sein berühmtester Patient und glühendster Verteidiger war der große Sprachforscher Court de Gébelin. Aber Monsieur Gébelin, welcher als geheilt galt, starb unerwartet in Mesmers Salon vor dem seltsamen Behälter. So fand der »Mesmerismus« in Frankreich sein plötzliches Ende.

KAPITEL 48

LANGE HATTE ICH mir schon vorgenommen, meinen Freund aus Kindertagen, den Advokaten Jacques Georges Danton, aufzusuchen. Wo wohnte er doch gleich? Ach ja, in der Rue des Mauvaises-Paroles, in jenem alten Stadtviertel rechts der Seine, in der engen Gasse mit den rußgeschwärzten Häusern.

Als er mir die Türe selbst öffnete, zu einem Diener reichte sein Einkommen noch nicht, schien er sich ehrlich zu freuen.

»Du kommst wie gerufen, Julienne Bertot«, rief er und umarmte mich stürmisch. Er glich mehr denn je einem großen, kräftigen Bären, aber im Vergleich zu unserem König war Georges nicht plump und schwammig, sondern flink und behänd, ausgestattet mit Muskelpaketen an Armen und Beinen und einem Kreuz wie ein Kleiderschrank.

Sein hässliches, mit Narben übersätes Gesicht strahlte und er wirkte sofort liebenswert; auf der Stelle vergaß man alle ehemaligen Blessuren.

»Hoffentlich störe ich dich nicht«, sagte ich, als er mich losließ.

»Ach, weißt du, die Klienten rennen mir nicht gerade das Haus ein. Um der Wahrheit die Ehre zu geben, habe ich derzeit überhaupt nichts zu tun. Und da finde ich es großartig, dass du mich besuchen kommst, Chérie. Komm herein und setz dich.«

Er nötigte mich in eine Art Wohnstube, eine Kombination von Salon und Arbeitszimmer. Die Regale an den Wänden waren voll gestopft mit Büchern; so viele hatte ich in der Wohnung eines Bürgerlichen noch nie gesehen.

»Hast du die etwa alle schon gelesen?«, fragte ich beeindruckt.

»Freilich«, lachte Georges, »das meiste sind Werke der Jurisprudenz; die sind sozusagen Pflichtlektüre für mich, aber es sind auch viele andere interessante Bücher dabei.«

»Wie gefällt dir Paris, ist es nicht überwältigend?«, wollte ich wissen.

»Oh ja, das ist es in der Tat«, erwiderte er, »wenn man sich erst einmal daran gewöhnt hat, könnte man süchtig werden danach. Zuerst hat mich das Donnern der Karren und Fuhrwerke auf den breiten Straßen ja erschreckt. In Arcis-sur-Aube ist es vergleichsweise ruhig wie auf dem Friedhof, von Plancy gar nicht zu reden.«

»Ja«, warf ich ein, »und jeder hat's brandeilig. Es ist nicht so, wie wenn dein Großvater mit seinem Ochsengespann durchs Dorf holpert.« Beide mussten wir lachen.

»Gleich am zweiten Tag war's«, fuhr der junge Anwalt fort, »als mich das Geschrei ›Platz da. Platz da.‹ erschreckte. Vorne weg flogen Piqueure auf ihren Pferden, hinterdrein die Stallmeister, nicht im Sattel sitzend, sondern stehend. Dann kam in rasender Geschwindigkeit eine Karosse aus Glas und Gold, mit Lakaien in Prunkuniformen auf den Trittbrettern. So preschte der Bruder des Königs vorbei. Monsieur schien es mächtig eilig zu haben – sicher wartete eine Kokotte auf ihn oder ein üppiges Galadiner. Vielleicht war aber auch bloß der Teufel hinter ihm her. Ich konnte mich gerade noch an eine Hausmauer pressen, um nicht überrollt zu werden von dem rücksichtslos dahinrasenden Gefährt.

Seitdem ist mir klar, Julienne, dass das Volk hier in Frankreich gar nichts gilt. Wie du sicher schon bemerkt hast, gibt es hier nicht einmal Bürgersteige. In anderen europäischen Metropolen ist das nicht so.«

»Das wusste ich nicht. Ja, wer hier als Passant nicht Augen und Ohren aufsperrt, gerät leicht unter die Räder.«

»Vor allem junge, hübsche Mädchen«, sagte Danton und zwinkerte mir zu. »Aber wie ich sehe, gehst du nach wie vor einem ehrbaren Gewerbe nach«, meinte er mit Blick auf meine Kleidung einer einfachen Arbeiterfrau.

»Ich bin zufrieden als Zofe und bei Madame du Plessis geht es mir sehr gut.« Und ich erzählte ihm, wie ich meine großzügig bemessene Freizeit nutzte: durch Bücherlesen und Streifzüge in der Gegend von Versailles und durch die Gassen von Paris.

»Daher auch mein schlichtes Gewand. Ich will nicht als Dienerin einer Adligen auffallen.«

»Das ist sehr gut, Julienne. Nur durch eigenen Augenschein kannst du deinen geistigen Horizont erweitern. Das sollten alle denkenden Wesen tun. Das würde es der herrschenden Clique erschweren, das Volk für dumm zu verkaufen.«

Und Georges Danton begann, mir von *seinen* Erkundungsgängen durch die Hauptstadt zu berichten; nicht nur durch die vornehmen Stadtviertel, sondern durch jene Gegenden, in denen die vom Schicksal Gebeutelten lebten: Etwa die Vorstädte von Saint-Marceau, wo es winters wie sommers nach Gerberlohe stank und das Flüsschen Bièvre blau, grün und rot war von den Abwässern der Färbereien, oder von Saint-Antoine, wo das Geräusch von Sägen und Hobeln aus den unzähligen Möbelwerkstätten drang.

Der frisch gebackene Advokat hatte mir ein Gläschen Rotwein eingeschenkt und sich selber einen Mirabellenschnaps, der aus der Produktion seines Großvaters, Père Danton, stammte. Indem wir an unseren Getränken nippten, fuhr er nachdenklich fort:

»Julienne, ich sehe wohl, wie verheerend die Dinge stehen. Der seit dem Mittelalter belastete Bauer geht schier zugrunde: Er kann schuften, so viel er mag, er kommt nie auf den berühmten ›grünen Zweig‹. Jeder Fisch im Fluss, jeder Krebs im Bach, jedes Fass Wein im Keller, sogar das Feuer im Ofen und der Wind im Mühlenflügel – für alles und jedes muss er dem Grundherrn Zins zahlen. Das erstickt jede Eigeninitiative; wozu sich krumm legen, wenn der ›Herr‹, ohne einen Finger zu rühren, immerzu den Rahm abschöpft und obendrein verlangt, dass ›seine‹ Bauern jederzeit auf den Domänen ohne Entlohnung Frondienste leisten. Ohne Rücksicht darauf, dass ihre eigenen Äcker und Felder ihre ungeteilte Arbeitskraft erfordern.«

»Ja, das weiß ich«, fiel ich ein, »es hat meinen Vater Jacques auch zur Raserei gebracht, wenn er die Gerste noch vor einem Unwetter einbringen wollte, aber nicht konnte, weil er auf den Plessis'schen Gütern Garben binden musste.«

»In den Städten ist es anders«, sagte Danton. »Hier hat sich eine neue Klasse von Menschen gebildet, das Bürgertum. Nimm zum Beispiel Paris. Trotz Louvre, Tuilerien, Palais-Royal, Luxembourg oder Palais-Bourbon, trotz der prächtigen Hôtels der Conti, La Trémouille, Périgord, Mailly, Montmorency und ungeachtet der Prunkbauten der La Rochefoucauld, Harcourt, Luynes und Croy: Paris ist eine Stadt der Bourgeoisie.«

»Wieso?«, fragte ich dümmlich.

»Weil das Bürgertum die Häuser besitzt sowie den Grund und Boden, auf welchem sie stehen. Die Weinkellereien, die sich meilenweit unter den Straßen erstrecken, die Warenzüge auf den Landstraßen, die Handelsflotten auf den Weltmeeren, die Fabriken und Manufakturen, sogar die Sklavenarbeiten in den Kolonien: Alles füllt dem Bürgertum die Geldschatullen und nicht dem Adel. Der befasst sich ja nicht mit etwas so Plebejischem wie Arbeit.

Und die vielen Staatsanleihen, welche die Kassenschränke

füllen: Alles hilft der Bourgeoisie, die beherrschende Geldmacht im Staate zu sein.«

»Das leuchtet mir ein, Georges.« Ich war beeindruckt.

»Und die Bürger wissen das auch und treten dementsprechend selbstbewusst auf. Und dann stellen sie auf einmal fest, dass sie, politisch gesehen, genau wie die Bauern und die anderen Habenichtse, Nullen sind. Zugunsten der steuerfreien Stände Adel und Klerus sind sie mit schweren Abgaben belastet und dennoch sind sie wie der Landmann im Zustand völliger Rechtlosigkeit. Bürgerrechte? Ein Fremdwort in diesem Land. Wenn ich mich hier auf mein Recht als Bürger beriefe, brächte ich alle Aristokraten nur zum Lachen.«

»Nun ja, Georges«, meinte ich naiv, »es wird wohl immer so bleiben, dass die edlen Herren darüber befinden, wie viele Rechte sie uns zuzubilligen bereit sind.«

Danton beugte sich vor und fasste mich ernst ins Auge. »Ich will dir mal was sagen, Chérie«, erwiderte er lebhaft, »als ich vor einigen Wochen krank im Bett liegen musste, habe ich mir die Zeit mit Lesen vertrieben – diesmal nicht mit Schriften über Recht und Gesetz, sondern mit der ›Encyclopédie‹, herausgegeben von den Herren Diderot und d'Alembert. Es ist ein Nachschlagewerk allgemeinen Wissens, nach Stichworten geordnet. Und nun, Julienne, rate mal, was ich unter dem Stichwort ›Autorität‹ gefunden habe?«

»Dass sie von Gott verliehen wird und ewig ist«, vermutete ich, »und dass natürlich nur der Adel und der hohe Klerus diese Verbindung zum Herrgott haben«, fügte ich resigniert hinzu, »und niemals ein Angehöriger des ›Dritten Standes‹ oder gar ein höriger Bauer.«

»Dann hör mir jetzt mal genau zu, meine Liebe: ›Kein Mensch hat von der Natur das Recht erhalten, anderen zu befehlen. Die Freiheit ist ein Geschenk des Himmels und jedes

Individuum der gleichen Gattung hat das Recht, sich ihrer zu erfreuen, sobald es sich der Vernunft erfreut.‹«

»Das hast du auswendig gelernt, Georges?«, fragte ich überrascht.

»Aber ja – und noch viel mehr. ›Die durch Gewalt erworbene Macht ist nur eine gewalttätige Aneignung. Und sie dauert nur so lange, wie die Befehlenden stärker sind als die Gehorchenden. Sodass, wenn diese ihrerseits stärker werden und das Joch abschütteln, sie es ebenso mit Fug und Recht tun wie der andere, der es ihnen auferlegt hat.‹«

»Oh, mon Dieu«, rief ich begeistert, »wenn das wahr ist, dann könnte sich in Frankreich ja einiges ändern – mit der Zeit jedenfalls.«

»Es ist höchste Zeit, ma Chère«, ereiferte sich der junge Mann aus Arcis-sur-Aube, dessen Großvater in dem armseligen Nest Plancy noch Mist schaufelte.

»Über ›Recht und Ordnung‹ habe ich auch etliches gefunden, was mich als Juristen besonders zu interessieren hat. In diesem Buch steht: ›Delikte bleiben ungestraft, weil der Schuldige sich dem Gesetz entziehen kann, entweder durch die Vorrechte seines Standes, seines Ranges, seiner Autorität, seines Ansehens, seines Vermögens, seiner Gönner oder seiner Geburt.‹«

»Das habe ich schon häufig gehört«, fiel ich ihm ins Wort, »besonders wenn sich adlige Herren an Mägden vergreifen, dann ist das kein Vergehen, sondern sein Herrenrecht. Aber wehe, ein Diener würde es wagen, die Tochter eines Edelmannes zu notzüchtigen.«

»Die Schweizer haben es jedenfalls besser als wir«, erklärte mir Georges Danton. »In Frankreich ist der König der Gesetzgeber, in Genf das Volk oder die Vertreter des Volkes. In einem despotischen Staat wie dem unsrigen bedeutet das Oberhaupt der Nation alles, die Nation hingegen nichts.«

Mir schwirrte der Kopf. Es war nicht zu leugnen, es hatte sich einiges verändert im Land:

Bei allen Häusern in Paris, deren Besitzer eine Feuerversicherung abgeschlossen hatten, war über der Tür Folgendes zu lesen:

MACL. Das bedeutete: Maison assurée contre l'incendie (gegen Brand versichertes Haus). Und was machte neuerdings das impertinente Volk daraus? »Marie Antoinette cocufie Louis« (Marie Antoinette macht Ludwig zum Hahnrei).

Danach sprachen Danton und ich über meinen Liebsten Julien und meinen kleinen Sohn Jacques, über meine Erkundungsgänge quer durch die Stadt, über Père Cigogne – welchen er übrigens schon gut kannte –, über meine Herrin, Madame du Plessis, sowie über Babette und Émile und deren wachsende Kinderschar in Plancy.

Georges lachte herzlich über meine Anstrengungen, die Gaunersprache zu erlernen, und erzählte mir seinerseits über seinen Großvater und dessen neue Frau, über seine Eltern in Arcis-sur-Aube und über seine Schwestern. Dann rückte er heraus mit Antoinette-Gabrielle: seiner hübschen Braut, sanft und anschmiegsam, Tochter des Besitzers des »Café Parnass«. An der Ecke der Place de l'École und des Seine Quais lag es dem Palais Royal und dem Châtelet nahe. Georges war ein häufiger Gast im »Café Parnass« gewesen. Der Patron des Lokals, François Jérôme Charpentier, war ein temperamentvoller Mann mittleren Alters. Seinen schwarzen Äuglein entging nichts. Auch nicht der hünenhafte Danton, der mit Madame Charpentier oder – noch lieber – mit deren hübscher Tochter, Antoinette-Gabrielle, ein wenig plauderte, wenn er seine Zeche bezahlte.

Blickte er das Jüngferchen direkt an, ergoss sich tiefe Röte über dessen anmutiges Gesicht – und dies bei einer Wirtstochter in Paris.

In der Tat, die süße Kleine – siebzehn war sie inzwischen – war gänzlich unverdorben, eine Rarität in jenen lasterhaften Zeiten. Georges Danton hielt bei Père Charpentier um die Hand des Mädchens an. So ganz nebenbei ließ er seine in Aussicht stehende Würde eines »Avocats aux Conseils du Roi« einfließen. Der Schwiegervater in spe wusste Bescheid und nickte beifällig.

Kurze Zeit danach erfuhr ich von Père Cigogne, der Danton immer wieder mal einen Klienten zuschanzte, dass dieser es »geschafft« hatte. Monsieur Charpentier lieh ihm Geld zum Erwerb einer Kanzlei nebst Kundenstamm, als er die Tochter heiratete. Seine Kanzlei lag in der Rue de la Tixeranderie auf dem rechten Ufer der Seine, unweit der Rue Geoffroy-l'Asnier, und seine Wohnung hatte er nun auf dem linken Seineufer im ersten Stock eines äußerst vornehmen Gebäudes.

KAPITEL 49

Mir gingen die Worte Madame Otéros noch manches Mal durch den Kopf; denn auch mit mir hatte die Hellseherin gesprochen.

»Es ist gut, Mademoiselle, dass Sie nicht auf Ihrem formalen Recht beharren, sondern sich mit dem Stand bescheiden, welchen Sie jetzt innehaben. Diese kluge Entscheidung wird es Ihnen ermöglichen, ein hohes Alter zu erreichen. Nach den schlimmen Zeiten, von denen ich gesprochen habe, werden Sie Ihre Dienste einer Dame von höchstem Adel widmen, welche Ihre Ergebenheit und Diskretion zu schätzen weiß, denn sie wird in ihrem bisherigen Leben sehr großes Leid erfahren haben. Ihre Heimat Frankreich werden Sie verlassen.«

Der Winter des Jahres 1788 auf 1789 war einer der härtesten und grausamsten seit Menschengedenken. Wochenlang lagen die eisigen Temperaturen unterhalb des Gefrierpunktes; die Seine und ihre Nebenflüsse waren zu Eisblöcken erstarrt.

Der Schnee türmte sich in den Gassen zu wahren Gebirgen auf. Der Unrat blieb liegen, da die Abfallfuhrwerke nicht fahren konnten. Trotz der Kälte war der Gestank mörderisch.

Madame Francine und die übrigen Hofleute igelten sich im Schloss ein; nicht einmal Spaziergänge im Park waren möglich, denn es schneite ununterbrochen. Natürlich gelangte ich auch nicht mehr in die Hauptstadt.

Im Spätherbst waren wie jedes Jahr die Ärmsten der Armen vom Land nach Paris geströmt, hofften sie doch, bis zum Frühjahr Arbeit und Unterkunft zu finden. Für diese Menschen hatte man billige Herbergen errichtet.

Dort mussten sie zu dritt oder viert in einem Bett schlafen. Ihre Nahrung erbettelten sie oder sie stahlen sich das Nötigste. Kleine Kinder wurden als unnütze Esser im Findlingshospiz abgeliefert.

»Die Nonnen des Hospizes finden in den bitterkalten Winternächten jeden Morgen bis zu vierzig neugeborene Säuglinge auf ihrer Türschwelle liegen, viele von ihnen steif gefroren oder verhungert«, hatte mir Père Cigogne bei meinem letzten Besuch vor drei Wochen in Paris erzählt, als es noch möglich war, mit einem Fuhrwerk in die Stadt zu gelangen.

Die Salpêtrière bot bis zu siebentausend Frauen und Mädchen Platz; auch ältere Kinder wurden darin aufgenommen, ebenso alte Dienstmägde, die nicht mehr viel taugten, oder Dirnen, die zu alt für ihr Gewerbe geworden waren. Man konnte sie in der Eiseskälte kauern sehen, wie sie an langen Tischen, mit weißen Atemwolken vor dem Gesicht, mit vor Frost erstarrten Händen versuchten, Näh- oder Strickarbeiten auszuführen.

Im ältesten Hospiz der Stadt, dem Hôtel-Dieu, hatten die Behörden Platz für etwa vier- bis fünfhundert Menschen geschaffen. Aber was sollte man mit den Tausenden machen, welche in langen Reihen vor dem Tor um Einlass bettelten? Die Zahl der Blinden und Verkrüppelten schien sich in jenem verfluchten Winter 1788 auf 89 verdreifacht zu haben.

»Ich habe sie gesehen, die Blinden, wie sie in Dreiergruppen mit ihren Stöcken hilflos über das vereiste Pflaster taperten, in der anderen Hand die Bettelschale krampfhaft festhaltend. Die Beinamputierten aus dem Krieg in Amerika bevölkerten die Kirchentreppen und Hauseingänge. Die meisten schüttelte ein schrecklicher Husten und viele spuckten Blut«, schilderte Père Cigogne das Elend dieses Winters. »Die Eiseskälte wich nicht, aber die Jammergestalten wurden allmählich weniger, weil viele Hungers starben oder an einer Lungenentzündung zu Grunde gingen.«

Monatelang war Paris von der Außenwelt abgeschnitten; weder Lastkähne noch Holzboote konnten die Stadt erreichen. Folglich gab es auch kein Brennmaterial, um die Armenquartiere zu beheizen. Ähnlich stand es um die Lieferung von Getreide. Kein einziges Boot mit Korn konnte am Louvre-Kai anlegen. Mit anderen Gütern und Waren verhielt es sich ebenso. Nur die Schieber machten großartige Geschäfte.

Der König besuchte die Dörfer rund um Schloss Versailles – soweit die Pferde seinen Schlitten auf der gebahnten Spur ziehen konnten – und verteilte Geld aus seiner Privatschatulle. Obwohl Ludwig XVI. nicht knauserig war, bedeutete das doch nur den Tropfen auf dem heißen Stein. Der König und Monsieur Necker kauften Brotgetreide im Ausland auf und ließen es in die Hauptstadt schaffen. Eine gut gemeinte milde Gabe, aber es reichte nicht.

Unterdessen wurde in Paris das Lob auf Philippe von Orléans gesungen. Ein paar seiner Bilder hatte er versteigern lassen und den Erlös von acht Millionen, den er leicht verschmerzen konnte, da er ihn nie wirklich besessen hatte, für die Armen zur Verfügung gestellt.

Was Marie Antoinette aus ihrer Privatschatulle spendete, nahm hingegen niemand zur Kenntnis.

Im Jahr 1789 wollte es einfach nicht Frühling werden. Das Land war wie erstarrt. Viele hatten ihre Arbeit verloren. Es gab immer noch kein Getreide, und so waren auch viele andere Gewerbe betroffen: kleine Gasthäuser, Garküchen, Cafés und Bistros. Auch die Bordelle litten darunter und die käuflichen Frauen bevölkerten die Salpêtrière oder das Hôtel-Dieu.

Auch Anfang März konnte noch kein Boot die Seine befahren.

Wie zum Hohn stieg der Brotpreis unaufhaltsam in die Höhe. Hatte man im November noch zwölf Sous für einen Laib Brot bezahlt, waren es im Februar sogar achtzehn. Und der Preis kletterte weiter nach oben. Bezeichnend für die aussichtslose Lage war, dass man den zynischen und maßlos dummen Ausspruch: »Ach, die Armen haben kein Brot? Dann sollen sie doch Kuchen essen«, wieder in Umlauf brachte mit der dreisten Behauptung, Antoinette habe dies gesagt.

Der schlimme Satz war schon alt und stammte angeblich

von Prinzessin Sophie, als diese noch ein ganz junges Ding war; und sie war bekanntermaßen nicht gerade mit Geistesgaben gesegnet. Andere behaupteten, der Ausspruch sei noch viel älter und bereits von der Frau Ludwigs XIV. geäußert worden. Wer nach dem Urheber bösartiger Gerüchte fahndete, stieß immer wieder auf Philippe, Herzog von Orléans und Vetter des Königs.

»Ludwigs Cousin versteht es meisterhaft, sich bei den Parisern lieb Kind zu machen; in Wahrheit ist er ein übler Ehrabschneider und verkommener Parasit, dem kein Laster fremd ist. Bei Letzterem mag er mit meinem Vetter, dem Marquis de Sade, auf gleicher Stufe stehen, ohne indessen über de Sades Witz und Intelligenz zu verfügen«, äußerte sich Madame du Plessis.

Zum Glück jedoch gab es nicht wenige, welche ihn durchschauten. »Sein einziges Interesse gilt seinen Ausschweifungen«, hörte man seine Feinde sagen. Dass er sich grotesk zu schminken pflegte, wirkte nicht nur auf mich abstoßend. »Ihn jetzt zum Volkshelden zu küren ist wahrhaftig ein dummer Scherz«, kritisierte Madame du Plessis, »für das Volk hat der blasierte und egozentrische Tropf nie etwas übrig gehabt.«

KAPITEL 50

ENDLICH: DIE SCHNEEHÜGEL und das Eis schmolzen. Das Wasser stand kniehoch in den Straßen und die Keller und Hausgänge liefen voll, weil die immer noch hart gefrorene Erde es nicht aufnehmen konnte. Die Eisschollen auf der

Seine ließen ein donnerndes Krachen hören; etliche Brücken stürzten ein.

Madame Honorine, welche ich im Frühjahr 1789 wegen eines Wehwehchens aufsuchte, das nur uns Frauen zu plagen pflegt, berichtete ganz aufgeregt, sie hätte nächtelang nicht schlafen können wegen des Geheuls der hungrigen Wölfe, die sich sogar tagsüber bis zu den Stadtmauern vorgewagt hatten. Nicht nur in Paris erzählte man sich Schauergeschichten über den Isegrim, auch in den Dörfern war Schlimmes zu hören: In Plancy sollte ein Wolfsrudel ein junges Mädchen und eine alte Frau beim Holzsammeln im Wald angefallen haben. Mein Stiefvater Émile hatte gar eine solche blutgierige Bestie auf dem Hof erschossen, als sie im Begriff war, in seinem Schafstall zu räubern.

»Es war ein riesiges Tier mit schönem, dichtem Fell, das Émile gegerbt und mir als Bettvorleger geschenkt hat«, schrieb Babette.

Seit Tagen zog ein Strom von Ständevertretern der Generalversammlung nach Paris und Versailles. Jedes Mauseloch war vermietet, auch bei Père Cigogne. Gottlob gab es wieder etwas zu verdienen.

Die Ankömmlinge aus den Provinzen Frankreichs fielen in Scharen im Schloss von Versailles ein.

»Alles wollen sie ganz genau inspizieren.« Madame Campan war indigniert. »Zumindest einen Blick auf den König und seine Familie wollen sie werfen.«

Die Mehrheit wollte das Schloss Petit Trianon besuchen, hatten sie zu Hause doch wahre Wunderdinge gehört über dieses Lustschloss der Königin.

Zuerst besichtigte man das Miniaturdorf Antoinettes. Zu

Dutzenden stampften sie über die gepflegten Rasenflächen mit den niedlichen Bauernhäuschen, trampelten in die Meierei, erschreckten die geputzten Kühe und die frisch gewaschenen und gekämmten Schäfchen, ärgerten die aufgescheuchten Hühner und trieben die mit rosa Halsbändchen geschmückten Enten zur Verzweiflung. Nur ein großer Gänserich bezeigte den Herren deutlich sein Missfallen. Mit gefährlichem Zischen aus weit aufgesperrtem Schnabel und drohend ausgebreiteten Flügeln ging er mutig auf die Gesellschaft los.

»Na«, meinte einer der Delegierten laut, »das ist ja alles ganz nett, aber doch wahrlich nicht spektakulär.« Man wandte sich an die Wachsoldaten des Petit Trianon. »Wo sind denn nun die sagenhaften, mit Diamanten, Smaragden und Rubinen ausgeschmückten Gemächer der Königin?« Die Soldaten zuckten ratlos mit den Schultern.

Madame Campan schrieb später: »Die außerordentliche Schlichtheit des Lustschlosses entsprach nicht den Vorstellungen der Herren.«

Da die Seine wieder befahren werden konnte, waren endlich Getreidelieferungen in Paris eingetroffen und die Bäcker konnten wieder Brot backen. Jeden Abend waren die umliegenden Schenken voll mit Ständevertretern, welche lebhaft schwatzend Wein und Bier durch ihre Kehlen rinnen ließen.

Als warmer Aprilregen auf die Felder niederging und laue Frühlingslüftchen über die Stadt wehten, verflüchtigte sich die Erinnerung an den grausamen Winter und Hoffnung auf eine gute Ernte breitete sich aus.

Graf von Fersen schrieb an seinen Herrn, König Gustav III.: »Von nichts anderem ist mehr die Rede als von einer Konstitution und vom so genannten Fortschritt. In den Vorzimmern schlagen die Diener ihre Zeit damit tot, die endlosen Flugblätter zu lesen, die jetzt täglich erscheinen.«

Ein fleißiger Pamphletist und Herausgeber des »Ami du Peuple« war der schon erwähnte Arzt Jean-Paul Marat, ein Mann von finsterem Charakter, ein humorloser Eiferer und rabiater Feind der Aristokratie und Monarchie. Ein bedeutsames Licht auf seine Person wirft eine tragische Begebenheit, welche sich kurz nach der Hochzeit des damaligen Dauphins ereignet hatte.

In der Innenstadt von Paris hatte man ein riesiges Feuerwerk vorbereitet. Am Tage der Heirat hatte es allerdings abends ein schweres Unwetter gegeben und das Feuerwerk fiel aus. Es sollte an einem anderen Abend nachgeholt werden.

Inmitten der Hauptstadt gab es zu dieser Zeit etliche Baustellen mit Gruben, welche man zwar abgedeckt, aber nicht genügend gesichert hatte. So war der zum Zuschauen zur Verfügung stehende Raum sehr eng und die Menge drängte sich über Gebühr zusammen; dazu gesellten sich noch zahlreiche Kutschen des Adels. Feuerwerke erfreuten sich nämlich bei Hoch und Niedrig größter Beliebtheit.

Die Männer, damit betraut, die Raketen zu zünden, waren erfahren und für alle Fälle standen mit Sand gefüllte Eimer parat.

Aber es kam zu einem folgenschweren Unfall. Durch einen unglücklichen Zufall wurden alle dreihundert Feuerwerkskörper auf ein Mal gezündet und flogen mit ohrenbetäubendem Knall in die Luft.

Das Knallen, Krachen, Zischen und Bersten der Raketen versetzte die Pferde in Panik. Wild wiehernd bäumten sich die verstörten Tiere auf, rollten angstvoll mit den Augen und keilten mit den Hufen aus.

Die Nächststehenden wurden niedergetrampelt und unter den Wagenrädern zerquetscht. Das Brüllen und die Todesschreie der Passanten, welche blindlings nach vorne stürzten, konnten bis zu den Stadtgrenzen und darüber hinaus gehört werden. Riesige Feuergarben schossen unkontrolliert umher, trafen die Menschen, die Kutschen und die Pferde, ließen Wagen, Perücken und Kleidung, Mähnen und Schweife in Flammen aufgehen.

Die provisorischen Abdeckungen der Baugruben hatten sofort nachgegeben; Menschen, Tiere und Wägen stürzten in die Bauschächte und es gab Hunderte von Toten.

Die Leichen warf man in die Seine, welche sich rot färbte. Keiner hat all die abgetrennten Arme und Beine gezählt, die inneren Verletzungen aufgelistet, die Knochenbrüche und die Schädelfrakturen. Wie viele haben ihr Augenlicht verloren?

In dieser Nacht des Schreckens musste jeder verfügbare Arzt zur Stelle sein, desgleichen alle Feldscher und Bader. Auch Apotheker und Hebammen langten zu. Unter den Zuschauerinnen waren auch Schwangere gewesen, die nun Fehlgeburten erlitten.

Das Handwerk der Ärzte war ein blutiges: Zerquetschte und verbrannte Gliedmaßen mussten zuhauf amputiert werden. Selten genügten einfaches Schienen oder ein simpler Verband.

Jeder Mediziner hatte sich eine Straßenecke ausgewählt und Helfer trugen ihm die Schwerverletzten und Halbtoten, die man erst mühsam aus den Baugruben hatte bergen müssen, zur Behandlung zu. Viele überlebten diese nicht, weil ihre Blessuren einfach zu stark waren.

Die Helfer legten die Toten beiseite, um sie später in den Fluss zu werfen. Alle auf christliche Art zu bestatten, hätte

Wochen gedauert und womöglich einen Seuchenausbruch zur Folge gehabt. Auch die verendeten Pferde landeten in der Seine.

Einer der Ärzte fiel auf. Er sprach so gut wie kein Wort und das Wenige, was er von sich gab, war wohl überlegt; seine chirurgischen Eingriffe waren kompetent und entschlossen. Er arbeitete bemerkenswert rasch und präzise und konzentrierte sich nur auf seine grausige, aber notwendige Aufgabe.

Die Burschen, welche ihm die Verletzten zutrugen, ließen daher beinahe vor Schreck ihr schwer verwundetes Opfer fallen, als der Arzt plötzlich »Weg mit dem elenden Aristokratenpack!«, schrie.

Marat hatte sich aufgerichtet. Wie er da stand im Schein der Pechfackeln mit Beil und blutiger Knochensäge, die Augen sprühend vor Zorn, das Haar wirr im Gesicht, wirkte er nicht gerade wie ein rettender Engel.

»Ich behandle nur Menschen«, brüllte er in Richtung der erschreckten und gleichzeitig verdutzten Gesichter.

»Aber, aber, Monsieur …«, stotterte ein junger Mann, der einen offensichtlich ohnmächtigen Edelmann mit einer schweren Kopfverletzung auf den Armen hielt. Marat schnitt ihm barsch das Wort ab:

»Merk dir, Kerl, für Adelsgesindel rühre ich keinen Finger, das kann meinetwegen verrecken.« So schnell wie er explodiert war, beruhigte er sich wieder. In ganz normalem Ton sagte er zu den jungen Leuten:

»Tragt den Verletzten zur nächsten Straßenecke. Der Kollege dort soll ihn behandeln. Mir aber bringt nur Menschen, wie ihr selber welche seid.«

Und als sie sich umwandten, rief er ihnen noch nach: »Und mit Pfaffen bleibt mir ebenfalls vom Leibe.«

Dies hatte mir seinerzeit ein junger Mann erzählt, welcher

Schreiber bei Monsieur Jean-Jacques Rousseau gewesen ist. Er war in jener Schicksalsnacht auch zum Feuerwerk gegangen, aber da er später kam, stand er weit weg von dem grausigen Geschehen. Sooft ich in Zukunft den Namen Jean-Paul Marat hörte, musste ich an diese Begebenheit denken.

KAPITEL 51

Amerika war das Gelobte Land aller Zeitungsschreiber. Hier hatten freie Männer, erfüllt vom Fortschritt, frei von egoistischen Motiven nur dem Wohlergehen des Volkes verpflichtet, den Idealstaat geschaffen. So behaupteten sie zumindest.

Aber immerhin hatten sie das Joch des englischen Königshauses abgeschüttelt und nach schweren Kämpfen dem Land eine unabhängige Regierung beschert. Nichts sagende Titel und absurde Privilegien, wie sie in Frankreich üblich waren, hatte man abgeschafft.

»›In Amerika hat jeder Bürger die Chance, kraft eigener Intelligenz, Einsatzfreudigkeit und Opferbereitschaft hohe, ja sogar höchste Staatsämter zu erlangen. Keines Menschen Schicksal wird mehr durch den bloßen Zufall seiner Geburt bestimmt‹«, las mir Julien aus dem »Ami du Peuple« vor, »und jetzt, Julienne, hör weiter: ›Wie ist es dagegen in Frankreich? Jeder Täufling, dessen Vornamen ein Adelstitel vorangestellt ist, hat schon gewonnen. Nämlich Reichtum, Steuerfreiheit und Ansehen und dies bereits durch seine Geburt.‹«

Das traf leider zu. Während man in Versailles dem Luxusleben frönte, gingen in Paris immer mehr Habenichtse verzweifelt auf die Straßen.

Wie ich selbst feststellen konnte, nahmen diese zufälligen Zusammenrottungen an Bedrohlichkeit zu. Immer öfter beorderte die staatliche Ordnungsmacht eine Schwadron Soldaten zu besonders auffälligen Gruppen und die Offiziere trieben die zerlumpten Demonstranten brutal auseinander.

Jeder Deputierte der Generalstände bewunderte die Bürger Amerikas. Besonders ihre frei gewählte Regierung fand Beifall. Viele junge französische Aristokraten hatten den Kolonisten in ihrem Krieg gegen die englischen Unterdrücker geholfen und hofften nun, dass sich auch in Frankreich die Idee von Freiheit und Gleichheit aller Menschen durchsetzen würde. Die meisten waren bereit, einen König an der Spitze des Staates zu dulden. Aber nach innen sollte er nur begrenzte Machtbefugnisse besitzen.

Ein Generalständler schrieb an Madame du Plessis:

»Jeder von uns möchte Freiheit; aber jeder versteht darunter etwas anderes. Der Landadel will nicht länger dem Hochadel untergeordnet sein, der niedere Klerus verlangt, am Wohlleben der Bischöfe teilzuhaben, und der Hochadel erklärt gar, der König könne getrost über alle das Zepter schwingen; sie selber aber seien selbstverständlich davon ausgenommen.«

Die Generalständeversammlung setzte sich aus drei Gruppen zusammen: dem so genannten Ersten Stand oder dem Klerus, dem Zweiten Stand oder dem Adel und den Abgesandten des Bürgertums, welches den Dritten Stand bildete. Von den Tagelöhnern und Bauern sprach niemand.

Nirgends war die genaue Anzahl jeder Gruppierung festgelegt. Man einigte sich auf jeweils dreihundertfünf Abgesandte gegenüber sechshundertzehn Abgeordneten des Dritten Standes.

Ludwig hatte sich der Argumentation Neckers angeschlossen: »Der Erste und der Zweite Stand werden stets gegen Reformen stimmen – schon um die Position der Krone zu schwächen. Das haben wir bereits bei den Mitgliedern des Pariser Parlements sowie bei der Notabelnversammlung erlebt. Ich kann mich nur auf die Männer des Dritten Standes verlassen und muss dafür sorgen, dass dessen Zahl so groß ist, dass er nicht ständig von den beiden anderen Ständen überstimmt werden kann.«

KAPITEL 52

ICH HATTE MEINE Herrin zu ihrem Handschuhmacher nach Paris auf die Île Saint-Louis begleitet. Um nicht den Unmut der Massen zu provozieren, verzichtete Madame Francine auf ihre große, gräfliche Kutsche mit der berittenen Abteilung der Schweizer Garden als Begleitschutz. Stattdessen nahmen wir die kleine Equipage mit lediglich zwei Lakaien als Eskorte. Die Männer trugen keine prunkvolle Livree – nichts wies auf eine wichtige Dame des Hofes hin. So dachten wir.

Als wir den Heimweg antraten, war die Sonne bereits hinter den Dächern untergegangen. Vom Westen zogen dunkle Wolken heran.

Plötzlich mussten wir in der Nähe des Pont Neuf abrupt anhalten. Ehe wir es uns versahen, saßen zwei finstere Kerle mit uns im Wagen, ein dritter hatte sich allem Anschein nach auf den Bock geschwungen, denn wir hörten eine raue Stimme kommandieren: »Fahr weiter, Hurenkerl.« Von den beiden Lakaien war nichts mehr zu hören und zu sehen. Die Pferde zogen an und weiter ging die Fahrt.

»Wollen Sie Geld, Messieurs?«, fragte Madame du Plessis die Strauchdiebe und flink bemächtigten sich die verkommenen Subjekte ihrer Geldbörse, um gleich darauf die Herausgabe ihrer Pretiosen zu verlangen. Zum Glück hatte meine Herrin an jenem Tag nur wenig Schmuck angelegt. Schweigend trennte sie sich von einer dünnen Goldkette, an der eine hübsche Emailleuhr baumelte, sowie von ein paar Ringen.

»Du bist doch die Hure, die die Bankerts der österreichischen Hündin aufzieht?«, fragte der, welcher Madame Francine mit seinem Dolch bedrohte, und boxte sie derb in die Seite.

»He, lass das, Jean«, grollte der andere, »Frauen schlägt man nicht.«

»Da hast du aber Glück, du Metze, dass François dabei ist, unser Kavalier. Ich würd' dir gern die Fresse polieren, verdammtes Aristokratenaas«, grölte Jean.

Mir blieb keine Zeit, Angst zu haben – leider auch keine, um meinerseits meinen Dolch zu zücken. Mit einem Ruck blieben wir abermals stehen. Der Kerl auf dem Bock hatte unseren Kutscher Albert in eine Gegend voller finsterer Seitengassen am Stadtrand dirigiert, in welche ich noch nie meinen Fuß gesetzt hatte.

Wir rumpelten durch einen niedrigen Torbogen und standen jetzt in einem kleinen Hinterhof, in dem es nach Kohl, Qualm und Fäkalien stank und wo etwa ein Dutzend grinsender Banditen unser Gefährt umzingelte.

Unsere ungebetenen Begleiter waren aus der Kutsche gesprungen und ich lehnte mich hinaus und schrie die Gauner an:

»Der Teufel soll euch Scheißpack holen. Ich werd's Père Cigogne verklickern. Der hetzt euch die Iltisse auf eure ungewaschenen Maschen. Dann könnt ihr in der Klemme schwitzen, bis euch Karlchen holt. Oder Père Cigognes Leute lassen euch ohne Prozess mit Seilers Tochter Hochzeit halten.«

Einer der im Hof stehenden Strolche hielt eine brennende Pechfackel in der Faust, welche er wütend nach mir ins Innere unseres Wagens stieß. Blitzschnell hatte ich mich geduckt und die lodernde Flamme traf nicht mich, sondern streifte Madame du Plessis, die einen wilden Schmerzensschrei ausstieß und beide Hände an ihr malträtiertes Gesicht hielt.

»Verschwinde«, hörte ich die gebieterische Stimme eines großen Kerls, welcher den Angreifer mit der Fackel grob zurückriss und wütend zur Seite schleuderte.

»Woher kennst du Père Cigogne, Kleine?«, erkundigte er sich.

»Er ist mein Onkel«, log ich dreist »und er wird schäumen vor Wut, wenn ich ihm von eurem Überfall berichte.«

»Tut uns wirklich Leid«, sagte der Mann, anscheinend der Chef der Bande. »Wir konnten nicht wissen, dass du dich mit Adelspack herumtreibst. Aber um unseren guten Willen zu zeigen, bekommt Ihr Euer Geld zurück«, wandte er sich an meine Herrin, die sich noch immer ihre schmerzende Wange hielt.

Er winkte den Banditen heran, welcher Madame du Plessis ausgeplündert hatte. Fordernd hielt er dem Ganoven seine große Pranke hin und jener legte, maulend und sichtlich wütend, die geraubte Börse hinein und der Bandenführer warf sie der Gräfin in den Schoß.

»Und den Schmuck, den er geklaut hat, will ich auch wieder

haben«, verlangte ich frech und siehe da: Auch die Ringe und die Kette mit der kleinen Uhr wechselten zum zweiten Mal ihren Besitzer. »Jetzt macht, dass Ihr weiterkommt«, rief der Anführer der Räuberbande, »und grüßt mir Père Cigogne.«

Er gab unserem verschreckten Albert ein Zeichen, dass er seine Gäule in Bewegung setzen sollte, was sich dieser nicht zweimal sagen ließ. Nach einem schwierigen Wendemanöver verließen wir durch das niedrige, enge Tor den verlotterten Hinterhof.

Nun erst erlaubte sich Madame Francine ein Stöhnen; sie litt arge Schmerzen, denn die Fackel hatte ein etwa handtellergroßes Stück Wangenhaut angesengt.

»Ein Glück, Madame, dass die Augen nicht betroffen sind, das andere bekomme ich wieder hin«, versuchte ich sie zu beruhigen. Meine Herrin hatte Angst davor, eine entstellende Narbe im Gesicht davonzutragen.

Solange wir unterwegs waren, konnte ich nichts für sie tun außer Monsieur Albert zuzurufen, so schnell wie möglich nach Hause zu fahren. Aber der fuhr ohnehin wie vom Teufel gejagt.

Zu Hause reinigte ich die Wundfläche mit abgekochtem Wasser und machte der Gräfin einen Umschlag aus weißer Leinwand, getränkt mit Lavendelöl.

»Gegen Brandwunden gibt es nichts Besseres, Madame. Sie werden sehen, nach ein paar Wochen ist die Verletzung ohne Narbenbildung verheilt.«

Und so war es auch. Zur Beschleunigung der Heilung hatte ich nach einer Woche mehrmals am Tag zusätzlich einen Salbenverband mit Ringelblumensalbe und Gänsefett angelegt.

Die Königin war außer sich, als sie von dem Überfall auf die

Gouvernante ihrer Kinder erfuhr. Sie weinte sogar, als sie die Verletzung der Gräfin sah.

Madame war überglücklich, den Zwischenfall in Paris trotz allem so glimpflich überstanden zu haben. Ohne ausreichende Bewachung wagte sie sich nicht mehr auf die Straße.

KAPITEL 53

Am 5. Mai 1789 sollten die Deputierten der Generalstände ihre erste Sitzung abhalten. Tags zuvor nahmen alle teil an einer Prozession, welche feierlich ihren Weg von der Kathedrale Notre Dame zur Kathedrale von Saint- Louis nahm.

Herolde auf prächtigen Schimmeln waren die Anführer des prunkvollen Zuges; danach marschierten die Abgeordneten des so genannten Dritten Standes an der Menge vorbei, die sie lauthals bejubelte.

Die Herren waren schlicht gekleidet in schwarze Anzüge ohne jede Zier und in schwarze Umhänge, die ihnen bis zum Oberschenkel reichten; auf dem Kopf trugen sie einen schwarzen Dreispitz ohne Federgarnierung. Die Kleiderordnung war streng: Jede Art von Putz war den Vertretern des Dritten Standes untersagt.

»Sie sehen aus wie traurige Krähen«, murmelte Demoiselle Hélène, die den Zug der Generalstände ebenfalls beobachtete. »Da bieten die Vertreter des Zweiten Standes schon mehr fürs Auge.«

Deren schwarze Seidenmäntel waren mit üppigen Goldstickereien geschmückt, die Umhänge und Westen waren silberverziert, dazu trugen sie die schwarzseidenen Culottes (Kniehosen), Seidenstrümpfe, Spitzenjabots und -manschetten und auf ihren Hüten wehten herrliche, weiße Federbüsche.

Madame du Plessis hatte auch mir gestattet, das Spektakel dieser feierlichen Zeremonie mitzuerleben, und so stand ich neben Demoiselle Hélène in der Nähe der Kathedrale Notre Dame und klatschte begeistert. Nun näherte sich der Erste Stand.

Die einfachen Priester trugen wie die Vertreter des Dritten Standes schlichtes, nüchternes Schwarz ohne schmückendes Beiwerk.

Nur der höhere Klerus war herausgeputzt. Die Bischöfe waren in scharlachrote, die Erzbischöfe in violette und die Kardinäle in purpurrote Roben gehüllt.

Plötzlich hörte man Vive-le-Roi-Rufe und da schritt auch schon Ludwig XVI. an uns vorüber, zum Greifen nahe. Dem Anlass entsprechend hatte Seine Majestät ein golden glitzerndes Gewand gewählt und auf seinem riesigen Hut funkelte ein außergewöhnlich großer Brillant.

»Wenn der Klunker lupenrein ist, könnte unser König damit ein neues Krankenhaus bauen lassen«, ließ sich neben mir laut ein Mann vernehmen. Dem Aussehen nach war er ein wohlhabender Kaufmann. Er hatte zu mehreren Begleitern gesprochen, allesamt gut gekleidete Bürger.

»Haben Sie gesehen?«, fragte ein anderer spöttisch. »Der Gesichtsausdruck Seiner Majestät will so gar nicht zu seiner pompösen Aufmachung passen. Hat er sonst immer ein leutseliges Lächeln fürs Volk übrig, so sieht er heute richtig griesgrämig aus.«

»Kein Wunder, mein Freund«, lachte ein anderer, »hören Sie doch, Messieurs.« Auch ich spitzte die Ohren und vernahm ganz deutlich immer wieder: »Vive le Roi d'Orléans!«

Zahlreiche konservative Höflinge hatten ihn vor der Einberufung der Generalstände gewarnt, auch sein Bruder d'Artois und die Prinzen Conti und Condé. Vor einem Jahr hatten diese drei Herren ihren Bruder, respektive Vetter, in einer gemeinsam verfassten Petition ersucht, endlich Jacques Necker zu entlassen.

»Entweder ist dieser Herr strohdumm oder stinkfaul«, mutmaßte der Prinz Condé. Außerdem hatten sie verlangt, dass der König endlich hart durchgreifen und alle antimonarchistischen Provokateure in die Bastille werfen sollte.

»Diese Kreaturen werden es noch schaffen, dass das über Jahrhunderte bewährte Königtum in Frankreich vor die Hunde geht. Volksherrschaft ist brandgefährlich. Sie führt zu chaotischen Auswüchsen und Gewalttätigkeit. Das war zu allen Zeiten und bei den unterschiedlichsten Völkern so.«

Antoinette stimmte zu: »Das Volk, so gescheit es sich auch dünkt, entbehrt doch der nötigen Weisheit, um Zusammenhänge zu begreifen. Es bedarf der Lenkung durch Personen, denen diese Einsicht von Gott verliehen wurde.«

Aber Ludwig vertraute dem Schweizer und überließ ihm alle Entscheidungen. Außerdem sagte er: »Das Volk liebt mich, seinen ihm von Gott geschenkten König.«

Zur Linken Ludwigs schritt die Königin. Jetzt bei grellem Sonnenschein im Freien schien mir Antoinette, obwohl gut zurechtgemacht, doch sehr gealtert.

Ihr einst so volles Haar war merklich dünner geworden und an den Schläfen sah man weiße Fäden. Auch ihre Haut hatte an jugendlicher Straffheit eingebüßt.

In diesem Augenblick, als ich in ihr von Sorgen gezeichnetes Antlitz blickte, wurde mir zum ersten Mal bewusst, dass sie mit vierunddreißig nur knapp zwei Jahre älter war als ich. In meinen Augen war sie bisher die junge Königin geblieben, die ganze Nächte durchtanzte, Feste feierte, Verkleidungen ersann, sich im Theater amüsierte, selbst auf der Bühne sang und in ihrem Miniaturdorf mit den niedlichen Lämmchen herumtollte.

In den letzten Jahren war ein Teil der Regierungsaufgaben an Antoinette hängen geblieben, die eigentlich ihr Gemahl hätte übernehmen müssen.

»Die Königin arbeitet viel und bewirkt nichts«, stellte meine Herrin fest. Den besten Vorschlag aber, den Antoinette machte, verwarf Ludwig. Sie war dafür, die Versammlung der Generalstände nicht in Paris und seiner Umgebung, sondern etwa dreißig Kilometer von der Hauptstadt entfernt stattfinden zu lassen. Die rebellischen Hauptstädter wären dadurch von den Deputierten fern gehalten worden und hätten jene nicht beeinflussen können. Der König setzte sich unbesonnen darüber hinweg. Die Versammlung fand in Versailles neben dem Schloss statt.

Das bedeutete für die Pariser nur wenige Stunden Fußmarsch; man konnte darauf warten, dass die aufgeputschte Menge die Versammlung durch rohes Geplärre unter Druck setzen und Zugeständnisse erpressen würde.

Die hohen Herrschaften hatten inzwischen ihre Kutschen bestiegen, um an der Kathedrale Saint-Louis vorzufahren. Als die Königin in ihrer Staatskarosse an einer Gruppe von Marktweibern – erwiesenermaßen den größten Schandmäulern von Paris – vorüberfuhr, ertönte plötzlich der provokante Ausruf: »Lang lebe der Herzog von Orléans.«

Weil es vorher so still gewesen war, klang der Schrei umso lauter. Antoinette wurde bleich und griff sich ans Herz. Sie litt an Atemnot und meine Herrin, welche neben der Königin saß, reichte ihr umgehend ein Riechfläschchen. Sofort war der Schwächeanfall vorüber.

Gemeinsam mit anderen Mitgliedern der Königsfamilie nahmen Ludwig und seine Gemahlin Platz unter einem rotvioletten Baldachin auf mit Samt bezogenen und reich vergoldeten Sesseln. Aus der Ferne wirkte die Königin in ihrem mit Silberfäden durchwirkten blauen Seidenkleid und ihrem Haar, in welches ihr Leibfriseur Blumen und Perlen eingeflochten hatte, märchenhaft schön.

KAPITEL 54

Das nächste war die Suche nach einem geeigneten Saal, in dem die große Anzahl der Deputierten tagen konnte. Man fand ihn schließlich im »Salle de Menus Plaisirs«.

Die Delegierten marschierten unter Trommelwirbel und Hörnerklang ein. Der Adel nahm seine Plätze zur Linken ein, der Klerus zur Rechten des Thrones; der Dritte Stand stellte sich am jenseitigen Ende des Saales auf, dem Thron, und damit dem König zugewandt.

Die Balkone, welche für die Öffentlichkeit reserviert waren, füllten sich rasch. Als Erstes standen die Begrüßungsreden des Königs und Jacques Neckers an. Die Erwartungen waren hoch gespannt. Immerhin ging es um die Neugestaltung unserer Regierung.

Als bekannt wurde, dass erster Tagungspunkt die Erstellung einer Anwesenheitsliste war, flaute die Spannung abrupt ab. Dieser Vorgang dauerte Stunden.

Um die Mittagszeit erschien der König mit Marie Antoinette im Saal und dies belebte die Anwesenden erneut.

Ludwig hatte sich für diesen Anlass ein besticktes und mit Brillanten besetztes Gewand angezogen. Bei aller Plumpheit wirkte er dennoch imposant. Seine Gemahlin dagegen war wunderschön mit ihrer mit Silber durchwirkten Robe, einem violetten Umhang und einem Diamantreifen, der ihre aufgebauschte Frisur bändigte. Um diese fülliger erscheinen zu lassen, hatte der Friseur ein falsches Haarteil eingeflochten.

Kaum hatte die königliche Familie den Riesensaal betreten, erhoben sich die Delegierten und schrien brav: »Vive le Roi.« Danach setzten sich alle wieder hin und lauschten der Rede ihres Monarchen.

Er sprach ziemlich trocken, denn er besaß kein sehr verbindliches Wesen; aber das, was er sagte, kam von Herzen und er meinte es aufrichtig. Mehrfach erhielt der König inmitten seiner vergleichsweise kurzen Ansprache ehrlichen Applaus.

»Der Tag, auf den mein Herz gewartet hat, ist endlich gekommen, und ich befinde mich bei den Repräsentanten der Nation, welche ich mit Stolz regiere. Meine Macht ist beträchtlich«, rief der Monarch, »aber die meiner Untertanen auch. Ich habe die lautersten Absichten, und meine Liebe für mein Volk kennt keine Grenzen.«

Nach Beendigung seiner Ansprache ließ sich der König auf seinem Thronsessel nieder und Monsieur Necker begann mit seiner mit so vielen Vorschusslorbeeren bedachten Rede.

Automatisch hatten sich alle Zuhörer nach vorne gebeugt, um sich ja kein Wort des großen Mannes entgehen zu lassen. Aber bereits nach kurzer Zeit siegte die Enttäuschung.

Der »Zauberer der Finanzen« erwähnte mit keiner Silbe eine notwendige Reform und gab nur wortreich Plattitüden von sich. Das Ganze dauerte über zwei Stunden und war reine Zeitverschwendung.

Antoinettes Gesicht war maskenhaft erstarrt. Ich glaube,

dass sie mit ihren Gedanken bei ihrem kranken Sohn verweilte. Die Königin sah sich dazu verurteilt, über Stunden hier auszuharren, während sie nur am Bett ihres leidenden Kindes sitzen wollte.

Der bedauernswerte Knabe lag im Sterben. Merkwürdig war, dass er sich von seiner Mutter abwandte.

»Unter dieser abweisenden Haltung ihres ältesten Sohnes leidet Antoinette ganz entsetzlich«, berichtete Madame du Plessis den übrigen Hofdamen. Der Dauphin pflegte sich die Decke über den Kopf zu ziehen, um ihre Stimme nicht hören zu müssen.

Woher der Wandel in den Gefühlen des Jungen gekommen war, konnte man nur vermuten. Vielleicht hatten ihm böswillige Dienstboten weisgemacht, seine von ihm so sehr geliebte Mutter hätte ihn in Wahrheit überhaupt nicht lieb. Sie bevorzuge ganz eindeutig ihren zweiten Sohn, den gesunden und robusten kleinen Herzog der Normandie. Das arme Kind muss entsetzlich unter dieser vermeintlichen Zurückweisung gelitten haben.

Einmal, als Antoinette ihrem todkranken Sohn Süßigkeiten bringen wollte, wiesen die Gouvernanten sie ab mit der Lüge, Monsieur le Dauphin wolle die Königin nicht mehr empfangen. Obwohl der Knabe sehnsüchtig auf das Erscheinen seiner Mutter gewartet hatte und über ihr Nichtkommen tief enttäuscht war – schien es ihm doch zu bestätigen, dass der Königin nichts an ihm lag.

Meine Herrin hatte an diesem Tag krank zu Bett gelegen. Am nächsten Tag, als sie von dem herzlosen Verhalten der Erzieherinnen erfuhr, war sie wütend und ließ über ihnen ein wahres Donnerwetter niedergehen. Aber der Schaden war bereits angerichtet.

Beide Eltern waren nun oft in Meudon, wo ihr krankes

Kind sich aufhielt. Ludwig verzichtete sogar auf seine Jagden, um bei seinem Sohn zu sein. Von Tag zu Tag wurde er elender; sein deformierter Brustkorb zerquetschte ihm die Lunge und das Herz. Die ratlosen Ärzte konnten die Schmerzen des Kindes nur mit starken Schlafmitteln dämpfen. Der Dauphin dämmerte dahin und Ludwig und Antoinette saßen todtraurig an seinem Bett. Madame Francine litt mit der Königin.

Am 3. Juni 1789, in der ersten Stunde des Tages, war das lange Leiden des Thronfolgers zu Ende. Dem Körper des Dauphins wurden die inneren Organe zur Untersuchung entnommen, danach aber wieder in den Leib zurückgelegt, mit Ausnahme des Herzens. Dieses würde der Sohn des Herzogs von Orléans nach Val-de-Grâce bringen, wo man es gesondert aufbewahrte.

Den Körper des Knaben legte man in einen mit blauem Samt ausgeschlagenen Sarg. Diesen stellte man im Schloss von Meudon zur Schau, ehe man ihn nach Saint-Denis überführte, wo der Knabe zu seiner letzten Ruhe gebettet werden sollte.

Mönche beteten Tag und Nacht für die Seele des Kindes.

»Wozu so viele Gebete?«, fragte ich meine Herrin, »das arme Kind hat gewiss in seinem kurzen Leben nicht so schwer gesündigt, dass es so große Fürsprache im Jenseits braucht.« Madame du Plessis schwieg.

»Ich denke, der liebe Gott wird einen Teil der Gebete den Eltern zugute kommen lassen und ihre Seelen dadurch stärken«, meinte Demoiselle Hélène, welche in der letzten Zeit unerwartet fromm geworden war.

KAPITEL 55

Am Sterbetag des Dauphins war Monsieur Sylvain Bailly, der gewählte Sprecher des Dritten Standes, nach Versailles ins Schloss gekommen, um den König zu sprechen.

»Monsieur Bailly drängt auf eine sofortige Audienz bei Eurer Majestät; die Probleme der Generalstände lassen ihm angeblich keine andere Wahl«, meldete der Erste Kammerherr dem König.

»Der Dauphin war jahrelang hinfällig und sein Tod kommt für seine Eltern nicht überraschend. Als christlich denkender Mensch muss man dem Kind sein Ableben gönnen«, hatte sich Sylvain Bailly gegenüber Höflingen verteidigt, die ihn seiner geringen Feinfühligkeit wegen tadelten.

Dem Monarchen erklärte er lapidar: »Die Generalstände geraten bereits bei der ersten Aufgabe, mit der sie konfrontiert werden, in Streit.« Das ließ wenig Gutes für die Zukunft erwarten.

Nach Jacques Necker sollte jeder der drei Stände separat tagen, um die Beglaubigungen der eigenen Mitglieder durchzuführen. Der Adel war einverstanden, aber der Klerus beharrte auf ausführlichen Debatten, um die Bedingungen akzeptieren zu können. Damit hätte man noch leben können, aber der Dritte Stand weigerte sich, sich als separate Körperschaft zu versammeln. Viele Mitglieder des Dritten Standes waren Juristen und glaubten, falls sie dazu bereit wären, hätten sie damit für künftige Abstimmungen einen Präzedenzfall geschaffen; und dieser wäre höchst unerwünscht.

»Dies sind formaljuristische Spitzfindigkeiten«, kritisierte Madame du Plessis. »Mir ist das zu hoch, aber den Herren anscheinend auch. Denn wenn die Sache so sonnenklar wäre, wären sich ja alle darüber einig.«

Wie wir durch die Presse erfuhren, hegte der Bürgerstand die Sorge, bei einer Blockabstimmung aller drei Stände im Verhältnis zwei zu eins überstimmt zu werden, und deshalb bestanden seine Vertreter auf einer so genannten »Kopfwahl«. Dabei erhielt jeder Deputierte eine Stimme und alle der eintausendzweihundert Generalständler stimmten gemeinsam, aber einzeln ab.

Mir leuchtete das Prinzip sofort ein. Mochte die jeweilige Stimmenauszählung zwar langwierig sein, zweckdienlicher für den Dritten Stand erschien mir dennoch die Kopfwahl und nicht die Blockwahl, denn vom Zweiten und vom Ersten Stand erwartete ich mir keine Verbesserung der Lebensbedingungen des Volkes.

Monsieur Bailly wandte sich mit der Bitte an Ludwig XVI., er möge doch die Leitung der Diskussion übernehmen.

»Monsieur Necker ist krank und völlig ungeeignet, wie schon seine Eingangsrede zur Genüge bewiesen hat. Die Deputierten haben jedes Vertrauen in diesen Herrn verloren«, sagte Sylvain Bailly unverblümt. »Ich verstehe nicht, weshalb er immer noch von der Pariser Bevölkerung als Held gefeiert wird; aber das dumme Volk ist eben so«, fügte er verbittert hinzu.

»In der Tat muss man sich über den Stumpfsinn der Massen in Paris wundern«, kritisierte Madame Francine, »welche von ihrer abgöttischen Verehrung von Necker nicht ablassen wollen. Zu gut hat es der schlaue Bankier verstanden, sich ins rechte Licht zu rücken.«

Es war sogar viel übler. Dieser Mann war nicht davor zurückgeschreckt, gefälschte Zahlen und manipulierte Statistiken zu veröffentlichen. Alle, die deren Wahrheitsgehalt hatten überprüfen wollen, verunglimpfte er als charakterlose Vaterlandsverräter.

»Keiner wagt mehr, ihm auf die Finger zu sehen, geschweige denn ihm draufzuhauen, wenn er sich wieder einmal zu sehr bedient«, sagten seine Feinde.

Die Tatsache, dass Madame Necker zur öffentlichen Wohltäterin in Paris geworden war, erleichterte es ihm. Bereits im Jahre 1778 hatte sie ein modernes Hospital gegründet, in welchem jeder Kranke ein eigenes Bett für sich alleine beanspruchen durfte und zufrieden stellend versorgt wurde.

Die Zustände in den Hospitälern von Paris waren grauenhaft. Ich weiß es aus eigener Anschauung, weil die Gräfin du Plessis jede Woche als »Engel der Barmherzigkeit« ins Hôtel-Dieu ging, um die größte Not zu lindern, und mich dabei als Helferin mitnahm. In tausendvierhundert Betten pferchte man bis zu viertausend Kranke hinein. Das Krankenhaus – und nicht nur dieses, denn alle waren gleich schlecht – war ein Ort des Schreckens und des Unrats, wo es vor Ungeziefer nur so wimmelte.

Die Brechreiz erregenden Ausdünstungen der Siechen, welche so gut wie nie gewaschen wurden und deren eitrige oder brandige Wunden keiner säuberte und mit frischen Verbänden versorgte, waren widerlich. Patienten mit den verschiedensten Krankheiten oder Verletzungen, in den unterschiedlichsten Stadien ihres Siechtums, vom Leichtverletzten bis zum Sterbenden, wurden zu sechst und siebent in ein Bett gestopft. Es war normal, dass am Morgen mehrere Tote in einem Bett mit beinahe Genesenen beisammenlagen.

Der Dritte Stand hatte sich jetzt umbenannt und hieß nun »die Gemeinen«. Unter diesen brodelte es. Es gab immer mehr, denen es dämmerte, dass den Adeligen an einer Lösung der Probleme gar nichts lag. Der »Ami du Peuple« schürte Gerüchte, die besagten, es existierten Pläne, die Generalständeversammlung zu unterwandern, um den Bestand ihrer Privilegien noch fester zu untermauern.

Ein biederer Handwerksmeister aus dem Poitou, ein Mitglied der »Gemeinen«, hatte Père Cigogne Folgendes anvertraut:

»Ich unterhielt mich mit einem Angehörigen des Zweiten Standes über die Vorstellungen des Dritten und jener Herr sagte mir ganz unverhohlen: ›Glauben Sie mir, wir werden es zu verhindern wissen, dass an unserem Besitzstand geknabbert wird. Nicht das kleinste bisschen an Macht, Einfluss und Privilegien gedenken wir abzugeben. Im Gegenteil, wir sind bereit, mit Zähnen und Klauen unser Recht seit alter Zeit zu verteidigen und das alberne Demokratiegeschwätz berührt uns nicht im Mindesten. Der König mag schwach sein, wir sind es nicht.‹ Und da ist mir aufgegangen, welch ein weiter und dornenvoller Weg noch vor uns liegt.«

Unter der Bevölkerung kam es erneut zu Unruhen, weil sich der Brotpreis wieder erhöht hatte. Anstatt sofort einzugreifen, zog sich der König mit Antoinette nach dem Begräbnis des Dauphins für acht Tage nach Marly zurück.

»Sein Herzeleid in allen Ehren. Aber in Ausnahmesituationen verlangt das Volk mehr von seinem Herrscher als Teilnahmslosigkeit am Schicksal seiner Untertanen«, tadelte sogar Madame du Plessis den Monarchen.

Viele fanden die Trauer des Königs übertrieben, zumal ein zweiter, gesunder Sohn vorhanden war, um die Dynastie zu sichern. Eine in ganz Paris bekannte Bettlerin, Mère Brassens, schrie auf dem Fischmarkt ihre Meinung hinaus:

»Wenn ein so armseliger Krüppel endlich die Augen für immer schließt, ist das eine Gnade Gottes. Aber unser verehrter König braucht eine Woche Urlaub. Skandalös, dass jetzt gesunde Kinder vor Hunger sterben müssen.« Mère Brassens erhielt tosenden Beifall.

»Die Anprangerung der Privilegien der Oberschicht wird immer giftiger, dic Kritik an der herrschenden Klasse fällt täglich härter aus«, schrieb Graf Mercy seinem Kaiser nach Wien. Dieser beobachtete höchst besorgt die chaotischen Zustände seines Bündnispartners Frankreich.

Da ihnen niemand Einhalt gebot – weder Polizei noch Militär ließen sich blicken –, wurden die Aufrührer immer frecher.

Die dreisten Schreie: »Nieder mit den Besitzenden«, »Endlich Freiheit für alle«, »Wir verlangen Demokratie«, waren wirklich nicht mehr zu überhören.

Jacques Necker hoffte, das Militär wäre in der Lage, die Ordnung im Land zu garantieren. Gleichzeitig aber hatte er Angst vor einer Verbrüderung der Soldaten mit den Volksaufwieglern. Die Saat der Auflehnung hatte bereits in den Hirnen und Herzen der Leute gekeimt und Wurzeln geschlagen.

Die meisten Soldaten blieben zwar loyal, aber viele wurden unsicher; sie fühlten, dass die jetzige Regierung dem Untergang geweiht war. Auch Julien war sehr desillusioniert über Ludwig und seine Minister.

»Ich werde zwar meinen Posten nie verlassen«, sagte er, »aber ich bin maßlos enttäuscht über einen König, der den Schwanz einzieht, wenn es brenzlig wird.«

Manche seiner Kameraden sahen das anders und hatten ihre Wahl schon getroffen. Sie stahlen sich schlichtweg davon und entließen sich quasi selbst in ihre Dörfer.

KAPITEL 56

AB AUGUST 1788 war kein Geld mehr für das Militär vorhanden: Man schloss die Militärakademie in Paris. Mit einer Wiedereröffnung rechnete man nicht mehr; das gesamte Inventar der Akademie wurde nämlich öffentlich versteigert.

In Paris waren bislang nur die Französischen Garden stationiert; das waren gerade mal dreitausendsechshundert Mann – für den Ernstfall viel zu wenige.

Monsieur Necker hatte vor, dieses Regiment aufzustocken durch Angehörige der Pariser Polizei und durch Zusatzregimenter aus den angrenzenden Ortschaften, um der Unruhen in der Hauptstadt Herr zu werden.

Aber die »republikanische Seuche« hatte sich schon ausgebreitet. Es ereigneten sich Dinge, die bislang beim Militär undenkbar gewesen wären. Unter den gemeinen Soldaten fanden so viele Gehorsamsverweigerungen statt, dass die Offiziere klar bekannten, im Notfall nicht mit der Loyalität ihrer Männer zu rechnen. Sogar strenge Strafen konnten den soldatischen Gehorsam nicht mehr erzwingen.

Am 10. Juni bedrängten die »Gemeinen« des Dritten Standes die Deputierten des Adels und des Klerus, sich der Mehrheit anzuschließen. Das hätte bedeutet, dass diese auf ihre Eigenständigkeit hätten verzichten müssen, um nach außen Einigkeit zu demonstrieren. Selbstverständlich löste dieses Ansinnen leidenschaftliche Debatten aus, aber nach fünf Tagen waren tatsächlich die meisten Abgeordneten des Klerus von den »Gemeinen« bekehrt. Der Adel hingegen lehnte kategorisch diesen Vorschlag ab.

Aber die »Gemeinen« hatten jetzt entscheidend an Mitgliedern zugelegt; und wieder änderten sie ihren Namen. Sie erklärten sich zur »Nationalversammlung«. Dreist verkündeten sie: »Alle bisherigen Steuern sind ab sofort illegal.«

Die Königin, ihr Schwager d'Artois sowie der erfahrene Diplomat Mercy beschworen Ludwig beinahe kniefällig, endlich energisch einzugreifen, aber Seine Majestät sah keinen Handlungsbedarf.

Mercy hatte dafür plädiert, die Versammlung der Generalstände sofort aufzulösen: »Gewalt dürfte das einzige Mittel sein, um die Monarchie noch zu retten.«

»Am 23. Juni will ich selbst vor die Deputierten treten und ihnen ein eigenes Reformprogramm vorlegen. Ich bin sicher, dass es die Billigung aller finden wird, und jede Insubordination dürfte damit unmöglich sein«, verkündete Ludwig hochtrabend und fügte naiv hinzu: »Wenn sich ein Volk von klugen Gesetzen weiser Herrscher regiert weiß, erlischt jede Lust am Widerstand.«

In der Frühe des 23. Juni wurde den Abgeordneten überraschend mitgeteilt, dass das Erscheinen des Königs abgesagt worden sei. Nicht einmal die Versammlungshalle durften sie betreten. Soldaten bewachten die Türen, was die Deputierten in helle Aufregung versetzte. Vor allem die Königsgegner witterten Verrat. Nach kurzer Beratung zogen sich die Herren in ein nahe gelegenes Haus zurück, das so genannte »Ballhaus«.

Dort gelangten sie zu folgender Übereinkunft:

»Wir werden uns erst dann auflösen, wenn es uns gelungen sein wird, mit oder ohne Zustimmung des Monarchen eine Verfassung auf solider und gerechter Basis zu Stande zu bringen.«

Dieses in Frankreich denkwürdige Ereignis wurde später

als »Ballhausschwur« bekannt. Besonders die Androhung, notfalls auch gegen den erklärten Willen des Königs eine Verfassung durchzusetzen, ließ alle aufhorchen.

Am selben Tag trat Necker zurück. Wie erwartet, kam es daraufhin zu einem Proteststurm. Die »Nationalversammlung« wuchs an, denn weitere Abtrünnige des Klerus und sogar einige aus dem Adel traten ihr bei.

Das Bitterste aber war: Ganze Kompanien der Französischen Garden verweigerten jetzt den Gehorsam.

Das war nun auch dem langmütigen Ludwig zu viel und er zog Truppen, meist ausländische Regimenter, denen er mehr vertraute, um Paris zusammen.

Da die Protestschreie gegen Neckers Demission nicht abrissen, baten Ludwig und Antoinette den Bankier, doch wieder in sein Amt zurückzukehren. Nach etlichen Tagen »des sorgfältigen Abwägens« erklärte sich Monsieur Necker dazu bereit.

Aber falls man gedacht hatte, die Randalierer damit besänftigt zu haben, sah man sich getäuscht. Sie gingen nun daran, jene Abgeordneten aufs Gemeinste zu beschimpfen und zu bedrohen, die sich bisher der »Nationalversammlung« noch nicht angeschlossen hatten. In der Hauptsache waren das hohe Adlige und Angehörige des höheren Klerus.

Der greise Erzbischof von Paris wagte es daraufhin, die »Gemeinen« scharf zu kritisieren, und wäre deshalb beinahe von der aufgehetzten Volksmenge gesteinigt worden. Dieser Vorfall sorgte auch im Ausland für gewaltigen Wirbel.

Axel von Fersen beeilte sich, seinem König nach Schweden beschwichtigend zu übermitteln: »Die Rädelsführer der ganzen Sache waren drei oder vier Verrückte.«

»Das ist ja nun eine gewagte Beschönigung«, lachte Madame Francine bitter auf, »oder der gute Mann ist einer falschen Information aufgesessen.« Tatsächlich hatten sich nämlich in den Straßen von Paris gewaltige Menschenmassen führerlos zusammengerottet. Sie brüllten zotige Beschimpfungen und beleidigten die Mitglieder der Regierung, die Königin und den Adel; dazu grölte der Pöbel Freiheitsparolen.

So hat es mir Père Cigogne erzählt. Der kleine, gedrungene Mann hatte alles miterlebt: »Ich habe vorsichtshalber mein Haus verrammelt, als ich die Canaille plärren hörte.«

Ludwig wurde es unheimlich und er verstärkte die bereits um Paris zusammengezogenen Truppen, und um das der Volkswut besonders ausgesetzte Schloss Versailles ließ er noch weiteres Militär aufziehen.

Dazu hatte der Monarch auch allen Anlass, denn durch die täglichen Meutereien hatte die Truppenstärke sehr abgenommen. Der augenblickliche Bestand an Soldaten wäre vielleicht gerade noch im Stande gewesen, den Hof und seine Bewohner vor der unberechenbaren Volksmenge zu beschützen – Julien behauptete es jedenfalls –, aber ich war mir nicht sicher.

Ich gestehe, dass mich mehr als einmal ein mulmiges Gefühl beschlich, wenn ich die wütenden Demonstranten ihre Parolen grölen hörte. Ich überlegte mir ernsthaft, in welchem Schlupfwinkel ich Madame Francine, Demoiselle Hélène, die anderen Bediensteten meiner Herrin und mich selbst verbergen konnte, wenn es ernst wurde.

In der neu gegründeten Nationalversammlung sah der König eine Chance, wieder die Kontrolle über die Lage zu erlangen. Er forderte die Mitglieder des Ersten und Zweiten Standes nun selbst auf, sich dem Dritten Stand, den »Gemeinen«, anzuschließen.

Madame du Plessis hegte keinen Zweifel daran, dass es sich

dabei um einen reinen Akt der Verzweiflung Seiner Majestät handelte: Ludwig XVI. sah buchstäblich keinen anderen Ausweg mehr.

»Ein Zurückrudern auf Null ist nicht mehr möglich«, behauptete auch Père Cigogne.

Das Volk war jetzt zufrieden und bejubelte die Entscheidung des Königs. Man ließ ihn hochleben, aber Antoinette erlitt einen Nervenzusammenbruch. Die Königin wurde von Weinkrämpfen geschüttelt und tat etwas, was ich bisher bei ihr noch nie erlebt habe: Sie beschimpfte ihren Gatten.

»Sire, Sie sind ein dilettantischer Träumer und weltfremder Spinner, der gar nicht bemerkt, dass Philippe von Orléans die Hungerleider in den Pariser Vorstädten besticht, damit sie rebellieren. Erkennen Sie denn nicht, dass Jacques Necker Sie als König kaltstellen will, weil er selbst über das Volk herrschen möchte? Wo ist der Stolz der französischen Könige geblieben? Soll alles zu Ende sein, Sire? Wollen Sie wirklich kampflos aufgeben, weil es bequemer ist?«

Wieder schrie sie den König an: »Ein Blutbad muss es geben zur Abschreckung. Das wird die Rebellen lehren, sich dem von Gott auserwählten Monarchen frech zu widersetzen. Gleichzeitig müssen Sie die Nationalversammlung sprengen und ihre Mitglieder zum Teufel jagen. Sie müssen die schlimmsten Deputierten rigoros um einen Kopf kürzer machen.«

Fassungslos blickten die Hofdamen und ich auf die Sprecherin. Diese fuhr fort:

»Wer nur das Wort ›Volksherrschaft‹ in den Mund nimmt, muss was aufs Maul kriegen, und wenn in den Pariser Vororten keine Ruhe einkehrt, muss man sie eben in Brand stecken. Was schadet es, wenn ein paar Ratten gleich mitgeröstet werden?« Antoinette war wie von Sinnen.

»Seit langem schon gärt in ihr die Lethargie ihres Gemahls; jetzt tut sie eben vehement ihre Meinung kund«, befand meine Herrin später.

»Sie hat sich wie eine Rasende gebärdet«, pflichtete ihr Madame Campan bei. Zum Schuss konnte sie nicht mehr sprechen, sondern nur noch hilflos schluchzen: »Ihr Bruder, Sire, bereitet seine Emigration vor und er tut gut daran.« Aber der König blieb ihren Vorwürfen gegenüber ungerührt. Fast gelangweilt nahm Seine Majestät das Toben seiner Frau hin. »Sie lassen sich gehen, Madame. Fassen Sie sich, bitte«, war alles, was ihm dazu einfiel. Er war lediglich bereit, zusätzlich zwölftausend Soldaten nach Paris zu beordern.

Der König blieb unbeirrt bei seiner Ansicht: »Es gibt eine heilige Verbindung zwischen dem Volk und seinem Souverän; dank Gottes Gnade werden Recht und Ordnung wieder einkehren. Sobald Ruhe herrscht, kann man über Reformen nachdenken.«

»Und die will er dann wohl häppchenweise als königliche Gunstbeweise unters dankbare Volk streuen«, formulierte Père Cigogne ein wenig überspitzt. »Der König übersieht dabei nur ein nicht unwesentliches Detail: Alles das könnte man verwirklichen, solange das Volk daran glaubt, was von Gottesgnadentum und heiliger Verbindung zwischen Untertanen und Herrscher gesagt wird. Aber da hat ihm die Aufklärung einen gewaltigen Strich durch die Rechnung gemacht.«

Im »Ami du Peuple« las es sich so: »Das ›dumme und unwissende Volk‹ hat einen bedeutsamen Schritt nach vorne gemacht. Es ist nicht mehr bereit, zur eigenen schamlosen Ausbeutung Ja und Amen zu sagen. Wieso sollte es Gottes Wille sein, dass die einen alles für sich beanspruchen, während die anderen gar nichts besitzen und sich von den Pfaffen aufs Jenseits vertrösten lassen sollen?«

»So oft der Monarch auch die Geschichte Charles' I. von England gelesen hatte, war er doch nicht fähig, aus dieser Lektüre über den hingerichteten König vernünftige Konsequenzen für sich selbst zu ziehen«, schrieb Madame Campan später in ihren Erinnerungen nieder.

KAPITEL 57

WIEDER STANDEN HUNGERNDE in langen Schlangen vor den Bäckereien und gingen mit leeren Händen wieder heim zu ihren weinenden Kindern. Es war kein Mehl vorhanden, welches die Bäcker zu Brot verarbeiten konnten.

»Ich sehe jeden Tag die gramgebeugten Männer und Weiber, wenn sie wieder ohne alles in ihre Löcher zurückkehren und vor Verzweiflung weinen«, sagte Père Cigogne. »Hin und wieder können sie für teures Geld einen altbackenen Kanten oder ein schimmeliges Stück ergattern. Die Bäcker bereiten es aus dunklem Mehl und allerlei Undefinierbarem. Für Menschen ist es einfach ungenießbar. Ich würde es nicht einmal meinen Pferden zumuten.«

Am Hof allerdings merkte man davon nichts. Hier gab es Brot aus feinstem Weizenmehl im Überfluss. Die Hofdamen fütterten ihre Hündchen und Katzen damit.

Ich habe selbst gesehen, wie es vor den Bäckereien zu tätlichen Auseinandersetzungen kam: Wer einen Laib Brot ergattert hatte, lief Gefahr, dass ihm dieser aus der Hand gerissen wurde. Lebensmittelläden wurden geplündert und verwüstet; Tagelöhner und Handwerker, ansonsten friedliche Zeitgenossen, wurden zu unberechenbaren Schlägern.

In den Zeitungen stand, dass Arme vor Hunger wahnsinnig wurden, sich selbst zerfleischt oder frisch Beerdigte aus ihren Gräbern gerissen und verzehrt hätten. Die Kunde von einem besonders brutalen Fall von Hungerwahn verbreitete sich in Windeseile bis nach Versailles.

Eine junge Witwe von dreißig Jahren, deren Mann, Tagelöhner in einer Gerberei, an einer Blutvergiftung gestorben war, blieb mit sechs Kindern zurück.

Die Sprösslinge waren im Alter zwischen dreizehn Jahren und zehn Monaten. Im Vorort Saint Antoine, wo die Frau lebte, fiel den Nachbarn auf, dass es aus der Wohnung der Familie, welche nach dem Tod ihres Ernährers keinerlei finanzielle Unterstützung erhielt, jeden Tag nach Gesottenem oder Gebratenem roch. Die Mutter und ihre Kinder wirkten keineswegs unterernährt; sogar der Kleinste war rundlich mit roten Bäckchen.

Der Älteste allerdings war seit dem Begräbnis des Vaters verschwunden. Auf Befragen der Nachbarn erklärte die Witwe: »Jean habe ich zu Verwandten aufs Land geschickt. Sollen die ihn durchfüttern.« Das erschien einleuchtend.

Nach einer Weile verschwand die elfjährige Tochter und die Frau lamentierte: »Meine Mireille ist ein frühreifes Ding, das sich schon in ihrem Alter für Männer interessiert. Das freche Luder ist abgehauen. Ich denke, sie geht auf der Île-de-la-Cité auf den Strich, wo die ganz Jungen sich herumtreiben. Na, da braucht sie wenigstens nicht zu verhungern.«

Die Nachbarn nickten: »Ja, ja, die Mireille, das ist schon eine.«

Die Frau hatte es nicht nötig, Geld zu verdienen, und ihre übrigen Kinder schickte sie auch nicht zum Betteln, wie es die meisten Armen taten. Und doch: Ihr Tisch schien täglich gedeckt – den leckeren Düften nach zu schließen, welche ihrem Küchenfenster entwichen.

Eines schönen Tages fehlte der achtjährige Sohn. Die Mutter erzählte, ein Bruder ihres verstorbenen Mannes habe sich bereit erklärt, den Jungen bei sich aufzunehmen. Einer Bekannten erschien das merkwürdig:

»Dein Mann hat doch immer betont, dass er gar keine Geschwister hätte.« Aber geistesgegenwärtig verbesserte sich die Witwe: »Entschuldige, ich habe mich bloß versprochen. Ein Onkel von meinem Gaston hat ihn genommen, nicht sein Bruder.«

Eine Woche darauf überraschte ein Mitbewohner die Frau, wie sie einen Haufen blutverschmierter Kleidungsstücke unter dem übrigen Müll verstecken wollte, und stellte sie zur Rede.

»Stellen Sie sich vor, meine Louise, das dumme Ding, ist die Treppe hinuntergefallen und hat sich den Kopf ganz arg gestoßen. Sie hat geblutet wie ein abgestochenes Schwein. Alles ist verdorben, sodass ich ihre Sachen jetzt wegwerfe.«

Es war Pech für die Frau, dass dieser Mann kein Dummkopf war.

Bei einem derartigen Sturz hätte das Kind geschrien und geweint, sodass alle Hausbewohner etwas von dem Unfall mitbekommen hätten. Und welche arme Witwe würde Kleider wegwerfen und nicht waschen, ob blutbefleckt oder nicht? Außerdem wusste er, dass Louise erst zwei Jahre alt war, und er sah, dass diese Kleider einem viel größeren Kind gehören mussten.

Also kehrte der Nachbar mit einem Gendarmen zurück; die Männer verschafften sich trotz des massiven Protestes der Frau Zutritt zur Wohnung. Was sie sahen, ließ ihnen das Blut stocken.

Tags zuvor hatte sie auch ihre sechsjährige Tochter ermordet. Eine Kasserolle mit Fleischstücken und Gemüse schmurgelte auf dem Herd vor sich hin.

Von den sechs Kindern waren nur noch die zweijährige Louise sowie der Säugling übrig geblieben. Beide steckte man in ein Waisenhaus. Auf Befragen des Gerichtes gab die Frau zu, alle vier Kinder erwürgt, zerteilt und gebraten, gepökelt oder gekocht zu haben, »um nicht Hungers zu sterben«. Im Keller fand die Polizei noch ein Fass mit gesalzenen Leichenteilen.

Mit dem ältesten Sohn Jean hatte sie ihre Mordserie begonnen, weil sie dessen Widerstand bei den Morden an seinen jüngeren Geschwistern am meisten fürchtete. »Außerdem waren die älteren Kinder ergiebiger und ich habe gehofft, dass die Hungersnot irgendwann aufhört, damit ich die kleineren nicht auch noch opfern muss.«

Diese Bestie von Mutter wurde zum Tode verurteilt.

Die grausige Tat selbst aber wurde vom »Ami du Peuple« benutzt, um Stimmung gegen die unfähige und korrupte Regierung zu machen.

Am 12. Juli kochte die Volksseele wiederum, als bekannt wurde, dass der »Held«, der Bankier Jacques Necker, aufs Neue vom König entlassen worden war. Bereits seit dem Morgengrauen marschierten Demonstranten durch die Gassen. Dazu hatten einige Dummköpfe das Gerücht verbreitet, der König habe befohlen, alle Deputierten in die Luft zu sprengen.

Zum Beweis dieser ungeheuerlichen Behauptung, dass

der Herrscher Übles mit dem Volk plane, dienten die Husaren und Dragoner, die auf der Place Louis XV. Aufstellung genommen hatten, und die Schweizer Garden, welche hinter ihren Geschützen auf den Champs-Élysées in Bereitschaft standen.

Wie mir später ein Lakai der Gräfin Montmorency mit Namen Florentin erzählte, hielt im Palais Royal ein gewisser Camille Desmoulins, ein junger Rechtsanwalt und ein Kollege von Georges Danton, eine mitreißende Hetzrede.

Er warf den Parisern Feigheit vor.

»Ihr verdient es, dass ihr von Tyrannen geknechtet werdet«, schrie er leidenschaftlich, »denn keiner von euch hat die Courage, sich für seine ihm von der Natur verliehenen Rechte einzusetzen. Man kann euch bis aufs Blut peinigen und immer noch werdet ihr dem Tyrannen dankbar die Füße küssen. Bleibt ihr bei dieser feigen Haltung, die nur Sklaven ziemt, so werdet ihr auf ewig wie Sklaven behandelt werden und nicht wie freie Menschen.«

Wie Florentin berichtete, bedachte man den jungen Demagogen mit rasendem Beifall, und Schreie wie: »Zu den Waffen, Bürger«, und »Es geht um unsere Ehre, Brüder« waren zu hören. Ohne sich im Geringsten um die anwesenden Soldaten zu scheren, trampelte die tobende Menge durch die Gärten der Tuilerien und veranstaltete einen Höllenlärm. Wie gelähmt ließen die Soldaten alles geschehen.

»Plötzlich aber wurde es gefährlich«, fuhr Florentin in seinem Bericht fort, »denn ein Regiment von deutschen Soldaten, den Royal Allemands, tauchte auf. Angeführt wurde es vom Prinzen von Lambesc, einem entfernten Cousin der Königin.

Als er seinen Säbel zog, seinen Gaul nach vorn riss und

sich rücksichtslos einen Weg durch die schreiende Menge erzwang, wobei er Weiber und Kinder niedertrampeln ließ und mit seiner Waffe einen Gardisten erschlug, der sich den Protestierern angeschlossen hatte, zog sich der Mob für den Augenblick zurück.«

Wie es weitergegangen war, erfuhr ich von Père Cigogne.

»Das Scharmützel zog sich hin bis Sonnenuntergang. Hätte man den Royal Allemands Verstärkung geschickt, wären sie der Aufständischen Herr geworden. So aber waren sie auf sich allein gestellt. Als es dunkel wurde, erhielten die Aufständischen noch Verstärkung und die Deutschen mussten sich zurückziehen.

Der König höchstpersönlich hatte interveniert. Er duldete nicht, dass das Blut französischer Bürger vergossen werde. Wider jegliche Vernunft zog er die Truppen aus der Hauptstadt wieder ab. So gedachte Seine Majestät, seine friedlichen Absichten zu demonstrieren.

»Antoinette rauft sich die Haare und wirft mit Gegenständen um sich«, echauffierte sich Madame Francine, »und ich kann es ihr nicht verdenken. Der König könnte, wenn er wollte, dem ganzen Spuk ein Ende bereiten – aber aus irgendwelchen obskuren Gründen tut er es nicht.«

Noch hielten Soldaten die Pariser Vororte zu Zehntausenden umzingelt; die Regimenter standen Gewehr bei Fuß. Und weil das alle wussten, glaubten viele Bürger an eine Finte des Monarchen. Keiner dachte im Ernst daran, dass Ludwig sich solche Provokationen bieten ließ.

Als Nächstes war es nötig, dass alle sich bewaffneten. Sollte der König aus Rache ein Massaker befehlen, wollte das Volk sich nicht wehrlos niedermachen lassen.

Die Arbeiter – viele von ihnen vermochten vor Hunger und

Schwäche kaum noch zu laufen – hatten sich in den Vororten zusammengerottet und erzählten sich wüste Geschichten über den brutalen Deutschen Lambesc und seine blutgierige Soldateska. Das beflügelte den erlahmenden Kampfgeist erneut und man begann, die verhassten Zollschranken niederzubrennen.

Dann plünderte man die Werkstätten von Büchsenmachern und die Waffengeschäfte. Die jetzt bewaffneten Aufständischen erhielten sogar Zulauf von französischen Gardisten. Die Situation drohte völlig außer Kontrolle zu geraten.

»Die Regierung hatte jegliche Macht über die rasende Menge verloren«, vertraute mir Florentin später an. »Ich selbst hatte Glück, dass mich keiner als Lakai der Gräfin Montmorency erkannt hat, sonst hätte man mich zerrissen. Ich hatte mich an jenem Tag wie ein Arbeiter angezogen, um unerkannt zu bleiben.«

Graf d'Artois bat seinen Bruder händeringend, endlich die eiserne Faust zu zeigen: »Ihre Zurückhaltung, Sire, animiert die Rebellen und Anarchisten.«

Darauf der König kühl: »Ich habe mir das sehr gut überlegt. Jetzt Widerstand zu leisten, brächte die Monarchie in unnötige Gefahr. Wir würden eventuell alles verlieren. Unsere Truppen werden Paris verlassen; so stellen sie keine Provokation mehr dar. Ich werde behutsamere Mittel anwenden. Sprechen Sie mir daher nicht von einem Akt der Stärke. Ich gedenke, die rechte Zeit abzuwarten bis zum Erwachen der Menschen, die guten Willens sind und voller Liebe für ihren König.«

Das klang alles sehr nobel, erwies sich aber als verheerender Fehler. Die Bürger waren ermutigt, da keine Truppen in die rebellierende Stadt einrückten, andererseits wollte man vorbereitet sein. Das wiederum brachte Plünderungen von Geschäften und Getreidespeichern mit sich. Alles wurde zusammengerafft, was essbar schien oder irgendwie als Waffe tauglich.

KAPITEL 58

AM 14. JULI KAM das Gerücht auf, es stünde ein Angriff der Soldaten auf Paris und seine Bewohner unmittelbar bevor. Im Handumdrehen errichteten die Bürger Barrikaden. Man rechnete mit Straßenkämpfen und alle Pariser, darunter auch Frauen, versammelten sich vor dem Hôtel des Invalides und stellten an den Dienst habenden Gouverneur das dreiste Ansinnen, ihnen alle Waffen auszuliefern, die er besäße.

Dieser, ein loyaler Diener seines Königs, weigerte sich empört, dem Druck des Pöbels nachzugeben. Offensichtlich hatte er den Ernst der Lage noch nicht begriffen. Die aufgebrachte Menge machte nicht lange Federlesens und verschaffte sich gewaltsam Einlass – ohne Gegenwehr der Wachsoldaten.

Die Bürger plünderten die Keller des Hôtel des Invalides. Es wurden achtundzwanzigtausend Musketen und immerhin zehn Kanonen gestohlen. Die Rebellen jubelten. Doch noch fehlte es an Patronen und Pulver.

Gleich hinter der Markthalle an der Place d'Aligne befindet sich die Rue Théophile-Roussel und hier liegt das Gasthaus »Baron Rouge«, in welchem an jenem 14. Juli das Signal zum Sturm auf die nahe gelegene Bastille gegeben wurde. Der Anstifter war – Georges Danton.

Gegärt hatte es in diesem Stadtviertel schon seit längerer Zeit.

Ein Grund mochte gewesen sein, dass die Handwerker hier am Rand der alten Innenstadt keiner strengen Zunftordnung unterworfen waren. Der Faubourg Saint Antoine, der die Place de la Bastille und die Place de la Nation miteinander verbindet, galt in den späteren Jahren des Ancien Régime als Keimzelle der Revolution. Die vielen verwinkelten und ineinander verschachtelten Hinterhöfe boten hervorragende Schlupfwinkel für Unruhestifter.

Faubourgs waren Ausfallstraßen in Richtung der Pariser Vorstädte. Hier lebten die »kleinen Leute«: in der Regel niedere Beamte, Handwerker, Kleingewerbetreibende und solche, welche vorgaben, dies zu sein – wie Père Cigogne etwa –, fanden hier ihr Refugium.

Wo sonst hat sich geballter Volkszorn durch die vielen Jahrhunderte hindurch heftiger entladen als auf der Place de la Nation? Zu Ehren von Ludwig XIV., dem Sonnenkönig, war der Platz im 17. Jahrhundert angelegt worden. Zu Zeiten der Revolution wurde er sinnigerweise in »Platz des gestürzten Thrones« umbenannt; später wurde er eine wichtige Hinrichtungsstätte.

Jetzt ging es in Richtung Bastille. Der Vollständigkeit halber erwähne ich, dass andere behaupteten, es sei der Journalist und Rechtsanwalt Camille Desmoulins gewesen, welcher im »Café Fay«, einem beliebten Treffpunkt freiheitlich Gesinnter, auf einen der Tische gesprungen und die Rebellen zum Sturm auf die Bastille animiert habe.

Die Bastille war eine quadratische, plumpe, aber sehr wehrhafte Burganlage aus dem Mittelalter, aus gelbem Sandstein, mit dicken, runden Wachtürmen, welche fünfundzwanzig Meter hoch in den Pariser Himmel ragten.

Die bereits im 14. Jahrhundert errichtete Anlage galt als Schandfleck der Stadt, als Anachronismus.

Verwendet wurde das verabscheute Gebäude als Magazin für militärische Ausrüstung; einen Teil davon benutzte man als Gefängnis. Allerdings nicht für gewöhnliche Ganoven, sondern für eine kleine Anzahl ausgesuchter Häftlinge, meist Mitglieder des mittleren und höheren Adels. Vorwiegend wurden dort Männer wegen sexueller Straftaten verwahrt.

Madame Francines entfernt verwandter Vetter, der Marquis de Sade, zählte zeitweise zu den Eingekerkerten; aber auch Zeitungsschreiber, die allzu frech ihre Meinung geäußert hatten, saßen hier ein. Monsieur Voltaire hat gar zweimal hier verweilt und Monsieur Diderot, ein Enzyklopädist, hat ebenfalls die Gastfreundschaft der Bastille genossen, genau wie Kardinal de Rohan.

»Diese mittelalterliche Festung bietet ihren Insassen durchaus einen gewissen Komfort verglichen mit anderen Gefängnissen«, hatte vor Jahren einmal der Herzog de Lauzun verbreitet, der dort einen lästigen Verwandten hatte einweisen lassen.

Es ging die Mär, im Keller der Bastille wären Folterkammern, in denen der König seine Feinde grausam martern ließ. Angeblich wurden dort Gefangene ihr Leben lang in Gewahrsam gehalten.

Eigentlich hätte man es besser wissen müssen, als Kardinal de Rohan während der »Halsbandaffäre« nach kurzer Haft entlassen wurde. Auch den Marquis de Sade hatte die Intervention seiner Gattin bald aus der Bastille befreit und die Herren Diderot und Voltaire waren dort keineswegs verrottet.

Dass die Zellen der Bastille schon seit Jahren kaum benutzt wurden, interessierte niemanden. Sowohl im In- wie im Ausland war das Gebäude ein Symbol für Folter und lebenslängliche Inhaftierung. Eigentlich war schon seit langem beschlossen worden, den hässlichen Kasten zu entfernen.

Dem Volkshaufen, der sich an jenem 14. Juli dem Gefängnis näherte, war das einerlei. Was sie brauchten, war Munition für die Waffen ihrer soeben gegründeten Bürgerwehr. Sämtliche entlassenen Tagelöhner aus der Nähe hatten sich ihr angeschlossen. Außerdem verstärkte eine Gruppe meuternder Soldaten die Zahl der Aufständischen. Das hat mir ebenfalls Florentin erzählt, dessen jüngerer Bruder bei der Garde als gemeiner Soldat diente. Auch dieser war jetzt auf der Seite der selbst ernannten »Bürgermiliz«.

Auf den Stadtwällen waren in einer Drohgebärde Geschütze aufgefahren, die direkt auf die Menge zielten. Diese beachtete das allerdings nicht und gerade dieses Ignorieren war es, was die Soldaten verunsicherte.

Von der Bastille wusste man, dass ihre Verteidigung einem lächerlichen Häuflein von zweiundachtzig alten Soldaten oblag, die gewiss nicht ihren Hals riskieren würden – und gegen das eigene Volk schon gar nicht. Und von den anwesenden dreißig Schweizern wusste man, dass es ihnen schwer gegen ihre Ehre ging, das Feuer auf Zivilisten zu eröffnen.

Die Angreifer hatten also mit so gut wie keinem Widerstand zu rechnen. Mit lautem Hurragebrüll drangen sie in den Hof der Bastille ein und entrissen den wenigen Verteidigern die Waffen. Viele Soldaten waren den rebellischen Bürgern wohlgesinnt. Sie drehten ihre Gewehre um und wickelten als Zeichen friedlicher Kapitulation weiße Taschentücher um die Läufe.

Die »kühnen Eroberer« – so nannten sie sich selbst – drangen nun in die Zellen vor, um den angeblich zahllosen schmachtenden Häftlingen ihre Freiheit zu schenken. Die Enttäuschung war riesig, als sie deren nur ganze sieben vorfanden.

Davon waren vier wegen Urkundenfälschung Verurteilte, der fünfte war ein Graf de Solages. Den hatte seine eigene Familie wegen Inzest mit seiner dreizehnjährigen Tochter einsperren lassen.

Ein weiterer Gefangener, ein gebürtiger Ire, war wahnsinnig. Man brachte kein vernünftiges Wort aus ihm heraus.

Der siebente schließlich – er nannte sich Major White – erklärte seinen Rettern, er wäre seit beinahe dreißig Jahren in der Bastille eingekerkert.

Dieser Mann gehörte endlich zu jener Sorte von Inhaftierten, die sie zu Hunderten zu finden erwartet hatten. Mit leerem Blick kauerte er in einer Zellenecke auf verfaultem Stroh mit verfilzten Haarsträhnen. Er wiegte den Kopf, zauste seinen langen, verdreckten Bart mit schwarzen, klauenartigen Fingernägeln und murmelte Unverständliches.

Als man ihn aus seinem finsteren Loch ans Tageslicht schleppte, tappte er herum wie ein Blinder, so geblendet war er vom grellen Tageslicht.

»Viele Leute«, fuhr Florentin fort, »die den hilflosen Alten sahen, waren zu Tränen gerührt. Und keinem fiel es ein, sich danach zu erkundigen, weswegen dieser Mann eingesperrt worden war.«

Aber Rührung hin, Gefangenenbefreiung her: Die Hauptsache war der Raub etlicher Kanonen und Schießpulver sowie von Patronen und Kanonenkugeln. Dann begann die Menge mit der systematischen Zerstörung der verhassten Bastille.

Soldaten, die es abgelehnt hatten, sich den Aufständischen anzuschließen, entwaffnete man und trieb sie in einem Spießrutenlauf durch die Stadt zum Hôtel de Ville.

Die Männer waren massiven Drohungen, Schlägen und Tritten ausgesetzt. Einige wurden von der wütenden Volksmenge erschlagen, durch Steinwürfe oder durch Messerstiche getötet.

»Schneidet den Schweinen den Kopf ab«, schrie jemand und einer machte sich mit einem Schwert ans grausige Werk. Aber der Kerl war als Henker ungeübt. Sofort beendeten andere mit Messern und Dolchen die Sache. Die bluttriefenden Köpfe thronten dann auf einer Lanzenspitze und die Zuschauer des ekelhaften Spektakels waren vor Jubel ganz außer sich.

Als ich Juliens Onkel dies erzählen hörte, graute mir vor meinen eigenen Landsleuten.

KAPITEL 59

Der »Ami du Peuple« tönte: »Den Verteidigern der Freiheit ist ein entscheidender Schlag gegen den Despoten in Versailles gelungen. Die todesmutigen Eroberer haben dabei Hunderte von Gefangenen befreit. Die ekligen Rattenlöcher der Bastille waren voll gepfercht mit den Opfern königlicher Willkür, welche trauriges Zeugnis von der Tyrannei unserer Monarchie ablegt.«

Das Lügenmärchen fand williges Gehör. Der Herausgeber Marat selbst hatte den Leitartikel verfasst; er fuhr fort:

»Leider hat es Tote gegeben unter den tapferen Angreifern. Ihre trauernden Hinterbliebenen beweinen nun die Helden. Aber nicht nur die Toten, die ihr Leben geopfert haben, sind Helden. Nein, auch die Überlebenden sind es.«

Am Tag nach diesem denkwürdigen Ereignis hatte der Bruder des Königs endgültig genug von Frankreich. Er beauftragte seine Diener, alles für seine rasche Abreise vorzubereiten. Mir erschien das sehr vernünftig. Mit Sicherheit war es klüger, als einfach abzuwarten.

Und Ludwig legte weiter die Hände in den Schoß und hoffte auf die Liebe seiner Untertanen.

Der britische Botschafter meldete seinem König, Georg III.: »Die größte Revolution ist eingeleitet, von der wir je gehört haben.« Der Brite sollte mit seiner düsteren Prognose leider Recht behalten.

D'Artois hielt Ludwig XVI. für viel zu töricht, um sich aus dieser beklemmenden Lage zu befreien. Madame du Plessis war bei seinem Abschied vom König dabei.

»Sire«, hatte der Prinz gesagt, »ich glaube nicht mehr, dass Sie zur Vernunft gelangen und endlich Ihrer Armee den Befehl erteilen, auf die verdammten Rebellen zu schießen.

Die Emigration ist für mich und meine Familie, für die ich Sorge zu tragen habe, der einzige Garant für das Überleben der bourbonischen Dynastie.«

Mit diesen klaren und bitteren Worten verabschiedete er sich von seinem Bruder, von seiner Schwägerin Antoinette und der übrigen königlichen Familie.

Andere sollten seinem Beispiel folgen: Der Prinz von Condé, der Graf und die Gräfin de Polignac. Letzteres schmerzte vor allem die Königin sehr, deren liebste Freundin doch stets Yolande de Polignac gewesen war. Auch der Abbé Vermond, Weggefährte Antoinettes über viele Jahre, verließ seine Heimat.

Groß war die Anzahl derer, die nun überhastet aufbrachen. Viele flohen gleich ganz aus dem Land. Manche blieben zwar noch, bereiteten aber alles für eine plötzliche Abreise vor, sollte es noch schlimmer kommen.

Konnte man es einem einzigen Flüchtling verdenken?

In Versailles erreichte uns die Schreckensmeldung, bis zu hunderttausend Rebellen, bewaffnet mit Kanonen, seien im Anmarsch.

In den zahlreichen Innenhöfen des Palastes rotteten sich die Menschen zusammen, riefen laute Schmähungen über die Königin, verlangten aber im gleichen Atemzug, dass sich die königliche Familie mit ihren Kindern auf dem großen Balkon zeigen sollte.

»Zeigt euch. Zeigt euch. Oder wir stürmen das Schloss«, schrie die Menge. Die Höflinge zitterten vor Angst, als kurz darauf Marie Antoinette mutig den großen Balkon betrat.«

Das Geschrei der Menge klang hysterisch und der bedrohliche Unterton war nicht mehr zu überhören. Jetzt verlangten sie, die Gräfin de Polignac zu sehen.

»Wo ist die Polignac?«, schrien die Leute. »Wo die Königin ist, ist diese Hure auch nicht weit.«

Andere riefen höhnisch: »Vielleicht hat sie es mit der Angst zu tun gekriegt und wühlt sich wie ein Karnickel durch die Erde. Aber wir werden das Aas schon ausbuddeln.«

Antoinette bewies königliche Haltung, als sie sich der wütenden Volksmenge mit ihrer Familie präsentierte. Sie schien alle Beleidigungen zu überhören. Nach einer Weile zog sie sich zurück und endlich schaffte es die Palastwache, die Randalierer aus Versailles hinauszudrängen. Die Massen zogen sich zurück, nicht ohne Steinwürfe und Protestgeheul.

Der König war an diesem Tag in aller Morgenfrühe zur Nationalversammlung gefahren und hatte dort bekannt gegeben, dass er den in der Nähe von Paris stationierten Truppen den Befehl zum Rückzug gegeben hätte.

Das war ungeheuerlich und völlig unverständlich. Aber die Deputierten, ermutigt durch die feige Haltung Ludwigs, verlangten weitere Zugeständnisse.

»Das kann ja wohl erst der Anfang sein«, hielt ihm Georges Danton, einer der Wortführer des Dritten Standes entgegen. »An Reformarbeit gibt es eine Riesenmenge zu bewältigen: Der Brotpreis ist jetzt schier unerschwinglich«, rief Danton mit seiner dröhnenden Stimme und alle applaudierten ihm.

»Und Kuchen wollen die Leute komischerweise keinen mehr, daran haben sie sich inzwischen überfressen.« Das war Camille Desmoulins.

Der amtierende Ausschuss der Nationalversammlung wählte Monsieur Bailly zum Pariser Bürgermeister. »Ihm traut man das nötige Durchsetzungsvermögen zu; er gilt als klug und besonnen. Außerdem hält man ihn nicht für korrupt«, lächelte Père Cigogne, »und das will heutzutage etwas heißen, wo jeder nur die Hand aufhält.«

Viele Deputierte waren mittlerweile verärgert über die dreiste Eigenmächtigkeit der Bürger. In der Nationalversammlung feierte man zwar notgedrungen die »Erstürmung der Bastille« als Heldentat, aber im Stillen fanden die meisten, dass der Pöbel viel zu anmaßend war. Wie sollte man dem nun auch noch mit Waffen versorgten Mob Herr werden?

Man ernannte General de Lafayette, einen Veteranen und Helden des Amerikanischen Bürgerkriegs, zum Kommandanten der Bürgergarde, die später Nationalgarde genannt wurde. Monsieur Marie Joseph de Motier, Marquis de Lafayette, hatte seit 1777 am Kampf um die Unabhängigkeit der Amerikaner teilgenommen und wesentlich zur Kapitulation der Briten beigetragen.

Aber noch stand die Revolution am Anfang und man traute Lafayette zu, die Monarchie, die Nationalversammlung sowie deren Angehörige und ihren Besitz zu schützen, falls noch mehr Gewalttätigkeiten ausbrechen sollten.

Gegenüber dem Monarchen verhielt man sich abwartend-misstrauisch. Ludwig gebärdete sich zwar gutmütig bis zur Dummheit, aber das allein war schon Grund genug, ihm mit Argwohn zu begegnen. Von seinen Beratern, allen voran Marie Antoinette, wusste man, dass sie keineswegs so gutwillig waren.

KAPITEL 60

KAUM HATTE DER jüngste Bruder des Königs das Land verlassen, wurden höchst skandalöse Vorfälle publik, die sich in den Räumen des Grafen d'Artois abgespielt haben sollten. Dabei sollten sich der Gastgeber, seine Gattin, der Herzog von Orléans, dessen Mätresse und der kürzlich aus dem Kerker entlassene Marquis de Sade sowie etliche Straßendirnen und einige Diener des königlichen Bruders an einer Orgie »altrömischer Dimension« beteiligt haben.

Arrangiert habe das Ganze der bereits einschlägig bekannte de Sade. Diesmal seien seine Hauptakteure ein bezaubernd schöner Hermaphrodit, eine mannstolle Hochschwangere, ein nervöser Windspielrüde und ein Besenstiel gewesen.

Man habe sich bis zum frühen Morgen amüsiert und nach

Mitternacht wäre noch ein buckliger Zwerg mit »riesiger männlicher Ausstattung« dazugekommen. »Früh um vier Uhr waren alle erschöpft und Opfer waren ebenfalls zu beklagen:

Der Zwerg hatte eine Hodenquetschung, der Hermaphrodit litt an Herzrasen, die Schwangere lag in den Wehen, der Hund hatte sich aus dem Staub gemacht und der Besenstiel lag abgebrochen in der Ecke.«

So berichteten es Bedienstete aus dem Hause d'Artois, welche man nicht mit ins Exil genommen hatte und die nun arbeitslos auf der Straße standen. Für ihre abenteuerlichen Geschichten erhielten sie von den Zeitungen wenigstens ein bisschen Geld.

Je öfter der Unsinn erzählt wurde, desto größer wurde die Anzahl der Beteiligten. So gesellten sich nach und nach drei Kinder dazu, ein Esel, eine Krokodillederpeitsche, eine zweite Schwangere und der Zwerg erhielt als Gegenpart einen Riesen.

Als ich die skandalöse Mär zum vierten oder fünften Mal zu hören bekam, hatte der Hermaphrodit den Zwerg aus dem Fenster geworfen, der Riese die Kinder erwürgt, der Marquis de Sade den Hund mit der Krokopeitsche erschlagen, die Schwangeren hatten sich erhängt und die Schwägerin des Königs hatte den Esel mit dem Besenstiel davongejagt.

Am 16. Juli, zwei Tage nach der Erstürmung der Bastille, lud Ludwig seine Gemahlin Antoinette und seine Minister zu einer dringlichen Beratung in seine Gemächer ein: Sollte die restliche königliche Familie sich im Exil in Sicherheit bringen oder sollte man in Versailles bleiben – ungeachtet aller Gefahren für Leib und Leben?

Während der vergangenen Tage waren etliche Abordnungen von Bürgern aus Paris beim König vorstellig geworden und hatten ihn aufgefordert, seinen Wohnsitz direkt in der Hauptstadt zu nehmen.

»Dort ist der richtige Platz für den Monarchen in diesen wirren Zeiten und nicht weit abseits in Versailles«, hatte es ein Sprecher einer solchen Abordnung ausgedrückt. »Nur Sie als Souverän können kraft Ihrer Autorität dämpfend auf die aufgebrachte Menge einwirken und wieder für Ordnung sorgen.«

Es war eine schwere Entscheidung, die nun getroffen werden sollte.

»Entscheidet sich der König zum Bleiben«, erklärte mir Madame du Plessis, »wird er mit den launischen und aufgehetzten Pariser Bürgern konfrontiert werden, was ihn möglicherweise sogar das Leben kosten kann. Wählt er die Flucht, setzt er sich dem Vorwurf der Feigheit aus. Aller Voraussicht nach würde ein solches Exil sein Leben lang dauern, denn keiner ist dann mehr im Land, der sich für die Rückkehr eines solch hasenherzigen Monarchen einsetzen würde.«

Einer von Ludwigs Ministern suchte nach einem Ausweg:

»In der alten Festungsstadt Metz, etwa zweihundert Meilen östlich von Paris, könnten Sie, Sire, Ihre Gemahlin und Ihre Familie bestens unterkommen. Das Problem besteht aber in dem äußerst gefährlichen Weg dorthin.«

Das war leider nur zu wahr. Inzwischen war der Funke nämlich von Paris auf viele Provinzstädte übergesprungen. Übergriffe des gemeinen Volkes gegen königliche Beamte waren an der Tagesordnung.

Falls der König den Entschluss fasste, sich und seine Familie in Metz in Sicherheit zu bringen, würden meine Herrin und ich die Königin begleiten. Antoinette war eine lebhafte Fürsprecherin der Flucht nach Lothringen. Ein Exil im Ausland hielt sie zu diesem Zeitpunkt noch nicht für nötig. Das

Wichtigste war erst einmal, sich und die Familie in Sicherheit zu bringen.

»In Metz könntet Ihr, Sire, in Ruhe entscheiden, was Ihr tun wollt. Ihr fühltet Euch nicht bedrängt vom Pöbel, wie es hier in Versailles leider der Fall ist«, redete ihm seine Gemahlin gut zu.

»Nun, Messieurs, wir müssen uns allmählich zu einer Entscheidung durchringen«, sagte der König daraufhin. »Was raten Sie mir? Soll ich bleiben oder nach Metz gehen?«

Seine Minister sprachen sich gegen eine Flucht aus. Sein anderer Bruder, der Graf de Provence, sowie der Kriegsminister, Marschall de Broglie, befürworteten ebenfalls lebhaft das Ausharren des Königs in Versailles.

»Eine Flucht, Sire«, äußerte sich Monsieur de Provence, »ist feige und eines Königs nicht würdig.« Antoinette stand mit ihrer Meinung allein. Ohnmächtig musste sie erleben, wie ihr Mann sich fürs Bleiben entschied. Sie war wütend und enttäuscht. Zu Recht fühlte sie sich übergangen. Aber sie hatte dazugelernt. Nie mehr tadelte sie öffentlich ihren Mann, mochten seine Entscheidungen auch unsinnig sein.

»Ich beuge mich Ihrem Entschluss, Sire«, sagte sie mit Würde, »obwohl ich der Meinung bin, Ihr habt Euch falsch entschieden. Ich sage das nicht nur als die Königin, sondern als Mutter. Ich bezweifle sehr, dass in Versailles das Wohlergehen des Dauphins und seiner Schwester gewährleistet ist.«

Drei Jahre später teilte der König diese Ansicht ebenfalls. Dem schwedischen Gesandten Graf Axel von Fersen vertraute er an: »Heute bedauere ich, dass ich dem wenig durchdachten Ratschlag meiner Minister und der kurzsichtigen Meinung meines Bruders gefolgt bin. Damals erschienen mir ihre Argumente zwingend, aber ich hätte lieber auf meine Frau hören und mich aus dem Staub machen sollen, als ich noch die Möglichkeit dazu hatte.«

Trotz Ludwigs Entschluss zu bleiben bereiteten die Höflinge alles für einen schnellen Aufbruch vor. Außer dem König gab es keinen mehr, der sich Illusionen hingegeben hätte: Jederzeit konnte der Mob von Paris über das unbefestigte Schloss von Versailles herfallen und seine Bewohner samt König massakrieren.

Père Cigogne drückte es drastisch aus:

»Ich weiß nicht, ist dieser König ein Narr, ein Märtyrer oder beides? Warum in drei Teufels Namen macht er sich nicht davon, solange es noch Zeit ist?«

Auch Antoinette wollte sich ungeachtet des Königs Entscheidung auf eine Emigration vorbereiten. Als Erstes packte sie alle ihre Schmuckstücke in eine Schatulle. »Ich werde sie ohnehin in nächster Zeit nicht mehr anlegen können«, sagte sie zu Madame Francine, die ihr behilflich war.

Als Nächstes sortierte die Königin ihre Papiere aus. Alles was geeignet gewesen wäre, sie in irgendeiner Weise zu diskriminieren, beförderte sie in den Kamin ihres Boudoirs.

Die Trauer über den Tod ihres ältesten Sohnes hatte sie noch lange nicht überwunden. Hinzu gesellte sich jetzt neuerdings der Schmerz über die Trennung von vielen guten Freunden.

»Ich gönne allen meinen Vertrauten die Abreise. Aus Verantwortungsgefühl gegenüber ihren Familien tun sie recht daran, aber mich schmerzt der Abschied doch«, sagte sie wehmütig.

Nur noch wenige Getreue waren Antoinette geblieben, darunter meine Herrin. Antoinette wusste, dass die Gräfin ihr treu ergeben war. Lange Zeit hatte sie das Leben der Königin geteilt, hatte Freud' und Leid mit ihr getragen.

Gewiss hatte auch die schöne Madame du Plessis eine

Schar von Verehrern und so manchen Geliebten gehabt, aber sie pflegte bei allen ihren Intimitäten stets die Diskretion zu wahren. Auch als Witwe hielt sie auf die Ehre ihres Namens und sprach von ihrem toten Gemahl mit großem Respekt.

Antoinette war überglücklich, dass wenigstens Madame Francine bei ihr ausharrte in jenen turbulenten Tagen.

Für mich persönlich stand außer Frage, dass ich bei meiner Herrin blieb. Ich wusste um die Gefahren, denen ich mich als Zofe einer Aristokratin am Hof zu Versailles aussetzte – von meiner eigenen Herkunft gar nicht zu sprechen –, aber niemals hätte ich mich von Francine du Plessis getrennt – und sollte es mich das Leben kosten.

»Ich werde Sie beschützen, Madame«, sagte ich, »ich bin raffiniert und listig; im Notfall würde ich zu allen Mitteln greifen, um Sie, Madame, zu retten.«

Ich hatte mir angewöhnt, mich als einfache Bürgerin zu kleiden: in dunkelblauen oder grauen Stoffkleidern mit hellerem Kopftuch und Schürze, aber mit einem langen, scharf geschliffenen und gut sichtbaren Dolch am Gürtel.

Bei Gängen durch die finsteren Korridore des Schlosses nahm ich wieder einen mächtigen Knüppel mit, wie zu Beginn meiner Zeit in Versailles. Bisher hatte sich niemand an mich oder meine Herrin herangewagt.

Wer konnte ausschließen, dass sich eines Tages meine Bekanntschaft mit den Gaunern von Paris auszahlen würde? Juliens »Onkel« war mittlerweile ein guter Freund von mir geworden; ich hatte vieler seiner »Vettern« kennen gelernt und ihre Sprache, das Jenische, beherrschte ich recht gut.

Die meisten Freunde und Bekannten Père Cigognes waren Zigeuner und ihm treu ergeben. »Zigeuner sind treu bis in den Tod«, sagte man. Wen der alte Gauner liebte, den liebten auch sie.

Als »Krönerin« von Pierre Lagranges Neffen gehörte ich gewissermaßen zur Familie. Mittlerweile wusste ich, dass sich immer einer von ihnen in meiner Nähe aufhielt, ganz gleich, ob ich mich in den Pariser Gassen herumtrieb oder in Versailles beschäftigt war.

Im Schloss gab es viele Zigeuner unter dem niederen Gesinde, doch es war keine Attacke mehr gegen mich erfolgt. Ich war eine Beschützte und das verdankte ich Père Cigogne, dem alten Schrotthändler mit der Waschbärenfellmütze. Ich hoffte, dass dieser Schutz auch meine Herrin, Madame Francine, mit einschloss.

KAPITEL 61

DER HIMMEL WÖLBTE sich bleigrau über der Île de la Cité und der Conciergerie, einem ehemals königlichen Schloss.

Ich blickte zur Südseite der Cité-Insel, welche mit dem Quai des Orfèvres abschloss, blieb aber auf der rechten Seineseite und schritt auf den Pont Neuf, die »Neue Brücke«, die eigentlich die älteste von Paris ist. Sie war die erste, die nicht mit Häusern und Läden bebaut wurde.

Ich blickte hinunter auf das schnell dahinfließende Wasser der Seine. Wochenlang hatte es stark geregnet und der Fluss führte beinahe Hochwasser. Dann ging ich auf dem Quai de la Mégisserie entlang, einem Uferweg der Seine. Hier befand sich der Pflanzen- und Tiermarkt für Kleintiere wie Kaninchen, Goldhamster, Hunde und Katzen.

Für meine Herrin wollte ich ein putziges Kätzchen erstehen. In einem Käfig an einem Stand ganz am Ende der Gasse wurde ich fündig.

Coco, Madame Francines Pudelhündchen, hatte schon lange das Zeitliche gesegnet und sein Nachfolger war vor kurzem ebenfalls gestorben; so hatte ich beschlossen, dass eine Katze ein pflegeleichteres Haustier war. Sie musste nicht nach draußen geführt werden, sie kläffte nicht und sie war reinlich. Ich mochte die anschmiegsamen, verspielten und schnurrenden Stubentiger viel lieber als die ewig einander am Hinterteil beschnüffelnden und nur am Kopulieren interessierten Hunde.

Ein allerliebstes Tierchen mit hellgrauem Fell, weißem Brustfleck, weißen Pfötchen sowie blauen Augen, einem rosaroten Schnäuzchen und weißen Schnurrhaaren war es, welches mir ins Auge fiel. Das Kätzchen sprang mir förmlich in die Arme, kuschelte sich an mich, schnurrte behaglich und duldete es nicht, dass ich es wieder zu seinen Artgenossen in den Käfig setzte.

»Das kleine Vieh hat Sie zur Herrin erwählt, Mademoiselle«, lachte der Händler und ich erwarb das Tierchen samt einem hübschen Körbchen, verziert mit einer rosa Schleife, »weil's doch ein Mädchen ist«, wie mir der Mann verriet.

Madame du Plessis taufte das Kätzchen »Miou Miou«.

Sie besaß seit einiger Zeit über alle Erzieher und Gouvernanten der königlichen Kinder die Oberaufsicht, weshalb sich die Königin mit allen Beschwerden an sie wandte. Die übrige Dienerschaft war nicht weiter erwähnenswert; nach Antoinettes Meinung waren es »vollkommen unbedeutende Wesen, welche man nicht mit Namen auflisten musste«.

Dass ich in den Augen der Königin ein ebensolch unwichtiges Geschöpf war, störte mich eigentlich nie. Durch ihre königliche Stellung thronte sie so haushoch über mir, dass es mir nur natürlich erschien, in ihren Gedanken keine Rolle zu spielen. Mir genügte es, hin und wieder ein Lächeln der Königin zu empfangen, bei seltenen Gelegenheiten gar ein freundliches Wort; wenn ich auch sicher war, dass sie mich sofort wieder vergaß.

Wenn etwas merkwürdig war, dann die Tatsache, dass mich Antoinette nie auf meine Ähnlichkeit mit ihrer Schwägerin ansprach. Wie es scheint, hat sie mich niemals richtig angesehen.

Alle in Versailles waren vor Angst wie gelähmt, als Ludwig bekannt gab, er wolle nach Paris fahren, sozusagen direkt in die Höhle des Löwen.

»Man wird Sie verhaften, Sire, kaum dass Sie einen Fuß in die Hauptstadt gesetzt haben«, orakelte Antoinette.

Aber wiederum verließ er sich auf die Liebe der Franzosen zu ihrem Monarchen. Er hatte sogar den beliebten Jacques Necker wieder zurückgerufen.

Am Morgen des 17. Juli machte der König sich auf den Weg in seine Hauptstadt. Zum persönlichen Schutz nahm er zwölf Leibwächter mit, eine Eskorte der Versailler Stadtwache und dreißig Deputierte der Nationalversammlung.

An der Pariser Stadtgrenze empfing ihn die Nationalgarde General Lafayettes, welche ihn zum Rathaus geleitete. Die Straßen von Paris waren gesäumt von Tausenden von Menschen, die alle feindselig auf den König blickten. Kein Beifall regte sich. Aber immerhin auch keine Hand, um Steine nach ihm zu werfen oder eine Axt zu schleudern. Und aus keinem einzigen Mund hörte man Schmährufe. Die Menge blieb friedlich, aber es wirkte sehr bedrohlich, dass alle, sei es Mann,

Weib, Jugendlicher, Pfaffe oder Laie, irgendeine Art von Waffe in der Hand hielt.

Der britische Botschafter Lord Dorset, welcher bei Ludwigs Ankunft in Paris Augenzeuge gewesen war, erzählte später:

»Einige besaßen Gewehre oder Schwerter, die meisten aber irgendein Werkzeug. Seine Majestät wurde mehr wie ein Gefangener denn wie ein Monarch behandelt. Man führte den König herum wie einen dressierten Bären. Vor der Stadthalle musste er ein Spalier von Kerlen durchschreiten, welche ihre Waffen über seinem Haupt gekreuzt hielten«, fuhr der Lord fort. »Ohne Angst zu zeigen, schritt der Monarch hocherhobenen Hauptes darunter hindurch.«

»Man muss zugeben, feige war der König nicht«, meinte Julien, mein Geliebter, welcher als Wachmann der Schweizer Garden anwesend war. »Monsieur Sylvain Bailly, der Bürgermeister, überreichte ihm – gleichsam als Begrüßungsgeschenk –, nein, nicht etwa die Schlüssel der Hauptstadt, sondern eine Kokarde in den Farben der Revolution Rot, Weiß und Blau, welche Ludwig an seinem Hut befestigen musste.«

Rot und Blau waren die Pariser Stadtfarben, aber Weiß immerhin die Farbe der Bourbonen. Ohne zu zögern tat der König Bailly den Gefallen und lauschte anschließend den Reden, welche im Rathaus gehalten wurden. Er selbst hatte gleichfalls eine Ansprache vorbereitet.

Hinterher zeigte er sich noch einmal der wartenden Menge mit der Kokarde am Hut und diesmal erntete er Zustimmung beim Volk. Der Applaus war zwar nicht gerade frenetisch, aber die Mienen der Zuschauer wirkten nicht mehr gar so feindlich und ihre Waffen hielten sie jetzt gesenkt oder gar hinter dem Rücken versteckt.

Als Ludwig im Palast ankam, schloss er Frau und Kinder

fest in seine Arme. »Und er tat dies mit der Innigkeit eines Mannes, der lange Zeit fort gewesen war«, erzählte gerührt Madame Campan meiner Herrin.

KAPITEL 62

Der »Sturm auf die Bastille« diente in vielen Städten als Vorbild für die revoltierenden Volksmassen. Überall im Land wurden nun Festungen erobert und Schlösser gestürmt. Der Mob vertrieb die missliebigen Beamten – gingen sie nicht freiwillig, wurden sie kaltblütig ermordet – und nach Pariser Muster wählte man Gemeindeparlamente.

»Überall stellt man nun Bürgermilizen auf und gründet Ausschüsse, welche nach Auswegen suchen sollen, um eine Hungersnot zu verhindern«, stand im »Ami du Peuple«.

»Dann sollen die Kerle mal zeigen, ob sie es schaffen, dass alle in diesem Land was zu fressen haben«, war Juliens lapidarer Kommentar.

Es gab auch Städte und Gemeinden, in denen sich die Ablösung des Ancien Régime friedlich bewerkstelligen ließ, aber die Regel war es nicht. Aus den Städten Rennes, Rouen und Straßburg hörten wir von schlimmen Unruhen und entsetzlichen Gräueltaten. In unmittelbarer Nähe von Versailles, in Saint-Germain, hängten die Dorfbewohner kurzerhand drei Müller auf, weil sie sich weigerten, Mehl für die Bäckereien zu mahlen.

Auf dem Lande war der Brotpreis um die Hälfte höher als in Paris. Père Cigogne meinte, wenn es einer wagte, solch unverschämte Preise in der Hauptstadt zu verlangen, wäre er die längste Zeit am Leben. Ehe er dazu käme, die Brote aus dem Ofen zu holen, hätten ihn die Revoluzzer an der nächsten Laterne aufgeknüpft.

Der »Ami du Peuple« schürte das Feuer der Revolution mit Vorbedacht. »Die Regierung führt absichtlich eine Hungersnot herbei, um Unruhe zu stiften. Dann kann man jene, die es wagen zu protestieren, als ›Aufständische‹ erschießen lassen.«

Auf einem Flugblatt war zu lesen: »Die Regierung hat jetzt Marodeure aufs Land geschickt, welche die Dorfbewohner ausplündern und erschlagen sollen.« Der abenteuerlichste Blödsinn fand Verbreitung – und wurde geglaubt.

Ondits besagten, dass die Marodeure den Befehl hätten, die Ernten zu vernichten und Frauen zu vergewaltigen. Es gab tatsächlich Räuberbanden, welche die Dörfer brandschatzten, die Männer erschossen, Kühe und Esel abschlachteten, die Kinder erschlugen und die Weiber schändeten, denn aus falsch verstandener Demokratie hatte man vielerorts die Kerkertüren geöffnet und räuberisches Pack freigesetzt.

Ich befand mich in einem winzigen Seitengässchen der Rue de Savoie in der Nähe des Quais des Grands Augustins. Ich hatte eine junge Dienstmagd zu Madame Hermine Dorant gebracht, einer »weisen« Frau und Freundin von Père Cigogne, die jungen Dingern half, welche gesegneten Leibes waren und diesen Segen als unerwünscht empfanden. Sie arbeitete sauber und war nicht so teuer wie Madame Honorine.

Die fünfzehnjährige Berthe hatte sich mit dem legendären Gaston eingelassen und der dumme Kerl hatte nicht aufgepasst. Ein bébé war das Letzte, was die Kleine in diesen Zeiten hätte gebrauchen können. Ihre Herrschaft war nach Deutschland geflohen und hatte sie zurückgelassen. Zum Glück hatte

Madame Campan sie aufgenommen, allerdings ohne Familienanhang. Darüber hinaus fühlte Berthe sich zu jung für Mutterfreuden.

Ich war jetzt zweiunddreißig und fühlte mich bereits zu alt fürs Kinderkriegen – ein Sohn genügte mir –, aber »faire l'amour« war ein exquisites Vergnügen, auf welches ich keinesfalls verzichten wollte. Aber bitte ohne lästige Folgen. Die Muttergefühle sind bei mir nie besonders stark gewesen, was eigenen Nachwuchs anbetraf; die Kinder anderer Frauen dagegen liebte ich sehr.

Zu meinem Sohn Jacques, welcher inzwischen auf Veranlassung von Madame Francine auf Schloss Plessis aufgezogen wurde, hatte ich leider keine sehr innige Beziehung aufbauen können. Ich lernte mein Kind nie richtig kennen und auch Jacques wusste wenig von mir, seiner leiblichen Mutter.

War eine Schwangerschaft zu weit fortgeschritten, weigerte sich auch Madame Dorant kategorisch, sie zu beenden. In diesem Fall erklärte sie sich dazu bereit, Pflegeeltern für das Kleine zu finden. Sie gab den Frauen auch Verhaltensregeln für den Zeitpunkt unmittelbar nach dem Geschlechtsverkehr:

»Achten Sie unbedingt darauf, sofort danach Wasser zu lassen, wenn Sie keine Empfängnis wünschen, und machen Sie anschließend umgehend eine Scheidenspülung mit lauwarmer Seifenlauge«, empfahl sie ihren Patientinnen. Sie hatte sogar ein kleines Gerät für diese Spülungen erfunden, eine Art Kanne, welche das Seifenwasser enthielt, mit einem kleinen Schlauch versehen, der in die Vagina eingeführt wurde und mit einem kleinen, hohlen Ball versehen war, der als Luftpumpe diente, um die Lauge da hineinzupressen, wo sie ihre reinigende Wirkung entfalten sollte.

Ich wusste Berthe in guten Händen und verließ die Rue de Savoie in Richtung Quais des Grands Augustins. Von weitem hörte ich Geschrei und hysterisches Kreischen. Ich näherte mich der Gruppe und entdeckte, dass es Weiber aus der tiefsten Gosse waren, welche sich um einen Laternenpfahl tummelten.

Ich wäre vielleicht doch noch umgekehrt, aber ein Frauenzimmer hatte mich entdeckt und kreischte: »Heda, Schwester. Da kannst du mal sehen, was das Volk mit einem Feind, einem Ausbeuter, macht.«

Unwillkürlich trat ich noch einige Schritte näher heran und erkannte nun, dass die Weiber – alte und junge Vetteln, schmutzig, barfüßig, mit Zottelhaaren und zerrissenen Blusen, einen gut gekleideten Mann mittleren Alters, aber nun sehr derangiert, mit einem Strick um den Hals in die Höhe hoben. Sie warfen das Seil über den Bügel der Laterne und verknoteten es mehrfach.

Der Mann hatte gegen diese weibliche Übermacht keinerlei Chancen, obwohl er sich strampelnd gegen das Aufhängen sträubte. Im Nu war er aufgeknüpft und die Weiber ließen ihr Opfer fallen.

Da hing er nun mit grässlich verzerrtem Gesicht und seine Beine zappelten wild in der Luft. Der Knoten des Seils war nicht richtig geschlungen und der Bedauernswerte hatte sich nicht den Halswirbel gebrochen, sondern er wurde langsam stranguliert. Augen und Mund hatte er weit aufgerissen und man sah seine angeschwollene Zunge. Eine Alte schlug wie rasend mit einem Holzprügel auf den Mund des wehrlos Hängenden und schrie dabei: »Ich schlag dir die Zähne ein, du Vieh. Zum Fressen wirst du sie sicher nicht mehr brauchen.«

Die Mörderinnen lachten roh, als dem Delinquenten das Blut aus dem Mund strömte, und eine mit strähnigen, roten Zotteln und einem zerschlissenen Rock grölte: »He, Schwestern, ich hab' gehört, dass die Gehängten noch mal einen Ständer kriegen, eh' sie verrecken.«

»Das wollen wir sehen«, riefen die Umstehenden und machten obszöne Bewegungen. Vier der Vetteln schnappten sich seine herumrudernden Beine und hielten sie fest. Eine Dicke mit fettigen, grauen Haaren griff ihm derb in den Schritt. Der Gepeinigte bewegte die blutenden Lippen, aber man vermochte nicht zu hören, was er sagte, weil der Lärm, den die rachedurstigen Weiber vollführten, zu groß war.

»Das Schwein hat mindestens hundert Frauen und Mädchen vergewaltigt. Keine war vor ihm sicher. Er hat sie einfach genommen, auch wenn es noch Kinder waren. Da er ein reicher Pinkel ist, hat er sich stets freigekauft und ist nie im Gefängnis gelandet. Aber wir nehmen jetzt das Gesetz selber in die Hand«, erklärte mir eine junge Frau mit fanatischem Gesichtsausdruck und zückte einen Dolch.

Mir war speiübel und ich machte mich davon, so schnell mich meine Beine trugen. Ein einziges Mal blickte ich mich um, ob mich etwa eine der mörderischen Satansfurien verfolgte.

Mindestens sechzig Passanten hatten der ungesetzlichen Exekution zugesehen und niemand war dagegen eingeschritten, obwohl sich unter den Gaffern auch Soldaten befunden hatten.

Der Ruf »à la lanterne« erscholl jeden Tag viele Male. Die Opfer waren fast immer Adlige, die allesamt mit äußerster Brutalität liquidiert wurden.

KAPITEL 63

Auch auf dem flachen Lande hörte man von gewaltsamen Übergriffen. So manchem Gutsherrn setzten seine Bauern den Roten Hahn aufs Schlossdach. Sie durchwühlten die Burgen, Schlösser und Villen der Reichen nach Geld und Schmuck. Vor allem suchten sie Papiere, die zu ihrer Unterdrückung oder ungerechten Besteuerung gedient hatten.

Diese verbrannten sie als Symbole ihrer Jahrhunderte andauernden Ausbeutung. Die Einbrecher wurden nicht selten zu Mördern, vor allem wenn sie auf Widerstand stießen.

Dann wurde allen Ernstes verbreitet, die Regierung hätte die öffentlichen Brunnen vergiften lassen. Ein Delikt, das man in früheren Zeiten – ebenso grundlos – gerne den Juden in die Schuhe geschoben hatte.

Wo war sie geblieben, die unbeschwerte Zeit der Bälle, der Feste, der Opernaufführungen, des Theaters, der Empfänge und Galadiners? Diese Frage stellte sich, wer nach Versailles kam und enttäuscht feststellte, dass es hier »in etwa so fröhlich zuging wie in einem Leichenschauhaus«, wie sich ein britischer Gesandter ausdrückte.

Am 4. August 1789 erklärte die Nationalversammlung: »Ab sofort sind alle feudalen Rechte abgeschafft.« Damit war die Ständegesellschaft hinweggefegt.

Immer mehr Aristokraten verkündeten nun öffentlich ihren Verzicht auf ihre ererbten Privilegien. Ob sie es in allen Fällen freiwillig taten, wage ich zu bezweifeln.

»Die Revolutionäre lassen jetzt ihre Wut auch an den Kirchen aus«, rief Madame la Tournelle empört, »viele der herrlichen Kathedralen mit ihrem gotischen Figurenschmuck fallen nun der Zerstörungswut der primitiven Rebellen zum Opfer.«

Ich sprach mit Père Cigogne darüber und er konnte mir die Ursache dieser Barbarei erklären.

»In diesem Bildersturm drückt sich die ohnmächtige Wut des Volkes aus, das sich von der Kirche im Stich gelassen und ebenso gnadenlos ausgebeutet fühlt wie vom Adel.«

Am 26. August 1789 verabschiedete die Nationalversammlung die »Erklärung der Menschenrechte« für alle Bürger.

»Das ist nun wirklich das Aus für die Macht der Krone«, sagte Madame Francine zu mir, als wir durch einen ihrer beiden Kutscher, einen Mann namens Lavalles, davon erfuhren. Er kam gerade von der Hauptstadt zurück, wo die Neuigkeit in aller Munde war.

Die Nationalversammlung hatte nach amerikanischem Vorbild die unveräußerlichen Menschenrechte des Einzelnen bestätigt und die politische Gleichheit und Freiheit proklamiert.

»Die Natur hat alle Menschen gleich und frei geschaffen und der Widerstand gegen jede Art der Unterdrückung ist das gute Recht eines jeden freien Bürgers«, deklamierte Lavalles genüsslich.

Man merkte ihm deutlich an, dass ihm recht wohl gefiel, was er in Paris vernommen hatte. Wer sollte es ihm verdenken? Es war nur dumm von ihm, dass er sich so selbstgefällig vor meiner Herrin aufbaute. Ich musste daran denken, was Georges Danton mir seinerzeit vorhergesagt hatte.

»Gut«, meinte Madame du Plessis, »Er ist ein freier Bürger und kann entscheiden, ob Er seinen Dienst bei mir verlassen möchte oder weiter mein Kutscher bleiben will. Entscheide Er sich aber rasch.«

Keine Frage, dass sich der überrumpelte Lavalles fürs Bleiben entschied. Herrenlose Lakaien, Kammerherren, Kutscher, Diener und Stallknechte gab es zuhauf, da so viele Adlige das Land verlassen hatten. Da wäre es allzu dumm gewesen, die sichere Stellung bei meiner Herrin aufzugeben; denn Soldat zu werden oder Bettler, war Lavalles' Sache nicht.

KAPITEL 64

Die Höfe des Palastes von Versailles waren überfüllt mit Demonstranten, welche Drohungen ausstießen, den König und die Königin verhöhnten und lautstark die Abschaffung des Adels forderten.

Wir kamen uns fast vor wie Gefangene, denn die proklamierten Menschenrechte schienen für alle Bürger zu gelten, aber nicht für die Bewohner von Schloss Versailles.

Ein Privatleben war unmöglich, sogar Briefe wurden abgefangen, aufgemacht und dreist gelesen, ehe sie ihren Empfänger – wenn überhaupt – erreichten.

Antoinette war zu diesem Zeitpunkt zwar deprimiert, aber ihren Mut hatte sie noch nicht ganz verloren. »Glauben Sie immer daran«, sagte sie zu den wenigen Hofdamen, die ihr noch geblieben waren, »das Unglück hat meine Kraft nicht gemindert. Wir müssen darauf hoffen, dass eines Tages wieder Frieden sein wird in Frankreich.«

Am 30. August war der Feiertag des heiligen Ludwig und nach alter Sitte kam eine große Abordnung aus der Hauptstadt, um dem Monarchen und seiner Gemahlin Glückwünsche zu überbringen.

Monsieur Sylvain Bailly, der Bürgermeister von Paris, marschierte an der Spitze; ihm folgte General Lafayette mit seinem Stab. Eine Gruppe von Marktfrauen wollte Ludwig XVI. einen mächtigen Blumenstrauß überreichen.

Antoinette stand da in prachtvoller Robe, großartig frisiert, raffiniert geschminkt und über und über mit Juwelen behängt. So aufgetakelt erwartete sie die Pariser Delegation – angesichts der politisch angespannten Lage war das nicht gerade klug.

»Die Königin sieht aus wie die Verkörperung aller Karikaturen, die über sie im Umlauf sind«, flüsterte mir Madame Francine zu. Der König war diplomatischer gewesen. Sein Anzug war betont schlicht und er hatte sich die dreifarbige Kokarde der Revolution ans Revers geheftet. Er schaute heiter und gelassen, während seine Frau eine finstere Miene zeigte.

Mit Theatralik in der sonoren Stimme rief der Türhüter: »Die Stadt Paris.«

Die Königin erwartete, dass Monsieur Bailly sich ehrfürchtig auf ein Knie niederließ, wie es üblich war. Aber dieses Mal hatte sich das Ritual geändert. Der Bürgermeister von Paris verbeugte sich nur tief vor dem König und seiner Gemahlin.

Der Dank Marie Antoinettes fiel dementsprechend aus. Ihre Miene war versteinert.

Monsieur Bailly hielt nun eine kurze, aber tadellose Ansprache. Er sprach von Treue und Liebe zum König, erwähnte aber auch die Ängste und Nöte des Volkes. Antoinette war deutlich anzumerken, wie sie wütend darauf wartete, dass der Bürgermeister seine Rede beendete.

Kaum hatte Bailly geendet, trat General Lafayette vor, um der Königin die Stabsoffiziere der Nationalgarde vorzustellen.

Da konnte diese ihren Zorn nicht mehr zügeln. Mit feuerrotem Gesicht fiel sie dem General ins Wort:

»Ich danke Ihnen, bemühen Sie sich nicht weiter.«

»Das war ein glatter Rausschmiss von dieser angemalten Metze«, hörte ich eines der Marktweiber murmeln. Vor allem die Offiziere der Nationalgarde hatte sich Antoinette zu ewigen Feinden gemacht. Die schneidigen Kavaliere wären mit Freuden für ihre schöne Königin durchs Feuer gegangen – aber so?

»Paris gleicht mittlerweile einem Pulverfass«, sagte Julien und versuchte, mich dazu zu bewegen, meine Streifzüge durch die Stadt aufzugeben. »Ein einziger kleiner Funke reicht aus und die gesamte Sprengladung geht hoch. Ein einziger Hetzartikel, ein Volksaufwiegler oder ein bloßes Gerücht genügt, um eine Katastrophe auszulösen.«

Aber das konnte ich ihm nicht versprechen. Was sich in diesen Monaten und Jahren ereignete, war so einzigartig und aufregend, ich konnte in meiner Freizeit nicht in Versailles hocken und Karten spielen oder mich mit der bigott gewordenen Demoiselle Hélène über deren kindische Vorstellungen vom Jenseits unterhalten.

»Mein lieber Julien«, sagte ich zu meinem Liebsten, »ich finde nicht, dass Versailles ein sehr viel sichererer Ort ist.«

Die nahe Zukunft gab mir leider Recht. Im September wurde Versailles von verschiedenen Verbrecherbanden heimgesucht. So unglaublich es klingen mag, man war auf den Fluren und in den Treppenhäusern des Palastes seines Lebens nicht mehr sicher.

Als eines Tages meine Herrin, ihr Kammerherr François mit einem Kerzenleuchter und ich nach dem Abendessen zur

Königin eilen wollten, um die ernste Lage im Hinblick auf die königlichen Kinder zu erörtern, wurden wir von drei Banditen angegriffen.

»Los, deine Börse her, du Aristokratensau. Und den Schmuck auch«, rief ein feister, schwarzbärtiger Kerl und versperrte uns frech den Weg. Ehe er mit Madame Francine handgemein werden konnte und ehe noch die beiden anderen Galgenvögel zum Angriff übergingen, drosch ich mit dem Knüppel, den ich wieder bei mir führte, dem Räuber aufs Maul. Ich hatte dabei so kräftig zugeschlagen, dass er aufheulte, sich die Hände vors Gesicht schlug und rücklings umfiel. Dabei verlor er sein Messer, welches er gegen Madame Francine gerichtet hatte. Ich sah, wie ein Schwall Blut durch seine Finger quoll.

Damit hatte das räuberische Trio nicht gerechnet. Nie wäre es ihnen eingefallen, dass dekadente Höflinge einen Angriff mit energischer Gegenwehr beantworten könnten.

Der zweite Aggressor wälzte sich ebenfalls am Boden und kreischte wie am Spieß. Kein Wunder, hatte ihm doch François den Leuchter mit den brennenden Kerzen direkt ins Gesicht gestoßen. Die Haare des Kerls hatten im Nu Feuer gefangen; er schlug verzweifelt mit den Händen auf die Flammen ein, um sie zu ersticken; aber es hatte den Anschein, als fachte er jene durch seine hektischen Bewegungen erst recht an.

Dass er ein Stück Draht mit einem Holzgriff an jedem Ende, eine Würgeschlinge also, hatte fallen lassen, gab mir sehr zu denken. Wir hatten es wirklich mit kaltblütigen Mördern zu tun.

In der Zwischenzeit hatte der dritte der Verbrecherbande sich ermannt und war dabei, mit einem langen Messer auf Madame Francine loszugehen, die ihm vermutlich als die Schwächste von uns dreien erschien.

Aber Madame du Plessis hatte begriffen, dass es um Leben und Tod ging, und sie griff ebenfalls nach ihrer Waffe, einem Dolch, den sie seit Monaten am Gürtel trug und nur in den Gemächern des Königspaares in einem Beutel verstaute.

Aus dem Augenwinkel sah ich François dem Verbrecher den schweren Silberleuchter gegen die rechte Schläfe schlagen. Dem Mann entfiel sein Messer, er sackte lautlos nach links und drehte sich dabei im Fallen.

Ich konnte später nicht mehr genau sagen, wie es geschehen war. Tatsache war jedoch, dass mein eigener Dolch zwischen seinen Rippen steckte und ich auf dem Gefallenen zu liegen kam. François riss mich augenblicklich hoch – ein rascher Blick zeigte uns, dass der Bursche tot war. Das konnte man sogar in dem jetzt nur noch spärlich erleuchteten Korridor erkennen. Sofort wandten sich François und ich den beiden anderen zu.

Der mit den brennenden Haaren wand sich heulend am Boden: »Meine Augen. Meine Augen«, während derjenige, dem ich mit dem Holzprügel mitten ins Gesicht geschlagen hatte, »meine Nase ist gebrochen«, kreischte. Er rappelte sich auf und machte sich mit blutüberströmtem Gesicht eilig aus dem Staub.

»Der hat für heute genug«, knurrte François. Dem zweiten Banditen war es endlich gelungen, die Flammen zu ersticken. Aber um welchen Preis. Die Haut seiner Hände war aufgeplatzt und blutete heftig, ebenso seine verschmorte Kopfhaut, von der jetzt verkohlte Haarsträhnen und Hautfetzen herunterhingen.

Madame Francine hatte ihm ihren Dolch an die Kehle gesetzt: »Steh ganz langsam auf, Strolch«, befahl sie ihm und vor Angst schlotternd tat er, wie ihm geheißen.

»Hau jetzt ab, du Mistkerl«, rief François und verabreichte

ihm noch einen gewaltigen Tritt in den Hintern zum Abschied. Auch dieser Mordbube machte sich rasch davon.

Nun mussten wir die Leiche wegschaffen. Wir lösten das Problem mit einer Kaltblütigkeit, die wir vor einem Jahr sicher noch nicht besessen hätten.

Als wäre nichts geschehen, machten wir uns wieder auf den Weg zur Königin, nachdem François die Kerzen des Leuchters wieder entzündet, den Toten in eine Nische geschleift, damit keiner über ihn stolperte, und die Blutlache notdürftig mit einem Fetzen, den ich mit dem Dolch aus meinem Unterrock schnitt, aufgewischt hatte.

Vor Antoinette wollten wir uns nichts anmerken lassen; sie hatte schon genug Angst um ihre Kinder. Bereits vor Monaten hatte man sich mit der Idee der Flucht aus Versailles beschäftigt. Die Königin erteilte meiner Herrin als der Obersten Gouvernante des Dauphins den Befehl, alles für eine Abreise zu bewerkstelligen. Das klang gut, doch niemand wusste, wohin die Reise gehen sollte.

In den meisten Provinzstädten herrschte heillose Anarchie und selbst die Dörfler litten unter schlimmsten Gewalttaten. Viele der Soldaten, welche »des Königs Rock« trugen, waren inzwischen desertiert. Viele vagabundierten mit den zahlreichen Marodeuren durch Frankreich. Wo war da ein einigermaßen sicherer Platz für die Familie des Königs?

Ludwig, der später noch in Antoinettes Gemächern eintraf, sprach über sein »heimattreues Herz«, welches es ihm nicht erlaube, seine Untertanen zu verlassen. Nun, das war nicht sehr originell.

»Ich bin der Vater einer großen Familie, die sich darauf verlässt, dass ich für sie sorge. Momentan erheben sich zwar Undank und Hass gegen mich, aber die Augen der Menschen sind nur ein wenig vernebelt«, erklärte der König mit großem

Pathos seiner Gemahlin, als diese ihn dringlich bat, sein Einverständnis zur Abreise zu geben.

Antoinette wies ihren Gemahl immer wieder darauf hin, dass er auch eine Verpflichtung gegenüber seinen eigenen Kindern habe, aber der König beharrte darauf: Der Nebel müsste sich nur erst lichten, dann würde alles wieder so werden, wie es einstmals gewesen war.

»Aufgabe des Monarchen ist es, wie ein geduldiger Vater abzuwarten, dann wird wieder alles ins rechte Lot kommen.«

Die Königin hatte nichts erreicht und meine Herrin und ich machten uns wieder auf den Rückweg in ihr Appartement. Im Palast war es jetzt bereits stockdunkel. Vor den Räumen Antoinettes wartete schon François mit dem schweren Leuchter auf uns; ich griff mir meinen Knüppel aus einer Ecke hinter einem Vorhang und gemeinsam marschierten wir los.

François hatte die Wartezeit genutzt und mit einem Freund den Leichnam des Mordbuben verschwinden lassen. Weder Madame du Plessis noch ich fragten ihn, wohin.

Betont naiv richtete ich die Frage an meine Herrin: »Wussten Sie, Madame, dass Schweine gerne Menschenfleisch fressen?« Ein Blick auf François' Grinsen in seinem breiten Gesicht bewies mir, dass ich ins Schwarze getroffen hatte.

»Aber ja, ma Chère«, erwiderte Madame Francine, »mein Vater hat einmal ein mörderisches Geschwisterpaar zum Tod durch Hängen verurteilt, weil dieses seinen alten Großvater als überflüssigen Esser vergiftet und anschließend, in Portionen aufgeteilt, ihrem Schwein zum Fraß vorgeworfen hatte.«

Die Gräfin hatte also ebenfalls verstanden.

Vor der Türe unserer Gemächer verabschiedete sich meine Herrin von François, indem sie ihm besonders herzlich dankte und ihm einiges aus ihrer Geldkatze in die Hand drückte, worauf er sich tief vor ihr verneigte und uns beiden eine gute

Nacht wünschte. Er würde dieselbige mit einem befreundeten Stallburschen als Wache auf dem Flur verbringen.

Als ich der Gräfin die Haare auskämmte und für die Nacht unter eine Haube steckte, meinte sie wie nebenbei:

»Was meinen Sie, meine Gute? Ich finde, wir sollten uns vielleicht in nächster Zeit mehr an Fisch und Geflügel halten.«

»Sehr richtig, Madame«, erwiderte ich ernsthaft, »auch Kalb soll recht bekömmlich sein, habe ich gelesen, nur von Schwein ist im Augenblick abzuraten. Wer kann schon sagen, womit die für die Schlossküche bestimmten Rüsseltiere momentan gefüttert werden?«

KAPITEL 65

MONSIEUR NECKERS PLAN war gewesen, Staatsanleihen zu verkaufen, um Bargeld in die geplünderte Staatskasse zu bekommen. Aber er fand keinen, der sie ihm abnahm.

Erschwerend kam hinzu, dass niemand mehr Steuern bezahlte.

Und die Nationalversammlung? Die arbeitete fleißig an einer Verfassung. Welche Rolle sie dem König darin zubilligte, das war ein streng gehütetes Geheimnis.

Paris ergriff schließlich die Initiative: Am 18. September schuf die Hauptstadt eine Zentralgewalt, genannt »Commune«, wobei jeder Wahlbezirk der Stadt – es waren, glaube ich, sechzig solcher Bezirke – seine eigene Verwaltung und seine eigene Verfügungsgewalt über den Einsatz von Polizei und Gerichten sowie über die Lebensmittelversorgung erhielt.

Paris war zu einem Staat geworden mit dem Volk als Souverän.

Arbeiter, Dienstboten, Soldaten und Frauen hatten in dieser Commune zwar kein Wahlrecht, durften aber als Berater tätig werden und Reden halten.

Kurz darauf gab es neue Aufregung. Die Zeitungen meldeten, dass Kaiser Joseph von Österreich mit den Osmanen Frieden geschlossen hätte. Man spekulierte, dass der Habsburger nur deshalb an seiner Südgrenze Frieden haben wollte, um seine gesamte Streitmacht gegen Frankreich aufmarschieren zu lassen.

»Die Revolution steckt in einer Sackgasse. Sie benötigt dringend einen neuen Impuls«, verkündete Jean-Paul Marat in seinem »Ami du Peuple«. Eine andere Gazette forderte: »Der König muss umgehend mit dem gesamten Hof nach Paris übersiedeln. Dort haben wir ihn besser unter Kontrolle.«

Die Anhänger des Herzogs von Orléans konspirierten mit den Scharfmachern innerhalb der Nationalversammlung. Orléans rechnete damit, den Platz seines Cousins einzunehmen. Dafür ließ er sich sogar mit den Todfeinden der Monarchie ein.

»Das kommt mir so vor, als wollte ein Kardinal Papst werden und schlösse deshalb mit dem Teufel einen Pakt«, sagte ich zu Père Cigogne. Der meinte daraufhin trocken: »Liebes Kind, was glaubst du, wie oft das schon vorgekommen ist?« Und nach einer kleinen Pause fuhr er fort: »Der Orléans verkennt in seiner Verblendung Leute wie Jean-Paul Marat, Georges Danton oder Maximilien Robespierre.«

»Vielleicht will er den Teufel mit dem Beelzebub austreiben«, kicherte ich, worauf der Onkel Juliens mir Recht gab, aber hinzufügte: »Dann wird er bald merken, dass er für diese Menschen eine Nummer zu klein ist.«

Im Morgengrauen des 5. Oktober 1789 war es dann so weit. Ein paar hundert Marktweiber – darunter viele verkleidete Kerle – versammelten sich beim Hôtel de Ville und begannen ihren Marsch hinaus nach Versailles. Hunderte schlossen sich ihnen an, um Brot vom König zu fordern.

Die Aufwiegler hatten sich wohl ausgerüstet: Mit Messern, Hackebeilen und Bratspießen trampelten sie zum Schloss. »Mon Dieu, Madame«, flüsterte ich erschreckt, als ich den wüsten Haufen gewahrte. »Die sehen aus, als hätten sie sich für einen Hexensabbat ausstaffiert.« Schon von weitem waren ihre Drohungen zu hören:

»Wir werden der Österreicherin den Hals aufschlitzen!« »Ihre Leber werden wir braten.« »Aus ihren Därmen können wir Schnürbänder flechten.«

Es goss wie aus Kübeln und die Stärke der Regengüsse nahm noch zu, je mehr sie sich dem Palast näherten. Die ungepflasterte Straße verwandelte sich in einen Morast und die aufmüpfige Schar versank buchstäblich bis zu den Knöcheln im Dreck. Durchweicht und mit Wut im Bauch schleppte sie sich dahin. Aber ihrer Stimmung tat das Wetter keinen Abbruch. Mit jeder Meile wurden die Drohungen bösartiger und die Beleidigungen waren an Vulgarität nicht mehr zu überbieten.

Demoiselle Hélène hatte sich dazu entschlossen, ihre Zuflucht im Gebet zu suchen.

Es war unser treuer François, welcher nach Petit Trianon ritt und die Königin von dem Heranrücken der Pariser Marktweiber in Kenntnis setzte. Antoinette schickte nach Ludwig, welcher sich in Meudon auf der Jagd befand – wo sonst?

Sie selbst kehrte rasch nach Versailles zu ihren Kindern zurück. Dort herrschte Angst. Es würde Stunden dauern, ehe Ludwig im Palast eintraf.

Am frühen Abend erreichte der Zug der Marktweiber das Schloss. Nur einige hundert Soldaten standen der Masse von Tausenden gegenüber, welche sich auf der Place d'Armes tummelte, direkt vor den einladend weit geöffneten Toren des Schlosses. Man hatte noch nicht einmal die schweren Eisentore schließen lassen.

Ein paar stürmten in die Tagungshalle der nahe liegenden Nationalversammlung. Hungrig und erledigt von dem langen Marsch waren sie und nass bis auf die Haut. Sie fläzten sich auf die Bänke und fuchtelten mit ihren Messern herum.

Diese allzu große Nähe zum »Volk« gefiel den Deputierten überhaupt nicht. Sie hatten diesen Pöbel nicht eingeladen und der Präsident der Deputierten versuchte, die Weiber zum Verlassen des Saales zu bewegen.

Die außer Rand und Band geratenen Marktfrauen verhöhnten die Abgeordneten und ihre Unfähigkeit, eine vernünftige Regierung und eine Verfassung zu bilden. Sie buhten den Präsidenten aus und schrien obszöne Bemerkungen.

»Madame, Sie müssen sich dieses Bild einmal vor Augen halten«, sagte der Marquis de Donatienne später zu Madame du Plessis, als er ihr Bericht erstattete. »Auf der einen Seite hockten die mit Schlamm verdreckten Weibsbilder, welche grölten und sich in der ordinärsten Weise laut unterhielten, und auf der anderen Seite saßen die völlig verdatterten Abgeordneten, die über diesen ›Auftritt des Volkes‹ entsetzt waren und versuchten, mit ihren Beratungen fortzufahren, als wäre nichts passiert.«

Draußen vor dem Gebäude hatten die wenigen Soldaten ihre liebe Not, sich bei der entfesselten Bande einigermaßen Respekt zu verschaffen. Ich gestehe es ehrlich ein, dass ich große Angst hatte, der Pöbel könnte ins Schloss eindringen und seine Bewohner massakrieren. Meine Herrin hatte sich bereits den ganzen Tag nicht wohl gefühlt.

Ich hatte ihr Bettruhe verordnet. Da lag sie nun verzagt in ihren Seidenkissen und hatte zur Ablenkung nur das Kätzchen Miou Miou.

Gegen Abend traf endlich der König ein. Obwohl abgehetzt und müde, empfing er eine Abordnung der Marktfrauen.

Dem König gelang es durch sein leutseliges Naturell, die explosive Situation zu entschärfen. Er verstand es, der Nationalversammlung die Schuld für die Getreideknappheit anzuhängen.

Während der König besänftigend auf die Weiber einredete, konnte er vom Hof herauf die wüsten Verunglimpfungen seiner Person und speziell der Königin hören.

Aber der König war ein exzellenter Schauspieler. Zum Glück war er bei seiner Ankunft so geistesgegenwärtig gewesen, die Schließung der äußeren Eisentore zu befehlen. Aber es dauerte bis in die tiefe Nacht hinein, ehe die seit den Zeiten des »Sonnenkönigs« nicht mehr bewegten Tore geschlossen werden konnten. Die eisernen Scharniere waren längst eingerostet.

Als ich meiner Herrin davon berichtete, meinte sie kopfschüttelnd: »Das passt. Überall nur Verwahrlosung, Faulheit und Schlendrian.«

Es stürzten immer wieder aufgeregte Minister und hohe Offiziere in den Saal.

»Sire. Ich bitte Sie, lassen Sie doch um Gottes willen ein paar Geschütze im Hof aufstellen. Irgendwie müssen wir die tobenden Kanaillen doch zur Räson bringen. Wir brauchen die Kanonen ja nicht wirklich abzufeuern, sondern nur als Demonstration unserer Entschlossenheit auffahren.«

Ludwig weigerte sich mit folgender Begründung: »Die Soldaten würden sich im Ernstfall weigern, auf die Bürger zu schießen.«

»So weit ist es also schon gekommen, dass der König keine Befehlsgewalt mehr über seine eigenen Truppen hat«, klagte Madame du Plessis.

»Das Schlimme ist, dass Seine Majestät dies offenbar weiß, und gewiss nicht erst seit heute. Und trotzdem tut er nichts, um seine Familie aus der Gefahrenzone zu schaffen«, konnte ich mich zu äußern nicht enthalten. Madame Francine zuckte die Achseln und Madame Tourzel, die sich in unserem Appartement aufhielt, blickte betroffen zu Boden.

General Lafayette war mit seiner Nationalgarde noch nicht beim Schloss eingetroffen und die Versailler Wachsoldaten hatten in der Zwischenzeit mit den jüngeren und hübscheren der Marktfrauen fraternisiert. Man betrank sich, sang revolutionäre Lieder, tanzte, grölte und kopulierte hinter den vereinzelt stehenden Büschen. Die paar hundert Angehörigen der königlichen Leibwache waren gewiss nicht in der Lage, sich mit der mehrere tausend Menschen zählenden Horde ein Scharmützel zu liefern.

Plötzlich brach ein gewaltiges Geschrei los. »Der Dreckskerl will abhauen!« »Haltet den verlogenen Verräter auf!« »Fasst das Schwein!«

Der König, den trotz seiner vorgeblichen Sorglosigkeit das blanke Entsetzen gepackt hatte, hatte tatsächlich befohlen, für sich, seine Familie und einige Vertraute sechs Kutschen vorfahren zu lassen. Endlich wollte er sich und die Seinen in Sicherheit bringen lassen.

Die Wagen waren jedoch von der wütenden Menge erspäht

und restlos zertrümmert worden; die Kutscher lagen halb totgeschlagen auf dem Hof. Ein Diener Antoinettes hatte auch meiner Herrin die Aufforderung zur Flucht überbracht; als sie aber von dem Debakel erfuhr, meinte sie entsetzt: »Stell dir vor, Julienne, wir hätten schon in den Kutschen gesessen. Das Teufelspack hätte uns zu Brei geschlagen.«

Endlich erschien die Nationalgarde mit General Lafayette. Er schaffte in kürzester Zeit Ruhe und ließ sich trotz der späten Stunde beim König melden.

Der General verbürgte sich persönlich für die körperliche Unversehrtheit des Herrschers und seiner Familie. Es kam sogar zu Rangeleien zwischen Nationalgardisten und Leibwache des Königs einerseits und den bewaffneten »Abgeordneten des Pariser Volkes« andererseits, wobei wir nicht vergessen wollen, dass sich darunter etwa zur Hälfte Männer befanden, die sich nur als Frauen verkleidet hatten. Etliche Angehörige der königlichen Leibwache wurden dabei massakriert. Es war eine Nacht des Schreckens und ein Vorgeschmack auf Kommendes.

Um zwei Uhr morgens begab sich die Königin völlig mit den Nerven am Ende und körperlich erschöpft zu Bett. Vor ihren Gemächern zog ihre Leibwache auf und einige ihrer Hofdamen, darunter auch Madame Francine du Plessis, die seit kurzem wieder auf den Beinen war, setzten sich in Antoinettes Schlafzimmer.

Gegen halb fünf Uhr am Morgen schreckten die Damen auf. Sie hörten Schreie und Schüsse. Die Leibwächter der Königin hatten versehentlich zwei der Demonstranten erschossen.

Die wutentbrannte Menge stürmte daraufhin das Schloss. Madame Francine weckte die total übermüdete Antoinette und eine andere Hofdame öffnete ganz vorsichtig die Türe des Gemachs. Was sie sah, ließ sie beinahe vor Schreck in Ohnmacht fallen. Ein Leibgardist schlug mit dem Gewehrkolben auf einige Banditen ein, die ihn mit Dolchen abzustechen versuchten. Am Kopf blutend drehte er sich halb um, als er die Türe knarren hörte, und rief ihr zu:

»Rettet die Königin, Madame. Sie wollen mich ermorden.« Die Hofdame verschloss daraufhin sofort die Türe und rannte zurück ins Schlafgemach der Königin.

»Aufstehen, Madame«, schrie sie wie von Sinnen, »lauft sofort zum König.«

Antoinette lief im Nachthemd zu jener Tür, welche den Durchgang zu den Gemächern des Königs bildete. In dieser Türe war eine runde Glasscheibe eingesetzt, die man »oeil-de-boeuf« (Ochsenauge) nannte. Doch sie war versperrt, also hämmerten die Königin und ihre Damen so lange dagegen, bis sie von einem Diener gehört wurden, welcher ihnen öffnete. Kurz darauf erschien Ludwig und gleich danach auch Madame Francine, die auf Umwegen die königlichen Kinder herbeigeholt hatte.

Alle, auch Graf Axel von Fersen, standen in Ludwigs Gemächern dicht beisammen, als suchten sie Trost.

»Madame, jetzt sind die Vandalen dabei, den großen Kristallspiegel oben am Treppenaufgang zu zerschlagen«, sagte Graf Fersen zu Ludwigs Schwester, die totenbleich geworden war. Monsieur de Provence, der Bruder des Königs, bemühte sich, seine Gemahlin zu beruhigen. Die Damen Adelaide und Victoria standen erstarrt wie Marmorsäulen. Auch ein paar Minister, die sich zu diesem Zeitpunkt zu ihrem Leidwesen beim König befanden, schienen vor Angst wie gelähmt und warteten wie alle anderen darauf, dass der Herrscher sich äußerte.

Vom Korridor drangen Wutgebrüll, Schmerzgeheul und Todesschreie herein. Man hörte Degengeklirr und Gewehrschüsse.

KAPITEL 66

DIE HORDEN HATTEN sich Zutritt zum Schloss verschafft und Leibwache und Soldaten der Nationalgarde mussten das Leben des Königs und seiner Familie verteidigen. Viele Männer der Leibwache verloren dabei ihr Leben – mein Geliebter Julien war mit heiler Haut davongekommen –, während man den Kampfeinsatz der Nationalgardisten nur als sehr widerwillig bezeichnen konnte. Es war deutlich, dass Antoinette sich deren Sympathien verscherzt hatte.

Erst am späteren Vormittag erschien General Lafayette. Er hatte die Nacht in einem Gasthof in der Nähe des Palastes verbracht.

»Es ist doch nicht zu fassen«, mokierte sich Madame du Plessis, »wir sterben hier beinahe, aber dem Herrn General ist seine Nachtruhe heilig. Man könnte doch erwarten, dass er in einer solchen Nacht des Wahnsinns ausharren und für Ordnung sorgen würde, wie es seine verdammte Pflicht wäre.«

Lafayettes Anwesenheit steigerte den Kampfgeist entschieden und bald gelang es seinen Soldaten, sich zwischen das oeil-de-boeuf und die Angreifer zu schieben, welche kurz davor gewesen waren, die Tür einzuschlagen.

Auf einmal war der Schrei zu hören: »La Reine, la Reine! Die Königin auf den Balkon.« Ludwig XVI. raffte sich auf und trat mit dem Dauphin an der Hand auf den großen Balkon hinaus und zeigte sich der Menge, welche schrie: »Die Königin. Die Königin. Wir wollen die Königin sehen.« Ludwig kehrte darauf mit seinem Sohn ins Innere des Palastes zurück.

Madame du Plessis hatte Marie Antoinette einen weiß-gelb gestreiften Morgenrock über ihr Negligé geworfen; so trat die Königin auf den Balkon und stand nun allein der zu allem entschlossenen Mörderbande Auge in Auge gegenüber. Ich habe sie in diesem Augenblick sehr bewundert.

»Ha, da bist du ja, verdammte Hure.« »Deinen Kopf wollen wir, du österreichische Sau«, gellte es Marie Antoinette entgegen und vereinzelt drangen die Schreie: »Lang lebe der Herzog von Orléans« bis zu uns in den Palast. Zur Überraschung aller zuckte Antoinette vor den ordinären Beleidigungen nicht zurück. Mit unnachahmlicher Würde begrüßte sie die Menge mit einem tiefen Hofknicks. Danach stand sie völlig gelassen in königlicher Haltung auf dem Balkon.

»Es gleicht tatsächlich einem Wunder«, meinte hinterher meine Herrin, »dass die gemeinen Verbrecher nicht auf die Königin geschossen oder ihr wenigstens einen Stein an den Kopf geworfen haben.« Es schien, als habe Marie Antoinette kraft ihrer Persönlichkeit die mörderischen Massen gebannt.

Aber niemand weiß, wie lange dieser Zauber noch gewirkt hätte, bis nicht doch ein Ziegelstein geflogen wäre; aber da tauchte der Marquis de Lafayette neben der Königin auf und küsste ihre Hand.

Und dann riefen doch tatsächlich mehrere Rabauken und Marktfrauen »Viva la Reine«. Diesen Augenblick nutzte Lafayette und geleitete Antoinette rasch zurück ins Schloss.

Kurz darauf schrie die Menge: »Nach Paris.« »Nach Paris.« »Der König muss nach Paris.« Immer lauter drangen die fordernden Schreie und nach kurzer Beratung mit den paar Ministern, die zufällig anwesend waren, und General Lafayette trat Ludwig XVI. wiederum auf den Balkon des Palastes und rief:

»Ich bin einverstanden. Wenn ihr es wünscht, meine Kinder, dass ich euch nach Paris folge, so will ich euch willfahren. Doch nur unter der Bedingung, dass ich keinen Augenblick von meiner Frau und meinen Kindern getrennt werde.«

Die Horden bekundeten grölend ihr Einverständnis.

»Mein Gott«, sagte Madame Francine fassungslos, »das bedeutet die bedingungslose Kapitulation vor dem Pöbel. Nicht länger der König wird er sein, sondern die Geisel des Mobs von Paris.«

Der König und seine Familie sollten das Tuilerien-Schloss beziehen. Das war etwa elf Meilen von Versailles entfernt und lag mitten in der Hauptstadt.

Vorneweg marschierte die Nationalgarde, dann folgten fünfzig mit Getreide beladene Wagen: sämtliche Mehl- und Kornvorräte von Versailles. Anschließend kamen die Karossen der königlichen Familie, welche den Infamien ihrer »Eskorte« ausgesetzt waren, die sich aus Marktweibern, Huren, Zuhältern und sonstigem Gelichter zusammensetzte. Alle waren jetzt sinnlos betrunken und torkelten grölend und kreischend neben den Kutschen her.

Beiderseits der nach Paris ständig abfallenden Straße erstreckten sich Laubwälder, deren Blätter nun bunt gefärbt waren. Es war ein wundervoller Herbstnachmittag. Ein seidigblauer Himmel spannte sich über der Landschaft und es war beinahe ganz windstill; nur ein laues Lüftchen wehte sacht. Das wüste Toben der alkoholisierten Menge und die Stille der

Natur bildeten einen grotesken Gegensatz. Das Ganze mutete an wie eine Karikatur von »Der König geht auf Reisen«, vermengt mit Hexensabbat und Dorfkirchweih.

Ich saß in jener Kutsche, in welcher Madame du Plessis in einem Arm die total verängstigte Madame Royale hielt und im anderen den Dauphin, der überhaupt nicht verstand, was um ihn herum eigentlich geschah.

Zahlreiche Dorfbewohner standen am Wegesrand und begafften diese absurde Prozession. Nach den Wagen der Königsfamilie folgten die glücklosen Leibwächter des Königs und das Flandrische Regiment. Als Nächste im Zug waren die Kutschen mit hunderten von Nationalversammlungsdeputierten an der Reihe, die auch nach Paris umzogen, und ganz zum Schluss rumpelten die Wagen mit den Höflingen hinterher. Letztere hielten ängstlich ihr Hab und Gut umklammert: Säcke, in welche sie eilig Perücken, Schuhe und Kleider gestopft hatten, sowie Schatullen mit Schminkutensilien und Schmuck.

Bei Sèvres überquerten wir die Seine. Als wir die Stadtgrenze von Paris endlich erreicht hatten, senkte sich bereits die Abenddämmerung. Über sieben lange Stunden waren nun seit dem hastigen Aufbruch von Schloss Versailles vergangen. Jeder litt Hunger und vor allem Durst, besonders der kleine Kronprinz.

Die Gaffer am Straßenrand empfanden alles als Riesengaudium und forderten die Soldaten auf: » Schießt doch alle mal in die Luft.« Nicht selten gingen die Geschosse nicht nach oben, sondern seitwärts, und streiften die Karosse des Königs.

Am Gesichtsausdruck der Königin konnte man deutlich ihre Wut ablesen.

»Hatte sie dieses erniedrigende Schauspiel nicht ihrem Gemahl zu verdanken, der es abgelehnt hat, rechtzeitig auf die

Aufrührer schießen zu lassen, und der es andererseits töricht von sich gewiesen hat, zu emigrieren, als noch Zeit dazu war?«

Das schrieb ich zwei Tage später an meine Mutter und meinen Stiefvater nach Plancy. »Von welcher Naivität, um keinen hässlicheren Ausdruck zu gebrauchen, ist Ludwig doch erfüllt, dass er diesen Bestien sich und die Seinen anvertraut?«

KAPITEL 67

Die Deputierten der Nationalversammlung schickten einen Boten, um den Gouverneur der Tuilerien von der Ankunft des Königs zu unterrichten. Aber außer die Neuigkeit zur Kenntnis zu nehmen konnte der Überraschte wenig ausrichten. Der alte Palast bot ein jämmerliches Bild. Verkommen und verdreckt, mit besudelten Fluren und Innenhöfen, verrußten Gemächern, kaputten Kaminen, mit löcherigem Dach, verfaulten Bodendielen, leeren Räumen und völlig kahlen Wänden. Es stank, es war zugig und bitter kalt.

Seit fast siebzig Jahren hatte dort kein Monarch mehr residiert. Zum Glück unterhielt die Königin eine kleine Wohnung in den Tuilerien, um nach Theaterbesuchen dort zu übernachten.

Als die Kutschen eintrafen, war es Nacht. Nach und nach füllten sich die Höfe mit Karossen und Wagen. Es befanden sich nun etwa sechshundert Menschen in den Tuilerien.

Man hatte das Schloss im Laufe der Jahre durch Zwischenwände in viele kleine Kammern unterteilt – so hatte man Unterkünfte für ausgemusterte Höflinge, ausgediente Beamte oder für ehemals am Hof beschäftigte Künstler gewonnen. Der Gouverneur der Tuilerien warf nun innerhalb weniger Stunden diese armen Menschen aus ihren armseligen Kämmerchen.

Dies war jetzt also das Domizil Ludwigs des XVI.

Es fehlte an allem. Meine Maman, Émile und ihre inzwischen ansehnliche Kinderschar hatten es besser. Sie wohnten zwar in einer alten Bauernkate, aber das Dach war dicht, sie hatten es warm, genug zu essen und mollige Betten. Von Marodeuren waren sie bisher verschont geblieben. Ich gestehe, dass ich in jenen Zeiten hin und wieder den Gedanken in meinem Kopf herumwälzte, einfach nach Plancy zu verschwinden und den Irrsinn von Paris hinter mir zu lassen. Aber in Wahrheit hätte ich es nie übers Herz gebracht, meine Herrin im Stich zu lassen.

Die ersten Tage in den Tuilerien waren ein einziger Albtraum. Die Kamine zogen nicht und stinkender Qualm erfüllte die Zimmer. »Vor dem Ersticken rettet uns nur die Tatsache, dass die Fenster entweder gänzlich fehlen oder so defekt sind, dass der Wind ungehindert durchpfeift.« Madame du Plessis trug es mit Galgenhumor.

Der Dauphin litt unter Atemnot mit Erstickungsanfällen. Er hustete und hatte Fieber. Antoinette wurde schier wahnsinnig bei dem Gedanken, womöglich auch noch dieses Kind zu verlieren.

Die Hofleute suchten sich ihre Schlafplätze, wo sie welche finden konnten: auf Bänken, auf Tischen, auf aufgetürmten Kleiderhaufen oder schlicht auf dem durchgefaulten Fußboden.

Kaum war es Tag, liefen alle wie aufgescheuchte Hühner durch das eiskalte, feuchte Gemäuer mit den finsteren Fluren und den zugigen Korridoren und versuchten, jene Zimmer zu meiden, durch deren geborstene Scheiben der kalte Oktoberwind fegte. Als Schutz gegen herbstliche Fröste zogen wir mehrere Kleiderschichten übereinander an.

Bereits am 8. Oktober war der Empfang der Außenminister der übrigen europäischen Länder sowie Amerikas. Der König wirkte nervös – bei seiner üblichen Gelassenheit eine Seltenheit. Seine Majestät sprach nur gerade das Notwendigste, um nicht der Unhöflichkeit geziehen zu werden. Genau wurde registriert, dass die Königin einige Male beim Sprechen mit den Tränen kämpfte.

Der britische Botschafter analysierte die Lage treffend:

»Alle Schlossbewohner leben in beständiger Todesangst. Der Gedanke quält sie, die entmenschten Horden könnten wiederum wie in Versailles ungestraft den Palast stürmen.«

General Lafayette verbürgte sich erneut persönlich für die Sicherheit des Königs und seines Hofstaates und ließ sämtliche Tore und Zugänge von Gardisten bewachen, aber trotzdem fühlte sich niemand in den Tuilerien auch nur einigermaßen geschützt.

Ich gestehe offen, dass ich mich auf den Straßen von Paris oder im Hause Père Cigognes tausendmal sicherer fühlte als im Schloss.

Auch die in den Höfen aufgestellten Geschütze änderten daran nichts; man wusste, dass gegen eine entfesselte Masse, die entschlossen war zu morden, kein Schutz möglich war.

»Die Bewohner der Tuilerien kommen sich wie Gefangene vor«, bemerkte der Botschafter scharfsinnig, »sind sie doch abhängig von der launischen Bevölkerung.«

Wochenlang rollten Wagen aus Versailles an, welche Möbel, Bettzeug, Geschirr, Küchenutensilien, Leuchter, Brennholz, Decken, Teppiche, Gobelins, Gemälde, Spiegel, Vasen und die Garderobe des Königs und seiner Hofleute herankarrten.

Bald begannen Handwerker mit der überfälligen Gebäudesanierung. Sie mussten Mauern, Wände, Decken, Fußböden, Treppengeländer und -stufen ausbessern; alte Farben und Lacke wurden abgekratzt und frische aufgetragen.

Stuckaturen und Vergoldungen wurden restauriert, im Schloss stank es nach Farben, Ölen und Lacken und alle waren den Arbeitern nur im Wege – der König besonders, weil er von jedem Handwerker ausführliche Erklärungen wünschte.

»Auf Schritt und Tritt stolpert man hier über Farbkübel oder Leitern«, maulten die Hofdamen, welche mit gezierten Trippelschrittchen, die gebauschten Röcke hochgehoben, versuchten, in »Versailler Manier« über das Parkett zu schweben.

Ende Oktober »sah man ein klein wenig Licht am Ende des Tunnels«. Die Repräsentationsräume hatte man zuerst renoviert und prächtig ausstaffiert mit Gemälden, Tapisserien und Gardinen aus golddurchwirkten Stoffen. Die alten Gobelins, bisher in Kisten verstaubt, waren fachgerecht gereinigt und wirkten nun, im Schein unzähliger Kerzen in funkelnden Kristalllüstern, traumhaft schön.

Der König freute sich am meisten über seine komplette Schlosserwerkstatt, die man in den Tuilerien installiert hatte.

Die Gemächer der Königin hatten zu Beginn der Sanierung wie eine Ruine ausgesehen. Aber nach Abschluss aller Arbeiten sah man, dass diese am geschmackvollsten gestaltet waren.

»Die Handwerker haben in kurzer Zeit ein Wunder vollbracht«, jubelte meine Herrin, welche mit ihrem Appartement, direkt neben den Räumen Antoinettes, ebenfalls sehr glücklich war.

Als Graf von Fersen zum ersten Mal in die Tuilerien kam, war er sehr beeindruckt.

»Um seiner selbst gewählten Aufgabe gerecht zu werden, hat Monsieur von Fersen auf alle Ämter am schwedischen Hof verzichtet, um sich mit ganzer Kraft den Wünschen des französischen Herrscherpaares widmen zu können«, ließ der Hof verkünden. Dieses Mal hatte man den Grafen nicht in Antoinettes Gemächern einquartiert. Vom Hotel zu den Tuilerien gelangte er nämlich in kürzester Zeit.

Der König betrachtete Axel von Fersen als »lieben Bruder und wohlwollenden Freund, der jederzeit willkommen« war. Ludwig zeigte auch später nie, dass er um die Beziehung seiner Gemahlin zu dem charmanten Schweden wusste. Nichts störte den ehelichen Frieden und der träge und lustlose König brauchte sich keine Gedanken über die Befriedigung seiner Gattin zu machen.

Die Liebenden konnten sich jetzt nur noch unter erschwerten Bedingungen treffen – aber jeder am Hof wusste, dass es ihnen gelang. Man sollte den beiden ihr Glück gönnen. Allzu lange wird es nicht mehr dauern, dachte ich bei mir.

Von Fersen hatte eine Menge Neider unter den Herren am Hof. Einer sagte abschätzig: »Sein Wert besteht hauptsächlich in der Tatsache, dass er der Liebhaber der Königin ist.« Dieser Höfling durfte sich anschließend auf seine Güter zurückziehen.

»Es gibt keine Verhaltensnormen mehr«, beklagte sich Madame du Plessis, »es existiert kein Moralkodex, kein Respekt vor dem Eigentum des anderen, nicht einmal vor dessen Leben.«

Graf von Fersen zermarterte sich den Kopf, wie er die Königin beschützen könnte.

Obszöne Pamphlete und Karikaturen waren neuerdings aufgetaucht, die sie beim Verkehr mit jungen Mädchen, beinahe noch Kindern, zeigten. Andererseits behaupteten die Gazetten, die Königin von Frankreich sei ein sexuell unersättliches Monstrum, welches zu Dutzenden Männer verschleiße. Und keiner war da, der dem ehrverletzenden Treiben hätte Einhalt gebieten können?

Ich muss dazu sagen, dass wir in jener Zeit gewiss nicht prüde waren, weder im Gespräch über sexuelle Dinge noch in der Ausübung von Liebespraktiken. Wir waren auch in dieser Hinsicht aufgeklärt. Keuschheit und eheliche Treue besaßen einen denkbar niedrigen Stellenwert; heutzutage ist man nicht mehr so frivol und liberal in seinen Anschauungen, auch was Seitensprünge innerhalb der Ehe anbetrifft. Aber bei den obszönen Unterstellungen gegen die Königin wurde jedes erträgliche Maß weit überschritten.

KAPITEL 68

KEINER IN DEN Tuilerien konnte wissen, ob er den kommenden Tag noch erleben würde. Wir hörten von blutigen Scharmützeln, erlebten gewalttätige Übergriffe und erfuhren von Morden aus Rache. Am 21. Oktober bildete sich ein Menschenauflauf vor einer Bäckerei in der Innenstadt. Die Leute schrien, der Bäcker sei verantwortlich für den Mangel an Brot – was natürlich Unsinn war: Der Mann hatte die ganze Nacht in seiner Backstube zugebracht, aber jetzt war sein Mehlvorrat aufgebraucht.

Seine Beteuerungen halfen ihm leider nichts. Der Mob

gierte nach einem Opfer. Man schleppte den Bäcker zur Place de Grève, wo ihn die blutdürstige Menge aufhängte und ihm anschließend den Kopf abhackte, auf eine Pike steckte und grölend damit durch die Stadt marschierte.

Es war ein grausiges Ritual, welches sich täglich mehrmals an verschiedenen Stellen der Stadt vollzog. Polizei und Nationalgarde hatten gegen die bewaffneten Pariser keine Chance, dennoch versuchten sie anfangs, die schlimmsten Gesetzesbrecher festzunehmen. Das erwies sich aber bald als gefährlich, weil der Mob die Täter gewaltsam schützte.

»Die Königin empfindet großes Mitleid mit der Witwe des Opfers und sendet der Frau sechstausend Livres aus ihrer Privatschatulle«, wusste Madame Campan.

Antoinette war ihrer Kinder wegen bemüht, sich ihre Furcht nicht anmerken zu lassen. Aber wer sie genauer beobachtete, bemerkte, dass der Königin oft mitten im Satz die Stimme versagte. Dann hatte sie Tränen in den Augen.

»Meine Feinde sollen nicht wissen, dass sie mich beinahe zu Boden gerungen haben, aber innerlich verblute ich fast, denn mein Herz ist zutiefst verwundet«, vertraute die Königin meiner Herrin an. »Meinen Schmuck und die prächtigen Roben hat man mir zwar gelassen, aber dennoch bin ich nichts anderes als eine Gefangene. Es soll mit Gewalt verhindert werden, dass der König mit seiner Familie flieht.« Trotz allem suchte die Königin nach einer Möglichkeit, doch noch ins sichere Ausland zu gelangen. Die wenigen Freunde der königlichen Familie schmiedeten unablässig Fluchtpläne; wenigstens der Dauphin und seine Mutter sollten in Sicherheit gebracht werden.

»Antoinette muss ins Ausland gelangen«, sagte ich, wütend über den zaudernden König, der sie in diese furchtbare Lage gebracht hatte. »Keine Frau sollte so etwas durchmachen müssen wie jetzt unsere Königin, nur weil unfähige Männer ihren Willen durchsetzen wollen. Jedes Tier in der Falle versucht, sich zu befreien. Mein Stiefvater hat mir erzählt, im letzten Winter habe er eine Wolfsfalle aufgestellt und tatsächlich hat sich eine Bestie darin verfangen. Um nicht von den Menschen totgeschlagen zu werden, hat das Untier sich einen Vorderlauf durchgebissen, um so, auf drei Beinen humpelnd, seine Freiheit zu erlangen. Émile hat nur die blutige, zerfetzte Wolfspfote in der Falle gefunden. Wenn ein wildes Tier zu solchen Überlegungen fähig ist, dann muss doch erst recht ein Mensch in der Lage sein, für seine Freiheit alles zu wagen.«

Madame Francine vertraute mir daraufhin an, was nur einige Eingeweihte am Hof wissen durften:

»Ludwig hat bereits mit anderen europäischen Herrschern Verbindung aufgenommen. Der König hat mir und einigen anderen Höflingen erklärt: ›Mein Zugeständnis, Adel und hohen Klerus ihrer Privilegien zu berauben, ist nur ein Ablenkungsmanöver, um Zeit zu gewinnen, meinerseits eine Revolution ins Leben zu rufen.‹«

Das, muss ich gestehen, verblüffte mich nun doch sehr. Das hätte ich dem zögerlichen König niemals zugetraut. Woher hatte er plötzlich die Courage? Man konnte nur hoffen, dass er vorsichtig operierte, sonst wären seine und Antoinettes Tage bald gezählt.

»Ludwig hat endlich seinen Stolz überwunden und sich an König Karl IV. von Spanien mit der Bitte um finanzielle Unterstützung gewandt«, fuhr meine Herrin leise fort, »desgleichen an Kaiser Joseph von Österreich. Beiden Herrschern versucht er klar zu machen, dass er dringend Geld braucht.«

Ich erwähnte nichts von meinen Bedenken – was verstand eine kleine Zofe schon von der großen Politik – und immerhin bestand ja eine vage Aussicht auf Hilfe aus dem Ausland. Und diese minimale Chance veranlasste etliche Freunde des Monarchen, ihm den fatalen Rat zu erteilen, doch besser nicht aus Frankreich zu fliehen, selbst auf die Gefahr hin, dass in den ersten Tagen der Konterrevolution sein Leben und das seiner Familie bedroht wären.

Ein äußerst riskanter Ratschlag. Für mein bisschen Verstand hörte er sich geradezu töricht an.

Am Hof hatte jeder so zu tun, als wäre alles in schönster Ordnung. In erster Linie gehörte dazu das Hofzeremoniell. Ja, man ließ sogar alte Bräuche aus der Zeit des Sonnenkönigs wieder aufleben. Egal, ob der Mob von Paris unter den Fenstern des Palastes lauthals demonstrierte.

Das traditionelle Lever und Coucher (aufstehen und zu Bett gehen) des Königs wurde wie seit Jahrhunderten abgehalten und die Königin führte wie zu Anfang ihrer Ehe den Vorsitz bei den abendlichen Kartenspielen. Man lud sogar Gäste ein. Der alte Brauch, dass der König und seine Gemahlin vor aller Augen speisten, erlebte eine Renaissance, wobei sie von Lakaien in prunkvollen Livreen bedient wurden.

Da saßen sie dann wie zwei Puppen in steifen, zeremoniellen Gewändern und konnten begafft werden. Da man Ludwig zu seinem Leidwesen nicht mehr erlaubte, auf die Jagd zu gehen, war ihm oft langweilig. Und aus diesem Gefühl der Leere heraus griff er bei den Mahlzeiten noch mehr zu. So wurde er immer runder; Antoinette hingegen war der Appetit beinahe gänzlich vergangen und sie verlor beständig an Gewicht. Und während der König einen edlen Tropfen zu schätzen wusste, begnügte sich seine Gemahlin weiterhin mit Wasser.

Die Tuilerien waren seit ihrer Sanierung zum gesellschaftlichen Mittelpunkt von Paris geworden. Da gab es für die Müßiggänger viel zu bestaunen, wenn Aristokraten, Kirchenfürsten, Kommandeure der Nationalgarde, Deputierte der Nationalversammlung und prominente Bürger aus ihren glanzvollen Kutschen stiegen und in Uniform oder Galakleidung mit ihren aufgetakelten Damen den Palast betraten.

»Antoinette ist es tatsächlich geglückt, inmitten der Hölle eine Insel des Friedens und der vorgetäuschten Harmonie zu schaffen«, schrieb ein russischer Diplomat, welcher häufig bei Madame du Plessis zu Gast war, an Zarin Katharina.

Sicher, da gab es nach wie vor die wütenden Proteste, die gewalttätigen Demonstrationen, die Gräueltaten mitten auf den Straßen – aber man ignorierte sie einfach. Der König, seine Familie und seine Höflinge ähnelten einer Gruppe dressierter Pudel, welche Männchen machten, sich artig benahmen und – vollkommen überflüssig waren.

»Die revolutionäre Presse, die Hetzparolen in den Zeitungen und Flugblättern, die bösartigen Karikaturen – man sieht sie zwar, tut aber so, als gingen sie einen nichts an«, wunderte sich auch Graf Axel von Fersen.

»Neuerdings patrouillieren selbst ernannte Aufpasser durch die Stadt, und wen sie ohne Trikolore antreffen, der muss schon eine sehr überzeugende Ausrede parat haben, sonst geht es ihm schlecht«, warnte mich Père Cigogne.

Leider provozierten viele Damen, die zu den Empfängen der Königin gingen, das Volk auf unnötige Weise: Sie steckten sich weiße Kokarden an ihre Kleidung statt der blau-weiß-roten der Revolution. Und in ihre Frisuren ließen sie weiße Lilienbouquets und weiße Schleifen stecken. Dieses unbedachte Anheizen der Emotionen zeugte von wenig Verstand.

Madame Francine gab mir Recht: »Auch die Königin sieht

das mit Skepsis, aber Seine Majestät ist der Meinung, man dürfe die Aristokraten, die noch nicht das Exil gewählt haben, nicht vor den Kopf stoßen. Man solle sie gewähren lassen.«

Die Tuilerien standen wie Schloss Versailles auch am Nachmittag jedem Besucher offen. Man musste sich nur eine Eintrittskarte leisten können und einen Hut tragen, wenn man ein Mann war. Korridore und Treppen waren überfüllt. Hatte man den Monarchen anfangs noch mit ein wenig Respekt behandelt, änderte sich das im Laufe der Zeit.

Ich hatte mich mit einem Gardisten der Leibwache des Königs intim angefreundet. Der junge Mann zählte zehn Lebensjahre weniger als ich und war ein feuriger Liebhaber. Damals war ich besessen von einem enormen Lebenshunger, von einer brennenden Gier nach körperlicher Liebe – vermutlich ausgelöst durch die Lebensumstände, bei denen keiner wusste, ob er die Nacht überstehen oder massakriert werden würde.

Wir nutzten jede Gelegenheit für Liebesspiele, sofern es möglich war, dies ohne Zuschauer zu tun. Das war gar nicht einfach. Aber wir machten aus der Not eine Tugend und ersetzten die kurze Dauer unserer lustvollen Vereinigungen durch Häufigkeit.

Es konnte geschehen, dass wir in einen Winkel gedrückt standen, ich mit hochgeschobenen Röcken und Fabrice – so hieß mein eifriger Geliebter – zwischen meinen Schenkeln, während ein Diener oder Besucher an uns vorbeikam, oder dass meine Herrin nach mir suchen ließ. Dann legten wir eben eine Pause ein.

Fabrice zog – wenn auch ungern – seinen Schwengel zurück, ich ließ die Röcke fallen und erledigte meinen Auftrag.

Sobald die Störung vorüber war, machten wir sofort weiter. Fabrices Standfestigkeit war enorm. Es war normal, dass wir unterbrochen wurden, und es geschah nicht selten, dass ein Liebesakt sich über drei oder vier Etappen hinzog.

Nur mit Mühe gelang es mir, diese Beziehung vor Julien geheim zu halten. Der war und blieb der Mann meines Herzens, der Vater meines Sohnes; ihn wollte ich auf gar keinen Fall kränken.

KAPITEL 69

An einem Vormittag waren randalierende Weiber unter den Fenstern des Boudoirs der Königin aufmarschiert. Laut und ordinär riefen sie nach Antoinette. Die Königin war nicht feige – das hatte sie in Versailles bewiesen – und trat hinaus auf den Balkon, um sich der Gruppe zu stellen.

Die Frauen waren sichtlich verblüfft; und Antoinette gelang es sogar, mit ihnen ins Gespräch zu kommen. Sie waren überrascht, dass sich die Königin nicht zu schade war, das Wort an sie zu richten. Eine Elsässerin sprach sie auf Deutsch an, aber die Königin antwortete ihr geistesgegenwärtig auf Französisch: »Bedaure, Madame, ich kann Sie nicht verstehen.« Daraufhin klatschten alle Beifall. Antoinette behauptete immer, ihr Deutsch verlernt zu haben. Ich habe ihr das, mit Verlaub, nie abgenommen. Die eigene Muttersprache verlernt man nicht – einzelne Ausdrücke vielleicht, aber nicht das Ganze. Die Begegnung mit den Weibern endete damit, dass sie zum Abschied riefen: »Vive Marie Antoinette. Unsere gute Königin soll ewig leben.« Als ich es Madame Francine erzählte, sah sie mich an, als redete ich irre.

Aber das war eine Ausnahme. Dass die Beleidigungen gegen die verhasste Österreicherin immer schlimmer wurden, hing mit dem neuen Gesetz der Nationalversammlung zusammen: Es garantierte vollkommene Pressefreiheit.

Madame Francine war empört: »Jeder hergelaufene Schreiberling kann einfach Dinge behaupten und niemand überprüft deren Wahrheitsgehalt. Persönliche Verunglimpfung wird nicht mehr bestraft. Das ist Rufmord.«

Jetzt erschien die Königin in den Karikaturen als hässliche Harpyie mit gegabeltem Schwanz und langen, spitzen Krallen, behängt mit Diamanten. Man stellte sie als Feindin dar, die den Kaiser von Österreich gebeten habe, gegen Frankreich Krieg zu führen. Nach seinem siegreichen Einmarsch wollte Antoinette dann ganz Paris dem Erdboden gleichmachen lassen – so behauptete es einer im Palais Royal und alle glaubten es.

»Wenn man dem Volk gewisse Dinge lange genug einhämmert, glaubt es diese schließlich auch. Das macht die Faszination des gedruckten Wortes: Was in der Zeitung steht, ist wahr. Und mit der Zeit glauben die Menschen den abstrusesten Blödsinn«, erklärte mir Père Cigogne, der immer weniger einem Storch glich – eher einem in die Jahre gekommenen, zerzausten Raben.

Gegen Ende des Jahres 1789 waren die Staatsschulden auf mehr als fünf Milliarden Francs angestiegen. Jacques Necker hatte bereits Schwierigkeiten, das Geld für die laufenden Zinsen aufzutreiben. An eine Tilgung der Schulden war nicht zu denken. Als Erstes kürzte er die Apanagen der königlichen Familie. So sparte er ein paar Millionen ein, aber was war das schon?

Die Nationalversammlung war im Herbst mit dem König zusammen nach Paris umgezogen. Nach einem kurzen Aufenthalt beim Erzbischof von Paris richtete man sich auf Dauer in der Manège (Reitschule) in den Gärten der Tuilerien ein.

Die Mitgliederzahl war inzwischen zurückgegangen, etliche Deputierte waren wieder in ihre Heimatprovinzen abgereist. Aber die meisten waren geblieben und bemühten sich, eine vernünftige Regierung zu bilden.

»Diese Arbeit gleicht der des Sisyphos«, klagte einer der wenigen königstreuen Deputierten, »sie ist langwierig, kaum lösbar und beansprucht enormes Durchhaltevermögen. Aber getreu unserem Schwur harren wir aus.«

Dreimal pro Woche wurde debattiert, wobei einer den anderen anschrie, niemand zuhörte, jeder nur die eigenen Argumente hinausplärrte. Der mit der lautesten Stimme glaubte, Recht und Wahrheit für sich gepachtet zu haben.

»Soll vielleicht die glorreiche Revolution einfach im Chaos untergehen?«, fragte Georges Danton mit Stentorstimme und erhielt donnernden Applaus dafür. Nein, so war das nicht geplant gewesen. Freilich muss man zu ihrer Ehrenrettung feststellen, dass die Nationalversammlung es nicht leicht hatte. Die ewig maulenden Pariser waren nie zufrieden zu stellen. Nach wie vor fehlte es an Nahrungsmitteln, hauptsächlich an Getreide. Fleisch hatten die Hauptstädter schon seit Monaten nicht gesehen. Längst vorbei die goldenen Zeiten eines Henry Quatre, der jedem Bürger sonntags sein Huhn im Topf garantierte. Der Winter stand wieder einmal vor der Tür – und wo waren die Brennholzvorräte?

Es gab auch Probleme mit einigen Provinzen in Frankreich – vor allem mit der Bretagne –, die von dieser Revolution überhaupt nichts wissen wollten, sondern die Nationalversammlung vehement ablehnten. Ja, sie sprachen ihr mangels Autorisierung durch das gesamte Land kategorisch das Recht ab, Gesetze und Verordnungen zu erlassen,

»Das ist nicht nur kläglich«, brüllte Danton, »sondern geradezu sträflich und schändlich zugleich.« Er war für eine empfindliche Bestrafung der aufmüpfigen Bretonen.

Monsieur Necker nahm Verhandlungen mit den englischen Provinzen in Kanada auf wegen dringend notwendiger Getreidelieferungen. Noch eine Hungerkatastrophe konnte man sich nicht leisten. Als Nächstes bemühte er sich um holländische Geldgeber. Sie sollten, wie schon mehrmals, Frankreich mit Riesenkrediten aus der Bredouille helfen.

Aber die Holländer konnten rechnen und fragten beharrlich nach, wie er die Kredite jemals zurückzuzahlen gedächte. Was hatte er denn als Sicherheiten zu bieten?

Necker verfiel auf den Gedanken, die enormen Schulden als Sicherheit anzubieten, welche Amerika bei Frankreich durch dessen Beistand im Unabhängigkeitskrieg hatte. Zweifellos ein kluger Schachzug – aber würde er gelingen?

Der Schweizer wusste, dass er sich auf hauchdünnem Eis befand. Mittlerweile waren es viele, die von ihm als »Finanzexperten« gar nichts hielten und im Gegenteil behaupteten, seinen Nimbus habe er sich mit unehrlichen Manipulationen erworben. Was, nebenbei bemerkt, der Wahrheit entsprach.

»In Wirklichkeit ist Monsieur Necker ein inkompetenter, aufgeblasener Narr, wie viele in der Nationalversammlung«, äußerte sich Madame du Plessis abfällig über den Bankier. Es war offensichtlich, dass Jacques Necker eitel war. Nicht nur auf sein Können hielt er sich eine Menge zugute, sondern auch auf seine ebenso hässliche wie intelligente Tochter, Madame de Staël, sowie auf seine Gattin.

Natürlich fühlte er seine Talente nicht genügend gewürdigt. Einmal leistete er sich sogar den unverzeihlichen Fauxpas, die Franzosen als »lächerliche Nation« zu titulieren. Seine Dienerschaft hatte diesen Ausrutscher belauscht und verbreitete ihn in der Stadt. Das schadete seiner bisherigen Popularität ungeheuer.

Das neueste Ondit behauptete, dass ein Massaker an der königlichen Familie und allen Aristokraten des Landes unmittelbar bevorstünde. So setzte eine neue Fluchtwelle ins Exil ein, denn viele schenkten dem Gerücht Glauben. Jeden Tag hörte man von neuen Unruheherden in den Provinzen und das schürte die Angst vor dem Zerfall des Landes. »Bürgerkrieg« hieß das schreckliche Wort, das nicht nur in meinem Kopf umging.

Der Graf de Provence, des Königs nächstältester Bruder, und andere hochkarätige Monarchisten wollten Ludwig XVI. als König absetzen.

»Anschließend wäre der Weg frei, um mit der Monarchie ergebenen – auch ausländischen – Truppen gegen Paris vorzurücken, die Stadt einzunehmen und den Augiasstall ein für alle Male auszumisten.«

So legte der Marquis de Lambade meiner Herrin die Pläne der Monarchistenpartei dar. Auch Folgendes stand zur Debatte: Ludwig, der unfähige Zauderer, sollte zur Abdankung gezwungen werden. Dafür würde man seinen Cousin, den vom Ehrgeiz zerfressenen Philippe von Orléans, an seiner statt zum König ernennen. Ihm trauten leider viele zu, das Ruder herumzureißen zu Nutz und Frommen des geschundenen Vaterlandes.

Dem König waren die Machenschaften seines intriganten Verwandten nicht verborgen geblieben. Er hatte ihn daher nach England abgeschoben.

»Jeder Bauer kann gehen, wohin er will.« Die Königin war erbittert. »Nur der König von Frankreich ist ein Gefangener des Pöbels.«

Aber hier irrte Antoinette und ihr Gemahl wies sie darauf hin:

»Unsere Bauern sind zwar keine Leibeigenen wie in Russland, Madame. Sie dürfen das Land nicht nur bearbeiten, sondern sie besitzen es auch und können es an ihre Söhne vererben. Aber sobald sie ihren Grund und Boden für längere Zeit verlassen, hat ihr Grundherr, dem sie Abgaben und Dienste schulden, das Recht, ihnen ihr Land wegzunehmen und anderweitig darüber zu verfügen.«

In Kürze würde die Nationalversammlung auch dieses ändern.

»Frankreich steht nicht nur am Rande eines tiefen Abgrundes«, sagte Madame du Plessis einmal zur Königin, »ich denke, es hat bereits einen Schritt weiter getan und befindet sich schon mitten im freien Fall in eine bodenlose Tiefe.«

KAPITEL 70

MADAME DU PLESSIS, die schöne und wohlhabende Witwe in herausragender Stellung am Hofe, hatte seit einiger Zeit einen ebenso hartnäckigen wie viel versprechenden Verehrer.

Er stach aus der Schar der Anwärter auf die Hand der charmanten Gräfin vorteilhaft hervor: Im Alter passte er zu ihr, war gut aussehend, lebhaft und humorvoll, besaß Bildung und

Esprit sowie ein soziales Gewissen. Und Letzteres nicht erst seit den Zeiten der Revolution.

Er gehörte schon lange zu ihren guten Bekannten, war ebenfalls verwitwet, stammte aus uraltem, französischem Adel, war vermögend und seine Diener sprachen niemals schlecht über ihn. Mir gefiel besonders, dass ihm jedes gezierte und affige Benehmen zuwider war, und Schminke benutzte er auch keine. Sein Name war Philippe de Toqueville, Marquis de Sainte-Maison; er stammte aus dem Languedoc und besaß dort riesige Ländereien sowie ein prachtvolles Schloss am Quai d'Orléans auf der Île Saint-Louis in Paris.

Meine Herrin war dort schon einige Male zu Soupers und Dichterlesungen zu Gast gewesen, in Begleitung Demoiselle Hélènes, wie ich säuerlich anmerken muss. Aber Madame Francine versprach, mich beim nächsten Mal mitzunehmen.

»Durch die breiten Fensterflügel des Salons sieht man nach rechts auf die Kathedrale Notre Dame und nach links auf das noble Restaurant im Tour d'Argent. Im Vordergrund aber, am Ende des Pont de la Tournelle, erkennt man das Denkmal zu Ehren der Sainte Geneviève, der Schutzpatronin und Stadtheiligen von Paris«, schwärmte Madame du Plessis. Ich merkte schon, Madame hatte Lust, dort mehr Zeit zu verbringen als in ihrem eigenen Palais, obwohl auch dieses sehr geschmackvoll und großzügig war.

Vor dem Rathaus befand sich die Place de Grève, quasi der Vorhof zum Marais-Viertel. Dieser Platz, dessen Name »Müßiggang« bedeutet, da sich dort beschäftigungslose Menschen auf der Suche nach Arbeit einfinden, war der traditionelle Ort für Hinrichtungen.

Diese Volksspektakel waren immer gut besucht, boten sie doch dem sensationsgierigen Publikum allerlei Kurzweil, zumal die Art der Urteilsvollstreckung variierte, je nach der Schwere des zu ahndenden Verbrechens und nach dem Geschmack der Zeit.

Wurde der Delinquent nur auf schlichte Art gehängt, zog das nicht so viel Publikum an wie eine Enthauptung. Das Blut, das oft meterweit spritzte, gefiel den Gaffern besser als die zappelnden Beine des Gehenkten, auch wenn sie es immer wieder ganz lustig fanden, wie ihm seine blauschwarz verfärbte Zunge aus dem Mund hing.

Wurde einer aufs Rad geflochten, war die Place de Grève so überfüllt, dass man auf den Köpfen hätte gehen können, so dicht stand die Menge, die sich vorher schon am Zerschlagen der Gebeine des Opfers ergötzt hatte.

Auch das Auspeitschen fand zahlreiche Liebhaber, vor allem wenn der Verurteilte tüchtig schrie und jammerte und eine Menge Blut floss.

Aber nichts ging über das Vierteilen, ein ganz exquisites Schauspiel. Im Gedächtnis der älteren Bürger haftete immer noch der qualvolle Tod des unbotmäßigen Damiens, der seinerzeit so dreist gewesen war, Ludwig XV. mit einem Federmesser auf den Leib zu rücken.

Bei ihm mussten ein paar kräftige Gäule ihre ganze Stärke aufbieten, um dem solide gebauten Todeskandidaten die Gebeine auseinander zu reißen.

Hinter dem Hôtel de Ville und der geschäftigen Rue de Rivoli sowie der nachfolgenden Rue Saint Antoine im Norden und dem Seineufer im Süden ist es ruhig. Es ist ein verschwiegenes Viertel. Hier findet sich die enge Rue du Prévot, in welcher für kurze Zeit der Schriftsteller und Philosoph Jean-Jacques Rousseau gelebt hat. Hier begann er seinen Roman »Émile oder über die Erziehung« zu schreiben, in welchem er das Ideal einer naturnahen Kinderaufzucht pries. Madame Francine hatte dieses Buch zu Beginn ihrer Tätigkeit als Gouvernante aufmerksam gelesen.

Hier war auch das Viertel der Kirche Saint Gervais mit den griechischen Säulen in drei verschiedenen Stilrichtungen. Das wiederum hat mir Père Cigogne, der köstliche Alte, erklärt. Als ich mich wunderte, woher er dieses Wissen über antike Säulen hätte, meinte er verschmitzt lächelnd:

»Ein Alteisenhändler muss nicht unbedingt ungebildet sein.«

Ganz in der Nähe steht die Kirche Saint Merri. Auch sie hat etwas ganz Besonderes zu bieten. Über ihrem Eingangsportal thront nämlich ganz oben eine kleine Statuette. Wer gute Augen hat, kann ein Zwitterwesen mit Hörnern erkennen, welches einen Busen hat und dennoch einen Bart trägt.

»Dies ist der Dämon Baphomet, der sich im Mittelalter bei okkulten Gruppen großer Beliebtheit erfreute«, wusste der zuständige Sprengelgeistliche, den ich über die merkwürdige Figur befragte; mit Achselzucken setzte er hinzu: »Niemand weiß, warum der von der Kirche verteufelte Baphomet ausgerechnet das Portal einer Sakralstätte schmücken darf.«

KAPITEL 71

Redner in der Nationalversammlung gab es viele: gute, weniger gute, hervorragende und miserable. Der mit Abstand talentierteste war Graf de Mirabeau, ein wahrhaft charismatischer Mann. Obwohl er aus dem Adel stammte, hatte er sich als Abgeordneter des Dritten Standes in die Generalstände wählen lassen.

Er hieß eigentlich Honoré Gabriel de Riqueti, Graf von Mirabeau, und war vierzig Jahre alt. Danton meinte nicht ohne Bewunderung: »Je heißer es hergeht, zu desto größerer Form läuft Mirabeau auf.«

Die Auswüchse der Monarchie waren ihm in tiefster Seele zuwider und er kämpfte leidenschaftlich gegen politische Ignoranz, Verschwendungssucht, parasitäre Höflinge sowie Gleichgültigkeit gegenüber den erbärmlichen Lebensumständen des »normalen« Volkes.

»Er schüchtert seine Gegner wie ein bösartiger, beißwütiger Terrier ein«, charakterisierte ihn der König, »es wäre viel angenehmer, ihn zum Freund als zum Gegner zu haben.«

Äußerlich war der Graf von faszinierender Hässlichkeit. Sein Schädel war viel zu groß und sein Gesicht übersät mit tiefen Pockennarben. Sein Körper erschien auf seltsame Art missgestaltet, wenn man auch nicht definieren konnte, woher dieser Eindruck stammte. Dennoch verfügte Mirabeau über eine beinahe dämonische Ausstrahlung. Viele trauten ihm magische Kräfte zu und es war nicht zu leugnen, dass er um ein Mehrfaches diabolischer wirkte als beispielsweise Graf Cagliostro. In den Salons hielt sich hartnäckig das Gerücht, dass Graf Honoré de Mirabeau von maßloser sexueller Gier besessen sei. Inwieweit dabei bei den Damen der Wunsch der Vater des Gedankens war, vermag ich nicht zu beurteilen.

Fakt war jedenfalls, dass der hässliche Edelmann bei den Schönen von Paris wohl gelitten war. Die Herren dagegen betrachteten ihn eher mit scheelen Blicken. Jene, die ihn näher kannten, mokierten sich über seine obszöne Gossensprache. Diese ordinäre Art sich auszudrücken pflegte er bewusst, um zu provozieren. Darüber hinaus liebte er es, sich mit Menschen niedrigster Kategorie anzufreunden.

»Als ich das gehört habe«, sagte ich zu Madame Francine, »da dachte ich daran, dass sich auch Könige nicht scheuen, ihre Mätressen aus dem Bordell zu requirieren.« Worauf meine Herrin in schallendes Gelächter ausbrach bei der Erinnerung an Ludwig XV. und seine um Vornehmheit bemühte Madame Dubarry.

»Im Gegensatz zu jener Menschengattung, die er gerne um sich schart, steht sein hohes Bildungsniveau«, sagte sie, nachdem sie sich von ihrem Heiterkeitsausbruch erholt hatte. Sie hatte Mirabeau vor fünfzehn Jahren als entfernten Verwandten ihres nun verstorbenen Gatten Édouard kennen gelernt.

»Aus dem Lateinischen und Altgriechischen übersetzt er klassische Literatur ins Französische. Außerdem kann er das Alte Testament in Hebräisch lesen und schreibt selbst sehr viel.«

Man behauptete, er wäre mit de Sade befreundet; ja, es verbände die beiden adeligen Herren eine Art Seelenverwandtschaft. Wahr daran ist, dass Herr de Sade ein unbedingter Anhänger der Revolution war. Auch er war ein Mann von hohem Intellekt, großer Bildung und breit gefächertem Wissen. Im Gegensatz zum Grafen war de Sade aber ein attraktiver Mann.

Monsieur de Mirabeau war zum Führer der Mehrheitspartei in der Nationalversammlung gewählt worden. An der Spitze des Landes sollte ein König stehen, dessen Befugnisse aber durch eine bürgerliche Verfassung stark beschnitten würden; über diesem Monarchen stünde das Parlament als gesetzgebendes Gremium. Vorbild dieses Modells war wohl Großbritannien.

Als Nächstes waren die so genannten »Schwarzen« in der Nationalversammlung vertreten. Sie waren Konterrevolutionäre, welche dem alten System mit seinen feudalen Auswüchsen wieder Geltung verschaffen wollten.

Und schließlich waren da noch die Monarchisten; denen wiederum kam es auf eine vernünftige Verteilung der Macht zwischen dem König und mehreren direkt vom Volk gewählten Ministern an. Diese letzte Partei verlor aber schnell an Einfluss, da die monarchistischen Abgeordneten nur über theoretisches Bücherwissen verfügten, aber über keine politische Erfahrung.

»Es sind zwar gutwillige, aber naive Amateure.« So machte sich Danton über die Monarchisten lustig.

Trotz seiner Parteizugehörigkeit vertrat Graf de Mirabeau in vielen Angelegenheiten seine persönliche Meinung, die oft nicht mit der seiner Parteifreunde konform ging.

»Das Denken lasse ich mir nicht beschränken durch Zwänge irgendwelcher Art«, meinte er lapidar. Wenn es etwa um Verschleuderung von Staatsgeldern für Parasiten des Hofes ging, war er geradezu hasserfüllt – aber er liebte den König.

»Das Beste für Frankreich wäre eine Allianz zwischen dem Monarchen und seinem Volk«, erklärte er jedem, der es hören wollte. Wobei klar war, dass er sich selbst als Repräsentanten des Volkes ansah.

In aller Heimlichkeit ließ der Graf mit den mannigfachen Talenten den König und Antoinette wissen, dass er weniger gegen als vielmehr für sie sei. Er riet dem König zur Flucht in die Normandie und entwarf sogar einen Fluchtplan, wobei er riskierte, selbst als Verräter gesteinigt zu werden.

Aber ausgerechnet Antoinette, der man in den Pamphleten einen lasterhaften Lebenswandel zum Vorwurf machte, weigerte sich starrköpfig, mit dem Grafen, den sie als höchst unmoralisch betrachtete, in Verhandlungen zu treten. Sie verachtete Mirabeau zutiefst.

»Er hat seine edle Abstammung verraten und macht sich mit dem niedrigsten Pöbel gemein.«

Selbst Antoinettes Sekretär, ein ihr ergebener Mann namens Augeard, riet ihr dringend dazu, aus der Hauptstadt zu fliehen. Er machte ihr das Angebot, sie getarnt als Kutscher selbst mit einer Postkutsche aus Paris zu schmuggeln. Er schlug vor, sich als Gouvernante zu verkleiden und den Dauphin als Mädchen. Eine kluge Idee und sicher nicht allzu schwer zu bewerkstelligen. Der erste Aufenthalt könnte in Thierry stattfinden, dem Landsitz des Bischofs von Reims; am nächsten Tag würden sie es bis Buzancy schaffen, wo Monsieur Augeard ein Häuschen besaß. Von dort aus war es nicht mehr weit bis zur Landesgrenze. Anfangs war Antoinette begeistert für diesen Vorschlag und Madame Francine, welche sie ins Vertrauen gezogen hatte, unterstützte den Plan voll und ganz.

Ich fand ihn schon deshalb sehr tauglich, weil nicht allzu viele Personen eingeweiht werden mussten und die Gefahr, dass die Unternehmung verraten wurde – ob absichtlich oder ungewollt –, daher geringer war. Aber es zeigte sich bald, dass man viel zu lange diskutiert hatte. Eines Tages bekam ein Außenstehender Wind von der Sache und verriet den Sekretär. Monsieur Augeard wurde verhaftet, ins Gefängnis geworfen und zum Tode verurteilt. Er hatte allerdings das Glück, dass die Todesstrafe nicht vollstreckt wurde; nach zwei Jahren der Kerkerhaft begnadigte ihn die Nationalversammlung.

Zu allem Übel knickte die Königin am Weihnachtstag 1789 um und verstauchte sich den linken Knöchel. Fast zwei Wochen hütete sie das Bett.

Madame Francine sorgte dafür, dass der Dauphin jeden Tag

seine Mutter in ihrem Boudoir aufsuchte und darüber freute sich Antoinette sehr. Glücklich wie früher nannte sie den Kleinen »Chou d'amour« und herzte und küsste ihn. Dieser Sohn gedieh prächtig und war ein reizendes Kind. Zu dieser positiven Entwicklung trug Madame du Plessis bei: Ihrer Ausgeglichenheit verdankte er sein körperliches und seelisches Wohlbefinden.

Der Winter zog sich dahin. Da man Ludwig seine Jagdausflüge verboten hatte, begnügte er sich mit Spaziergängen im Park. Es begleiteten ihn sechs Grenadiere der Nationalgarde, einige Hofbeamte sowie ein Page.

Als ihr Knöchel verheilt war, unternahm auch die Königin Wanderungen im Schlosspark, wobei sie mindestens von einer vertrauten Dame, aber dafür von etlichen Soldaten eskortiert wurde.

»Diese Männer haben die Angewohnheit, ganz dicht neben mir zu marschieren, dass ihnen ja kein Sterbenswörtchen entgeht, welches ich mit einer meiner Hofdamen wechsle«, beklagte sich die Königin, »ihr Schutz ist mir eher lästig.«

Zu Anfang des Jahres 1790 sah ich Antoinette nach etlichen Wochen wieder und war entsetzt über ihr Aussehen. Sie war abgemagert und ihre gesamte Erscheinung wirkte krank. In kürzester Zeit war sie stark gealtert und ihre mütterlich füllige Figur war hager geworden. Ihre Nerven waren schwach und ihr früher so heiter-sorgloses Gemüt verkraftete die ständige Bedrohung ihrer Familie durch den Mob von Paris kaum noch.

Um sich ein wenig abzulenken, hatte die Königin beschlossen, ihre Memoiren zu verfassen. Jeden Abend schrieb sie die Ereignisse des Tages nieder, um ihre Erinnerungen an diese schreckliche Zeit für die Nachwelt festzuhalten. Später warf sie jedoch fast alles ins Kaminfeuer aus Angst, jene Dokumente könnten in Feindeshände gelangen. Trotz ihrer schlechten körperlichen Verfassung besaß die Königin den unbeugsamen Willen, aus dieser demütigenden Periode nicht als Gebrochene, sondern als Triumphierende hervorzugehen.

»Ich betrachte mein Schicksal als Prüfung meines Charakters«, sagte die Königin oft zu ihren Hofdamen.

Philippe de Toqueville hat sie später so charakterisiert: »Es war eine der großen Tragödien ihres Lebens, dass ihrer Kraft des Herzens die Gaben ihres Verstandes nicht ebenbürtig waren.«

Durfte man sie deswegen tadeln? Ihr Gemahl sowie sämtliche Berater des hilflosen Herrscherpaares waren um keinen Deut klüger.

KAPITEL 72

Alles Unglück, welches nun über die Aristokraten bei Hofe hereinbrach, kam nicht von ungefähr. Es hatte zu tun mit dem Marquis de Favras. Dieser Edelmann war Mitglied der Schweizer Garden des Grafen de Provence. Man hatte ihn verhaftet, weil man ihn in Verdacht hatte, an einer Verschwörung von Konterrevolutionären beteiligt zu sein.

Diese Verschwörung gab es in der Tat. Sie beabsichtigte, mit einer Armee von dreißigtausend Söldnern die Familie des Königs in Sicherheit zu bringen und Monsieur Bailly sowie General de Lafayette zu ermorden.

Lafayette, der überall seine Spitzel hatte, war so einiges zu

Ohren gekommen und als misstrauischer Mensch, der er war, ließ er den Marquis de Favras festnehmen.

»Man hat bei ihm Briefe vom Bruder des Königs mit kompromittierendem Inhalt gefunden.« Madame Francine teilte es ihrer Dienerschaft aufgeregt mit. »Da kann jetzt Monsieur le Marquis zwar seine Unschuld beteuern, aber keiner zweifelt am Wahrheitsgehalt dessen, wessen man ihn beschuldigt.«

Der Prozess gegen den Marquis de Favras zog sich bis in den Winter 1790 hinein. Jeden Tag versammelten sich Hunderte vor dem Gerichtsgebäude und ließen mit ihren Schreien: »A la lanterne« keinen Zweifel bei den Juroren aufkommen, welchen Urteilsspruch das Volk erwartete. So überraschte das Urteil auch nicht: Es lautete auf Tod durch Hängen.

»Für einen Adligen bedeutet das eine große, zusätzliche Demütigung«, klärte mich Père Cigogne auf. »Als Aristokrat hat er eigentlich das Privileg, enthauptet zu werden. Gehenkt wird in der Regel nur das gemeine Volk.«

Die Hinrichtung des Marquis de Favras auf der seit vielen Jahrhunderten zu diesem Zweck benutzten Place de Grève zog Tausende an. Das Misstrauen des Volkes gegen seinen Adel hatte sich eher noch gesteigert.

»Selbst Dienstboten, welche man jahrelang beschäftigt und stets gut behandelt hat, fallen einem nun in den Rücken«, beklagte sich Madame du Plessis, die ein kleines Dienstmädchen, das seit zwei Jahren bei ihr in Lohn und Brot stand, fristlos auf die Straße setzte. »Ich habe die Kleine dabei überrascht, wie sie meine Briefkassette durchwühlt hat«, sagte meine Herrin empört.

Neuerdings stand neben dem Adel auch das Großbürgertum unter ständiger Kontrolle. Axel von Fersen beklagte sich bitter: »Es herrscht hier eine so perfide Art von Bespitzelung, dass man weder zu sprechen noch zu schreiben wagt.« Der Schwede hielt den Postweg nicht für sicher und so diente er nun selbst dem König und dessen Gemahlin als Bote.

Im Laufe der Zeit hatten sich zahlreiche politische Zirkel gebildet, welche jeweils einer der Parteien nahe standen. Hier trafen sich königstreue Abgeordnete ebenso wie gemäßigte Bildungsbürger, liberal eingestellte Adelige genauso wie unerbittliche Scharfmacher.

Um diese Zirkel oder Klubs alle voneinander unterscheiden zu können, mussten sie Namen erhalten. Der Einfachheit halber waren es in der Regel die Namen der Kirchen und Klöster, in denen sie tagten. Einer der Zirkel, welcher am berüchtigtsten werden sollte, war der Klub der Jakobiner, so benannt nach dem Dominikanerkloster Saint Jacques. Seine Mitglieder waren unerbittlich streng und selbstgerecht.

»Des Königs Autorität ist endgültig passé und die von Gesetz und Moral ist fadenscheinig. Alle Normen hat man infrage gestellt; sie besitzen keinerlei Rechtsverbindlichkeit mehr. Was nutzen Gesetze, wenn keiner sie einhält?«, sagte Père Cigogne über die Situation Frankreichs, als ich ihn das nächste Mal aufsuchte.

KAPITEL 73

DIESMAL WAR ICH mit einem etwas älteren Bekannten von Père Cigogne im Quartier Saint Paul unterwegs. Meistens gab mir Juliens Onkel einen jungen Mann als Begleiter mit, aber

Pierre war etwa fünfundvierzig, ein ruhiger Begleiter, der angenehm zu plaudern verstand.

Im Quartier Saint Paul waren seit Jahrhunderten die Juden von Paris angesiedelt; in der Rue des Rosiers bestand seit dem 12. Jahrhundert eine jüdische Kolonie. Hier lebten meist alteingesessene Familien aus dem Elsass und dem Midi, wobei die Elsässer die Rue des Tournelles und die umliegenden Straßen und Plätze besiedelten, während die aus dem Midi die Rue des Blancs Montaux oder die Rue Bourg-Tibourg bevorzugten.

Als mein Beschützer und ich die Rue de Rosiers entlanggingen, hörten wir aus einer Seitenstraße laute Hilferufe.

Wir bogen rasch um die Ecke, um die Ursache des Lärms zu erkunden. Eine Meute betrunkener Soldaten bedrängte einen jüdischen Passanten. Seine Kippa war verrutscht, als er die Rüpel daran hindern wollte, die Geldkatze von seinem Gürtel zu schneiden.

»Gib schon her, du jüdischer Hund«, schrie ein Soldat und versetzte dem Mann einen Faustschlag ins Gesicht, der dessen Augenbraue zum Platzen brachte, die sofort begann, stark zu bluten. Die anderen Kerle prügelten ebenfalls auf den Juden ein, welcher stöhnend zu Boden ging. Die Marodeure beschimpften ihn als »ungläubiges Schwein«, als »Schänder christlicher Jungfrauen«, als »Ausbeuter armer, französischer Arbeiter« und als »Blutsauger«.

In diesem Augenblick erschien aus der anderen Richtung ein Offizier zu Pferd, der gewillt schien, dem Getümmel ein Ende zu machen. Alles ging blitzschnell, sodass ich es hernach kaum zu glauben vermochte.

Der Offizier, ein Husarenleutnant, brüllte Befehle. Sie lösten aber nur Gelächter bei der betrunkenen Horde aus. Sie alle umringten jetzt das nervös tänzelnde Pferd und beachteten den auf der Erde liegenden Juden nicht mehr.

Der Leutnant hatte seinen Säbel blankgezogen und versuchte, auf seine Angreifer einzuhauen, aber einer der Männer hatte den Gaul mit einem Messerstich an der linken Hinterhand verletzt, worauf dieser mit lautem Gewieher auskeilte, hochstieg und seinen Reiter abzuwerfen versuchte.

Im letzten Augenblick krallte sich der Offizier fest, aber die Meuterer griffen bereits nach ihm und zerrten ihn mit Hurragebrüll von seinem Pferd herunter.

»Ha, das ist ja noch viel besser«, schrie einer, »statt des Juden hängen wir den Leutnant auf.«

»Jawohl«, grölten seine Kameraden, »an die Laterne mit dem. Wir brauchen keine Offiziere mehr. Von nun an geben wir die Befehle.«

Und die Kerle machten tatsächlich Anstalten, den Husarenleutnant an der nächsten Laterne aufzuknüpfen. Ich war starr vor Entsetzen und konnte nur stumm den Griff meines Dolches umklammern.

So hörte ich nur drei scharfe, gellende Pfiffe, welche Pierre ausstieß, der drohend seinen Säbel schwang und mit einer Stimme, die durchs ganze Quartier zu hören war, die Bande anbrüllte: »Schert euch zur Hölle, ihr Scheißkerle.«

»He«, schrie einer der überraschten Soldaten, »was soll das denn? Gehörst du etwa zu den vornehmen Blutsaugern? Schaust nicht gerade so aus, Kerl.«

»Ich gehöre zu den freien Bürgern Frankreichs, wie meine Kameraden hier«, und damit wies mein Begleiter mit weit ausholender Geste auf eine stetig anwachsende Schar von Männern und Weibern, welche wie durch Zauberhand urplötzlich am Schauplatz des Geschehens aufgetaucht waren. Seine Pfiffe hatten eine exotisch anmutende Zigeunerschar herbeizitiert.

Und was das Schönste war: Alle waren mit Dolchen bewaffnet und waren den marodierenden Soldaten gegenüber weit in der Überzahl. Jeder Einzelne von ihnen, egal ob Weibsbild oder Mann, erweckte den Eindruck, liebend gern von Messer oder Dolch Gebrauch machen zu wollen.

Erschrocken ließen die Soldaten ihre Waffen fallen, machten den etwas lädierten Offizier los und ergaben sich, blöde glotzend, der bunt gescheckten Übermacht. Ehe man sie laufen ließ, erhielten sie von den Zigeunern die schlimmste Tracht Prügel ihres Lebens, sodass sie sich anschließend humpelnd davonmachten, wobei ihnen Monsieur Pierre noch nachrief:

»Vergesst nicht, Freunde, ihr seid einfache Soldaten und keine Richter. Und Henker schon zweimal nicht. Eure Aufgabe ist es, uns vor den Feinden Frankreichs zu beschützen, und nicht auf jüdische Mitbürger oder eure eigenen Offiziere loszugehen.«

Dass der Jude sich längst aus dem Staub gemacht hatte, als die betrunkene Bande mit dem Offizier beschäftigt war – wer wollte es ihm verdenken?

»Monsieur Pierre, wie ging das zu? Woher kamen alle diese Menschen in so kurzer Zeit?«, fragte ich ihn erstaunt. Die Helfer waren mittlerweile ebenso lautlos wieder verschwunden, wie sie aufgetaucht waren: Es war, als würde sie die Erde verschlucken. Nur ein halbwüchsiger Junge mit einem gelb-rot karierten Kopftuch, welches er um seine kohlschwarzen Locken gebunden hatte, kehrte zurück, das Pferd des Leutnants am Zügel führend, welches vor Schreck davongelaufen war. Der Offizier bedankte sich bei Monsieur Pierre und schenkte dem Zigeunerjungen ein Geldstück; er wirkte ein wenig beschämt, aber seine Erleichterung überwog und mit vielen Merci- und Gott-segne-Sie-Rufen bestieg der Offizier seinen Gaul und trabte davon.

»Mademoiselle Julienne, was Sie eben erlebt haben, war eine bescheidene Aktion unserer kleinen, aber höchst effizienten und nahezu allgegenwärtigen Streitmacht. Wir Zigeuner beschützen uns und unter gewissen Voraussetzungen sind wir auch bereit, Nichtzigeunern unseren Schutz angedeihen zu lassen. Dies eben war so ein Fall.«

»Aber wie kamen die Leute so schnell herbei? Ich habe nur Ihre drei Pfiffe gehört und wie aus dem Boden gestampft erschienen sie.«

»Meine Leute kennen mich; ich bin zwar nicht der König der Zigeuner, aber einer seiner Stellvertreter. Und als solcher habe ich ebenfalls Anspruch auf absoluten Gehorsam. Das bedeutet: Wenn ich pfeife, sind sie da.«

»Aber, Monsieur Pierre, mich verblüfft die Geschwindigkeit.«

»Nun, wo sich ein Zigeuner aufhält, vor allem einer, der in der Hierarchie weit oben angesiedelt ist, ist stets unsichtbar eine Schar von Stammesgenossen in seiner Nähe. Wie hätten wir sonst, fern unserer Heimat, umgeben von Fremden und uns feindlich Gesinnten, überleben sollen?«

Und mein bereits grauhaariger Begleiter fügte hinzu: »Wir sind nicht so friedlich und gottergeben wie die Juden; wir wehren uns unserer Haut. Freilich sind schon viele von uns umgebracht worden, obwohl wir im Gegensatz zu den Hebräern auch an den Christengott, die Jungfrau Maria und die Heiligen glauben. Aber Freveltaten an uns bleiben niemals ungesühnt. Bei uns Zigeunern lebt man nach dem Gesetz der alten Israeliten, man zitiert es nicht nur: »Auge um Auge, Zahn um Zahn, Leben für Leben«.

Jetzt war mir klar, warum sich, seit ich unter Père Cigognes Schutz stand, keiner mehr an mir vergriffen hatte. Ein beruhigendes Gefühl in diesen schlimmen Zeiten.

Ich überlegte laut, wer wohl der König der Zigeuner war. Aber Monsieur Pierre zuckte nur die Achseln und antwortete lächelnd: »Wenn unser König es will, wird er es Ihnen eines Tages selber sagen, Mademoiselle.«

Über kleine Taschendiebe regte sich schon lange keiner mehr auf und Einbrüche waren alltäglich; wobei die Täter, wurden sie denn ausnahmsweise einmal gefasst, noch dreist behaupteten, es wäre doch ihr gutes Recht. Der Beraubte besäße ja viel mehr als sie und das wäre sehr ungerecht, denn alle Menschen wären gleich geboren.

Die Nationalversammlung sah sich schließlich gezwungen, das Kriegsrecht über Paris zu verhängen. Aber die meisten Verbrecher blieben dennoch straffrei. Woher hätte der Staat auf einmal die vielen Polizisten und Nationalgardisten nehmen sollen?

Der amerikanische Gesandte, Gouverneur Morris, äußerte während eines Gespräches mit Ludwig XVI.: »Paris, Sire, ist unbestreitbar der verdorbenste Ort der zivilisierten Welt. Raub, Inzucht, Mord, Plünderung und bestialische Grausamkeit, wohin man sieht. Und dennoch ist dies die Stadt, Majestät, welche in der heiligen Sache der Freiheit einen solchen Riesenschritt nach vorne getan hat.«

Wie ich von Madame du Plessis erfuhr, nickte der König mit säuerlicher Miene – die Sache der Freiheit konnte ihm mittlerweile gestohlen bleiben.

»Morris ist selbst kein Kind von Traurigkeit und gilt als recht abgebrüht«, wusste Madame Francine, »aber ihn widern doch die Väter an, welche mit ihren Töchtern intimen Verkehr pflegen. Die Inzucht, sagt er, sei in Frankreich allgemein weiter verbreitet als im Ausland.«

Möglicherweise hat die Revolution den Untergang von Sitte und Moral nur enorm beschleunigt, das Fundament der Sittlichkeit war längst ausgehöhlt. Es gab einige, wie zum Beispiel Madame La Tour du Pin, welche die Unmoral der Könige als Ursache für die Zügellosigkeit aller Bürger ansahen. »Wie kann man sich über die Auswüchse der niederen Stände wundern? Hat man ihnen doch lange genug ein schlechtes Beispiel vor Augen geführt.« Aber was die sittenstrenge Dame da monierte, galt mit Sicherheit nicht für unseren damaligen König.

KAPITEL 74

Ein Sittenskandal ungeheuren Ausmaßes erschütterte den Hof und ganz Frankreich. Hauptakteur war Monsieur Alfonse, Graf de Montmorency, seines Zeichens Grand Maître de la Maison du Roi, also Haushofmeister des Königs. Als solcher war er oberster Dienstherr aller Angestellten am französischen Hof.

Monsieur Alfonse herrschte über das große Heer der Domestiken und als sichtbares Zeichen seines Amtes trug er einen mit Diamanten besetzten Stab.

Alle Diener im Palast hatten Angst vor dem großen, schweren, etwa fünfzigjährigen Mann. Lob sprach er selten aus, Tadel dafür umso häufiger. Abmahnungen gab es in der Regel nur ein einziges Mal; bei Wiederholung folgte der sofortige, gnadenlose Rauswurf.

»Manchmal, wenn er besonders schlecht gelaunt ist, entlässt er die Leute schon nach dem ersten Fauxpas«, wusste ich von Demoiselle Hélène. »Da seine Entscheidungen keiner höheren Instanz vorgelegt werden können, verbreitet Monsieur Alfonse Furcht und Schrecken.«

Hinter vorgehaltener Hand tuschelte man über die Vorliebe des Oberhofmeisters für ganz junge Burschen, die noch etwas Mädchenhaftes an sich hatten. Zierlich von Gestalt, mit piepsigen Stimmen, gezierten Bewegungen und affektierter Sprechweise mussten sie sein, die puppenhaften Gesichter gepudert und mit rot geschminkten Lippen versehen. Kernige, stramme Jünglinge und Männer beachtete er genauso wenig wie Mädchen und Frauen.

Ein vierzehnjähriger, engelsgesichtiger Page mit Namen Valentin, noch recht klein für sein Alter, beklagte sich total verwirrt bei meinem heimlichen Liebhaber Fabrice:

»Ich weiß nicht, welchen Narren der Herr Alfonse an mir gefressen hat. Dauernd umarmt und küsst er mich; sogar vor den anderen Pagen scheut er sich nicht, mir an den Hintern zu fassen oder vorne in den Schritt. Als es zum ersten Mal geschah, wäre ich am liebsten vor Scham gestorben, so habe ich mich geniert. Aber als Monsieur Alfonse den Silberputzraum verlassen hatte, stürzten die Jungs auf mich zu und beglückwünschten mich:

›Du hast es gut, du bist jetzt sein Liebling. Und wenn er dich auch bald satt hat, wie alle anderen von uns, so bist du doch ziemlich sicher, deine Arbeit behalten zu können. Von seinen Liebhabern hat er noch keinen rausgeschmissen.‹«

Der Kleine holte tief Luft und fuhr weinerlich fort:

»Jetzt nimmt mich der Grand Maître sogar mit ins Bett und das gefällt mir überhaupt nicht. Er schläft ohne Hemd und ich muss auch nackt bei ihm liegen. Überall fühle ich seine Hände auf mir und seine Zunge wandert über meinen ganzen Körper.

Und davor graust mir schrecklich«, jammerte Valentin und schüttelte sich angeekelt.

»Ich kann dich gut verstehen«, erwiderte ihm Fabrice, »aber wenn ich dir einen guten Rat geben darf, mon Petit, dann verärgere den Grand Maître nicht, sonst bist du die längste Zeit Page Seiner Majestät gewesen. Noch keiner, auf den Monsieur Alfonse sein Auge geworfen hat, hat es bisher gewagt, sich dieser Auszeichnung zu widersetzen. Die sofortige Entfernung aus dem Dienst des Königs und damit das Ende deiner Laufbahn wäre die unmittelbare Folge. Was würde deine Familie dazu sagen?

Wenn es dich tröstet, Valentin, länger als drei Monate wirst du nicht das Liebchen des Oberhofmeisters spielen müssen. Dann hat er die Knaben meistens satt und sucht sich einen neuen Gespielen.«

Ob der junge Valentin den Rat von Fabrice befolgt hat, weiß ich nicht; und es spielt auch keine Rolle, denn kurz danach saß der Grand Maître de la Maison du Roi im Gefängnis und wartete auf seinen Prozess.

Seit etwa zehn Jahren zogen die Arbeiter des städtischen Flusswesens in Paris an den Auffanggittern der Stauwehre der Seine oder ihrer Zuflüsse Leichen in den unterschiedlichsten Stadien der Verwesung mit Stangen und Fangnetzen an Land.

Das war an sich nichts Besonderes; seit ewigen Zeiten waren Unglückliche ins Wasser gegangen: verlassene Bräute, schwangere Dienstmägde, depressive Frauen und finanziell ruinierte Männer. Auch abgetriebene Bébés und Kindsleichen jeden Alters verfingen sich dort. Etwa die Hälfte aller Wasserleichen waren Mordopfer:

Erschlagen, erwürgt, erstochen, erhängt und vergiftet. Aber was seit einem Jahrzehnt die Ordnungshüter alarmierte, war die Tatsache, dass ein offensichtlich geistesgestörter Schlächter Knaben und junge Männer in die Seine warf, nachdem er sie aufgeschlitzt und sorgfältig ausgeweidet hatte. Er entnahm ihnen jeweils Herz, Leber, die rechte Niere, die Därme und den Magen, niemals aber Lunge, Milz oder die linke Niere. Es schien sich um ein grausiges Ritual zu handeln.

»Die Operationen waren fachgerecht ausgeführt«, schrieb der »Ami du Peuple«, und weiter: »Nachdem der Mörder den Leichen noch die Geschlechtsteile abgetrennt hatte, nähte er die Leiber mit dickem, rotem Faden zu und warf sie nackt in den Fluss – immer an einer anderen Stelle natürlich. Da er den Opfern immer die Augen ausgestochen und die Gesichts- und Kopfhaut vom Schädel abgezogen hat, wie es manche Indianerstämme Amerikas mit ihren Feinden zu tun pflegen, war es nahezu unmöglich, die Ermordeten zu identifizieren.«

Seit geraumer Zeit bestand der Verdacht, dass die grausigen Leichenfunde in Zusammenhang stünden mit einer Schlachterei im Vorort Saint-Antoine. Deren Betreiber, Gaston Lumenaire, erhielt regelmäßig Besuch von seinem Cousin, einem großen, schweren Mann, der zwar nicht nach Metzger aussah, aber doch jeweils für etliche Tage mit blutbesudelter Schürze bei ihm arbeitete. Er schlachtete, bediente im Laden die Kunden und des Abends half er dem Meister, Rinder und Schweine zu zerlegen und Wurst herzustellen.

Nachdem der geheimnisvolle Vetter jeweils vier, fünf Tage seinem Verwandten zur Hand gegangen war und neben der Schlachterei in einem Abstellkämmerchen seine Nächte verbracht hatte, verschwand er wieder so unspektakulär, wie er gekommen war – bis zum nächsten Mal.

Einem Polizisten war schließlich ein Zusammenhang aufgefallen zwischen dem Besucher des Metzgers in Saint-Antoine und den anschließenden Funden männlicher Leichen.

Dass jeweils junge Burschen aus dem Viertel verschwanden, hatte in diesen chaotischen Zeiten nicht viel zu besagen. Nur ein einziges Mal war es gelungen, zweifelsfrei ein Opfer zu identifizieren: einen jungen Matrosen, der in Marseille in einer Hafenspelunke in eine Messerstecherei geraten war und zahlreiche Narben an den Armen und am rechten Oberschenkel davongetragen hatte.

Man stellte dem vermeintlichen Täter eine Falle und siehe da: Als der Grand Maître das nächste Mal seinem scheinbar wehr- und ahnungslosen Opfer das Messer an die Kehle setzte, zog es eine Waffe. Auf ein vereinbartes Signal stürmten ein halbes Dutzend Polizisten den Ort des Grauens und nahmen den Verbrecher, der heftig Widerstand leistete, fest.

Wie groß war ihr Entsetzen, als sie feststellten, wer sich in den vergangenen Jahren als Menschenschlächter betätigt hatte. Durch seine hohe Stellung am Hofe Ludwigs XVI. war Monsieur Alfonse ein gefundenes Fressen für alle monarchiefeindlichen Blätter. Allen voran geiferte Marats »Ami du Peuple«: »In der Lasterhöhle des Hofes gedeiht die perverse Mordgier.« Oder: »Die Dekadenz der Monarchie als widerlicher Nährboden für Ekel erregende Mordtaten.«

Der Grand Maître sollte im Laufe der Zeit etwa dreißig junge Männer hingemetzelt haben; manche schätzten sogar die doppelte Anzahl. Am Hof hatte er nur die »italienische Liebe« gepflegt, während er in der Metzgerei eines ehemaligen Dieners, der als Mitwisser ebenfalls zum Tode verurteilt wurde, seinen mörderischen Trieben freien Lauf ließ.

Seine Opfer waren Angehörige der untersten Volksschichten, welche er mit Geldversprechungen anlockte. Viele der armen Teufel waren nur wegen der Aussicht auf eine warme Mahlzeit zu ihm gekommen.

Als Ludwig XVI. davon erfuhr, war er zutiefst erschüttert.

»Wie tief kann ein Mensch sinken?«, fragte er seine Höflinge, die allesamt das Grausen gepackt hatte. »Oder ist der Begriff ›Mensch‹ für ein solches Monster zu hoch gegriffen?«

Antoinette wurde totenbleich, als man ihr von den Verbrechen des Grand Maître Mitteilung machte. »Mir fehlen einfach die Worte«, flüsterte sie, »ich weiß nur, dass ich für die armen, bedauernswerten Opfer beten werde.«

»Das ist wieder Wasser auf die Mühlen der Monarchiefeinde«, vermutete Madame du Plessis beklommen.

Die Volksmassen, welche sich schon auf die Hinrichtung des Grafen de Montmorency gefreut hatten, sahen sich bitter enttäuscht. Der Angeklagte, der sich übrigens niemals in irgendeiner Weise zu den ihm zur Last gelegten Verbrechen geäußert hat, entzog sich der Vollstreckung des Urteils durch das Schlucken von Gift.

»Trotz schärfster Bewachung ist es seinen Gönnern am Hof gelungen, der Bestie zu ermöglichen, sich ihrer Verantwortung zu entziehen«, giftete der »Ami du Peuple« und suggerierte damit dem Leser, dass höchste Personen in den Tuilerien zu den Helfershelfern des Massenmörders gehörten.

Das war wieder eine von Jean-Paul Marats Infamien, denn in Journalistenkreisen war bekannt, dass Monsieur Alfonse das Gift stets bei sich trug, »um jederzeit den Zeitpunkt meines Todes selbst bestimmen zu können«.

Eine äußerst widerwärtige und gemeine Karikatur machte unterdessen in Paris die Runde: Der König, gelangweilt und abartig fett, saß auf seinem Thron, während die Königin, aufgeputzt und grotesk mit Schmuck überladen, daneben stand. Beide Majestäten lächelten einer dritten Person zu, in der jeder sofort den Grand Maître erkennen konnte: Hielt er doch in der Rechten seinen mit Juwelen verzierten Amtsstab, während er mit der linken Hand einem kleinen Pagen vorne in die Hose griff. Betitelt war das widerliche Machwerk:

»Drei, die sich sympathisch sind.«

»Es ist einfach niederträchtig, was da unter dem Deckmantel der Pressefreiheit publiziert wird«, beklagte sich Madame Francine, »die Unterstellung, dass der König und seine Frau von den mörderischen Umtrieben ihres Obersten Hofbeamten gewusst haben, ist ungeheuerlich.«

Für das Königspaar war er ein Angestellter des Hofes gewesen, und zwar der Ranghöchste, dafür zuständig, dass alles reibungslos ablief. Vor allem die ›Schauessen‹, welche der König wieder regelmäßig abhielt, um königliche Macht zu demonstrieren, bedurften sorgfältigster Planung und Überwachung.

Monsieur Alfonse war zuverlässig gewesen, ein glänzender Organisator, der seine Untergebenen im Griff hatte. Besonderes Augenmerk des Haushofmeisters galt der so genannten »Kredenz«. Das war ein mobiler, stufenförmiger Aufbau neben der Tafel und ein Blickfang ersten Ranges.

Hier zeigte der Herrscher dem staunenden Publikum, über welchen Reichtum er verfügte. Auf der obersten Stufe waren Silber- und Goldpokale und Kannen postiert, groß, schwer und prunkvoll verziert. Sie dienten dem Schmuck, nicht dem Gebrauch, dazu waren sie zu unhandlich. Das galt im Übrigen für die meisten Schalen und Schüsseln, Platten und in Silber getriebenen Becken für die Reinigung der Hände.

Auf den beiden untersten Étagèren deponierten die Köche und Küchenjungen die riesigen Silberplatten mit Braten, die Schüsseln mit Gemüse und die Terrinen mit Suppe und Saucen. Genau in der Mitte der untersten Stufe der Kredenz platzierte man gewöhnlich ein kunstvoll verziertes Segelschiff aus Silber, welches das persönliche Besteck des Königs enthielt, sowie seinen Trinkbecher, sein Mundtuch und sein Salzfass.

»Gebe es der liebe Gott, dass der nächste Grand Maître de la Maison du Roi, den Ludwig auswählt, sich nur um seine Aufgaben am Hof kümmert und uns mit eventuellen, bizarren Abgründen seiner Seele verschont und das Ansehen des Königshauses nicht noch mehr schädigt«, meinte Madame Francine mit einem Stoßseufzer, als ich ihr am späten Abend ihr langes, immer noch dichtes, blondes Haar, in das sich erst wenige graue Fäden mischten, auskämmte und für die Nacht unter die Haube steckte.

KAPITEL 75

Die Händler verkauften nichts mehr, weil keine Güter da waren, und jene Waren, die man noch hatte, konnte sich kein Käufer mehr leisten. Die Preise für Lebensmittel hatten mittlerweile astronomische Höhen erreicht und die Heerscharen der Bettler vergrößerten sich täglich.

Wer noch Münzen besaß, gab sie nicht mehr aus, sondern hortete sie. Im November hatte die Nationalversammlung den Kirchenbesitz verstaatlicht; aus dessen Verkauf stammten die Scheine, welche man »Assignaten« nannte, die jetzt gültiges Zahlungsmittel waren. Aber da die erzielten Erlöse zu gering waren, waren sie nicht ausreichend gedeckt. Niemand hatte Vertrauen in die neue Währung und die so dringend benötigten Kredite, mit welchen man die Wirtschaft anzukurbeln gedachte, blieben aus.

Der Verstaatlichung kirchlicher Besitztümer war ein kleines Trauerspiel vorausgegangen. Als man vom König verlangte, er möge dieses Gesetz unterzeichnen, weigerte sich Ludwig anfangs vehement.

Von allen Seiten bedrängt, erklärte er sich zur Unterschrift bereit, knüpfte aber Bedingungen daran, welche von den Abgeordneten sofort abgelehnt wurden. Endlich stimmte er doch zu.

Die Aristokraten, die Frankreich verlassen hatten, ließen Tausende von Bediensteten, Handwerkern, Kaufleuten und Künstlern zurück, die einst in ihren Diensten beschäftigt waren. Die meisten Porträtisten, Musiker, Tanz- und Hauslehrer, Köche, Schneider, Handschuh-, Schuh-, Perücken- und Fächermacher, Friseure, Juweliere und Wagenbauer waren arbeitslos.

Allein sechshundert Leute wurden aus königlichen Diensten entlassen. Eine Gruppe von achtzig Männern überreichte Ludwig eine Denkschrift, worin sie sich bitter über den Verlust ihrer Arbeitsstelle beklagte.

»Sire«, meldete sich der Anführer zu Wort, »wir sind jetzt angeblich frei und gleich. Aber macht uns das etwa satt?« Beinahe kniefällig beschworen sie den König, endlich gegen die Anarchie einzuschreiten.

Ein Beispiel für schlaue Geschäftsleute war der Bauunternehmer Palloy. Ihn hatte die Stadtverwaltung beauftragt, die Trümmer der geschleiften Bastille fortzuräumen. Monsieur Palloy hatte eine grandiose Idee: Er ließ die Steinbrocken einzeln als Souvenirs verkaufen.

»Ein wahrer Geniestreich«, musste sogar Ludwig zugestehen, »das enthebt den Herrn erstens der Mühe, den Bauschutt abzutransportieren, und zweitens verdient er noch dazu ein Vermögen an den begehrten Andenken-Steinen.«

Der König selbst blieb passiv. Wohl sah er ein, dass dringender Handlungsbedarf bestand, aber er war in Lethargie verfallen und saß stumm vor sich hin brütend in seinen Gemächern. Nicht einmal die Königin wagte es, ihn zu stören. Er starrte vor sich hin oder las in Zeitschriften.

Eines Tages drang die Nachricht zu ihm durch, dass die Nationalversammlung die Gliederung des Landes in Provinzen abgeschafft hatte. Nun gab es auf einmal dreiundachtzig Départements. Schwerfällig erhob er sich von seinem Diwan, schleppte sich zu seinem Schreibtisch und zeichnete eine neue Landkarte von Frankreich.

Ab und zu spielte er nach dem Abendessen eine Partie Billard mit den Höflingen oder er widmete sich seinen Kindern.

Madame Royale war ein großes, vernünftiges Mädchen geworden und Ludwig unterhielt sich gern mit ihr. Viel Zeit verwendete er neuerdings auf Spiele mit dem Dauphin, der ja noch ein kleiner Junge war.

»Welches Schicksal ist dir wohl vorbestimmt, mon fils?«, fragte ihn der König eines Tages. »Ich werde einmal Ludwig XVII., Sire«, gab ihm das Kind ernsthaft zur Antwort.

Die Königin und Madame Elisabeth verloren immer mehr an Gewicht, während der König unaufhörlich an Umfang zunahm. Seit ich an den Hof gekommen war, hatte ich mitverfolgt, dass Ludwig stets im Essen Trost gesucht hatte.

Madame du Plessis drückte es drastisch aus: »Ludwig isst nicht – mit Verlaub: Seine Majestät frisst.« Der König las jetzt viel und wusste über das elende Schicksal Bescheid, welches vor eineinhalb Jahrhunderten König Charles I. von England ereilt hatte. »Dieser Herrscher hat den Fehler begangen, sich gegen das englische Parlament zu stellen. Dies war Ursache für den Bürgerkrieg und der englische König verlor nicht nur sein Amt, sondern auch noch seinen Kopf«, hatte mir Madame Francine einmal erzählt.

»Mir droht das gleiche Schicksal wie dem unseligen Charles«, sagte Ludwig jetzt häufig. Und Seine Majestät las zum x-ten Male das mehrbändige Historienwerk des Earl of Clarendon über die Aufstände und Bürgerkriege in England. Monsieur Turgot hatte seinerzeit den jungen König Ludwig gewarnt: »Vergesst niemals, Sire, dass es seine eigene Schwäche war, welche König Charles dazu zwang, sein Haupt auf den Richtblock zu legen. Auch Euch, Sire, hält man für schwach.«

Von Madame Campan erfuhren wir die nächste Hiobsbotschaft: »Ohne Seine Majestät zu fragen, hat man die Soldaten seiner Leibwache, die für ihn durchs Feuer gegangen wären, einfach entlassen und durch Männer der Nationalgarde ersetzt.« Viele dieser Kerle waren echte Revolutionäre und keine Monarchisten. Käme es hart auf hart, böten diese unwilligen Wachsoldaten keinen Schutz – im Gegenteil.

Im April 1790 goss Jean-Paul Marat in seinem »Ami du Peuple« erneut Öl aufs Feuer: Er veröffentlichte die Kosten der Hofhaltung. Demzufolge hatten zwischen 1774 und 1789 der König und sein Hofstaat die Summe von 227 983 710 Livres ausgegeben. Es war genau aufgelistet, wofür diese gigantische Summe verwendet worden war: für Bauten, Gartenanlagen, Geschmeide und für alle denkbaren Arten von Luxusgütern; ein nicht unerheblicher Teil war für Günstlingspensionen und Repräsentationsverpflichtungen verwendet worden.

Diese Veröffentlichung schlug ein wie eine Bombe.

»Ein weiterer Posten, der maßlose Empörung hervorruft, sind die sechs Millionen, welche die Sippschaft der Madame de Polignac von der Königin zugesteckt bekommen hat«, wusste Philippe de Toqueville, Marquis de Sainte-Maison, der Geliebte meiner Herrin, zu berichten. »Und daneben fand man Spendenquittungen für die Armen. Die lächerliche Summe von insgesamt zweihundertfünfzigtausend Livres für wohltätige Zwecke erbost am meisten.

Dass die Hälfte der Hofhaltungskosten jedoch für den Krieg auf Seiten der Vereinigten Staaten gegen England ausgegeben worden sind, das interessiert keinen Menschen. Dagegen nimmt man Anstoß an den zwölf Millionen für persönliche Aufwendungen. Da wittert man den Diamantschmuck für die Königin.«

Marat spie Gift und Galle. »Schon der Bruchteil dieser immensen Summe würde ausreichen, um der Nahrungsmittelknappheit in Paris Herr zu werden und alle Bürger mit dem nötigen Brot zu versorgen«, ereiferte er sich in einer Rede vor der Nationalversammlung, »aber nein. Wir leisten uns den Luxus, ein Heer nutzloser Schmarotzer durchzufüttern.«

Dem ehemaligen Arzt war der Beifall der Massen sicher. Das Revolutionslied »Ça ira«, angeblich zum ersten Mal von den Dirnen am Palais Royal gesungen, wurde tagtäglich gespielt, gepfiffen und gegrölt. Ein unbekannter Verfasser hatte neue, bedrohlich klingende Verse hinzugedichtet.

Bei einer meiner nächsten Stadtexkursionen, die ich wieder mit einem Beschützer, von Père Cigogne ausgesucht, unternahm, hörte ich:

Ja, es wird geschehen, es wird geschehen,
das sagen die Menschen sich überall.
Ja, es wird geschehen, es wird geschehen,
trotz allen Widerstands wird alles gut.

Ja, es wird geschehen, es wird geschehen,
hängt die Adligen an den Laternen auf.
Ja, es wird geschehen, es wird geschehen.
Wir knüpfen alle Aristokraten auf.

Einer der führenden Köpfe der Nationalversammlung, von dem man neuerdings ebenso viel zu hören bekam wie von Marat, Graf Mirabeau und Georges Danton, war Maximilien Robespierre, ein, wie er sich selbst bezeichnete, »radikaler Demokrat«.

»Der Despotismus hat ausgedient und die Freiheit wird triumphieren. Wir brauchen weder den Adel noch die Priesterschaft. Was wir brauchen, ist die Freiheit für alle.«

Am 23. Januar gab die Nationalversammlung bekannt, dass ab sofort alle Titel abgeschafft waren. »Nie mehr: Euer Hoheit, Exzellenz oder Eminenz.«

Robespierre rief es mit sich beinahe überschlagender Stimme.

Als einer der wenigen sah Graf Mirabeau die traurige Zukunft für Ludwig XVI. voraus. Seit Monaten bot er immer wieder dem König seine Hilfe an, trotz wiederholter Zurückweisung durch die Königin.

»Endlich, endlich ist unser Herrscher bereit, sich mit Mirabeau zu einer geheimen Zusammenkunft zu verabreden. Nachdem auch ich ihr jeden Tag gut zugeredet habe, hat Antoinette endlich ihren kindischen Widerstand gegen den Grafen aufgegeben«, verkündete eines Abends mein Herrin.

Wir atmeten erleichtert auf – bedeutete dies doch im Falle einer Flucht der königlichen Familie auch unseren Abschied von dem gefährlichen Pflaster Paris und ein friedlicheres Leben in der Provinz oder im benachbarten Ausland.

KAPITEL 76

Ein bei Madame Francine gern gesehener Gast war der Shakespeare-Übersetzer und Autor zahlreicher Theaterstücke Jean-François Ducis. Bei einer ihrer Abendgesellschaften wollte ihn ein Freund überreden, doch wieder einmal eine Tragödie zu verfassen. Darauf erklärte ihm Monsieur Ducis in seiner für ihn charakteristischen, theatralischen Manier:

»Was sprechen Sie mir davon, dass ich mich mit dem Schreiben von Tragödien beschäftigen solle? Die Tragödie läuft durch die Straßen. Wenn ich den Fuß aus meiner Wohnung setze, wate ich bis zum Knöchel im Blute. Also, lebe wohl, Tragödie. Es ist ein rohes Drama, wenn das Volk den Tyrannen spielt. Glauben Sie mir, mon ami, ich gäbe die Hälfte dessen, was mir noch an Lebenszeit übrig bleibt, um die andere Hälfte in irgendeinem Winkel der Welt zu verbringen, wo die Freiheit keine blutbefleckte Furie ist.«

1790 traf die Königin wiederum ein harter Schlag. Kaiser Joseph II. von Österreich war 1790 gestorben. Sie trauerte von ganzem Herzen um den Bruder. Joseph war ein Reformer, ein Rebell gewesen, dessen liberale Weltanschauung von der seiner konservativen Mutter stark abwich. Seine Reformpläne hatte er erst nach ihrem Tode verwirklichen können. Keine einzige seiner Neuerungen hatte den Beifall des Adels gefunden und das niedere Volk war viel zu unreif, um Änderungen am Althergebrachten gutheißen zu können. Seine Untertanen hielten ihn für einen Atheisten und der Papst war ihm feindlich gesinnt, was den Kaiser die Sympathie frommer, aber ungebildeter Zeitgenossen kostete. In seinem so genannten »Toleranzedikt« hatte er allen Konfessionen, einschließlich der mosaischen, die gleichen Rechte eingeräumt.

»In meinem Reich soll es nie wieder so weit kommen, dass Protestanten auswandern müssen«, hatte der fortschrittsgläubige Kaiser proklamiert. Es hatte bereits wahre Auswanderungswellen nach Amerika gegeben.

»Weil die zahlreichen albernen Proteste begannen, den Kaiser zu langweilen, ließ er dem Papst eine freundliche Einladung nach Wien überbringen. Keiner rechnete damit – auch Joseph nicht –, dass Pius VI. sie annehmen könnte – hatte doch seit Jahrhunderten kein Papst die Grenzen Italiens überquert – aber zur großen Verwunderung aller nahm der Stellvertreter Christi auf Erden die Aufforderung an«, erzählte Marie Antoinette ihren Hofdamen anlässlich eines Spaziergangs durch den Schlosspark.

Der Papst war kein Dummkopf und erkannte rasch, dass Joseph niemals von seinen kirchlichen Reformplänen abgehen würde. Da stieß er wütend folgende Drohung aus:

»Wenn Sie fortfahren mit Ihren zerstörerischen Projekten, so wird die Hand Gottes schwer auf Ihnen lasten. Sie wird unter Ihnen einen Abgrund auftun und Sie werden in der Blüte Ihres Lebens darin versinken.«

Der päpstliche Fluch wurde bekannt. Der Kaiser selbst war nicht beeindruckt. Für ihn war der Papst nur ein Gegenspieler auf der politischen Bühne.

»Die Wissenschaft lasse ich als einzige Religion gelten«,

setzte er seelenruhig noch eins drauf. Kirchenhörige und papsttreue Untertanen wandten sich entsetzt von ihrem Kaiser ab.

Darauf meine Herrin: »Ich denke, Joseph II. war der einsamste Mann in Wien.«

Obwohl noch jung, fühlte er sich müde, kraftlos und krank; am 30. Januar 1790 fasste er einen folgenschweren Entschluss: Er widerrief alle Gesetze und Verordnungen, die er bis dato erlassen hatte, und verfügte, dass alle seine Reformen ab sofort nichtig wären.

Für die Nationalversammlung in Paris bedeutete dies eine schallende Ohrfeige. »Um seiner auf Luxus versessenen Schwester Marie Antoinette zu helfen, entblödet sich dieser Habsburger nicht, sein eigenes Lebenswerk zu zerstören. Die Ansichten Voltaires und die Ideen Rousseaus gelten ihm auf einmal nichts mehr«, geiferte der »Ami du Peuple«.

Einen Monat darauf starb Kaiser Joseph II.

KAPITEL 77

Beim Geheimtreffen des Königs mit Graf Mirabeau schloss man einen Vertrag. Ludwig würde dem Grafen, der immer über seine Verhältnisse gelebt hatte, seine Schulden bezahlen.

Mirabeau verpflichtete sich zu Folgendem: Er würde seinen Einfluss in der Nationalversammlung zum Wohle Ludwigs in die Waagschale werfen und sich für die Etablierung einer konstitutionellen Monarchie – ähnlich der in England – stark machen.

Die Königin war froh, dass es ihrem Gatten endlich gelungen war, einen wirklich einflussreichen Verbündeten zu gewinnen.

»Zu gegebener Zeit wird man sehen«, flüsterte Antoinette der Obersten Gouvernante ihrer Kinder zu, »ein König ist nie undankbar, wenn es sich um seine wahren Freunde handelt.«

Der Sommer 1790 war heiß und der königlichen Familie war gestattet worden, ihn in Saint Cloud zu verbringen. Allerdings musste Ludwig jeden Sonntag und zu allen wichtigen Anlässen in den Tuilerien erscheinen.

»Aber immerhin erlaubt uns das, die drückenden Mauern von Paris für eine gewisse Zeit hinter uns zu lassen.« Antoinette und ihre Hofdamen begrüßten die Genehmigung der Deputierten.

Da Graf Mirabeau dabei seinen Einfluss geltend gemacht hatte, schaffte es der ehrgeizige Aristokrat endlich, von der Königin in Saint Cloud empfangen zu werden.

Graf Mirabeau fuhr mit seinem Neffen Victor hinaus in die Sommerresidenz und befahl dem jungen Mann, vor dem Tor in der Kutsche auf ihn zu warten.

Der war verblüfft. »Als mein Onkel zurückkam, erschien er mir euphorisiert. Die Königin hat ihn mit ihrem Charme vollkommen verzaubert.«

Ich wusste von Madame Francine, welche Mühe sich die recht dünn gewordene Königin mit ihrem äußeren Erscheinungsbild gegeben hatte. Ferner hatte sie den hässlichen Grafen mit einem wahren Feuerwerk an Charme und Schmeicheleien um den kleinen Finger gewickelt.

»Königin Marie Antoinette ist eine großartige, vornehme und unglückliche Dame«, berichtete er dem jungen Victor, »und ich werde sie retten.«

In Wien saß nun Leopold II. als der Nachfolger seines kinderlosen Bruders als Kaiser auf dem Thron. Er barst schier vor Tatendrang. Und das war auch nötig, denn wie Graf Mercy Antoinette berichtete, stifteten die Türken Unruhe und waren wieder einmal im Anmarsch. Dazu kam noch, dass Preußen in Polen einen Verbündeten gefunden hatte und dreist mit einem Einmarsch in Österreich drohte.

Kaiser Leopold schloss deshalb Frieden mit Friedrich von Preußen und widmete sich dann der Innenpolitik, die ihm sehr im Argen zu liegen schien.

»Wie ich erfahren habe, ist der jetzige Kaiser bestrebt, so rasch wie möglich alles, was an seinen Vorgänger, seinen älteren Bruder Joseph erinnert, auszumerzen und dem absolutistischen Prinzip wieder Geltung zu verschaffen«, konnte die Königin meiner Herrin und Madame Campan berichten. »Angesichts der furchtbaren Zustände, welche Frankreich durch die Revolution durchmachen muss, ist der neue Herrscher entschlossen, mit eisernem Besen alles so genannte »demokratische Gedankengut« aus seinem Reich hinauszukehren. ›Wehret den Anfängen‹ ist seine Devise und von einem Mitspracherecht des Volkes, von Freiheit und Gleichheit aller Menschen qua Geburt, will mein Bruder in Wien absolut nichts hören.«

Der Jahrestag der glorreichen Erstürmung und Zerstörung der verhassten Zwingburg, der Bastille, stand bevor. Die Nationalgarde ließ sich dazu etwas Besonderes einfallen. Sie würde alle ihre Mitglieder zu einer besonderen Gedenkfeier in die Hauptstadt einladen.

»Zehntausende von Gardisten aus den dreiundachtzig Départements sollen sich auf dem Marsfeld zwischen der Militärakademie und der Seine versammeln und werden der französischen Nation ihren Treueid leisten«, verkündete stolz der »Ami du Peuple«.

Geplant war das Ganze als Verherrlichung der Freiheit. »Wenn sie das Geld, welches dabei draufgehen wird, für die Armen verwendeten, wäre das begrüßenswerter als dieser affige Zirkus«, brummte Père Cigogne, dem allzu viel Militär nach eigener Aussage immer Kopfschmerzen bereitete. »Sie wollen auch ihre Verbundenheit mit der katholischen Kirche und der Monarchie bekunden. Daher plant man eine feierliche Messe unter freiem Himmel, welche Monsieur de Talleyrand, der Bischof von Autun, lesen wird und der König mit gesamter Familie soll dem Schauspiel noch zusätzlichen Glanz verleihen.«

Um alles nach Wunsch vorzubereiten, verpflichtete man dreitausend Handwerker und Arbeiter, die das riesige Areal des Marsfeldes in ein Amphitheater umwandeln sollten mit dreißig Reihen von übereinander angeordneten Bankreihen für die neugierigen Massen, mit denen man rechnen musste. Den in der Mitte errichteten gigantischen Altar verzierten die Handwerker auf das Prächtigste mit Girlanden aus Buchsbaum und Tannengrün. Direkt am Marsfeld gelegen war die Militärakademie; diese wurde mit Fahnen geschmückt, obwohl sie leer stand. Darüber hinaus errichteten die Helfer einen mächtigen Triumphbogen.

»Wenn man darüber nachsinnt, wie viel Gutes eigentlich diese Revolution bis jetzt bewirkt hat, kommt einem der ganze Aufwand etwas lächerlich vor; aber niemand wagt das laut zu äußern«, sagte Madame Francine zur Königin.

Und Antoinette meinte: »Das Volk freut sich, dass es wieder einmal Grund zum Feiern hat.«

Der König sah diesen Aufwand mit sehr gemischten Gefühlen. Stapelweise waren Transparente gemalt worden und in jedem einzelnen Text wurde die Monarchie glorifiziert – aber selbstredend eine konstitutionelle.

Da Madame Francine sich nicht wohl fühlte, war ich zwei Wochen lang nicht mehr in der Stadt gewesen und freute mich daher umso mehr, wenn mir mein Liebster Julien Neuigkeiten von den Vorkommnissen in Paris erzählte. Auch meine Herrin interessierte sich brennend für alles, was derzeit in der Hauptstadt geschah.

»In Paris gibt es viele Beschäftigungslose aus allen Schichten der Bevölkerung und diese haben sich, angestachelt durch ein ›echtes Nationalgefühl‹, wie sie es nennen, spontan den Arbeitern angeschlossen und helfen ihnen beim Umgraben des Marsfeldes, dem Einebnen der gewaltigen Fläche, dem Aufschütten von künstlichen Hügeln sowie dem Aufbau des riesigen Altares und der Triumphbögen.«

Obwohl so viele zupackten – und das ohne jede Entlohnung –, waren die Kosten doch beträchtlich. Aber das interessierte keinen.

Endlich war der große Tag da. Das Wetter spielte allerdings nicht mit. Grau, trüb und dicht bewölkt war es. Kurz darauf begann es zu schütten. Die etwa dreihunderttausend Zuschauer hockten in kürzester Zeit wie begossene Pudel auf ihren Plätzen. Aber keiner dachte daran, nach Hause zu gehen. Wer wollte sich denn die großartige Inszenierung entgehen lassen?

»Panem et circenses«, raunte meine Herrin, Madame Francine, als wir, sie mit dem Dauphin auf dem Schoß, in einer Kutsche aus dem Schlosshof der Tuilerien fuhren. Als Bauernmädchen aus dem Dorf Plancy hatte ich zwar nie Latein gelernt, aber diesen Spruch von »Brot und Spielen« fürs gemeine Volk verstand ich.

Ich fragte mich, wann man das Brot verteilen würde. Ein leerer Magen feiert nämlich nicht so gerne und an diesem Freudentag wollte die Nationalversammlung sicher keine der immer bösartigeren Hungerdemonstrationen heraufbeschwören.

Jedes der dreiundachtzig neuen Départements hatte seine Nationalgardisten mit einer eigenen Fahne entsandt; danach folgten die Regimenter des Heeres – die Offiziere mit blankgezogenen Säbeln. Dann kamen die Matrosen und am Ende ritt die Kavallerie auf dem nicht wieder zu erkennenden Marsfeld ein.

Im »Ami du Peuple« las es sich so: »Das Marschieren, Paradieren, Präsentieren und die Umritte dauerten viele Stunden. Ein farbenprächtiges Bild bot sich den Betrachtern: Das Blau und Weiß der Nationalgarde leuchtete zwischen der Farbenpracht der Kavallerie, welche mit Jägern, Husaren und Dragonern angerückt war. Die Fahnen, welche dauernd geschwenkt wurden, waren in Kürze schwer vom Regen, aber niemand störte das. Als ein gewaltiger Wolkenbruch niederprasselte, welcher das Marsfeld in eine gigantische Schlammpfütze verwandelte, tat dies der freudigen Erregung der Patrioten keinen Abbruch.«

Und das stimmte. Die Männer warfen Hüte und Mützen in die Luft und andere spießten Brotlaibe, die man an das Volk verteilt hatte, auf Säbel, Bajonette oder Piken und hielten sie freudestrahlend wie Kinder in die Höhe.

Hunderte von jungen Leuten hatten den größten Triumphbogen erklettert und dort oben schwenkten sie die Trikolore, die neue Fahne der Revolution.

Am Altar standen nicht weniger als dreihundert Priester in langen, weißen Chorröcken und mit Schals in den Farben der Trikolore und warteten auf das Erscheinen des Erzbischofs von Autun. Aber dessen Auftritt verzögerte sich noch etwas. So spielten Militärkapellen lustige Weisen.

Disziplin herrschte keine. Die Husaren waren abgesessen, Soldaten verließen ihren Platz und tanzten mit Bürgersfrauen, Tagelöhnerinnen und Dirnen, welche in hellen Scharen auf dem Marsfeld erschienen waren. Auf ihren langen Anmarschwegen aus ihren Heimatprovinzen hatten ihnen die Dörfler unterwegs geräucherte Schinken, Würste, Brot, Obst, selbst gebackene Kuchen und Süßigkeiten aller Art zugesteckt. Diese Köstlichkeiten teilten sie nun in ungewohnter Brüderlichkeit mit den Hunger leidenden Parisern.

Das fröhliche Treiben endete, als die Delegierten der Nationalversammlung mit dem König erschienen.

Zwei Kanonen schossen Salut und die etwa dreihunderttausend Zuschauer konnten Ludwig begaffen, »prachtvoll ausstaffiert mit mächtigem Hut mit riesigem, wallendem Straußenfederbusch, wie er majestätisch heranschritt, begleitet von seinem glanzvollen Gefolge«.

Für den König war ein Thron bereitgestellt worden, daneben stand ein prunkvoller Sessel für den Präsidenten der Nationalversammlung; dahinter schlossen sich die Plätze für die Königin und die übrige Familie an. Madame du Plessis saß auf der linken Seite der Königin; der Thronfolger hatte seinen Platz zwischen den beiden Damen. Zu ihrer Rechten ließ sich Madame Elisabeth nieder, die Schwester des Königs.

Zu meiner grenzenlosen Erleichterung hatte nie wieder jemand am Hof eine Bemerkung über unsere Ähnlichkeit fallen gelassen.

Kaum hatten der König und seine Familie ihre Plätze eingenommen, schallten Vive-le-Roi-Rufe über das Marsfeld.

»Die ›unberechenbare Bestie Mensch‹, wie Monsieur de Sade es einmal formuliert hatte, hat sich heute offensichtlich für Wohlwollen gegenüber seinem König entschieden«, murmelte die Gräfin du Plessis und verzog ironisch das Gesicht.

Als Letzter erschien der hohe Geistliche von Autun – um seine Wichtigkeit zu unterstreichen, nehme ich an.

Dieser begann nun, unter der Mithilfe der dreihundert Priester die Messe zu lesen. Alle spielten mit bei dieser Veranstaltung, welche man schon zigtausend Male verspottet hatte. Es bemühten sich auch all jene um Frömmigkeit, von denen man wusste, dass sie diese »verlogene Attitüde« am liebsten als »Volksverdummung« verboten hätten.

Nach dem mit großem Zeremoniell veranstalteten Gottesdienst wurde das Tedeum gesungen. Fast alle stimmten ein und es war doch sehr erhebend, als das alte Kirchenlied aus hunderttausenden von Kehlen zum verregneten Pariser Himmel aufstieg.

Gleich danach wurde der Eid abgelegt.

Im »Ami du Peuple« stand: »Als Erster trat General Lafayette vor den Bischof, dann sämtliche Befehlshaber und Offiziere sowie die Gardisten der verschiedenen Départements. Alle hoben zu gleicher Zeit die rechte Hand und schworen im Chor, der Nation, dem Gesetz und dem König die Treue zu halten. Als Nächster erhob sich Ludwig XVI. und legte mit lauter Stimme einen feierlichen Eid ab:

»Ich, Ludwig XVI., König von Frankreich, schwöre, die mir zugewiesene Macht für den Erhalt der Verfassung einzusetzen, wie sie von der Nationalversammlung beschlossen und von mir anerkannt wurde.«

Weiter versicherte der Monarch den Menschen, er sei »ihr Vater, Bruder und Freund«. Sein Glück sei das Glück seiner Untertanen.

»Wiederholt meine Worte und die Regungen meines Herzens in den Hütten der Armen«, rief Ludwig mit sichtlich bewegter Stimme. »Sagt ihnen, ich bin mit meiner Liebe stets bei ihnen, um über sie zu wachen, um für sie zu leben und um notfalls für sie zu sterben.«

Es war eine unwahrscheinlich sentimentale Rede und ich sah, dass den meisten Zuhörern Tränen übers Gesicht liefen. Man schrie, es sollten die Regenschirme gesenkt werden, um den König genau sehen zu können, und als das geschehen war, riefen alle: »Vive le Roi!« »Vive la Reine!« »Vive le Dauphin!«

Es war wie in alten Zeiten. Es war märchenhaft.

Die Königin, diesmal gut beraten von Madame Campan und Madame du Plessis, trug rote, weiße und blaue Bänder in ihre Frisur eingeflochten; sie hielt nun ihren Sohn, den kleinen Herzog der Normandie und Dauphin Frankreichs, in die Höhe, damit ihn das Volk sehen konnte.

Dieses gesunde, hübsche und aufgeweckte Kind, von dem manche glaubten, nicht der König, sondern ein schwedischer Graf wäre sein Erzeuger, entlockte den Tausenden ein donnerndes Jubelgeschrei, das beinahe ekstatisch anschwoll, als der Knabe den begeisterten Menschen leutselig zuwinkte.

Anschließend klatschten sich alle die Hände wund vor Begeisterung. Fanfarenklänge schmetterten über das Marsfeld und nun war es ein gigantisches Volksfest. Die Soldaten mischten sich unter die Zivilisten, griffen sich die Bürgermädchen und alle tanzten und lachten vor Freude.

Beifallsrufe und Vive-le-Roi-Schreie waren auf dem gesamten Rückweg des Königs zu den Tuilerien zu hören. Was Ludwig wirklich dachte, darüber hat er zu niemandem gesprochen, aber Antoinette blieb zu Recht skeptisch. Die Königin war nicht mehr gutgläubig: Das Volk von Paris hatte sie zu oft schon bitter enttäuscht.

KAPITEL 78

An einem Nachmittag rief mich Madame Francine mit allen Anzeichen höchster Erregung zu sich:

»Stellen Sie sich vor, Julienne, ma Chère, man hat versucht, die Königin zu ermorden. Sie haben einen Mann in den Gärten entdeckt, der sich mit einer geladenen Faustfeuerwaffe im Gebüsch versteckt hielt, direkt neben dem Spazierweg, den Antoinette zu benutzen pflegt, um ihr voll Hinterlist aufzulauern.«

Madame du Plessis war außer Atem, so rasch war sie gelaufen, um mir und den anderen diese furchtbare Neuigkeit mitzuteilen. Da ich sie am Morgen eng geschnürt hatte, drohte sie in Ohnmacht zu fallen.

»Als die Wachsoldaten den Kerl festnahmen, gab er nur seinen Namen preis, weitere Angaben zu seiner Person oder wer ihn zu der Tat angestiftet hat, hat er bis jetzt verweigert.«

»Wie heißt denn der Attentäter?«, fragte ich ahnungslos.

»Raimondo Donati, oder so ähnlich. So habe ich es wenigstens verstanden«, erwiderte meine Herrin.

Ich drehte mich rasch um, scheinbar mit dem Arrangement einer Blumenschale beschäftigt. Das Herz schlug mir bis zum Halse und alles Blut war aus meinem Kopf gewichen. Ich musste mich niedersetzen, um nicht ohnmächtig umzufallen. Zum Glück verließ die Gräfin sofort den Raum, nachdem sie mir noch mitgeteilt hatte, dass das Misslingen des feigen Anschlags nur dem Regenwetter zu verdanken wäre. Antoinette habe sich nämlich kurzfristig entschlossen, ihren Spaziergang heute ausfallen zu lassen. Mir war richtiggehend übel. »Dieses verfluchte Schwein«, murmelte ich in ohnmächtigem Zorn zwischen zusammengebissenen Zähnen, »dieser hinterhältige

Hundsfott.« Unbeherrscht schlug ich mit geballter Faust auf die polierte Konsole, dass die Blumenschale ein kleines Stück in die Höhe sprang. »Der Teufel soll ihn holen«, fluchte ich wütend und maßlos enttäuscht.

Rotondo Donatien (nicht Raimondo Donati) war mein derzeitiger, heimlicher Liebhaber neben meinem Geliebten Julien. Ich dankte Gott, dass unser Verhältnis geheim war, sonst wäre ich mit Schimpf und Schande davongejagt worden. Man hätte mich vielleicht verdächtigt, an dem geplanten Übergriff beteiligt zu sein. Darauf stand sicher die Todesstrafe. Wenn auch viele froh über das Gelingen eines Attentats auf die Königin gewesen wären, Beihilfe zum Mord blieb ein schweres Delikt. Oh, mon Dieu. In was war ich da bloß hineingeraten? In welchen Sumpf hatte mich Donatien hineingezogen?

Vor Wut und Enttäuschung schossen mir die Tränen in die Augen. Der Verräter hatte meine Zuneigung schamlos ausgenützt, sich in mein Vertrauen eingeschlichen, hatte mir große Leidenschaft vorgeheuchelt, um mir Informationen über die Königin zu entlocken. Und ich verliebte Idiotin hatte sie ihm gegeben.

Natürlich, was war schließlich dabei, ihm zu sagen, wann die Königin auf welchen Parkwegen ihre Runden zu drehen pflegte? Ich hatte es Rotondo leicht gemacht; er brauchte bloß im Gebüsch zu lauern und im richtigen Moment anzugreifen.

Meine einzige Hoffnung war, dass der Schuft genügend Charakter besaß um zu verschweigen, von wem er die Auskünfte hatte. Ich bemühte mich, mir einzureden, dass er eigentlich nichts davon hätte, mich mit in den Abgrund zu reißen. Aber man würde ihn sicher foltern, um alles aus ihm herauszuquetschen.

Die folgenden Tage lebte ich wie in einem Albtraum. Aber anscheinend hatte Rotondo Donatien die Verbindung zu mir nicht preisgegeben, denn auch als man ihn aufgehängt hatte, kam kein Häscher zu mir, um mich in Gewahrsam zu nehmen.

Mir passierte nichts – im Gegensatz zu den Wächtern, welche ihm ungehindert Zutritt zu den Tuileriengärten gewährt hatten. Sie erhielten vom Henker jeder fünfzig Stockhiebe und wurden sofort entlassen.

Kurze Zeit danach gelang es den Agenten Seiner Majestät, eine Verschwörung gegen die Königin aufzudecken. Man hatte Marie Antoinette mit Arsen vergiften wollen. Ludwig war außer sich.

»Ich flehe Euch an, Madame, seht Euch vor bei jeglichem, was Ihr zu Euch nehmt. Ich könnte es nicht ertragen, falls Euch ein Leid geschähe.«

Laut Madame Campan hatte Ihre Majestät die schlimme Nachricht ganz gelassen aufgenommen. Nur auf Bitten des Königs hatte sie eingewilligt, sich von ihrem Leibarzt über Gegengifte beraten zu lassen. Es war längst ein offenes Geheimnis, dass viele der Diener im Schloss Revolutionäre waren.

Die Königin bewies Galgenhumor: »Eher wird es meinen Feinden gelingen, mich durch üble Nachrede denn durch Giftmischerei zu ruinieren.«

Viele Besucher suchten Ludwig und Antoinette in Saint Cloud auf; manche liebten den König aufrichtig und warnten ihn vor Anschlägen. Andere, meist religiöse Spinner, gaben ihm den Rat, sich dem Schutz der Gottesmutter Maria anzuvertrauen.

In Paris aber wurden Stimmen laut, die den Königsmord propagierten, und die Flut schmutziger Pamphlete war in jüngster Zeit wieder angestiegen.

Einer der perfidesten Brunnenvergifter war Jean-Paul Marat.

Er schreckte auch vor der schlimmsten Verleumdung und der gemeinsten Lüge nicht zurück. Er war ein Fanatiker, der am liebsten die gesamte Aristokratie – und den Klerus gleich mit – aufgehängt hätte. Seine literarischen Ergüsse waren vom Hass diktiert und im Sommer 1790 verlangte er tatsächlich, den König samt Dauphin, die Königin und den Grafen de Provence ins Gefängnis zu stecken; außerdem sollten sechshundert Aristokraten um einen Kopf kürzer gemacht werden. Dieses Ungeheuer hatte jegliches Maß verloren. Große Sympathie beim Volk erwarb er sich dadurch, dass er dafür eintrat, alle Steuern für rechtswidrig zu erklären.

»Nur so können die Bürger frei sein und nur auf diese Weise kann es gelingen, alle konterrevolutionären Bestrebungen zunichte zu machen«, tönte er in der Nationalversammlung.

Immer mehr suchten ihr Heil in der Flucht – auch normale Bürger. Diese Abwanderung war dem Stadtrat von Paris natürlich nicht genehm, aber: Wie hätte er sie verhindern können? Die Bürger waren doch jetzt endlich alle frei und konnten folglich ihren Wohnsitz beliebig wählen.

»Immer mehr hauen ab aufs Land«, brummte Père Cigogne, »aber helfen wird es ihnen kaum, denn in den kleinen Orten der Départements bricht ebenfalls der Wahnsinn, pardon, die Revolution aus. Ich werde nicht fliehen; mir wird nichts geschehen. Gelte ich doch als kleiner, bescheidener Bürger. Wir leben nicht nur in schrecklichen, sondern auch in großen Zeiten mit gewaltigen sozialen und politischen Umwälzungen. Auch du, ma Chère, bist Zeitzeugin gewaltiger historischer Ereignisse.«

Ich für meine Person hätte nicht unbedingt auf diesem Privileg bestanden. Ein kleiner Wandel? Warum nicht. Es gab genug Unterdrückung durch die »hohen Herren«, aber weshalb diese maßlose Bösartigkeit der Revolutionäre?

KAPITEL 79

Die Saat des Jean-Paul Marat war prächtig aufgegangen. Dieser Schweizer – also ein Landsmann Neckers und Rousseaus –, im Kanton Neuchâtel als Sohn eines Lehrers geboren, wollte Arzt werden und reiste daher studienhalber nach England, Irland und Holland. Im Jahre 1783 veröffentlichte er eine Schrift mit dem langen Titel »Vom Menschen, oder die Prinzipien und Gesetze des Einflusses der Seele auf den Körper und des Körpers auf die Seele«.

Bei Abendgesellschaften des Königspaares habe ich in Versailles viele Hofleute über dieses Werk sprechen hören. Marat machte sich damals Hoffnungen, als Mitglied in die Académie Française aufgenommen zu werden; aber daraus wurde nichts: Die Herren Voltaire und Lavoisier diffamierten sein Buch geringschätzig als »Machwerk«.

Im folgenden Jahr, also 1784, gab Marat eine neue Schrift heraus, diesmal voll politischer Brisanz: »Die Ketten der Sklaverei«. Erschienen in London, fand sie ihren Weg nach Frankreich. Seit 1789 gab Marat die Zeitungen »Publiciste Parisien«, den »Ami du Peuple« und ab Ende des Jahres 1792 das »Journal de la République Française« heraus. Er war wortgewaltiger Führer des Vierten Standes, der »Sansculotten. Das bedeutete eigentlich die »Hosenlosen«, obwohl sie selbstverständlich nicht ohne Beinkleider herumliefen; gemeint waren mit »culottes« die seidenen Kniehosen der Reichen und Adligen. Nur Arbeiter und Bauern, wie mein Stiefvater Émile, trugen lange Leinen- oder Wollhosen.

Den gemäßigten Reformern war er ein ständiger Pfahl im Fleische. Wiederholt verfolgte man ihn als Anarchisten und trieb ihn in die Illegalität. Marat musste sich sogar einige Wochen lang in einer Kloake verstecken und soll sich dabei eine widerliche Hautkrankheit zugezogen haben. Diese heilte nie wieder aus und zwang ihn später, sich den größten Teil des Tages in einer Badewanne aufzuhalten, da ihm nur warmes Wasser Linderung von dem brennenden Juckreiz bescherte.

Er arbeitete eng mit Robespierre und Danton zusammen, war aber um vieles radikaler als diese. Jene schreckten vor seinen Übergriffen auf die »Heiligkeit des Eigentums« zurück. Kein Wunder, sie hatten inzwischen selbst genug zu verlieren.

Trotz rhetorischer Paukenschläge gehörte Jean-Paul Marat jedoch nicht zu den Radikalsten. Durch sein leidenschaftliches Eintreten für die Ärmsten der Armen aber zog er sich den Hass der besitzenden Klasse zu.

Äußerlich war mit ihm kein Staat zu machen: Er war klein, unscheinbar, ja hässlich, das Gesicht übersät mit gelben und roten Flecken – sein vorhin erwähntes Hautleiden. Marats Augen blickten scharf und leidenschaftlich, konnten aber das helle Sonnenlicht nicht vertragen. Seinen Mund hatte er stets höhnisch verzogen und den Kopf trug er hoch und herausfordernd, wie das kleine Männer häufig zu tun pflegen. Meist präsentierte er sich in schäbiger, unsauberer Kleidung.

Manche seiner Zeitgenossen waren in ihrem Urteil über ihn sehr abwertend: »Er ist ein Hund, der immer nur diejenigen ankläfft, die den wahren Wert der Revolution ausmachen.« Ein anderer bezeichnete ihn voller Verachtung: »Dieser Mensch, dieses Nichts, dieser Irgendwer der Revolution.«

Nun, unbestreitbar ist, dass Marat sich bei den Messieurs Lafayette, Bailly und Mirabeau unbeliebt gemacht hatte. Dennoch wuchs sein Einfluss unaufhörlich.

Viele seiner Reden waren im »Ami du Peuple« abgedruckt und ich habe sie mir bis heute aufgehoben.

In der Stadt Toulon kam es zu gewalttätigen Ausschreitungen. Unter den dortigen Dockarbeitern hatte sich das Gerücht verbreitet, sie würden keinen Lohn mehr erhalten. Daraufhin entführten die empörten Arbeiter den Marinekommandeur der Stadt und beschlossen, ihn aufzuhängen. Zum Glück tauchte ein Trupp Grenadiere auf und rettete ihn.

In der Stadt Nancy meuterten gleich drei Regimenter. Das entstandene Chaos nützten viele Bürger aus, um das Arsenal zu plündern. Sie raubten die Waffen und marschierten gegen die Stadtverwaltung von Nancy und jagten die Beamten des Königs zum Teufel.

Als Nächstes befassten sich die Deputierten mit einer Zivilverfassung des Klerus. Ludwig XVI. war darüber maßlos empört und wehrte sich heftig dagegen, sie zu unterzeichnen. Am 27. Juli 1790 gab er nach.

»Die bisherigen Bischofssitze werden aufgelöst und das Einkommen der Herren Bischöfe und Kardinäle, das immens gewesen ist, wird nun einheitlich auf zwölftausend Livres pro Jahr begrenzt. Das ist eine vergleichsweise bescheidene Summe und wird für den bisherigen luxuriösen Lebensstil der hohen Geistlichkeit auf keinen Fall reichen – und das ist gut so.« Mit unverhüllter Häme verbreiteten dies die Zeitungen.

Der jeweilige Bischof sollte – auch dies eine radikale Neuerung – nicht mehr vom Heiligen Vater in Rom eingesetzt werden, sondern vom Départementsrat.

Auch für die kleinen Gemeindepriester änderte sich einiges: Sie sollten von den jeweiligen Distriktsverwaltungen gewählt werden und vom Staat nur noch ein geringes Gehalt erhalten, eher eine Art von Aufwandsentschädigung. »Damit soll künftig jeder Missbrauch von kirchlichen Ämtern unterbunden werden«, klärte der »Ami du Peuple« seine Leser auf.

Die Deputierten schoben sofort eine Begründung für die Rechtmäßigkeit dieses Gesetzes, welches wie eine Bombe einschlug, nach:

»Die Kirche ist kein Ort der Frömmigkeit und Sittenstrenge, sondern hat sich längst in eine weltliche Macht verwandelt«, las ich Madame du Plessis aus der Zeitung vor.

Meine Herrin lag mit Kopfschmerzen auf einer Chaiselongue und winkte müde ab: »Sei so gut, ma Chère, und lass mich mit diesem Unsinn in Ruhe. Ich mag es einfach nicht mehr hören. Sie kehren das Unterste zuoberst und wundern sich dann, wenn die Welt auf dem Kopf steht, diese Narren.«

Wir Franzosen waren damals zu neunzig Prozent fromme Katholiken und daher bedeutete die Zivilverfassung für viele Menschen einen dreisten Angriff auf den Klerus und die Religion. Das Gedankengut der Aufklärung war noch nicht bis zu ihnen vorgedrungen.

»Man stelle sich vor, aus von Gott geweihten Priestern wollen diese Heiden in Paris profane Diener des Staates machen«, jammerte Demoiselle Hélène, »wer so etwas auch nur ins Auge fasst, muss vom Satan besessen sein.«

»Das neue Gesetz drückt der Gegenrevolution nicht nur eine starke Waffe in die Hand, sondern liefert gleich die notwendige ideologische Munition dazu«, lachte der Marquis de Sainte-Maison, der wie beinahe jeden Tag der Gräfin du Plessis seine Aufwartung machte. »Jeder Konterrevolutionär darf sich jetzt nicht nur als Verteidiger der Monarchie fühlen, sondern auch als tapferer Streiter für den katholischen Glauben.«

Der geflüchtete Graf d'Artois bemühte sich, im Ausland Stimmung gegen die Revolution zu machen. Die Monarchen gaben ihm alle Recht, bedauerten ehrlichen Herzens die grässlichen Verhältnisse in Frankreich – mit Sicherheit waren sie in erster Linie um ihre eigenen Throne besorgt –, waren aber keineswegs gewillt, sich in die inneren Belange eines fremden Staates einzumischen. Einmischung, das wusste jeder, bedeutete Krieg, und der kostete bekanntlich viel Geld.

Jeder von denen war froh, nicht selbst so chaotische Zustände in seinem Reich zu erleben. Trug Ludwig nicht einen großen Teil der Schuld daran, dass es so weit gekommen war?

Der König selbst wollte mit dem sinnlosen Aktionismus seines Bruders nichts zu tun haben und Antoinette hielt ihren Schwager für einen Wichtigtuer, der noch zusätzlichen Schaden anrichtete.

KAPITEL 80

Die Königin hatte sogar Angst vor dem Bruder des Königs. Auf einem Spaziergang durch die herrlichen Gärten von Saint Cloud vertraute sie sich meiner Herrin an:

»Falls die Emigranten Erfolg haben sollten, werden sie

hier das Sagen haben. Meinem Schwager Artois misstraue ich sehr.«

Der König aber wollte vor allem eines – seine Ruhe.

Dreißig Millionen Livres hatte die Nationalversammlung dem Königshaus zur Bestreitung seiner Hofhaltung bewilligt, eine Summe, die hinten und vorne nicht ausreichte. Die Königin war seit neuestem wieder in ihre alte Gewohnheit verfallen, das Geld mit vollen Händen auszugeben.

Heute denke ich, dass der Drang aus ihrem Inneren kam und ihr sagte, dass sie nicht mehr lange Zeit hatte, um ihr Leben zu genießen.

Graf Mirabeau hatte eine neue Idee. »Majestät, Sie sollten eine eigene Partei gründen und selbst Politiker werden. Hätten Sie genügend Anhänger um sich geschart, Sire, könnten Sie Paris verlassen und von einem anderen Ort aus, der Ihnen wohlgesinnt ist, operieren.«

»Würde das nicht zwangsläufig zum Bürgerkrieg führen?«, fragte Ludwig den Grafen. Der konnte diese Möglichkeit nicht ganz ausschließen. Damit war für Ludwig der Plan sofort erledigt.

Antoinette sandte dem Grafen Mercy ein Schreiben: »Nur noch die Flucht ins Ausland könnte das Leben des Königs und seiner Familie retten.« Madame du Plessis gestand sie: »Ich bin jetzt sogar bereit, mit dem Grafen d'Artois in Verhandlungen einzutreten.« Sie verfügte nämlich über einen praktikablen Fluchtplan und besprach diesen mit ihren Hofdamen Madame Tourzel, Madame Campan und Madame du Plessis.

»Ich halte eine Flucht von Saint-Cloud aus für am besten. Hier sind viel weniger Soldaten, die uns ständig im Auge behalten, als in Paris, wo wir praktisch ein Leben auf dem Präsentierteller führen.«

Der Plan war einfach und daher nicht unmöglich in seiner Ausführung: Ludwig sollte das Schloss verlassen, lediglich begleitet von einem Adjutanten des Generals Lafayette sowie zwei Stallmeistern und zwei Pagen. Die Königin und die beiden Kinder würden mit Madame du Plessis unter dem Schutz zweier Offiziere Saint-Cloud verlassen. Prinzessin Elisabeth müsste ganz alleine aufbrechen; aber sie war geschickt und couragiert.

Sogar der Tag der Flucht war bereits festgelegt. Um vier Uhr nachmittags sollte sie vonstatten gehen. Das war die Zeit, zu welcher die Königin üblicherweise ihren Spaziergang im Park von Saint-Cloud unternahm.

»Das ist großartig«, jubelte Madame Tourzel begeistert, »man wird Sie frühestens bei Einbruch der Dunkelheit vermissen. Erst nach einigem Nachforschen werden die Wachen Alarm schlagen. Aber da wären Sie alle schon weit weg.«

»Oh ja, sieben Kilometer müssten wir dann geschafft haben«, stimmte Antoinette freudig erregt zu, »bis zu einem kleinen Waldstück, wo eine große Reisekutsche versteckt sein wird.«

Auch was mit den Offizieren Lafayettes zu geschehen hatte, wusste man schon: Man würde sie bestechen – notfalls müsste man sie für immer zum Schweigen bringen.

»Das ist völlig in Ordnung«, meinte Madame Campan, »unsere Verfassung hält doch die Freiheit jedes einzelnen Individuums für naturgegeben, sollte das nicht auch für die gekrönten Häupter Frankreichs Geltung haben?«

»Im Schlafgemach des Königs wird man ein Schreiben deponieren, adressiert an die Nationalversammlung«, fuhr die Königin in verschwörerischem Tone fort, »worin mein Gemahl die

Gründe für unsere Abreise darlegen wird. Das Wort ›Flucht‹ würde der König niemals gebrauchen.«

»Dieser Plan ist mit Abstand der intelligenteste«, meinte meine Herrin, »er stammt ja auch von einer klugen Person, nämlich von Graf Axel von Fersen.« Antoinette schwebte wie auf Wolken. Beschwingt begab sich die Königin zu Ludwig – und erlebte eine furchtbare Enttäuschung. Ihr Gemahl lehnte das Unternehmen rundweg ab.

»Es ist die Wahrscheinlichkeit, dass ein paar Offiziere der Nationalgarde geopfert werden müssten, die Seine Majestät abhält«, berichtete Antoinette vollkommen niedergeschmettert ihrer Ersten Hofdame, Madame Campan. Aber noch wollte die Königin nicht aufgeben. Allzu verlockend lag die Freiheit vor ihr. Sie wandte sich persönlich an General Lafayette, der des Öfteren schon seine Bereitschaft hatte erkennen lassen, bei einer möglichen Flucht des Königs beide Augen zuzudrücken.

Der General ließ sich beim König melden und wollte mit ihm über den Plan sprechen. Der aber warf den General buchstäblich hinaus und rief ihm noch hinterher:

»Kümmern Sie sich gefälligst um Ihren eigenen Scheißdreck.«

Antoinette war zutiefst verletzt, dass der König über ihre Wünsche einfach hinwegging. Trotzdem hielt sie fest an ihrem Entschluss, das Weite zu suchen.

Sie bereitete für alle Fälle die Flucht ihrer Familie vor.

»Das bin ich als Mutter meinen Kindern doch schuldig«, ließ sie die Oberste Gouvernante wissen. Sie wusste die Gräfin Francine du Plessis ganz auf ihrer Seite.

Für meine Herrin war jüngst ein Paket aus dem Stammschloss derer von Plessis aus Arcis-sur-Aube eingetroffen, welches auch einen dicken Brief des Schlossgeistlichen enthielt, der Madame Francine alles Wissenswerte mitteilte. Der alte Herr schrieb von mehreren unliebsamen Vorfällen mit unbotmäßigen Bauern, einem anonymen Drohbrief mit der Ankündigung, den Schlossbrunnen zu vergiften; aber er wusste auch Angenehmes zu berichten, etwa von einer Solidaritätsdemonstration von Bauern und Arbeitern aus Arcis-sur-Aube, Plancy sowie den übrigen Dörfern, die zur Grafschaft gehörten. Und noch eine Nachricht hatte Abbé Florant.

Madame Francine reichte mir das Schreiben, das in feiner, wie gestochen scharfer Schrift des alten Priesters über meinen Sohn Folgendes berichtete:

»Und möchte ich untertänigst meiner gnädigen Herrin, der Frau Gräfin du Plessis, anzeigen, dass ein gewisser Knabe zu unser aller Freude wächst und gedeiht. Er ist bei guter Gesundheit und gesegnetem Appetit, verfügt über ein lebhaftes Temperament und großen Wissensdurst und scheint von sanfter Wesensart.«

Beim Lesen dieser Zeilen kamen mir die Tränen vor Rührung und Freude über diese Worte des Abbé über meinen kleinen Jacques. Ich hatte oft gezweifelt, ob es gut und richtig für ihn gewesen war, ihn von seiner Großmutter Babette wegzunehmen und zu fremden Menschen in eine völlig neue Umgebung zu geben. Aber das Kind war noch klein und nach kurzem Schmerz über den Verlust der vertrauten Sippe hatte sich mein Sohn gut eingelebt auf dem Schloss und wuchs unter all den Kindern, welche dort herumkrabbelten, zu einem frohen und gesunden Knaben heran.

Was konnte ich mir als Mutter Besseres für ihn wünschen?

Die Königin setzte ihren gesamten Ehrgeiz ein, um eine eventuelle Flucht so angenehm wie möglich zu gestalten. »Bequemlichkeit hat bei Antoinette leider den Vorrang vor Effektivität«, bemängelte meine Herrin. »Sie ist sich der Gefahren überhaupt nicht bewusst.«

Vor einem Jahr hatte die Königin einen großen Reisekoffer erworben. In dieses Monstrum ließ sie nun alles Mögliche verfrachten: Toilettenartikel, Perücken, Fächer, Handschuhe, Geschirr und Besteck.

»Stell dir vor, Julienne, ma Chère, sogar Billardstöcke hat Antoinette einpacken lassen. Auch vergoldete Nachttöpfe erscheinen ihr unverzichtbar«, äußerte die Gräfin mit ungewohnter Schärfe.

Diesen Koffer schickte man an einen vereinbarten Bestimmungsort. Dort sollte er darauf warten, bis ihn der König vor seiner Weiterfahrt ins Ausland mitnehmen würde. Mit der Kleidung gedachte man genauso zu verfahren.

»Mir graut schon davor, wenn ich an das zweite Ungetüm von Koffer denke, welches Antoinette genauso mit sinnlosem Plunder bestücken wird wie das erste«, murmelte die Gräfin. »Wenn ich rasch das Weite suchen müsste, würde ich mich gewiss nicht mit all dem unnützen Zeug belasten.«

Die Königin wollte sich und ihre Kinder jetzt unbedingt mit neuer Kleidung ausstatten. »Schließlich wollen wir nicht als Bettler im Ausland auftreten«, verteidigte sie sich.

Man war bereits wieder in die Tuilerien zurückgekehrt und da gab es eine Menge Spitzel der Nationalversammlung; eine neue Ausstattung konnte leicht Misstrauen wecken.

»Zu allem Übel gibt es hier eine Kleiderzofe der Königin, eine Demoiselle Rocherette, die als geradezu fanatische Anhängerin der Revolution bekannt ist«, wusste Madame Campan.

Es besagt wohl alles, dass die Königin diese Frau nicht aus

dem Dienst entlassen konnte, obwohl man über deren Spitzeltätigkeit im Bilde war.

Antoinette beauftragte Madame Campan mit der Besorgung der neuen Garderobe. Diese verließ verkleidet den Palast und suchte verschiedene Näherinnen in der Stadt auf. Jeder von ihnen gab sie immer nur ein paar Aufträge zur Erledigung, um ja keinen Argwohn zu wecken. Den riesigen Kleiderkoffer schickte sie anschließend nach Arras zu einer Verwandten. Jene Dame würde damit nach Brüssel fahren und auf weitere Anweisungen warten.

Insgeheim musste ich den Kopf schütteln über so viel geballte Unvernunft. Wenn ich daran dachte, wie viele Menschen bereits jetzt von der geplanten Flucht wussten, wurde mir schlecht. Außerdem kostete es Zeit – und die wurde allmählich knapp.

Wäre ich Antoinette gewesen, hätte ich mich bemüht, allen eine unauffällige Verkleidung zu verschaffen: am besten als Arbeiter oder Bauern. Diese Bevölkerungsschicht war unverdächtig und wurde in Ruhe gelassen. Dann hätte ich jedem ein kleines Bündel über die Schulter gehängt, hätte meine beiden Kinder an die Hand genommen und wäre mit ihnen auf einem Eselskarren auf Schleichwegen aus Frankreich verschwunden und hätte es seiner glorreichen Revolution überlassen. Aber ich war ja nicht die Königin, sondern nur ein kleines Kirchenlicht.

»Ich habe mehrfach den Versuch unternommen, die Königin auf das Unsinnige ihres Tuns aufmerksam zu machen, übrigens zusammen mit Graf von Fersen«, sagte meine Herrin. Graf Axel meinte:

»Madame, bedenken Sie bitte, Sie befinden sich nicht auf einer Vergnügungsreise, sondern auf der Flucht.« Da antwortete sie ihm ungnädig: »Ich weiß, Monsieur. Aber ich sehe absolut nicht ein, dass die Königin von Frankreich wie eine Bauerndirne in einem Erntewagen durchgeschüttelt werden soll.«

Am wichtigsten für das Reiseunternehmen war nun die Wahl des entsprechenden Gefährtes. Antoinette entschied sich aber nicht für die schnellste, sondern für die geräumigste Kutsche, für eine so genannte »Berline«.

Mit einer solchen war sie vor über zwanzig Jahren von Österreich nach Frankreich gereist und daran hatte sie sehr angenehme Erinnerungen.

Der Geliebte der Königin unterließ weitere unnütze Proteste. »Ich bin schon zufrieden, dass Antoinette überhaupt dieses Tollhaus Frankreich hinter sich lassen will.«

KAPITEL 81

DA MAN KEINEN Verdacht erregen wollte, gab man sich heiter und sorglos.

Die Vorbereitungen zur Flucht gediehen. Die Königin wünschte sich jetzt eine Vorratskammer in ihrer Berline – und setzte ihren Willen durch. Darin waren ein Herd, um Speisen warm zu machen, und ein Tisch, der sich mittels eines Wunderwerks der Mechanik aus dem Boden der Kutsche hochfahren ließ. Die nötigen Sitzbänke konnte man ausbauen und darunter verbarg sich weiterer Stauraum.

»Das Einzige, was jetzt noch fehlt, sind Betten«, sagte kopfschüttelnd Madame Francine, »erstaunlich, dass diese nicht auch noch mitgeschleppt werden müssen.«

»Ich bin mal gespannt, wie sie das rollende Monster fortbewegen wollen«, erkundigte ich mich lachend, »wenn eine Steigung kommt, müssen wohl alle aussteigen und schieben helfen. Ein köstliches Bild – und so unauffällig.«

Nicht weniger als sechs kräftige Zugpferde würde man brauchen, so gewaltig war die Last.

Graf von Fersen bestand darauf, dass man alle fünfundzwanzig Kilometer einen Pferdewechsel einplante. »Die Gäule würden sonst glatt zusammenbrechen vor Erschöpfung«, ließ er Antoinette wissen. Hier sah er eine Schwierigkeit, denn Pferde waren inzwischen im ganzen Land knapp geworden – die meisten waren bereits im Kochtopf gelandet.

Axel von Fersen hatte etwas Interessantes erfahren: Kürzlich war einer russischen Aristokratin, einer gewissen Gräfin Korff, die Fahrt von Paris zur Grenze geglückt, ohne ein einziges Mal angehalten und kontrolliert zu werden. Begleitet wurde sie von ihrer Schwester, ihren beiden Töchtern und einigen Dienstboten.

»Das gleicht einem Wunder«, sagte Graf Axel erstaunt, »denn heutzutage, wo sich so viele Adlige aus dem Staub machen, sind die Kontrollen auf den Straßen besonders streng. Normalerweise wird jedes einzelne Dokument genauestens überprüft.«

Er wandte sich an meine Herrin: »Mir ist da eben eine Idee gekommen, Madame. Der König und seine Familie könnten doch die nachgemachten Papiere dieser Gräfin Korff benutzen.

Da jene nicht kontrolliert und eingetragen wurden, kennt sie auch keiner. Sie dürften eigentlich nicht auffallen – vorausgesetzt wir erhalten gute Fälschungen. Die anderen Personen, die mit ins Exil gehen möchten, könnten sich als Reisebegleitung dieser adligen Dame aus Russland ausgeben.«

Die Gräfin pflichtete dem schwedischen Grafen bei: »Aber natürlich, Monsieur. Ich würde die Rolle der Gräfin Korff übernehmen, der König müsste als mein Oberhofmeister dienen und die Königin könnte man als die Gouvernante ihrer eigenen Kinder ausstaffieren. Wobei es vernünftig wäre, den Dauphin als kleines Mädchen zu verkleiden. So hätten wir auch die beiden Kinder als die Töchter der russischen Gräfin untergebracht. Madame Elisabeth schließlich wäre die Schwester der Gräfin Korff.«

Von Fersen gefiel sein eigener Vorschlag immer besser und er wandte sich an den russischen Botschafter. Der war auch sofort zur Hilfe bereit: »Diese Komödie bereitet mit außerordentliches Vergnügen«, lachte der Aristokrat von der Newa. Er kontaktierte den französischen Außenminister Montmorin und beantragte die nötigen Ausweisdokumente.

»Er wird sie auch erhalten«, prophezeite Philippe de Toqueville.

»Ich kenne beide Herren und weiß, dass der Außenminister dem Botschafter noch einen Gefallen schuldet.«

Der König war es, der eine weitere Schwierigkeit zur Sprache brachte: »Sobald wir uns der Grenze unseres Landes nähern, muss ich mich auf die Armee verlassen. Aber wie kann ich das bei den ständigen Meutereien?«

»Sire«, beruhigte ihn Antoinette, »ich glaube, wir können uns getrost dem Schutz des Marquis de Bouillé unterstellen. Er ist ein ehrlicher Monarchist und hat kürzlich die Rebellion von Nancy niedergeschlagen. Ich werde ihm sofort schreiben.«

Sie richtete ein Gesuch an den besagten General, worin sie ihn bat, seine Grenztruppen zu ihrer Verfügung zu halten.

Seine Reaktion enttäuschte sehr. Der General schrieb der Königin verschlüsselt zurück, dass er sich der Loyalität seiner Leute keineswegs sicher wäre:

»Sie sind alle von der Pest der Revolution befallen und ich glaube nicht, dass wir uns auf die Soldaten verlassen können.«

Das war ein harter Schlag und ließ das Unternehmen höchst bedenklich erscheinen. Aber was blieb dem Monarchen anderes übrig? Es war unzumutbar, noch länger in Frankreich zu bleiben.

»Von Tag zu Tag wächst die Gefahr, dass irgendein x-beliebiger Bauernlümmel in Uniform den König, seine Gemahlin oder den Dauphin erschießt; bei jeder Mahlzeit schwebt das Damoklesschwert eines Giftmordes über der königlichen Familie«, befürchtete nicht nur meine Herrin.

Der spanische Botschafter war schockiert über das Aussehen der Königin. »Madame la Reine sieht wirklich krank aus«, sagte er zu Graf von Fersen. Er und viele am Hof waren konsterniert über ihre verhärmten Gesichtszüge und ihr in kurzer Zeit weiß gewordenes Haar.

Endlich hatte man sich auf ein Fluchtdatum geeinigt. Im März 1791 sollte es so weit sein; da wäre es bereits Frühling und es herrschte vermutlich schönes Wetter.

Doch im Februar emigrierten die Tanten des Königs, Madame Adelaide und Madame Victoria – die dritte, Madame Sophie, war vor einiger Zeit gestorben. Dummerweise war ihre Flucht publik geworden. Die Nationalgarde verfolgte die Prinzessinnen und es gelang, sie im Burgund festzunehmen, obwohl sie sich im Besitz von Pässen befanden, welche vom König und vom Außenminister persönlich unterschrieben waren. Elf Tage lang hielt man die Damen in Gewahrsam.

Dann endlich ließ die Nationalversammlung die Schwestern auf Druck Graf Mirabeaus aus Frankreich ausreisen.

Dem König und Antoinette war mittlerweile schmerzlich bewusst geworden, dass sie in ganz Europa keinen einzigen Verbündeten besaßen, der bereit gewesen wäre, auch nur den kleinen Finger für sie krumm zu machen.

»Einerseits sorgen sich die Herrscher auf den übrigen Thronen maßlos über die Übermacht der Republikaner in der Nationalversammlung, andererseits erfüllt sie die Schwächung Frankreichs durchaus mit Genugtuung. Sie zögern daher, dem Bourbonen wieder ins gemachte Nest zu verhelfen.«

So sah Père Cigogne die momentane Lage.

»Warum tun die österreichischen Verwandten der Königin nichts, um wenigstens Antoinette und die Kinder zu retten?«, wandte ich mich ratlos an meine Herrin. »Der mächtigste von ihnen, ihr Bruder Leopold, ist doch jetzt der neue Kaiser in Wien. Wieso greift er nicht ein, um der bedrängten Familie zu helfen?«

»Kaiser Leopold steht der Königin distanziert gegenüber«, wusste Madame Francine. »Er wird nie etwas tun, was seinen politischen Plänen widerstrebt, dazu ist er ein viel zu kühler Rechner. Allerdings arbeitete er schon einige Fluchtpläne aus für Schwester und Schwager – nicht weil er die beiden so liebt, sondern weil er es nicht ertragen kann, dass die von Gott verliehene Macht vom Pöbel infrage gestellt wird. Leider sind alle seine Vorhaben bis jetzt zum Scheitern verurteilt gewesen.«

KAPITEL 82

Im Pariser Vorort Saint-Antoine war es erneut zu einer Massendemonstration gekommen. Ursache war das Gerücht, der König beabsichtige, seinen Tanten ins Exil nachzufolgen und den Dauphin aus Frankreich zu »entführen«.

In der Nähe lag die Burg Vincennes und jemand hatte die irrsinnige Behauptung aufgestellt, Ludwig habe aus den Tuilerien heraus einen unterirdischen Gang nach Vincennes graben lassen, um auf diesem Wege seine Flucht antreten zu können. Es handelte sich dabei um eine Strecke von guten drei Kilometern. Das Ganze war einfach lächerlich. Die Nationalversammlung hatte beschlossen, die Burg Vincennes sollte in Zukunft als Gefängnis dienen. Der wütende Mob, meistens stellungslose Arbeiter aus den Pariser Vorstädten, glaubte, Vincennes sollte eine zweite Bastille werden; unter Protestgeschrei zogen sie dorthin und zerlegten den Bau vollständig.

Als General Lafayette mit der Nationalgarde anrückte, lag kein Stein mehr auf dem anderen. Er fand rauchende Trümmer vor und siegestrunkene »Eroberer«, welche Lafayettes Erscheinen äußerst ungnädig aufnahmen und sich nur unter wütenden Protesten und lauten Verwünschungen unwillig von der Stätte ihres Triumphes vertreiben ließen.

In den letzten Monaten hatten sich konterrevolutionäre Klubs gebildet, die sich dem Schutz des Königs verschrieben hatten. Eine Organisation ist mir lebhaft in Erinnerung geblieben. Sie setzte sich zusammen aus Höflingen, die sich den fantastischen Namen »Ritter des Dolches« gegeben hatten.

Auch die Dolchritter hatten von den Vorfällen in Saint-Antoine gehört und alle Mitglieder, etwa vierhundert an der Zahl, marschierten kampfeslustig zur Rettung ihres Monarchen zu den Tuilerien.

Zu ihrer Verblüffung stießen sie auf erbitterten Widerstand. Als tapfere Helden, die sie nun einmal waren, zückten sie ihre Degen und fuchtelten wild damit herum. Da es zu General Lafayettes Aufgaben gehörte, für Ruhe zu sorgen, verständigte man ihn von dem Überfall. Er erschien nach einer Weile und versuchte als Erstes, den König zu überreden, seine »Befreier« und die völlig aus dem Häuschen geratenen Hofleute zu beruhigen. Niemand hatte Ludwig informiert vom löblichen Vorhaben der »Ritter des Dolches«. Die Nationalgarde, des langen Zauderns überdrüssig, wurde handgreiflich und die Herren Höflinge ließen die Degen fallen. Die »Befreiungsaktion« hatte ihr Ende gefunden, ehe sie überhaupt begonnen hatte.

»Gierig wie ein trockener Schwamm saugt die unzufriedene Menge alles auf, mag es noch so albern sein. Aber wer hat denn noch Zeit und Lust zum Nachdenken – die meisten sind sowieso zu dumm dazu«, klagte Julien und ich konnte ihm weiß Gott nicht widersprechen.

Die neueste Schauermär lautete, Kaiser Leopold ließe in Belgien eine riesige Armee aufstellen, um den Franzosen endgültig den Todesstoß zu versetzen. Ferner sei Marie Antoinette ein Liebesverhältnis mit General Lafayette eingegangen. Den naiven Burschen wollte sie für ihre eigenen, bösartigen Zwecke missbrauchen.

Aus eigener Anschauung kann ich mit Recht behaupten, dass Antoinette zu diesem Zeitpunkt bereits so viel von ihrer Attraktivität eingebüsst hatte, dass ein Mann schon hätte blind sein müssen, um sich in sie zu verlieben. Ausgelaugt, hager, grauaarig, niedergedrückt und mit Sorgenfalten im Gesicht war sie hochgradig nervös und schien kurz vor einem Nervenzusammenbruch zu stehen.

Ein weiteres Gerücht wollte wissen, dass die Emigranten überall in der Welt die besten Waffen aufkauften, eigene Armeen aufboten und die brutalsten Söldner anwarben, um auf diese Weise die glorreiche Revolution zu zerstören.

»Wollte Gott, es wäre so«, seufzte meine Herrin.

»Und was macht die ehrenwerte Nationalversammlung, um das Los des geknechteten Volkes zu erleichtern?«, fragte ich spöttisch und gab mir gleich selbst darauf die Antwort: »Sie fasst Beschlüsse.«

Einer davon war, dass der Monarch künftig nicht mehr »König« heißen sollte, sondern »Oberster öffentlicher Diener«, der Dauphin war nicht mehr der Thronfolger, sondern der »Erste Stellvertreter des Obersten öffentlichen Dieners« und die Königin hieß jetzt »Mutter des Ersten Stellvertreters des Obersten öffentlichen Dieners«.

»Na, das ist ja schon mal ein gewaltiger Fortschritt für die Not leidende Nation«, frozzelte ich. Meine Herrin hielt sich den Bauch vor Lachen und als sie wieder Luft bekam, keuchte sie: »Gib es zu, ma Chère, du bist nur neidisch, dass du nicht das Nachtgeschirr der Ersten Kammerfrau der Mutter des Ersten Stellvertreters des Obersten öffentlichen Dieners und Gattin des Obersten öffentlichen Dieners ausleeren darfst.«

Es tat unheimlich gut, wieder einmal aus vollem Herzen lachen zu können.

Inwieweit die Neuerungen der Nationalversammlung dem vierten Stand eine Hilfe waren, konnte ich als kleine Zofe nicht beurteilen. Die wuterfüllten Massenansammlungen hörten jedenfalls keineswegs auf.

Seit Wochen war immer häufiger eine zornige Stimme in den Sitzungen der Nationalversammlung zu vernehmen. In sehr geschliffener Form demaskierte diese den »Obersten öffentlichen Diener« als Tyrannen. Sie sprach von Despotismus, Nepotismus (Vetternwirtschaft), Egoismus, Verrat und Verschleuderung von Volksvermögen und sie gehörte einem gut aussehenden Rechtsanwalt aus der Stadt Arras namens Maximilien Robespierre. Dieser Herr war zum Präsidenten des radikalen »Jakobinerklubs« gewählt worden. Mit Danton und Marat gehörte er zum Wohlfahrtsausschuss.

Monsieur Robespierre steigerte noch die verbalen Angriffe gegen die katholische Kirche, vor allem gegen jene Geistlichen, die sich weigerten, den Eid auf die jetzige Verfassung abzulegen. Sein Gesinnungsfreund Marat sprach von etwa zwanzigtausend »Schädlingen am französischen Volkskörper«.

»Robespierre scheut vor nichts zurück, um diese Priester unter Druck zu setzen. Man verliest beispielsweise ihre Namen auf den Straßen. Wenn einer die Messe lesen will, konfrontiert man ihn mit der ›kochenden Volksseele‹: Er wird niedergebrüllt, verprügelt, mit dem Tode bedroht und aus seiner eigenen Kirche verjagt«, berichtete ich entsetzt Madame du Plessis nach einem meiner Stadtspaziergänge, wo ich Zeugin dieser unglaublichen Vorfälle geworden war. Man musste keine eifrige Kirchgängerin sein, um sich über solche Auswüchse zu empören.

Papst Pius XI. hatte im März 1791 die Zivilverfassung für die Geistlichkeit für ungültig erklärt. Alle Priester wurden aus ihren Ämtern entlassen, welche den Eid auf diese »schändliche« Verfassung abgelegt hatten.

KAPITEL 83

»DAS DIESJÄHRIGE OSTERFEST wollen der König und Antoinette wieder in Saint Cloud feiern.« Madame Francine war erleichtert. »Es ist zwar keinem von beiden zum Feiern zumute, aber beide wollen nur weg aus diesem grauenhaften Paris.«

Den Großteil der Dienerschaft schickte man voraus, um das Schloss bewohnbar herzurichten.

Wieder wurden Unmengen von Garderobe, Geschirr und Gläsern in Reisekoffern verstaut. Auch ich war tagelang damit beschäftigt, die Utensilien der Gräfin sorgsam einzupacken.

Am Tag vor der Abreise besuchte der König die Palastkapelle in den Tuilerien und ließ sich das Abendmahl von einem Priester reichen, der noch keinen Eid auf die neue Verfassung abgelegt hatte.

Die Palastspione meldeten diesen »ungeheuerlichen Wortbruch« des Königs umgehend der Nationalversammlung; in Windeseile verbreitete sich die Nachricht davon in sämtlichen politischen Klubs und in den Arbeitervierteln am Rande von Paris. Wutentbrannt strömten die Massen auf die Straße; vorbei war es mit dem österlichen Frieden.

Am nächsten Tag, dem Palmsonntag, klebten überall in der Stadt Plakate, auf welchen der »Oberste öffentliche Diener« des hinterhältigen Gesetzesbruches beschuldigt wurde.

»Ein bewaffneter Mob hat sich auf der Place du Carrousselle gegenüber den Tuilerien zusammengerottet. Was sollen wir tun, Sire?«, fragte die Königin ihren Gemahl erschrocken.

Ihr sonst so entscheidungsunwilliger Gatte entschied rasch und unüberlegt: »Wir ignorieren den Pöbel und fahren wie geplant nach Saint Cloud, Madame.«

Im Hof der Tuilerien bestiegen der König, die Königin, der Dauphin und Madame Royale ihre Karrosse. Sie fühlten sich beschützt von General Lafayette, der mit einem Trupp Reiterei bereitstand, um die königliche Familie auf dem Weg ins Schloss von Saint Cloud zu eskortieren. Die Kavalleristen flankierten schützend die königliche Kutsche in ihrer Mitte und der Zug setzte sich in Bewegung. Da brüllte die Menge laut auf und warf den Insassen der Kutsche die unflätigsten Schimpfnamen an den Kopf. Madame du Plessis presste ihrem kleinen Schützling, dem Dauphin, beide Hände auf die Ohren, um das Kind die unglaublichen Zoten nicht hören zu lassen. Später meinte sie: »Ich habe nicht geahnt, dass unsere wunderschöne, französische Sprache solche Gemeinheiten enthält.«

Der König wurde weiß wie die Wand, die Königin war einer Ohnmacht nahe. Vor der Karosse tobte das Volk, von dessen Blut nach dem Willen Ludwigs nicht ein Tropfen vergossen werden durfte. Es war gewiss kein Zeichen von Feigheit, Todesangst zu verspüren angesichts der entfesselten Meute.

»Großes Schwein.« »Verblödeter Aristokrat.« »Lumpenhund.« »Du taugst nicht als König.« »Weg mit dir, wir wollen Orléans.« »Orléans soll König sein.« »Vive Orléans«, konnte man aus dem Geschrei der Menge heraushören.

Statt nun gegen die Massen anzugehen und der Kutsche freies Geleit zu verschaffen, ließen sich die Kavalleristen General Lafayettes von der Hysterie des Pöbels anstecken. Einige Soldaten wagten es sogar, ihre Köpfe ins Kutschenfenster zu stecken und den König anzuschreien: »Du bist gar kein König mehr!« »Du bist nur ein öffentlicher Beamter.« »Und als solcher ein verdammt überbezahlter dazu«, brüllte ein anderer.

Aber es kam noch schlimmer: Einige zogen ihre Säbel und griffen die beiden Kutscher an, andere gingen auf die Palastdiener los, die neugierig und müßig im Hof herumgestanden hatten, und beschimpften sie als nutzloses Pack, welches mit diesem Blutsauger Ludwig gemeinsame Sache mache.

Der König kämpfte immer noch tapfer gegen seine Übelkeit an, war aber bemüht, seine Würde, oder das, was davon noch übrig war, zu bewahren, und forderte in energischem Tone von den Nationalgardisten, endlich das Tor zu öffnen und ihm die Weiterfahrt zu ermöglichen.

Verächtliches Hohngelächter der Soldaten war die Folge. »Du hast uns überhaupt nichts zu befehlen, du fetter Hampelmann«, plärrte einer und schwang bedrohlich seinen Kavalleriesäbel.

Auch General Lafayette hatte jegliche Autorität bei dieser Truppe verloren. Als er ihnen mit sich überschlagender Stimme Befehle entgegenbrüllte, verhöhnten sie auch ihn, den Helden des amerikanischen Freiheitskrieges.

Aus purer Hilflosigkeit beging der General den Fehler, die Soldaten zu bitten, ihm zu gehorchen, doch sie wurden nur noch unverschämter. Als Lafayette mit seinem Rücktritt drohte, erntete er von allen Seiten zynischen Beifall. Die Menschenmenge draußen vor den Gittertoren amüsierte sich köstlich über die Demütigung der Königsfamilie und des Generals.

Wie auf ein Stichwort galoppierte plötzlich ein Nationalgardist auf die Kutsche zu und mit gezogenem Säbel fuchtelte er vor Ludwigs Kutschenfenster herum und grölte: »Du elender Gesetzesbrecher, du versteckst Pfaffen, die keinen Eid abgelegt haben.« »Nichtswürdiger Kerl«, erwiderte daraufhin seelenruhig Ludwig XVI., der mittlerweile seine Fassung wieder gewonnen hatte, »wer bist du denn, dass du dich erdreistest, über mein Gewissen urteilen zu wollen?« Der Angesprochene konnte vor Verblüffung nichts darauf sagen und verzog sich wieder.

Über zwei Stunden dauerte das entwürdigende Spektakel und es grenzte an ein Wunder, dass der König und Antoinette nicht die Nerven verloren. Die Soldaten Lafayettes verweigerten sowohl dem General wie auch anderen königstreuen Gardeoffizieren den Gehorsam. Wie berauscht schienen die Gardisten von ihrem eigenen Mut und den pöbelhaften Anfeuerungsrufen der aufgeputschten Masse vor dem Schlosstor. Es war ein Glücksfall, dass sie die zu Tode erschrockenen Insassen der Kutsche nicht tätlich angriffen.

Später, als der Albtraum endlich vorüber war, gestand mir Madame Francine, sie hätte weniger Furcht als vielmehr eine unbändige Wut gegenüber den ehrlosen Kerlen gefühlt.

Noch viel bedrohlicher habe ich die Gefahr empfunden, welche sich ergeben hätte, wenn die Soldaten die Tore geöffnet hätten. Dann wären der König und seine Familie hilflos dem Zorn der tollwütigen Pariser ausgeliefert gewesen.

Ich glaube mich erinnern zu können, dass ich damals einige Nationalgardisten über das schändliche Geschehen habe Tränen vergießen sehen. Aber es waren zu wenige, um an der Situation etwas ändern zu können.

»Nach über zwei Stunden war es dem Dauphin nicht mehr länger zuzumuten, umzingelt von meuternden Soldaten, die ihn, seine Eltern, seine Tante und seine Schwester verhöhnten und bedrohten, in der Kutsche zu sitzen. Jeden Augenblick musste man bei dem kleinen Knaben, welcher nichts von den Vorgängen begriff, mit einem Zusammenbruch rechnen und auch die Königin stand kurz vor einem hysterischen Anfall«, schrieb meine Herrin später an ihre Verwandten im Süden des Landes.

Der König sah ein, dass ihm niemand zu Hilfe kommen würde: weder die Stadtverwaltung, die gegen den Aufruhr mitten in Paris keinen Finger rührte, noch die Nationalversammlung, die sich lieber taub stellte, noch königstreue Soldaten. Der tief gedemütigte Monarch gab seinen Kutschern den Befehl, umzukehren. Man würde nicht nach Saint Cloud fahren.

»Von der Nationalgarde bis zum Palast eskortiert, gelangte die Kutsche bis vor die Portale des Schlosses«, fuhr meine Herrin in ihrem Bericht an ihren Bruder fort. »Kaum waren die königlichen Fahrgäste, die Gouvernante der Kinder (meine Wenigkeit), ihre Zofe Demoiselle Bertot und ein Diener ausgestiegen, wurden sie von den Gardisten umringt und grob bedrängt.«

Einer der miesen Kerle legte mir seine linke Pranke um die Taille und versuchte, mich zu küssen. Blitzschnell hieb ich ihm meinen rechten Ellbogen in die Rippen, drehte mich leicht und versetzte ihm mit der Linken eine wohl platzierte, schallende Ohrfeige. »Pfoten weg, du Scheißkerl«, zischte ich, »oder ich trete dir in deine verfaulten Eier.«

Der Mann war bass erstaunt und reagierte überhaupt nicht. Die anderen Soldaten lachten unbändig und ich machte, dass ich davonkam. Es gelang mir gerade noch eben, hinter dem Diener ins Gebäude zu schlüpfen, ehe das Tor zufiel. Ich hörte nur noch, wie mir der verblüffte Nationalgardist hinterher schrie: »Mieses Dreckstück. Lass dich doch von dem fetten Eber ficken.«

Womit er mit Gewissheit den König meinte.

Diese Karwoche wird mir mein Leben lang im Gedächtnis haften bleiben. Auch dem unverbesserlichsten Optimisten musste jetzt klar sein, wie lebensgefährlich der Aufenthalt in den Tuilerien geworden war.

Lafayettes Schutz war keinen Sou wert: Die niedrigsten Chargen konnten es riskieren, seine Autorität zu untergraben, und auch Mirabeaus Unterstützung zählte nichts.

»Jetzt herrscht nur noch der Abschaum.« Francine du Plessis war niedergeschlagen, als ich ihre Kleiderkisten wieder auspackte. Dazu passte ein Ereignis, welches kurz darauf für Schlagzeilen sorgte.

In einer der eigenartigsten, aber schönsten Kirchen von Paris bewahrte man die Gebeine der Sainte Geneviève, der Schutzpatronin der Stadt auf, welche seit Jahrhunderten von den Gläubigen als Reliquien verehrt wurden. Die Kirche Saint-Etienne-du-Mont war eine Stätte der Wallfahrt und Anbetung Tausender, welche die Heilige um Hilfe baten. Die Kirche war angefüllt mit Weihegaben. Auch ich hatte nach der glücklichen Geburt meines Sohnes der heiligen Genoveva eine dicke Kerze geopfert.

Und ausgerechnet die ewige Ruhe dieser beliebten Stadtheiligen wurde auf recht unschöne Art gestört. Grabschänder drangen in das Gotteshaus ein, leerten den Steinsarkophag der Heiligen aus und kippten deren Knochen in die Seine. Ich bin niemals sehr fromm gewesen, aber das empfand ich als beschämend.

Nur ein Zeigefinger entging den Frevlern; er war neben dem zertrümmerten Sarg liegen geblieben. Jenes Fingerglied diente künftigen Pilgern, welche sich rasch nach Beendigung der Revolution wieder einfanden, als Wallfahrtsziel, zu sehen in einem prunkvoll verzierten Reliquienschrein.

Uns alle bewegte nunmehr eine Frage: Wann würde der Pariser Mob die Tuilerien stürmen? In Versailles war es dem Pöbel auch gelungen. Jeder Tag, den Gott werden ließ, konnte der letzte sein für Ludwig XVI. und Marie Antoinette.

Als man seinerzeit die Leibwache des Königs abgeschafft und durch die Nationalgarde ersetzt hatte, war mein Geliebter Julien von meiner Herrin aufgenommen worden.

Seit kurzem versah er wieder seinen Wachdienst beim Herrscher, quasi als Diener, in Wahrheit als »außerordentlicher Leibwächter«.

Auf Befragen gab Julien zu, sein »Onkel«, Monsieur Pierre Lagrange, hätte seine Verbindungen zu gewissen Deputierten der Nationalversammlung spielen lassen und speziell für ihn wäre dieser Aufgabenbereich eingerichtet worden. Père Cigogne war schon ein erstaunlicher Mann. Einmal unterhielt ich mich mit dem Alten, der wie stets seine Waschbärenfellmütze auf dem Kopf trug, als wäre sie angewachsen, über den Bischof von Autun, Charles Maurice, Herzog von Talleyrand-Périgord, Fürst von Bénévent. Der hohe Geistliche war jetzt siebenunddreißig Jahre alt, stammte aus einflussreicher und vermögender Familie und hatte die Messe bei der Erinnerungsfeier zur Erstürmung der Bastille vor einem Jahr auf dem Marsfeld gehalten.

»Ich kenne diesen Herrn recht gut«, verriet mir Père Cigogne, »er ist ein schöner Mann mit viel Glück bei den Damen. Er ist charmant, sehr klug und gebildet. Ich kenne aber keinen Kleriker, der weniger gläubig ist als er. Meines Wissens leugnet er sogar die Existenz Gottes und wie ich erfahren habe, wird er in Kürze seine kirchliche Laufbahn beenden und nur noch in der Politik tätig sein – und zwar auf Seiten der Revolutionäre.«

»Ich bin tief beeindruckt von Ihrem Wissen, mon Oncle«, erwiderte ich. »Wenn man Sie so sprechen hört, könnte man denken, die Kathedrale Notre Dame de Paris wäre Ihre Privatkapelle und die dazu gehörigen Kanoniker Ihre Hauskapläne. Woher haben Sie nur Ihre Verbindungen?«

»Alle im Laufe eines langen Lebens erworben, ma Chère. Ich kenne hohe Geistliche, Aristokraten, Künstler, Offiziere, reiche Bürger, jede Menge Galgenvögel, aber auch Revolutionäre.« Letzteres war mir nicht neu, ich wusste um seine Bekanntschaft mit Georges Danton.

KAPITEL 84

Der General war wieder Herr der Lage; aber für wie lange? Niemand fühlte sich sicher, obwohl man die Wachen im Erdgeschoss verdoppelte.

Kurz nach Ostern fragte ich meine Herrin, ob es die Tapferkeit des Königs wäre, welche ihn so lange habe zögern lassen, geeignete Maßnahmen zu ergreifen. Francine du Plessis blickte mich prüfend an und legte mir vertraulich die Hand auf die Schulter. »Liebe Julienne, nennen Sie es meinetwegen ›Tapferkeit‹. Einige werden es Verantwortungslosigkeit gegenüber seiner Familie heißen und wieder andere werden von bodenloser Dummheit sprechen. Aber für loyale Untertanen ziemt es sich, dem König ›Mut‹ zu unterstellen.« Und Madame blinzelte mir zu.

Keiner der Nationalgardisten dachte sich etwas dabei, als am 20. Juni 1791 um elf Uhr nachts eine Frau mit zwei Mädchen an der Hand – das ältere vielleicht zwölf und das kleinere etwa fünf Jahre alt, aus der Tür der Gemächer des Herzogs de Villequier trat und den Schlosshof betrat. Der Herzog war als einer der ersten Aristokraten ins Ausland geflüchtet. Seither standen seine Räume im Palast leer. Wozu sollte man sie also bewachen?

Wer hätte in der Frau Madame Francine du Plessis vermutet? Und wer sollte auf den Gedanken verfallen, das kleine Mädchen könnte in Wirklichkeit der verkleidete Thronfolger sein? In der Nähe standen einige Mietkutschen und warteten auf Kundschaft. Die Frau marschierte zielstrebig durch das offene Schlosstor und an den uninteressierten Wachsoldaten vorbei.

Mit den Kindern an der Hand ging sie ohne Eile auf die Kutschen zu, scherzte dabei mit dem größeren Mädchen und steuerte einen etwas schäbigen Wagen an, auf dessen Bock ein hoch gewachsener Kutscher saß, der seinen Kollegen Witze erzählte; die Männer lachten unbändig. Er spielte lässig mit der Peitsche, während die Frau mit ihren Töchtern einstieg.

Das Gefährt setzte sich langsam in Bewegung und der Kutscher, kein anderer als Graf von Fersen, lenkte den Wagen gemächlich in Richtung Seine und fuhr an den Quais entlang. Nach einer halben Stunde hielt er an einer anderen Seite des Schlosses in der Rue Saint Honoré, um weitere Fahrgäste mitzunehmen.

Kurz vor zwölf hatte eine andere Frau, eingehüllt in einen dunklen Umhang und mit der weißen Haube einer Dienstmagd auf dem Kopf, den Palast verlassen. Auch sie ging auf die Kutsche zu. Wenn sie überhaupt einer der Soldaten wahrgenommen hatte, fiel sie ihm jedenfalls nicht auf. Keiner vermutete, dass sich unter der Dienstbotentracht die Schwester des Königs verbarg.

Der Herzog von Coigny, ein großer, dicker Herr, diente Ludwig als Höfling und sein Dienst endete meist nach Mitternacht. So drehte sich auch kein Gardist um, als ein beleibter Mann mit einer Perücke, wie Coigny sie trug, das Gebäude verließ, sich im Hof schwerfällig bückte, um eine offene Schuhschnalle zu schließen, sich anschließend ächzend wieder aufrichtete, auf die Straße hinaustrat und ebenfalls in die wartende Kutsche kletterte. Keiner hatte bemerkt, dass dieser Herr der König war. Nun saßen also fünf Leute darin und freuten sich, dass von Fersens Plan bis jetzt so gut geklappt hatte.

Die Kutsche blieb stehen. Einem Soldaten, der die Straße aufmerksam beobachtete, wäre das seltsame Verhalten des Kutschers sicher aufgefallen; er hätte zumindest nachgeschaut. Es war doch merkwürdig, dass alle diese Leute in einer Kutsche warteten.

Aber niemand hatte den Wachtposten den Befehl erteilt, auch die angrenzende Straße zu observieren – und ein Soldat tut grundsätzlich nur das, was man ihm befiehlt.

Schließlich tauchte der letzte Passagier auf. Die Frau trug ein schlichtes, dunkles Kleid und einen leichten, schwarzen Mantel nebst einem schwarzen Hut, dessen ausladende Krempe ihre jedem Franzosen bekannten Gesichtszüge verbarg. Das war sehr günstig, weil die Kutsche genau unter einer Straßenlaterne stand.

Der Lohnkutscher gab nun seinen Pferden das Zeichen zum Abmarsch und langsam gewann der Wagen an Fahrt. Auf den Straßen von Paris waren um diese Uhrzeit fast keine Passanten unterwegs; dennoch mied Graf Fersen die breiten Boulevards und quälte sich lieber durch enge Gässchen.

Um zwei Uhr morgens erreichten die Flüchtlinge Bondy, was für Antoinette den Abschied von ihrem Geliebten bedeutete. Die riesige, schwer bepackte Berline stand für die Emigranten bereit. Drei Leibwächter in gelben Livreen waren ebenfalls anwesend. Einer davon war Julien, die beiden anderen hatte der umsichtige Schwede von einem Freund übernommen.

Auch zwei Zofen für die königlichen Kinder gab es, eine davon war ich, aber wir würden die Reise in einem eigenen Wagen, einem Einspänner, zurücklegen, denn in der großen Kutsche war beim besten Willen kein Platz mehr gewesen.

Der Weg des Monarchen sollte über Meaux, Chaintry und Châlons bis nach Pont-Somme-Vesle führen. Nach von Fersens Plan sollte den König hier eine Abteilung von Bouillés Husaren unter dem Kommando des jungen Herzogs de Choiseul erwarten. Diese Berittenen würden Ludwig das Geleit geben durch Orbeval, Sainte-Ménehould, Clermont, Varennes, Verdun, Mouzay, Stenay bis zum Endpunkt Montmédy. In jedem dieser Orte würden sich weitere Kavalleristen den Husaren anschließen.

»So ist Seine Majestät auf alle Fälle geschützt«, hatte der Schwede voll Zuversicht gemeint, als er den Plan ausarbeitete.

Das A und O war der genaue Zeitplan. Nur kleinere, nicht vorhergesehene Ereignisse könnte man verkraften. Vor Antritt des »Unternehmens« – das Wort Flucht vermied man – beruhigte die Königin alle Teilnehmer:

»Monsieur de Fersen hat alle Wege und die genauen Reisezeiten der erfolgreich geflohenen Gräfin von Korff berücksichtigt. Er hat sich von Bouillés Soldaten über den Straßenzustand Bericht erstatten lassen und er hat sich darüber hinaus informiert über die Möglichkeiten, sich mit Ersatzpferden zu versorgen.«

Am Nachmittag, kurz nach dem Pferdewechsel, sollten die Husaren mit dem König in Pont-Somme-Vesle zusammentreffen. Würden sie sich nicht begegnen, wäre etwas dazwischen gekommen und sie würden dann auf neue Order warten.

Die Reisegesellschaft war bester Laune; alle genossen die herrliche Fahrt im Morgengrauen.

»Es ist, als könnte man den süßen Duft der Freiheit förmlich riechen«, wandte ich mich meiner jungen Nachbarin zu, einer Demoiselle Angélique. Die ländliche Idylle kam uns nach dem grauen Steinhaufen Paris wie das Paradies vor. Aber das Wichtigste war die Freiheit, welche uns erwartete.

»Ob man unsere Flucht wohl schon bemerkt hat?«, fragte mich die Demoiselle. »Das glaube ich nicht, das dauert gewiss noch eine Stunde, bis sie merken, dass ihre Vögelchen das Nest verlassen haben.« Und beide lachten wir übermütig.

KAPITEL 85

Nur zum Pferdewechsel legten wir eine kurze Rast ein. »Wenn wir Châlons hinter uns haben, brauchen wir nichts mehr zu befürchten.« Der König lachte befreit.

»Oh, wie schön, Mademoiselle«, freute sich die kleine Zofe, »Seine Majestät wieder einmal heiter zu erleben.«

Die Königin dagegen rang sich nur ein arg gequältes Lächeln ab.

Die schwerfällige und total überladene Berline holperte über die schlechten und mit Schlaglöchern versehenen Straßen. So oft wir eine Anhöhe erreichten, verließen die Reisenden ihre Riesenkutsche, um den Pferden das Ziehen zu erleichtern.

Da hatten es Demoiselle Angélique und ich bequemer; ich fühlte mich glücklich auf dem Kutschbock, die Zofe Madame Elisabeths neben mir. Ich hatte zuletzt mit dreizehn einen Karrengaul in Plancy gelenkt; zum Glück beherrschte ich es noch.

Beide sahen wir aus wie Bäuerinnen, die zum Markt fuhren. In unseren Körben und Säcken befanden sich Brennholz, Rüben und Eier, falls wir in eine Kontrolle gerieten. Ich hatte nur Bedenken, man würde meinen Händen ansehen, dass ich lange keine Bauernarbeit mehr verrichtet hatte. Bei jedem Aufenthalt grub ich meine Finger in die Erde und hoffte, dass die Dreckkrusten echt aussahen.

»Ich würde gerne das Gesicht Lafayettes sehen, wenn er erfährt, dass Wir entkommen sind. Und ich muss gerade an Unseren Bruder denken«, warf der König ein und erinnerte damit an den Grafen de Provence, der letzte Nacht geflohen war.

»Oh, was ist jetzt los?«, hörte ich da Demoiselle Angélique aufgeregt ausrufen. Sie hatte mich auf dem Kutschbock abgelöst und ich war gerade ein wenig eingenickt, da die Straße verhältnismäßig eben war.

Unser leichter Einspänner blieb mit einem Ruck stehen und meine junge Begleiterin hüpfte vom Wagen; geschwind folgte ich. Die Kutsche des Königs war gegen die Steinmauer einer Brücke geprallt. Ein Wagenrad war zerbrochen, das Geschirr gerissen und zwei der Gäule wälzten sich ängstlich wiehernd und auskeilend am Boden.

»Hoffentlich hat sich keins der Tiere ein Bein gebrochen.« Ich war sehr besorgt. »Hier ist weit und breit keine Poststation, an der wir frische Pferde bekommen könnten.«

Zum Glück waren die Pferde nicht verletzt, aber die Reparatur der Berline dauerte über eine gute Stunde, was eine erhebliche Verzögerung nach Fersens Zeitplan bedeutete. Die Passagiere erregten überdies unangenehmes Aufsehen.

»Die Dörfler sind froh darüber, dass sich einmal in ihrem faden Leben etwas ereignet«, beruhigte ich meine Herrin, die nervös herumlief.

»Jetzt haben der König, Antoinette und Elisabeth zum ersten Mal die Gelegenheit, ihre Rollen als Kammerherr, Gouvernante und Zofe vor Publikum zu spielen«, raunte Madame Francine mir zu, »und ich werde gleich die russische Gräfin mimen.«

Es klappte hervorragend. Nichtsdestotrotz waren alle sehr erleichtert, als die Fahrt am Nachmittag fortgesetzt wurde. Mit großer Verspätung würde man zum Rendezvous mit den Husaren in der Stadt Pont-Somme-Vesle eintreffen.

Aber dieser Aufenthalt war der Anfang vom Ende. Der Herzog von Choiseul wartete bereits ungeduldig auf den König und ein dummer Zufall wollte es, dass die Bauern des Ortes glaubten, die Soldaten wären auf Geheiß ihres Grundherrn hier, um die überfälligen Pachtzinsen einzufordern. Mit allerlei Ackergerät bewaffnet gingen sie auf die Husaren los.

»Schert euch zum Teufel, verdammtes Monarchistenpack«, brüllten sie und der Herzog versuchte, die aufgebrachte Bande zu verjagen. Aber ohne Erfolg.

Der Herzog nahm nun an, dass man die Fluchtpläne geändert habe, und beschloss, abzurücken und auf neue Befehle zu warten. Er sandte Kuriere nach Orbeval, Sainte-Ménehould sowie nach Clermont, um allen Husarenabteilungen mitzuteilen, dass der König heute nicht mehr käme und dass sie nicht länger zu warten bräuchten.

Die Berline Ludwigs und unser Einspänner fuhren gegen fünf Uhr nachmittags in Châlons ein, weil ein Pferdewechsel anstand. Den Postmeister der Station interessierte die mächtige Berline und er warf einen Blick ins Innere, ehe man ihn daran hindern konnte. Vor Schreck blieb mir fast das Herz stehen, als der Mann sich umwandte und ich in seine Augen sah.

Ganz sicher hatte der Postmeister den König erkannt. Aber er schlug keinen Alarm und stellte keine Fragen, sondern ließ seine Knechte frische Gäule anschirren, wünschte den Herrschaften gute Reise und winkte uns noch hinterher.

In den nächsten Stunden war die Stimmung gedrückt. Was wäre, wenn der Postmeister Ludwig doch verraten hatte?

»So viel Glück kann es doch gar nicht geben«, meinte verzagt Demoiselle Angélique, »ich wette, dass uns dieser Mensch die Nationalgarde auf den Hals hetzen wird.«

»Mon Dieu, hören Sie auf, meine Liebe«, rief ich, »so viel Planung, Vorbereitung und Mühe. Und alles sollte vergeblich sein?«

Zum Glück täuschte sich Angélique. Kein Verfolger ließ sich blicken.

Nach eineinhalb Stunden erreichten wir Pont-Somme-Vesle und der König lugte aus den Kutschenfenstern. Es waren keine Husaren zu sehen, dafür aber bis an die Zähne bewaffnete Bauerntölpel, die misstrauisch auf die beiden Wagen stierten.

»Irgendetwas ist hier offensichtlich vollkommen schief gelaufen. Wo in drei Teufels Namen steckt bloß der Herzog de Choiseul mit seiner Reiterei?«, murmelte Ludwig.

»Sollen wir auf den Herzog warten, Sire?«, fragte die Königin ratlos ihren verunsicherten Gemahl. Aber Ludwig wagte es nicht, eine Entscheidung zu fällen.

»Nach dem Pferdewechsel sollten wir sofort weiterfahren. Ich glaube, im nächsten Ort werden wir die Eskorte vorfinden«, riet Madame Francine und der König schloss sich ihrer Meinung an.

Ich hätte es allerdings vorgezogen, erst die Bauernlümmel zu befragen, was denn passiert sei, dass sie so aufgerüstet herumstanden. Aber die Königin hatte befohlen: »Niemand darf mit ihnen reden. Sie halten Sensen und Dreschflegel in den Händen. Womöglich wollen sie uns ausrauben.«

So hielt ich lieber den Mund.

KAPITEL 86

In Orbeval erlebten wir die nächste Enttäuschung: keine Husaren. Kläffende Köter und neugierige Einwohner umzingelten uns und gafften, dass ihnen beinahe die Augen aus dem Kopf fielen. Allesamt waren sie harmlos, aber der König wollte weiterfahren. »Offensichtlich ist mit der Planung einiges daneben gegangen«, murmelte er missmutig.

Demoiselle Angélique und ich waren wie betäubt. War wirklich alles umsonst gewesen? Das konnte, das durfte nicht sein.

Die Stadt Montmédy und die Soldaten von General Bouillé waren noch gute fünfzig Meilen weit entfernt und in Kürze würde stockfinstere Nacht sein. Wir hatten Neumond und auf den primitiven Landstraßen kam man nur im Schneckentempo voran.

»Am schwierigsten ist das Stück zwischen Sainte-Ménehould und Clermont; es ist sehr hügelig und kurvenreich«, verriet mir meine Reisegefährtin mit kläglicher Stimme, »ich bin als Kind oft diese Strecke zu meinem Onkel gefahren. Außerdem ist die enge Straße nachts kaum zu befahren. Der Unfall auf der Brücke hat ja gezeigt, dass der Kutscher vom Verlauf des Weges keine Ahnung hat.«

Die Königin stand kurz vor einem hysterischen Anfall. Im nächsten Ort trafen wir tatsächlich auf Husaren. Aber jene hatten bereits seit Stunden dienstfrei und im Wirtshaus schon ordentlich die Humpen gehoben. Als ihr Hauptmann die Berline anrollen sah, schwante ihm Ärger. Kurz danach gelang es ihm aber, ein paar seiner Männer, die noch einigermaßen nüchtern waren, zu einer kleinen Eskorte zusammenzutrommeln.

Als die beiden Kutschen die Poststation erreichten, umringten sie die wenigen Husaren, so gut es eben ging. Dieser Posthalter, Jean-Baptiste Drouet, war ebenfalls ein sehr neugieriger Mensch. Rasch näherte er sich dem Fenster und spähte dreist ins Innere der Berline. Und der ehemalige Kavallerist wusste sofort Bescheid. Da wir nun einen, wenn auch bescheidenen, militärischen Schutz genossen, war Demoiselle Angélique wieder ganz beruhigt. Jetzt war allerdings ich die Unke.

»Hören Sie, Mademoiselle«, begann ich verlegen, »wir müssen darüber sprechen. Haben Sie sich bereits entschieden, was Sie zu tun gedenken, falls die Sache schief geht? Gehen Sie zurück nach Paris in eine höchst ungewisse Zukunft oder möchten Sie weiterfahren? Als Bauerndirne verkleidet und mit unserem Wägelchen würden Sie es vermutlich alleine schaffen.«

»Was heißt alleine?«, rief meine kleine Begleiterin konsterniert aus, »was würden Sie denn machen, Mademoiselle Julienne?«

»Meine Herrin wird die Königin auf keinen Fall verlassen. Also bleibe ich ebenfalls bei ihr, komme, was da wolle.«

»Und ich habe mir geschworen, dass ich meine Herrin, die Prinzessin Elisabeth, auch niemals im Stich lassen werde«, sagte Demoiselle Angélique mit treuherzigem Blick. Ich hoffte, das junge Ding wusste, worauf es sich einließ.

Der nächste Ort war Varennes. Hier war die Revolution auf den fruchtbarsten Boden gefallen. Sollte der König dort verraten werden, war er endgültig verloren. Was aus uns kleinen Leuten werden würde, stand in den Sternen. Wahrscheinlich würde man uns im Gefängnis verrotten lassen. Für Madame du Plessis würde es mit Sicherheit böse enden.

Demoiselle Angélique war tatsächlich fest eingeschlafen. Der Schlafmangel, die Aufregung und ihre Jugend hatten bewirkt, dass ihr die Augen zufielen und ihr Köpfchen auf meine Schulter sank. Ich ließ die Kleine, die meine Tochter hätte sein können, weiterschlafen – wer konnte wissen, wann sie wieder die Gelegenheit haben würde, sich in Freiheit dem Schlummer hinzugeben?

Die Landesgrenze war hier ganz nahe und jenseits standen österreichische Truppen. Aber diesseits der Grenze waren seit kurzem die deutschen und schweizerischen Regimenter des Generals Bouillé aufmarschiert – von den Einheimischen gefürchtet wie das Weihwasser vom Teufel. »Sie wissen, dass die Husaren noch königstreu sind«, sagte Ludwig leise zu seinem Anhang.

»Der kürzeste Weg von Sainte-Ménehould nach Montmédy ist der über Verdun, aber diese Stadt ist gefährlich. Unsere Husaren sind viel zu wenige an der Zahl. Nie könnten sie uns schützen, käme es zu einer bewaffneten Konfrontation«, flüsterte mir die Gräfin du Plessis zu. »So hat man sich für den zwar längeren, aber vermutlich weniger gefährlichen Umweg entschieden.«

»Was soll's?«, meinte die Zofe Angélique in jugendlicher Unbekümmertheit, »lieber ein wenig Zeit verlieren als das ganze Leben.«

KAPITEL 87

UM ELF UHR nachts erlebten wir eine böse Überraschung: Die Brücke über den Fluss war durch eine Barrikade versperrt. Die Stadt lag in völliger Dunkelheit. Unheimlich aber war, dass man Menschen sich auf der stockdunklen Straße bewegen hörte und Geklirr deutete daraufhin, dass sie bewaffnet waren.

Drouet, der Verräter, hatte außer dem Bürgermeister auch die Nationalgarde von Varennes von des Königs Ankunft informiert. Man war auf den verhassten Bourbonen gut vorbereitet.

Auf einmal gingen in den Häusern in Varennes die Lichter an. Monsieur Drouet hatte auch in den benachbarten Ortschaften die Einwohner zusammengerufen, um uns hier mit Sicheln, Sensen und Dreschflegeln willkommen zu heißen. Jetzt rächte es sich, dass die gesamte Familie zusammen reiste. Misslang das Unternehmen, hatte keiner die Chance, die rettende Grenze zu überschreiten.

Die Zugpferde der Berline waren völlig erschöpft; von den Mäulern der Gäule troff der Schaum und von ihren Flanken rann der Schweiß in Bächen herab. Ludwig XVI. befahl dem Kutscher: »Setze Er die Fahrt unverzüglich fort. Die Barrikaden sind in der Eile nur sehr nachlässig errichtet worden und stellen kein echtes Hindernis dar.«

»Sire«, widersprach der Mann, »würde ich den Tieren die nächste Etappe noch zumuten, würden sie unterwegs einfach tot umfallen. Diese Gäule schaffen gerade noch ein paar hundert Meter.«

»Das ist die Quittung dafür, dass man dieses Monstrum zur Flucht ausgesucht und es mit allem möglichen Plunder überladen hat«, murmelte ich und ballte in ohnmächtiger Wut die Fäuste.

Was blieb dem König anderes übrig, als in den Ort Varennes hineinzusteuern?

Der Bürgermeister der Stadt, Monsieur Jean-Baptiste Sauce, ein Gemischtwarenhändler aus der Unterstadt, hatte nach Drouets Warnung sofort die hier stationierten Nationalgardisten angewiesen, ein Spalier entlang der Hauptstraße zu bilden.

»Hier muss der Wagen des Königs durchkommen«, folgerte er, »weil die anderen Sträßchen unserer Stadt für das monströse Gefährt viel zu eng sind.« Kaum war die Karosse in Sichtweite, traten die Soldaten der Nationalgarde aus dem Häuserschatten heraus und zielten mit ihren Gewehren auf die Berline. Bürgermeister Sauce und der kommandierende Offizier traten an die Kutsche heran, grüßten sehr höflich und fragten, wohin die Reise denn gehen sollte. Madame Francine du Plessis stellte sich und ihre Begleiter vor:

»Ich bin die Gräfin Anastasia Allelujewa Korff und dies sind meine beiden Töchter Natalja und Warwara. Hier ist deren Gouvernante Madame Amélie Rochet, hier haben wir das Kindermädchen Rosalie und hinten sitzt mein Kammerdiener, Monsieur Durand.«

Meine Herrin wirkte sehr kaltblütig; sie vergaß auch nicht, etwas von oben herab darauf hinzuweisen, dass sie es eilig habe und ihr der Aufenthalt nur zum Pferdewechseln diene.

Der Bürgermeister verlangte den Pass der Frau Gräfin zu sehen, »nur der Ordnung halber«, wie er sich scheinheilig ausdrückte. Ungeduldig reichte Madame Francine die Pässe aller Mitreisenden aus dem Wagenfenster, die Monsieur Sauce katzbuckelnd entgegennahm. Er und der Offizier verbeugten sich wieder und zogen sich zur Überprüfung der Papiere in ein nahe gelegenes Wirtshaus zurück.

»Beeilen Sie sich, Messieurs, ich möchte meine Reise bald fortsetzen«, rief ihnen die russische Gräfin Korff, alias Madame du Plessis, nach. Der Offizier wandte sich um, salutierte schneidig und ließ ein schnarrendes »gewiss, Madame la Comtesse« hören.

Die Insassen der Berline und auch wir beiden Zofen warteten voll unguter Vorahnungen auf das Weitere. In diesem Augenblick begannen alle Kirchenglocken in der Gegend mitten in der Nacht zu läuten. Daraufhin eilte eine immer größer werdende Schar von Leuten herbei und umzingelte uns. Unsere Hand voll Husaren war zahlenmäßig hoffnungslos unterlegen.

Ein Husarenoffizier trat ans Fenster der Berline und flüsterte: »Ich kenne eine Furt durch den Fluss und könnte Eure Majestät leicht hinüberbringen.« Aber, wie uns Madame du Plessis später berichtete, lehnte der König das Rettungsangebot ab:

»Die Menschentraube um uns wird immer größer. Versuchten wir einen Durchbruch, käme es zu einem Blutbad.« So war also auch diese Chance perdu.

Seine Majestät glaubte, Monsieur Bouillé hielte sich in Stenay auf, einem Ort acht Meilen weiter, Richtung Montmédy. Den General müsste man benachrichtigen, dann wäre er rasch mit seiner Kavallerie zur Stelle und die hiesige Nationalgarde befände sich in der Minderzahl.

Ludwig befahl dem Husarenoffizier, zu General Bouillé zu reiten und ihn zu bitten, ihn möglichst schnell aus der misslichen Lage zu befreien.

Kaum hatte sich der Offizier auf den Weg gemacht, erschien der Bürgermeister, wandte sich an die »Gräfin Korff« und versicherte ihr, die Überprüfung hätte die Rechtmäßigkeit ihrer Papiere ergeben, leider aber habe man ihm soeben mitgeteilt, ein kleiner Erdrutsch hätte kurz hinter der Stadtgrenze den einzigen Fahrweg unpassierbar gemacht. Er bedaure sehr, aber er müsste Madame la Comtesse bitten, sich für etwa einen Tag zu gedulden.

Die Insassen der Berline und wir Zofen erbleichten. Aber der Bürgermeister sprach rasch weiter:

»Da alle Unterkünfte belegt sind, würde ich mich überglücklich schätzen, wenn die edlen Herrschaften mit meinem bescheidenen Heim vorlieb nähmen.«

»Nun haben wir den Dreck«, murmelte Demoiselle Angélique, von deren Optimismus nicht mehr viel übrig geblieben war.

»Was bleibt denn anderes übrig, als auf das scheinheilige Angebot einzugehen?«, fragte ich die junge Frau mit vor Wut und Enttäuschung zusammengebissenen Zähnen. »Dass der Kerl lügt, dürfte auch dem König klar sein, aber was soll er tun? Ein gewaltsames Durchbrechen ist ausgeschlossen – vom Zustand unserer Gäule einmal ganz abgesehen.«

So folgten wir Monsieur Sauce in seinen kleinen Kramladen. Es war sehr beengt, aber es roch angenehm nach allerlei exotischen Gewürzen, von denen die Krämer in Paris seit langem nur noch träumen konnten.

Der Bürgermeister bat unter vielen Bücklingen, die verehrte Frau Gräfin möge sich doch nach oben in sein Schlafzimmer begeben, um sich von den Strapazen der Reise zu erholen. Also kletterten wir alle brav eine steile Treppe in den ersten Stock hinauf, eine wahre Hühnerleiter, um dort einen großen Schlafraum vorzufinden. Beide Kinder fielen auf das Ehebett und schliefen sofort ein. Ohne Vorwarnung begann Monsieur Sauce einen direkten Angriff auf den Kammerdiener, Monsieur Durand.

»Ihr habt eine unglaubliche Ähnlichkeit mit Ludwig XVI.,

Monsieur. Sagt, seid Ihr der König?«, fragte er ihn mit dummdreister Bauernschläue.

Gezwungen lachend leugnete Ludwig zwar, aber wir merkten alle, dass er den Bürgermeister nicht täuschen konnte. Wir saßen in der Falle. Der hinterhältige Kramladenbesitzer schickte einen Knecht zu einem Richter im Ruhestand, bekannt für seine Königstreue, der längere Zeit in Versailles gelebt hatte. Dieser Herr betrat das Schlafgemach und nach einem Blick auf den angeblichen Diener sank er auf ein Knie nieder. »Oh, Sire«, begann er ehrfürchtig, dann erst merkte er, dass er im Begriff war, seinen Herrscher zu verraten und verstummte.

»Danke, mon Chèr«, rief der Bürgermeister, »ich glaube, die Komödie ist damit zu Ende.«

»Alles ist aus«, raunte ich Demoiselle Angélique zu.

»Ja«, sagte Ludwig und ließ sich völlig demoralisiert in einen Ohrensessel fallen, »ich bin der König von Frankreich. Dies sind meine Frau, meine Kinder und meine Schwester. Und jene Dame ist die Gräfin du Plessis. Die Übrigen sind die wenigen treuen Bediensteten, welche mir noch geblieben sind.«

Dann raffte er sich auf und rief mit pathetischer Stimme: »Wir sind nun in Eurer Hand, Monsieur, und ich bitte Euch, uns mit dem Respekt zu behandeln, den man in Frankreich seinen gekrönten Häuptern immer entgegengebracht hat.«

Der Bürgermeister schien überrascht, wie leicht es gewesen war, die Maskerade der Königsfamilie zu entlarven. Er beschloss, in Ruhe abzuwarten.

KAPITEL 88

ALS DIE FLUCHT des Königs bekannt war, berief man eilig die Nationalversammlung ein und gelangte schnell zu einem Ergebnis: Verhaftung des Monarchen und seiner gesamten Sippschaft.

Die Palasttore der Tuilerien wurden verschlossen, man verdoppelte die Wachen und General Lafayette gab die strikte Order, sämtliche Geschäfte zu schließen, auch die Pariser Börse; er befürchtete Ausschreitungen des Pöbels.

Die Nachricht vom Untertauchen Ludwigs verbreitete sich wie ein Lauffeuer, die Massen strömten erregt zusammen und sprengten mit Brachialgewalt die Tore auf und stürmten die Tuilerien. »Sie zerschlugen, zerstampften, zerschmetterten und zerschnitten alles, was den Namen Ludwigs oder sein Konterfei trug«, notierte ein Höfling. »Musste man damit rechnen, dass der König an der Spitze eines im Ausland gedungenen Söldnerheeres einmarschierte? War dies der Untergang der Revolution? Kamen die Zeiten des Ancien Régime zurück?«

Die Jakobiner bewerteten die Sache völlig anders. Jean-Paul Marat, ihr Präsident, verkündete trocken:

»Brüder. Was soll die Aufregung? Das Verschwinden dieses Parasiten bedeutet doch seine förmliche Abdankung. Und diese zu bedauern, sind wir doch wohl die Letzten.«

General Lafayette sandte umgehend Kuriere aus. Die Fährte der Berline zu verfolgen, war kinderleicht. Selbstverständlich war das monströse Ding den Leuten aufgefallen. So etwas sah man nicht alle Tage.

Die beiden Fahnder, einer davon General Lafayettes persönlicher Adjutant namens Romeuf und der Bataillonskommandeur Baillon, erreichten in aller Herrgottsfrühe Varennes und den Laden von Monsieur Sauce.

Dieser begleitete sie in sein Schlafzimmer, wo Monsieur Romeuf einen Haftbefehl aus der Tasche zog und ihn vorlesen wollte. Da verlor die Königin die Nerven; sie riss dem Mann das Schreiben aus der Hand und begann, es zu zerfetzen. Der König aber fiel ihr in den Arm und da warf sie das zerknüllte Dokument wütend auf den Boden.

Die tapfere, kleine Schar der Husaren hielt Wache vor der Ladentür und musste sich die unflätigen Beschimpfungen der Einheimischen anhören: Der König hatte ihnen nämlich mit aller Deutlichkeit untersagt, gegen diese Menschen vorzugehen, aus Angst, einige der Randalierer könnten zu Schaden kommen. Das war gewiss sehr edel von unserem Monarchen, aber mir hätte es gewiss nicht Leid getan, wenn die ärgsten Schreier sich wenigstens eine blutige Nase geholt hätten.

Monsieur Sauce war sichtlich froh, die Verantwortung für seinen hochgestellten Gefangenen los zu sein. Sollten die beiden Offiziere doch mit ihm machen, was sie wollten. Inzwischen war der Herzog de Choiseul in der Stadt eingetroffen und irgendwie gelang es ihm, sich zu Ludwig durchzuschlagen.

»Sire«, beschwor er den König, »ich bitte Sie inständig, schwingen Sie sich mit Ihrem Sohn auf das Pferd, das hinter diesem Haus extra für Sie bereitsteht. Und dann reiten Sie zu Bouillé. Die wenigen Husaren genügen für Ihren Geleitschutz. Bedenken Sie die vielen Menschen auf den Straßen von Varennes: Da kann die Nationalgarde gar nicht hinter Ihnen herschießen, ohne ein Blutbad zu riskieren. Ein heilloses Durcheinander wird entstehen. Und das sollten Sie nutzen, Sire. Ich bin sicher, dass es auch der Königin und den anderen gelingen wird, sich zu retten. Wir haben genügend Reitpferde bereitgestellt und das Moment der Überraschung ist auf Ihrer Seite.«

»Wozu den ganzen Aufwand?«, fragte Ludwig, »General Bouillé steht doch bloß ein paar Meilen entfernt und ist gewiss schon auf dem Weg hierher. Ich werde einfach Zeit schinden.«

Es gelang mir, meinem Geliebten Julien einen Blick zuzuwerfen. Er erwiderte ihn traurig mit einem müden Achselzucken. Der König begann umgehend mit seiner Verzögerungstaktik, indem er vorgab, Hunger zu haben, und bat um eine Mahlzeit. Der Bürgermeister war kein Unmensch und beauftragte umgehend seine Frau. Rasch – für des Königs Pläne viel zu schnell – stand das Essen bereit. Nach Beendigung des Mahls bat der König den Bürgermeister, seine Kinder noch ein wenig länger schlafen zu lassen.

Die Königin versuchte unterdessen, mit der Ehefrau des Ortsvorstehers zu verhandeln. Sie wollte Madame Sauce auf ihre Seite ziehen. Aber zu viele wussten bereits Bescheid. Was hätte die Krämersfrau da noch ausrichten sollen?

»Madame«, insistierte Antoinette, »wäre es Euch denn nicht möglich, Euren ganzen weiblichen Charme einzusetzen, um Euren Ehemann umzustimmen?«

Dieser Versuch war in seiner Naivität so rührend, dass es mir Tränen in die Augen trieb, als ich den flehenden Blick der Königin gewahrte. Die Frau blieb nicht unbewegt – auch sie war Mutter. Madame Sauce weinte sogar, als die hohe Dame sich vor ihr, der kleinen Kramladenbesitzerin, auf die Knie warf.

»Es tut mir so Leid, Madame«, schluchzte die schlichte Frau, »aber das wäre der Untergang meines Mannes. Ich habe den König ja wirklich gern, aber ich schwöre bei der heiligen Jungfrau Maria, dass ich meinen Mann mehr liebe. Versteht mich, bitte, Madame. Wir müssten ebenfalls fliehen und Haus und Laden zurücklassen.«

Da erhob sich die Königin und schwieg. Und mir graute vor der Zukunft.

Stellte man auch uns Bedienstete vor Gericht, würde ich es den Anklägern und den Richtern nicht leicht machen. War ich etwa keine freie Bürgerin? Als solche konnte ich doch das Land verlassen – oder vielleicht nicht? Ich war mir bei Gott keiner Schuld bewusst. Und das würde ich auch laut hinausbrüllen. Notfalls würde ich mich an Georges Danton wenden. Er würde mir und meiner Herrin helfen.

»Inzwischen ist es hell draußen; die Zahl der Nationalgardisten beträgt etwa viertausend. Außerdem wird die Horde Gaffer vor dem Laden immer größer«, raunte mir Madame Francine zu. »Eine Flucht des Königs ist unmöglich geworden.«

»Auf nach Paris«, hörten wir plötzlich, »der König soll in die Hauptstadt zurück.« »Schickt ihn nach Paris.« »Vive la Nation.« »Zurück mit Ludwig, wo er hingehört.«

Nicht nur der Monarch, auch die Bürger von Varennes wussten, dass sich General Bouillé in der Nähe aufhielt. Marschierte dieser königstreue Offizier mit seinen Männern nach Varennes, hätte der König beste Aussichten, ins Exil zu gelangen.

»An der Grenze stehen die verdammten Österreicher. Die Rückführung nach Paris muss daher ohne weitere Verzögerung geschehen«, redete ein Mann auf den Bürgermeister ein. Der wurde jetzt energisch und verlangte von Ludwig, er möge sich mannhaft in sein Schicksal fügen und den Rückweg nach Paris antreten.

Ich weiß nicht, was mich dazu bewog, aber ich versuchte, Zeit zu gewinnen. Als wäre ich von einer schlimmen Kolik befallen, verdrehte ich dramatisch die Augen, stöhnte erbärmlich und hielt beide Hände an den Bauch gepresst. Theatralisch ließ ich mich auf das große Bett fallen und wimmerte furchtbar.

»Bitte, Madame«, jammerte ich, »lasst mich um Himmels willen hier nicht sterben.« Leider blieb der Bürgermeister völlig unbeeindruckt von meiner schauspielerischen Leistung. Wo, in Gottes oder meinetwegen auch in drei Teufels Namen, blieb General Bouillé? Es war sieben Uhr vorbei. Hatte der ausgesandte Offizier ihn nicht in Stenay angetroffen?

Der König wusste, dass jetzt keine Hoffnung mehr bestand. Der so schlau ausgetüftelte Fluchtplan war gescheitert.

Trotz seiner robusten körperlichen Verfassung war der Monarch erschöpft. Die Kinder waren vollkommen verwirrt; das Mädchen begriff die Tragweite dieses Dramas sehr wohl und auch dem kleinen Jungen war klar, dass die erzwungene Rückfahrt ein großes Übel für seine Eltern bedeutete.

»Ist der schöne Ausflug zu Ende, Madame?«, fragte der Dauphin seine Gouvernante traurig.

Die Königin war zur Salzsäule erstarrt. Nur ihre Miene zeigte deutlich ihre mühsam unterdrückte, unbändige Wut. Die Gaffer auf der Gasse hatten begonnen, Spottlieder auf den König zu singen. Im Grunde wollten sie nur eines: Er sollte schleunigst aus ihrer Stadt verschwinden.

So fügte sich Ludwig XVI. dem Druck des Volkes – wie schon so oft in seinem Leben. Seine Majestät hätte leicht den Aufenthalt in Varennes hinauszögern und somit Zeit gewinnen können.

Um halb acht Uhr morgens war die Berline wieder auf der Straße zurück nach Clermont und Sainte-Ménehould. Irgendein Schlaukopf hatte die Karosse inzwischen um ihre sämtlichen Lebensmittelvorräte sowie um etliche Kisten edlen

Geschirrs und feinster Tischwäsche erleichtert; so fanden Demoiselle Angélique und ich ebenfalls Platz in der Kutsche des Königs. Der Einspänner samt Pferd blieb in Varennes.

Wir wurden von einem gewaltigen Aufgebot an Gardisten eskortiert, außerdem liefen Hunderte von Menschen nebenher.

»Leute ohne irgendwelche Waffen bekommt man in Frankreich überhaupt nicht mehr zu Gesicht. Auch die Weiber tragen Messer, Stöcke oder Sicheln mit sich herum«, bemerkte Madame Elisabeth, die im Vergleich zur Königin recht gefasst wirkte. »Sogar die kleinen Jungen haben mindestens eine Steinschleuder dabei.«

»Bitte, Madame, ziehen Sie den Vorhang vor«, bat Antoinette die Gräfin du Plessis, »ich ertrage den Anblick nicht.« Aber als Madame Francine sich anschickte, die Insassen der Kutsche vor den Blicken der Menge zu schützen, erntete sie Protestgeschrei. Ludwig intervenierte – und so ertrug man diese Schikane. Alle zeigten Haltung; auch der Dauphin ließ sich keine Angst anmerken.

Allmählich verschlechterte sich die Laune des Volkes: Ungewaschene Bauernvisagen spähten durchs Kutschenfenster, aus stinkenden Mäulern drangen unflätige Beleidigungen und dreckige Pfoten griffen ins Innere des Wagens, um Kleider und Frisuren Antoinettes und ihrer Schwägerin zu befingern.

»Es ist absurd«, flüsterte ich wütend Demoiselle Angélique zu, »sie, unsere Königin, die Tochter einer Kaiserin und Frau eines Monarchen, die Mutter des Dauphins von Frankreich, muss sich hier von dreckigem Bauernpack, das nicht mal seinen eigenen Namen richtig schreiben kann und wie die Schweine im Morast lebt, solche Kränkungen zufügen lassen.«

Aber die kleine Zofe war mittlerweile so verschreckt, dass sie die Augen fest geschlossen hielt und es nicht mehr wagte, auch nur ein Wort zu äußern. Später erfuhren wir die wahre Tragik der Situation: Kurz nachdem wir aus Varennes verschwunden waren, traf General Bouillé mit seinen Truppen ein und erfuhr, dass sich der König bereits auf dem Rückweg nach Paris befand. Der General ritt auf seinem mächtigen Schlachtross auf einen Hügel vor der Stadt. Gerade noch konnte er sehen, wie die Berline die Stadt Varennes verließ.

Da wusste er, dass er zu spät gekommen war. Es wäre viel Blut geflossen und der Ausgang war sehr ungewiss.

KAPITEL 89

DER RÜCKWEG NACH Paris war die Hölle. Es herrschte drückende Hitze und die von den Pferden aufgewirbelten Staubwolken legten sich auf unsere Gesichter und ließen uns das Atmen schwer werden.

Ein Lump war ans Fenster der Kutsche geschlichen und hatte dem König unter dem Beifall der Umstehenden direkt ins Gesicht gespien. Aber am ärgsten litt die Königin. Als sie in Paris ankam, war sie gebeugt, als trüge sie eine schwere Last auf ihrem schmalen Rücken. Abgemagert und weißhaarig hatte sie nichts Weibliches mehr an sich. Ihre Wangen waren eingefallen und zerknittert, die Lippen blass und zu einem schmalen Strich zusammengekniffen und die Augen rot gerändert. War dies die einst so strahlend schöne Königin?

»Die vielen Jahre der Sorgen, der Demütigungen und der Todesangst haben es geschafft, ihr das Rückgrat zu brechen«, sagte später Madame Francine zu Madame Tourzel, welche nicht an der Flucht teilgenommen hatte. »Sie haben ihr den Schlaf und den Appetit geraubt, ihre Nerven sind vollkommen zerrüttet.« Mehrere Tage hatte die Rückkehr nach Paris gedauert. Es waren »Tage des strahlenden Triumphes für alle Gegner der Monarchie« gewesen, wie der »Ami du Peuple« es formulierte. Für den König und seine Familie bedeuteten sie Folterqualen.

In den Tuilerien erfolgte für Antoinette der nächste Schlag. Ihre Dienerschaft saß im Gefängnis und in ihren privaten Gemächern hatten Vandalen gehaust. Die wenigen Dienstboten, die man nicht eingekerkert hatte, machten sich nun ans Aufräumen.

»Zu allem Übel ist in der Zwischenzeit noch einer der letzten Verbündeten, der Graf Mirabeau, völlig unerwartet verstorben, wie ich soeben erfahren habe«, berichtete Madame du Plessis niedergeschlagen.

Nach Mirabeaus Tod gewannen die radikalen Jakobiner in der Nationalversammlung die Oberhand. »Die Extremisten befinden sich mit Riesenschritten auf dem Vormarsch«, sagte mir Père Cigogne gleich nach der Begrüßung, als wir uns nach der missglückten Flucht zum ersten Mal wieder sahen. »Unterstützt werden sie von den rebellischen Parisern, welche die Königin hassen und immer lauter die Absetzung des Königs verlangen.«

Die Nahrungsmittelknappheit, die Arbeitslosigkeit, der galoppierende Kursverfall der unbeliebten Papierwährung und nun der gescheiterte Fluchtversuch ihres »Obersten Dieners des Staates« hatten die Volksseele zum Überkochen gebracht.

So setzten sich Tausende am 17. Juli 1792 in Richtung Marsfeld in Bewegung. Dort forderten sie mit Nachdruck, mit der verhassten Monarchie endgültig Schluss zu machen. »Weg mit Ludwig, dem Verräter«, schallte es aus rauen Kehlen. »Weg mit der verdammten Monarchie!« »Wir brauchen keinen König.« »Alle Könige sind Schmarotzer.«

Wie mir ein Lebensmittelhändler, der seit langem die Hofküche belieferte, anvertraute, war es in Paris zu schweren Krawallen gekommen, sogar zu einem zweifachen Mord. General Lafayette und Bürgermeister Bailly hatten lange schon genug vom aufrührerischen Pöbel.

»Der Mob kümmert sich um kein Gesetz«, beklagte der General die unhaltbaren Zustände. Und: »Bürgerrechte hin, Freiheit her, dieser mörderische Übergriff auf Unschuldige bringt das Fass zum Überlaufen«, verkündete der Bürgermeister von Paris, beorderte die Nationalgarde zum Marsfeld und die schoss ohne Zögern in die Menge.

Damit hatte es sich General Lafayette allerdings für ewig beim Volk verdorben und Marat sprach in seinem Hetzblatt »Ami du Peuple« gar von einem »Massaker auf dem Marsfeld«. Bald gab es wiederum Volkshaufen, die grölten, Geschäfte demolierten und plünderten. Aufgehetzt wurden sie dabei von der Presse. Beredt und zynisch stellte Jean-Paul Marat den Bürgern ihre jämmerliche Situation dar und feuerte ihre Wut noch besonders an.

»Die Atmosphäre zwischen der besitzenden Schicht und den Ärmsten der Armen ist vergiftet; es riecht verdammt nach Bürgerkrieg«, prophezeite mir Père Cigogne. »Jeden Moment kann es zur Explosion kommen. Und dann gnade Gott den Reichen.«

Zum großen Erstaunen der Betroffenen ließ man die Bewohner der Tuilerien – abgesehen von einer noch strengeren Bewachung – im Augenblick in Ruhe. Wir beseitigten die Spuren der Zerstörungen im Palast so gut es ging und waren froh, dass man uns wenigstens eine kleine Verschnaufpause gönnte. Die Abrechnung würde früh genug erfolgen.

In dieser ebenso furchtbaren wie verrückten Zeit, in der alles aus den Fugen zu geraten schien, traf mich ein persönliches Unglück, wie ich es mir schlimmer niemals hätte ausmalen können. Auch heute noch, nach beinahe zwei Jahrzehnten, fällt es mir schwer, darüber zu berichten.

Mein Sohn Jacques, den ich auf Schloss Plessis in Arcis-sur-Aube in Sicherheit wähnte und der nach Aussagen sowohl meiner Mutter als auch des Schlossgeistlichen prächtig gedieh und sich zu einem hübschen, aufgeweckten Knaben gemausert hatte, der am liebsten allerlei Unfug anstellte, ohne jemals ein bösartiges Kind zu sein, war aus dem Schloss verschwunden.

Auch nach gründlichem Suchen entdeckte man keine Spur von Jacques Bertot, der inzwischen unter dem falschen Namen Antoine Masselat als unehelicher Sohn einer Dienstmagd auf Plessis in trügerischer Sicherheit gelebt hatte.

Die Suchaktion war zuerst in völliger Stille erfolgt, weil man bestrebt war, Aufsehen zu vermeiden. Kinder liefen hin und wieder weg, kamen aber in aller Regel zurück; nur von Antoine gab es keine Spur. Bis ein gräflicher Feldhüter in einer abgelegenen Scheune die von Ratten und streunenden Katzen angenagte Kindesleiche fand. Soweit noch zu erkennen war, hatte man meinen Sohn erwürgt und auf die Brust des Kindes mit einem Messer den Großbuchstaben »B« geschnitten.

Wofür sollte diese Initiale stehen? Für »Bertot«? Wohl kaum. Für »Bastard«? Unwahrscheinlich; uneheliche Kinder liefen in hellen Scharen herum und keinen störte es. Mit Sicherheit stand das »B« für »Bourbone«. Dazu passte es, dass man an die Kleidung der kleinen Leiche eine dreifarbige Kokarde geheftet hatte. Als ich von Madame Francine das Entsetzliche erfuhr, glaubte ich, den Verstand zu verlieren.

»Welche Bestien bringen es übers Herz, ein unschuldiges, kleines Kind kaltblütig zu ermorden?«, schrie ich voll Verzweiflung.

»Dieses Bourbonensprösslings hat man sich auf die einfachste Weise entledigt – die anderen, die im Rampenlicht der großen Weltbühne stehen, wird man zu gegebener Zeit – mit einem Hauch von Legalität versehen – unter die Erde bringen«, vermutete meine Herrin. »Dem König, seiner Gemahlin und möglicherweise noch Madame Elisabeth werden sie den Prozess machen und alle zum Tode verurteilen. Den kleinen Dauphin wird man vermutlich an einer Kinderkrankheit sterben lassen.«

Julien Lagrange und Père Cigogne wussten nicht, dass Juliens Sohn der Cousin des regierenden Königs war und so sollte es auch bleiben. Unser Kind war tot; es war ein erbarmungswürdiges Opfer der tragischen Umstände geworden und unser Schmerz ging tief; Julien und ich glaubten, nie wieder froh werden zu können.

Ein Mensch ohne Nachkommen fühlt sich verloren; es fehlt ihm die Verankerung in der Reihe der Generationen. Er hat das Leben nicht weitergegeben und nach seinem Tod herrscht das absolute Nichts, denn er hat die Kette der Menschheit, welche seit Anbeginn besteht, abreißen lassen.

Es schien, als wäre die Existenz aller uns Vorausgegangenen sinnlos gewesen, denn nun würden mit meinem und Juliens Tod alle unsere Ahnen ins Dunkel des Vergessens verbannt. Es war, als hätten frühere Generationen überhaupt nicht gelebt.

So ähnlich hatte ich es vor Jahren in einem Buch gelesen, es aber damals nicht so recht begriffen. Nun wusste ich aus eigenem bitterem Erleben um dessen Bedeutung.

Julien meinte, wir sollten versuchen, noch ein Kind zu bekommen; ich wäre mit fünfunddreißig noch jung genug. Aber ich wagte es nicht – nicht unter diesen Umständen, welche ich ihm nicht offenbaren wollte, um ihn nicht zu belasten.

Im September dieses Jahres legte die Nationalversammlung endlich die neue Verfassung vor. Allzu vielen Interessengruppen hatte man gerecht werden wollen; zu viele Köche hatten im Brei gerührt und diese verderben ihn bekanntlich.

»Die Freiheit, für die die Franzosen so hart gekämpft haben, ist das allerhöchste Gut und soll bis in alle Ewigkeit Geltung besitzen«, las uns der Marquis de Sainte-Maison aus der Zeitung vor. »Korruption und Adelsprivilegien sind für immer unterbunden. Die Monarchie behält man zwar noch bei, aber vom Gottesgnadentum ist nicht mehr die Rede. Die Rolle des Königs bleibt auf die eines Repräsentanten seines Volkes beschränkt. Um ihn diesen Schlag leichter verdauen zu lassen, erhält er ein so genanntes ›aufschiebendes Veto‹ zugebilligt, welches ihm erlaubt, jedes von der Nationalversammlung verabschiedete Gesetz, das ihm nicht genehm ist, für fünf Jahre zu blockieren.«

»Niemand hat sich anscheinend überlegt, dass es genau jene Veto-Klausel ist, die das Ganze zum Scheitern bringen wird«, befürchtete Père Cigogne, welcher dieser Verfassung mit großer Skepsis begegnete.

Die Nationalversammlung sollte, nun, da sie ihre Pflicht erfüllt hatte, aufgelöst und durch eine »Gesetzgebende Versammlung« mit wesentlich umfangreicheren Kompetenzen ersetzt werden; wobei die bisherigen Mitglieder der Nationalversammlung nicht in das neue Parlament gewählt werden durften.

»Jeder mag zwar über die Nationalversammlung denken, was ihm beliebt«, meinte Juliens Onkel, »aber jetzt wollen sie das Schicksal der Nation unerfahrenen Neulingen anvertrauen.«

Antoinette war strikte Gegnerin dieses »Machwerks«; sie versuchte, den König zu veranlassen, es nicht zu unterzeichnen. »Sire, wenn Sie Ihre Unterschrift unter dieses Pamphlet setzen«, ereiferte sie sich, »versündigen Sie sich am französischen Volk.«

Ludwig gab ihr zwar Recht, aber dem Druck der Öffentlichkeit konnte er nicht standhalten. So tat er wieder einmal das, was man von ihm erwartete: In einer feierlichen Zeremonie schwor er den Treueid auf die neue Verfassung.

Danach suchte er verstört die Gemächer seiner Gemahlin auf. Madame Campan berichtete den übrigen Hofdamen, was sich dann ereignete. »Seine Majestät war bleich wie der Tod. Als ihn die Königin sah, stieß sie einen Schrei aus, weil sie glaubte, ihr Gemahl müsse ernstlich erkrankt sein.«

»Jetzt ist endgültig alles verloren«, hatte Ludwig verzweifelt ausgerufen, »und ich bedauere unendlich, Madame, dass Sie Zeugin dieser Erniedrigung sein müssen.«

»Der König warf sich Marie Antoinette zu Füßen«, fuhr die Hofdame fort. »Erschüttert bat ihn die Königin, sich zu erheben. Selbst als Seine Majestät in einem Lehnstuhl saß, bebte er noch am ganzen Leibe. Antoinette sank neben seinem Sessel nieder, umarmte ihren Gemahl und drückte ihn fest an sich. Aber lange versiegten seine Tränen nicht.«

KAPITEL 90

Überall feierten die Franzosen die neue Verfassung mit Begeisterung. Jeder größere Ort hielt einen Jahrmarkt ab. In Paris auf dem Marsfeld, wo vor kurzem noch Blut geflossen war, las man die neue Verfassung laut vor und aus abertausend Kehlen war ein donnerndes »Vive la Nation« zu hören.

Die Verwaltung war so schlau gewesen, kostenlos Brot, Fleisch und Wein an die Menge verteilen zu lassen. Die Armen vergaßen für eine Weile ihre Not.

»Wie im Altertum wirkt das Motto ›panem et circenses‹ heute noch«, lächelte Père Cigogne ein wenig geringschätzig.

Theateraufführungen wurden geboten und Zigeuner ließen Bären tanzen, führten Riesenschlangen vor und ein Kalb mit zwei Köpfen; ein dressierter Affe im roten Frack drehte die Kurbel eines bunt bemalten Leierkastens und an jeder Ecke konnte man Feuer- und Schwertschluckern zusehen.

Eine Besonderheit aber war eine Bude, in welcher man ein etwa fünfundzwanzig Jahre altes Zwillingsbrüderpaar bestaunen konnte, welches am Rücken zusammengewachsen war. Wie der Ausrufer behauptete, waren beide Zwillingsbrüder verheiratet – und es war der lüsternen Fantasie des Publikums überlassen, sich den Vollzug der Ehen vorzustellen.

Vor einer Bude aber standen die Menschen Schlange. Alle drückten und drängelten, um ja hineinzugelangen. Der Kerl, welcher die »unfassliche« Sensation ankündigte, betonte nach jedem Satz, dass, was er im Inneren seiner Hütte zu bieten hätte, »nur für Erwachsene« geeignet wäre.

Auch Julien und ich waren neugierig und betraten die schlichte Bude, in welcher geheimnisvolles Halbdunkel herrschte. Plötzlich hörte man Schläge auf eine Holztrommel und es erschienen drei nackte Neger auf der Bühne, die wild mit den Augen rollten und ihr Gebiss nach Menschenfressermanier fletschten. Die Wilden wackelten hektisch mit den Hinterteilen und schoben dabei ihre kreisenden Becken nach vorne, um das Augenmerk der zahlenden Kundschaft auf die »Sensation« zu lenken, welche sich zwischen ihren Schenkeln befand:

Die schwarzen Männer verfügten über Penisse, in welche sie jeweils einen Knoten geschlungen hatten und die dennoch bis zur Hälfte ihrer Oberschenkel reichten. Der Anblick ließ eine ältere Frau in Ohnmacht fallen, die Männer aber pfiffen anerkennend oder äußerten laut die Vermutung, dass alles bloß ein Schwindel wäre. Plötzlich stand der Direktor des Panoptikums mit Frack und Zylinder auf der Bühne und forderte die Zweifler auf, auf die Bühne zu kommen und sich selbst von der Echtheit der Körperteile zu überzeugen. Er selbst griff nach dem guten Stück eines Negers, entknotete es und siehe da: Es reichte beinahe bis zum Knie und die Dicke, welches es bereits im schlaffen Zustand hatte, ließ Schlimmes ahnen.

»Damit können sie ja Elefantenkühe beglücken«, rief Julien und alle mussten furchtbar lachen.

»Sollen sie doch fröhlich sein«, schmunzelte Père Cigogne, »wenn erst der Alltag mit Hunger und Arbeitslosigkeit wieder eingekehrt ist, haben sie nichts mehr zu lachen.«

Am 27. August, knapp zwei Monate nach dem kläglich gescheiterten Fluchtversuch Ludwigs, gaben Kaiser Leopold II. und der Preußenkönig Friedrich Wilhelm II. eine gemeinsame Erklärung heraus:

»Wir halten den französischen König für ein Thema von allgemeinem Interesse für alle Souveräne Europas.«

Da sich die beiden Monarchen in der Stadt Pillnitz getroffen hatten, nannte man dies die »Pillnitzer Konvention«. Beide taten den feierlichen Schwur, »mit sämtlichen zu Gebote stehenden Mitteln für die Wiedereinsetzung von Ludwig XVI. in seine Rechte als König zu sorgen«.

»Endlich, mein Gott, endlich«, seufzte Antoinette, als sie davon erfuhr.

Aber wie sich bald zeigte, hatten es die anderen Herrscher in Europa überhaupt nicht eilig, sich der Pillnitzer Erklärung anzuschließen. Eine Ausnahme bildete nur König Gustav III. von Schweden, der sich sofort für den französischen Monarchen einsetzte.

Der König von Spanien verschanzte sich hinter der Ausrede, er habe keine Mittel und verfüge über zu wenige Soldaten, um im Nachbarland die Revolution bekämpfen zu können. Der Premierminister von Großbritannien, Mister William Pitt, hielt die Lage für nicht so dramatisch – die Briten hatten ja Erfahrung mit Entmachtung und Hinrichtung eines Königs. Immerhin ließ sich Mister Pitt dazu herab, besondere Wachsamkeit zu geloben. Was immer das heißen mochte.

Später stellte sich heraus, dass keine einzige Großmacht in Europa auch nur einen Sou gespendet hatte, um Ludwig die Flucht zu ermöglichen.

»Die Zahl der Konterrevolutionäre wächst ständig. Nachdem sich de Provence seinem Bruder d'Artois im Exil angeschlossen hat, gewinnen die Emigranten an Einfluss«, hatte der Marquis de Sainte-Maison erfahren. »Die Kurfürsten von Trier und Koblenz boten den beiden Brüdern umgehend Asyl an; man überlässt ihnen Schlösser und finanziert ihnen einen standesgemäßen Unterhalt. So beschwichtigen sie ihr schlechtes Gewissen, dass sie für Ludwig keinen Finger rühren. Sie haben ihn nämlich alle schon abgeschrieben.«

Der Strom der politischen Flüchtlinge riss nicht ab und man fragte sich, ob überhaupt noch Adelige in Frankreich waren.

»Ich finde, sie sind allesamt Feiglinge und Verräter am Vaterland«, meinte Antoinette abfällig zu ihren Hofdamen auf einem ihrer endlosen Spaziergänge in den Tuileriengärten.

Am negativsten beurteilte sie den Grafen de Provence; er war und blieb für sie »Kain«, der biblische Brudermörder, denn sie war sicher, er wolle seinem älteren Bruder das Erstgeburtsrecht rauben.

Nach der Pillnitzer Erklärung wurde die Lage Ludwigs noch übler. »Das vollmundige Geschwätz«, welches die Situation des französischen Monarchen um kein Jota verbesserte und »das angeberische Säbelrasseln«, wie es der »Ami du Peuple« ausdrückte, schüchterten die Revolutionäre keineswegs ein. Im Gegenteil, sie waren Anlass für eine noch restriktivere Überwachung und für noch mehr Schikanen der armen Bourbonenfamilie.

»Die ständigen Kontrollen arten in pure Tyrannei aus«, klagte die Königin in einem Brief an die Gräfin de Polignac, »wir kommen uns hier vor wie Verbrecher.«

»Not macht erfinderisch. Antoinette schaffte es immerhin, ihrem Geliebten Axel von Fersen, ihrem Bruder Kaiser Leopold und Monsieur de Mercy codierte Briefe zu senden«, schrieb Madame Campan später in einem Brief an ihre Schwester.

»Die Hauptbeschäftigung Antoinettes ist neben der Zeit, welche sie mit ihren geliebten Kindern verbringt, das Verfassen von verschlüsselten Briefen«, berichtete mir Madame du Plessis, während ich ihr vor dem Zubettgehen die Füße mit purem Alkohol einrieb. Neuerdings hatte sie Schwierigkeiten durch das lange Stehen bei Hofe. Ihre Knöchel waren abends geschwollen und schmerzten.

»Ich verstehe nicht, warum die Gemächer voller Sofas und Chaiselongues sind, wenn kein Mensch wagt, sich hinzusetzen«, schimpfte ich vor mich hin.

»Ma Chère, das ist die Etikette. Die Königin steht lieber, weil sie zu nervös zum Sitzen ist, und in ihrer Gegenwart darf sich dann niemand setzen«, erwiderte Madame du Plessis.

Kurz darauf aber fanden Madame Francines Beine Erleichterung; die Königin saß nämlich stundenlang an ihrem Schreibtisch und codierte und decodierte ellenlange Nachrichten.

Antoinette ließ sich überhaupt nicht mehr zurechtmachen. »Puder, Rouge und Schmuck bleiben in ihren Schatullen und ihre prachtvollen Roben im Schrank. Die Perücken kommen nur noch bei Empfängen ausländischer Botschafter zu Ehren«, verriet uns ihre Oberste Kammerfrau, die treue Madame Campan.

Alltags trug Antoinette nur noch schlichte, dunkle Kleider. Für ihre dünn gewordenen Haare genügten ihr die Dienste einer Zofe; der Hoffriseur hatte sich längst über die Grenze davongemacht; genau wie die Schneiderin Rose Bertin.

Die Gräfin du Plessis half der Königin hin und wieder beim Chiffrieren und Dechiffrieren und kopierte auch häufig die Briefe.

Am schwierigsten war das Hinausschmuggeln der Papiere aus den Tuilerien. Man steckte die Seiten in die Manteltasche eines Dienstboten oder zwischen Kleider, die zum Ausbessern weggegeben wurden.

Madame Francine bot der Königin meine Dienste an. Das war eine Aufgabe so recht nach meinem Herzen. »Demoiselle Bertot ist äußerst gerissen und steht absolut treu auf Seiten der Monarchie«, machte die Gräfin Antoinette meine Mitarbeit beim Schmuggeln der Briefe schmackhaft.

So gelangte ich zu der Ehre, Dutzende von Schreiben aus dem Palast zu schaffen. Keinem Wachtposten gelang es jemals, belastendes Material bei mir zu finden.

KAPITEL 91

Graf Axel von Fersen reiste in Europa von einem Hof zum nächsten, um den Bittgesuchen Antoinettes bei den jeweiligen Herrschern den nötigen Nachdruck zu verleihen. Den Briefen fügte die Königin immer ein besonderes Blatt bei, das nur für Axel von Fersen bestimmt war.

Darin benutzte sie die Anrede »Liebster Mann« oder »Geliebtester Mensch auf der Welt«, gestand sie Madame Francine verschämt wie ein verliebtes junges Mädchen.

Das Leben am Hof mit seinen Intrigen war mir nach der Ermordung meines Sohnes vollkommen gleichgültig geworden. Ich empfand weder Hoffnung noch Furcht, nur eine unsagbare Leere. Mechanisch ging ich meinem Tagwerk nach, das mich längst nicht ausfüllte, aber für andere Unternehmungen fehlte mir der Lebensmut. Ich registrierte wohl alles, was um mich herum geschah, aber es war beinahe so, als gehörte es nicht mehr zu meinem Leben. Am liebsten hätte ich mich wie ein Tier in seiner Höhle verkrochen und darauf gewartet, dass es zu Ende ging.

»Der Tod ihres Kindes hat ihr das Herz gebrochen«, hörte ich eines Tages Madame Francine leise zu Demoiselle Hélène sagen, »und ich fürchte beinahe, dass ihr Gemüt sich immer mehr verdüstert. Ich wünschte, wir könnten ihr helfen.«

»Das kann nur Gott«, antwortete die fromm gewordene ältliche Zofe.

Ich machte mich rasch davon, um die beiden durch mein bitteres Auflachen nicht zu irritieren.

Von welchem Gott war hier die Rede? Etwa von demselben, welcher es zugelassen hatte, dass mein unschuldiges Kind um sein junges, hoffnungsvolles Leben betrogen wurde? Wo war ER denn gewesen, als man meinen Kleinen umbrachte? Damals glaubte ich, mich nie mehr vertrauensvoll an Gott wenden zu können.

Die Königin saß Tag und Nacht an ihrem Schreibtisch und verfasste ebenso rührende wie nutzlose Bittgesuche.

Die so tragisch in Varennes gescheiterte Flucht war für die unglückliche Antoinette ein schwerer Schlag gewesen.

»Die gesamte Aktion war doch so wohl durchdacht und wurde wochenlang minutiös geplant – warum ist sie trotzdem missglückt?«, fragte sie sich zutiefst verzweifelt. »Wir waren doch fast an der Grenze. Anderen, etwa der Gräfin Korff, ist die Flucht doch auch gelungen, sogar auf der genau gleichen Route.«

Die Königin war am Boden zerstört. Mit beiden Händen fuhr sie sich in ihr aufgelöstes, weißes Haar und zog nervös an den dünnen Strähnen. »Wenn doch der Herzog de Choiseul nur ein klein wenig länger in Pont-Somme-Vesle gewartet hätte. Und wenn er nicht die Husaren andernorts zum Abrücken aufgefordert hätte. Aber das Schlimmste war, dass mein Gemahl den Husaren in Varennes verboten hat, sich mit uns durch die Menge zu schlagen.«

Die Königin ging erregt in ihrem Gemach hin und her. »Was wäre denn schon dabei gewesen, wenn ein paar von denen niedergemacht worden wären? Sind denn ich, seine Schwester und unsere Kinder dem König nicht mehr wert als ein paar dumme Bauern? Von ganzem Herzen nehme ich es dem Oberst übel, dass er dem lächerlichen Befehl meines Mannes nicht entgegengehandelt und uns alle befreit hat.«

Der Herzog de Coigny hatte Ludwig seinerzeit den Rat gegeben, auf seine Flucht einen pensionierten Offizier mitzunehmen, der sich in dieser Gegend auskannte. »Ein solcher Mann kann Ihnen als Führer unschätzbare Dienste erweisen, Sire. Er kennt jeden Pfad und etwaige Verfolger werden es sehr schwer haben.«

Gescheitert war der ausgezeichnete Vorschlag am Platzmangel in diesem Monstrum von Berline, das für einen ortskundigen Führer keinen Raum mehr bot.

»Weshalb hat der König seine Gemahlin nicht zur Vernunft gebracht, als sie sich darauf versteifte, Vorräte für Wochen, Geschirr, Besteck, Tisch- und Bettwäsche sowie Unmengen von Kleidern in die Kutsche zu stopfen?«, fragte sich Madame Francine zum tausendsten Male.

Darauf konnte ich nur resigniert erwidern: »Aber Madame, von ihrem albernen Wunsch hat sie nicht einmal Graf Fersen abzubringen vermocht. Dass die Königin sich jetzt den Kopf zerbricht, warum die Flucht gescheitert ist, beweist doch nur, dass sie selbst heute noch nicht begreift, dass sie allein die Schuld am Misslingen der Aktion trägt.«

Eines Abends hielt ich mich in der riesigen Schlossküche auf. Ich hatte den ganzen Tag über noch keinen Bissen zu mir genommen; häufig vergaß ich jetzt das Essen. Aber an diesem Tag verspürte ich Appetit.

Ein Pastetenbäcker war dabei, dem übrigen Küchenpersonal die Segnungen der Revolution schmackhaft zu machen. Alle wussten, dass er ein Jakobiner war, einer von der üblen Sorte.

Aber was er jetzt von sich gab, schlug dem Fass den Boden aus. »Frankreich gereichte es zum Vorteil, wenn der König das Zeitliche segnete, je eher, desto besser.«

Die Leute in der Schlossküche waren zum Glück allesamt dem König treu ergeben. Aber wer garantierte dafür, dass dieser Fanatiker nicht doch einen Weg fand, um die Speisen Ludwigs und Antoinettes zu vergiften?

Madame du Plessis informierte die Königin über meine Beobachtung und der König beschloss, dass die Familie in Zukunft nur noch gebratenes Fleisch aus der Küche der Tuilerien zu sich zu nehmen würde; bei den Fleischtöpfen und -pfannen hatte der Monarchiegegner nämlich nichts zu suchen. Triebe er sich da herum, würden ihn die anderen Köche umgehend vertreiben.

Alles andere aber, was in seine Kompetenz fiel oder auch nur in der Nähe seines Arbeitsplatzes hergestellt oder angerichtet wurde, wie etwa Brot, Kuchen, Süßspeisen und Pasteten, ließ die königliche Familie unberührt zurückgehen.

Ein Diener, welchem man vertraute, wurde beauftragt, in der Stadt Brot, Gebäck und Wein für den Tisch des Königs zu besorgen.

»Es ist gar nicht so einfach, jene Mengen, welche Ludwig zu vertilgen pflegt, heimlich in den Palast zu schmuggeln«, vertraute mir meine Herrin an. »Trotz aller Sorgen hat der König nämlich nichts von seinem enormen Appetit eingebüßt.«

»Es ist einfach absurd. Der König von Frankreich muss sich aus Angst vor einem Bäcker sein Essen heimlich besorgen lassen, um nicht das Opfer eines Giftmordes von der Hand jener Kanaille zu werden«, rief ich kopfschüttelnd aus.

»Sie haben völlig Recht, Mademoiselle Julienne«, gab meine Herrin zurück, »im Ancien Régime hätte man einen Burschen wie diesen wie eine Laus zwischen den Fingernägeln zerquetscht. Heute wagt der König nicht, dieses Schwein hinauszuwerfen.«

Tatsächlich traute sich keiner, etwas gegen den Kerl zu unternehmen; auch seine Kollegen in der Palastküche wiesen ihn nicht zurecht, weil sie wussten, welch ein rabiater Schurke er war. Nur ich hatte mir erlaubt, zu sagen: »Pass bloß auf, Kerl, dass dir keiner auf dein unverschämtes Maul haut«.

Daraufhin hatte er gemein gegrinst und mich hämisch gefragt: »Wer sollte sich das wohl getrauen? Du etwa?«

»Gewiss nicht, ich bin eine friedliche Natur«, gab ich ihm ruhig zur Antwort, »aber da, wo ich herkomme, ist es üblich, hinterhältigen Kötern, welche versuchen, die Hand, die sie füttert, zu beißen, mit einem Knüppel den Schädel einzuschlagen, weil eine Kugel Verschwendung wäre.«

Und damit drehte ich mich um und verließ rasch die Küche. Der Appetit war mir mittlerweile vergangen. Draußen fragte ich mich, ob ich soeben mein eigenes Todesurteil unterschrieben hatte.

Der König liebte es, jeden Tag frisches Gebäck zu verzehren, und so erbot sich Madame Francine, als Magd verkleidet auf der Straße bei fliegenden Händlern Pasteten und Backwerk zu besorgen. Stets begleitete ich meine Herrin und brachte ihr bei, nie mehrmals bei ein und demselben Händler einzukaufen. Auf diese Weise gelangte sie in verschiedene Ecken der Stadt. Ich kannte mich immer noch bestens aus in den Gassen und wir verirrten uns niemals.

Ein Vierteljahr etwa ging das so, dann erfuhr der König durch seine eigenen Spitzel, dass er nichts mehr zu befürchten hätte: Seit ein paar Tagen war ein gewisser Pastetenbäcker nicht mehr zum Dienst in der Schlossküche erschienen.

»Ein Giftmord an einem König ist eine spektakuläre Sache und würde im Ausland viel Staub aufwirbeln. Es geht doch auch ohne Gewalt«, sinnierte Père Cigogne. »Es reicht, wenn Ludwig XVI. endgültig auf den Thron verzichtet, wie es in den Zeitungen verlangt wird. Aber Basseterre, der Pastetenbäcker, musste leider für immer verschwinden. Wer weiß, ob er sich nicht eines Tages an einer gräflichen Zofe gerächt hätte für deren freches Mundwerk. Nicht wahr, Julienne, ma Chère?«

Jetzt wusste ich ganz sicher, dass Juliens »Onkel« auch in den Tuilerien seine Helfer hatte. In der nächsten Zeit würde man wohl eine unbekannte, männliche Wasserleiche aus der Seine fischen. Eine mehr oder weniger – was kam es in diesen mörderischen Zeiten darauf an?

KAPITEL 92

Wieder sollte es ein gnadenlos strenger Winter werden. Die Armen hatten nichts zum Heizen und der Schnaps spendete nur kurzfristig Wärme. Es kam vor, dass Berauschte auf der Straße niedersanken und am folgenden Morgen steif gefroren entdeckt wurden. Alte, Kranke und kleine Kinder starben in Massen.

»Es hat den Anschein, als wollte die Natur alles Kümmerliche ausmerzen und nur die Starken und Zähen am Leben erhalten.« Père Cigogne schüttelte resigniert den Kopf und zog sich seine Fellmütze noch tiefer über die Ohren.

Die Salpêtrière und alle anderen Krankenhäuser waren überbelegt und die Totengräber heillos überfordert. »Wir brauchen viermal so lange, um ein Grab in der hart gefrorenen Erde zu schaufeln, als es normalerweise der Fall ist«, beklagte sich einer dieser Männer bei Juliens Onkel. Und dann hatte er noch treuherzig hinzugefügt: »Jetzt erleichtern wir es uns ein wenig, indem wir zwei Leichen pro Sarg hineinbringen, manchmal auch drei, wenn sie mager genug sind. Bei dieser Kälte sind sie ja steif wie ein Brett, aber das hat den Vorteil, dass sich ihre Knochen zertrümmern lassen und dann kann man sie gut in die Holzkisten schichten. Bis jetzt hat es noch keiner gemerkt. Hauptsache, die Listen sind ordentlich ausgefüllt.«

»Manchmal aber schaffen sie es nicht und sind gezwungen, die Toten auf den Friedhöfen wie Bodendielen in einer Ecke zu stapeln«, sagte Père Cigogne. »Dann müssen die Leichenberge warten, bis das Wetter wärmer wird.«

Trotzdem brachten gerade die Ärmsten unentwegt Kinder zur Welt. Kaum eine Bettlerin oder Tagelöhnerin im gebärfähigen Alter, welche nicht durch die Gassen watschelte und ihren unförmig angeschwollenen Leib vor sich herschob.

»Die Not und die Hoffnungslosigkeit lassen Männer und Frauen zusammenfinden in den Nächten, um sich wenigstens ein Weilchen aneinander zu wärmen und ein wenig Trost und Vergnügen zu finden«, erklärte Madame Francine dieses Phänomen, »während die Frauen von hoher Geburt sich bemühen, ja keine Kinder mehr in diese grausame Welt zu setzen.«

Die »Gesetzgebende Versammlung«, wie sich die Nationalversammlung jetzt nannte, wollte äußerst streng gegen die Emigranten vorgehen. Man würde ihren gesamten Besitz in Frankreich konfiszieren. Jene Geistlichen, die noch nicht den Eid auf die bürgerliche Verfassung geleistet hatten, wollte man durch Einbehaltung ihrer Bezüge dazu zwingen. Und der neuen Regierung waren selbstverständlich auch weitere Schikanen gegen den König eingefallen. »Ab jetzt ist er nicht mehr mit ›Sire‹ oder ›Majestät‹ anzusprechen und ferner ist es ab sofort verboten, sich in seiner Gegenwart zu erheben oder als Mann die Kopfbedeckung abzunehmen«, berichtete uns empört Madame Francine.

Auch diese Unbotmäßigkeit nahm Ludwig widerstandslos hin. Die meiste Zeit verkroch er sich in seinen Gemächern, verschlief den Großteil des Tages und brütete vor sich hin. Wie in den Zeitungen stand, hatte man dem König die Exekutivgewalt überlassen. Darüber hinaus besaß er (auf dem Papier) das Recht, alle Gesetze der Regierung durch sein Veto unwirksam zu machen. Überhaupt hatte er theoretisch eine Menge an Rechten. An die allerwichtigsten erinnere ich mich noch und mein Tagebuch hilft mir bei der Wiedergabe.

»Die Person des Königs ist heilig und unverletzlich.« Welch ein Hohn, wo jeder Vagabund dem Monarchen ungestraft ins Gesicht spucken konnte – wie ja bereits geschehen – und man jetzt nicht einmal mehr den Hut vor ihm ziehen durfte.

»Der König kann wegen keiner seiner Handlungen durch die Jurisprudenz verfolgt werden.« Kurze Zeit später interessierte dies seine Richter wenig.

»Dem König steht eine von ihm selbst ausgewählte Leibgarde von eintausendachthundert Mann zu.« Wo waren die denn bei seiner Flucht?

»Dem König allein steht das Recht auf Berufung und Entlassung der Minister zu.« Wer scherte sich einen Deut darum?

»Der König besitzt gegen alle Gesetze, mit Ausnahme derjenigen, die sich mit Finanzen beschäftigen, ein Vetorecht.« Was war aus diesem Vetorecht geworden?

»Der König ist der oberste Herr der Verwaltung.« Damit war ihm die Aufrechterhaltung der öffentlichen Ruhe und Ordnung überlassen. Lachhaft, wenn man bedachte, dass der Monarch nicht einmal hatte entscheiden können, wo er das Osterfest feierte.

Was davon besaß jetzt im Winter 1791 auf 92 auch nur einen Hauch von Gültigkeit?

»Ein Gefangener ist Ludwig XVI., der nicht einmal seinen Aufenthaltsort frei wählen darf«, murrte Madame Campan, »ja, ein Gefangener, der überdies gezwungen ist, Hilfe vom Ausland zu erbetteln und der Angst um sein und seiner Angehörigen Leben haben muss.«

»Allmählich schwimmen dem König sämtliche Felle davon. Sooft er versucht, seinen Willen durchzusetzen, erleidet er eine Schlappe. In dem Maße wie die Macht des Monarchen sich verringert, wird die der Volksvertretung größer.« So treffend beschrieb es der »Ami du Peuple«.

Philippe de Toqueville glaubte, der eigentliche Grund für die Schwächung der Macht des Königs wäre die soziale Bindungslosigkeit. »Wie miserabel auch immer ein Staat organisiert sein mag und wie sehr die Bevölkerung unzufrieden murrt über den starken Druck, solange der König seine Autorität behaupten kann, funktioniert der Staat. Ist aber die Autorität dahin, lösen sich alle Bindungen, welche eine Gesellschaft zusammenhalten.«

Das war so gut formuliert, dass sogar ich es verstehen konnte. Aber der Marquis fügte noch etwas zur Erläuterung hinzu: »Das beste Beispiel haben Sie an den kürzlich erfolgten Bauernaufständen. Sie sind zwar jetzt beendet, aber die Bauern sind Sieger geblieben: Sie leisten ihren Herren weder die althergebrachten Frondienste, noch entrichten sie ihre Abgaben und den Zehnten. Ihr Grundherr – welchen sie als solchen gar nicht mehr anerkennen – mag toben und zetern wie er will. Die Folgen aber bekommen wir alle zu spüren: Üble Spekulanten beherrschen nach Belieben den Getreidemarkt. In den Städten herrscht Mangel an Lebensmitteln und jede kleine Gemeinde wirtschaftet nach ihren eigenen lokalen Bedingungen. Das mag zwar verlockend nach Freiheit klingen, aber durch die mangelnde Koordinierung ist das Ganze bloß chaotisch.«

Am schlimmsten traf es jene, die für den Luxus der Oberschicht gearbeitet hatten. Sie wiederum zogen andere Branchen mit in den Ruin, sodass die Zahl der Arbeitslosen ständig größer wurde. Riesige Geldbeträge, Schmuck und andere Wertsachen fanden ihren Weg ins Ausland und in die Staatskasse flossen kaum noch Steuereinnahmen. Das gewaltige Loch im Staatssäckel war doch der eigentliche Auslöser für die Revolution gewesen.

»So ganz allmählich haben sich Reaktionäre in die höhere Verwaltung eingeschlichen, die sich bemühen, das Ancien Régime wieder von den Toten auferstehen zu lassen«, monierte Père Cigogne bei einem meiner wieder regelmäßig erfolgenden Besuche. »Aber die untere Verwaltungsebene spielt nicht mit, sondern legt sich hartnäckig quer. So knirscht es nur gewaltig im Gebälk und als Ergebnis haben wir Stillstand.«

KAPITEL 93

WEIL SO VIELE Aristokraten ins Exil gingen, gab es immer weniger Offiziere, auf die sich der König hätte verlassen können. Viele einfache Soldaten ließen sich vom Sog der Revolution mitreißen und die reguläre Truppe fraternisierte mit den Nationalgarden.

Vor seinem Tod hatte Graf Mirabeau den König noch dazu bewegen wollen, sich mit dem Amt eines konstitutionellen Monarchen zu bescheiden. »Nur so können Sie verhindern, dass die Extremisten an Boden gewinnen, Sire«, redete der Graf dem König zu, »die Nationalversammlung könnte man sicher für einen Kompromiss gewinnen.«

Aber Ludwig hörte lieber auf jene, die den überholten Privilegien huldigten.

»Nur durch permanenten und ungeheuren Druck kann man sie mürbe machen und in die Kapitulation treiben«, schrie Georges Danton unter donnerndem Applaus während einer Sitzung der Nationalversammlung. Die Zeit von 1789 bis 1791 war geprägt vom dauernden Machtkampf zwischen König und Volk.

»Zeitweise schließen sie einen Waffenstillstand, aber immer nur dann, wenn beide Gegner ihren Vorteil darin wittern – vor allem wenn es sich darum dreht, den allzu unverschämten Pöbel klein zu halten.« Madame Francine war nicht die Einzige, die das Trauerspiel durchschaute.

Ludwig hangelte sich von einer Kapitulation zur nächsten. Immer war er derjenige, der klein beigeben musste, selbst wenn ihm die besseren Argumente zur Verfügung standen. Nach jeder dieser Niederlagen zwang man den König, sich feierlich zu den Zielen der Revolution zu bekennen. Nach eigener Aussage legte Ludwig jeden dieser erzwungenen Eide mit dem Vorbehalt in seinem Herzen ab, das Gelöbnis zu brechen, sobald sich ihm die Gelegenheit dazu böte.

Eine neue Emigrationswelle schwappte über das Land, trotz der angedrohten Sanktionen, und die Königin fragte Madame du Plessis wiederholt:

»Wann wollen Sie uns im Stich lassen?« Und deprimiert fügte sie hinzu: »Fast wäre ich geneigt, Sie zu verstehen, falls Sie uns ebenfalls verließen. Aber unser kleiner Sohn wäre sehr traurig. Der Dauphin liebt Sie von Herzen, Madame.«

Meine Herrin versicherte jedes Mal: »Niemals werde ich Sie verlassen, Majestät. Das gilt auch für meine Dienerschaft, über die Sie jederzeit verfügen können, Madame.«

Meiner Loyalität konnte Antoinette sicher sein. »Im Laufe der Jahre bist du ganz schön kaltblütig und raffiniert geworden, ma Chère«, lächelte Madame Francine, »und ich rate keinem, sich mit dir anzulegen.«

Demoiselle Marie Malraux, zweite Kammerfrau der Gräfin du Plessis und fanatische Revolutionsanhängerin, wurde von mir so gnadenlos schikaniert, dass das entnervte Fräulein es vorzog, von sich aus den Dienst zu quittieren. Sie zu entlassen, hätte die Gräfin nicht gewagt.

Auf den Straßen von Paris trug ich meinen Dolch. Da es üblich war, dass sich die unteren Volksschichten nur noch bewaffnet in der Öffentlichkeit präsentierten, fiel ich nicht weiter auf. Leider durfte ich den Knüppel in den Fluren und Gängen des Tuilerienpalastes nicht mehr benutzen.

Julien, mein Liebster, ermahnte mich ständig, mein gut geschliffenes Messer verborgen in den Rockfalten jederzeit bei mir zu tragen. Des Nachts lag es jetzt unter meinem Kopfkissen.

Auch von den Angehörigen der Nationalversammlung forderte etwa ein Viertel seine Pässe, um in die Emigration zu gehen. Man ließ sie ziehen; bedeutete ihr Weggang doch eine Säuberung von »Reaktionären«.

Jean-Paul Marat sah es mit Freuden. Neuerdings zog er gegen die so genannten »Anglomanen«, eine Gruppe, welche die Verfassung Großbritanniens auch in Frankreich durchsetzen wollte, vehement zu Felde:

»Ein so genanntes ›Oberhaus‹, vergleichbar dem englischen, wäre ein Hindernis für die Liquidierung des Feudalismus und würde immer die Segnungen der Revolution verhindern. Der englische Parlamentarismus ist nur pseudodemokratisch.«

KAPITEL 94

SCHON VOR GUT zwei Jahren hatte man die weise Forderung erhoben, Getreidevorräte vom Staat beschlagnahmen und Höchstpreise festsetzen zu lassen. Damit wollte man den Spekulanten das Wasser abgraben.

Ich saß bei Juliens Oheim und ließ mich mit selbst gebranntem Birnenschnaps verwöhnen, den er mir zum Abschluss eines köstlichen Mahles, bestehend aus Lammbraten mit Knoblauch und Rosmarinsauce, kredenzte. Wie üblich unterhielten wir uns über die politische Lage in Frankreich.

»Staatliches Eingreifen – und zwar rechtzeitiges, um die Menschen mit Grundnahrungsmitteln zu versorgen – ist auf jeden Fall dem freien Spiel der Kräfte vorzuziehen. Der Mensch ist von Natur aus gierig und wird sich immer an der Not seiner Mitbrüder bereichern wollen«, meinte Père Cigogne.

Viele, auch unter den Mitgliedern der Nationalversammlung, dachten so, aber die Liberalen lehnten eigensinnig solche Maßnahmen ab. »Sie riechen für sie zu sehr nach dem Ungeist des Absolutismus. Sie glauben, die Gesetze des freien Marktes werden alles auf demokratische Weise regeln. Diese Herren wissen eben nicht, wie weh der Hunger tut. Da wo sie ihre Mahlzeiten einnehmen, leidet man keinen Mangel«, bemerkte der Alte.

Ich hatte den merkwürdigen Kauz mit dem großen Herzen im Laufe der Jahre sehr lieb gewonnen. Aufrichtig hatte er mit mir um meinen und Juliens kleinen Sohn getrauert – nicht mit vielen Worten, aber er war ein geduldiger Zuhörer meiner verzweifelten Wutausbrüche gewesen und ein mitleidiger Zeuge meiner Weinkrämpfe, wenn ich nicht mehr weiter wusste in meiner Hilflosigkeit.

Eine neue Aristokratie hatte sich inzwischen herausgebildet. Sie bestand aus adligen Großgrundbesitzern und hohen Verwaltungsbeamten, die sich vom Absolutismus abgewandt hatten, sowie aus reichen Geschäftsleuten. Im Parlament wurden ihre Interessen vertreten durch eine mächtige Gruppe von Juristen und Schriftstellern. Es gab auch viele junge Adelige, die Anhänger der Revolution waren und das Ancien Régime aus tiefster Seele verachteten; zum großen Teil hatten sie in Amerika für die Freiheit gekämpft und diese Helden waren es, welche die Abgeordneten mehrheitlich auf ihre Seite zogen. Scharf abgegrenzte Parteien gab es nicht; man suchte sich jeweils seine Mehrheiten, wenn man etwas durchsetzen wollte. Es war nur ein rechter und ein linker Flügel bei den Parlamentariern zu unterscheiden sowie ein radikaldemokratischer.

Auf dem rechten Flügel war beispielsweise Graf Mirabeau angesiedelt gewesen. Weiter durfte man zum rechten Flügel den General de Lafayette zählen. Auch er buhlte um die Gunst des Volkes, war aber gleichzeitig um Vertrauen und Wohlwollen des Königs bemüht. Dieser Spagat gelang ihm nicht immer.

Der Marquis de Sade hat sehr treffend über ihn geurteilt: »Der General de Lafayette möchte der Diener zweier Herren sein und solche Kunst gelingt den allerwenigsten – auch er wird scheitern.« Er arbeitete eng zusammen mit Monsieur Jean-Sylvain Bailly, dem Bürgermeister von Paris, im Zivilberuf ein berühmter Astronom.

Für die rechte Seite trat auch der Bischof von Autun auf, Charles Maurice Talleyrand, der aber bald seine geistliche Karriere an den Nagel hängte und sich nur noch als Politiker betätigte.

Für die meisten von diesen Herren war nach der Gesetzgebenden Versammlung das Kapitel Revolution abgeschlossen; sie gingen ins Ausland und sollten erst wieder mit Napoleon in ihr Vaterland zurückkehren.

Einen linken Flügel gab es natürlich auch. Enger noch als die Rechten waren diese Herren mit dem Kapital verflochten. Auch ein berühmter Wissenschaftler, der bedeutende Chemiker Monsieur Lavoisier war eng mit der Nationalversammlung verbunden.

Bis 1792 trennten sich wieder einige von ihnen von den Zielen der Revolution. Es war ihnen alles zu volksnah – hinter der vorgehaltenen Hand sprachen sie von »pöbelhaft« –, aber die meisten rutschten noch ein Stück weiter nach links bis zu den Girondisten oder den Jakobinern.

Der radikaldemokratische Flügel der Nationalversammlung

war eigentlich recht klein, aber sehr einflussreich. Als seine Wortführer traten auf: Der Anwalt Robespierre, Pétion de Villeneuve, welcher später Bürgermeister von Paris wurde, der Advokat Danton, der Arzt Marat, Monsieur Jacques-René Hebert, der den Beinamen Père Duchesne hatte, sowie der Anwalt Camille Desmoulins.

Jean-Paul Marat hatte es schwer. Seine eigenen Kollegen in der Nationalversammlung bemühten sich, ihn mundtot zu machen. Seine private Lebensführung war leider über jede Kritik erhaben. Er war nicht bestechlich und führte ein fast asketisches Leben ohne Skandale. Da erließ man einfach einen Haftbefehl gegen ihn unter dem fadenscheinigen Vorwand, er habe ein Mitglied der Pariser Stadtverwaltung beleidigt. In Wahrheit hatte er dem Herrn Korruption nachgewiesen und war vielen ein Dorn im Auge.

»Was heißt ›Dorn im Auge‹?«, fragte Père Cigogne aufgebracht, »ein Pfahl im Fleisch ist er den meisten. Er kritisiert kompromisslos den Hof und die Wortführer der Bourgeoisie wie etwa die Herren Bailly, Necker und andere.«

Kaum war bei Marat die Anklage eingegangen, klärte er den Sachverhalt umfassend auf. Eigentlich wäre es Aufgabe der Justiz gewesen, sich mit dem beschuldigten Herrn der Stadtverwaltung zu befassen. Aber man hielt fest an dem Haftbefehl gegen Marat. So musste er untertauchen.

Kurz bevor die Nationalversammlung einer demokratisch gewählten Regierung wich, hatte es Graf Mirabeau noch geschafft, ein Gesetz durchzupauken. Es besagte, dass »alle aufrührerischen Zusammenrottungen, bewaffnet oder unbewaffnet, zur Begehung ungesetzlicher Akte gegen die Person oder das Eigentum oder zur Störung des öffentlichen Friedens« verfolgt und bestraft würden.

»Endlich einmal eine gute Nachricht«, freute sich Madame du Plessis, »das bedeutet ein Gesetz gegen den Pariser Pöbel, denn im zweiten Artikel steht, dass es den Gemeindebeamten von Paris ›ausdrücklich befohlen wird, im Notfall sogar das Militär einzusetzen, um diese Menschenansammlungen auseinander zu treiben und Frieden und Sicherheit wiederherzustellen‹. Die angedrohten Strafen sind dabei von geradezu mittelalterlicher Strenge, sollte der Mob sich nicht zur friedlichen Heimkehr veranlasst sehen.« Meine Herrin klang sehr befriedigt.

»Das ist erstaunlich«, fand ich, »wenn man bedenkt, dass alle Reformer früher gegen diese Art von Bestrafung leidenschaftlich Sturm gelaufen sind, angefangen bei Monsieur Voltaire.«

Madame Francine hielt mir erregt die Zeitung vor die Nase. Es war in der Tat unglaublich: Widerstand gegen Beamte und ihre Büttel, ja, nur der bloße Besitz von Waffen sollte mit dem Tode geahndet werden. Wer die Massen zur Zusammenrottung aufhetzte, dem drohte eine Kerkerhaft zwischen sechs und zwölf Jahren. Da sah man, wie groß mittlerweile die Angst vor der Zügellosigkeit des Pöbels war. Vor allem Bäcker und Metzger führten ein sehr gefährdetes Leben, desgleichen die Betreiber von Mühlen. Man beschuldigte sie, Mehl und Fleisch zu horten, um sie nach einiger Zeit zu Höchstpreisen an Vermögende abgeben zu können.

Ich selbst war Augenzeugin von »Gerichtsverfahren« auf der Straße gewesen, wobei die Ankläger zugleich die Richter waren und sich darüber hinaus noch das Amt des Henkers anmaßten, der an Ort und Stelle das Urteil vollstreckte. Da ich vermeiden wollte, dass mein Sinn für Gerechtigkeit mich zu einer unbedachten Tat veranlasste, wandte ich mich ab und ging durch eine Seitenstrasse davon. Ich dachte dabei an Père Cigognes Warnung:

»Wer für ein solch bedauernswertes Opfer eintritt, läuft Gefahr, zusammen mit dem Delinquenten am nächsten Laternenpfahl zu baumeln.«

Die Nationalversammlung erklärte mit diesem Gesetz die Revolution für abgeschlossen. Sie bemühte sich, die sozialen Vorteile der Revolution herauszustreichen.

Fast allen erwachsenen Männern des Dritten Standes war es möglich, sich an Wahlen zu beteiligen, mit Ausnahme von Schauspielern – welche immer noch als anrüchig galten, gleichgestellt mit Gauklern, Bettlern, Huren und Strolchen –, Protestanten und Juden.

Kurz danach ließ man auch die Protestanten als Wählervolk gelten; bei den Juden dauerte es bis zum 27. September 1791, bis auch sie gleichberechtigte Staatsbürger waren.

»In der famosen Menschenrechtserklärung steht doch wortwörtlich: ›Die Menschen sind frei und gleich an Rechten geboren und sie bleiben es. Alle Bürger haben das Recht, persönlich oder durch ihre Vertreter an der Regierungsbildung teilzunehmen. Das Gesetz muss für alle gleich sein.‹ Aber Abbé Sieyès hat sofort versucht, es aufzuweichen, indem er den Vorschlag machte, die Bürger in zwei Klassen zu teilen, in so genannte ›Aktivbürger‹, welche das Wahlrecht erhalten dürften und in ›Passivbürger‹, die zwar den Schutz der Gesetze genießen sollten, aber von jeder politischen Einflussnahme und damit auch von Wahlen ausgeschlossen werden müssten«, bemängelte Père Cigogne vehement diese perverse Art der Auslegung von Gesetzestexten. »Die Aktivbürger hat er definiert als ›die wahren Aktionäre des sozialen Unternehmens‹, die Passivbürger als die ›Arbeitsmaschinen dieses Unternehmens Staat‹. Wer nichts besitzt, hat auch kein Recht auf politische Betätigung. So einfach ist das. So bist du, Julien, als Dienstbote natürlich auch vom Wahlrecht ausgeschlossen, genau so, als würdest du dir deinen Lebensunterhalt als Bettler verdienen.«

»Die wohlhabenden Abgeordneten mögen noch so sehr die Armen umschmeicheln und hofieren, im Grunde ihres Herzens verachten sie sie als unnütze Schmarotzer«, meinte Julien resigniert.

Maximilien Robespierre war einer der wenigen, welcher die Klassifizierung in Aktiv- und Passivbürger bekämpfte; er forderte das Wahlrecht für alle. Darauf antwortete ihm der spätere Jakobiner Dubois de Crancé:

»Außer Bettlern und Vagabunden gibt es keine inaktiven Bürger. Denn jeder Bürger, der irgendein Gewerbe betreibt oder wenigstens ein Dach über dem Kopf hat, kann jeweils dreißig oder vierzig Sous Steuern entrichten.«

»Die Angst um ihr Eigentum ist es, welche als Grund für die Einteilung in zwei Klassen herhalten muss«, befand Julien sehr richtig. »Neben den Dienstboten haben sie noch jene Leute vom Wahlrecht ausgeschlossen, die nicht mindestens ihren dreifachen Tageslohn an Steuern bezahlen. Die große Masse der nicht Land besitzenden Bauern, die Mehrheit der Lohnarbeiter und ein nicht gerade kleiner Teil der Handwerker ist dadurch entrechtet.«

Es ging sogar noch weiter. Innerhalb der Gruppe der Aktivbürger wurde noch einmal aufgeteilt und dadurch einem ansehnlichen Teil die Ausübung des Wahlrechts entzogen; die Wahlen sollten nämlich im Hauptort der Kantone des jeweiligen Départements abgehalten werden.

Die Bauern, Tagelöhner, Handwerker und Kleingewerbetreibenden, die auf ihr Tagwerk nicht verzichten wollten und daher nicht zum Wahlort marschierten, gingen ihres Wahlrechtes verlustig.

Im »Ami du Peuple« war alles aufgelistet: Im Jahre 1791 zählte Frankreich eine Gesamtbevölkerung von sechsundzwanzig Millionen Menschen. Davon waren grob geschätzt vier Millionen dreihunderttausend Aktivbürger und davon wiederum blieben drei Millionen Männer im wahlfähigen Alter ohne politische Rechte.

»Jeder des Denkens mächtige Mensch wird sich die Frage stellen, was das Ganze noch mit Freiheit, Gleichheit und Herrschaft des Volkes zu tun hat.« Missmutig schenkte sich Père Cigogne zum Trost noch ein Gläschen Branntwein ein.

Julien war wütend. »Da hätten wir auch gleich das Ancien Régime behalten können und nicht diesen Umweg über eine Revolution zu machen brauchen, wenn sich letztlich überhaupt nichts ändert.« Er schlug mit der Faust auf den Tisch in der Wohnstube seines Onkels und ich stellte mir leise die Frage, ob ich bisher nur nicht hatte merken wollen, dass mein Geliebter im Grunde seines Herzens die Revolution immer gebilligt hatte und sich nur jetzt über ihre Ergebnisse enttäuscht zeigte.

»Was will man mit dem Begriff ›Aktivbürger‹ eigentlich sagen? Für mich sind Aktivbürger die, welche die Bastille gestürmt haben, und jene, die den Acker pflügen«, meinte Julien.

KAPITEL 95

Was Letztere anbetraf, fiel mir mein Onkel Émile ein. Aus Babettes letztem Brief wusste ich, dass er sich weigerte, dem Grundherrn – nicht mehr dem Grafen Édouard du Plessis, sondern seinem Sohn – die jeweils fälligen Pacht- und Zinszahlungen zu leisten. Auch die Frondienste bei allen anfallenden Arbeiten auf dem du-Plessis'schen Gutshof verrichteten er und die anderen Bauern in Plancy nur noch gegen entsprechendes Entgelt.

Der junge Graf hatte anfangs versucht, die Widerspenstigen durch das Gericht zu zwingen, merkte aber bald, dass die Richter die Angelegenheit nur verschleppten. Resigniert hatte er aufgegeben, eine Emigration aber abgelehnt. Stattdessen hatte er sich mit den Bauern zusammengesetzt und sich gütlich mit ihnen geeinigt. Das brachte ihm den Vorteil, dass die Leute nicht rabiat wurden und ihm das Schloss anzündeten. Nicht wenige seiner Standeskollegen betrachteten ihn wegen seiner »Verbrüderung mit dem Mistpack« mit scheelen Augen.

»Mein Stiefsohn ist einer der wenigen, der in den Dörfern herumgehen kann, ohne befürchten zu müssen, erschlagen zu werden.« Madame Francine war sehr erleichtert.

»Du siehst also«, hatte meine Mutter in ihrer etwas naiven Manier geschrieben, »es läuft alles gut so, wie die Revolution es gewollt hat.« Vor einem Jahr hatte sie sich noch gegen jede Veränderung der Machtverhältnisse im Staat ausgesprochen.

Und dann fügte sie noch hinzu: »Émile hat gesagt, wenn Wahlen sind, lässt er sich nicht davon abhalten, hinzureiten, und wenn noch so viel Arbeit auf dem Hof oder in der Schmiede wäre. Dieses Recht will er wahrnehmen.«

Auf den Diskussionsabenden bei meiner Herrin bekam ich mit, dass das meiste, was die Radikaldemokraten wie Robespierre, Marat und Danton forderten, nicht in den endgültigen Gesetzestext aufgenommen worden war, ganz im Gegenteil.

Das Großbürgertum mochte triumphieren, aber in den Vierteln der Armen von Paris gärte es heftig weiter.

Die Kleinbürger standen in der Regel auf Seiten der Revolution – hatten sie doch am eigenen Leib die unguten Bedingungen des Ancien Régime verspürt; sie fühlten sich als die eigentlichen Träger der Revolution.

Das feudale Band zwischen Bauern und Grundherren war zerrissen. Der Boden, den die Bauern bewirtschafteten, war jetzt ihr persönliches Eigentum und konnte als solches frei genutzt und auch verkauft werden. Das war mir erst klar geworden, als Babette schrieb, Émile überlege jetzt gemeinsam mit seinem Nachbarn: »Sie beratschlagen, ob sie es nicht einmal mit Weizen versuchen könnten. Den einen Acker, der am weitesten vom Hof abgelegen war« – er war in der Tat zwei Stunden Fußmarsch entfernt – »hat Émile veräußert und dafür ein Stück Land näher beim Haus erworben. Außerdem plant er, die Anzahl unserer Milchkühe zu erhöhen, aber von der Schafzucht will er sich trennen. Das betreiben schon zu viele, meint er und daher ist zu wenig damit zu verdienen. Du merkst, meine Tochter«, fügte sie nicht ohne Stolz hinzu, »dein Onkel denkt schon wie ein Kaufmann.«

Das musste er auch, wenn er überleben wollte. Er war jetzt für sich und die Seinen selbst verantwortlich.

Ein wichtiges Thema war der Grundbesitz der Kirche. In Frankreich war dies mindestens ein Fünfzehntel der Gesamtbodenfläche; in manchen Départements waren es sogar bis zu zwei Fünfteln. Der Wert dieser Latifundien wurde auf zwei bis drei Milliarden Livres geschätzt. So stand es im »Volksfreund« des Herrn Marat zu lesen – und der pflegte im Allgemeinen sehr sorgfältig zu recherchieren.

Dem kam entgegen, dass der hohe Klerus in ganz Frankreich in großem Misskredit stand. Die katholische Bevölkerung war über die Pfründenwirtschaft empört, da man sie mit Recht als Ursache für die mangelnde Moral der hohen Geistlichkeit ansah.

Am 10. Oktober 1789 bereits erhob sich der Bischof von Autun, Herzog Charles-Maurice Talleyrand-Périgord, und stellte den Antrag, die Kirchengüter dem Staat zur Verfügung zu stellen.

Dieser Bischof stammte aus uraltem Adelsgeschlecht. Der junge Mann war aufgeweckt, intelligent und bereits als Jüngling ein leidenschaftlicher Anhänger des Philosophen Voltaire. Charles-Maurice war Materialist aus Überzeugung.

Seinen Aufstiegschancen schadete dies nicht, zumal sein Onkel Erzbischof von Reims war und schützend seine Hand über ihn hielt. Talleyrand war 35 Jahre alt, als er im März 1789 Bischof der burgundischen Stadt Autun wurde. Im Januar 1791 kehrte er der Kirche endgültig den Rücken.

Er wurde deswegen vom Papst exkommuniziert – was ihn nicht weiter berührte. Wie die meisten Grandseigneurs, die Jakobiner geworden waren, brach er bald mit der Revolution. Gar so viel Demokratie wollte er nämlich nicht.

Sein Vorschlag bezüglich des Kirchenbesitzes war wie ein Paukenschlag und wurde von der Mehrheit des Dritten Standes und auch im Lager der Adeligen begeistert begrüßt.

Dass diese Idee von einem hohen Geistlichen kam, machte die Sache besonders reizvoll, und dass die Grandseigneurs, welche die Kirchenpfründe quasi als ihr Familieneigentum betrachteten, aufheulten, war nicht anders zu erwarten.

Talleyrand hatte natürlich damit gerechnet, dass sie geistesgegenwärtig diesen Angriff auf ihren Besitzstand zu einer Attacke auf die katholische Religion erklärten.

Der Artikel in der Erklärung der Menschenrechte, der das Eigentum für unverletzlich erklärte, war der Hauptpunkt im Credo der Nationalversammlung. Es musste also erst einmal nachgewiesen werden, dass die Enteignung der kirchlichen Latifundien das Eigentumsrecht nicht verletzte.

Bischof Talleyrand hatte vorgebaut, als er treuherzig versicherte, der Kirche werde gar nichts entwendet. Dieser Besitz sei nämlich kein Eigentum im üblichen Sinne.

»Die Nation hat irgendwann einmal diese Güter dem Klerus zur Verfügung gestellt und kann sie auch irgendwann wieder zurückfordern, wenn sie selbst die darauf lastenden Verpflichtungen übernimmt.«

Der Jurist Thonret, ein Anhänger Talleyrands, erklärte umgehend, niemand außer der Nation selbst habe das Recht auf Eigentum; der Klerus hingegen besitze dieses Recht nicht.

In der Nationalversammlung – der Name »Gesetzgebende Versammlung« wollte sich nicht so recht durchsetzen – kam es zu leidenschaftlichen Auseinandersetzungen.

Graf Mirabeau behauptete, die Könige hätten in früheren Zeiten ihre Schenkungen der Kirche gemacht, um damit die eigentlich dem Staat obliegende Leistung für den Gottesdienst und die Armenpflege zu erbringen.

»Wie die Marinesoldaten niemals ein Eigentumsrecht an den Kriegsschiffen haben können, so auch nicht die Priester auf Kirchen, Grundbesitz und Kunstgegenstände. Soweit die Schenkungen zugunsten von Almosen gemacht wurden, ist die Kirche nicht Nutznießer, sondern nur Verwalter und Verteiler. Die Mitglieder des Klerus sind nur Staatsbeamte und der

Dienst am Altar ist eine öffentliche Funktion«, hatte er mit donnernder Stimme in den Saal gerufen.

»Das ist zwar starker Tobak«, meinte Julien, »aber eine solche Sprache versteht das Volk wenigstens.« Und der König, welcher mit seinen Höflingen diese Dinge ebenso diskutierte wie die Arbeiter in den Vororten oder die Weiber vom Fischmarkt, murrte: »Dieser Grundsatz, welchen Graf Mirabeau, der ansonsten ein leidenschaftlicher Verteidiger des heiligen Eigentums ist, hier vertritt, sanktioniert in Zukunft alle Übergriffe auf das Eigentum.«

Am 2. November 1789 beschloss die Nationalversammlung mit fünfhundertachtundzwanzig gegen dreihundertsechsundvierzig Stimmen bei rund fünfzig Enthaltungen Folgendes:

»Alle Kirchengüter werden der Nation zur Verfügung gestellt.«

»So wollen sie den drohenden Staatsbankrott verhindern, Julienne«, erklärte mir meine Herrin. »Den Verkauf der Kirchengüter haben sie nur beschlossen, um den chronisch schwindsüchtigen Staatssäckel wieder aufzufüllen. Als Gegenleistung übernimmt der Staat ab sofort die Armenpflege, die Wohlfahrt sowie die Entlohnung der Priesterschaft. Jedem Pfarrer wird ein Gehalt von eintausendzweihundert Livres für ein Jahr zugesprochen.«

Diese neuen Kirchengesetze führten zum Bruch mit dem Papst. Pius VI. war nicht willens, die Einschränkung seiner Macht und ganz besonders nicht den »Raub« der Kirchengüter zu akzeptieren. Er rief die Priester zum Boykott auf. Ferner sollten die Priester die Annahme ihres Lohnes vom Staat verweigern.

Dies wiederum hatte die Spaltung der niederen Geistlichkeit zur Folge. Die Mehrheit des niederen Klerus lehnte sich tatsächlich auf und wurde zu einer der stärksten konterrevolutionären Kräfte in Frankreich.

KAPITEL 96

DIE WICHTIGSTE FRAGE am Hof lautete: Was wird mit dem König und seiner Familie passieren? Auch die Menschen in der Nähe des Monarchen waren in höchster Gefahr.

»Es ist die Ruhe vor dem großen Sturm«, sagte ich zu Demoiselle Ginette. Ich liebte die Kleine, die gleich mir aus der Provinz stammte, wie eine jüngere Schwester. Einesteils hatte Ginette Angst vor der ungewissen Zukunft, andererseits dachte sie in ihrem jugendlichen Unverstand: »Irgendwie werde ich mich schon durchmogeln können.« Und möglicherweise hatte sie ja Recht. Mit den kleinen Leuten würde man vielleicht nicht ganz so hart verfahren, aber die höheren Adeligen hatten nichts Gutes zu erwarten. Und der König und seine Familie? Ich mochte gar nicht daran denken.

Am Abend des 13. Februar 1792 fuhr eine unauffällige Kutsche vor einem Nebenportal der Tuilerien vor. Ein hoch gewachsener, schlanker Herr in einem dunklen Anzug entstieg ihr; ihm folgte ein riesengroßer Hund, der durch seine Größe einschüchternd wirkte, aber seinem Herrn wie ein Lamm nachlief.

Der Herr zeigte den Torwächtern Papiere vor, welche ihn als Gesandten der Königin von Portugal auswiesen. Man scherzte miteinander und wechselte ein paar Worte über das für die Jahreszeit viel zu warme Wetter. Die Wachen zeigten sich dem Herrn gegenüber sehr höflich.

Wer von ihnen hätte auch ahnen sollen, dass sich hinter dem dunkelhaarigen Mann der blonde Graf Axel von Fersen verbarg? Er kam mit Botschaften des schwedischen Königs Gustav III.

»Es ist mir ohne die geringste Schwierigkeit gelungen, nach Frankreich einzureisen. Der normale Weg in diesen bewegten Zeiten geht in die andere Richtung, außerdem sind meine Reisedokumente ausgezeichnet gefälscht«, lachte der Freund und Liebhaber Antoinettes, als er ihr und dem König gegenübersaß.

Gustav von Schweden mochte Ludwig XVI. gut leiden – noch lieber hatte er dessen Gemahlin – und er war aufrichtig bemüht, den beiden zu helfen. Nun wollte er versuchen, dem König und seiner Familie zur Flucht zu verhelfen.

»Seine Majestät hält eine Evakuierung für dringend geboten, Sire«, richtete von Fersen dem französischen Monarchen aus. »Außerdem hofft König Gustav, in der Normandie eine Invasionsarmee auf die Beine stellen zu können.«

Vielleicht kann ich der Königin durch die Darlegung eines neuen Fluchtplanes Mut einflößen, mochte der noch junge Graf gedacht haben. Als er kurz darauf ihren Salon betreten hatte, musste ihn ihr Anblick tief bewegt haben.

Sah so eine Dame mit siebenunddreißig Jahren aus? Hager, verhärmt, blass, weißhaarig, mit rot geränderten Augen, faltigen, hohlen Wangen, mit schmalem, zusammengekniffenem Mund – so präsentierte sich seine Geliebte. Man hätte sie für eine abgearbeitete, von vielen Geburten und schwerer Feldarbeit geschwächte Bauersfrau von weit über fünfzig halten können. Sie und Graf von Fersen führten ein langes Gespräch unter vier Augen. Den üblichen Aufpasser hatte man bestochen, dass er sich in ein Nebenzimmer zurückzog.

Die Unterhaltung dauerte über Stunden; inzwischen war auch noch Ludwig XVI. dazugekommen. Erst weit nach Mitternacht verließ der »portugiesische Gesandte« die Tuilerien.

Am nächsten Morgen erschien er bereits in der Frühe, wiederum höflich begrüßt von den Wachsoldaten.

Dann ließ Ludwig den Schweden wissen: »Ich habe mich entschieden: Ich bleibe hier. Ich habe der Nationalversammlung mein königliches Ehrenwort gegeben, dass ich keinen weiteren Fluchtversuch unternehmen werde.«

Der Graf konnte nicht glauben, was er da hörte. »Aber Sire, mein Plan ist um vieles besser und überlegter als der damalige. Was gilt denn ein dieser Bande von Gottesleugnern und vielleicht sogar Mördern gegebenes, erpresstes Ehrenwort? Es ist überhaupt nicht relevant, wenn es um die Unversehrtheit Eurer Majestät und Eurer Gemahlin geht. Denken Sie an die Zukunft des Hauses Bourbon, denken Sie an Ihren Sohn, Sire.« Aber Ludwig hatte sich gegen einen erneuten Fluchtversuch entschieden. Als der König sah, dass Axel von Fersen völlig am Boden zerstört war, teilte er ihm mit:

»Sobald die vereinten Armeen der europäischen Mächte in Frankreich einmarschiert sind, will ich mich von einer Gruppe von Verschwörern ›entführen‹ lassen. Eine Abteilung Soldaten wird in den Wäldern nördlich von Paris auf mich warten.«

Ludwig gab sich der kindischen Hoffnung hin, dass die Revolutionäre im Angesicht der ausländischen Armeen von Angst erfüllt, es nicht mehr wagten, sich an ihm zu vergreifen. »Sie werden mich dann als Geisel brauchen, gewissermaßen als Faustpfand, um selbst der Vernichtung zu entgehen«, spann der König seine absurde Spekulation weiter.

Später hat Axel von Fersen meiner Herrin diese Szene in einem Brief geschildert.

»Es war dem König klar, dass er den besten Moment zur Flucht verpasst hatte. Das wäre jener 14. Juli gewesen; aber sein eigener Bruder hatte ihm damals den Rat erteilt, es nicht zu tun. Und Marschall de Broglie, der Truppenbefehlshaber, hätte gesagt: ›Ja, Sire, natürlich können wir nach Metz gehen – aber was tun wir, wenn wir dort sind?‹«

Dies sollte die allerletzte Unterredung des Königs mit dem Grafen sein. Er hatte sich in sein Hofgewand mit der roten Schärpe gequält, den Saint-Louis-Orden an die breite Brust geheftet und seine altbackene Perücke über den Kopf gestülpt. »Er wirkte wie eine tragische Gestalt aus längst vergangenen Zeiten«, schrieb Axel von Fersen.

Noch einmal kehrte er in Begleitung eines Husarenoffiziers in die Tuilerien zurück und speiste mit dem König und der Königin ganz offiziell zu Abend. Niemand sprach von Fluchtplänen. Man pflegte eine heitere, liebenswürdige Unterhaltung.

Lange war es her, dass die Königin sich wieder einmal bemüht hatte, sich für diesen Abend schön zu machen. Madame Campan hatte ihre Taille ganz eng geschnürt, was bei ihrer mageren Figur nicht schwierig war. Aber durch die enge Taille gewann ihre Figur doch ein wenig an Fülle, welche rundere Hüften und ein volleres Dekolleté vortäuschte.

Madame Francine hatte Antoinette sorgfältig geschminkt. Die Falten auf der Stirn und die dunklen Augenringe verschwanden unter der Puderschicht; das üppige Rouge auf den Wangen täuschte frischen Teint vor und die schwarzen »Mouches« auf der linken Kinnseite und am Ansatz ihres Busens, ebenso wie die üppige, durch Haarteile aufgebauschte, blonde Haarpracht suggerierten Jugendlichkeit.

»Die Königin sah an diesem Abend sehr schön aus; Madame bemühte sich, heiter und gelassen zu erscheinen«, berichtete die Gräfin, welche an diesem festlichen Diner teilgenommen hatte. »Die Königin hatte eine ihrer elegantesten Roben hervorgeholt, welche vor kurzer Zeit um vieles enger genäht worden war. Die Hüftpolster hatte man bei der Änderung weggelassen. Außerdem hatte sie sich wieder einmal mit einigen ihrer edelsten Preziosen geschmückt. Graf Axel hatte nur Augen für seine Geliebte. Was muss der arme Mann gelitten haben, dass Ludwig so uneinsichtig war.«

Nach dem reizenden Abend verließ der »Gesandte von Portugal« den Saal, pfiff seinem Hund und spazierte um Mitternacht durch den Haupteingang der Tuilerien ins Freie.

»Die Königin ist unpässlich«, verkündete meine Herrin am nächsten Tag, »sie kann ihr Bett nicht verlassen. Nicht einmal zu den Mahlzeiten möchte Ihre Majestät sich erheben. Der gestrige Abend hat ihre ganze Kraft verbraucht.«

KAPITEL 97

Die Intellektuellen in den Debattierklubs, die Demagogen in den Cafés im Palais Royal, die einfachen Bürger in den Bistros, die Arbeiter in den Vorstädten oder die Fischweiber an der Seine: Alle fragten sich besorgt, welche Bewandtnis es mit dem verdächtigen Aufmarsch österreichischer Truppen an der Grenze hatte. Welche Verräter steckten dahinter?

Die Antwort war leicht: Das waren diese unsägliche Ausländerin und der ehemalige König. Hatten sie doch versucht, dem Land den Rücken zu kehren und damit ihre Hinterhältigkeit bewiesen. Und dann gab es noch die adligen Exilanten im deutschen Koblenz, die ständig von einer Gegenregierung faselten und nicht aufhörten, Verschwörungen gegen ihre freiheitsliebenden Landsleute ins Leben zu rufen. Ferner war da der ganz hohe Adel, elendes Monarchistenpack. Und um kein Jota besser waren die laschen Abgeordneten im Parlament, die verräterischen Parolen willig ihr Ohr liehen.

»Jeder, der nicht seine ganze Kraft einsetzt, um die Freiheit des Volkes zu festigen, ist ein Feind der Revolution. Und um alle diese Feinde auszuschalten, gibt es nur ein einziges Mittel: Krieg. Nur eine bewaffnete Auseinandersetzung wird den Augiasstall ausmisten und von den konterrevolutionären Schweinen reinigen. Nur eine Schlacht, und zwar eine möglichst blutige, die allen lange im Gedächtnis haften bleibt, kann der lendenlahm gewordenen Bewegung neuen Schwung verleihen.« Mit diesem pathetischen Artikel sorgte Camille Desmoulins für Aufsehen.

Ein paar vernünftige Männer gab es noch, die es wagten, den Kriegstreibern Gegenargumente vorzuhalten. Zum Beispiel den Einwand, dass die französische Armee überhaupt nicht im Stande wäre, auch nur den kürzesten Kampf durchzustehen.

»Eine jämmerliche Blamage würden sie sich einhandeln«, sagte Père Cigogne, der wie stets zu den Besonnenen gehörte.

»Wer hat jemals einen Krieg ohne genügend Offiziere gewonnen?«, fragte auch Julien, »die meisten von ihnen sind doch ins Ausland gegangen. Vorräte und Ausrüstung der Armee sind äußerst dürftig. Und noch eins: Die Schweizer Regimenter würden einen solchen Kampfeinsatz von vorneherein verweigern.«

Aber die Stimmen der Vernunft waren lästig und wurden daher geflissentlich überhört. Was man wollte, war im Grunde recht simpel: Die Verräter an der glorreichen Revolution mussten liquidiert und die Österreicher niedergemacht werden.

Die ärgsten Kriegshetzer in Frankreich waren die »Girondisten«, so genannt, weil ihre Mitglieder aus dem Département Gironde stammten, einer Gegend um Bordeaux.

Wie bereits berichtet, hatten sich Österreich und Preußen, das man seit Friedrich dem Großen fürchtete, bei Pillnitz verbündet. »Die Anzahl derer, welche die preußischen Soldaten für unbesiegbar halten, ist recht beachtlich«, meinte Julien; und ich glaubte auch bei ihm einen gewaltigen Respekt herauszuhören.

Am 1. März 1792 aber war auch Kaiser Leopold II. plötzlich und unerwartet in Schloss Schönbrunn verstorben. Als die Königin diese Nachricht erhielt, war sie vor Verzweiflung beinahe von Sinnen und behauptete, »Agenten der Revolution« hätten den Kaiser vergiftet. Aber in Paris ging das Gerücht um, der Habsburger wäre in den Armen einer Dirne an den Folgen einer Überdosis eines Aphrodisiakums verschieden.

Da er keinen Sohn hinterließ, folgte ihm sein kampflüsterner Neffe Franz auf den Thron. Graf Colloredo, dessen Erzieher, hat sich in einem vertraulichen Bericht, der später auf Umwegen nach Frankreich gelangte, über seinen Zögling geäußert: »Er ist ein Gegner jeglicher Freidenkerei, jeder Reform, jeder Verantwortung.«

Eigentlich hasste der neue Kaiser sein hohes Amt – wichtig waren ihm nur seine eigenen ganz persönlichen Rechte und seine Bequemlichkeit. Dem Vernehmen nach las er niemals ein Buch. Ja, er rühmte sich dessen sogar in der Öffentlichkeit und behauptete: »Alles Wissen gefährdet meinen Thron.«

Zwangsläufig duldete Kaiser Franz nur Menschen um sich,

die für seine unterdurchschnittliche Intelligenz keine Gefahr bedeuteten. Das Credo von Antoinettes Neffen lautete:

»Ich bin Kaiser Franz II. von Österreich und das genügt mir.«

Um Ruhe zu haben, machte er aus seinem Land einen Polizeistaat, worin jeder bespitzelt und freiheitliches Gedankengut bekämpft wurde. Er war der Überzeugung, mit der Hilfe Preußens könnte er in kurzer Zeit mit dem »französischen Spuk« aufräumen.

Ende März 1792 übersandte Frankreich Kaiser Franz II. eine formelle Warnung. Sollte Österreich seine aggressive Haltung gegenüber Frankreich nicht sofort beenden, zöge dies eine Kriegserklärung seitens der Franzosen nach sich.

Genau drei Wochen später sah sich Ludwig XVI. in der perversen Lage, ein Kriegsdekret gegen jene Länder unterschreiben zu müssen, bei denen er sich Hoffnung auf Rettung gemacht hatte. Anschließend war der König einige Tage lang krank.

Inzwischen waren die albernen »Jakobinermützen« in Paris Mode geworden. Die Träger roter Wollhauben schlossen sich zu Banden zusammen und schikanierten angebliche Feinde der Revolution.

»Jetzt fallen die rotbemützten Saufbolde her über Priester, Aristokraten und alle, die nicht wie Revoluzzer aussehen«, beklagte sich Madame du Plessis. »Sie halten sie an, zerren sie aus ihren Kutschen, ziehen sie vom Pferd, verprügeln sie und zwingen sie, die rote Narrenkappe aufzusetzen.«

Manche der solcherart Attackierten waren so stolz und wehrten sich oder spuckten gar auf das Symbol der »heiligen« Revolution. Die Jakobiner fackelten in der Regel nicht lange, rissen ihren Opfern die Kleider vom Leibe und prügelten ihnen mit

Weißdornruten die Haut in Fetzen. Etliche wurden mit Knüppeln erschlagen oder endeten an der nächsten Laterne.

»An den vielen Stellen, an denen sie gebraucht würde und wo sich diese Dramen abspielen, kann die Nationalgarde gar nicht präsent sein«, monierte nicht nur Madame Tourzel.

»Die gewalttätigen Ausschreitungen nehmen jeden Tag zu und besonders in den Arbeitervorstädten gehören Raubüberfälle und Totschlag zum normalen Alltag und keiner, der etwas besitzt, wagt sich nach Einbruch der Dunkelheit noch auf die Gassen. Dabei halten alle zusammen wie Pech und Schwefel. Versucht die Polizei zu ermitteln, stößt sie auf eine Mauer des Schweigens – keiner hat etwas gehört oder gesehen«, berichtete mir Père Cigogne. Für ihn galt allerdings keine Einschränkung. Er trug nach wie vor nur seine Fellmütze und bewegte sich furchtlos auf den Straßen von Paris, sei es bei Tag oder bei Nacht. Kein noch so radikaler Revolutionär hat je versucht, den Alten anzugreifen.

Als die Pariser vom Tod Kaiser Leopolds erfuhren, gingen sie voll Schadenfreude auf die Straße. Man tanzte und feierte dieses Ereignis auf ganz besondere Weise: Meuchelmörder zogen mit abgehackten, blutigen Menschenköpfen auf Piken gesteckt durch die Pariser Innenstadt und der Mob tanzte jubelnd darum herum.

Eine gewaltige Menschenmenge versammelte sich grölend vor den Tuilerien und stimmte das Revolutionslied »Ça ira« an, welches man seit Wochen hunderte von Malen gehört hatte. Danach erklang das Geschrei »Tod dem König«, »Tötet die Königin«, »Erzittert, Tyrannen, denn wir sind die Sansculotten!«

KAPITEL 98

Der 25. April des Jahres 1792 war ein Tag besonderer Art. Es schien, als hätte sich die gesamte Stadtbevölkerung schon seit dem Morgengrauen auf den Weg zur Place de Grève gemacht, wo heute eine Hinrichtung stattfinden sollte.

»Aber, ma Chère, seit wann interessieren Sie sich für eine Hinrichtung?«, fragte Madame Francine verwundert, als ich um ihre Erlaubnis bat, dem Ereignis beiwohnen zu dürfen. Meine Herrin schien in der Tat sehr irritiert zu sein; das merkte ich daran, dass sie mich siezte. »Ich war stets der Meinung, dieses blutige Spektakel würde Sie eher abstoßen.«

»Das stimmt auch, Madame, aber …« und ich klärte die Gräfin über das Besondere des heutigen Tages auf.

Die Zahl der Hinrichtungen war in letzter Zeit sprunghaft nach oben geschnellt. Köpfe wurden mit dem Henkersbeil abgehackt, andere Delinquenten wurden am Seil aufgehängt, wieder anderen zerschlug der Henker die Knochen, um ihre nun biegsameren Körper aufs Rad zu flechten. Das Auseinanderreißen der Opfer durch vier kräftige Gäule wurde kaum noch angewendet, trotz großer Beliebtheit beim Publikum – aber alles war schon zigmal da gewesen und »nach dem hundertsten Mal wird selbst die schönste Hinrichtung fade«, wie Demoiselle Ginette zu sagen pflegte.

Heute aber sollte in Paris eine völlig neue Art des Vollzugs der Todesstrafe praktiziert werden.

Der Pariser Arzt und Deputierte der Nationalversammlung, Joseph-Ignace Guillotin hatte eine Tötungsmaschine erfunden, welche es dem Vollstrecker ermöglichte, müheloser und schneller als bisher die Delinquenten ins Jenseits zu befördern.

»Das Enthaupten mit dem Richtschwert oder dem Beil ist ungleich anstrengender, als es die Exekutierung mit der neuen Erfindung des Arztes sein soll«, vervollständigte ich meinen Bericht.

Guillotins Gerät – später gab es Gerüchte, es handele sich gar nicht um seine Erfindung, sondern um die eines deutschen Cembalobauers namens Schmidt – war eigentlich nur ein großer Hackklotz mit einem Holzgerüst, von dem eine schwere, rasiermesserscharf geschliffene Klinge heruntersauste. Das Opfer musste seinen Kopf auf den Hackstock legen, das herabsausende Beil trennte ihm das Haupt im Nacken ab und dieses fiel von selbst in einen Korb. Sofort hatten sich die Sansculotten den frechen Spruch aus der Gaunersprache zu Eigen gemacht: »Der hat in den Korb geniest«, wenn einer um einen Kopf kürzer gemacht worden war.

»Docteur Guillotin will also für einen humaneren Vollzug der Todesstrafe sorgen«, meinte meine Herrin zweifelnd, »und deshalb hat er diesen Tötungsapparat erfunden? Wie ich es sehe, handelt es sich nur darum, noch mehr Menschen pro Tag hinrichten zu können.«

Bisher wurde nur Adligen das Recht zugestanden, enthauptet zu werden, weil das in der Regel am schnellsten ging – im Gegensatz zum Hängen, wo der Tod oft nicht sofort durch Genickbruch, sondern erst nach langen, qualvollen Minuten durch Strangulieren eintrat, weil das Seil nicht richtig geknotet war, um beim Fallen des Körpers die Nackenwirbel zu brechen. Da war die Maschine des Arztes Guillotin doch eine »gute« Sache, fand ich, aller Skepsis meiner Herrin zum Trotz.

Nebenbei bemerkt kam es gar nicht so selten vor, dass der Henker mit dem Beil danebenschlug.

Jean-Paul Marat ließ sich natürlich in seiner Gazette »Ami

du Peuple« über des Doktors Erfindung wortreich aus und lobte sie als »geniale und sanfte Maschine«, welche dem Opfer Qualen erspare und es »schnell und gründlich« töte.

»Der Kerl tut, als handele es sich um die einzig erstrebenswerte Art, um aus dem Leben zu scheiden. Ich für meine Person würde es vorziehen, friedlich in meinem Bett zu sterben«, mokierte sich Julien, als wir gemeinsam den euphorischen Artikel lasen.

Die Zeitungen verstiegen sich zu bizarren Lobpreisungen: »Die Großartigkeit und Eleganz des Schauspiels wird mehr Menschen als üblich zur Hinrichtungsstätte locken«, schrieben Monsieur Marat und andere. »Viele werden tief beeindruckt sein und fortan wird man das Gesetz deutlich stärker respektieren.«

»Wieso das denn?«, fragte Julien sarkastisch, »wenn man auf so wunderbare Art und Weise krepieren darf, verlockt das doch geradezu, Verbrechen zu begehen, um solcher Gnade teilhaftig zu werden.«

Andere Gazetten titulierten das Fallbeil als »Klinge der Ewigkeit, welche dem Übeltäter die Wohltat eines raschen Endes erweise und ihm helfen werde, seine Würde zu bewahren«. Docteur Guillotin wurde von der Öffentlichkeit gefeiert als wahrer Wohltäter der Menschheit; ihm zu Ehren verlieh man der Tötungsmaschine seinen Namen.

Am 25. April sollte nun die Einweihung jener segensreichen Erfindung vorgenommen werden. Die Spannung unter den anwesenden Gaffern – zu welchen auch ich gehörte – war nicht mehr zu überbieten. Unter den Zuschauern raunte man sich zu, der Henker hätte vorher geübt an Schafen und Hunden, auch an toten Häftlingen und Leichen aus Armenspitälern, auf die für gewöhnlich niemand Anspruch erhob. Wie würde es aber bei einem noch Lebendigen sein?

Der Erste, der heute auf der Liste der Hinzurichtenden stand, war ein Geldfälscher. Lange hatten vorher Gelehrte darüber debattiert, ob möglicherweise das Gehirn des Gerichteten im Stande sei, weiter zu denken, ob seine Augen noch sehen, die Ohren noch hören und sein Mund vielleicht noch ein paar Wörter artikulieren könnte.

»Rasch war der Fälscher vom Leben zum Tode befördert und alle Anwesenden waren von der Eleganz der Darbietung hellauf begeistert«, stand anderntags in den Zeitungen. Ich war mir noch nicht sicher, was ich davon halten sollte.

Wie erwartet, brach der Krieg aus und die ersten Monate ließen sich für Frankreich keineswegs gut an. Jeden Tag hörten wir, dass sich die französischen Truppen schon beim Anblick der Feinde kampflos zurückzögen.

»Sie schmeißen ihre Waffen weg und desertieren einfach in ihre Kuhdörfer, wo diese hasenherzigen Bauerntölpel herstammen«, hörte ich einen Bürger am Pont Neuf seinem Unmut Luft machen.

An der Front kam es zu schweren Fällen von Disziplinlosigkeit und Befehlsverweigerungen.

»Wen wundert das?«, fragte Madame du Plessis erbost, »das revolutionäre Paris hat den Geist – oder soll ich besser sagen ›Ungeist‹? – der Freiheit in den letzten Jahren populär gemacht. Jetzt erweist sich diese falsch verstandene Freiheit bei den Soldaten als verheerend für unsere Armee.«

»Wenn die Situation nicht so tragisch wäre, könnte man darüber lachen: Gemeine Soldaten diskutieren die Befehle ihrer Offiziere und stimmen darüber ab, ob sie sie befolgen wollen oder vielleicht lieber doch nicht.« Julien schüttelte den Kopf.

Falls den Kerlen etwas nicht passte, kam es zu Meutereien

und in Paris wurde von Fällen berichtet, in denen Soldaten ihre Offiziere erschossen hatten.

Die Soldaten des Herzogs de Biron waren auf dem Rückzug. General Rochambeau hielt es für das Beste, seinen Rücktritt einzureichen, und General Luckner entschied sich fürs Abwarten. Kein Befehlshaber hatte Lust, von seinen eigenen Leuten liquidiert zu werden.

Schon Anfang Mai waren alle Hoffnungen auf einen Sieg Frankreichs wie eine Seifenblase zerplatzt. Die Generäle drängten die Regierung zum Friedensschluss.

»Weiter Krieg zu führen ist illusorisch geworden«, meinte Monsieur de Biron, »denn zwei Drittel aller Offiziere sind mittlerweile ins Exil gegangen und die restlichen haben die Nase gestrichen voll von ihren renitenten Untergebenen, den faulen und feigen Kerlen, für die Gehorsam ein Fremdwort ist, und der schandbar mangelhaften Ausrüstung. So kann man bei Gott keinen Krieg gewinnen.«

Die Revolutionsarmee hatte praktisch aufgehört zu existieren. Jeder konnte sich ausrechnen, dass die Österreicher bald im Land einmarschieren würden. Am Hof war man verständlicherweise nicht unglücklich über diesen Sachverhalt.

»Das Volk wird nach Schuldigen suchen«, prophezeite Père Cigogne. Und schnell waren sie gefunden: Die Eidverweigerer unter den Priestern waren die Sündenböcke. Sie hielt das Volk für Agenten der feindlichen Auslandsmächte – nicht immer zu Unrecht, wie sich später erwies. Die Regierung verabschiedete rasch ein neues Gesetz, welches allen Geistlichen, die immer noch den Eid auf die Verfassung verweigerten, die Strafe der Deportation nach Guayana androhte, einer französischen Kolonie in Südamerika. Auch den König, den man als den eigentlichen Drahtzieher im Hintergrund ansah, ließ man nicht ungeschoren. Die Leibwache, die ihm Lafayette zugewiesen hatte, wurde aus den Tuilerien abgezogen und durch tausend Nationalgardisten aus der Provinz ersetzt. Julien musste seinen Dienst quittieren. Madame du Plessis nahm ihn darauf unter ihr Dienstpersonal auf und so arbeitete Julien Lagrange von nun an für meine Herrin. Er verstand von vielem etwas und verfügte über mannigfache Talente, sowohl als Kutscher wie als Wagenbauer; er wusste viel von Pferden, war aber auch hervorragend als Haushofmeister wie als Verwalter zu verwenden und als Koch oder Krankenpfleger machte er sich ebenso gut wie als verlässlicher Leibwächter. Vor allem verfügte er über einen gesunden Menschenverstand und ein gutes Herz.

»Wenn man mir schon verbietet, dem König zu dienen, will ich wenigstens in deiner Nähe bleiben, Julienne.«

»Das Sagen haben jetzt nur noch brutale und primitive Rohlinge mit roten Jakobinermützen. Sie marschieren durch die Gassen, wo sie das Gerücht verbreiten, die Österreicher und Preußen wären im Anmarsch. Daher sollten sich alle Bürger bewaffnen und auf den blutigsten Widerstand aller Zeiten einstellen.«

So schilderte uns Monsieur Philippe de Toqueville die Situation in Paris.

KAPITEL 99

KEIN MENSCH GING mehr einer Arbeit nach – warum auch? Mit dem lächerlichen Lohn eines Tagelöhners konnte man nur verhungern. Die Preise für Brot, Gemüse, Wein und Brennholz waren in unerschwingliche Höhen geklettert und wie Fleisch aussah, wussten die meisten gar nicht mehr. So war die Lage nach drei bitteren und blutigen Jahren der glorreichen Revolution. Sollte der Feind in der französischen Hauptstadt einrücken, wären alle bis jetzt mühselig erkämpften Freiheiten verloren.

In der Stadt erhob sich der Schrei nach Ausmerzung des Königs samt seiner Sippschaft. Der 20. Juni stand kurz bevor, der erste Jahrestag des missglückten Fluchtversuchs, und das Volk, dessen Gedächtnis Zeitungen wie der »Ami du Peuple« nicht einschlafen ließen, raste vor Wut.

Seit der Rückkehr des Monarchen aus Varennes versammelte sich täglich eine große Horde vor den Schlossgärten, aber die Nationalgarde trieb sie nicht auseinander. So schrieb es zwar das famose Gesetz gegen Zusammenrottungen aller Art vor, aber wen kümmerte schon so eine lausige Verordnung? Am heutigen Tag nun gelang es der wütenden Menge, durch ein unverschlossenes Tor in den Palast einzudringen.

»Madame, Madame«, schrie Demoiselle Hélène hysterisch, »tausende von wild gewordenen Bastarden wälzen sich durch die Korridore des Schlosses. Die Wachsoldaten, diese feigen Hunde, machen sich davon, wenn sie die mit Spießen, Äxten und Knüppeln bewaffneten Kerle sehen. Die stürmen mit tierischem Gebrüll über Flure und Treppen und hauen alles kurz und klein. Ich habe es eben noch geschafft, durch einen Geheimgang zu entkommen.«

Wir konnten jetzt alle hören, dass das Geräusch, welches wir zuerst für bloßes Geplärre gehalten hatten, ein Sprechchor war: »Wo steckt die Österreicherin? Wir wollen ihren Kopf. Runter mit dem Kopf der Österreicherin!« Den König bedachten sie ebenfalls: »Wo verkriecht sich das fette Schwein?«

Demoiselle Hélène bekreuzigte sich, Madame Francine war kreidebleich und zitterte wie Espenlaub und mir war regelrecht schlecht vor Angst.

Der Pöbel trat Türen ein, zerbrach Schlösser, zerhackte kostbare Möbel, zerschmetterte Vasen und Spiegel und zerschlug edles Geschirr. Kristalllüster wurden zertrümmert, wertvolle Bilder zerschnitten und aus den Fenstern geworfen.

Die Dienerschaft, hoffnungslos in der Minderheit, verkroch sich vor den rotbemützten Berserkern. Die Sansculotten schafften es sogar, eine große Kanone in den Palast zu ziehen. »Gelingt es ihnen, dieses Ding abzufeuern, stürzt ein Teil des Schlosses ein und wird uns alle unter sich begraben«, befürchtete ich.

Die Randalierer näherten sich den königlichen Gemächern. »Schneidet ihnen das Herz heraus. Reißt ihnen die Leber aus dem Leib«, konnten wir sie grölen hören.

Wir hofften auf Hilfe, aber der Bürgermeister von Paris – inzwischen war es Monsieur Jerome Pétion – unternahm nichts zum Schutz Ludwigs XVI. und seiner Familie.

»Vielleicht will er sogar, dass der rasende Mob Tatsachen schafft. Dann kann er immer noch unendlich bedauern und wortreich sein Entsetzen und seine Trauer gegenüber dem Ausland zum Ausdruck bringen«, rief Madame du Plessis voll Erbitterung und Sarkasmus.

In der wenigen Zeit, die sie sich nehmen durfte, lebte die Gräfin in ihrem Stadtpalais am Jardin de Luxembourg. Und ich hatte mehr Bewegungsfreiheit: Als einfache Magd gekleidet lief ich durch die Stadt und legte dabei gewaltige Fußmärsche zurück. So erfuhr ich vieles, zumal ich mich niemals gescheut habe, auch in die finstersten Gassen und düstersten Spelunken zu gehen.

Aber an diesem verfluchten 20. Juni 1792 war ich ebenfalls in den Tuilerien und verging beinahe vor Angst. Ein Teil der Horden gelangte in einen Vorraum der königlichen Gemächer. Plötzlich standen sie dem König gegenüber, welcher sich mit Madame Elisabeth dort niedergelassen hatte.

Die rasende Menge blieb wie angewurzelt stehen, als sie den Monarchen so gelassen und ruhig in einem Lehnstuhl sitzend vorfand. Die Rotmützen schauten sich suchend um nach Antoinette. Aber die Königin war zum Glück nicht anwesend. Sie hatte zwar versucht, zu Ludwig zu gelangen, als sie den wüsten Aufruhr vernahm, aber ihre Hofdamen hatten sie genötigt, die Räume ihres Sohnes aufzusuchen.

»Madame, Euer Platz ist jetzt bei Eurem Sohn. Der Dauphin braucht nun seine Mutter«, hatte Madame Francine leise gesagt und sie sanft, aber energisch in die richtige Richtung gedrängt.

Man konnte meine Herrin zu ihrer Geistesgegenwart nur beglückwünschen. Was wäre wohl passiert, hätte die rasende Volksmenge die verhasste Königin angetroffen?

Ludwig erhob sich majestätisch und stellte sich mutig den Eindringlingen. Mit unerschütterlicher Ruhe hörte er sich ihre wilden Parolen an: »Nieder mit dem Vetorecht.« »Ratifiziert die Beschlüsse.« »Lang lebe die Nation.«

Der König verfügte über eine weit tragende, sonore Stimme

und dieselbe brachte er nun zum Einsatz, um sich Gehör zu verschaffen:

»Auch ich unterstütze die Nation. Auch ich bin für die Verfassung.«

Für einen Augenblick wurde es ein wenig ruhiger; das nutzte Ludwig aus und fügte salbungsvoll hinzu:

»Ein Mann, der sich nichts vorzuwerfen hat, kennt weder Furcht noch Bedrohung.«

Um seinen Worten Nachdruck zu verleihen, fasste er nach der Hand eines neben ihm stehenden Kerls, legte dieselbe auf seine Brust und forderte ihn auf: »Fühlt, Bürger, ob mein Herz etwa schneller schlägt.«

Aber diesmal gingen seine Worte im Tumult unter. »Nieder mit dem Veto.« »Ratifiziert endlich die Beschlüsse.« »Lang lebe die Nation.«

»Diese Sprüche schien die Bande eingeübt zu haben und wiederholte sie unablässig«, erzählte uns später ein Diener, der sich die ganze Zeit hinter einem Vorhang verborgen hielt. »Der König griff nach einer Tischglocke und versuchte sich durch deren Geklingel Gehör zu verschaffen. Und nun spielte sich eine noch nie da gewesene Szene ab: Primitive Fischweiber und Arbeiter aus der Vorstadt disputierten mit Seiner Majestät. Und dies in einer solchen Lautstärke, dass man befürchtete, taub zu werden«, fuhr der Bedienstete fort in seinem unglaublichen Bericht.

»Sie schrien den König an, bezeichneten ihn als gottverdammten Lügner und verfluchten Betrüger. Als er widersprach, lachten ihn die Männer und Weiber höhnisch aus.«

»Das wissen wir aber besser«, rief einer der Kerle mit hasserfüllten Augen und fuchtelte mit einem Spieß bedrohlich vor Ludwigs Gesicht herum. Er hatte eine abgeschnittene Nase und schien demnach ein ehemaliger Bagnosträfling zu sein. Er wagte es aber nicht, den König anzugreifen.

»So merkwürdig es klingen mag, keiner der Sansculotten traute sich, den Monarchen körperlich zu attackieren. Keiner sprach mehr davon, ihm das Herz aus der Brust schneiden zu wollen.

Die besonnene und unerschrockene Art Ludwigs hatte ihre Wirkung nicht verfehlt. Einer der Männer streckte ihm eine Flasche Wein entgegen und der König nahm sie dankend an, nahm einen kräftigen Schluck und ließ die Nation hochleben.«

Dass er nicht nach einem Glas verlangte, sondern wie das gemeine Volk gleich aus der Flasche trank, gewann ihm die Herzen der Menge und die Lage entspannte sich. Und Ludwig ging noch weiter: Von einem besonders brutal aussehenden Jakobiner ließ er sich dessen rote Mütze geben und stülpte sie sich auf den Kopf. Er musste gewaltig an dem Ding ziehen, um sie über seine Ohren zu kriegen; sein Schädel war viel größer als der des Mannes. Das bewirkte großes Gelächter, welches aber diesmal nicht hämisch war, sondern anerkennend und kindlich heiter.

Wie es schien hatten die Pariser ihre Freude daran, dass ihr König die rote Kappe die ganze Zeit über aufbehielt und sich in aller Ruhe ihre naiven Vorschläge geduldig anhörte.

»Sire«, behauptete einer – wahrscheinlich hatte er ihn noch vor kurzem als »fette Sau« tituliert – »Eure wahren Feinde stehen nicht in Paris, sondern sind in Koblenz und Trier zu Hause. Es ist höchste Zeit, dass Ihr Euch das klar macht, Sire.«

Ein anderer Kerl mit schmutzigem Kopfverband und einer gewaltigen Holzfälleraxt fügte treuherzig hinzu:

»Majestät, die Leute hier wollen doch nur eines, dass Ihr

Euch an die Verfassung haltet und sie nicht blockiert, sondern nach Kräften unterstützt. Ich garantiere Euch, wenn Ihr das nach Treu und Glauben tut, werden Euch die Menschen noch mehr lieben.«

»Ja, das stimmt«, meldete sich ausgerechnet der Falott mit der abgeschnittenen Nasenspitze zu Wort, »die Leute wollen Euch doch verehren und lieben.«

Es hätte nicht viel gefehlt und der Gauner wäre in Tränen ausgebrochen. Der König beeilte sich, den ehemaligen Galeerensträfling seines ehrlichen, guten Willens zu versichern, sich immer treu an die Verfassung zu halten.

»Ach, Sire«, entgegnete ihm darauf der ehemalige Häftling resigniert, »ich weiß, Ihr täuscht uns noch immer. Ich warne Euch aber, seid auf der Hut.«

KAPITEL 100

DIESE ABSURDEN EREIGNISSE zogen sich über Stunden hin. Die Hofdamen aber mussten die Königin in den Gemächern des Dauphins beinahe mit Gewalt festhalten. Während sich Madame Elisabeth genau wie Ludwig größter Kaltblütigkeit befleißigte, war Antoinette beinahe von Sinnen vor Angst.

»Weiß ich denn, ob mein Gatte nicht längst von der Meute abgeschlachtet wurde?«, jammerte sie immer wieder. Madame du Plessis brachte die Königin einigermaßen zur Vernunft, indem sie ihr offen erklärte: »Madame, Sie wären wohl die ungeeignetste Person, welche Seiner Majestät zu Hilfe eilen könnte. Im Gegenteil. Ihr Anblick würde die Tollwütigen zu solcher Mordlust aufstacheln, dass der König erst recht verloren wäre. Seid also bitte vernünftig, Madame, und beruhigen Sie lieber den Dauphin.«

Da war Antoinette endlich still und klammerte sich bitterlich weinend an ihren kleinen Sohn.

Der listigen Madame Elisabeth gelang es nach einiger Zeit, einen Diener zur Königin zu schicken. So erfuhr Antoinette, dass man ihren Gemahl nicht ermordet hatte, sondern dass er der rasenden Menge mit größter Courage entgegengetreten wäre.

»Ihre Anwesenheit, Madame, würde die Lage mit Sicherheit verschlechtern«, richtete ihr der treue Diener aus.

Nach Stunden erschien im Schloss eine Delegation der Nationalversammlung, um sich »persönlich ein genaues Bild vom Ernst der Lage zu verschaffen«.

»Nachdem die Herren sich so unglaublich viel Zeit gelassen haben, kann ich mich des Verdachtes nicht erwehren, dass sie nicht ungern ›reinen Tisch‹ vorgefunden hätten«, meinte Madame Francine sarkastisch. Die Menge scharte sich mittlerweile um den König wie Schüler um ihren Lehrer und alle lauschten brav, was die Einzelnen vorbrachten. Es herrschte eine geradezu vorbildliche Disziplin. Nichts mehr von Gebrüll wie zu Anfang.

»Nun«, meinte Ludwig endlich diplomatisch, »dies ist jetzt nicht der passende Zeitpunkt und nicht der geeignete Ort, um die Erfüllung aller Eurer Forderungen zu versprechen, aber ich gebe Euch den guten Rat, Bürger: Wendet Euch an den Magistrat der Stadt Paris. Der ist die legitime Stimme des Gesetzes und kann Euch darauf antworten.«

Geschlagene drei Stunden dauerte nun schon das Debattieren, Diskutieren, Zuhören und Antworten des Königs. Die Menge fühlte sich offensichtlich geschmeichelt, weil sie ernst genommen wurde und der erste Mann im Staate so viel Zeit für sie erübrigte.

Als ich den Bürgermeister, Monsieur Pétion, in den vom Pöbel eroberten Tuilerien erspähte, dachte ich: Jetzt wird er wohl gleich den mitgebrachten Soldaten befehlen, das Schloss vom Mob zu räumen und die Königsfamilie aus ihrer Bedrängnis zu befreien.

Weit gefehlt. Soldaten hatte er gar keine mitgebracht, nur ein paar Leibwächter für sich selbst. Und dann gab er folgende lächerliche Erklärung ab:

»Ich, als Bürgermeister von Paris, habe alles unter Kontrolle. Dem König ist absolut kein Leid widerfahren. Im Gegenteil. Seiner Person wird durch die Besucher der größte Respekt entgegengebracht.« Damit verabschiedete sich Monsieur Pètion wieder, verließ den demolierten Palast und überließ Ludwig und seine Familie den Sansculotten.

Ein Diener des Dauphins stürzte plötzlich in das Schlafzimmer des Königs, um Antoinette, welche dorthin geflüchtet war, mitzuteilen, dass tausende von wild gewordenen Berserkern ihm nachfolgten. Die Königin, ihren verstörten, kleinen Sohn auf dem Arm, griff nach der Hand ihrer kreidebleichen Tochter und befahl Madame du Plessis, ihr zu folgen.

Ich hängte mich an die Rockschöße meiner Herrin, welche ich keine Minute allein zu lassen gedachte. Wenn es wirklich ans Sterben gehen sollte, wollte ich es gemeinsam mit Madame Francine erleiden.

Antoinette lief in das Vorzimmer ihres Mannes, wo der König seit Stunden geduldig dem Pöbel Rede und Antwort stand und die Bestien nur kraft natürlicher Autorität vor Mord und Totschlag zurückhielt.

Kaum hatte die Menge die Königin erspäht, gellten Pfiffe und erschallten laute Schmähungen. Antoinette tat, als hörte sie nichts von alledem und ließ sich tapfer, Sohn und Tochter an ihrer Seite, an einem Tisch nieder, wo zum Glück sogleich einige Grenadiere, die nicht davongelaufen waren, einen Wall um sie bildeten. Meine Herrin hatte sich auf der anderen Seite des Dauphins niedergelassen, um ihn seitlich abzuschirmen und das Kind abzulenken. Ich machte das Gleiche bei Madame Royale und nahm tröstend ihre eiskalte Hand, welche mir die Prinzessin gerne überließ. Ein paar Deputierte der Nationalversammlung aus Pétions Begleitung, die zur Beobachtung des Geschehens zurückgeblieben waren, stellten sich hinter dem Stuhl der Königin auf.

Nun kam der große Augenblick Santerres. Dieser Bierbrauer aus dem Vorort Saint-Antoine, der bereits am Sturm auf die Bastille an vorderster Front teilgenommen hatte und heute einer der Hauptinitiatoren des Angriffs auf die Tuilerien war, forderte die Soldaten barsch auf, ihm Platz zu machen: »Ich habe nämlich mit der Königin etwas zu besprechen.« Die Schutztruppe zog sich nur ein klein wenig zurück.

Der große, ungeschlachte Kerl trat auf Antoinette zu.

»Ihr braucht Euch nicht zu fürchten«, begann er. »Ihr seid falsch beraten und Ihr irrt Euch, Madame. Die Leute lieben Euch und den König mehr, als Ihr glaubt.«

»Ich bin weder falsch beraten, noch irre ich mich«, gab ihm die tapfere, aber unkluge Antoinette kalt zur Antwort. Und ohne jedes diplomatische Gespür fuhr sie fort: »Ich habe nichts zu befürchten, weil mich jetzt die Nationalgarde umringt.«

Damit hatte sie den Brauer Santerre sehr gegen sich eingenommen und rachsüchtig ließ dieser sie zwei Stunden lang wie auf dem Präsentierteller sitzen, indem er die Eindringlinge immer in ganz kleinen Gruppen in den Raum führte, damit jeder die Chance hatte, »der Königin seine Aufwartung zu machen«, sprich, sie zu beleidigen.

Ich sah, wie ein Metzgerlehrling einen blutigen Kalbskopf, den er auf einen Spieß gesteckt hatte, vor dem Gesicht der Königin frech hin- und herschwenkte. Die Weiber fuchtelten gleichfalls mit ihren Hackebeilen in ihre Richtung und ließen eine wahre Flut ordinärer Schimpfwörter auf sie niederregnen. Obwohl ich das Pariser Vokabular einigermaßen gut zu kennen glaubte, überraschte mich der Reichtum an Obszönem.

Die von allen aus tiefster Seele verhasste Österreicherin saß die ganze Zeit über kerzengerade und ungerührt auf ihrem Sessel und hielt ihre Kinder an den Händen. Auch die Kinder konnten die Weiber nicht dazu bewegen, ihre Mäuler im Zaum zu halten. Ich vermochte kaum noch, mich zu beherrschen und war nahe daran, meine Meinung laut zu äußern, aber Madame Francine schien meine Gemütsverfassung zu erahnen. Sie warf mir einen warnenden Blick zu, der mich zur Besinnung brachte. Es wäre töricht gewesen, die aufgebrachten Weiber noch mehr zu reizen.

Der König, welcher in einer anderen Ecke des Raumes immer noch dicht umlagert war, ließ sich in seiner Unterhaltung mit dem Volk nicht stören. Es schien, als hätte er die Anwesenheit der Königin und seiner Kinder nicht bemerkt. Aber ich sah, als Antoinette eingetreten war, seine plötzliche Blässe, die so gar nicht zu seinem normalerweise rosigen Teint passte.

Eben hatten sich drei Weiber vor der Königin aufgebaut. Auf ein geheimes Kommando drehten sie ihr den Rücken zu, beugten sich nach vorne, wobei sie ihre langen Röcke hoben und Antoinette, ihren Kindern, den Gardesoldaten und den Abgeordneten der Nationalversammlung ihre blanken Ärsche präsentierten und dazu laut knallende Fürze ertönen ließen.

»Das halten wir von dir und deinen Bälgern«, riefen sie dabei über die Schultern. Santerre lachte zwar, aber es klang ein wenig gezwungen. Er lief knallrot an und scheuchte die drei eilig aus dem Raum.

Endlich hatte die Menge genug und verzog sich wieder in ihre Elendsquartiere oder in ihre recht ordentlichen Häuser, wie etwa der Bierbrauer Santerre oder sein Kollege Delorme, ein Mühlenbesitzer aus demselben Vorort.

In den frühen Morgenstunden machten die Königin, Madame Campan, Madame Tourzel und Madame du Plessis einen Rundgang durch das Schloss, um die Verwüstungen in Augenschein zu nehmen. In den folgenden Wochen rechneten wir alle mit einem erneuten Angriff auf den Palast.

Die Nationalversammlung zog zum Erstaunen der meisten das völlig demoralisierte Revolutionsheer nicht zurück, sondern verstärkte es durch die Aufstellung neuer Bataillone von Freiwilligen und ließ für dreihundert Millionen – nicht Livres, sondern Assignaten – ausstehenden Sold bezahlen sowie militärische Ausrüstung anschaffen.

»Unsere Situation wird immer kritischer«, schrieb Antoinette in den ersten Junitagen an ihren alten Vertrauten Graf Mercy nach Brüssel, »denn wir können weder auf die Loyalität der Nationalgarde noch der Armee zählen.«

Die Bewachung war in letzter Zeit ein wenig lascher geworden und eine Flucht, hätte man sie nur einigermaßen intelligent eingefädelt, hätte durchaus gelingen können.

In einem verschlüsselten Antwortschreiben gab Mercy der Königin den Rat, mit der gesamten Familie verkleidet nach Compiègne zu fahren; danach sollten sie sich nach Amiens oder Abbéville durchschlagen.

»Dort stehen königstreue Männer bereit, welche ihren Souverän schützen werden, notfalls mit ihrem eigenen Leben«, schrieb der verlässliche Weggefährte aus ihren Jugendtagen.

Der Landgraf von Hessen-Darmstadt hatte das Angebot unterbreitet, die Königin aus Paris hinauszuschmuggeln. Er sah allein Antoinette in Gefahr; dem König, seiner Schwester und den beiden Kindern würden die Revolutionäre nichts antun.

»Sollten sie sich so weit vergessen, wäre dieses Verbrechen das Ende von ihnen allen«, war des Landgrafen Meinung.

Aber Antoinette lehnte ab: »Ich kann und will weder meinen Gemahl noch meine Kinder im Stich lassen.«

Wieder kam man auf Ludwigs alten Plan zurück, sich in die Wälder rund um Paris »entführen« zu lassen. Aber Seine Majestät blieb dabei: »Ich harre in Paris aus, denn ich habe mein königliches Ehrenwort gegeben. Ich werde warten, bis die österreichischen und preußischen Truppen kommen.«

KAPITEL 101

NEBEN DEM KLUB der Jakobiner gab es den der radikalen Cordeliers, benannt nach einem Kloster der Franziskaner, der »Knotenstrickbrüder«, in der Innenstadt. Sie gewannen immer mehr an Einfluss. Einige dieser Cordeliers hatten geschworen, jeden umzubringen, der versuchte, etwas gegen die neuen Freiheiten der Franzosen zu unternehmen. Sie wüssten genau, dass der König der schlimmste Gegner von Gleichheit und Freiheit wäre.

Da rückten Madame de Tourzel und Madame du Plessis mit etwas heraus, was sie eigens zum Schutz der Königsfamilie angefertigt hatten. Die Idee dazu stammte von mir – wie ich in aller Bescheidenheit mir anzumerken erlaube.

Bei einem meiner häufigen Besuche bei Père Cigogne tauchten zwei junge Männer auf. Es waren lustige Burschen, voller Witz und Energie und – Banditen. Sie bestritten ihren Lebensunterhalt durch Überfälle auf reiche Kaufleute, wobei sie nicht zimperlich zu sein pflegten, falls es ihrem Opfer in den Sinn kam, sich von seinem Geldsack partout nicht trennen zu wollen. Da konnte es dann schon passieren, dass der höflich um seine Barschaft Gebetene auf einmal ein Messer zwischen den Rippen stecken hatte. Ich vermute, dass der Alte ihnen als Hehler diente für das geraubte Gut. Diese jungen Galgenvögel und ihren Zimmerwirt hörte ich danach über »Schutzkleidung« sich unterhalten und wie eine solche einen Menschen vor dem Erstechen, ja sogar vor dem Durchlöchern von Kugeln zu bewahren vermochte. Ferner, wie eine solche anzufertigen wäre.

Ich machte lange Ohren, merkte mir alles und erzählte es meiner Herrin. Die Schutzhemden waren aus zwölf Lagen

Taft gefertigt und mussten unmittelbar auf dem Körper getragen werden. Von außen waren sie also nicht sichtbar.

Madame du Plessis begab sich mit diesen Hemden, welche sie mit Madame Tourzel für alle Mitglieder der Königsfamilie angefertigt hatte, zur Königin. Antoinette war begeistert und probierte ihr Hemd umgehend an. Sie verlangte von meiner Herrin: »Stechen Sie mich, so fest sie können, Madame«, und diese war sich völlig sicher, weil sie mit der Tourzel und mir viele Male den Ernstfall geprobt hatte. Madame Francine nahm ein scharf geschliffenes, spitzes Messer und stach zu, so kräftig sie nur konnte. Und siehe da, der Stoff erwies sich in der Tat als undurchdringlich.

Antoinette eilte mit den Tafthemden zum König und der Versuch wurde umgehend wiederholt, wobei ein Diener das Schutzhemd anlegte und der König mit aller Gewalt zustieß. Die Probe fiel zur großen Zufriedenheit aller aus, auch bei Madame Elisabeth und den Kindern; und so entschloss sich das Herrscherpaar, »beim geringsten Anzeichen von Gefahr« diese Panzerung anzulegen.

»Gott verzeih mir«, Madame Francine schüttelte den Kopf, als wir uns wieder in ihren Räumen befanden, »aber manchmal erscheinen mir die beiden wie große Kinder. Sie haben anscheinend immer noch nicht begriffen, dass sie sich jede Sekunde in Gefahr befinden. Sie müssten die Schutzhemden ständig am Leibe tragen, sonst könnte es zu spät sein.«

Die geringe Freizeit, welche ihr Antoinette zubilligte, verbrachte Madame Francine am liebsten mit ihrem glühenden Verehrer, dem Marquis Philippe de Toqueville. Oft schon hatte sie der verliebte Marquis gebeten, in seinem Stadtpalais bei abendlichen Einladungen, Bällen und Soupers die Rolle der Dame des Hauses zu übernehmen. Meine Herrin erfüllte ihm gern diesen Wunsch.

Der Marquis hatte sie unlängst um ihre Hand gebeten und Madame Francine war nicht abgeneigt, eine zweite Ehe mit dem charmanten und vermögenden – und obendrein noch gut aussehenden Edelmann – einzugehen; aber im Falle einer Heirat hätte er von ihr verlangt, ihre gefährliche Aufgabe bei der Königsfamilie niederzulegen, und dies wollte sie der Königin nicht antun.

Der Marquis gab sich damit zufrieden, wenn auch höchst ungern. »Ich kann Sie ja verstehen, Madame«, erwiderte er und küsste galant ihre Hand, »ein gegebenes Wort bricht man nicht.«

Sie einigten sich darauf, sollte sich »etwas Grundsätzliches« ändern, würden sie eine Ehe erneut ins Auge fassen.

Die Villa des Marquis war überaus prächtig. Sooft ich dort ankam, betrachtete ich voll Entzücken das Palais. Es strahlte Wohlhabenheit, Luxus und Sicherheit aus – soweit dies in jenen fürchterlichen Jahren überhaupt möglich war.

Gebaut war es im italienischen Stil nach dem großen Baumeister Palladio, wie ich auf Befragen erfuhr. Sowohl die kolossale Freitreppe wie die Fassade waren teilweise mit lilafarbenen und weißen Glyzinien überwachsen. Richtig romantisch wirkte dies und wäre für Madame Francine das perfekte Liebesnest gewesen. Wenn ich da vor allem an den »Roten Salon« dachte. So ein prächtiges Gemach. Schönere hatte auch der König nicht.

Ein venezianischer Spiegel im vergoldeten Rahmen von gigantischen Ausmaßen vergrößerte den ohnehin ansehnlichen Salon noch und gegenüber hing über einem mächtigen schwarzweißen Marmorkamin ein riesiges Ölgemälde in einem goldenen, mit Schnitzereien verzierten Rahmen. Es stellte eine wunderschöne, nackte Dame in Lebensgröße auf einem Ruhebett dar, die nur notdürftig mit einem teilweise herabgerutschten, roten Seidenschal bedeckt war. Jeder Gast des Roten Salons war von dem Bildnis begeistert.

Der Marquis verfügte über einen exquisiten Geschmack und über die Mittel, um sich auch kostspielige Wünsche zu erfüllen. In der Öffentlichkeit gab er sich allerdings bescheiden. Seine Kleidung war zwar vom besten Schneider, aber gekonnt schlicht gehalten, seine Kutschen äußerst bequem, aber eher bescheiden, und die Livreen seiner Diener, Lakaien und Kutscher bestenfalls unauffällig. Im Gegenzug spendete er regelmäßig größere Beträge für die Armen – und sorgte klugerweise dafür, dass die richtigen Leute davon erfuhren. Außerdem unterhielt er eine Suppenküche für Bedürftige, die kostenlos einen Napf dicker Gemüsesuppe und einen Kanten Brot erhielten, wie es sonst nur in Klöstern üblich war.

Der Marquis de Toqueville war einer der ganz wenigen Aristokraten, welche die Revolution nahezu unbeschadet überstanden. Die Habenichtse verehrten ihn als ihren Wohltäter und die intellektuellen Revolutionäre schienen ihn zu vergessen. Ich hätte es gerne gesehen, wenn Madame Francine ihr Leben mit dem des klugen und schönen Marquis verbunden hätte.

Ich hatte den Tod meines kleinen Jungen noch nicht überwunden. Nur mit Madame Francine konnte ich über meinen Sohn sprechen – den sie nie gesehen hatte – und über sein grausames Schicksal. Bei jedem Schlag, den das Leben uns versetzt, sind wir geneigt, nach Gründen zu suchen und vor allem nach dem Schuldigen zu forschen:

Waren es die Leute auf Schloss du Plessis, die es an Wachsamkeit hatten fehlen lassen? War ich es, weil ich den Knaben nicht unter meiner Obhut gehabt hatte? Oder war der Schuldige Ludwig XV., der sich nur für die Befriedigung seiner Begierden interessierte? Oder waren es die fanatischen Anhänger des Herzogs von Orléans?

Jene erscheinen meiner Herrin als die wahrscheinlichsten Anstifter zum Mord an meinem Kind. Was hatte aber dann jenes ominöse »B« zu bedeuten, welches man dem Knaben in die Brust geritzt hatte? »Bourbone« konnte es nicht sein; Philippe d'Orléans entstammte selbst jener königlichen Sippe, wenn auch einer Seitenlinie. Ich war nicht überzeugt.

»Mein Sohn konnte doch für den Herzog niemals ein ernst zu nehmender Konkurrent sein; der Kleine war nicht einmal von niedrigstem Adel«, wandte ich ein.

Madame Francine lachte mich aus. »Aber ich bitte dich, Julienne, wenn man in Herrscherkreisen aus einer Prostituierten eine Gräfin zaubern kann, wie es Ludwig XV. mit Madame Dubarry gelungen ist, so schafft man es doch mit Leichtigkeit, aus einem ehrbaren Bauernmädchen eine Herzogin zu machen.« Sie fasste mich um die Schultern und führte mich zu einem Diwan.

»Komm und setze dich zu mir, ma Chère, und hör mir zu. Urplötzlich taucht in einem Kloster eine ›alte‹ Handschrift auf, welche eine tragische Geschichte über eine Kindesentführung aus einem bedeutenden Adelsgeschlecht auftischt. Das Kind, ein Mädchen, wurde dann von mitleidigen, armen, aber rechtschaffenen Bauersleuten in Plancy aufgezogen und siehe da: Schon ist aus deiner Maman eine Aristokratin geworden, wie die alte Handschrift enthüllt.

Dann konstruiert man noch eine kurze, aber heftige und vor allem heimliche Liebesaffäre deiner Mutter mit dem fünfzehnten Ludwig; und schon bist du eine Prinzessin aus bestem königlichem Geblüt. Und dir dichtet man nun eine Liaison mit einem hochrangigen Adligen an, am besten mit einem bereits verstorbenen und aus einer Seitenlinie der Bourbonen. Und schon würde niemand mehr über deinen Sohn die Nase rümpfen – er wäre in der Tat sehr wohl ein äußerst ernst zu nehmender Aspirant auf den Thron von Frankreich.«

Ich muss sehr skeptisch dreingesehen haben, denn Madame du Plessis beeilte sich, hinzuzufügen: »Ich meine, so könnte es sich entwickelt haben, und weil diese Möglichkeit nicht mit Gewissheit auszuschließen war, haben gewisse Kreise es vorgezogen, diesen unerwünschten Bourbonensprössling, eben deinen kleinen Jacques, aus dem Weg zu räumen.«

Das klang überzeugend, und ich wusste dagegen nichts zu sagen.

KAPITEL 102

So seltsam es klingt, an unserem Lebensstil änderte sich nichts. Man stand morgens spät auf, speiste exzellent, empfing Gäste, plauderte charmant, las Zeitungen und Pamphlete, schüttelte amüsiert oder angewidert den wohl frisierten Kopf, hielt kluge Reden, stellte Vermutungen an, sprach von Flucht und kleidete sich à la mode. Die größten Geschmacksverirrungen waren gottlob aus der Damenmode verschwunden. Eines aber war geblieben: Die Tyrannei des eng gezurrten Mieders, das Schnüren. »Nur die Wespentaille gilt als weiblich«, meinte Madame Francine – und litt.

Das Mieder bestand aus äußerst festem Leinenstoff und war mit Stäbchen aus Fischbein verstärkt. Hinten besaß das

Ding Ösen und vorne den Blanchet, den dicken Eisenstab, welcher den Bauch erbarmungslos zusammendrückte. Das Opfer musste sich beim Schnüren irgendwo festhalten, entweder am Bettpfosten oder am Fenstergriff. Die Zofe stellte sich hinter ihre Dame, nahm die Schnürriemen in beide Hände und befahl:

»Ausatmen, aus-at-men. Bauch einziehen, ein-zie-hen. Nicht mehr atmen, nicht at-men.« Und dann stemmte sie der Ärmsten ihr Knie brutal ins Kreuz und zog und zog und zog. So lange, bis es wirklich nicht mehr ging. Dann verknotete sie die Schnüre und gab wieder ein Kommando:

»Flach atmen, ganz, ganz flach at-men.«

Letzteres war im Grunde überflüssig, denn ein natürliches, tiefes Atemholen war ohnehin nicht mehr möglich. Meine Herrin brachte es auf diese Weise auf achtundvierzig Zentimeter Taillenweite. Mit beinahe dreiundvierzig Jahren war dies sehr erstaunlich. Madame Francine besaß auch schmale Hüften und einen noch immer jugendlich straffen, kleinen Busen.

»Das kommt von meiner Kinderlosigkeit«, meinte sie. »Aber lieber hätte ich ein paar kleine Schreihälse gehabt; dafür würde ich gerne einige Speckröllchen eintauschen.«

Die meisten Damen blieben jedoch trotz Schnürens eher plump: Die überschüssigen Pölsterchen quollen oben und unten aus dem Mieder und die Taille blieb dennoch viel zu breit.

»Ihre Wespentaille, Madame, kann noch immer jeder Mann mit beiden Händen umspannen«, lobte ich die mädchenhafte Figur meiner Herrin.

»Mach mich nicht verlegen, mein Kind«, lachte die Gräfin und wurde ein wenig rot. »Im Grunde ist das gewaltsame Schnüren ein grober Unfug. Mit diesem Monstrum ist man ein gut verschnürtes Paket und kann sich nicht einmal mehr bücken. Zum Aus- und Anziehen braucht man Hilfe und etwas vom Boden aufzuheben ist einfach nicht möglich«, klagte sie.

»Dafür hat Madame eine Zofe«, belehrte ich sie streng, »niemand erwartet von einer Dame, dass sie sich bückt, um sich die Schuhbänder zu binden oder ein Taschentuch aufzuheben. Dazu sind die Kavaliere da«, witzelte ich. »Ich ziehe Madame an und aus. Und schnell laufen brauchen Sie auch nicht. Eine Dame erkennt man daran, dass sie nichts rasch erledigen muss, nur die Dienstboten wieseln herum.«

»Alles gut und schön, aber dass einem schwindlig wird, vor allem beim Treppensteigen, und dass man alle Augenblicke in Ohnmacht fällt und die albernen Riechfläschchen benötigt, davon spricht niemand. Es kann nicht gesund sein«, fügte sie ärgerlich hinzu, »wenn einem bei etwas rascherer Gangart der Herzschlag laut in den Ohren dröhnt.«

Im Stillen gab ich ihr Recht. Ich war heilfroh, dass keine Etikette diese tägliche Tortur von mir verlangte. In meiner frühen Jugend hatte ich noch geglaubt, es den vornehmen Damen gleichtun zu müssen und mich von Demoiselle Hélène schnüren lassen, bis mir der Atem stockte. Doch Bewegungsfreiheit war etwas, was ich über alle Maßen schätzte, und so hatte ich bald darauf wieder auf das beengende Mieder verzichtet.

»Als man die Menschenrechte proklamierte, hat man die Befreiung der Frauen von dieser Verschnürung vergessen«, lachte ich. »Ganz recht, Julienne«, stimmte Madame Francine zu, »und da hätte es noch einiges mehr gegeben, wovon man uns arme Weiber hätte befreien sollen.«

Ende Juli 1792 unterzeichnete der Herzog von Braunschweig als Oberkommandierender der verbündeten Armeen Österreichs und Preußens ein äußerst stringent formuliertes Manifest.

Darin waren die Kriegsziele der Alliierten klar umrissen:

»Die militärische Unternehmung hat die Aufgabe, die in Frankreich grassierende Anarchie zu beenden. Monarchie und Kirche sind zu verteidigen sowie Seine Majestät, König Ludwig XVI., zu befreien und mit all seinen königlichen Rechten wieder zu etablieren. Sollte der Tuilerienpalast angegriffen oder gar gestürmt werden, oder wenn sich auch nur die geringsten Übergriffe oder die kleinste Beleidigung gegen die Majestäten ereignen sollten, wird eine beispielhafte Strafaktion von bis dato nicht bekanntem Ausmaß sich ereignen. Paris wird unter Militärrecht gestellt werden.«

»Angesichts dessen, was der König und seine Gemahlin bisher an Beleidigungen und Einschränkungen ihrer persönlichen Freiheit erduldet haben, klingt das reichlich absurd«, meinten die Hofdamen Campan und du Plessis.

Die feindlichen Truppen hatten sich in Marsch gesetzt und standen nun südlich von Lille. Da die Nationalversammlung alle Truppen an die Front geschickt hatte, waren in Paris nur noch die Schweizer Garden übrig. Sie hatten ihr Lager im Schlosshof der Tuilerien aufgeschlagen.

Die Regierung beeilte sich, fünfzigtausend Freiwillige unter Waffen zu nehmen. Der Zulauf war gewaltig. Aus der südfranzösischen Stadt Marseille traf eine Gruppe von sechshundert Sansculotten ein. Sie brachten ein neues Lied mit aus ihrer Heimatstadt. Sie nannten es die »Marseillaise« und bald übernahm dieses blutrünstige und anfeuernde Lied das »Ça ira«.

»Zu den Waffen, Bürger. Schließt die Reihen.
Vorwärts, marschieren wir. Das unreine Blut
Tränke unsrer Äcker Furchen.«

In Paris konnte man keinen Schritt mehr tun, ohne dieses Lied zu hören. Alle Bürger griffen zu den Waffen, setzten sich die rote Revoluzzerkappe auf und steckten sich die dreifarbige Kokarde an.

Julien war von einem heimlichen Botengang in die Tuilerien zurückgekehrt. »Das Manifest des Braunschweigers hat keinen einzigen Revolutionär eingeschüchtert. Im Gegenteil. Alle sind empört über die Anmaßung, freiheitsliebende Bürger mit Sanktionen zu bedrohen.«

Was gingen diese Narren die französischen Belange an? Einen freundlichen Empfang würde man ihnen bereiten. Ha, ha, mit hängenden Köpfen und Schwänzen würden sie sich davonmachen, diese wenigen, die man übrig lassen würde, damit sie zu Hause berichten konnten, wie freie Franzosen mit derlei Gesindel umzuspringen pflegten.

»Auf beiden Seiten blüht jetzt das Maulheldentum und das Säbelgerassel«, resümierte Père Cigogne, »man hat es anscheinend bitter nötig, sich selber Mut zu machen.«

Am 3. August 1792 beschlossen die Bezirke von Paris ohne Gegenstimme, den König für abgesetzt zu erklären.

Der Gesetzgebenden Versammlung wurde eine Frist von acht Tagen eingeräumt, innerhalb derer sie Ludwig zur Abdankung zwingen musste. »Andernfalls droht eine ernsthafte Bürgererhebung.«

Die Königin war der Verzweiflung nahe und meine Herrin konnte sie gar nicht beruhigen.

Sechs Tage danach, man schrieb den 9. August, hatte die Gesetzgebende Versammlung es abgelehnt, den König für abgesetzt zu erklären und einen Nationalkonvent zu wählen.

Das war der Startschuss für Jakobiner und andere Radikale, das Gesetz in die eigenen Hände zu nehmen.

Die Repräsentanten aus allen Pariser Bezirken versammelten sich im Hôtel de Ville, um eine neue Regierung einzusetzen. Man ließ sämtliche Kirchenglocken läuten und die Bürgerwehren formierten sich. Der Bierbrauer Santerre, Anführer der Pariser Vororte und des linken Seineufers, wurde unterstützt durch die sechshundert Marseiller und weitere Revolutionäre aus Brest.

»Zu den Waffen, Bürger«, gellte es durch die stickig heißen Gassen. Die Jakobiner hatten befohlen, ganz Paris in dieser Nacht hell zu beleuchten, und jede Straße, jeder Platz erstrahlte im Schein von Fackeln und Laternen.

In Paris war eine neue Revolution ausgebrochen. Den bisherigen Stadtrat erklärte man für aufgelöst. Der Oberbefehlshaber der Nationalgarde, ein Marquis de Mandat, war von Bürgermeister Pétion zum Schutz der Tuilerien eingesetzt worden. Nachdem man Monsieur Pétion seines Amtes enthoben und unter Arrest gestellt hatte, ermordete man den Marquis, da er Widerstand geleistet hatte.

Noch vor dem Morgengrauen des 10. August 1792 – es war der Tag des Märtyrers Laurentius – stürmten Tausende von Bewaffneten die Innenstadt.

Wir in den Tuilerien taten in jener Nacht kein Auge zu. Den König hatte die Regierung vorher informiert, dass eine neue Revolution bevorstünde, aber das Schloss würde auf alle Fälle verteidigt werden: Im Schlosshof lagerten neunhundert gut ausgerüstete Soldaten der Schweizer Garde. Auch die »Ritter des Dolches« hatten sich zur Unterstützung eingefunden.

»Leider sind sie schon reichlich überaltert und nicht unbedingt eine Streitmacht, auf die man sich verlassen kann«, meinte meine Herrin sorgenvoll, »und ob neunhundert Schweizer Gardesoldaten einer Horde von Zigtausenden Paroli bieten können, weiß allein der Herrgott.«

Madame Campan und Madame Francine hielten sich in jener Schicksalsnacht bei der Königin auf.

Abends blieb im Schloss jeder in seinen Kleidern und legte sich auf einen der zahlreichen Diwane um auszuruhen; an wirklichen Schlaf war nicht zu denken. Den machte schon das andauernde Glockengeläute unmöglich.

Der König weigerte sich, das Schutzhemd aus Taft anzuziehen. Er übersah keineswegs die ihm drohende Gefahr, aber: »Seine Majestät glaubt, es wäre feige, sollte er sich selbst mit einem solchen Kleidungsstück schützen, während seine Soldaten so etwas nicht hätten, um ihr Leben zu retten«, ließ er durch seinen Obersten Kammerherrn verkünden. Seine Gemahlin beschied er: »Kein Wort mehr darüber, Madame, ich bitte Sie sehr herzlich.« Da schwieg die Königin.

Kurz vor Sonnenaufgang erfuhren wir, dass an Stelle des ermordeten Kommandanten Mandat der brutale Santerre das Sagen hatte. Als es hell wurde, verstummten endlich die Kirchenglocken und man löschte Fackeln und Laternen.

Da beschloss Ludwig, seine Nationalgarde zu inspizieren.

Madame du Plessis sah zwar, dass dem König selbst nicht recht wohl dabei war, aber auch auf Bitten seiner Frau war er nicht bereit, davon Abstand zu nehmen. Er wählte einen kostbaren Anzug aus violettem Samt, aber da er an Gewicht zugenommen hatte, war das Gewand viel zu eng und die Perücke, die er aufgesetzt hatte, war schlampig frisiert.

»Ehrlich gesagt, wirkte der König ein klein wenig lächerlich«, vertraute Madame Francine ihrem Tagebuch an, »als er die strammstehenden Reihen der Soldaten abschritt.«

Am Anfang verlief alles normal. Man hörte sogar ein paar Vive-le-Roi-Rufe, aber als die Gräfin sich aus dem Fenster lehnte, um genauer sehen zu können, erkannte sie, dass ein paar Kanoniere ihren Posten unerlaubt verließen und zum König hinliefen.

»Julienne, was bedeutet das?«, fragte sie mich alarmiert. Ich stand dicht hinter ihr und spähte neugierig über Madames Schulter.

»Oh, Madame«, rief ich entsetzt, »sie fuchteln Seiner Majestät mit den Fäusten vor dem Gesicht herum. Sie buhen ihn aus und beleidigen ihn.« Und in der Tat: Quer über den Schlosshof war zu hören: »Fetter Eber!« »Voll gefressene Sau!«

Der König war totenbleich geworden. Als einer der ehrlosen Kerle Ludwig den Rücken zudrehte, die Hosen herunterließ und ihm seinen blanken Arsch präsentierte, griffen endlich andere Soldaten ein und drängten die Unverschämten ab.

Nach dieser fatalen Truppeninspektion vertraute Antoinette meiner Herrin an: »Jetzt ist sein Prestige endgültig dahin. Der König hat noch mehr Schaden angerichtet.«

KAPITEL 103

Meine persönliche Einstellung zur Revolution ist immer eine zwiespältige gewesen, stamme ich doch immerhin aus dem Bauernstand. Meine Verwandten mussten Frondienste leisten, hatten es zu dulden, wenn der Herr mit seinen Jagdgesellschaften über unsere Felder preschte und die Saat zertrampelte. Graf Édouard du Plessis hatte das zwar nie getan, aber zu seines Großvaters Zeiten war derlei Betragen durchaus üblich gewesen. Wenn der Herr rief, hatten mein Großvater, mein Vater, mein Onkel und die weiblichen Mitglieder der Familie zu gehorchen. Sooft eine Gräfin du Plessis sie brauchte, waren die Frauen Bertot, meine Maman eingeschlossen, aufs Schloss geeilt, hatten Ammen- und Zofendienste verrichtet oder in der Schlossküche ausgeholfen.

Da der Graf auch die höhere Gerichtsbarkeit hatte ausüben dürfen, war es ihm ein Leichtes gewesen, missliebige Ehen zu verhindern, beispielsweise wenn er selber ein Auge auf ein hübsches Mädchen geworfen hatte. Da berief man sich eben rasch auf zu nahe Blutsverwandtschaft – wie sie auf dem Dorf gang und gäbe war. War ihm einer zu lästig, wanderte er auf die Galeeren oder musste in einer der Kolonien in Übersee sein Leben fristen. Auf massiven Druck der Kirche war zwar das alte ius primae noctis, das Recht des Grundherrn, jede Jungfrau zu deflorieren, aufgehoben worden, aber welches Mädchen wagte es tatsächlich, sich dem Herrn, von dem das Schicksal seiner Familie abhing, zu verweigern? Dann die Steuern, Abgaben und Pachtzahlungen, welche ans Schloss zu zahlen waren. So gerieten die Bauern Jahr für Jahr weiter in die Abhängigkeit vom Grundherrn, da ihr Schuldenberg bei ihm immer höher wurde. Auch war es einem Bauern vor der Revolution nicht erlaubt, nach eigenem Gutdünken Grund zu erwerben, selbst wenn er ihn bezahlen konnte. Desgleichen konnte ein Verkauf nur mit der Zustimmung des Herrn getätigt werden.

»Und damit über die Jahrhunderte sich ja nichts zugunsten der Bauern änderte, stießen die Pfaffen ins gleiche Horn«, sagte Julien grimmig. »Sie predigten mit Vorliebe von Demut und Gehorsam, welche das dumme Bauernvolk seinen Herren schuldete und zeigten ihnen die Höllenstrafen auf, welche diejenigen trafen, die widerspenstig waren.«

Ich gebe zu, dass meine Familie Glück hatte; unsere Herren waren seit zwei Generationen Anhänger der Aufklärung; sie hatten die Enzyklopädisten verehrt, Rousseau gelesen und Voltaire und die Ziele der amerikanischen Befreiung wohlwollend unterstützt. Die Herren du Plessis waren Männer, welche die Menschenrechte der Bauern achteten. Aber das war leider nicht die Regel. Dass man die Rechte der hohen Herren zurechtstutzte, fand daher durchaus meinen Beifall.

Kardinäle und Bischöfe boten im Allgemeinen ein armseliges Bild. Wie viele habe ich am Hof erlebt, welche sich über das »dumme Volk« lustig machten, dem man »nur mit dem Teufel drohen müsse, um es bei der Stange zu halten«. Ich habe keinen getroffen, der selbst an das Höllenfeuer geglaubt hätte. Die wenigsten hielten ein Jenseits für möglich, wie ein Kardinal einmal Madame Francine eingestand. Ob Gott für sie existierte, war bei vielen fraglich.

Die meiste Zeit meines Lebens habe ich am Hof und bei hohen Herrschaften verbracht: Da waren die schmeichlerischen Nichtstuer, die intriganten Tagediebe, die scheinheiligen Parasiten, kurz gesagt: die Höflinge. Dachte ich an diese Menschen in der unmittelbaren Umgebung Ludwigs und Antoinettes, erfasste mich jedes Mal der Zorn und ich begrüßte die Revolution aus tiefstem Herzen.

Die Königin war eine gute Mutter und ihr schlimmster Schicksalsschlag war der Tod ihrer beiden Kinder. Ich liebte sie nicht – dazu stand sie mir zu ferne. Doch ihr schreckliches Schicksal habe ich zutiefst bedauert.

Und Ludwig XVI.? Sein wenig einnehmendes Äußeres, seine ungeschickte, abweisende Art machten es niemandem leicht, ihn gern zu haben. Ob ich Ludwig XVI. mochte? Darüber habe ich mir niemals den Kopf zerbrochen. Aber sein furchtbares Ende hat mir wehgetan. Trotz seiner Verlogenheit war er im Herzen gutmütig und liebte sein Volk bis zur eigenen Selbstvernichtung. Auch unter den Befürwortern der Revolution gab es nicht wenige, welche ihm ein friedliches Ende im Exil gewünscht hätten.

»Ludwig XVI. war der falsche Mann am falschen Ort zur falschen Zeit«, erklärte Madame du Plessis bedauernd nach seinem Tod – und damit war alles gesagt.

KAPITEL 104

IM SCHLOSS, IM so genannten »Billardzimmer«, hatten sich die Höflinge mit ihren Dienern versammelt. Madame Francine hielt meine Hand fest umklammert. Die Herren hielten Pistolen in der Hand und hatten ihre Zeremonialschwerter umgeschnallt. Einige von den mutigeren Damen waren mit Dolchen ausgerüstet.

Bewaffnete aus den Pariser Vororten waren anmarschiert, grölten die »Marseillaise«, ihr neuestes Revolutionslied, und richteten eine Kanone gegen den Palast. Als die Artilleristen der Nationalgarde das sahen, feuerten sie nicht etwa auf die Angreifer, oh nein. Sie schlossen sich der Mörderbande an.

Der König hatte eilends eine Depesche an die Gesetzgebende Versammlung entsandt, die in der nahe gelegenen Manège ihre Tagung abhielt. Er wollte wissen, welche Maßnahmen die Deputierten für den Schutz der Königsfamilie und des gesamten Hofstaates vorgesehen hatten. Die Abgeordneten würdigten Ludwig nicht einmal einer Antwort. Nachdem sich die radikale Gegenregierung etabliert hatte, hatten sie keine Regierungsgewalt mehr und sie dachten nicht im Entferntesten daran, sich für die Rettung eines überflüssigen Königs zu engagieren.

Die ungeheure Menschenmenge umzingelte den Palast. Inzwischen hatten sie begonnen, mit der Kanone auf die Tuilerien zu schießen. Nach jedem Treffer hörte man unbändigen Jubel. Ein Beauftragter des Départements, ein gewisser Monsieur Roederer, überredete die Aggressoren, ihm eine halbe Stunde Zeit für ein Gespräch mit dem König zu gewähren. Lässig billigte ihm der Brauer Santerre die dreißig Minuten zu.

»Aber keine einzige Sekunde länger.«

In Gegenwart Antoinettes empfing der König Monsieur Roederer. Dieser erklärte ihm ohne Umschweife: »Die Nationalgarde steht auf Seiten der Sansculotten. Das bedeutet, dass das Schloss praktisch bar jeder Verteidigung ist.«

Er, Roederer, sehe nur noch eine Möglichkeit: »Seine Majestät muss sich, so schnell es geht, mit Seiner Familie in die Manège flüchten und sich unter den Schutz der Gesetzgebenden Versammlung stellen.« Um seinem Vorschlag Nachdruck zu verleihen, fügte er noch hinzu: »Sire, ich beschwöre Sie, es bleibt Ihnen wirklich keine Wahl. Ihr Ausharren käme einem Selbstmord gleich.«

Der König konnte Roederer nicht widersprechen – die Tatsachen sprachen für sich selbst –, da war es die Königin, die sich auf einmal auflehnte.

»Man darf das doch nicht so einfach akzeptieren. Man muss die Soldaten zum Kampf zwingen. Es kann doch wohl nicht sein, dass der König von Frankreich vor dem Pöbel klein beigibt.«

Monsieur Roederer ließ Antoinette sich erst einmal austoben. Dann erklärte er ihr seelenruhig, dass sie allein für den Tod des Königs und ihrer Kinder die Schuld trüge, wäre sie weiterhin so starrsinnig. Das überzeugte die Königin. Widerwillig war sie bereit, sich in die Manège zu retten. Keinen Augenblick zu früh. Lediglich die »Ritter des Dolches« und die Schweizer Garde standen nach wie vor loyal zur königlichen Familie.

Nach Roederers Anweisung lief Antoinette nun mit Ludwig, Madame Elisabeth und den Kindern hinaus, dicht gefolgt von Madame Tourzel, Madame du Plessis, welche immer noch meine Hand umklammert hielt, Madame Campan und der Prinzessin de Lamballe. Letztere war vor kurzer Zeit aus dem sicheren Exil in Brüssel zurückgekehrt, um an der Seite ihrer Freundin Antoinette zu sein. Die Fliehenden zwängten sich durch den engen Kordon der wenigen noch königstreu gebliebenen Soldaten und die Menschenmassen drückten mit aller Gewalt gegen die Absperrungen, die jeden Augenblick zusammenbrechen konnten. Schmutzige Hände streckten sich aus und zerrten an den Kleidern und Haaren der Königin und der Gestank verschwitzter, ungewaschener Körper drang der königlichen Familie in die Nasen. Der Dauphin verzog vor Ekel das Gesicht und hielt sich die Nase zu. Damit erntete er höhnisches Gelächter und wütende Kommentare der Menge:

»Na, kleiner Bourbonenscheißer, jetzt darfst du mal den Duft des Volkes riechen. Das schmeckt dir wohl nicht? Bist wohl das Parfüm der Palasthuren gewohnt.«

Eine weitere Aufregung ergab sich während des Spießrutenlaufes zur Manège, als plötzlich ein Riese von Gestalt mit zigeunerhaftem Aussehen aus der tobenden Menge direkt auf die Königin zukam, ohne dass ein Soldat der Schweizer Garde ihn hätte zu hindern vermocht, und ihr ihren Sohn von der Hand riss.

Der mächtige Kerl, den ich schon einmal in Père Cigognes Begleitung gesehen hatte und der auch bei dem Zwischenfall mit dem Juden und dem Husarenoffizier unter den Befreiern gewesen war, zog den kleinen Jungen an seine Brust, während Antoinette aufschrie und beinahe vor Schreck in Ohnmacht fiel. Ich hörte, wie der Hüne ihr zuraunte: »Keine Angst, Madame, ich tue dem Kind nichts zuleide.« Und in der Tat, der

Fremde wollte den Dauphin nur beschützen; er hob den kleinen Karl-Ludwig hoch über seinen Kopf, damit keiner an das Kind heranreichen konnte, und lief mit den Flüchtenden mit. Der Riese mit den breiten Schultern, den muskulösen, nackten Oberarmen und den wild um sich blickenden Augen wirkte so einschüchternd, dass die mordlüsterne Meute nicht einmal zu murren wagte. Vor dem Eingang zur Manège reichte der Unbekannte den Thronfolger seiner Mutter zurück. »Gott segne Sie«, rief die Königin dem hünenhaften Retter nach, der rasch in der Flut der Menschen verschwand.

Eben hatten sich Ludwig und seine Getreuen in der Manège in Sicherheit gebracht, da war die von Santerre dem Vermittler Roederer zugebilligte halbe Stunde vorbei. Auf die Sekunde pünktlich platzierte die Kanone wiederum einen Treffer auf die Palastmauern.

Im Inneren des Schlosses ereignete sich eine Tragödie. Die paar treuen Verteidiger des Königs hatten nicht bemerkt, dass ihr Monarch die Tuilerien bereits verlassen hatte. Sie fühlten sich daher verpflichtet, ihn zu verteidigen – notfalls mit ihrem Leben. Heldenhaft setzten sie sich zur Wehr, als die Sansculotten aus Marseille angriffen. Die Schweizer Gardesoldaten feuerten in die Menge und das Ergebnis waren Hunderte von Toten und Schwerverletzten. Anstatt aufzugeben, stachelte dies die Wut und den Kampfgeist der Überlebenden noch mehr an. Wie die Berserker stürmten sie gegen die Schweizer und überrannten sie am Ende. Denen blieb nichts als der Rückzug ins Schloss. Aber die entfesselten Sansculotten ließen sie nicht so leicht davonkommen. Sie setzten ihre Beile ein und zerschmetterten die Türen.

Inzwischen erreichte die Schweizer der Befehl des Königs, nicht auf Franzosen zu schießen. Und sie gehorchten. Alle ließen sich widerstandslos wie Schafe vom blutrünstigen Mob abschlachten. Die Sansculotten stachen, hieben und traten auf die Schweizer Gardisten ein, bis alle bis zum letzten Mann tot dalagen.

Nun ging es den übrigen Palastbewohnern ans Leben. Die Rotbemützten machten Jagd auf alles, was sich bewegte – selbst auf Schoßhündchen, Katzen und kleine Singvögel in Käfigen.

Ein Augenzeuge aus Schottland schrieb später: »Man hätte glauben können, eine Art von Wahnsinn habe die Pariser befallen. Niemand vermag den Blutrausch zu schildern, welcher sich hier ungebremst austobte.«

KAPITEL 105

DER PALAST WAR von Kanonenkugeln zerschossen und die Außengebäude in Brand gesteckt worden. Nur die Manège blieb verschont. Aus den Unterkünften der Schweizer Garden sah ich die Flammen hellauf lodern, der Rauch drang bis in die Halle der Gesetzgebenden Versammlung. Der Qualm reizte einen zum Husten und der Geruch nach verbranntem Fleisch erzeugte Übelkeit.

Keiner wusste, ob der rasende Mob nicht in die Manège eindringen könnte; so sperrte man die Königsfamilie und ihren Anhang in einen winzigen Raum, der sich direkt hinter der Rednertribüne befand und vom Eingang aus nicht zu sehen war. Jeder Kanonenschlag ließ uns ängstlich zusammenzucken. Tiefe Niedergeschlagenheit erfasste uns, wenn wir daran dachten, welches Schicksal die im Palast Zurückgebliebenen erwartete. Auch Julien, mein Geliebter, befand sich im Schloss. Ich verdrängte den Gedanken an ihn, so gut ich es vermochte.

Noch nie war ich der Königsfamilie so nahe gewesen. In der Enge des kleinen Gemaches hätte ich dem König meine Hand auf die Schulter legen oder die Hand Antoinettes ergreifen können. Aber das stand mir nicht zu.

Der König sah aus, als würde er jeden Augenblick in Tränen ausbrechen. Madame Elisabeth war leichenblass, aber Prinzessin Marie Thérèse war bemüht, ihren kleinen Bruder zu beruhigen. Am gefasstesten von allen aber war die Königin. Was mochte der Armen durch den Kopf gehen? Grollte sie ihrem Gatten, weil er so lange gewartet hatte, sich und die Seinen in Sicherheit zu bringen? Hegte sie Verachtung für seine kolossale Fehleinschätzung der politischen Lage? Hasste sie ihn gar, weil sie und ihre Kinder diese Demütigungen ertragen mussten? Sie äußerte keinerlei Kritik an ihrem Gatten, weder in Worten und Blicken noch in Gesten.

Ich aber nahm dem König vieles übel. Ich ahnte, nein, ich wusste, dass am heutigen Tage Julien Lagrange sein Leben verloren hatte – völlig sinnlos, wie so viele andere. Der heutige Tag beschleunigte das Ende der Monarchie in Frankreich. Die Gesetzgebende Versammlung entzog dem König die exekutive Gewalt; es gab also auch keinen Streit mehr über das Vetorecht Ludwigs. Die Zahlungen ans Königshaus wurden eingestellt und für den 20. September 1792 berief man einen neuen Nationalkonvent ein, der zukünftig die Regierung über die junge Republik ausüben sollte.

Das erste Königsgeschlecht in Frankreich waren die Kapetinger gewesen – und daher nannte man den ehemaligen König jetzt »Bürger Ludwig Capet«; waren doch die Bourbonen, deren Geschlecht er entstammte, ein Zweig der Kapetinger. Bürger Capet wurde mit seiner Familie im so genannten »Temple« untergebracht, einer Festung aus dem Mittelalter.

Sie bestand aus zwei verschieden großen Türmen; die Familie Capet bezog im kleineren Quartier. Die Räume waren klein und beengt, mit niedriger Decke, modrig riechend und befallen von Ungeziefer. Kakerlaken spazierten über die verschimmelten Wände, große Spinnen hatten in den Ecken ihre Netze gesponnen und Ratten spielten Fangen auf den Gängen.

Aber die Mauern waren drei Meter dick und boten ihren Bewohnern Schutz, sollte der Pöbel von Paris sie erneut attackieren.

Die Stadtverwaltung stellte acht Polizeibeamte ab, die das Erdgeschoss bewachen sollten. Der Turm hatte vier Etagen; in einer jeden postierte man Soldaten und ein Vertreter der Stadtverwaltung hielt sich ständig beim König auf. Nachdem der Beamte und die Polizisten sich über ihre Arbeitsbedingungen beschwerten, brachte man ein paar Tage später die Prinzessin de Lamballe, Madame Tourzel und ihre Tochter sowie einige der Diener an einem anderen Ort unter. So war es für die Zurückgebliebenen etwas erträglicher. Nach einigen weiteren Tagen gestand die Stadt Paris ihren prominenten Gefangenen sogar ein gewisses Maß an Luxus zu.

»Man will wohl dem Ausland zeigen, dass man es bei den Revoluzzern nicht mit Unmenschen zu tun hat«, spottete Madame du Plessis, als sie erfuhr, dass man den »Capets« wieder eine Apanage genehmigt hatte. Außerdem ließ man den Inhaftierten jeden Tag mehrere Mahlzeiten mit sechs bis acht Gängen servieren.

»Keiner soll sagen können, wir freien Bürger Frankreichs ließen unseren ehemaligen König am Hunger verrecken«, meinte ein Wächter, den ich deswegen befragt hatte, in überheblichem Ton. »Lieber füttern wir ihn, bis er platzt.«

Mich erstaunte es sehr, wie die Königin – die würde sie für mich immer bleiben – es schaffte, in kurzer Zeit ihr schäbiges, kleines Turmstübchen in einen gemütlichen Raum zu verwandeln. Als Grundfarbe wählte sie heiteres Himmelblau für Tapeten, Vorhänge und Teppiche; Sofa und mehrere Sessel ließ sie dagegen in leuchtendem Royalblau und Weiß anfertigen.

Da sämtliche Kleidung und alle Einrichtungsgegenstände in den Tuilerien zerstört worden waren, gab Antoinette neue Garderobe in Auftrag sowie allerlei Gerätschaften des täglichen Bedarfes. Die Stadtverwaltung von Paris hatte sich bereit erklärt, für den Verlust an persönlichen Dingen bis zu einer gewissen Höhe aufzukommen.

Antoinette rechnete jeden Tag fest damit, ihre ehemaligen Landsleute mit den verbündeten Preußen in der Hauptstadt einmarschieren zu sehen. Sie erzählte Madame du Plessis von ihren Träumen: »Ich sehe es klar vor mir; die Verbündeten lagern vor Verdun, am nächsten Tag sind sie bereits an einem anderen Ort und eine kleine Weile darauf ziehen sie einen Belagerungsring um die Stadt Lille.«

In der letzten Augustwoche nahmen die Alliierten die Stadt Verdun ein. Bereits am 2. September 1792 kapitulierte die Stadt und schon am nächsten Tag war der Herzog von Braunschweig auf dem Marsch nach Paris. Sollte die Königin etwa Recht behalten?

Doch in Paris folgte eine fünf Tage währende Blutorgie ohne Beispiel. »Mein Vetter, der Marquis de Sade, hätte seine helle Freude daran«, vermutete meine Herrin, als man ihr von den so genannten »Volksgerichten« erzählte, die, um Zeit zu sparen, Gruppenurteile über die Häftlinge verhängten. Da Paris nicht über so viele ausgebildete Henker verfügte, wurden in aller Eile irgendwelche Schlächter zu solchen ernannt, die nun mit Messer und Beil die Hinrichtungen vollzogen.

Der »Ami du Peuple« berichtete: »Hunderte von feindlichen Priestern, die den Eid verweigerten, enden nun durch die Volkshenker. Auch was von den Schweizer Garden etwa noch übrig sein sollte, wird auf diese Weise ausgetilgt.«

Mit den Insassen des Frauengefängnisses Salpêtrière machte man kurzen Prozess. Madame Tourzel, meine Herrin und ich hatten unwahrscheinliches Glück, aber die Prinzessin de Lamballe, die es ablehnte, die Königin zu verfluchen und auf ihr Bild zu spucken, sollte einen grauenvollen Tod erleiden. Man stellte diese Edeldame vor das »Volksgericht« und ließ sie buchstäblich in Stücke hacken. Der Leiche schnitt man Kopf und Brüste ab und trug diese Körperteile auf Piken gespießt zum Temple und hielt sie vor das Turmfenster der Königin.

Als diese die bluttriefenden, zerfetzten Überreste ihrer liebsten Freundin sah, sank sie ohnmächtig zu Boden. Diese Schreckenstaten, ausgelöst von einer neuen Welle des Hasses gegen Ludwig XVI., seine Frau und seine Anhänger, sollten später als »Septembermorde« in die Geschichte eingehen.

Die Gesetzgebende Versammlung löste sich, wie bereits angekündigt, am 20. September auf und machte einer neuen Regierung, dem so genannten Konvent, Platz. Dessen erste Amtshandlung war, den 20. September 1792 zum ersten Tag einer neuen Zeitrechnung auszurufen.

»Man darf also annehmen, dass die Herren die grässlichen Mordtage mit der Geburt Christi gleichsetzen«, sagte die Gräfin du Plessis entsetzt.

Wir schrieben nun das glorreiche Jahr eins der Französischen Republik.

KAPITEL 106

Madame Tourzel und ihre Tochter, Madame du Plessis, mehrere Zofen – darunter ich – sowie Madame Campan hatte man in das Frauengefängnis Salpêtrière verlegt, um im Temple mehr Platz für die Elitesträflinge zu schaffen. Aus dem Büro des Aufsehers war ein provisorischer Gerichtssaal geworden und im Hof trieb man die Häftlinge wie eine Hammelherde zusammen. Betrunkene, zerlumpte Gestalten befanden sich ebenso unter uns wie vornehme Damen und rechtschaffene Dienstboten. Ein Aufsichtsbeamter versicherte Madame Tourzel, er werde dafür Sorge tragen, dass ihrer blutjungen Tochter kein Leid geschähe.

»Ich gönne es der Kleinen; vermutlich hat sich ein Mitglied des Konvents in das hübsche Ding verliebt«, flüsterte meine Herrin mir ins Ohr.

Wir Älteren hatten mit dem Leben abgeschlossen. Die Anklagen wurden von einem grobschlächtigen Schurken mit Galgenvogelgesicht und roter Jakobinermütze verlesen. Ohne dass irgendeinem die Möglichkeit eingeräumt wurde, etwas zu seiner Verteidigung vorzubringen, wurde im Anschluss daran das Urteil gefällt. Fast immer lautete es auf »schuldig« und das zog die Todesstrafe nach sich.

Die Vollstreckung des Urteilsspruchs mussten wir unmittelbar miterleben: Gnadenlos wurde vor unser aller Augen gemordet. Ein paar kräftige Schergen zwangen die Verurteilten auf die Knie, packten sie an den Haaren und beugten ihre Häupter weit vornüber, sodass sie beinahe mit dem Gesicht auf dem Pflaster des Hofes lagen. Die entblößten Nacken malträtierte dann ein Aushilfshenker stümperhaft mit einem großen Hackebeil, wie es die Metzger zum Ochsenschlagen benutzten. Es war beinahe die Regel, dass es mehrerer Hiebe bedurfte, bis das Opfer geköpft war. Die Szenerie war wie ein böser Traum; die Entsetzensschreie der übrigen Gefangenen vermischten sich mit dem tierischen Gebrüll der Delinquenten, deren Blut und Knochensplitter meterweit spritzten. Die meisten flehten ihre Henker um Erbarmen an – aber deren Aufgabe war es, zu morden und nicht zu begnadigen.

Wir standen über fünf Stunden im Hof und verfolgten das Grauen, ehe man Madame Francine, Gräfin du Plessis, geborene Montmorel, vor das selbst ernannte Tribunal zerrte. Meine Herrin bemühte sich um Haltung. Die Anklageschrift, welche diesmal ein spitznasiger Zwerg mit einem gelben Rattengesicht verlas, war mehr als dürftig. Im Grunde warf man ihr eigentlich nur ihre Geburt in einer, noch dazu recht bescheidenen, Adelsfamilie vor. Sie stand offiziell weder in Diensten der Königin – das war dem Gericht offenbar nicht bekannt – noch in denen des Königs. Sie war lediglich Gouvernante des Dauphins und seiner Schwester und diese Kinder standen nicht unter der Anklage des Landesverrats. Folglich war es auch nicht strafbar, für den Thronfolger und die Prinzessin tätig zu sein. Zu unserer größten Verblüffung erkannte das Volksgericht auf Freispruch, der gleich auch auf mich ausgedehnt wurde. Und dann geschah das wirklich Unfassbare. Dieselben Volksrichter, die schon Tausende zum Tode aus reiner Willkür verurteilt hatten, umringten meine Herrin, umarmten sie und mich so herzlich, als wären wir die besten Freunde. Sie beglückwünschten uns tatsächlich zu unserer Freilassung. Mehrere Begleitpersonen mussten uns zum Stadtpalais Madame Francines am Jardin de Luxembourg eskortieren, damit uns ja »nichts Böses auf den unsicheren Straßen von Paris« widerfuhr. Einer der Richter sagte noch: »Ein guter Rat von mir, Madame, verlassen Sie Paris, ehe die alliierten Truppen der

Preußen und Österreicher einmarschieren und Sie möglicherweise wieder in Schwierigkeiten geraten.«

Madame Francine bedankte sich sehr liebenswürdig. Mir sagte sie anschließend: »Mir tun die Alliierten nichts – im Gegenteil. Meine Aufgabe ist es, in der Nähe der Königin zu bleiben und, falls möglich, meine Pflicht beim Dauphin zu erfüllen.«

Zum wiederholten Male stellte die Gräfin es mir anheim, den Dienst bei ihr zu quittieren, aber wie immer lehnte ich ab.

Ich trauerte ehrlich um Julien Lagrange, diesen aufrechten Mann, welcher so sinnlos in den Tuilerien sein Leben verloren hatte. Er hatte an jenem Tag zu seinem Onkel, Père Cigogne gewollt, verließ den Palast aber zu spät und war so dem rasenden Mob in die Hände gefallen.

Lange sträubte ich mich dagegen, an das Schicksal Juliens zu denken. Erst der gewaltsame Tod meines Kindes, dann das entsetzliche Sterben meines Liebsten. Ich verdrängte absichtlich das Geschehene – aber das war auf die Dauer unmöglich. Ich musste mich der blutigen Realität stellen und das war nur in Paris möglich. Die Frage, welche sich mir aufdrängte, lautete: »Bin ich es, die allen, die mit mir zu tun haben, Unglück bringt?«

Madame Francine war es, meine kluge und treu sorgende Herrin, der ich meinen neuen Lebensmut verdankte.

Ich liebe sie heute noch.

Das Jahr 1793 begann nicht schlecht für unsere neue Regierung, den Konvent. Zur großen Verblüffung aller war es den Revolutionstruppen tatsächlich bei Valmy geglückt, den Vormarsch des Herzogs von Braunschweig zum Stillstand zu bringen. Plötzlich wendete sich das Blatt. Die ehemals so feigen, völlig demoralisierten französischen Soldaten waren wie beflügelt von neuer Energie; mit Elan warfen sie sich den Eindringlingen entgegen und zwangen die Alliierten zum Rückzug. Die Zeitungen überschlugen sich. Es war nur noch vom »strategischen Genie unserer Offiziere« und vom »Heldenmut unserer tapferen Soldaten« die Rede. Sechs Wochen gingen ins Land und unsere Armee errang auf einmal einen Sieg nach dem anderen. Sie warf die Österreicher und Preußen nicht nur aus Frankreich hinaus, sondern drang sogar ein in Belgien, wohin sich die Feinde zurückgezogen hatten.

Die Königin strich sich müde übers Gesicht: »Ich gestehe, dass ich jetzt endgültig jede Hoffnung auf Rettung begrabe.« Der König hatte schon lange aufgegeben.

Madame du Plessis war, nachdem eine andere Dame aus dem Gefolge der Königin ernsthaft erkrankte, wieder in die Dienste des Thronfolgers aufgenommen worden. So lebten wir beide wieder im Temple.

Zum Glück verfügte der Temple über eine kleine Bibliothek und der König durfte sie nutzen. So vertiefte er sich über Stunden in die Werke des Tacitus, Plutarch, Buffon, Montesquieu, aber auch in die Schriften eines Voltaire und Diderot. In der letzten Phase seines Erdenlebens entpuppte sich Ludwig als wahrer Bücherfreund. Innerhalb weniger Monate verschlang er Hunderte davon. Außerdem hatte er eine wichtige Aufgabe übernommen: Er unterrichtete seinen Sohn in den lateinischen Klassikern. In der kurzen Zeit, die ihm noch vergönnt war, kam Seine Majestät dem Dauphin näher als in den vorhergehenden Jahren.

Der Bierbrauer Santerre war ein vermögender Bourgeois; er verdiente nicht nur an seinem Bier, das immer beliebter wurde. In den Monaten von Mai bis Oktober war die Mälzerei unbenutzt und der geschäftstüchtige Santerre funktionierte diese um in ein Badehaus. Die hölzernen Bottiche dienten nun als Wannen.

In den üblichen Badezubern konnte man nur sitzen. In Santerres Malzbottichen aber konnte man sich ausstrecken und dies steigerte das Badevergnügen beträchtlich. Alle, welche sich nicht nur zu säubern wünschten, sondern Spaß am Baden hatten und es sich leisten konnten, fuhren zu Santerre in die Vorstadt. Bald galt es unter den Aristokraten als à la mode, beim Brauer Santerre zu baden, auch wenn sie den Mann selbst als primitiven und brutalen Proleten verabscheuten. Das Wasser hatte genau die richtige Temperatur; dafür sorgten junge, hübsche Bademägde. Für einen Mehrpreis fügten sie Lavendel- oder Rosenöl hinzu, sodass sich ein angenehmer Duft im Raum verbreitete, der entspannend auf Leib und Seele wirken sollte. Nach dem Bad ließ man sich von einem kräftigen Badeknecht oder einer Magd die Haut mit einem besonderen Öl verwöhnen sowie die Muskeln durchkneten. Augenblicklich am beliebtesten war Fichtennadel- oder Kiefernnadelöl, welches so herrlich duftete nach Wald und Natur.

Da ich mich für die Zusammensetzung aller Cremes, Salben und Hautöle interessierte, wäre ich zum Spionieren gerne einmal dorthin gegangen. Als ich meiner Herrin davon erzählte, erklärte sie mir aber grimmig: »So lange ich lebe, wird dieser Unmensch an mir keinen Sou verdienen – weder durch sein wässeriges Gesöff namens Bier, noch durch sein dubioses Badehaus. Ich verstehe meine Standesgenossen nicht. Schämen sollten sich alle Adeligen, welche ihren Fuß in seine Mälzerei setzen.«

Ganz erregt lief Madame Francine in dem kleinen Zimmer

im Temple hin und her. »Wer von meinen Bekannten dorthin geht, wird von mir sein Lebtag lang keines Wortes mehr gewürdigt.«

KAPITEL 107

Ende September trennten Soldaten der Nationalgarde Ludwig von seiner Gemahlin und brachten ihn im großen Turm des Temple unter. Sein Gemach war spartanisch eingerichtet mit einem großen Bett, einem Sekretär, vier Stühlen, einem Sessel, einem Tisch und einem Spiegel, der über dem offenen Kamin hing.

Der König war froh über den Kamin, wenn er auch rußte; es war Herbst und die Nächte waren bitterkalt in dem mittelalterlichen Gemäuer. Wir erfuhren das von Monsieur Jean-Claude, dem Leibdiener Ludwigs, wenn wir mit ihm auf dem Hof zusammentrafen.

»Ein großes Ärgernis für Seine Majestät sind die Parolen, denen er auf Schritt und Tritt begegnet«, sagte uns der Diener:

»In seinem Vorzimmer hat jemand den Text der Bürgerrechtserklärung ganz groß an die Wand geschrieben, sodass ihn auch ein Kurzsichtiger lesen kann. Zudem ist er in den Farben der Trikolore rot, weiß und blau eingerahmt.«

Ludwig XVI. war immer ein starker Esser gewesen; das änderte sich auch im Temple nicht. Dennoch verlor er binnen kurzem sehr viel an Gewicht. Sein pausbäckiges Gesicht mit dem Dreifachkinn wurde spitzer und seine müden Augen hatten schwarze Ränder. Tiefe Furchen hatten sich in seine Stirne und in seinen Mundwinkeln eingegraben. Noch nicht vierzig Jahre zählend, war Ludwig ein alter Mann geworden; trotz seiner imponierenden Körpergröße ging er jetzt gebeugt.

Wir bekamen Ludwig nicht mehr zu Gesicht; nur sein vertrauter Leibdiener Jean-Claude, welcher ihm seit Jahren zu Diensten stand, hielt uns mit Neuigkeiten auf dem Laufenden.

»Es mehren sich die Stimmen im Konvent, die offen den Tod des Königs fordern. Im ›Ami du Peuple‹ und anderen Publikationen wird der einsame Mann im Temple als ›Ludwig der Letzte‹ verspottet. Eine Bezeichnung, die auch für die Zukunft des Dauphins nichts Gutes verheißt.« Madame Francine war niedergedrückt.

Am 18. November erhielt der König einen weiteren Hieb: Einer seiner wenigen ihm noch verbliebenen Getreuen hatte ihn verraten. Es war dies der Schlossermeister Monsieur Gamain, mit Ludwig seit über zwanzig Jahren befreundet. Gamain war es gewesen, welcher dem damals noch blutjungen König das Schlosserhandwerk beigebracht hatte. Gemeinsam hatten sie zwei Jahrzehnte lang zusammengearbeitet und der Meister hatte seinen königlichen Herrn wohl so gut wie kein Zweiter gekannt. Gamain hatte den Behörden Folgendes verraten:

»Ich möchte dem Konvent mitteilen, dass der Bürger Louis Capet mir vor einem Jahr befohlen hat, eine Kiste aus Eisen zu schmieden; er wollte darin geheime Papiere deponieren, welche auf gar keinen Fall der Revolutionsregierung in die Hände fallen dürften.«

Und scheinheilig fügte der Verräter hinzu: »Ich sage das, weil ich mich der Revolution verpflichtet fühle und mich längst vom vorgenannten Bürger Capet losgesagt habe.« Die

Aussage Gamains wurde im »Ami du Peuple« als besonders patriotische Tat gewertet.

»Dieser Judas weiß genau, dass er damit die Nägel zum Sarg des Königs beisteuert. Ludwig hat nun keine Chance mehr, die Revolution zu überleben. Wer wird es jetzt noch wagen, sich für seine Begnadigung einzusetzen?«, fragte Madame Francine.

Man hatte in den Trümmern der Tuilerien nach jener Eisentruhe gesucht und sie gefunden. Die meisten Papiere waren belanglos.

»Die Radikalen sind wütend und enttäuscht, Madame; sie haben sich viel mehr vom Inhalt der Kiste versprochen«, erfuhr die Königin von einem Bediensteten.

Schließlich fanden sich doch noch einige Papiere, welche sich als hinreichend belastend erwiesen, sodass man eine wacklige Anklage wegen Landesverrats zusammenbasteln konnte.

Am 11. Dezember 1792 wurden wir noch vor Tagesanbruch durch lauten Trommelwirbel aus dem Schlaf gerissen. Neugierig lief ich zu einem kleinen Fenster, aber es ereignete sich nicht viel. Ich sah nur, dass eine Schwadron Kavallerie in den Temple einrückte und so die Bewachung der Festung verstärkte. Die Reiter hatten auch Geschütze mitgeführt, die jetzt verloren im Hof herumstanden.

»Viel Lärm um nichts. Der typische Theaterdonner dieser Dilettanten«, meinte die Königin, »sie wollen uns nur mürbe machen mit ihrem übertriebenen Getue.« Und sie nahm mit ihren Kindern und Madame Elisabeth wie jeden Tag das Frühstück ein.

Gegen Mittag erschienen beim König zwei Beamte und erklärten, sie hätten Order, den Jungen zu seiner Mutter in den kleinen Turm zu bringen. Der Kleine war eben dabei, den römischen Geschichtsschreiber Tacitus ins Französische zu übersetzen.

»Mein Sohn ist der einzige Angehörige, mit dem ich noch Kontakt pflegen kann. Weshalb will man mich jetzt dessen berauben?«, fragte Ludwig verstört. Aber die Herren meinten kühl, sie täten nur ihre Pflicht.

Da verstand der König. Er beugte sich zu seinem Kind herab und küsste es innig zum Abschied. Als wüsste der Knabe, dass er seinen Vater zum letzten Mal sah, klammerte er sich plötzlich mit Macht an dessen Rock und wollte ihn gar nicht loslassen. Mit belegter Stimme befahl Ludwig: »Nun geh endlich mit den Herren zu deiner Mutter, mein Sohn. Sie erwartet dich.« Da gehorchte das Kind.

Kurz danach teilte ihm ein Aufseher mit: »Der Bürgermeister will Euch sprechen, Bürger.«

Aber es vergingen noch mehrere Stunden, bis der Maire von Paris im Temple erschien. In seiner Begleitung waren ein Staatsanwalt, dessen Sekretär, der Bierbrauer Santerre in seiner Eigenschaft als Befehlshaber der Nationalgarde und einige weitere Beamte. Wichtigtuerisch baute sich der Bürgermeister vor der riesigen Gestalt des Königs auf und sagte mit unangenehm schnarrender Stimme: »Der Bürger Capet ist dem Gericht des Konvents vorzuführen.«

Freundlich entgegnete ihm Ludwig: »Ich heiße nicht Capet, Monsieur. Capet ist der Name eines meiner längst verstorbenen Vorfahren. Ich hätte es überdies begrüßt, wenn man während der Stunden, die ich auf Euch gewartet habe, wenigstens noch meinen Sohn bei mir gelassen hätte.«

Darauf wusste keiner etwas zu sagen und der König befahl in aller Ruhe seinem Leibdiener: »Bringt mir bitte Mantel und Hut, Jean-Claude.« Dann schritt er mit dem Bürgermeister und dessen Begleitern aus dem spärlich eingerichteten Raum die Treppe hinab. Auf der Straße stand eine Kutsche bereit, die er ohne zu zögern bestieg.

Als man Ludwig fortgebracht hatte, vertraute sich die Königin Madame du Plessis an: »In diesem Leben sehen wir uns nie wieder. Was ich nicht mit Bestimmtheit sagen kann, ist, wen von uns beiden sie als Ersten ermorden werden. Ich habe mit meinem Leben abgeschlossen, aber wenn ich an meine Kinder denke, zerreißt es mir schier das Herz.«

KAPITEL 108

ALS TAG FÜR die Hinrichtung des Königs hatte man den 21. Januar 1793 festgesetzt, einen feuchtkalten, unfreundlichen Tag. Der Nieselregen drang selbst durch dicke Umhänge und ließ uns bis ins Mark frösteln. Dennoch hatte sich eine riesige Menschenmenge auf der Place de la Révolution eingefunden.

Das Abstimmungsergebnis war denkbar knapp ausgefallen und erst nach mehrstündiger Debatte zu Stande gekommen.

Die Stille lastete schwer in den Straßen. Die Massen, sonst immer bereit zu Lärm und Gebrüll, verharrten in Schweigen.

Stumm standen auch Madame Francine, Madame Campan und ich in langen, schwarzen Mänteln mit ins Gesicht gezogenen Kapuzen gegenüber der Guillotine, um unseren König in seinen letzten Augenblicken nicht allein zu lassen. Jean-Claude Cléry war ebenfalls bei uns.

Vielleicht war diese Stille ein allerletztes Zeichen von Ehrfurcht für den ehemaligen König? Wie alle Könige Frankreichs hatte auch Ludwig als geliebter Vater der Nation gegolten, geheiligt durch die Salbung in Reims. Er war ein von Gott Gesegneter, der durch bloßes Handauflegen Krankheiten zu heilen vermochte.

Zuerst erschien die Nationalgarde, danach folgte der Wagen mit dem König, hinterher marschierte Artillerie sowie eine Anzahl Armeesoldaten in geordneter Formation. In der Kutsche waren Gendarmen platziert. Man hatte Angst, es könnte einen Befreiungsversuch geben oder gar ein Attentat.

Wir sahen Ludwig XVI. in langem, braunem Umhang und schwarzem Dreispitz, den eine Kokarde zierte, aus der Kutsche steigen und lächeln. Auf ihn wartete Mister Henry Edgeworth, ein irischer Geistlicher, der nie den Eid abgelegt hatte und der Beichtvater von Madame Elisabeth gewesen war, ehe er des Landes verwiesen wurde. Als jener wackere Geistliche vom Urteil gegen Ludwig erfuhr, kehrte er nach Frankreich zurück – obwohl ihn dieser Entschluss selbst in höchste Lebensgefahr brachte.

Die Gefängnisaufseher hatten Menschlichkeit gezeigt und dem Bürger Louis Capet die Bitte gewährt, sich von diesem Priester an die Schwelle zum Jenseits geleiten zu lassen. Der König wandte sich an die Gendarmen und bat sie: »Messieurs, ich empfehle Euch diesen guten Menschen an.

Bitte, sorgt dafür, dass ihm nach meinem Tod kein Unrecht zugefügt wird.«

Das bereits in der vorhergehenden Nacht aufgebaute Schafott war umgeben von einem Ring aus Kanonen; um diesen Wall herum hatte man etliche tausend Nationalgardisten postiert. Und über allem lag die Stille, diese unglaublich intensive Stille.

Drei Nationalgardisten traten auf Ludwig XVI. zu, um ihm in ihrem Übereifer seinen Mantel abzunehmen, aber mit einer herrischen Geste scheuchte er sie weg und legte selbst den braunen Umhang ab. Sorgfältig faltete er ihn zusammen und legte ihn auf einen Hocker; dann nahm der König seinen weißen Schal ab und legte ihn auf den Mantel. Zuletzt entfernte er seinen Kragen, um seinen Nacken freizulegen.

Wieder griff ein Gardist nach den Händen des Monarchen, aber dieser überreichte ihm nur seinen Dreispitz und fragte mit donnernder Stimme:

»Was versucht Ihr da?«

»Euch fesseln.«

»Mich binden?«, kam es empört vom König. »Nein, das werde ich niemals zulassen. Tut, was Euch befohlen ist, aber fesseln werdet Ihr mich nicht.«

Gemeinsam mit dem irischen Priester erklomm Ludwig die hölzernen Stufen, welche zur Plattform hinaufführten, auf der die Guillotine thronte. Neben ihr wartete der Vollstrecker.

»Das ist Monsieur Charles-Henri Sanson, der Oberste Henker von Paris«, murmelte Madame Campan. Oh ja, diesen Mann kannten wir. Er war seit Jahren in seinem blutigen Handwerk anstellig.

Unheil verkündend erklang dumpfer Trommelwirbel, dann erschallten Trompeten. Der König zögerte nur einen winzigen Augenblick. Als er die oberste Treppenstufe erreicht hatte, dankte er Mister Edgeworth. Festen Schrittes betrat er die Plattform.

Monsieur Sanson näherte sich Ludwig mit einem Barbiermesser, um ihm die Nackenhaare abzuschneiden. Der König wehrte ab: »Das wird nicht nötig sein«, aber der Henker beachtete seinen Einwand nicht, griff rasch nach dem Zopf des Monarchen und schnitt ihn ab. Und ehe der König es sich versah, hatte der erfahrene Nachrichter ihm die Hände auf dem Rücken gefesselt.

Die Trommler, die währenddessen ausgesetzt hatten, begannen erneut mit den dumpfen, bedrohlich klingenden Schlägen, als Ludwig ihnen zurief: »Aufhören.«

Die Trommler hielten inne und in der nun herrschenden Totenstille konnte man die letzten Worte des Königs von Frankreich deutlich hören:

»Ich sterbe unschuldig an allen Verbrechen, deren man mich beschuldigte. Ich verzeihe den Verursachern meines Todes und ich bitte Gott, dass das Blut, das sie vergießen werden, niemals über Frankreich komme.«

Um den König am Weitersprechen zu hindern, packten ihn mehrere Schergen auf einen Wink des Henkers und schoben ihn eilig unter das Fallbeil, welches, hastig ausgelöst durch Monsieur Sanson, blitzschnell herunterdonnerte, noch ehe die Henkersknechte den Hals des Monarchen richtig platziert hatten.

Alle auf dem riesigen Platz hörten einen Schrei und dann – nichts mehr. Ludwig XVI. war gerichtet.

Ein Wachmann, ein blutjunges Bürschchen von höchstens achtzehn Jahren, griff sofort in den Korb und holte das abgeschlagene Haupt des Königs heraus. Er hielt es an den Stirnhaaren hoch, damit es alle Zuschauer sehen konnten. Er lief um das Geviert der Plattform und vollführte dabei allerlei geschmacklose Faxen.

Die Anspannung und die feierliche Stille hatten wohl schon zu lange gedauert; so brach jetzt auf einmal grenzenloser Jubel aus. Neben mir stand ein mausgesichtiger Fettkloß, der »Es lebe die Nation« zu brüllen begann und die Umstehenden griffen den Schrei auf. So schallte es über die weite Place de la Révolution: »Vive la Nation.« Die Leute rings um uns schmissen ihre Hüte oder roten Jakobinermützen in die Luft und stimmten mit Begeisterung die Marseillaise an.

Als die letzten Takte des Revolutionsliedes verklungen waren, begann das Rennen zum Schafott. Reiterei und Nationalgarde waren bereits abgerückt. Die Menge beeilte sich, das Blut aufzufangen, welches aus dem kopflosen Rumpf floss. »Dieses Blut ist wundertätig«, rief eine Frau mit verklärtem Blick und stieß mich beiseite. Die Massen tanzten wie besessen um die Stätte der Hinrichtung.

Jetzt machte Monsieur Sanson seine Geschäfte. Er hatte bereits nach gutem, altem Henkersbrauch begonnen, die Kleidung seines Opfers meistbietend zu versteigern. »Wie einst auf Golgatha«, murmelte Madame Tourzel.

Der Dreispitz des Königs brachte dem Henker wohl am meisten ein. Auch Zopfband und Haarlocken des Hingerichteten ließen sich gut verkaufen. Den braunen Umhang zerschnitt Sanson in viele kleine Stücke und verteilte sie an die Menschen, welche sich um die Stofffetzen prügelten.

Der irische Priester wurde zum Glück von keinem behelligt. Er ging dicht an mir vorüber und seine Lippen bewegten sich leicht; er betete wohl für die Seele des Königs. Wir warteten noch so lange, bis die Gendarmen den Leichnam Ludwigs und sein Haupt in einen großen Weidenkorb gelegt, diesen auf einen bereitstehenden Wagen gehoben hatten und davonfuhren.

Wie sein treuer Diener Monsieur Cléry später berichtete, war der König in seinen letzten Stunden vor seiner Hinrichtung sehr ruhig und gefasst: »Er hat es abgelehnt, sich von seiner Familie zu verabschieden. Er wollte ihr den Schmerz eines grausamen Abschieds ersparen.«

Der treue Diener kämpfte mit den Tränen. »Dann hat mir

Seine Majestät seinen Ehering übergeben und bat mich, ihn der Königin als seinen letzten Abschiedsgruß zu bringen.«

Madame du Plessis hielt die Hand Clérys, als jener nun schluchzend hinzufügte: » Zum Schluss befahl mir Seine Majestät noch, allen ein letztes Adieu zu sagen.«

Da war es um unser aller Fassung geschehen und wir ließen unseren Tränen freien Lauf.

Anderntags stand im »Ami du Peuple«: »Der Tote ist zum Friedhof Sainte Madeleine gebracht worden, wo man bereits vor der Vollstreckung des Urteils eine tiefe Grube ausgehoben hat, um ›Ludwig den Gekürzten‹ darin verschwinden zu lassen.«

»Dieser Spottname erfreut sich, ebenso wie ›Ludwig der Kopflose‹, allgemein großer Beliebtheit in revolutionären Kreisen«, schrieb der englische Botschafter an seinen König.

Kopf und Körper des Bürgers Louis Capet legte man in einen einfachen Fichtensarg, wie er auch für einen Verstorbenen aus dem Armenasyl verwendet wurde. Ohne die geringste Bestattungszeremonie, ohne ein Gebet oder sonstige Abschiedsworte beerdigte man ihn. Die Totengräber schaufelten ungelöschten Kalk auf den Sarg, damit sich die sterblichen Überreste des Königs rasch auflösten.

Die Zeitungen schrieben – und das war wörtlich zu nehmen – »Ludwig Capet ist ausgelöscht«. Die Grabstelle wurde zum Schluss mit Erde bedeckt und eingeebnet. Bis heute erinnert keine Tafel, kein Kreuz, kein Grabstein an König Ludwig XVI.

KAPITEL 109

TRAURIG UND DEPRIMIERT kehrten wir in den Temple zurück. Antoinette wurde jeden Tag dünner. Sie war mittlerweile so mager geworden, dass ich ihre Kleider mehrmals enger nähen musste. Ihre Wächter machten sich schließlich ernsthafte Sorgen, die Gefangene könnte vorzeitig sterben. Sie ließen ihr daher aus eigenem Antrieb jeden Mittag eine Rindfleischbrühe servieren.

Die Königin interessierte sich für nichts mehr; sie dämmerte in ihrem Schmerz dahin und trug bis zu ihrem Tod nur noch schwarze Kleidung. Sie litt an heftigen, stundenlangen Weinkrämpfen. Wochenlang verließ sie ihre Kammer nicht mehr und duldete keine Menschenseele um sich. Wenn Madame Francine versuchte, ihr den Dauphin oder Marie-Thérèse zu bringen, reagierte sie unwillig.

Die Administration der Stadt hatte ihr auf ihre Bitten einen Badezuber zugestanden. Nun, nach dem Tod ihres Mannes, stellten sie ihr noch ein Klavichord zur Verfügung.

»Ob die Herren wohl ihr schlechtes Gewissen plagt?« Madame Francine lachte bitter auf. »Nein, gewiss nicht, Julienne. In diesen Kreisen hat man kein Gewissen. Man will nur nicht, dass sie vor ihrem Prozess eingeht wie eine Blume, die man ohne Wasser in die Vase gestellt hat.«

Eines Tages aber schien die Königin wie verwandelt. Sie ließ sich von Madame Francine frisieren und schminken, wählte ein figurgünstig geschnittenes Kleid, welches ihren hageren Körper etwas kaschierte durch üppigen Rüschenbesatz an Rock und Oberteil sowie Spitzengeriesel um den Ausschnitt. Ihre Augen leuchteten. Die Ursache erfuhr Madame du Plessis von der Königin selbst.

»Ihre Majestät hat wieder Hoffnung geschöpft. Sie denkt an Flucht.« Ich schüttelte verwundert den Kopf; hegte ich doch arge Zweifel an der Durchführbarkeit einer solchen Idee. Die Bewachung im Temple war äußerst streng – oder nicht?

Mesdames du Plessis, Tourzel und Campan sowie meine Wenigkeit durften den Temple zwar zu jeder Zeit betreten und verlassen – waren wir doch vom Volksgericht freigesprochen worden und galten offiziell als Zofen und Erzieherinnen der königlichen Kinder –, aber wir wurden jedes Mal auf das Penibelste auf Schmuggelware untersucht. Aber einer der Aufseher mit Namen Toulan, ein überzeugter Anhänger der Revolution und Feind der Monarchie, hatte durch das enge räumliche Beisammensein mit der Königin seine Meinung geändert. Er erlebte Antoinette als tapfere Frau, die niemals unfreundlich zu ihren Wächtern war; dazu rührte ihn ihr tiefer Schmerz über den Tod ihres Gatten.

So hatte Monsieur Toulan begonnen, Pläne zu schmieden. »Ich verbürge mich für deren Gelingen«, versicherte er, »auch Madame Elisabeth und die Kinder werden den Temple unbeschadet verlassen können.«

Zu Beginn war die Königin mehr als skeptisch. »Der Mann ist ein eingefleischter Republikaner und Revolutionär; sollte aus dem Saulus ein Paulus geworden sein? Ich glaube eher, man will mir eine Falle stellen.«

Und zu Toulan sagte sie: »Lassen Sie mich zufrieden, Monsieur. Einer Gefangenen die Freiheit vorzugaukeln ist äußerst grausam.«

Madame du Plessis wollte dem Gefängniswärter auf den Zahn fühlen.

»Ich werde der Königin beweisen, dass der Temple gar nicht so hermetisch von der Außenwelt abgeschlossen ist«, versicherte er und schmuggelte ein paar Tage später den königstreuen General de Jarjayes in den mittelalterlichen Bau. Dieser hohe Offizier hatte Antoinette des Öfteren bei ihren Geheimkorrespondenzen als Bote gedient. Der General hatte sich schlauerweise als Laternenanzünder verkleidet und war tatsächlich ungehindert in den Trutzbau gelangt.

Als ihn Antoinette erkannte, war sie sofort überzeugt, dass Monsieur Toulan kein falsches Spiel mit ihr trieb, und schöpfte neue Hoffnung. Toulans Plan sah vor, dass in der Nacht der Flucht er selbst und ein gewisser Monsieur Lepitre Wachdienst hatten. Dieser Lepitre, ein ehemaliger Lehrer, war Direktor des Passamtes und bereit, gegen eine beträchtliche Summe falsche Dokumente für die vier restlichen Mitglieder der Familie Ludwigs zu besorgen. Die Königin würde mit diesen Papieren in die Normandie fliehen und von da aus in einem Boot nach England übersetzen.

Ein Problem war allerdings ein bestimmtes Dienerehepaar Antoinettes. Um deren Betäubung versprach Monsieur Toulan sich persönlich zu kümmern. »Sie werden schlafen wie Bébés«, versicherte der treue Verehrer der Königin und beide kicherten bei dieser Vorstellung.

Wie schon im Jahre 1791 war auch diesmal geplant, die Flüchtlinge zu verkleiden, um unerkannt das Gebäude zu verlassen. Madame Francine schlug vor: »Majestät, Sie und Madame Elisabeth sind so schlank, dass es am besten sein wird, Sie ziehen sich Uniformen von Stadtbeamten an; so stellen Sie auch sicher, dass keiner der Wächter es wagen wird, Sie anzuhalten. Sie können unbehelligt aus dem Temple hinausmarschieren, wo ein Einspänner Sie erwarten wird.« Die Königin schien wie verwandelt. Vergnügt klatschte sie in die Hände. Monsieur Toulan versprach, umgehend das Nötige zu veranlassen. Nun überlegte man, wie man Ludwig-Karl und Marie-Thérèse aus dem Temple hinausschaffen konnte.

»Was halten Sie davon, Monsieur, wenn wir Thérèse als Lehrmädchen des Laternenanzünders ausstaffierten?«, fiel Antoinette ein. »Wir ziehen ihr dunkle Fetzen an und schwärzen ihr das Gesicht mit Lampenruß; ihre Haare kann sie unter einem schmutzigen Kopftuch verstecken.«

»Sehr gut«, sagte Toulan anerkennend, »keine Menschenseele wird sie eines Blickes würdigen.«

Für den Dauphin ließ sich meine Herrin etwas einfallen. »Monsieur Louis-Charles versteckt sich in einem Korb mit Schmutzwäsche; ein vertrauenswürdiger Diener wird den Korb nach draußen befördern. Den Einspänner lassen wir in einer Nebenstraße halten und die Kinder Eurer Majestät können die Kutsche unauffällig besteigen.«

Es war erstaunlich, in welchem Maße das Schmieden von Fluchtplänen die Königin seelisch aufrichtete; ihre Augen sprühten förmlich und sogar ihre fahle Haut gewann ihre rosige Frische zurück. Sie schlich nun nicht mehr greisenhaft gebückt umher und ihre überschlanke Figur straffte sich. Monsieur Lepitre indes schraubte seine Forderungen immer höher.

»Er gehört zur geldgierigen Sorte Mensch, die den Hals nicht voll kriegt«, sagte Madame du Plessis verächtlich. »Es ist deutlich, dass er den Gewinn seines Lebens zu machen gedenkt.«

Die Papiere für die Flüchtlinge wurden einfach nicht fertig. So vergingen wertvolle Wochen.

Der Krieg zwischen Frankreich und den Verbündeten ging weiter. Das Glück wendete sich bald dem einen, dann wieder dem anderen Gegner zu; momentan stand die Lage zu Ungunsten der Franzosen. Jetzt hatten uns Holland, Spanien und England den Krieg erklärt.

»Das ist die Quittung für den Königsmord«, befand Madame Campan, »der Prinz von Coburg beginnt eine neue Offensive.«

Zur gleichen Zeit brach in der Vendée, einer westfranzösischen Provinz, ein Aufstand von Konterrevolutionären aus. Die Bauern, welche beinahe hungers starben, hatten sich empört über den Konvent, der sie verpflichtete, dreihunderttausend Mann für das Heer zu stellen. »Wozu sollen wir unsere Söhne opfern für eine Regierung, die nicht einmal unsere Interessen vertritt?«, fragten sie aufsässig. Die Regierung suchte ihr Heil in Notverordnungen, wovon eine lautete, ab sofort dürfte der Passausschuss keine neuen Reisedokumente mehr ausstellen.

Viel zu lange hatte Lepitre aus Geldgier die Sache hinausgezögert. Jetzt war es unmöglich, gefälschte Papiere zu bekommen. Das viele Bestechungsgeld war umsonst geflossen und Madame Francine fauchte erbittert: »Lepitre, dieses Schwein, hat sich bereichert und die Königin hat nicht mehr die geringste Chance, die Normandie zu erreichen.« Der Fluchtplan war gestorben.

Antoinette hätte sich alleine durchschlagen können, was sie aber vehement ablehnte. Ihre Kinder würde sie nie im Stich lassen. »Nicht einmal die Freiheit, mon Général, könnte das schlechte Gewissen aufwiegen, welches mich quälen würde.«

Sie drängte nun ihrerseits den General, sich ins Exil zu begeben, solange er noch die Möglichkeit dazu hätte. Sie überreichte ihm das Siegel und den Ehering ihres hingerichteten Mannes und bat ihn, diese Gegenstände dem Herzog de Provence, ihrem Schwager, in Koblenz zu übergeben.

Ich lebte mit Madame Francine und einigen Dienstboten in ihrem Stadtpalais, aber täglich suchten wir die Königin im Temple auf. Seltsamerweise ließen uns die Wachen gewähren. Vielleicht lag es an den zahlreichen Geschenken, welche meine Herrin den Männern zusteckte, oder weil sie immer noch offiziell die Erzieherin des Thronfolgers war. Möglicherweise hielten sie uns auch für harmlos – waren wir doch im vergangenen blutigen September vom Volksgericht freigesprochen worden.

»Vielleicht halten sie uns auch nur für ganz besonders dämlich, weil wir jeden Tag freiwillig ins Gefängnis gehen«, sagte ich, »was würden wir denn machen, wenn man uns eines Abends nicht mehr hinausließe?«

Wer sich eingebildet hatte, nach der Hinrichtung des Königs würden sich die chaotischen Zustände im Lande bessern, der sah sich getäuscht. Nach wie vor regierten Willkür und Gewalttätigkeit. Die Königin hatte mittlerweile Angst, von ihren Wächtern umgebracht zu werden.

»Wenn die Revolutionäre merken, dass die Österreicher und Preußen kommen, um mich zu befreien, werden sie mich aus Hass vorher ermorden.«

KAPITEL 110

Die wenigen Getreuen in der Umgebung Antoinettes betrachteten nach der Ermordung Ludwigs XVI. nun den Dauphin als König von Frankreich, als Ludwig XVII. Doch das Kind war seit dem Tod seines Vaters krank.

»Die Seele des Jungen ist verletzt«, sagte Madame du Plessis, »durch den Verlust des Vaters und das Zusammenleben mit Frauen, die an hysterischen Anfällen leiden.«

Die Königin hatte die Angewohnheit, während ihrer täglichen Weinkrämpfe das Kind im Arm zu halten.

»Der Dauphin ist gleichsam ihre Puppe, welche ihr Trost spenden soll. Da sitzt dann der kleine, verschreckte Kerl mit ängstlichem Blick auf dem Schoß seiner Mutter und wagt nicht, sich aus ihrer Umklammerung zu lösen.«

Darüber hinaus war der Knabe das Ziel ständiger Schikanen der Wachmannschaften. Früher hatten die Männer den Jungen kaum beachtet, aber seitdem die Witwe Capet verfügt hatte, er wäre als der König von Frankreich zu behandeln, hatte der Dauphin nichts mehr zu lachen.

»Ich tue doch keinem Menschen etwas Böses«, klagte der Knabe, »weshalb behandeln mich diese Männer so gemein?«, fragte er naiv. Da er im Zimmer seiner Mutter schlief und vor allem nachts seine Kopfschmerz- und Fieberattacken erlitt, hatte seine Schwester ihr Bett ebenfalls in Antoinettes Gemach schieben lassen. Marie-Thérèse nahm praktisch Mutterstelle an ihrem Bruder ein. Im Temple hatte sich das Mutter-Tochter-Verhältnis sehr gewandelt. Die Prinzessin verfügte über seelischen Tiefgang, war sehr ernsthaft und sensibel und damit das genaue Gegenteil der extrovertierten Königin.

In diesem Frühling 1793 übernahm Marie Thérèse die Rolle der Pflegerin ihres kranken kleinen Bruders. Sie versorgte ihn liebevoll und mit großem Geschick.

Die Königin war dankbar für die Unterstützung durch ihre große Tochter und beide Frauen – Thérèse war inzwischen vierzehn Jahre alt – kamen sich durch das gemeinsame Leid sehr nahe. »Ich hoffe, dass das Zusammenleben auf engstem Raum hier im Temple das bisherige Defizit an mütterlicher Zuwendung ausgleichen kann«, sagte Antoinette einsichtig zu Madame Francine.

Père Cigogne beschwerte sich: »Man hat jetzt ein eigenes Revolutionstribunal eingerichtet. Das besteht aus einem Staatsanwalt und zwölf Richtern. Die unterziehen die Gefangenen einem Verhör, welches beinahe jeden als Schuldigen dastehen lässt. Wie soll sich ein Einzelner verteidigen, der als armer Sünder vor einer dreizehnfachen Übermacht steht, die ihm mit Unterstellungen und Mutmaßungen zusetzt. Ja, die ihn nicht einmal ausreden lässt und ihm nicht erlaubt, Entlastungszeugen beizubringen.«

Der Alte war so erregt, wie ich ihn noch selten erlebt hatte. Seine Augen funkelten zornig und seine Fellmütze saß schief. Dem Alteisenhändler war der Tod seines Neffen Julien sehr ans Herz gegangen.

Einer der schlimmsten Inquisitoren war der berüchtigte Bürger Fouquier-Tinville, dessen täglich Brot Massenverurteilungen waren, wie der »Ami du Peuple« anerkennend verbreitete. Er selbst nannte diese Schlächtereien »Säuberungen«.

»Die Guillotine bauen die Henkersknechte mittlerweile gar nicht mehr ab«, konnte ich berichten, als ich von einem meiner Streifzüge durch Paris zurückkehrte, »es lohnt nämlich nicht, sie ständig wieder aufzubauen.« Auf meinen Touren war ich stets wie eine ganz ärmliche Arbeiterfrau gekleidet; so konnte ich ungeschoren meiner Wege gehen. Die Jagd auf Dienstboten der Oberschicht war nämlich gnadenlos. Dem Revolutionstribunal fielen etwa zweitausendachthundert Personen zum Opfer. Dieses traurige Schicksal ereilte auch einen gewissen Monsieur Michel. Er endete unter dem Fallbeil, weil er ein ehemaliger Kutscher der Königin gewesen war.

Manchen war das Tempo der Verurteilungen immer noch zu gering. »Die Richter lassen sich zu viel Zeit mit ihren überflüssigen Beratungen, die zu nichts führen, und überdies lassen sie zu viel verdächtige Subjekte wieder frei«, monierte Georges Danton. Mein alter Freund aus Kindertagen hatte, obwohl Jurist und Demokrat, offensichtlich ein sehr merkwürdiges Rechtsverständnis. Marat schätzte, dass man etwa zweitausendzweihundert Menschen freigesprochen hatte, und das erschien ihm zu viel.

»Ich bin dafür, dass sich die öffentliche Vergeltung einer größeren Effektivität befleißige und außerdem plädiere ich für eine tägliche Hinrichtungsquote«, verkündete er im »Ami du Peuple«. Um der Flut der Todesurteile Herr zu werden, ließ man zusätzliche Guillotinen bauen und schickte sie über Land in die einzelnen Départements, um deren Bedarf an Tötungsmaschinen zu decken.

Wer es sich erlaubte, Kritik am Revolutionstribunal zu äußern, wer die dreifarbige Kokarde nicht ansteckte, wer einem den Eid verweigernden Priester Zuflucht gewährte, oder wer sich vor dem Kriegsdienst drücken wollte, ging ein großes Risiko ein.

Gerade gegen die Letzteren ging man mit brutaler Härte vor, denn der Aufstand in der Vendée war noch nicht zu Ende, im Gegenteil. Er weitete sich zu einem Flächenbrand aus und griff auf die Städte Bordeaux, Lyon und Marseille über; überall erhoben sich Rebellen gegen den Konvent in Paris und so richtete man Tausende zur Abschreckung öffentlich hin.

Nach vorsichtiger Schätzung wurden rund vierzigtausend Menschen in den Provinzen hingerichtet – weit mehr, als in der Hauptstadt während des Terrorregimes ihr Leben verloren hatten.

Paris, mein heiß geliebtes und zugleich verabscheutes Paris, hatte sich in einen blutigen Albtraum verwandelt. Die Guillotine übte inzwischen eine merkwürdige Faszination auf die Fantasie des Volkes aus. Die blutigen Hinrichtungen waren alltäglich geworden und es galt für Frauen à la mode, sich mit Miniaturfallbeilen zu schmücken. Allerliebste Guillotinchen baumelten um Hälse und schaukelten an Ohren. Die Herren der Schöpfung wollten es den Damen modisch gleichtun, schnitten sich die Haare ab und rasierten sich den Nacken »à la victime« – so wie es der Henker machte, ehe er die Delinquenten köpfte. Man sang sogar Lieder über die »Sainte Guillotine«.

KAPITEL 111

GLEICH HINTER DER Markthalle an der Place d'Aligre lag die Rue Théophile-Roussel und hier stand auch das Gasthaus »Baron Rouge«, in dem am 14. Juli 1789 das Signal zum Sturm auf die unweit gelegene Bastille gegeben wurde. Gegärt hatte es in diesem Viertel schon lange.

Der Faubourg Saint Antoine, der die Place de la Bastille mit der Place de la Nation verband, galt in den letzten Jahren des Ancien Régime gleichsam als Brutstätte der Revolution. Die vielen versteckten Hinterhöfe des verbauten Viertels waren hervorragende Schlupfwinkel und geeignete Treffpunkte für Aufwiegler und Kriminelle aller Art. Hier konnte sich jeder Attentäter, Betrüger oder Massenmörder vor dem Zugriff der Polizei verstecken – es sei denn, er fiele einem Verrat zum Opfer.

»Aber das geschieht so gut wie niemals«, sagte Père Cigogne, »die Gauner sind es gewohnt, ihre Streitereien unter sich zu regeln. Die Polizei ist der gemeinsame Feind aller.«

Hier lagen auch die Behausungen der kleinen Leute. Und hier besuchte ich oft ehemalige Zofen und Dienstmägde, welche bei ihren Familien untergekommen waren, als ihre Herrschaft das Weite gesucht hatte. Viele gingen der Prostitution nach, um sich ihren Lebensunterhalt zu verdienen. Dieses Gewerbe blühte auch zu Zeiten der Revolution.

Die vereinigten Armeen und die englische Flotte zogen ihren Ring immer enger um Frankreich zusammen. Seit Wochen lag bleierne Hitze über der Stadt.

Auch im Temple war es nachts brütend heiß und so wurde die Königin, als morgens gegen zwei Uhr Polizei erschien, nicht aus dem Schlaf geweckt. Die Beamten hatten den Auftrag, die Witwe Capet zum Verhör mitzunehmen. Antoinette zog sich ihr schwarzes Witwengewand an und hörte sich anschließend die Beschuldigung an: Eine Feindin Frankreichs sei sie und es warte ein Gerichtsverfahren auf sie vor dem Revolutionstribunal. Bis zum Prozessbeginn brachte man sie in die Conciergerie. Das bedeutete die Trennung von ihren Kindern, von der Schwägerin und ihren letzten Vertrauten.

Was in den letzten Lebenswochen Antoinettes geschah, konnte meine Gewährsfrau, die Bürgerin Rosalie Lamorlière, welche hier der Gefangenen Nummer 280 zum ersten Mal begegnete, berichten. Madame Rosalie war die Witwe des ehemals in königlichen Diensten stehenden Saucenkochs. Nach seinem Tode – er war bereits als Monarchist der Guillotine zum Opfer gefallen – bekam sie eine Anstellung als Aufseherin in der Conciergerie; ihre Mutter war eine bekannte Kneipenwirtin bei den Markthallen und eine gute Bekannte von mir.

»Ich habe sie nicht erkannt«, sagte Rosalie, »als man sie im Schein mehrerer Pechfackeln durch die düsteren Korridore des Gefängnisses führte. Sie war groß und hager, trug ein schwarzes Kleid, das schon bessere Zeiten gesehen haben musste, und bewegte sich mit der Vorsicht alter Leute, deren Gelenke steif geworden sind. Einer der Wächter, der sie begleitete, titulierte sie als ›Madame Elster‹.

Ich fand das Benehmen der Kerle einfach schändlich und obwohl ich für die Königin vorher niemals Sympathien gehegt hatte, tat sie mir Leid.

Die Zelle, welche ich der Gefangenen zuweisen musste, war ein düsterer, kalter Raum. Er war etwa zehn Quadratmeter groß und hatte einen unebenen Pflasterboden. Ein winziges Fenster ließ auch untertags fast kein Licht herein; die Möblierung war spärlich: ein schmales Bett mit einem Strohsack, ein verschmutzter Wandschirm, zwei alte Rohrstühle mit löchrigem Sitz und ein kleiner Eichentisch mit verkratzter Platte. Die Tapete hing stellenweise in Fetzen von den blanken Steinmauern. Am übelsten fand ich den Gestank nach Schimmel, der sich in dem alten Gemäuer eingenistet hatte.« Rosalie ließ geraume Zeit verstreichen, dann fuhr sie fort: »Die Gefangene betrachtete erstaunt das furchtbare Loch; sie beachtete dabei weder mich noch den Aufseher, der an dem kleinen Tisch saß und ihren Namen ins Gefangenenregister eintrug. Ein Wächter nahm der Königin ein kleines Bündel aus der Hand, in dem sich ihre gesamte Habe befand, die sie aus dem Temple mitgenommen hatte. Jeden Gegenstand trug der Beamte fein säuberlich in die Liste ein.

Unter Antoinettes Habseligkeiten befand sich ein Album mit Haarlocken ihrer Kinder sowie ihres hingerichteten Gatten, eine arithmetische Tabelle, die sie für den Mathematikunterricht ihres Sohnes benutzt hatte, ein Nähetui mit Nadel, Faden und einer kleinen Schere, ein Handspiegel, ein Goldring, kleine Bildchen von der so grausam abgeschlachteten Prinzessin Lamballe, ein Schultertuch für kältere Tage und ein Katechismus. Diese paar Sachen und das schäbige Kleid, das sie am Leib trug, waren der gesamte irdische Besitz der Königin von Frankreich. An ihren mageren Fingern schlenkerten noch drei Goldringe und eine goldene Taschenuhr trug sie an einer dünnen Kette um den abgemagerten Hals. Diese Uhr hängte sie an einen Nagel in der Wand.

Endlich hatte der Aufseher alles in seine Liste eingetragen. Jetzt war ich allein mit der Gefangenen Nummer 280; sie lächelte mich freundlich an und begann, sich für den Rest der Nacht auszukleiden. Das schwarze Kleid legte sie sorgfältig zusammengefaltet auf einen Stuhl. Dann ließ sie sich in ihren Unterkleidern todmüde auf dem Bett nieder, das ich kurz vor ihrer Ankunft frisch bezogen hatte«, fuhr Rosalie fort. »Kummer und unendliches Leid hatten diese Frau ausgelaugt. Sie blieb allen gegenüber höflich und freundlich, gleichgültig wie roh sie behandelt wurde.«

»Die Königin verbarg ihren verletzten Stolz und ihre Wut hinter guter Kinderstube und königlicher Haltung«, meinte der Herzog de Rabouillon, ein Freund Madame Francines. »Niemals hätte sie sich auf die gemeine Ebene derer herabgelassen, welche sie nun schlecht behandelten.«

Und meine Herrin vermutete: »Offenbar verfügte die Königin, die wir oft als nervös, ja hysterisch erlebt haben, über seelische Kraftreserven.«

Aber ihr Körper besaß keine mehr. Ihre Hände zitterten und ihr linkes Augenlid flatterte unablässig; dazu litt sie an Kopfschmerzen und Brechreiz.

»Ihre Monatsblutung«, erzählte Rosalie, »war das Schlimmste. Sie war wie ein Sturzbach, der natürliche Rhythmus war gestört. Das haben viele weibliche Gefangene, aber sie litt unsäglich und bat mich immer um Tücher, um nicht Kleidung oder Bettzeug zu beschmutzen. Aber für jede Gefangene gab es nur ein gewisses Kontingent an Binden. So habe ich meine eigenen Hemden zerschnitten und ihr diese Fetzen unter ihr Kopfkissen gelegt.«

KAPITEL 112

Der Abtransport der Königin aus dem Temple war nicht ganz überraschend gekommen. Vier Wochen zuvor waren eines Morgens vier Offiziere der Nationalgarde aufgetaucht, um auf Befehl des »Ausschusses für Öffentliche Sicherheit« den Dauphin in eine »demokratischere Umgebung« zu bringen. Antoinette wehrte sich eine volle Stunde lang gegen die gewaltsame Trennung von ihrem Sohn.

»Messieurs, ich flehe Sie an, nehmen Sie mir doch nicht noch das Liebste, was ich auf dieser Erde habe. Trennen Sie mich um Christi willen nicht von dem Teuersten, was ich besitze«, hörte ich sie die Offiziere unter Tränen anbetteln. Es zerriss mir beinahe das Herz.

Sie wollten das Kind ihrem »verderblichen« Einfluss entziehen und den Knaben dazu zwingen, wie ein gewöhnlicher Bürger aufzuwachsen. Antoinette wusste, sie würde ihn nie wieder sehen, und verlor völlig die Fassung. Die Männer betrachteten sie eine Weile, dann sagte der Älteste kalt: »Jetzt ist Schluss, Madame. Entscheiden Sie sich: Entweder wir töten jetzt sofort Ihre beiden Kinder, oder Sie lassen uns unseren Befehl ausführen und Ihren Sohn mitnehmen.«

Da gab sie auf. Sie und Marie Thérèse zogen den Knaben an, der noch im Bett gelegen hatte, und sagten ihm, er solle ja alles tun, was die Offiziere von ihm verlangten. Verzweifelt klammerte sich der Dauphin an Antoinettes Rock und weinte zum Steinerweichen. Das Kind schien zu ahnen, dass ihm nun nach dem Vater auch noch die Mutter genommen werden sollte.

Einer der Herren bemerkte spöttisch: »Dieses kindische Benehmen ist typisch für Knaben, die nur in der Gesellschaft von Weibern aufwachsen.«

Der Thronfolger wurde nun der Erziehungsgewalt eines älteren Aufsehers übergeben, von Beruf Schuster, mit Namen Antoine Simon, dessen ordinäre Flüche nicht nur der Königin schon unangenehm aufgefallen waren. Tagelang konnte nun jeder die Schreie des Dauphins hören, welche durch das alte Gemäuer gellten. Niemals zuvor hatte es jemand gewagt, den Thronfolger körperlich zu züchtigen. Jetzt wurde sein Wille mit Prügeln gebrochen. Die unglückliche Mutter hatte inzwischen herausgefunden, dass sie im Korridor von einem bestimmten Fenster aus sehen konnte, wie Antoine Simon mit seinem »Pflegesohn« unten auf dem Weg zum Garten des Temple vorbeiging. Stundenlang stand jetzt die arme Frau an diesem Fenster, um ja nicht den kurzen Augenblick zu verpassen, wenn Ludwig-Karl unten im Hof neben dem ewig fluchenden Schuster vorbeimarschierte.

»Mein kleiner König scheint wenigstens gesund zu sein«, meinte sie halbwegs beruhigt.

Am nächsten Tag durften wir alle erleben, wie der Knabe die »Marseillaise« und andere Revolutionslieder sang, die der Schuster ihn gelehrt hatte. Aber es sollte noch ärger kommen. »Nie werde ich vergessen, wie Ludwig XVII. mit lauter und gemeiner Stimme Gott gelästert und seine Familie und alle Aristokraten mit obszönen Ausdrücken verflucht hat«, schluchzte Antoinette und hielt meine Herrin Hilfe suchend umklammert.

»Man kann sehen, die ›Umerziehung zur Demokratie‹ trägt bereits Früchte«, murmelte die Gräfin erbittert.

Nun saß die unglückliche Frau in der Conciergerie und es war ihr kein Blick auf ihren Sohn mehr möglich. Zum Trost hatte sie ein paar kleine Souvenirs, welche sie unter ihrem Kleid ins Gefängnis geschmuggelt hatte: ein winziges Porträt, eine seiner Haarlocken sowie ein kleiner, gelber Handschuh.

Madame Rosalie informierte den Gefängnisdirektor, dass es der Gefangenen Nummer 280 sehr schlecht ginge.

»Ich sagte ihm: »Wenn Ihr wollt, dass die Witwe Capet ihren Prozess noch erlebt, dann tut etwas für sie. Mittlerweile ist sie so schwach, dass ich sie umblasen könnte.«

Madame Lamorlière hatte dem Apotheker der Conciergerie Angst eingejagt. Den Tod seiner wichtigsten Gefangenen konnte er nicht riskieren. Der geschwächten Nummer 280 verordnete er also eine spezielle Mischung aus Zitronenblüten- und Orangenblütenwasser, Hoffmanns Tropfen und Venushaarsirup. Bürger Richard, ihr zuständiger Aufseher, erhielt den Auftrag, der Witwe Capet jeden Tag eine kräftige Suppe zu bringen, welche mageres Kalbfleisch, Hühnerfleischstückchen sowie würzige Kräuter enthalten sollte.

»Ansonsten traktierte man die Königin auf das Schlimmste. So schliefen beispielsweise zwei Wächter auf Feldbetten in ihrer Zelle und beboachteten sie unablässig. Nicht einmal ihre Notdurft ließ man sie ohne deren Anwesenheit verrichten. Die Burschen gaben dazu ihre ›feinen‹ Kommentare ab, wie du dir denken kannst, Julienne. Es war nicht nur demütigend für sie, sondern zugleich entwürdigend für alle Frauen. Aber da sie sich niemals beklagte und immer gleich bleibend höflich blieb, hatte man ein Einsehen und schickte einen Wachmann in den Temple, um einiges zu holen. Der Mann kehrte mit einem Paket zurück und die Gefangene freute sich wie ein Kind, als sie es öffnen durfte. Sie hoffte wohl auf irgendeine Nachricht, dass es ihren beiden Kindern gut ging.

Der Inhalt erwies sich als sehr schlicht, besaß für sie aber größte Bedeutung. Es waren ein paar leichte Batistunterhemden, mit Spitzen besetzte Handschuhe, zwei Paar schwarze Seidenstrümpfe, ein weißer Morgenmantel, einige Nachthauben, Stoffgürtel, Schals, eine schwarze Witwenhaube sowie eine schwarze Schärpe aus Seidenkrepp, eine Puderquaste und eine kleine Tube mit Haarpomade.

»In der Conciergerie gibt es keine Kleiderschränke«, sagte Madame Rosalie, »so ließ man der Königin die Pappschachtel, um ihre Habseligkeiten darin zu verstauen.«

Jeden Morgen hatte die Witwe Capet nun die Auswahl zwischen ihrem abgetragenen, schwarzen Kleid und dem weißen Morgenmantel. Ihr langes, inzwischen völlig weißes Haar steckte sie hoch, verteilte ein wenig von der Haarpomade an den Schläfen und oben am Haaransatz. Anschließend fuhr sie sich mit der Puderquaste über ihr faltiges Gesicht – und damit war ihre Morgentoilette beendet.«

KAPITEL 113

In der Conciergerie herrschte zu jeder Tageszeit ein lebhaftes Kommen und Gehen, weil die etwa dreihundert Inhaftierten sämtlich Besuch empfangen durften. Nachdem man die Haftbedingungen für die Königin gelockert hatte, stellte

Madame du Plessis den Antrag, Antoinette besuchen zu dürfen. Meine Herrin und ich lebten jetzt ständig im Plessis'schen Stadtpalais; es gab keinen Grund, Madame Francine im Temple festzuhalten, und sie sah keinen, dort noch hinzugehen, nachdem man unwiderruflich den alten Schuster Simon zum Vormund des Thronfolgers ernannt hatte. Marie-Thérèse hatte Gesellschaft an ihrer Tante Elisabeth.

»Es genügt, wenn wir zweimal in der Woche uns erkundigen, ob wir etwas für die beiden Damen erledigen können«, sagte die Gräfin und fügte mit Bedauern hinzu: »Viel dürfen wir sowieso nicht zur Erleichterung ihrer Gefangenschaft beitragen. Der Konvent will sie ja leiden lassen.«

Eines Morgens machten wir uns auf den Weg, gekleidet wie Bürgersfrauen, nicht zu gut, um keinen Neid zu erwecken, aber auch nicht zu ärmlich. »Das könnte Misstrauen erregen«, sagte meine Herrin.

Wir schritten rasch aus und boten keinen allzu schlechten Anblick, wie ich meine. Ich zählte jetzt sechsunddreißig Jahre, besaß noch eine gute Figur und ein ansehnliches Gesicht – das behaupteten zumindest meine Verehrer –, und die um acht Jahre ältere Madame Francine hatte sich gleichfalls gut gehalten. Schlank und aufrecht war ihre Haltung, fein und edel ihre Gesichtszüge, ohne fade zu wirken; sie hätte meine ältere Base sein können. Wir hatten beschlossen, uns als Cousinen auszugeben. Wir schritten zum Tor des Gefängnisses, wo schon zu dieser frühen Morgenstunde allerhand Volk zugange war. Händler strömten in den Gefängnishof, um ihre Waren feilzubieten; mobile Küchen brachten Töpfe mit Essen und Kessel voller Suppe, damit die Gefangenen nicht auf den entsetzlichen Fraß der Conciergerie angewiesen waren, der nur als Schweinefutter tauglich war, wie ich von Madame Rosalie wusste.

Wir sahen auch Priester ein- und ausgehen; sie nahmen den zum Tode Verurteilten die Beichte ab oder spendeten ihnen die Letzte Ölung. Ungewollt schauderten wir beide, als wir auf den Wächter im Torhäuschen zutraten. Meine Herrin legte ihm lächelnd einen Zettel vor.

»Guten Morgen, Bürger«, grüßte sie ihn freundlich und beide machten wir einen angedeuteten Knicks. Nicht zu devot – das hatten wir nicht nötig –, sondern einfach als höfliche Geste.

»Bei-Laune-Halten ist die halbe Miete bei diesen aufgeblasenen Schnöseln«, hatte ich Madame Francine auf dem Herweg eingeschärft. »Stecken Sie einen Kerl in Uniform, dann denkt er gleich, er sei der Liebe Gott persönlich – zumindest aber dessen Stellvertreter.«

»Wir haben hier einen Erlaubnisschein der Stadtverwaltung und möchten die Gefangene Nummer 280 aufsuchen, bitte sehr.«

»So, so«, grinste der Mann am Tor, ein noch jüngerer Bursche mit gewaltigem Schnauzbart, »dann wollen wir mal sehen, welcher von unseren Gästen das Glück hat, von zwei so charmanten Damen mit Besuch beglückt zu werden.« Er beugte sich über eine Kladde, in welcher alle Inhaftierten aufgelistet waren. Er musste ein paar Seiten zurückblättern. Mit dem Zeigefinger fuhr er die Spalten in dem Buch entlang und hielt bei Nummer 280 an. So, so«, machte er wieder, »die Bürgerin Marie Capet, Witwe, wollt Ihr Hübschen besuchen. Und wie heißt Ihr?«

Er griff nach dem Blatt Papier, das Madame Francine ihm hingelegt hatte, und buchstabierte: »Thérèse Monnier und Claudine Vatelin aus der Rue des Rosiers; so, so. Ihr seid gewiss Schwestern, was, Bürgerinnen?«

»Nur Cousinen, Bürger«, gab ich rasch zur Antwort. Ich

hatte zwar das meiste von meinem Dorfdialekt abgelegt, aber ein geübtes Ohr wäre durchaus im Stande gewesen, die unterschiedliche Herkunft von uns beiden zu erkennen. Der Wächter wollte uns eben durchwinken, als ein anderer zu ihm trat, der sich im Hintergrund aufgehalten und in der Nase gebohrt hatte. Er deutete mit dem Finger auf die Ziffer 280 und fragte seinen Kameraden, ob er wüsste, wer das wäre. Der schüttelte uninteressiert den Kopf.

Am liebsten hätte ich »Merde« gerufen, denn der zweite Kerl sah sehr nach einem Bürokraten aus und würde uns womöglich schikanieren, obwohl wir den genehmigten Besucherschein besaßen – wie viel Madame du Plessis dafür bezahlt hatte, ging ihn ja nichts an.

»Aber wir wissen es, Bürger«, sagte ich keck, rückte dem Bürokraten auf die Pelle und da er kleiner war als ich, beugte ich mich liebenswürdig vor, um ihm einen ausgiebigen Blick in meinen Ausschnitt zu gewähren – vielleicht half es ja – »die Witwe Capet hieß früher Marie Antoinette und war die Frau von Ludwig dem Gekürzten.«

Wenn der Bursche uns jetzt noch aufhielt, sollte ihn der Teufel holen. Inzwischen hatte sich hinter uns schon eine Besucherschlange gebildet. »Was zum Henker ist denn da vorne los?«, erkundigte sich in ungnädigem Ton eine männliche Stimme von hinten. »Meine bestellten Pasteten werden ganz kalt und der Marquis de Labordaire, äh, der Gefangene Nummer 137 reißt mir glatt den Kopf ab.«

Mehrere unwillige Stimmen erhoben sich nun und endlich winkten uns die beiden Wachtposten durch, wobei der eine noch einen neugierigen Blick auf den großen Henkelkorb warf, den ich über dem linken Arm trug.

Ich zog geschwind das darüber gebreitete Tuch ein Stück weg, holte eine Flasche Wein heraus und stellte sie auf den

Tisch des Torwächters. »Für Euch, Bürger«, lächelte ich zuckersüß und griff nach der Hand meiner Herrin. Mit einem munteren »komm jetzt, Thérèse«, zog ich sie rasch weiter.

»Schade um den Wein«, murmelte ich verärgert, »aber ich denke, die Königin, die ja selbst keinen Alkohol zu sich nimmt, wird noch genug haben, um ihn an ihre zuständigen Wärter zu verteilen.«

Madame Francine beruhigte mich: »Das war klug, ma Chère. Jetzt wird er erst mal die Pulle Wein mit seinem Kameraden leeren und uns hoffentlich das nächste Mal in Ruhe lassen.«

Die Wärter hatten im Allgemeinen große Nachsicht mit denen, auf welche der Strang oder das Schafott warteten. Sie erlaubten den Delinquenten, ihre Freunde und Verwandten nach Belieben zu empfangen.

»Den armen Schweinen wird ja bald der Hahn abgedreht«, meinten sie verständnisvoll. Voraussetzung war allerdings, dass für das Wachpersonal ein ordentlicher Anteil abfiel, am liebsten in Naturalien. Nach einigem Nachfragen fanden wir schließlich die Zelle der Königin und Rosalie Lamorlière ließ uns eintreten.

Die Erlaubnis zu nähen oder zu sticken hatte man Antoinette verweigert und nun wusste sie nicht, wohin mit ihren Händen. Die Zelle war einfach scheußlich und das winzige Fenster oben unter der Decke erlaubte nicht einmal einen Blick in den Hof des Frauentrakts. Der Aufenthalt im Freien war ihr aus Sicherheitsgründen untersagt. Sprechen durfte sie nur mit Rosalie und den beiden Wächtern; und auch mit diesen nur das Notwendigste.

»Man hat ihnen eingeschärft, sich von mir nicht in ein Gespräch verwickeln zu lassen«, erzählte sie mit matter Stimme. Sie machte auf mich einen sehr hinfälligen Eindruck.

Auch während unseres Besuches waren die beiden Wächter anwesend. Freundlicherweise hatten sie ihre Feldbetten abgeklappt, sonst hätten wir in dem beengten Raum überhaupt keinen Platz gefunden. Antoinette packte umständlich den Korb aus, der nur Lebensmittel enthielt.

Sie tat es merkwürdig geistesabwesend, so, als wären ihre Gedanken ganz woanders. Sie stellte drei Flaschen Wein, eine Flasche Schnaps, einen großen, geräucherten Schinken, einen Laib Käse, Butter, einen Kuchen, eine lange Wurst und ein herrlich duftendes Brot auf den kleinen Tisch sowie etliche Äpfel und Birnen. Sie verteilte die Köstlichkeiten umgehend an ihre Bewacher; auch für Rosalie fiel ein Teil ab. Nur das zusammengefaltete Handtuch und die vier Taschentücher, in welche das Obst und das Brot eingewickelt waren, behielt sie für sich.

Immerhin veranlasste das die Männer, sich unter einem Vorwand aus der winzigen Kammer zurückzuziehen und uns allein zu lassen. »Hin und wieder bringt Monsieur Richard einen neugierigen Gaffer an die Tür meiner Zelle, der mich dann eine Weile anschauen darf«, berichtete uns Antoinette. »Und der wird kräftig dafür bezahlen müssen«, erwiderte meine Herrin trocken.

Antoinette hatte sich in einem Ausmaß verändert, dass es fast unmöglich schien, dass dies dieselbe Frau sein sollte, die bei Höflingen, Ministern, Diplomaten und Gesandten des Auslands als die Krönung weiblicher Schönheit und Attraktivität gegolten hatte.

»Aber ich will mich nicht beklagen«, lächelte die ehemalige Göttin des französischen Hofes, »man hat mir gestattet, Bücher zu lesen.« Sie deutete dabei auf zwei Exemplare, welche auf ihrem nicht sehr sauberen Kopfkissen lagen.

Es handelte sich um die »Geschichte berühmter Schiffsunglücke« und um »Eine Reise nach Venedig«. »In diesem«, und sie nahm das Letztere in ihre abgemagerten Hände, »tauchen die Namen von Personen auf, die ich als Kind als Gäste meiner Eltern in der Alten Wiener Hofburg kennen gelernt habe.« Eigentlich ist es ganz natürlich, dass sich die Erinnerungen dieser gedemütigten Frau in die Vergangenheit wenden – ist doch ihre Gegenwart schrecklich und ihre Zukunft nicht minder, dachte ich und musste mich beherrschen, um nicht in Tränen auszubrechen.

Nachdem die Besuchszeit von einer Stunde abgelaufen war, dankte uns Antoinette sehr herzlich und trug uns Grüße an ihre Schwägerin Madame Elisabeth und ihre Kinder auf, falls wir in den Temple gehen sollten.

Madame Francine und ich eilten so schnell wir konnten aus diesem Gefängnis hinaus. Wir waren noch Tage danach deprimiert.

KAPITEL 114

IM VERLAUF DES Sommers 1793 hatten fast alle europäischen Mächte Frankreich den Krieg erklärt.

»Sie sind empört über den brutalen Mord an König Ludwig XVI.«, sagte meine Herrin. »Der Herzog von Coburg hat jetzt die Österreichischen Niederlande zurückerobert, das wird den Alliierten zusätzlichen Auftrieb verleihen.«

Im Temple war es für Antoinette verhältnismäßig leicht gewesen, den Verlauf des Krieges zu verfolgen; in der Conciergerie erfuhr sie durch zufällig aufgeschnappte Unterhaltungsbrocken, was sich ereignete. Sie konnte sich aber zusammenreimen, dass die Revolutionstruppen nun gegen die Alliierten in der Minderzahl waren.

Ein Ereignis dieses Sommers 1793 erregte alle: Jean-Paul Marat war einem Mordanschlag zum Opfer gefallen. Alle Revolutionsblätter überschlugen sich förmlich in ihrem Abscheu über den »feigen, hinterhältigen Anschlag«, dem einer der schlimmsten Volksverhetzer jener Zeit erlegen war. Der »Ami du Peuple« widmete dem Gemeuchelten eine Extraausgabe, von welcher ich mir bis heute ein Exemplar aufgehoben habe, um allen Lesern die Person des Ermordeten nahe zu bringen. Madame du Plessis las ihren Angestellten daraus vor.

»Infolge seines Hautleidens verbrachte er die meiste Zeit in der Badewanne. Dort erstach ihn am Sonntag, dem 13. Juli 1793, eine junge Frau namens Charlotte Corday. Man brachte Demoiselle Corday gegen Mitternacht zum Prison de l'Abbaye. In jenem Gefängnis sollte sie auf ihren Prozess warten.«

Die junge Mörderin hieß mit vollem Namen Marie-Anne-Charlotte Corday D'Armans, geboren am 27. August 1768 in Caen in der Normandie als Tochter eines Adeligen. Sie war die sehr gebildete und politisch interessierte Urenkelin des bekannten französischen Dramatikers Corneille. Als girondistische Abgeordnete vor den Jakobinern nach Caen flüchteten, um hier den Widerstand gegen Marat zu organisieren, glaubte die junge Dame, jener Mann wäre der Untergang Frankreichs. Es ist, soviel ich weiß, nie völlig geklärt worden, ob Charlotte Corday im direkten Auftrag der Girondisten handelte.

Das Verfahren gegen sie war äußerst kurz; an ihrer Täterschaft bestand kein Zweifel. Am 17. Juli, bereits vier Tage nach der Bluttat, bestieg sie die Guillotine.

Eine riesige Menschenmenge war Zeuge ihrer Hinrichtung. Auch ich fand mich ein, zumal mich die junge Frau zutiefst beeindruckt hatte. Wie leicht man zur Mörderin werden konnte, wenn einen die Umstände dazu zwangen, wusste ich selbst am besten. Den Vorfall auf dem Flur von Schloss Versailles konnte ich nicht vergessen.

Die natürliche Würde der Delinquentin beeindruckte selbst das niedere Volk, welches den Henker auspfiff, als dieser das abgeschlagene Haupt seines Opfers ohrfeigte.

KAPITEL 115

Die Witwe Capet hoffte mit wachsender Zuversicht, die Revolutionäre würden sie nicht vor Gericht stellen und verurteilen: »Es wäre äußerst unklug, weil die Befreier mich bitter rächen würden.«

Die englische Flotte war in Toulon eingelaufen und von der dortigen Bevölkerung herzlich begrüßt worden. Auch in der unruhigen Vendée empfing man die Alliierten freudig.

»In ganz Frankreich erheben sich mittlerweile rebellierende Bauernheere, die die Schnauze voll haben von allem, was sich ›Revolution‹ nennt«, behauptete Père Cigogne. »Sie sind arg enttäuscht von den blumigen Versprechungen und den dürftigen Ergebnissen. Da haben sie sich einiges mehr versprochen.« Der Alte schien Recht zu haben, denn Babette schrieb mir im Frühsommer 1793:

»Émile hat gesagt, wenn sich noch mal ein Revolutionär auf seinem Hof blicken lassen sollte, würde er ihn mit einer Mistgabel vertreiben, nachdem er ihm mit dem Dreschflegel ein wenig das Fell gegerbt hätte.«

Meine Familie und viele andere aus dem Dorf Plancy haben das gelungene Attentat auf den Herausgeber des »Ami du Peuple« nicht allzu sehr beweint.

Der »Ausschuss für Öffentliche Sicherheit« befand sich in einer Zwickmühle. Er war sich nämlich durchaus des Wertes der Exkönigin für den Erfolg der Revolution bewusst. Heimlich knüpfte man daher Verbindungen zu Preußen und Österreich, um über das künftige Schicksal Antoinettes zu verhandeln.

»Man beabsichtigt, die wertvolle Gefangene gegen eine Generalamnestie für alle Revolutionäre einzutauschen, sollte es wirklich zu einer Belagerung von Paris kommen«, wusste Philippe de Toqueville. Der Marquis verfügte über relativ sichere Quellen – ähnlich wie Père Cigogne. Andererseits aber verlangte das »Volk« – wer immer das sein mochte, wahrscheinlich der letzte Abschaum – ihre Hinrichtung. In der Hauptstadt zirkulierten wieder Pamphlete mit erfundenen Verbrechen der Königin.

Alle Radikalen forderten energisch, Antoinette den Prozess zu machen und sie zum Tode zu verurteilen. Ein paar Besonnene mahnten zwar: »Denkt an die Rache der Alliierten.« Aber sie erhielten zur Antwort: »Gerade weil die Feinde bald in Paris einmarschieren werden, müssen wir uns mit dem Verfahren gegen sie beeilen, sonst riskieren wir, dass sie unserer Gerechtigkeit entwischt.«

In dieser Zwangslage beschlossen die Richter des Tribunals, die Witwe Capet in ihrer Zelle vergiften zu lassen. So bräuchte man ihr keinen Prozess zu machen – mit mehr als dürftigen Anklagepunkten, wie man inzwischen wusste. Beweise für einen Landesverrat Antoinettes existierten keine und wann hätte man jemanden schon einmal wegen Verschwendung zum Tode verurteilt?

»Auf Antoinettes Veranlassung ist noch nie ein Mensch zu Schaden gekommen«, sagte der Marquis de Sainte-Maison zuversichtlich, »und ihr angeblich lasterhafter Lebenswandel reicht doch nicht für eine Verurteilung zur Guillotine.«

Madame Campan meinte: »Würde man die Moral zum Maßstab nehmen, zöge dies eine gewaltige Dezimierung der Franzosen nach sich – und zwar quer durch alle Schichten der Bevölkerung.«

Den Gedanken an Giftmord musste man wieder fallen lassen – denn wie verfuhr man mit dem Täter und den Mitwissern? Das Verbrechen an einer so bedeutenden Person der Zeitgeschichte musste umsichtig geplant werden. Dazu aber war die Zeit zu knapp. Antoinettes Ermordung würde auch im Ausland unliebsames Aufsehen erregen. Da war es besser, den Anschein eines demokratischen Verfahrens zu erwecken. Aber der Witwe Capet musste man wenigstens einen einzigen Beweis für Verrat vorlegen. Ohne einen solchen konnte man das Verfahren gegen sie nicht eröffnen.

»Vor dem Ausland stünden wir als gemeine Meuchelmörder da«, sagten die Vernünftigeren, »wenn wir sie auf Grund dieser dürftigen Beweislage zum Tode verurteilten.«

Auch das war dem Marquis de Toqueville zu Ohren gekommen und meine Herrin und wir, ihre Bediensteten, hegten bereits die Hoffnung, dass man Antoinette laufen lassen würde.

Einer Gruppe von Verschworenen war es unterdessen geglückt, durch Bestechung von Aufsehern einen Erfolg versprechenden Fluchtplan zu entwerfen. Diesen wollte man in der Nacht des 2. September 1793 in die Tat umsetzen. Ein Wachmann sollte die Königin angeblich auf Befehl des Ausschusses für Öffentliche Sicherheit von der Conciergerie in den Temple zurückbringen. Kaum wäre die Gefangene aus ihrem Kerker auf die Straße gelangt, sollte sie »entführt« und schleunigst außer Landes nach Belgien gebracht werden. Das Vorhaben von beinahe genialer Schlichtheit hatte gerade dadurch Aussicht auf Erfolg.

In der betreffenden Nacht stand die Königin mit ihrer Begleitung bereits am Haupttor der Conciergerie, als alles im letzten Augenblick scheiterte. Schuld war das »Gewissen« eines Betrügers, der, nachdem er die Bestechungssumme eingesteckt hatte, Alarm schlug. Der Verräter gab die Namen aller Mitverschworenen preis; diese wurden in Haft genommen und kurz darauf gehängt. Erneut war eine Hoffnung für die Witwe Capet zerplatzt.

»Nun verlegte man Antoinette aus ihrer bisherigen Zelle in ein absolut ausbruchsicheres Verlies«, berichtete mir Madame Rosalie Lamorlière. »Der Raum hatte drei winzige Fenster. Und selbst die wurden verrammelt, sodass kein Tageslicht eindringen konnte. Ein Gendarm saß auf dem Flur vor der Zelle, einen zweiten postierte man im Hof unter die Fensterchen. Und ein weiterer Kerl hockte mitten in ihrem Kämmerchen.«

Die radikalste Gruppe im Konvent waren die Hébertisten, so genannt nach einem gegen Antoinette von krankhaftem Hass erfüllten Journalisten mit Namen Jean-Jacques René Hébert mit dem Beinamen Père Duchesne. Dieser gefährliche Fanatiker besaß großen Einfluss. In seinem Sensationsblatt »Le Père Duchesne« forderte er, »die österreichische Tigerin müsse zu Brei geschlagen werden«.

Tonnenweise trafen Briefe aus Paris und den verschiedenen Provinzen bei Regierung und Revolutionstribunal ein, worin gefragt wurde, warum »diese schamlose Tyrannin immer noch nicht vor Gericht stünde« und wieso es möglich wäre, dass

»diese lasterhafte und verschwenderische Person auf Staatskosten ein angenehmes Leben führen dürfte«.

Endlich forderten die Deputierten von sich aus das Revolutionstribunal auf, formell Anklage zu erheben gegen diese »unerträgliche Witwe Capet« wegen ihrer Verbrechen.

Madame du Plessis knüllte die Zeitung wütend zusammen: »Von welchen Verbrechen reden diese Idioten überhaupt? Man hat den Eindruck, sie meinen eine völlig andere Frau. Was hat Antoinette denn getan? Ist es ein Unrecht, die Tochter einer Kaiserin, die Gemahlin eines Königs und die Mutter eines Thronfolgers zu sein? Ich habe den Eindruck, wir leben hier nicht in Frankreich, sondern in einem Irrenhaus, dessen Wärter die wirklich Geisteskranken sind.«

Selbstverständlich wurde niemandem mehr bewilligt, der Königin einen Besuch abzustatten.

»Die französische Revolutionsarmee hat dem Herzog von Coburg bei Hondschoote eine empfindliche Niederlage beigebracht«, hörte ich Monsieur de Toqueville zu meiner Herrin sagen »Oh, mon Dieu«, rief jene daraufhin, »was bedeutet das für Antoinette?«

»Leider nichts Gutes, meine Liebe. Der Ausschuss für Öffentliche Sicherheit glaubt nun, er könnte auf die Königin als Pfand verzichten. Er hat seine Zustimmung gegeben, die Gefangene Nummer 280 vor Gericht zu stellen.«

KAPITEL 116

ROSALIE WURDE ES nicht müde, vom elenden Schicksal der Königin zu erzählen. »Das Wasser lief von den dreckigen Zellenwänden«, ereiferte sie sich noch Monate danach. »Die Schuhe der Königin wurden überhaupt nicht mehr trocken. Es war jetzt bereits Oktober und empfindlich kalt, aber die Ärmste hatte nichts Warmes zum Anziehen. Ihr schwarzes Gewand war an den Ellbogen durchgescheuert; ich hatte die fadenscheinigen Stellen schon ein paarmal gestopft.

In dem Verlies war es eisig kalt – es gab ja keinen Ofen und die Nächte waren frostig. Ich bin sicher, dass die Königin erbärmlich fror, denn die Vorschriften waren so unmenschlich, dass ihr nicht einmal eine Decke erlaubt war. Ich durfte ihr nicht die kleinste Funzel bringen, um bei Nacht ein Licht anzuzünden.«

Rosalie schüttelte sich und griff nach ihrem Glas Rotwein; wir hatten uns in meinem Zofenstübchen zusammengesetzt.

»Wir bekamen einen neuen Aufseher – den alten hatten sie eingesperrt wegen Beihilfe zur Flucht«, fuhr Madame Rosalie fort, »und der war so barmherzig, der armen Frau rings um ihr Bett einen alten Teppich aufzuhängen, der ein bisschen Wärme spenden und wenigstens die ärgste Kälte abhalten sollte. Ich habe ihr das Nachthemd jeden Abend vor dem Schlafengehen am Feuer in einem Aufenthaltsraum für das Wachpersonal angewärmt. Aber das war es dann schon, was wir für sie tun konnten, ohne uns selbst in Schwierigkeiten zu bringen.«

Rosalie fuhr fort: »In einer Nacht habe ich gehört, wie die Königin vor sich hin murmelte: ›Weshalb ich? Warum bestraft mich Gott so hart?‹«

Gegen Abend des 12. Oktober 1793 wurde die Königin von drei Polizisten zu ihrem ersten Verhör vor das Revolutionsgericht gebracht. Nur wenige Lampen waren entzündet, sodass der Saal in einem Dämmerlicht lag. Auf dem kleinen Tischchen des Gerichtsschreibers aber standen zwei brennende Kerzen.

Das Ganze wirkte wie ein einstudiertes Schauspiel. Man wollte alles tun, um die Gefangene einzuschüchtern – was angesichts der dürftigen Beweislage zwingend notwendig erschien.

Ich kann aus dem »Ami du Peuple«, der auch nach Marats Tod weiterexistierte, zitieren:

»Vor der Revolution standet Ihr mit den Königen von Böhmen und Ungarn im politischen Dialog, zum Zwecke des Schadens für Frankreich.« Gemeint waren damit ihre Brüder, die Könige von Ungarn und von Böhmen waren.

»Seit Beginn der Revolution habt Ihr Eure Intrigen mit fremden Mächten gesponnen und Euch gegen die Freiheit verschworen.

Ihr ward die treibende Kraft hinter jedem Verrat des Ludwig Capet. Auf Eure Ränke hin wurde ihm der Wunsch eingegeben, Frankreich zu verlassen.«

Aber auch ihre Antworten sind uns überliefert.

»Meinen Mann drängte es nie, Frankreich zu verlassen. Wenn er den Wunsch geäußert hätte, seiner Heimat den Rücken zu kehren, hätte ich versucht, ihm das auszureden. Mein Gemahl hat nie vorgehabt, sein Vaterland zu verlassen.«

Allen im Saal war der Versuch der Flucht nach Varennes noch lebhaft im Gedächtnis und so erntete Antoinette höhnische Lacher aus dem Publikum. Diese Stimmung nützte der Ankläger umgehend aus.

Mit einer spöttischen Verneigung vor der Königin meinte er:

»Ihr werdet verstehen, Bürgerin Capet, dass ich auf Eure offensichtliche Lüge nicht eingehe. Ihr habt nie aufgehört, an der Zerstörung der Freiheit zu arbeiten. Und um den Thron wieder zu erlangen, wart Ihr sogar bereit, über Leichen zu gehen – über die Leichen französischer Patrioten.«

Das Letzte schrie er laut und mit empörter Stimme, was wie beabsichtigt zu großer Unruhe im Saal führte. Antoinette wartete, bis wieder Ruhe eingekehrt war, dann antwortete sie mutig: »Wir brauchten nicht danach zu trachten, den Thron zurückzugewinnen, denn wir hatten ihn ja nie verloren.«

Jeder wusste, was sie damit betonen wollte: Niemand hatte das Recht, dem gesalbten König den Thron zu entreißen, eine bürgerliche Regierung schon gar nicht.

Gelassener fuhr die Königin fort: »Uns ging es immer nur darum, Frankreich glücklich zu sehen. Wenn Frankreich zufrieden war, waren auch wir zufrieden.« Diese Formulierung fand ich gar nicht ungeschickt – wies sie doch darauf hin, wie »glücklich und zufrieden« Frankreich jetzt war. Das sah man ja deutlich an den Krawallen in den einzelnen Départements und den zahllosen Bauernaufständen.

Die Richter waren über das sichere Auftreten der Exkönigin verärgert. Sie nannten sie »frech«, »unverschämt«, ja sogar »schamlos, als wäre sie sich keiner Schuld bewusst«.

»Sie haben wohl erwartet, dass Antoinette durch die Haftbedingungen so zermürbt ist, dass sie kleinlaut alle ihr vorgeworfenen Verfehlungen eingesteht und Reue zeigt. Aber nichts von alledem. Die Königin ist eine wahrhaft mutige und beherzte Frau«, lobte Madame Francine, die als Zuschauerin am Prozess teilnahm, Antoinette. »Ich hätte ihr diese Kraft und Seelengröße gar nicht zugetraut. Als wir sie in der Conciergerie besucht haben, Julienne, hatte sie so gar nichts Kämpferisches mehr.«

Das eigentlich Ärgerliche für Ankläger und Richter aber war, dass sie über keine stichhaltigen Indizien oder gar konkrete Beweise verfügten. Antoinettes Vorsichtsmaßnahme, alle Briefe und Unterlagen, auch die codierten, zu vernichten, zahlte sich jetzt aus. Totenbleich und schwach stand sie vor dem Richtertisch: Keinem der Herren fiel es ein, ihr wenigstens einen Hocker anzubieten. Die Richter versuchten es nun mit Fangfragen.

»Glaubt Ihr, dass ein König für die Wohlfahrt eines Volkes notwendig ist?«

Aber sie war zu schlau, um sich auf Diskussionen einzulassen. »Eine einzelne Person kann so etwas nicht entscheiden«, antwortete sie ausweichend.

Ein anderer Richter lächelte sie mit scheinheiliger Leutseligkeit an: »Ohne Zweifel bedauert Ihr als gute Mutter doch gewiss den Verlust des Thrones für Euren Sohn?«

»Ich bedaure nichts für meinen Sohn, solange dieses Land glücklich ist.« Da war er wieder, der Seitenhieb auf die verheerenden Zustände in Frankreich.

Das Verhör erstreckte sich bis in die frühen Morgenstunden. Die behandelte Liste der Anschuldigungen war ellenlang und die Vorwürfe teils berechtigt, teils absurd, aber in keinem Falle stichhaltig vor einem Gericht. Vieles an Antoinettes Verhalten war sicher zu beanstanden, aber eher Sache ihres Beichtvaters als ein Anklagepunkt in einem Gerichtsverfahren, bei welchem es um Tod oder Leben ging.

Endlich kam der Ankläger zum Ende. Das Tribunal wusste, dass sich wegen der Brisanz des Falles sowie der Person der Angeklagten zahlreiche ausländische Prozessbeobachter im Saale aufhielten. Vor allem aus Amerika waren Juristen, Historiker und Journalisten angereist. Um sich wenigstens den Anschein eines Rechtsstaates zu geben und um die äußere juristische Form zu wahren, fragte der Staatsanwalt die Gefangene Nummer 280: »Habt Ihr keinen Rechtsbeistand?«

»Nein, Monsieur«, antwortete darauf die Königin ruhig, »ich kenne auch keinen.«

»Wollt Ihr, dass das Tribunal einen Verteidiger für Euch bestimmt?«

»Gern, Monsieur«, erwiderte Antoinette.

Auch das verdross das Tribunal. Hatten sie doch gehofft, die Witwe Capet würde in ihrem Hochmut das Angebot ihrer Todfeinde ablehnen. Nun mussten sie in aller Eile zwei Anwälte bestimmen, welche die Bürgerin Marie Antoinette Capet vor Gericht vertreten sollten.

Als das geschehen war, brachte man die Angeklagte wieder zurück in ihre kalte, menschenunwürdige Zelle.

KAPITEL 117

»WIE SOLLEN SIE sich innerhalb einer minimalen Frist von vier Tagen auf eine Anklage vorbereiten, die bereits fertig auf dem Tisch liegt?«, fragte Madame du Plessis wütend. »Kein Anwalt, und wäre er der beste von ganz Frankreich, könnte das schaffen.«

»Entlastungsmaterial oder günstige Zeugen beizubringen ist ja auch das Letzte, was das Tribunal sich wünscht. Die Herren wollen doch, dass die Anwälte scheitern«, entgegnete ich.

Hauptanklagepunkt gegen die Königin war, vorsätzlich den finanziellen Ruin des Landes betrieben zu haben. Ferner, dass sie das Volk dem Hungertod ausgeliefert, die Sicherheit Frankreichs verraten und sich mit dem österreichischen Kabinett verschworen hätte sowie – und dieser Punkt erregte zorniges Gemurmel im Saal – ein Massaker unter den Parisern geplant habe.

Antoinette saß am zweiten Prozesstag – ihre Rechtsbeistände hatten eine Sitzgelegenheit für sie verlangt – in ihrem weißen Morgenmantel und ihrer schwarzen Haube auf einer Bank und folgte dem Gerichtsverfahren interessiert. Auch an diesem Tag ließ sie sich nicht einschüchtern, sondern blieb standhaft und zeigte königliche Haltung, was in seltsamem Widerspruch zu ihrer armseligen Aufmachung stand.

Gegen Ende des Verhandlungstages entstand beträchtlicher Tumult im Zuschauerraum, wobei es der Beschuldigten gelang, die Sympathien vor allem der weiblichen Anwesenden für sich zu gewinnen. Der Journalist Hébert, genannt Père Duchesne, fanatischer Feind der Angeklagten und jeder Monarchie, erklärte vor Gericht, der Dauphin, welchen er als den »kleinen Capet« bezeichnete, habe »Akte von zügellosester Verderbtheit« mit seiner Mutter und seiner Tante eingestanden, sogar eine blutschänderische Handlung zwischen Mutter und Sohn sei vorgefallen.

Im Gerichtssaal war es totenstill, als die Gefangene Nummer 280 daraufhin aufgefordert wurde, sich zu diesen Beschuldigungen zu äußern. Sie erhob sich mit angeekeltem Gesicht, und ihre Stimme bebte vor Entrüstung: »Ich appelliere an das Gewissen und die Gefühle aller Mütter, die hier im Saale sind. Diejenige möge sich erheben, welche nicht allein schon bei der Vorstellung solch furchtbarer Dinge erschüttert ist.«

Jetzt brodelte der Saal. Die anwesenden Frauen erhoben ein Protestgeschrei gegen Hébert. Die Richter mussten mehrmals zur Ordnung rufen; die Menge konnte sich nicht beruhigen, auch die Männer im Publikum waren jetzt erzürnt. Und sogar die Marktweiber standen kurz davor, der Königin Beifall zu klatschen. Immerhin ertönte aus der Ecke des Saales, wo sie saßen, der Ruf: »Hébert raus, Hébert raus!«

Am nächsten Tag wurden Zeugen aufgerufen, deren Aufgabe es war, die Königin zu beschuldigen. Madame Francine verbrachte auch diesen Tag im Gerichtssaal. »Auf ein Stichwort leierten die Zeugen ihre Aussagen herunter, mehr oder minder gut auswendig gelernt. Gröbster Unsinn kam zur Sprache, angefangen von abstrusen Verschwörungen über angebliche Geldfälschung bis hin zu unbewiesenen Beziehungen zu Frankreichs politischen Feinden. Der Gerichtspräsident aber entblödete sich nicht, am Ende dieses Gerichtstages zu verkünden:

»Alle politischen Ereignisse der letzten fünf Jahre legen Zeugnis ab gegen die Gefangene Nummer 280.«

Jetzt konnte in der Tat kein Mensch mehr zweifeln am Ausgang dieses lächerlichen Prozesses. Die zwölf Geschworenen waren sich nach nur einstündiger Beratung einig, die Bürgerin Capet sei aller Anklagepunkte für schuldig überführt.

Ruhig und gefasst, diesmal wieder in ihrem mehrfach geflickten, schwarzen Kleid, hörte sich Marie Antoinette am nächsten Tag das Urteil an. Sie zeigte keinerlei Emotionen – diese Genugtuung gönnte sie ihren Feinden nicht. Schweigend und mit hocherhobenem Haupt ließ sich die Königin von zwei Wachmännern durch den überfüllten Saal, in dem viele dem Urteil Beifall gespendet hatten, in ihr Gefängnis zurückführen. Es war bereits fünf Uhr morgens, noch dunkel und bitterkalt. Nach dem Willen ihrer Richter sollte das einstimmig gefällte Urteil noch am Mittag desselben Tages vom Henker vollstreckt werden.

»Monsieur Chauveau-Lagarde und ihr zweiter Verteidiger«, sagte Madame Francine, »sind übrigens gleich nach Ende des Verfahrens in Haft genommen worden. Ich denke«, überlegte sie, »die Richter wollten verhindern, dass die Anwälte den anrückenden Alliierten etwas ausplaudern. In der Urteilsbegründung wurde übrigens der infame Verdacht des Inzests nicht erwähnt.« An einem hauchdünnen Faden hatte es nämlich gehangen, dass der Unwille des Volkes im Gerichtssaal den Prozess hätte platzen lassen!

Von einer Küchenmagd Maximilian Robespierres erfuhr ich Folgendes: »Mein Herr saß gerade zu Tisch, als ihm ein Bote aus dem Gericht von Héberts Vorwürfen gegen die Königin Mitteilung machte. Daraufhin erlitt mein Herr einen Tobsuchtsanfall. In seiner Rage zerschmetterte er sogar einen Teller auf dem Boden, fluchte lästerlich und erging sich in Beschimpfungen: ›Dieser hirnlose Idiot wird durch seine geschmacklose Attacke die Königin noch vor der Guillotine retten, indem er das Mitleid der geistig minderbemittelten Volksmasse weckt!‹, schrie Monsieur Robespierre außer sich.«

In ihrem düsteren Kerkerloch setzte sich die erschöpfte Königin hin und verfasste einen Abschiedsbrief an ihre Schwägerin Elisabeth. Sie dankte ihr für alles und bat sie, sich Ludwig-Karls und Marie-Thérèses anzunehmen. Madame Rosalie war in den letzten Lebensstunden bei der Gefangenen Nummer 280.

»Ich habe ihr über die Schulter gesehen, als sie den Brief an die Schwester ihres toten Gatten schrieb. Vier lange Seiten waren es. Ich sah auch, wie die Königin in ihr Gebetbuch schrieb:

›16. Oktober 1793, halb sechs Uhr morgens. Mein Gott. Hab Erbarmen mit mir. Meine Augen haben keine Tränen mehr, um über euch zu weinen, meine armen Kinder. Adieu, adieu. Marie Antoinette.‹«

Vor dreißig Stunden hatte sie einen Teller Suppe zu sich genommen. So lange hatte sie auf das endgültige Urteil der Geschworenen warten müssen. Jetzt drohte sie in Ohnmacht zu fallen. Vor einigen Wochen hatten die Behörden einen bekannten Arzt, Doktor Souberbielle, in ihre Zelle entsandt, um nach der berühmten Gefangenen zu sehen. Der kluge Mann stellte fest, dass die Feuchtigkeit des winzigen Raumes für ihre Gesundheit schädlich wäre.

»Schädlich?«, hatte daraufhin die Witwe Capet gefragt und mit einem Anflug von Galgenhumor hinzugefügt: »Ich fürchte, der gesamte Aufenthalt hier wird äußerst schädlich für mich sein.«

»Ich fragte sie«, fuhr Rosalie fort, »›Madame, Sie haben die ganze Zeit nichts gegessen. Was wünschen Sie heute Morgen?‹ Und die Königin antwortete: ›Mein liebes Kind, ich brauche nichts mehr; für mich ist alles zu Ende.‹ Als ich das hörte, brach ich in Tränen aus. Diese Frau hatte doch nicht die Todesstrafe verdient.«

»Ja«, sagte ich, »aber sie hat das Pech gehabt, in den Augen des Volkes zur Symbolfigur aller Übel des Ancien Régime zu werden. Stellvertretend musste sie für alle verhassten Aristokraten büßen.«

»›Madame‹, sagte ich dennoch zu ihr«, erzählte Rosalie Lamorlière weiter, »›ich habe auf dem Kamin etwas Suppe warm gestellt; darf ich Ihnen davon bringen?‹ Da weinte sie und nickte. Ich deckte den kleinen Tisch für sie mit dieser mehr als dürftigen Henkersmahlzeit und sie nahm aus Höflichkeit ein paar Löffel von der inzwischen klumpig gewordenen Suppe.

Zu ihrem letzten Gang wollte sie sich umziehen. Sie hatte beschlossen, bei ihrer Hinrichtung den weißen Morgenmantel zu tragen. Antoinette setzte sich eine weiße Leinenhaube auf ihr dünnes, weißes Haar und wartete auf die Richter, von denen sich kurz danach drei in ihre enge Zelle quetschten, die Nase rümpften und ihr noch einmal das Urteil vorlasen. Dann trat der Scharfrichter ein, ein großer, noch junger Mann, kräftig und ein wenig linkisch. Er war der Sohn des Henkers Sanson, der Ludwig XVI. so hastig enthauptet hatte. Vielleicht dachte man, der Jüngere würde es besser machen. Er band der Königin die Hände, wobei er die Strickenden lose herabhängen ließ; so konnte er sie wie ein Kalb am Seil zur Schlachtbank führen. Ehe der Henker bei Antoinette eintraf, war noch ein Priester bei der Gefangenen erschienen, damit sie ihre Sünden beichten konnte. Ich kannte ihn, es war der Pfarrer von Saint Landry, so heißt die für die Conciergerie zuständige Pfarrei. Die Königin fragte ihn, ob er den Eid auf die Verfassung geleistet habe, und als der Priester dies bejahte, weigerte sie sich, ihn auch nur anzuhören. Aber er ließ sich nicht abweisen, sondern begleitete sie auf ihrem letzten Gang.«

Von weither vernahm man Trommelwirbel. Zehntausende Menschen machten sich noch vor Sonnenaufgang dieses kalten, unfreundlichen Oktobertages auf, um den letzten Gang der Königin zu sehen.

Schon sehr früh hatte ich mich mit ein paar königstreuen Dienerinnen und Zofen auf der Place de la Révolution eingefunden, wo das schaurige Spektakel seinen Lauf nehmen würde. Wir hörten die Volksmenge toben, als der Schinderkarren, gezogen von zwei mageren Pferden, auftauchte. Auf dem Sitzbrett saß die Königin, bleich wie eine Tote, aber hocherhobenen Hauptes, neben ihr der Priester.

Die Hände hatte man Antoinette nun auf dem Rücken gefesselt; einige weiße Haarsträhnen hatten sich unter der Haube gelöst und flatterten ihr um die eingesunkenen Schläfen. Mit tief in den Höhlen liegenden Augen musterte sie die am Wegesrand Stehenden und auch jene, welche sich neugierig aus den Fenstern beugten und »Vive la République« brüllten. Leichter Nieselregen begann alles mit kalter Feuchtigkeit zu durchdringen. Die Königin war im Nu durchnässt. Niemand konnte nun erkennen, ob sie weinte.

Der Elendskarren ratterte über die buckligen Pflastersteine des Nordufers der Seine. Nun bogen die Gäule langsam in die Rue Saint Honoré ein. Auf beiden Straßenseiten standen Soldaten mit aufgepflanzten Bajonetten; dahinter sah man die erwartungsvolle Menge, welche mit großer Genugtuung zur Kenntnis genommen hatte, dass die Witwe Capet wie eine gewöhnliche Verbrecherin auf einem Armesünderwagen zu ihrer Exekution gekarrt wurde.

»Am liebsten sähen sie sie wohl im Büßerhemd, den Strick um den Hals und eine Kerze in der Hand. Aber diese Zeiten sind gottlob passé«, murmelte ich leise, sodass mich nur Demoiselle Hélène verstehen konnte, die dicht neben mir stand.

Der Pöbel folgte den zwei im Schritttempo dahinschleichenden Karrengäulen und an der Spitze des nachfolgenden Zuges sah man einen jungen Burschen, welcher sich als Hanswurst gebärdete. Er zeigte mit gezücktem Säbel auf die zum Tode Verurteilte und brüllte in die Menge: »Da habt ihr die Tigerin. Da ist die verteufelte Österreicherin.«

Von Fenstern und Balkonen regnete es Verwünschungen und höhnische Kommentare auf die Königin: »Fahr zur Hölle, du Ausgeburt des Satans.« »Was nützen dir jetzt deine Diamanten?« »Sei verflucht, du Blutsaugerin.«

Hinter Antoinette stand kerzengerade Monsieur Sanson junior, das lose Ende des Seils in der rechten Hand. Irgendwie sah es lächerlich aus: das dürre, kleine Weiblein und der riesenhafte, junge Kerl, der sie am Strick hielt.

Beim Einbiegen in die Rue Royale sah die Königin das ihrer harrende Blutgerüst. Auf der riesigen Place de la Révolution wanden sich Händler durchs Gewühl und verkauften Obst und Wein an die Gaffer. Es herrschte Jahrmarktsstimmung. Wer allerdings ein Auge dafür hatte, konnte immerhin ein paar Monarchisten ausmachen, die in stiller und verzweifelter Trauer den schändlichen Zug an sich vorüberrollen ließen. In meiner Nähe stand eine Prostituierte, eine grell geschminkte und aufgeputzte Person mit mehreren Galanen.

»Nein. Das glaube ich einfach nicht«, rief die Dirne. »Das soll die Königin sein? Ich glaube, man will das Volk für dumm verkaufen. Wahrscheinlich sitzt das Luder längst im Ausland, weil man sie hat entwischen lassen, und verprasst dort ihre Millionen.« Sie schüttelte empört ihre Löckchen, sodass ihre langen Ohrgehänge klimperten. »Das scheint mir auch so«, stimmte ein Begleiter zu, »die dürre Vettel da auf dem Karren sieht aus wie schon einmal beerdigt.«

Zustimmendes Gemurmel und spöttisches Gelächter wurden durch eine barsche Stimme unterbrochen: »Meine Herrschaften, überlegen Sie sich gut, was Sie da sagen. Wollen Sie etwa ernsthaft behaupten, der Konvent fände sich zu einem derartigen Betrug bereit?«

Die Stimme hatte einen hinterhältigen Klang und der Sprecher sah aus wie einer, mit welchem man sich besser nicht anlegte. Die Dirne und ihre Kunden schwiegen betreten und das schadenfrohe Gelächter ringsum verstummte schlagartig. Alles drängte nun nach vorne, hin zum Schafott, als das Gefährt endlich am Fuße der Guillotine zum Stehen kam.

Um ihren Fauxpas von vorhin wieder auszubügeln, rief die aufgedonnerte Liebesdienerin jetzt laut: »Ich finde es gut von unserer Regierung, dass sie die Österreicherin nicht in einer Kutsche hat fahren lassen. Für diese Hexe reicht der schäbige Schinderkarren.« Und ihre Begleiter beeilten sich, dem beizupflichten.

Als Antoinette endlich auf dem Blutgerüst stand, erwartete die Menge eine kurze Ansprache von ihr, aber sie trat eilig auf den Henker und seine Gehilfen zu, als wollte sie das Unvermeidliche möglichst schnell hinter sich bringen. In ihrer Ungeduld trat sie dem jungen Monsieur Sanson versehentlich auf den Fuß. Wir hörten, wie die Königin bedauernd sagte: »Verzeihen Sie mir bitte, Monsieur. Ich habe das nicht absichtlich getan.«

Die Henkersknechte drückten die Verurteilte rasch nach unten und während die Trommeln dumpf geschlagen wurden, sauste das Fallbeil, ausgelöst durch Monsieur Sanson den Jüngeren, auf Antoinettes schmächtigen Nacken nieder. Niemand hörte einen Schrei.

Sofort hielt ein Soldat das abgeschlagene Haupt des Opfers in die Höhe, worauf sich gewaltiger Jubel im Volk erhob. Der Platz, ja das gesamte Quartier bebte förmlich unter dem begeisterten Beifall der Massen. Endlich hatten sie ihre Rache auskosten dürfen.

Und während der Pöbel sich ergötzte, fluchten ein paar Totengräber auf dem Friedhof Sainte-Madeleine über die lausige Kälte. Sie hoben eine Grube aus, um die Überreste einer Geköpften einzuscharren, einer weiteren Hingerichteten, einer mehr unter Tausenden, von der weder ein Kreuz noch ein Gedenkstein Zeugnis ablegen würden.

KAPITEL 118

Am selben Tag, dem 16. Oktober 1793, ereignete sich an weit entfernter Stelle ein Drama ganz anderer Art. Über den flämischen Hügeln war ein kalter, ungemütlicher Morgen angebrochen. Vier Uhr war es. Ein feiner, alles durchweichender Regen nässte auch hier den Boden. Die erschöpften Soldaten, welche vom linken zum rechten Flügel der französischen Stellungen vor Maubeuge einen anstrengenden Nachtmarsch hinter sich gebracht hatten, sehnten sich nach einem Moment der Ruhe. Immer noch trafen weitere Truppen ein. Die Neuankömmlinge konnten die Hähne in den Hühnerställen der Bauernhöfe krähen hören.

Der Nebel hüllte die Männer in absolute Stille; von den Höhen, auf denen sich die feindlichen Österreicher aufhielten, war weder etwas zu sehen noch zu hören. Enge Hohlwege waren es, die zu einer kleinen Anhöhe hinaufführten, zu einem unbedeutenden Dörfchen mit Namen Wattignies. Aber genau dieser Ort sollte heute der Schauplatz großen Ruhmes für die Franzosen werden.

Die Begrenzung der österreichischen Linien bildete ein niedriger Hügelkamm mit einem Kirchturm auf seiner Spitze. Er war nur mit wenigen Soldaten besetzt. Warum hätte man mehr Wachtposten aufstellen sollen? Bisher hatte sich die Revolutionsarmee nicht gerade durch besondere Leistungen hervorgetan. Der Herzog von Coburg war sich sicher, dass von hinten für die Franzosen keine Verstärkung eintreffen konnte.

Doch Monsieur Carnot, dem Befehlshaber der Revolutionsarmee, war es gelungen, diesen französischen Soldaten Kampfesmut und neue Siegesgewissheit einzuflößen. Und er hatte siebentausend erschöpfte Männer bei Nacht heimlich und leise an die feindlichen Linien herangeführt.

Selbst wenn der Coburger dies alles für möglich gehalten hätte, wie hätte er wissen sollen, dass diese siebentausend Kerle nach einer schlaflos im Eilmarsch verbrachten Nacht noch fähig waren, ihn anzugreifen?

Der dichte Nebel und die während des nächtlichen Anmarsches strengstens befohlene Stille hatten den Coup geheim gehalten. So besetzten vor dem Dorf Wattignies nur dreitausend Soldaten das Ende des Hügelkamms. Es waren dies die Infanterie, befehligt von den Generälen von Stern und von Hohenlohe, dann noch etliche Dragoner und einige Bataillone, zusammengesetzt aus Kroaten.

Noch war es totenstill und durch den dichten Nebel war nichts zu sehen. Gegen elf Uhr vormittags – Marie Antoinette befand sich auf ihrer letzten Fahrt zur Guillotine – hob sich der Nebel ein wenig über dem Abhang des Ortes Wattignies. Aber das Einzige, was die Österreicher durch die Löcher in der Nebelwand ausmachen konnten, waren riesengroße, alte Bäume und immer noch war es grabesstill.

Plötzlich, als der Nebel aufriss, tauchte die große Ebene im Süden vor ihren Augen auf und im selben Augenblick hörten sie auch schon die ersten Hornsignale. Darauf folgten scharfe Kommandos und gleich danach ertönte die Marseillaise. Endlich war der Befehl an die Mannschaften erteilt worden und die Franzosen stürmten mit lautem Gesang heran.

Und so stießen die siebentausend mit den völlig überrumpelten dreitausend Soldaten der Verbündeten zusammen. Anfangs hielten diese noch stand, aber bald mussten sie sich zurückziehen, um sich neu zu formieren. Als sie immer neue Massen an französischen Soldaten hinter ihrer Flanke auftauchen sahen, brachen sie den aussichtslosen Kampf ab.

Der Hügel war eingenommen; von den Häusern, Ställen und Scheunen des Dorfes Wattignies waren nur noch rauchende Trümmer übrig. Die Felder der Anhöhe befanden sich nun im Besitz der Revolutionsarmee; die österreichischen Linien hatte man überrannt und der Weg zwischen ihnen und Maubeuge war frei.

Die weiße Fahne der alten Monarchie mit den gestickten Bourbonenlilien war in den Staub gefallen und wurde zertrampelt – auch dies ein Symbol für das neue Frankreich.

Die Revolutionsarmee war nun im alleinigen Besitz der Hauptstraße und am nächsten Tag konnte sie sich ungestört mit ihren Kameraden in Maubeuge vereinigen. All das konnte man in den Zeitungen lesen – einige Exemplare habe ich mir zur Erinnerung aufgehoben –, nur um ein Vielfaches ausführlicher und ausgeschmückt mit vielen patriotischen Floskeln.

Zur gleichen Zeit, weit weg in Deutschland, sagte Georg von Hessen auf der Terrasse seines Schlosses zu seinem Haushofmeister, welcher dies später meiner jetzigen jungen Herrin glaubhaft versicherte: »Denk Er sich nur, ich habe soeben am helllichten Tag eine Erscheinung gehabt! Die ›weiße Dame‹, jenes Gespenst ohne Gesicht, welches seit alter Zeit Unheil für das Haus Habsburg ankündigt. Glaub Er mir, es haben sich mir die Haare gesträubt.«

Jahre sind seither vergangen. Die Gemüter haben sich nach außen hin beruhigt. Die Wunden mögen zwar verheilt sein, aber die Narben schmerzen noch immer. Die Revolution hat inzwischen ihre eigenen Kinder verschlungen:

Viele ihrer Anhänger, die radikalsten zumal, fielen ihr selbst zum Opfer. Bereits im Jahre 1793 war Jean-Paul Marat ermordet worden, noch ehe die Königin ihren letzten Gang antrat.

Jacques René Hébert, einer der Radikalsten im Konvent, geriet mit Georges Danton und Maximilien Robespierre in Konflikt; er wurde auf deren Veranlassung guillotiniert. Georges Danton wiederum wurde von Robespierre auf das Schafott gebracht, Camille Desmoulins musste mit Danton gemeinsam sterben.

Und Maximilien Robespierre selbst, seit April 1794 faktisch Diktator, wurde am 9. Thermidor – dem 27. Juli nach altem Kalender, der schon lange wieder gültig ist – gestürzt. Auch er hauchte 1794 sein Leben unter dem Fallbeil aus.

Die Zeit des Terrors war vorbei. Sie hatte sich buchstäblich totgelaufen.

EPILOG

Die Kinder Ludwigs XVI. und Marie Antoinettes hatte man bereits vor dem Tod der Königin im Gefängnis voneinander getrennt; Marie Thérèse kam frei, auch Madame Elisabeth entging Schlimmerem.

Was aus Ludwig-Karl, dem Dauphin, den viele Royalisten nach der Hinrichtung seines Vaters als Ludwig XVII. bezeichneten, geworden ist, habe ich nicht in Erfahrung gebracht. Manche behaupten, es sei ihm später die Flucht nach Amerika gelungen, aber wahrscheinlicher ist, dass das Kind im Kerker gestorben ist.

Madame Francine du Plessis erlag nicht lange nach der Hinrichtung der Königin und kurz nach ihrer Eheschließung mit dem Marquis Philippe de Toqueville ganz plötzlich einem Lungenleiden. Innerhalb von zehn Tagen war sie tot: friedlich, ohne Schmerzen, im Schlaf verschieden – wie es die Hellseherin vorhergesagt hatte. Meine Trauer um meine Herrin war aufrichtig.

Der Marquis, ihr Witwer, verließ Paris für immer.

Nach einiger Zeit trat ich in die Dienste einer vornehmen, ganz jungen Dame aus edelstem Geschlecht, über deren Identität ich aber schweige. Meine neue Herrin und ich leben sorglos nahe der südthüringischen Residenzstadt Hildburghausen in der Residenz gleichen Namens als willkommene Gäste Herzog Friedrichs und seiner Gemahlin, der Herzogin Charlotte.

Wir führen ein Leben im Verborgenen; bescheiden, aber beschützt von diesem großmütigen deutschen Landesherrn.

Ich liebe meine junge Herrin gleich einer Verwandten und würde mich für sie in Stücke hauen lassen. Aber diesen Beweis meiner Zuneigung werde ich hoffentlich auf diesem schönen und friedlichen Fleckchen Erde niemals antreten müssen.

FINIS

Anmerkung der Verfasserin:

Vieles spricht dafür, dass Madame Royale, die Prinzessin Marie Thérèse in Hildburghausen unter falschem Namen begraben liegt.

Um endgültige Gewissheit zu erhalten, müsste man das Grab von Kaiserin Maria Theresia, ihrer Großmutter, in Wien öffnen, um eine vergleichende Gewebeprobe zu entnehmen und zu untersuchen. Aber bei den Nachkommen der Habsburger besteht offenbar kein Interesse an einer Klärung, wer sich seinerzeit hinter der stets mit einem Schleier in der Öffentlichkeit auftretenden »schwarzen Dame« verbarg.

Am 8. Juni 2004, an seinem Todestag vor zweihundertneun Jahren, wurde das Herz des Dauphins Ludwig-Karl, welcher im Alter von zehn Jahren an Tuberkulose im Pariser Gefängnis Temple verstorben war, in einer feierlichen Zeremonie in der Basilika von Saint-Denis, der Begräbnisstätte der französischen Könige, in einer gläsernen Urne beigesetzt. Sein Leichnam lag ursprünglich in einem Massengrab, wurde aber später exhumiert und einer Autopsie unterzogen. Der Arzt, welcher die Leichenöffnung vornahm, behielt das Herz von Ludwig XVII. bei sich. Er konservierte es in Alkohol und versteckte es in seiner Bibliothek.

Von dort wurde das Herz später gestohlen und ging 1830 bei einer Plünderung zunächst verloren. Zum Glück konnte es geborgen werden und gelangte von Frankreich über Österreich nach Italien und endlich im Jahre 1975 wieder zurück nach Frankreich, bis es schließlich seine endgültige Ruhestätte in Saint-Denis fand.

»Einem Königskind, dem man im Alter von zehn Jahren nicht nur das Leben nahm, sondern auch den Tod stahl, wird nun eine letzte Ehre zuteil«, sagte der Herzog von Bauffremont, Präsident des dem Andenken der Bourbonen verpflichteten »Mémorial de France«.